杜甫古體詩選講
下冊

陳文華　著

臺灣 學ㄥ書局 印行

杜甫古體詩選講

目　次

上　冊

下　冊

夢李白 其一

死別已吞聲，生別常惻惻。江南瘴癘地，逐客無消息。故人入我夢，明我長相憶。恐非平生魂，路遠不可測。魂來楓林青，魂返關塞黑。君今在羅網，何以有羽翼？落月滿屋梁，猶疑照顏色。水深波浪闊，無使蛟龍得。

　　我們上次課程結束的時候，讀到〈三吏〉、〈三別〉。考一下各位，〈三吏〉、〈三別〉是什麼時候作？在哪兒作？應有印象吧？那全部是乾元二年春天，杜甫從洛陽回到華州途中，因為史思明再度叛變，杜甫一路上看見拉伕等過程，因而寫了〈三吏〉、〈三別〉。回到華州後，杜甫仍然做司功參軍，到七月秋天，杜甫辭官從華州到秦州，秦州就是現在的甘肅省天水市。所以，杜甫這一年有一次長途跋涉，從洛陽到華州，七月又到秦州，在秦州待了二、三個月光景。十月後離開秦州，到南邊範圍的同谷，同谷是一個縣，唐朝歸成州管轄。好，杜甫十一月到同谷，但不到一個月，十二月一日就離開同谷，往哪兒去呢？往南到四川的成都。在歲末，也就是乾元二年的年底到成都，就開始成都時期的生活。

　　我先概略的說一下，我們講完〈三吏〉、〈三別〉，杜甫回到了華州，這段時間杜甫作品不多，高先生也沒收。所以以下是秦州與同谷的作品，各位有帶〈繫年表〉吧？乾元時期作品很多，五言排律一首，五古有〈三吏〉、〈三別〉，還有七十一頁的〈夢李白二首〉以及〈有懷台州鄭十八司戶〉；五律有〈秦州雜詩〉、〈月夜憶舍弟〉、〈天末懷李白〉、〈遣懷〉、〈搗衣〉、〈送遠〉，這些都是秦州時期的作品。而七十五頁的〈鐵

堂峽〉是快到同谷之作，再往下七古，到同谷作七首歌；前面一首〈劍門〉，都是這一年快到成都的作品。我們依照寫作的地點來排列順序，再進一步仔細分析作品。那麼我們今天要講〈夢李白二首〉，這是杜甫到秦州所作的。李白與杜甫關係非常密切，一般說他們是在天寶三載那年認識的，但我個人考證，應該是天寶四載，杜甫三十四歲時認識李白，二人交遊來往前後一年之久。這一年中，雖然不是每天在一起，但關係非常親密，杜甫三十五歲在山東的曲阜與李白分手，分手後再也沒再見面了，但杜甫對李白的感情非常的深厚。今天杜甫集子中，他送給李白或詩裡頭提到李白的，一共有十五首，數量非常多，其中不少有名的作品。

　　李白出生在西元七〇一年，活到七六二年，而杜甫出生在西元七一二年，李白比杜甫大十多歲，按實際數字應為十一歲，虛歲十二歲左右。杜甫活到七七〇年，五十九歲，李白比杜甫早逝，在西元七六二年，也就是唐代宗寶應元年。那時杜甫在四川。剛說過天寶五載，兩人分手以後，杜甫再也沒見過李白，但懷念之情很深。假如各位手上有杜甫的集子，各位可看到，後來杜甫到長安或現在到秦州，或後來到了成都，都有詩懷念李白。

就以秦州來說，高步瀛先生的集子，編目就有這兩首〈夢李白〉，另外五律〈天末懷李白〉，這首律詩我們讀過。李白的生平還頗複雜，不專題說了，與〈夢李白〉這二首有關的背景，就跟各位說。安祿山之亂在天寶十四載發生，十五載七月唐肅宗在靈武即位，改元至德，也就是至德元載。但唐玄宗在成都分封其幾個兒子為各地節度使，其中第十四個兒子，肅宗的弟弟，永王李璘被封為江東節度使。江東，就是長江下游一帶，包括安徽、江西、江蘇一帶，當時北方淪陷，唐朝以江東為大後方，也是唐朝國力的基礎，是後方穩固之地。那李璘帶兵，唐肅宗非常害怕，唐肅宗在甘肅的靈武比較偏僻，擔心李璘用他的勢力領先光復長安，那麼唐肅宗的地位就不保，所以在至德元載十一月，唐肅宗下詔要李璘回成都，但李璘不接受，抗命，有野心，所以兄弟權力相爭。當時，李璘軍隊到江西的廬山時，李白正在廬山。李璘知道李白很有名氣，就用大禮邀請李白參加自己的軍隊。詩人啊，包括李、杜，政治企圖心很強，但是沒有政治細胞，敏感度不夠，所以李白很興

奮的參加了李璘的軍隊，也寫了不少詩，稱讚李璘。但唐肅宗認為李璘抗命叛變，所以下令討伐他，那李璘的軍隊不堪一擊，兵敗被殺。到了至德二載，李白被抓了，就關在江西的潯陽，當時很多人幫李白說話，唐肅宗就沒殺李白，而是把他流放到夜郎。各位應該有印象，乾元二年的春天，李白沿著長江到三峽的白帝城以後，要轉陸路要到夜郎，夜郎就是現在的貴州，但李白才到三峽白帝城時，就遇到了赦免，所以寫了〈下江陵〉這首詩：「朝辭白帝彩雲間，千里江陵一日還。」李白離開白帝城後就回湖北，再到江西、安徽一帶，這大約是乾元二年三月的時候，也就是說這時候李白已經遇赦。好，大家注意時間點喔，杜甫到秦州是乾元二年七月，寫〈夢李白〉就是這個時候。

　　介紹這些，是因為有個問題出現，很多人說，杜甫關心李白，杜甫以為李白在羅網、江南瘴癘地、在蠻荒地，事實上李白已經獲得了赦免，而且李白已到安徽、江西了，所以產生一個問題，為什麼杜甫會在李白被赦免後還寫下這首詩呢？結論是當時消息不順暢，杜甫到秦州是乾元二年七月，就算李白已被赦免，杜甫也不知道。杜甫得到的最後消息，只知道李白關在潯陽，再被流放夜郎，所以他判斷李白這時應該正被流放夜郎或已到夜郎。假如不弄清楚此問題，那麼這詩的內容說不清，與李白事實行蹤是有距離、有問題的，但是又無法把此作品編在其他日期，因為杜甫消息不通，所以消息有出入。各位看題解，仇兆鰲說〈夢李白〉是編在乾元二年秦州詩中，而李白是「乾元元年流夜郎，二年半道承恩放還」。接著說「自巫山下漢陽過江夏而復遊潯陽等處蓋在二年，公客秦州，正其時也」，這說明這首詩是在秦州所作。但李白此時已經被赦免，我們看杜詩中說「江南瘴癘地」，很顯然是說不通了。我們看後邊趙汸的說法：「李白受永王李璘之累，長流夜郎，會赦還潯陽，坐事下獄」。「坐事下獄」，就是在流放之前下獄，先在潯陽坐牢，再流放夜郎。為何這樣說呢？因為杜甫寫「君今在羅網」，以為李白還在坐牢，這些只能用一種態度去了解，就是杜甫並不知道李白已經遇赦，這是本詩的背景問題。

　　好，我們回到這首詩。詩題是〈夢李白〉，因為思念老朋友，而夢到

對方。從《詩經》以來，寫夢的作品很多，我們有一些補充教材可以參考。夢是人人有經驗，但是如何去寫夢呢？杜甫寫此作品最大特色，就是「半信半疑」。夢的很真實，把夢當事實，但心中又有懷疑，「疑真疑幻」是這篇作品最大的特色，尤其是第一首，我們從這些角度去讀它。

　　一開始的四句作為第一段，「死別已吞聲，生別常惻惻。江南瘴癘地，逐客無消息」。一開頭用「死別」、「生別」來說，做為比較，「死別」是永遠見不到了，「生別」是活生生別離，雖然都在人間，卻看不到。一般認為「死別」比「生別」嚴重，所以在補充教材引了白居易的〈哭王質夫〉：「仙遊寺前別，別來十餘年。生別猶快快，死別復何如？」我們當年在仙遊寺前分別，十多年的別離已經令我的心情快快，快快就是不愉快了，現在「死別又如何」呢？所以白居易認為「死別」比「生別」快快、不快樂。而杜甫在這裡說「死別已吞聲，生別常惻惻」，「已」，是「止」的意思，「止」有兩個意思，一是「停止」，例如「死別」，你傷心痛哭，哭過就好了，悲傷就停止。另外一個意思是「只是」，「死別」給的傷心，也只是吞聲痛哭而已。換句話說，人死的痛苦，哭一次就算了。下面比較說「生別常惻惻」，所以「常」跟「已」是相反的，「常」是不斷的，「已」是永遠的停止，兩者相比較，按杜甫說，生別比死別更淒慘。當然這是個人主觀感受，杜甫針對的對象是李白，李白還在人間，但很久不見。死別哭一次就算了，但生別，則常常不停糾纏著，令人惻惻，傷心不已，所以杜甫說的話比白居易更沉痛。下邊扣題繼續說「江南瘴癘地，逐客無消息」，潯陽在唐朝來說，是江南西道，唐朝最大的行政區域稱為「道」，江南也包括李白流放的夜郎，總之就是泛指長江以南的地方，所以不能確定杜甫所謂江南是指江南西道的行政地區，或是指潯陽，或是想像李白已到蠻荒貴州。不論李白是被關在潯陽、流放到貴州，或被放逐到蠻荒，那都是險惡之地，一直沒消息，不知李白你如何？增加夢到對方，先墊下一種夢的心理基礎。「死別已吞聲，生別常惻惻」，之後就直接寫夢。

　　下邊，「故人入我夢，明我常相憶。恐非平生魂，路遠不可測。魂來楓林青，魂返關塞黑。君今在羅網，何以有羽翼？落月滿屋梁，猶疑照顏

色」，中間十個句子，是屬於第二段。杜甫如何寫夢？又相信，又懷疑，不停頓挫。例如一開頭寫「故人入我夢，明我長相憶」，老朋友李白出現我夢中，因爲他明白、了解我長久思念他的感情，所以到我夢中來安慰我。各位看寫得真纏綿，明明是杜甫思念李白、夢李白，卻說李白了解我，跑到我夢中安慰我。所以這是「對面著筆」法，知道我思念他，所以杜甫相信夢是真的。夢中的世界，我們用一個「明」代表相信。「恐非平生魂，路遠不可測」，但是呢，我與他路途遙遠，這無法計算的漫長路途，他怎麼能來到我身邊呢？所以，這大概不是他活著的魂吧？意思是認爲李白死了，來到他身邊，所以這不是夢，很顯然的是產生對夢的懷疑。下邊，「魂來楓林青，魂返關塞黑」，這是夢中情景，當李白從江南過來，楓樹林一片青翠，顏色鮮明。這裡我先補充一下，註解引了《楚辭》的〈招魂〉，傳說是宋玉寫的：「湛湛江水兮上有楓，目極千里兮傷春心，魂兮歸來哀江南。」有看到這幾句嗎？如果我們以宋玉說法做出處，「湛湛江水」的「江」是長江，也就是李白所在的潯陽這個地方，這是象徵當李白離開他的所在地到我這裡，那江水、楓林一片翠綠，顏色鮮明，表示很真實。「魂返關塞黑」，但他離開時，關塞就是指秦州，杜甫現在秦州，李白的魂離開了甘肅，那是山區，接近邊塞，那地方一片漆黑，所以從兩個動作「來、返」，從兩個顏色「一翠、一黑」，杜甫要告訴我們，夢中世界是非常鮮明真實的。各位都有夢的經驗，有時夢境不清楚，影像渾渾沌沌的，但有時夢中看到的景象很清晰鮮明，讓我們相信，那是真的，夢中世界也是真的。

我們分析一下，第一，李白過來與回去的地方，很清晰的景色，杜甫以爲夢是真的。再來，「青」與「黑」兩個顏色，其實也暗示了情緒。「青」，是碧綠的感覺，當李白來時，顏色青翠一片，表示喜悅；離去時，色彩是陰黑，表示悲哀；杜甫的情緒透過顏色呈現出來。還有一點，「魂來楓林青」是從宋玉〈招魂篇〉而來，對不對？依據宋玉的解釋，宋玉招的是屈原的魂，屈原是宋玉的老師，屈原被流放到湘水，宋玉招屈原之魂，所以提到「江水」、「楓林」，杜甫用這個典故有暗示，即把李白比做屈原，這點很像，屈原被放逐，李白也被放逐。這段詩裡有許多層次意思，第一是寫

夢中世界那麼清楚鮮明，杜甫以為是真實的。接著，從色彩說，寫杜甫的情緒變化。再從典故說，杜甫又把李白比作屈原。

　　好，「君今在羅網，何以有羽翼」，進一步說，李白你被關、被流放，正如一隻鳥被關在網中，你怎能有翅膀，衝破網來我夢中？所以又產生懷疑：「夢是真的嗎？」「落月滿屋梁，猶疑照顏色」，進一步寫夢醒了，看月亮西沉落下來，月光照滿了屋樑，月光底下，我感覺月光照出他的臉色、容顏，這是寫夢醒，看到滿屋月光，看到李白的臉在眼前，所以明顯相信這夢是真的存在。這樣分析，頓挫、起伏，或說開、合，正、反，相信又懷疑，又一次相信，又一次懷疑，心情曲折就在這個地方呈現，歷來大部分的分析都差不多。現在看高步瀛先生的說法：「若依黃本、仇本，移『君今』二句於『長相憶』下，神氣索然盡矣。」就是把「君今在羅網，何以有羽翼」這二句置於「故人入我夢，明我長相憶」的後邊，再接著「恐非平生魂，路遠不可測」，高步瀛先生說：「神氣索然。」這很抽象。我們用「頓挫」方法比較一下，看仇兆鰲的說法合不合理？「故人入我夢，明我長相憶」，是相信的；「君今在羅網，何以有羽翼」，又懷疑了；「恐非平生魂，路遠不可測」，懷疑；「魂來楓林青，魂返關塞黑」，相信；「落月滿屋梁，猶疑照顏色」，相信。以上這順序不整齊，很亂。但是如果依前邊原來的次序排列，「故人入我夢，明我長相憶」，相信；「恐非平生魂，路遠不可測」，懷疑；「魂來楓林青，魂返關塞黑」，相信；「君今在羅網，何以有羽翼」，懷疑；「落月滿屋梁，猶疑照顏色」，相信。這樣子一個排列就有強烈的頓挫，應該比較好。

　　最後二句算結束，「水深波浪闊，無使蛟龍得」，杜甫夢醒後也接受，相信李白曾來身邊，現在杜甫跳出來叮嚀李白說：「你回去後，一路上要經過深水洶湧波濤，千萬不要被蛟龍擒獲！」也就是擔心李白的安危。「蛟龍」，首先會讓人聯想到屈原。看補充講義引了吳均《續齊諧記》：「屈原五月五日投汨羅而死，楚人哀之。每至此日，竹筒貯米投水祭之。漢建武中，長沙歐回，白日忽見一人，自稱三閭大夫，謂曰：『君當見祭，甚善。但常所遺，苦蛟龍所竊。今若有惠，可以楝樹葉塞其上，以五綵絲縛

之，此二物，蛟龍所憚也。』回依其言，世人作粽，並帶五色絲及楝葉，皆汨羅之遺風也。」我們用竹葉包粽子的風俗傳說由來，有此一說。「蛟龍所竊」就是「蛟龍所得」，「所得」什麼？杜甫把它代換一下，「所得」是李白，蛟龍是壞的，會傷人。各位翻到四七一頁的〈天末懷李白〉看看，「涼風起天末，君子意如何！鴻雁幾時到？江湖秋水多。」「江湖秋水多」，就是「水深波浪闊」，「文章憎命達，魑魅喜人過」，顯然一路上有危險，「應共冤魂語，投詩贈汨羅」，把李白比作屈原。「無使蛟龍得」，就是「魑魅喜人過」，意思差不多。「魑魅」意即「蛟龍」，會傷害李白。從這角度看，剛剛用了〈招魂〉，把屈原比作李白，最後又用屈原的故事，「無使蛟龍得」。因為兩人有放逐的背景，杜甫把兩人做了一個比附，先暫時這樣理解一下，等一會讀〈古詩十九首〉再做一個比較。

　　古代寫夢的作品很多，先補充有相信、有懷疑的作品，各位看參考講義〈古詩十九首〉之十六。這首頗為複雜，我們把它分三段。「凜凜歲云暮，螻蛄夕鳴悲。涼風率以厲，遊子寒無衣。錦衾遺洛浦，同袍與我違」，這是第一段。這裡寫歲暮天寒，指秋天。螻蛄指蟋蟀，是一種蟲，晚上鳴叫，涼風吹來，「遊子寒無衣」，遊子一人漂泊他鄉，那遊子於此詩中是什麼角色呢？我們稍後再說。錦衾，就是漂亮的被子。洛浦是一個地點，在洛水邊上，就是指洛陽，依上邊的文字推斷，應該指遊子所在地。是誰寄了一床錦被給洛陽「寒無衣」的人呢？「同袍與我違」，同袍，在《詩經》是指軍中打仗夥伴，但這裡同袍是指夫妻，所以假如從這個角度看，這首詩是夫妻角色之關係，而詩裡的敘述者「我」，應該是妻子，很顯然的遊子就是她的丈夫嘛。丈夫離鄉到洛陽，妻子擔心他歲暮天寒不夠衣服穿、不夠保暖，所以送了一床被子到他那處。這說得通嗎？應該可以。但〈古詩十九首〉這些作品，那個詩的文字越樸素，解釋的人就越多，而且解釋得古里古怪的。「錦衾遺洛浦」，《文選》裡頭就有六臣註，很好玩。例如說，洛浦是美人所在，從〈洛神賦〉中來的，說丈夫寄了一床錦被給洛水邊上的美人，「同袍與我違」，指丈夫變心，與我相違、相反，表示這女子是棄婦，但我覺得這是「望文生義」，這首詩其實是寫妻子思念人在他鄉的丈夫，關心他的寒

暖所以寄了一床被子過去。「同袍與我違」，「違」，就是分別離開之意，
這是背景。

　　下邊，「獨宿累長夜，夢想見容輝。良人惟古歡，枉駕惠前綏。願得
常巧笑，攜手同車歸。既來不須臾，又不處重闈。諒無晨風翼，焉得凌風
飛」，這是第二段。這段寫夢，一個人在家待了很久，漫漫長夜，思念丈
夫，所以就夢見丈夫的容顏。下面寫得很細膩，「良人惟古歡，枉駕惠前
綏」，「惟」，是想念，想念過去。「良人」，是丈夫。「綏」，是繩子。
顯然丈夫從遠方回來，遞一根繩子給她，「枉駕惠前綏」，讓她拉著繩子上
車。「願得常巧笑，攜手同車歸」，「巧笑」，就是歡笑，手牽手坐一輛車
子回家，這些都是夢中情景，寫得很細膩、很真實。下邊，「既來不須臾，
又不處重闈」，沒來多少時間，一剎那就消失了，還沒進屋內又不見了，
「重闈」，是屋內。「諒無晨風翼，焉得凌風飛」，「晨風」是鳥名，這種
鳥又叫做鸇，又叫鷐風，很小，但飛得很快速。「諒」，就是相信。所以，
妻子進一步想：丈夫不是那小而飛得快的晨風鳥，他沒有翅膀，如何能到我
身邊呢？所謂「焉得凌風飛」。各位明白，我爲什麼要引用這首詩？前面四
句寫得很真，形象鮮明，動作真實細膩，但後來不是很快又不見了嗎？前面
是「相信」，後面是「懷疑」。杜甫學這首詩，但杜甫寫得比它更淋漓盡
致，如何？杜甫是兩句一轉，二句一轉，兩句一轉，但這首只有一半一半，
四句「相信」，四句「懷疑」。

　　好，下邊「眄睞以適意，引領遙相睎。徙倚懷感傷，垂涕霑雙扉」，
這是第三段。這是寫醒來後，杜甫也學會寫醒來後。妻子到門口，「眄
睞」，就是用眼睛尋找，看不到就墊高著腳，拉長脖子看，尋看丈夫是否真
的回來？顯然她的希望落空，在門口徘徊感傷，「徙倚」，是徘徊，流下眼
淚，淚把門板都沾溼了。早期的詩很樸素，誇張寫淚如雨下，淚如決堤。

　　下面我們再讀一闋詞，是姜夔的〈踏莎行〉。姜夔，字白石，是南宋
詞人。現在我們只介紹重點，他平生有一部分作品叫「情詞」，是寫其感情
世界，數量很多。近代學者夏承燾先生，依據他平生作品綜合分析，姜白石
在安徽的合肥，二十二到三十三歲，這十年間發生一段感情，對象姓什麼？

叫什麼？不知道。所以夏承燾稱之爲「合肥情事」、「合肥情人」，這是讀姜白石的詞要注意的背景。現在讀的這詞創作時間是在「合肥情事」期間，看看題目〈自沔東來丁未元日至金陵江上感夢而作〉，沔是沔水，在漢陽，順著長江往東，在丁未元日，主要是姜夔三十三歲這年，他與「合肥情人」分開後第一年，姜夔沿長江坐船到金陵，就是南京，在正月初一做了夢，寫下這闋詞。

　　這詞讀一下，「燕燕輕盈，鶯鶯嬌軟，分明又向華胥見」，是第一小節。詞與詩風格不一樣，尤其與老杜的詩不同。「燕燕輕盈」，輕盈是姿態，寫什麼？寫他情人體態像燕子輕盈。「鶯鶯嬌軟」，寫什麼？是寫他情人聲音像是黃鶯嬌軟。「分明又向華胥見」，「華胥」是典故，傳說黃帝曾經夢遊華胥之國，所以「華胥」就是指夢。我清清楚楚在夢中看見，「見」，在此有二層意思，一是從視覺說，看見她如燕子輕盈的體態，一是從聽覺聲音說，說她有如黃鶯嬌軟的聲音，這寫夢的感覺。但重點在下邊兩句：「夜長爭得薄情知？春初早被相思染。」告訴各位，這二句真不好講，字都會，但說什麼？第一點，夜長，指的就是漫漫長夜，第二點，「長」指的是我對你的思念之感情，但這句被省略。「爭得」，就是怎麼能夠。「薄情」，這是反話，這又是中國人老習慣，在座大家中年以上，中國傳統上夫妻之間很少稱呼，不會很親密的，不會叫「親愛的」，客氣點的叫「孩子的爹」、「孩子的媽」，更不會叫名字。要表示親密，常會叫反話，像是「沒良心的」、「殺千刀的」。這裡說「薄情」，不是真的薄情，而是有濃厚感情的，是說相反話。「薄情」，指情人你啊！我在漫漫長夜，我對妳思念之感情，怎麼會讓妳知道呢？「夜長爭得薄情知」，這有沒有從杜甫來呢？有。夜長就是杜甫的「長相憶」，「爭得薄情知」，就是杜甫的「明我長相憶」，你就跑到我夢中，杜甫寫李白了解我，知道我對他長久思念，就跑到我夢中。所以「夜長」就是姜白石對那情人長久的思念，「知」，就是情人知道，「明我長相憶」。「故人入我夢」，姜白石夢中夢到對方，她怎麼出現我夢中呢？怎麼知道我思念她的感情而跑到我夢中來呢？所以由「入夢」扣題目「江上感夢」。這分析作品很有樂趣，若直接翻譯，有時是不通的：

漫漫長夜怎麼讓薄情知道呢？這是不通的。完整翻譯應是：漫漫長夜，我對她思念的感情，怎麼會讓她知道呢？而讓她出現在我夢裡面呢？分析作品有時候可以找出很多東西。「爭得薄情知」之後，自問自答：「春初早被相思染。」「春初」，就是春天剛到，扣到題目裡的「元日」，春到人間第一天，那女子、薄情人，早被相思之感情所感染，心中充滿相思，將心比心，所以她知道在漫漫長夜，我對她思念，所以她知道而跑到我夢中來安慰我。這解釋能理解嗎？這兩句重點了解，就明白杜甫的「故人入我夢，明我長相憶」。

下片，「別後書辭，別時針線，離魂暗逐郎行遠」，還是「對面著筆」的筆法，由女子來說。姜白石揣摩女子心事，「別時針線」，是當初分開時，女子臨行密密縫，縫一些衣服送給對方，別後也寄了很多書信，話沒說完，這都不能充分表達女子對姜白石的感情，所以，「離魂暗逐郎行遠」，「離魂」有一個故事，唐人陳玄祐有一篇小說〈離魂記〉。有一姓張女子叫倩女，喜歡他表哥王宙，而女子父親把她許配他人，二人無法成婚。她後與王宙私奔四川，住了五年。後來王宙考上進士，帶倩女回岳父家，女方家人嚇一跳，因爲倩女五年一直都在家，沒離開過家，怎麼說去了四川五年？一個身在家，一個魂去了四川，二人合而爲一，所以叫「離魂」，唐人小說很有趣喔。分離時，我送了很多衣裳，別後，我寄了很多信，都不能充分表達我這個女子，對他的思念，所以我的魂離開我的身體，暗暗跟隨郎行。「行」，就是邊，「郎行」，是男子那邊。如果說「娘行」，就是女子那邊。女子跟著男子到遙遠的地方，這是入夢，還是扣到題目上說夢。夢醒了，「淮南皓月冷千山，冥冥歸去無人管」，姜白石想像一醒來，表示女子要離開他，魂回去原來的地方。魂的來去，不是走路，而是天上飛的，回到淮南的安徽，這景象真好，女子的魂在天上飛，上邊有月亮，下邊經過許多山，月光照亮每一座山頭，她暗暗孤獨的飛回去，「冥冥歸去無人管」，沒法陪她，她只能自己孤獨回去，姜白石有點不捨、心疼。雖然是夢，可是寫得很真實的感覺。有一點跑野馬去了，但這詞與杜甫有關，詞也寫得漂亮，所以不妨讀一讀，體會一下。

說完第一首〈夢李白〉，下面看〈夢李白〉其二。

夢李白 其二

浮雲終日行，游子久不至。三夜頻夢君，情親見君意。告歸常局促，苦道來不易。江湖多風波，舟楫恐失墜。出門搔白首，若負平生志。冠蓋滿京華，斯人獨憔悴。孰云網恢恢？將老身反累。千秋萬歲名，寂寞身後事。

　　「浮雲終日行，游子久不至。三夜頻夢君，情親見君意」，這是第一段。抬頭看天上的雲，整日在天上飄，我們說過，「浮雲」象徵遊子，看後邊引了《文選》的〈古詩〉：「浮雲蔽白日，遊子不復返。」陶淵明有〈停雲〉詩，陶說「停雲」是思念親友的意思，所以浮雲有遊子的象徵，現在有個離別到遠方的人，很久不見了，杜甫指的當然就是李白。「三夜頻夢君，情親見君意」，一連三個夜晚夢到你李白，展現你對我的感情，讓我了解你的心意。前面一首不是說「故人入我夢」嗎？是第一晚夢到對方到我夢中。這首很纏綿，連著三夜夢到你，杜甫也溫柔敦厚的說，可看出你李白對我杜甫的感情。讀詩要學這種性情，若說「我連三夜夢到你」，這種說法不好，若改說是：「連著三夜看你到我夢中，要感謝你到我夢中來」這情意才夠纏綿。回家要記得跟先生太太這樣說。

　　「告歸常局促，苦道來不易。江湖多風波，舟楫恐失墜。出門搔白首，若負平生志」，這是第二段。仍然是寫夢中情景，但寫法與前一首不一樣，前一首是從杜甫的角度，是相信、懷疑、相信、懷疑。這首是寫得很真，動作寫得很細膩。就像〈古詩十九首〉那首「良人惟古歡，枉駕惠前綏。願得常巧笑，攜手同車歸。既來不須臾，又不處重闈」，寫李白你在夢中，要告

辭離開時，都很匆促，夢中停留很長，但最後迫不得已，匆匆忙忙離開。各位有沒有類似的生活經驗？跟某人在一起，聚了三、四個小時或半天，要離開時的一、二分鐘，總是匆匆忙忙？在夢裡，李白告訴杜甫說：「我來一趟很不容易，經過長江時，風波很大。『江湖多風波』，容易翻船。」這就像是前一首杜甫說：「水深波浪闊，無使蛟龍得。」杜甫擔心李白，而且李白也擔心危險。危險用來指道路，指的是社會道路、現實道路，這表示杜甫也好、李白也好，在現實世界的處境都是危險的。「出門搔白首，若負平生志」，杜甫看李白跨出了門，從背影顯示，他抓著他的滿頭白髮，杜甫寫李白的動作，好像訴說現實的遭遇，辜負了他平生的雄心壯志，他一生的理想無法實現。這六句在全詩很精彩，是杜甫描寫眼中看到夢裡頭的李白的動作、形象與心事，每次分開都匆促，李白說他遭遇很多危險，透過「搔白首」，顯示心中煩憂、不滿、辜負平生之志的心情等等。

　　下邊寫夢醒了以後，「冠蓋滿京華，斯人獨憔悴。孰云網恢恢？將老身反累。千秋萬歲名，寂寞身後事」，「冠」，是大帽子，「蓋」，是大車子，就是指高官貴族吧。京華就是長安，長安這地方有很多戴大帽子、坐大車子的人，也就是有人官做得很高，現實生活中過得很好。但「斯人」，就是指李白這個人，他偏偏不得志、很憔悴。這兩句很有名，表示那些沒有才華、庸庸碌碌的人，飛黃騰達。相反的，如李白這樣有志向、有才華的人，都受到冷落而憔悴，甚至被放逐。所以杜甫提出控訴，「孰云網恢恢？將老身反累」，「網恢恢」，當然是從《老子》：「天網恢恢，疏而不漏」而來。有些版本寫成了「疏而不失」，意思一樣。「恢恢」，廣大的樣子，想像天網非常廣大，張滿天空，看起來很稀疏，網不密，但天理常在，不會有甚麼遺失錯誤，這是老子說的意思。有時我們不是會對天質疑說：「善有善報，惡有惡報」嗎？因為看到做惡之人，卻飛黃騰達，做好事的卻沒有好報，所以對天道提出懷疑。但世俗認為，這是時候未到。杜甫這裡不說天道、天網，但古時候常用天道來解釋。另外「網」也用了「湯網」的典故，也就是「法網」，聽說過嗎？湯是商朝的君主湯，商湯個性很仁慈寬厚，所以法律很寬，所以有「湯網寬」、「湯網仁」的說法，所以「網」是指法

網。杜甫是反用這個故事，雖說這個時代法網寬鬆，朝廷是仁慈的，但有理想、志向卻又年老的李白，卻反而被拖累，為什麼呢？因為李白參加了李璘的軍隊，後來李璘兵敗，李白也被流放到夜郎，這是「將老身反累」。別的人庸庸碌碌，結果卻飛黃騰達，「斯人獨憔悴」，但是呢，像李白這樣的人，在這個時代卻受到法網嚴酷對待。很顯然，這是杜甫為李白發出不平之鳴。

　　「千秋萬歲名，寂寞身後事」，面對李白這樣的遭遇，有人就安慰啦，說李白在現實中受到不公平的待遇，卻有千秋萬歲不朽的盛名，但杜甫認為「寂寞身後事」，死後縱然有「千秋萬歲」的不朽盛名，但是這對他有何意義呢？這首詩的最後為李白呈現很多的同情，也表達為李白抱不平的意思，但我想重點應該放在夢的描寫，非常生動。時間到，今天就上課到這裡。

有懷台州鄭十八司戶

天台隔三江，風浪無晨暮。鄭公縱得歸，老病不識路。昔如水上鷗，今如罝中兔。性命由他人，悲辛但狂顧。山鬼獨一腳，蝮蛇長如樹。呼號傍孤城，歲月誰與度？從來禦魑魅，多為才名誤。夫子嵇阮流，更被時俗惡。海隅微小吏，眼暗髮垂素。黃帽映青袍，非供折腰具。平生一杯酒，見我故人遇。相望無所成，乾坤莽迴互。

　　我們之前講過〈醉時歌〉，那首詩是七古，是杜甫寫他與鄭虔喝酒的情況。透過那首詩，看得出鄭虔年紀比杜甫大，杜甫對他很尊敬，二人交情好，同樣二人都很落魄。後來安祿山之亂，長安淪陷，杜甫後來不是逃出來了嗎？所以沒有被安祿山強迫授官，但鄭虔不一樣，他被逼做偽官。因此長安光復後，鄭虔就被貶官到台州。這個台字唸「胎」，在天台山旁邊，也就是現在浙江省東邊的海邊。為何唸「胎」？因為傳說天台山是仙山，是孕育神仙的地方，所以有肉字旁的胎，簡寫成台字。但這邊天台山不能唸台，因為本是胎字。台州在天台山旁，所以念「胎州」。好，鄭虔被貶作司戶參軍，每州有許多官吏，大部分的官吏叫參軍，有司功參軍、司兵參軍、司戶參軍等等，各自掌管不同的職事。我們看題目下邊註解引了《唐六典》說：「上州司戶參軍二人，從七品下。」官位不高，被貶到遙遠偏僻的地方，那官位更低了。這時候的鄭虔年紀已經老邁，此時杜甫在秦州，很懷念以前在長安的老朋友。因為我們不讀杜甫全集，沒看到全部，其實杜甫在乾元二年七到十月在秦州，三個月不到，寫了很多懷念以前老朋友的詩，包括前面讀

的〈夢李白〉，還有這首〈有懷台州鄭虔十八司戶〉也是其中之一。十八是排行，古時候，尤其是唐朝，常用排行來稱呼人，而且是用大排行來稱呼，包括堂兄弟一起算，所以這不表示同父母有十八個小孩，沒這麼厲害，除非康熙皇帝吧。這是大排行，像杜甫排行第二，李白叫他杜老二，李白排行十一，所以叫李十一白。

　　「天台隔三江，風浪無晨暮。鄭公縱得歸，老病不識路」，這是第一段開頭部分。天台是很遙遠的地方，所以說是「隔三江」，三江是那些江呢？請翻到註解引《漢書‧地理志》說是北江、南江、中江。這合稱三江。《水經‧沔水注》又說：「三江者，岷江、松江、浙江也。」又有「松江、錢塘、陽浦江也」的說法。仇兆鰲說：「三江：長江、浙江、曹娥江也。」這樣說起來很累，但浦起龍說了：「三江其說紛紛，要不必泥。」這話真好，反正是遙遠的地方嘛，指秦州、長安、中原到天台地區的距離，中間隔了很多江水，浦說是比較簡單，而且不必拘泥。但仇兆鰲卻認為：《爾雅》那些說法，並不是通往天台之路，雖然有三江之說。所以假如從長安到天台，要越過哪些江水呢？仇兆鰲認為其他的說法都不是真正經過的路，長江、浙江、曹娥江才是通往天台的三條江水。如果你用現代的方式解說，基本上是兩個態度，一如浦起龍的不拘泥說，反正是經過很多江水；二是落實說，就是指要通往天台的三條江，所以仇兆鰲認為應指長江、浙江、曹娥江。總之就是告訴大家那很遙遠，要經過很多江水。再看「風浪無晨暮」，晨是早上，暮是晚上，意思是不管白天黑夜，風浪都很大。所以上句說路途遠，下句說路途危險，因此再做一個小結論：「鄭公縱得歸，老病不識路。」這兩句話寫得好，「得歸」不是簡單說回來，「歸」是指朝廷，「縱」是指朝廷赦免，縱使得到了皇帝的赦免，鄭虔得以回來，但他已又老又病，只怕不認得回來的路了。所以杜甫的意思是說他回不來啦，可能要死在那了，這是結論。但這裡杜甫做了一個翻案，說即使朝廷赦免他，他也回不來了，更何況朝廷沒赦免他，那就更回不來啦！這種寫法是鍊意之方式，把意思透過假設推進更深一層，所以讀詩或看各位作品時，我常說，詩更重要的是「鍊意」，意要更深刻，表達更強烈。「鍊意」有許多手段方法，其中有深一

層，也就是作一個假設，把意推更深一層的作法，這是很容易學的，也容易呈現效果。這要用一些虛字，在這首詩裡「縱」是關鍵字，我們現在寫作不一定要用「縱」字，但可朝這方向思考。就算鄭虔得到朝廷赦免，但又老又病都回不來了，更何況朝廷還沒有赦免他，他就更回不來了。好，所以從路途遙遠危險，到現在鄭虔又老又病，都不能回來了，把感情基礎寫得很深厚。

　　下邊，「昔如水上鷗，今如罝中兔。性命由他人，悲辛但狂顧。山鬼獨一腳，蝮蛇長如樹。呼號傍孤城，歲月誰與度」，這是第二段。底下浦起龍說：「敘其放逐遠惡之處。」「昔如水上鷗，今如罝中兔」，是寫他今昔遭遇的變化，鄭虔以前就像是水上鷗，白鷗鳥給我們的意象是逍遙自在，但現在是罝中兔。「罝」就是抓兔子的網子，像一隻兔子被困在網子裡，表示被貶到台州，不能像水鷗那樣逍遙自在。「性命由他人，悲辛但狂顧」，寫任人宰割了，他的命運被人掌握，就像是網中的兔子，所以非常悲哀辛酸。至於「狂顧」二字，請看註解引《楚辭》的〈九章‧抽思〉說：「狂顧南行。」《楚辭》是屈原所作，屈原的遭遇，大家都知道，「抽思」就是把心中的各種愁緒、念頭，一層層表現出來。其實屈原作品就是如此，主題充滿憂思悲傷的情緒。他當初被放逐到漢水北邊一帶，期待回到南邊，回到朝廷郢都。所以，他的眼睛急切的、不停的尋找回到朝廷的路，這叫「狂顧」，這兩字從屈原來，顯示鄭虔與屈原一樣：一個是同被放逐，遭遇相同；一個是他與屈原相同，有著急切、不斷想回朝廷都城的心情，就是「悲辛但狂顧」。這出處要注意，杜甫這篇作品用很多《楚辭》的意象、感情等等。浦起龍說這是從〈招魂〉而來。〈招魂〉大篇是宋玉招屈原的魂魄，我們不一定要拿〈招魂〉與之比附，但「狂顧」這兩字的涵義不能漏掉，原因就如上述兩點。

　　下邊，「山鬼獨一腳，蝮蛇長如樹。呼號傍孤城，歲月誰與度」，〈山鬼〉也是屈原《楚辭》內的一篇，大意是說山裡妖精鬼怪很多。這裡提到的「獨腳」，高步瀛先生很有興趣，各位看註解引了好多都是解釋「一足」，認為是「一腳」，像是：「夔一足，越人謂之山繅。」「山鬼一腳」因為是

獨腳，所以就是指「夔」。各位看朱鶴齡也引了《述異記》的說法：「山鬼，嶺南所在有之，獨足反踵。」「踵」就是腳跟，一般來說腳跟是在後面，腳跟在前就叫「反踵」。這個練瑜珈可以做到，一般來說是很不容易走路，但夔的腳跟在前面卻可以走。大家若有機會到台州玩，台州在浙江省東邊，靠海邊，是很漂亮的風景區，但以前杜甫在中原，沒去過海邊，所以想像海邊是妖魔鬼怪之地。現在，鄭虔被貶到台州，這個環境有很多的山妖、鬼怪，其中就有一腳而且腳跟在前面的山鬼。還有「蝮蛇長如樹」，蝮蛇就是大蛇，很長，像大樹，其實蠻荒地區的蛇，真的很大很長。跑一下野馬，跟你們說個小故事，我父親去印尼前，有一年在泰國山裡與一群人砍樹，累了，看山腰有一塊粗大木頭，一群人就過去，坐在木頭上休息吃午飯，然後再去山上工作，回來那木頭不見了，原來他們當時是坐在蛇的肚子上休息吃飯，可見蛇有很粗大、很長的，就是「長如樹」。下邊「呼號」，是誰在呼號？當然是山鬼、蝮蛇在呼號，在孤城呼號。前面「風浪無晨暮」，是地理環境在呼號，現在是山鬼、蝮蛇在呼號，而這樣的生活是誰陪鄭虔度過？這裡一方面寫環境險惡，一方面寫對鄭虔之關心。這是第二段。

好，下邊，「從來禦魑魅，多為才名誤。夫子嵇阮流，更被時俗惡。海隅微小吏，眼暗髮垂素。黃帽映青袍，非供折腰具」，這是第三段。「禦魑魅」也是有出處，各位看註解引了《左傳・文公十八年》的文字：「投諸四裔，以禦螭魅。」「禦魑魅」是由此而來。根據《左傳》記載，在堯時有四大凶族，是哪四大凶族，我們就不詳說了。總之他們危害百姓，堯就流放他們，放逐到四夷邊陲，去抵禦那邊的魑魅鬼怪。對堯來說是德政，不殺他們四凶族，而是分派他們任務，去抵抗魑魅。在此杜甫用了「禦魑魅」的詞，表示鄭虔也是被放逐了。有時用典要看原典，看到堯放逐四凶族，「投諸四裔，以禦魑魅」的重點在「投」，就是放逐，但詩人用典寫的時候，不把放逐寫出，反而是寫「禦魑魅」。從出處還原回來，他是說鄭虔被放逐，但不必過度聯想。像堯放逐四凶族，但不必把鄭虔想成凶族。用典時，「堯投諸四裔，以禦魑魅」是完整的內容，但詩人只取其中一部分，不是全部放到他所寫詩中，所以你要判斷，他那一典故，若全部為 A，他可能只用 A1 部

分，也就是「放逐」而已。「從來禦魑魅，多為才名誤」，杜甫先概說一下，從來被朝廷放逐的人，時常因為他有才華名聲而招致放逐。若不按照我剛才的分析，「禦魑魅」若說是四大凶族，那跟「有才名」就矛盾了。簡單說，鄭虔被朝廷放逐，是因為才名所牽累。從古以來很多人被放逐都如鄭虔一樣，都被才名牽累，然後再集中寫鄭虔。

「夫子嵇阮流，更被時俗惡」，夫子指鄭虔，「嵇」是嵇康，「阮」是阮籍，魏晉人物「竹林七賢」之一。那種人物是什麼形象？什麼性格呢？我們看註解引《晉書・隱逸傳》說：「孫登謂嵇康曰：『今子才多識寡，難乎免於今之世矣。』」這話可以記一下，作為現在社會中一些警惕。「才多識寡」，看得懂嗎？指才華大但見識少，才華是一個人天分高，常恃才傲物，看不起別人，得罪別人，所以孫登對嵇康說你才多識寡，很難不被世俗所傷害的。註解又引了嵇康〈與山巨源絕交書〉：「阮嗣宗至性過人，與物無傷，為飲酒過差耳，至為禮法之士所繩，疾之如仇。」阮嗣宗就是阮籍。阮籍是有名的愛喝酒、放蕩的人，因為酒喝太多，那些自以為有禮有法的人呢，用道德標準來要求他，因此對他厭惡。現在杜甫用嵇、阮之性情來比鄭虔，指鄭虔更被時俗所厭惡。

下邊「海隅微小吏，眼暗髮垂素」，「海隅」就是海邊，指台州，這句話是說你在台州做司戶參軍，七品小官，年紀老了，眼睛昏暗，「髮垂素」的「素」是白色，就是說鄭虔滿頭白髮了。「黃帽映青袍，非供折腰具」，「黃帽」也是典故，各位看後邊註解引《隋書・禮儀志》說：「都下及外州人年七十以上賜鳩杖黃帽。」朝廷賜杖及黃帽給七十歲以上之老人，這裡是說鄭虔你現在戴著七十歲以上老人的黃帽，穿上青色的官服，加上前面說「小吏」，青袍大概就是低階官吏的官服顏色，總結起來，杜甫說鄭虔性格被世俗人所厭惡，年紀老大官又小，所以「非供折腰具」，「折腰」是用陶淵明不為「五斗米折腰」的故事，就是說鄭虔不是做官的材料，要你去逢迎別人，卑躬屈膝，為五斗米折腰，你是做不到的，因為你不是這樣的人。這是第三段。

下面，「平生一杯酒，見我故人遇。相望無所成，乾坤莽迴互」，這是

最後一段。杜甫回顧與鄭虔之交情。「平生一杯酒」，我們讀〈醉時歌〉「生前相遇且銜杯」，杜甫在天寶十三載春天，曾與鄭虔二人「得錢即相覓，沽酒不復疑」，二人喝酒喝得非常痛快。這時「平生一杯酒」，表示你與我這對朋友，當年常一起喝酒的，早已是老交情啦！現在你被貶到遙遠的台州，「相望無所成，乾坤莽迴互」，「相望」就是你看看我，我看看你，發現彼此沒什麼成就，你七十歲老人做小官，被貶到台州海邊，而我在秦州也辭官了，在山裡頭，也一無所成。這感慨很深，以前二人同喝酒，雖然二人不得志，但或許也有所期待吧！可是過了這些年，你望我，我望你，二人看來一生就這樣，沒什麼成就了。最後「乾坤莽迴互」，「乾坤」就是天地，「莽」就是蒼茫、廣大無邊的樣子，天地一片蒼茫的感覺。「迴互」就是寫遙遠距離相望時，感覺天與地不停重疊交錯的樣子，所以這句「乾坤莽迴互」，是扣前面「相望無所成」的「望」字。你在台州，我在秦州，一片蒼茫的天地中，這幾千里的距離，天與地不停交錯，所以天地蒼茫迴互。這兩句，第一是把「望」的形象動作說出來，表示兩人距離很遠。第二則是表示相望時很難過，你無成，我無成，二人無成，一生完了，就像天地蒼茫無邊的茫然。因此我們看浦起龍說：「念及從前杯酒，我亦漂泊而兩為翹首乾坤，落句更欲括一篇〈天問〉矣。」

　　〈天問〉是屈原的作品，「天問」其實是倒裝，也就是「問天」的意思，以前的語法，常會把受詞放在動詞前面，所以「天問」就是「問天」。我們簡單說一下「天問」的背景，屈原被放逐到了湘水邊上，楚國一帶的習俗是喜好祭祀神仙、鬼神，所以有很多廟宇、祠堂，就像台灣的老廟，牆壁上不是都有許多圖畫嗎？那些廟宇、祠堂也會畫上天地日月，或很多的歷史故事，屈原看到那些壁畫，想到自己的遭遇，於是就責問老天爺，天上有太陽，天上有月亮，天上有星星，為何不掉下來？這表示天有天道，人間也應該要有人道才行，但我忠心耿耿卻被放逐，這天理何在？用現在的白話文說，〈天問〉就是責問老天，天理在什麼地方？我們再回頭看浦起龍所說：「最後一句概括〈天問〉」，「相望無所成，乾坤莽迴互」，二人無所成就，天地蒼茫之意象，暗示了對老天爺的責問。鄭虔因才名被放逐，也帶出

自己淪落在秦州，二人無成，同有此悲慘遭遇，杜甫因此責問老天爺這是什麼道理？所以這最後兩句具有兩層意思。杜甫這結句寫得很好，表達出思念對方的感情，也表達出我與他彼此思念遙望的動作，帶出天地一片蒼茫空闊的感受。更重要的，還帶出了對老天爺的責問，所以這個結束，結得很有力量。這篇大致了解一下，時間剛好，我們休息一下。

鐵堂峽

山風吹遊子，縹緲乘險絕。硤形藏堂隍，壁色立積鐵。徑摩穹蒼蟠，石與厚地裂。修纖無垠竹，嵌空太始雪。威遲哀壑底，徒旅慘不悅。水寒長冰橫，我馬骨正折。生涯抵弧矢，盜賊殊未滅。飄蓬踰三年，回首肝肺熱。

　　上次講完了〈有懷台州鄭十八司戶〉，現在各位翻到〈杜甫古體詩繫年表〉，可以看到下邊一首，應該就是第九首的五言律詩〈秦州雜詩〉，還有〈月夜憶舍弟〉、〈天末懷李白〉、〈遣懷〉、〈擣衣〉、〈送遠〉啦，這些五言律詩我們都講過，都是在秦州所作的，對不對？然後再回到前邊，應該是七十五頁的〈鐵堂峽〉。再來，前面五言排律第十五首也是在秦州作的，但是五言排律我們現在暫時不講了，所以第十六首就是〈鐵堂峽〉。這〈鐵堂峽〉表示已經離開了秦州了。如果就地理位置而言，秦州在長安的西北方，也就是現在的甘肅省天水市。杜甫大概在乾元二年七月時辭官，離開長安東南方的華州，往西北走，出關以後來到秦州，大概在這裡待到十月中，然後離開秦州往南邊走喔，到了成州。成州東南邊有一個比較小的地方，叫做同谷。同谷是一個縣，也是屬於成州的範圍。他離開成州到同谷，到達時間應該是十一月，離開秦州則是十月，但哪一天不是很確定。因為〈發秦州〉詩裡面，他提到「十月交」，「中宵驅車去」半夜的時候，也就是十月的某一個夜晚，他離開秦州。然後在路上，他提到了仲冬，仲冬就是十一月。我們順便說一下，他在同谷待的時間很短，不到一個月。杜甫也說得很清楚，十二月一號，他又離開同谷，往南邊走。一直往南邊經過什麼劍

閣之類的。繼續往西南，就到了成都。總之，大概杜甫在路上走了不到一個月，在十二月，也就是年底的時候，杜甫就到了成都。

　　現在我們先做一個概述，當他十一月離開秦州到同谷，這一路之上，他有十二首的紀行詩，同谷到成都又有十二首紀行詩。這前後二十四首都是五言古詩，我們選本在前邊一個階段，秦州到同谷，只收了七十五頁的〈鐵堂峽〉。至於同谷到成都，也只收了一首，就是七十六頁的〈劍門〉。〈鐵堂峽〉後邊就是〈劍門〉了，對不對？但是那是兩段，一個是秦州到同谷，一個是同谷到成都，兩個階段的路途描寫。我想，我們沒有必要把二十四首的篇名都抄給各位。各位有興趣，自己上網去找，或者找一本杜甫的全集，應該就可以看得到。如果我們就現在地圖上可以看到的，從秦州往南邊走，到同谷的時候，可以看到幾個地方像鹽井啦，還有同谷旁邊的龍門鎮啦、泥功山。這三個地方就是我們剛剛說的，在十二首紀行詩裡頭。然後同谷往成都，一路上有一些地名；比如像龍門閣，前面是龍門鎮，這裡是龍門閣，還有桔柏渡、劍閣。這些也都是在第二階段的紀行詩出現過。這二階段各十二首的紀行詩，其實杜甫真的很了不起，一方面他把路上的山川風景，道路狀況寫得非常詳細，寫景功夫非常細膩，等一下我們看〈鐵堂峽〉，就可以做為例證。

　　我曾經寫了一篇論文，提到這二十四首的紀行詩，杜甫都不斷的貫串一個意象，這個意象就是「道路」。既然是「紀行」，當然是走在路上嘛！道路必然的會出現，對不對？但是呢，杜甫用現實中真實走的那一條路，象徵了抽象的人生道路。所以現實中路途的艱難、危險，事實上杜甫都不斷的用來象徵他人生道路的艱難。這個從先秦孔子、孟子以來，大概都時常把現實的道路跟人生的道路做一個結合，變成了一個象徵。所以我們講孔子的「道」，那個道不就是路嗎？那人生的「道」是什麼？就是理想，就是精神的一個層面。那杜甫呢？其實也就在這二十四首詩裡頭不斷的顯示，他在人生理想中想要完成的事業，以及他遭遇到的挫折等等。當然，後面這一層，因為我們沒有把二十四首詩完整的讀，所以看不出他意象、象徵的貫串性。現在選本只選了各一首，所以講的時候，我們只比較偏重在詩中地理的表

現。

　　我們就先看這一首〈鐵堂峽〉。在題目下邊，我們稍微修正一下。高步
瀛先生引了錢謙益的註，有沒有？錢謙益引了《方輿勝覽》說：「鐵堂山在
天水縣東五里」，也就是秦州附近，是杜甫離開秦州的第二站。杜甫離開秦
州，第一站是赤谷，第二站就是鐵堂峽。然後下面「峽石笋青翠」，這個
「峽」下面漏了一個字，所以句子不通，漏了一個「有」，「峽有石笋青
翠」。然後「長者至丈餘，小者可以爲礪。」這樣比較講得通嘛，對不對？
這大致上可以了解，這是一個峽谷，長了很多石笋。石笋是什麼？像石灰岩
的岩洞，因爲水侵蝕的關係，不停的滴、不停的滴，地上就慢慢的長出高高
的、尖尖的，像笋子一樣的東西，長的可以長到一丈多，而且就算小的也可
以當磨刀石。「礪」就是磨刀石，也就是說這個石笋很堅硬。下面還提到姜
維，姜維各位大概知道，《三國演義》中有名的將軍嘛，姜維的祖先就住在
這裡。這裡還有一個莊，叫「鐵堂莊」。

　　好，杜甫來到這裡，寫下了這首詩，我們看他怎樣描寫這個地理。「山
風吹遊子，縹緲乘險絕。硤形藏堂隍，壁色立積鐵」，這是第一個段落。前
面兩句很容易了解，來到了這個峽谷。但有一個地方要補充一下，因爲高步
瀛先生真的很費功夫，我們也不要忽略他。詩後面的小字，那個「硤」字，
這裡寫成了「山」字旁，然後高先生說跟「石」字旁的「硤」是同一個字，
對不對？但其實都是用後出字，應該是要寫成什麼？我請問大家，因爲我的
眼睛老花了，那個第三句的「本字」，就是本來的字，那個字當作兩個
「入」還是兩個「人」？兩個「入」是寫錯了，兩個「人」才對。「陝」西
的「陝」才是兩個「入」，這兩個字真的很像喔，「陝西」的「陝」，我們
時常寫成「陝」，其實是寫錯了，回去再把字典查一查。而這兩個字怎麼分
別呢？「硤」要唸成ㄒㄧㄚˊ，「陝」要唸成ㄕㄢˇ，陝西你不能唸成「ㄒ
ㄧㄚˊ　ㄒㄧ」喔！這裡是書上打字打錯了，所以我剛剛問：這是寫成
「入」還是「人」？是「入」嘛！對不對？這裡做一個結論，就是陝西的
「陝」是兩個「入」，「陜」是兩個「人」。以前寫錯了，現在要改。所以
「硤」、「峽」、「陜」，其實三個字義是通的，但本字應該是這個「陜」

字。現在感覺像給各位講文字學了，通的意思就是都可以。只是你假如要追究的話，原來是那一個字呢？是「陝」字，這叫「本字」，是指原來的字，後來用別的字，叫做「後起字」，或者「通假字」。花了半個鐘頭講文字學，但是我想高先生花了功夫，不要忽略他，順便提一下。

好，回到詩中。「山風吹遊子，縹緲乘險絕」，顯然杜甫來到了這個峽谷，山裡的風非常猛烈。「遊子」當然指自己啦，對不對？杜甫那個時候是帶著全家，妻子兒女，一起往同谷去。因為流浪在外頭，到處奔波嘛，所以叫做「遊子」。山裡的風可以想像，非常猛烈的吹在身上。然後呢，「乘險絕」，乘，是爬的意思，原來是要爬上一個很高、很危險的山谷上邊。風猛烈的吹來是怎麼樣的感覺？是「縹緲」。縹緲原本是飄揚的樣子。因為飄揚，所以後來時常用縹緲兩個字，形容很多看起來飄動的、模糊的影像。但是它原來的意思就是飄揚、飛揚的樣子。所以假如先從本來的意思說，杜甫來到這裡，要爬上那很高的峽谷，有山風非常猛烈吹過來，把衣服吹得飄揚的樣子。但假如說你把鏡頭拉遠，也可以感覺喔，人爬在那麼高，風那麼強的山谷，整個人的影子是縹縹緲緲、模模糊糊的樣子。

下邊「硤形藏堂隍，壁色立積鐵」，硤，當然是鐵堂峽，這裡又寫成了石頭旁的「硤」。那山谷的形狀呢？「藏堂隍」，我們先看「堂隍」，先作一個結論，「堂隍」是有屋頂，但沒有牆壁，也沒有房間的一種建築。「堂隍」很大喔！不是亭子，亭子也有屋頂，沒有牆壁，沒有房間，對不對？但是堂隍更大。古代有些衙門，我不會畫，大致概念說明一下。比如說這是牆壁，這是柱子，屋頂往前面伸，然後也有柱子撐著屋頂，就好像前邊的一個廳堂，了解嗎？這個空間很廣、很深、很大，四周是沒有牆的。那麼大的廳堂，也沒有房間，古代有些衙門，就在這個地方議事。那這個轉進去以後，裡邊可能是住家，或者其他的用處。這樣的建築：一個屋子，前邊有柱子，有屋頂，沒有牆，沒有房間，很大，這個叫「堂隍」。現在杜甫用「堂隍」兩個字來形容這個峽谷。你可以感覺，它就像一個屋子，當然可能是一個山洞。所以上邊有遮蔽，也可能有些柱子、石頭，像石筍之類的，矗立起來，但是四周是空空的，這是「硤形藏堂隍」。那當然，假如像剛才那樣，下邊

一個山崖，這裡就是「堂隍」，那「壁色立積鐵」，是山壁的顏色矗立在那裡，好像堆滿了青黑色的鐵塊一樣。所以一方面是寫懸崖下邊的一個峽谷，對不對？「硤形藏堂隍」；一個是寫那山壁的聳立，而且它的顏色像青黑色的積鐵堆積起來的樣子。

這四個句子先做一個開頭，這首詩今天可能講不完，但是我想藉機會討論一下這兩句，順便補充一些材料和觀念。我們先要說，仇兆鰲的《杜詩詳注》裡頭，關於「壁色立積鐵」這五個字，清人註杜，真的是很花功夫。他把杜甫詩中詞彙的老祖宗，全部都找出來。例如「積鐵」，那仇兆鰲他引的，我想也不用全部說，我們看其中引了一個資料《吳越春秋》，說到干將，聽過吧？是個鑄劍的人。他說：「干將作劍，採五山之鐵精，六合之精英。」後面我就不引了。這個古人注杜的出處時，常常引了一大堆。我特別要舉這個例子，為什麼呢？因為仇兆鰲根據這個，有了一個說法，說「壁色立積鐵」，五個都是入聲字，有沒有？他說這聲調很拗口，所以他認為，根據《吳越春秋》提到有鐵精，這五字應該是「壁色立精鐵」，把「積鐵」改為「精鐵」，就沒有五個都是入聲字的問題了。

我先從這個帶出一個觀念，要討論起來，還滿複雜的。第一個，這是五言古詩，本來就不講究所謂聲調格律的問題。然後，杜甫詩裡頭，有沒有整個句子是同一個聲調的？有喔！這個有很多。甚至七個字都是平聲的，我們還沒有講杜甫的絕句，將來我們有時間，再花一段時間集中講他的絕句。杜甫有什麼「中巴之東巴東山」。都是什麼聲調？假如各位這樣寫詩，就要被打叉叉了。「中巴之東巴東山」，七個字都是平聲字，當然也有七個都是仄聲字。但重點不在這裡，有沒有同一的聲調「入聲」？有。不止這個，我看過詩話裡頭曾經整理出來，我舉一個例子好了，因為太多了。「白日亦寂寞」，就是五個入聲字。所以第一個，五個入聲，不見得不對。在杜甫詩裡頭，例證也不少。但是這也不是重點，重點是我們現在進一步討論一個問題，是詩的聲調。

因為我們漢語有分四聲，又有所謂的「雙聲」和「疊韻」。所以我們詩裡，時常會運用這些聲調的特徵，創造出一些特殊的表現手法。先說雙聲跟

疊韻，各位知道，兩個以上的字，聲母相同就叫雙聲，對不對？而兩個以上的字韻部相同就叫疊韻，了解嗎？很簡單，《詩經》裡頭就有雙聲和疊韻。像「蝃蝀在東」這一句，「在」不算，蝃、蝀、東三個都是同一個聲母，有沒有？都是「端母」字。「蝃蝀」是什麼？就是彩虹，古代傳說彩虹是蟲堆積出來的，所以都是虫，「虹」也是嘛！還有什麼「鴛鴦在梁」，鴦、梁疊韻，對不對？這一開始不是故意造的。因為我們漢語時常有一些詞彙，就是雙聲，例如蝃蝀、鴛鴦，所以這自然形成的。但是呢，到了六朝的齊、梁以後，我們詩歌開始律化了，我們有講過律化嘛！律化就是特別講究四聲、八病等等，最後形成近體詩的格律。所以那個時期對詩歌的創作，就特別講究聲音如何去組合。這裡頭當然除了四聲平上去入，也講究所謂的「雙聲」和「疊韻」。那時很講究這樣子的聲音現象，形成很流行的一個風氣。講個小故事，《洛陽伽藍記》裡頭的。說有個人叫李元謙，有一次在街上，看到一個大宅院，非常漂亮、豪華。就想打聽一下，這到底是那一戶人家住在裡頭？剛好屋子前邊站了一個婢女，就問她：「這個宅院是誰的家啊？」那個婢女就告訴他：「郭冠軍家。」就是「這是姓郭的冠軍家。」冠軍是一個頭銜、一個官名，這人是冠軍將軍郭文遠。結果他一聽就說：「此婢雙聲」。說這個婢女講話講的是雙聲。為什麼？因為這四個字全部都是「見母」字啊！我們不要用國語唸，用中古音唸，這個「軍」也是見母，「家」也是見母，四個字都是同一個聲母，所以他聽了訝異，這個婢女還能夠講雙聲，因而稱讚那個婢女。那個婢女名叫「春風」，她一聽啊，加碼了，回他一句說：「獰奴慢罵」。獰奴，獰就是狗，獰奴就是狗奴才，罵人的話。「獰奴」、「慢罵」是不是雙聲啊？也是喔！所以那個婢女很厲害喔！「郭冠軍家」也許不是故意的，反正就是姓郭的冠軍家嘛！但稱讚她雙聲，她就加碼說：「獰奴慢罵」，你這傢伙討罵了。告訴各位，就是有這種風氣，講究雙聲，講究疊韻。

　　還不止是一個婢女喔！皇帝也喜歡，南朝的梁武帝有一次詩興大發，寫了一句詩：「後牖有朽柳」，這個句子很彆扭啦，就是後面的窗子有一棵凋朽的柳樹嘛！但是疊韻啊！「又」對不對？寫完了以後，把臣子召來，每一

個人寫一句疊韻的詩。當時有一個人很厲害，叫做劉孝綽，他就寫「梁王長康強」，這個傢伙真的可以作宰相。不但疊韻，而且拍馬屁，還拍得真好啊！講到這個，我又想到一個拍馬屁的人了。六朝有一個沈約，還有周顒，聽過嗎？他們就是當時提倡四聲八病。他們的說法很流行，皇帝也聽說什麼「四聲八病」之類的，於是就找周顒的兒子周舍來問，到底什麼是四聲啊？這周舍怎麼回答？他說：「天子聖哲」。天子聖哲，包含了四聲，平上去入，有沒有？你們個個看起來，都沒資格在古代做官。一方面要表示學問，二方面又會趁機拍馬屁，多好！像劉孝綽所謂的「梁王長康強」，還有像沈約的「偏眠船舷邊」，有沒有疊韻？但劉孝綽跟沈約還是不同，一個是拍馬屁的，一個是詩人，至少這詩句比較美。回到梁武帝的故事，還有好幾個疊韻的詩句，我也不必要每一句舉啦，也沒有背起來。但是其中有一個人叫吳均，他也很有名，低頭想了老半天，就想不出一句，結果皇帝生氣了，過了不久下詔，把他治罪，所以以前當官還真不容易，真的有一點困難。告訴各位這些情況，講究雙聲和疊韻，當然到後來就變成了文字遊戲了。

　　玩文字遊戲，古代玩得最厲害的是誰？蘇東坡，他真是才氣又大，學問又多，而且花樣也更玩得厲害。給各位舉一個例子：蘇東坡有一次在武昌，在一個亭子上邊，和一群朋友在一起。那個亭子看出去滿山的檞葉，湖裡頭還長滿了荷花。東坡就跟他的朋友說，有一次呢，他看到這種景色，寫了兩個句子，第一個句子是「玄鴻橫號黃檞峴」。這是在武昌西山，旁邊有一個山叫做峴山。山上長滿了檞樹，檞樹的葉子一片鮮黃，然後有黑色的鴻鳥在上面盤旋、鳴叫。那個朋友就問，你寫的這個句子，下面對仗什麼呢？東坡說：下面就是荷花池嘛！所以他就下面寫了：「皓鶴下浴紅荷湖」。先講前面一句，其實就是雙聲，你都不要用現在國語唸喔！「玄鴻橫號黃檞峴」，這「玄」、「峴」也是雙聲。然後下面對的也是雙聲，除了那個「浴」字，「皓」、「鶴」、「紅」、「湖」都是雙聲，東坡說完，大家都大笑，覺得這很好玩。於是大家就相約，每個人寫一首律詩。全首五十六個字，全部都是雙聲。那五十六個字，說實話，怎麼背都背不起，實在很難背，而且也沒有什麼意思。但我舉一個例子：「江干高居間關局」，各位用台語唸唸看，

「扃」也是見母字喔！所以全部是雙聲，不止一句啦！八個句子，五十六個字，全部《⋯⋯《⋯⋯到底。不止寫這首，還有另外一首。我現在先告訴各位，基本上這是文字遊戲，可以見出你的才，也好玩。

現在回過頭來講，那我們詩裡邊講究聲律，比如說分平仄跟押韻啦！甚至於有些人還特別強調押什麼樣的韻腳，可以表現出某一些情緒出來，這一類的文章很多，我以前也頗為相信這種說法。像上聲的字，因為它是比較抑揚的，所以像孟浩然「春眠不覺曉，處處聞啼鳥。夜來風雨聲，花落知多少？」曉啊、鳥啊、少啊都是上聲，讀起來好像睡覺還半眠半醒的樣子耶！你假如讀李白的「床前明月光，疑是地上霜。舉頭望明月，低頭思故鄉。」是七陽韻，聲音很響亮喔！好像拿個鑼在你旁邊敲一樣，你要睡都睡不著，還要像李白下了床去看天上的月亮。這個叫做「聲情說」，某一種聲調，或者某一種韻腳、聲母，跟感情有時有一些連接的關係。在曲裡頭，特別強調這一個。尤其是戲曲，因為有劇情，有故事的情節、主角的感情，所以你譜曲的時候，用東多韻、江陽韻，都各有不同情緒的表達。這種說法，確實有部分是可以被接受的。但是我們認為，不那麼必然，不能全部用某一個韻腳，某一種聲調，就可以表達某一類的感情。不然，七陽韻裡頭有很多字啊！像傷心的「傷」，你放在那邊，怎麼高興都高興不起來，對不對？所以像這種情況，就不是那麼絕對，那麼必然。

我們回到〈鐵堂峽〉，讀到了第三、四兩句，帶出了一個問題，就是聲音跟作品的關係。因為我們看到，像第三句「硤形藏堂隍」，那個「藏堂隍」，各位一聽大概就知道，叫做「疊韻」，都是陽韻的字嘛！然後「壁色立積鐵」，是五個入聲字，所以我們就帶出所謂雙聲疊韻的問題。當然在《詩經》裡頭，就有雙聲和疊韻。不過，是自然發生的，因為我們的詞彙，時常是由很多雙聲或是疊韻所形成的。像前面讀到的「鴛鴦」，對不對？但是到了後來，有人就特別想要用這樣的聲音，創造出一些句子出來。我們回到問題的本身，這樣一個漢語聲音的特色，把它放到我們的詩歌當中，除了文字遊戲以外，有沒有一些特殊的效果？有人認為聲音跟感情是有關係的，像「陽」韻字比較響亮，所以「床前明月光，疑是地上霜」，都是「尢尢

尢」的，聽起來好像很興奮的樣子，睡不著覺了。「春眠不覺曉，處處聞啼鳥」上聲、曉韻的字，聽起來搖搖晃晃的，對不對？早上都不想起來了！但我們認為這個不是必然性。事實上，聲音放到我們詩歌裡頭，它有時候是可以「摹形」，描摹某一個事物的形狀，或者「擬聲」，摹擬事物的聲音，然後表達出一個詩的意義來。提一首東坡很有名的詩，題目是〈大風留金山兩日〉，我們引前面兩句：「塔上一鈴獨自語，明日顛風當斷渡」。這金山在鎮江，在長江邊上。有一個寺很有名，叫「金山寺」，聽過嗎？各位看過「白蛇傳」之類的，大概都知道這個地方，它在長江邊上，所以有一個渡口。東坡本來要從渡口坐船離開，偏偏有兩天刮起了大風，船沒有辦法開，所以寫了這一首詩。你看前面兩句：「塔上一鈴獨自語，明日顛風當斷渡」。先把意思說一下，很明白，他說金山寺有座塔，塔上掛了好多鈴鐺，被風一吹啊，不停的在響，好像自言自語的在說話一樣，說什麼呢？「明日顛風當斷渡」。顛風就是大風，明日刮起大風，那渡口就斷了。我把這兩句唸了好幾次，各位有沒有注意到，裡頭有幾個字是雙聲字：「顛、當、斷、渡」，有沒有？「顛當斷渡」、「顛當斷渡」，這樣聽起來，像什麼聲音啊？就鈴鐺叮叮噹噹的聲音嘛！這個就是擬聲，摹擬塔上的鈴鐺被風一吹發出的聲音。雙聲字在這樣摹擬當中，出現了一個意義，好像那個鈴鐺聲，已經做了一個預告，渡口要阻斷了，船不能開了！所以用雙聲把它放到句子當中，摹擬鈴的聲音，而透過摹擬的聲音，顯示了詩的意義。這樣一個表現，就比那完全雙聲字的「江干高居間關扃」，有意義的多了。

好，現在回到杜甫的詩，「硤形藏堂隍」，他這個句子要寫什麼？就是來到了鐵堂峽，寫峽的形狀。堂隍，有屋頂，有柱子，但是沒有牆壁，也沒有房間的一個空間。這樣的空間更空曠，所以你會感覺，假如風吹過來，或者人在裡頭說話，就會有回聲，如「尢尢尢」這種回聲。各位假如要實際驗證一下，找一個很空曠的房間，那一定可以聽到「嗡嗡」的回音出來。所以用「藏、堂、隍」這樣的雙聲字和聲音，把峽的形狀，作了更淋漓盡緻的描寫。至於「壁色立積鐵」，五個入聲字，入聲字給人家感覺是非常短促的，一出聲就斷掉了。因為短促，也就感覺上非常的堅硬。所以他就透過聲音，

形容了山壁的顏色，好像堆積了很多鐵塊一樣。那感覺是很堅硬、很銳利的，用這五個入聲字，把山壁的形狀，做了一個描寫。像這些，我們認為，一定是我們詩人杜甫特地創造出來的。所以聲音是可以去設計在作品當中，但不是當作遊戲，而可以表達出摹形、擬聲，表達出一個意義出來。當然這個是可以參考，並不要求各位去模仿。有時候可遇不可求，假如說你故意去模仿，可能就變成文字遊戲了。

好！下邊我們再看，「徑摩穹蒼蟠，石與厚地裂。修纖無垠竹，嵌空太始雪」，先讀到這個地方。基本上這前邊四句，是總寫、整體的寫鐵堂峽的形勢，就是高先生說的：「以上山之形勢」。我覺得這「山之形勢」，應該放到前面四句來去說，是寫山的樣子。而下邊這四句，是從仰望的、抬頭看的角度，來作一個描述。「徑摩穹蒼蟠」，徑，當然指的是山徑。前邊不是說「縹緲乘險絕」嗎？顯然是要爬那座很高的山。從那裡爬？當然就是沿著山邊的小徑往上爬，就可以看到那個山徑是前後盤旋的。我們要登很高的山，那個路不都是彎彎曲曲的嗎？所以用「蟠」來形容這樣彎彎曲曲的小徑，感覺好像可以摸到穹蒼。穹蒼就是天空，循著彎曲的小徑，往上一直蜿蜒上去，感覺好像上了雲霄，碰到天空一樣。

再來，「石與厚地裂」，這個石，應該指的是山的石塊。這山的石塊很大，而且很厚重，好像可以把地壓垮了，把它弄裂了一樣。這是杜甫在下邊看那個山的形勢，看到山徑蜿蜒直上雲霄，感覺眼前山的大石塊，厚重的好像都要把地壓垮一樣。然後「修纖無垠竹」，修是長，纖是細。再看到上邊有細細長長的竹子，那個竹子，除了寫它形狀細長以外，還說是「無垠」。無垠，當然是無邊無際，漫山遍野的長滿了細細長長的竹林。這是抬頭看，看到山的樣子。然後「嵌空太始雪」，「太始」，就是太古，從天地開始以來的雪，也就是終年不化的雪，堆在山頭上。因為山很高，上面有雪，好像碰到了天空。我不會畫啦！大家概念想像一下：山頂著天，天上堆滿了終年不化的白雪。所以感覺到那雪就嵌入到天空一樣。「空」，指的是天空。這都是極盡形容，把鐵堂峽非常高聳、雄偉的形狀，做了很多角度的描寫；寫山徑，寫大石頭，寫那一大片的竹林，再寫山頂上的積雪，古體詩時常要用

這樣筆法。古體跟近體我們再補充一下，各位可能也聽過，或者以前有講過，古體，尤其是跟絕句作比較，最大的差別在那裡？絕句是從一個點切入，那四個句子就是從這個點做一個描寫，它的焦點比較集中。那古體因為篇幅大，所以時常是鋪陳的、多角度的描寫。因為要鋪陳，所以用各種角度來去寫。他要寫鐵堂峽，寫它的雄偉、高峻、驚險的樣子，這不算很長的篇幅喔！但是你都可以看到，用各種角度來鋪陳。

　　好！前面四句，是仰望的角度。下面四句，是俯望的角度，低頭看。他說：「威遲哀壑底，徒旅慘不悅。水寒長冰橫，我馬骨正折。」「哀壑底」，很顯然的，他視角是低頭往下看。「壑」，就是谷，所以當然就是山谷底下。為什麼說哀呢？因為山谷底下必定有水流，湍急的水流，發出了它的哀鳴的聲音。「威遲」，各位也可以看到下面引到《文選》的〈西征賦〉，引了《韓詩》：「周道威夷」，有沒有？這個「威夷」是聯綿字，聯綿字時常其中的某一個字，甚至於兩個字，都可以改換，但意思沒有改。「威夷」，有些時候就寫成了「威遲」。那「威夷」也好，「威遲」也好，有兩層意思：第一個是漫長的意思，漫長有時候指的是時間，有時候指的是空間。道路很遙遠，可以說威遲、威夷，這是一層意思。另外又引申出來，各位看註說：「威夷，險也。」那是針對「周道威夷」這句話的解釋，周道指的是周朝，周朝這個國政威夷了，也就是遭遇到危險了，時代衰微了，用「威夷」來形容。這兩個字用到我們現代，倒很合適啦，我們的時代也差不多可以用「威夷」來去形容。好，所以威夷一個意思是漫長的空間也好、時間也好；一個是危險。現在杜甫用了這個詞，「威遲哀壑底」，很顯然，指的是杜甫還在山谷底下，還沒有爬上去，然後走在這樣蜿蜒的道路上，也感覺這個路途的艱險。這兩層意思，在這裡都用上了。所以下面說「徒旅慘不悅」，「徒旅」，當然指的是走在路上的人，必然包括了杜甫的一家人。可是我們也認為，應該還不止他們這一家，這路上還有其他一群走動的人。我們讀過〈自京赴奉先縣詠懷五百字〉吧！不是說它漲了大水嗎？「官渡又改轍」嗎？然後「行旅相攀援」，要渡那個橋嘛，對不對？這行旅也就是行人啊！也就是路上有其他的人，一個接著一個，彼此拉著，彼此牽著，過那個

橋。類似這「徒旅」當然包含杜甫一家，可能還有其他路上的行人。不管那一個，走在這樣的路上，「威遲哀壑底」，這個地方，「慘不悅」，心裡當然非常的悽慘。

下邊「水寒長冰橫，我馬骨正折」，前邊有哀壑，所以一定有水。來到這水邊，因為十一月，冬天的季節，又在山裡頭，所以是寒冷的，而且路上堆積著很多很多的冰塊，橫在前面。「水寒長冰橫」，大家可以想像喔，他們應該是騎著馬渡過河。所以說「我馬骨正折」。建安時期有一個詩人，叫作陳琳，建安七子之一，他有一首摹擬漢朝樂府的詩〈飲馬長城窟〉，他的詩裡頭說：「飲馬長城窟，水寒傷馬骨。」而杜甫說「水寒長冰橫」，那「我馬骨正折」，不正是「傷馬骨」嗎？你可以說，古代也是抄來抄去的，但是看你抄得好不好，杜甫是活用到當下的情景當中。在山谷底下，湍急的水流，發出哀鳴的聲音，那麼漫長，那麼危險的道路上，天寒地凍，前邊橫著一道長冰，要渡過那個河，「水寒傷馬骨」、「我馬骨正折」。這是低頭，俯瞰的角度，寫鐵堂峽的形勢。

大體上，前邊三個小節都是寫景色，當然加一點感傷，可是真正的感傷是在下邊，最後一個小節，做了一個結束：「生涯抵弧矢，盜賊殊未滅。飄蓬踰三年，回首肝肺熱。」「生涯」，當作是我的生命，我的生活。「抵」，當的意思，碰到。碰到什麼呢？碰到「弧矢」，這是兩個上聲字，很難念。矢，各位當然知道，是「箭」，弓箭就好像我們時常用的「干戈」，就是指戰亂、戰爭啦！杜甫詩裡頭，從安祿山之亂爆發以後，這戰爭的描寫就不停的在他筆下出現。天寶十四載十一月，安祿山之亂爆發。那個時代就是一個戰亂的時代。碰到了這樣的弧矢，碰到了干戈、戰亂。然後「盜賊殊未滅」，從天寶十四載十一月動亂發生以後到現在，還沒有完全的消滅，完全的平定。雖然現在是乾元二年，長安光復了，但是我們知道，後來史思明再度的叛變，對不對？洛陽再度的淪陷，我們講〈三吏〉、〈三別〉都講過。所以這個時候，戰爭還是不斷的繼續下去。杜甫說「盜賊」，寫這些叛亂者，當然具體的你可以說像史思明這樣子的叛逆。

下邊再說：「飄蓬踰三年，回首肝肺熱。」這個三年，你可以說是虛

數、指很多年。不過，各位看後邊的註，高步瀛先生告訴你，天寶十五載，杜甫從奉先到白水，安祿山之亂已經爆發了。六月的時候到鄜州，七月的時候他為了投奔靈武，第二年就是至德元載，結果淪陷在長安。至德二載到了鳳翔，然後拜左拾遺，又回到鄜州去省親，這個過程，我們大概都講過。到了十月的時候，唐肅宗回到長安，杜甫也回到長安。再過一年，也就是乾元元年的時候，六月，杜甫又被貶到華州。然後這年歲暮的時候，他就到洛陽。第二年，也就是今年，乾元二年，從洛陽回到華州。七月從華州棄官到秦州，十月到同谷。這個講得好詳細啊！給各位溫習一下杜甫的生平。按照他這樣說，天寶十五載開始算，是西元的七五六年，然後乾元二年，也就這一年，是西元的七五九年。所以前後四年，就「踰三年」，超過了三個年頭。這樣解釋未嘗不可，把賬算得很清楚。從天寶十五載到現在，「飄蓬踰三年」，超過三年的歲月，我就像蓬草，被風一吹，到處的飄盪。「回首」，回頭一想，這幾年的經歷「肝肺熱」。〈自京赴奉先縣詠懷五百字〉中有一個句子「嘆息腸內熱」，對不對？腸內也好，肝肺也好，都是內心的。這「嘆息腸內熱」，是因為「窮年憂黎元」。一年到頭為老百姓擔憂、焦慮，所以內心發熱。那這裡呢？同樣內心發熱。不過，那是個人的遭遇。超過三年的時間，東飄西盪。當然內心之間也有很大的一個焦慮，「回首肝肺熱」。所以最後以時代的動亂，讓自己到處飄盪，而產生了一種焦慮悲哀作為一個結束。

　　這首詩，基本上我們就這樣去瞭解它的內容。比較特別要強調的是，這是他從秦州要往同谷的路上，所經歷的一個點而已。我們說過，從秦州到同谷，他一共寫了十二首的紀行詩，他第一首是〈發秦州〉，他離開秦州。第二首是〈赤谷〉，來到這個地方。第三首就是〈鐵堂峽〉，是往同谷的第三站。其實因為這是選本，沒有把他整批作品選進來，如果選進來，各位可以更豐富、更完整的了解，他一路上山川地理的描寫。真的是每一首都各有它的重點，都有它精彩的地方。當然也可以看出，在這一路上，杜甫所發出的各種的感慨。我們只是嘗鼎一臠，假如各位有興趣，不妨把這幾首，還有從同谷到成都的十二首作品，把它略略的讀一下，也許可以感受的更完整一些。

乾元中寓居同谷縣作歌七首

有客有客字子美，白頭亂髮垂過耳，歲拾橡栗隨狙公，天寒日暮山谷裡。中原無書歸不得，手腳凍皴皮肉死。嗚呼一歌兮歌已哀，悲風為我從天來。

長鑱長鑱白木柄，我生託子以為命。黃精無苗山雲盛，短衣數挽不掩脛。此時與子空歸來，男呻女吟四壁靜。嗚呼二歌兮歌始放，閭里為我色惆悵。

有弟有弟在遠方，三人各瘦何人強？生別展轉不相見，胡塵暗天道路長。前飛駕鵝後鶖鶬，安得送我置汝旁？嗚呼三歌兮歌三發，汝歸何處收兄骨？

有妹有妹在鍾離，良人早歿諸孤癡。長淮浪高蛟龍怒，十年不見來何時？扁舟欲往箭滿眼，杳杳南國多旌旗。嗚呼四歌兮歌四奏，林猿為我嘷清晝。

四山多風溪水急，寒雨颯颯枯樹溼。黃蒿古城雲不開，白狐跳梁黃狐立。我生何為在窮谷？中夜坐起萬感集。嗚呼五歌兮歌正長，魂招不來歸故鄉。

南有龍兮在山湫，古木巃嵸枝相樛。木葉黃落龍正蟄，蝮蛇東來水上游。我行怪此安敢出？拔劍欲斬且復休。嗚乎六歌兮歌思遲，溪壑為我迴春姿。

男兒生不成名身已老，三年飢走荒山道。長安卿相多少年，富貴應須致身早。山中儒生舊相識，但話宿昔傷懷抱。嗚呼七歌兮悄終曲，仰望皇天白日速。

　　我們現在來看第二一五頁的〈乾元中寓居同谷縣作歌七首〉。因為題目比較長，所以很多時候，我們都把它簡稱，就叫做〈同谷七歌〉。大家可以看到，題目下邊引了宋人魯季欽編的年譜，還有黃叔似也都把這個背景做了交代。各位大概都很熟，我們講過好幾次了。基本上就是他從秦州到同谷，先寫了十二首的紀行詩。到了同谷，他停留的時間很短，因為到了十二月一日，他又離開了。所以一般都說，杜甫在同谷大概住不到一個月，下邊有說：「至同谷作七歌。寓同谷不盈月。」對不對？不盈月，不滿一個月。但是到底十一月那一天到同谷？不知道。到底住了幾天？很難說，因為時間短。在同谷他作的詩不多，最代表性的，就這一篇〈同谷七歌〉。這當然是聯章的。所以我們不能說一「首」〈同谷七歌〉。好像講過喔，聯章的作品，它的單位我們要怎麼說呢？一篇，它有七首。

　　然後，它很顯然是有設計的。每一首都八個句子，每一首都分成兩個韻。前面六句一個韻，後面兩句一個韻。按照韻，每一首都可以把它分成上下兩個小節。然後，前邊提過，每一首後邊都是用「嗚呼一歌」、「嗚呼二歌」，一直到「嗚呼七歌」做結束，非常的整齊。而聯章的作品，我們好像也說過，基本上都要講究什麼？章跟章的一種連接呼應的關係，這叫做有機結構的聯章。我們看第一首引浦起龍的說法：「一歌、諸歌之總萃也。」浦起龍，清朝人。他說這第一首是「諸歌之總萃也」，「總萃」用現在的話來說，是指那就是它的綱領，他用第一章作為整篇七首的綱領。所以下邊他說：「首句點清客字，白頭肉死，所謂通局宗旨，留在末章應之。」我們注意到他的「應之」，就是說第一首有「白頭」，有「手腳凍皴皮肉死」，那這裡邊先點出來，然後到了最後一章來呼應它。好，然後「歲拾橡栗隨狙公」，有沒有？「則二歌之家計也，天寒山谷則五歌之流寓也，中原無書則

三歌四歌之弟妹也，歸不得則六歌之值亂也。」像這些都告訴你，第一首裡頭的某一個內容，在後邊某一章裡頭都有呼應，就形成了章跟章之間的緊密關聯。像這樣的一個結構，當然是經過設計的，至於怎麼呼應，內容是什麼，我們待會講每一個作品的時候，會給各位仔細的說。

　　先整體的說，杜甫這個時候已經辭官了，在秦州待了兩三個月，顯然在秦州的生活非常艱困，當他離開秦州的時候，完整的句子我不念了，沒衣服穿，沒東西吃，所以離開秦州，那他為什麼要到同谷？有一個說法，說當時的同谷縣令，名字我們不知道，是杜甫的老朋友，曾經寫信告訴杜甫，歡迎他到同谷來。杜甫啊，真的是詩人，很天真，就因為老朋友的邀請，他就攜家帶眷，跋山涉水來到同谷。結果也不曉得什麼原因，那個縣令對他好像沒有很熱情，所以他在同谷比在秦州生活更加艱苦，在同谷待的時間很短，然後在十二月一日離開。所以這一篇作品，我們基本上可以看出幾個內容，一個是生活的困窮潦倒；再來因為跟家人，尤其是他的弟弟妹妹失散了很久，所以有對這些家人思念的感覺；三來畢竟是所謂「盜賊殊未滅」嘛，戰亂還沒有平定，時代還在動亂，他對那個時代，仍然還是有一分關心，有他的焦慮。大概這幾個內容，幾個背景，累積在心裡邊，所以他就寫出這一篇，作了比較完整的一個交待。透過這些作品，你真的可以非常真實、具體、鮮明的，看到杜甫這一段時間裡頭，在同谷生活的情況，和心情的焦慮悲傷。好，這是整體的一個感覺。

　　我們先看第一章，「有客有客字子美，白頭亂髮垂過耳，歲拾橡栗隨狙公，天寒日暮山谷裡。中原無書歸不得，手腳凍皴皮肉死」，這是第一個小節。「嗚呼一歌兮歌已哀，悲風為我從天來」，這是第二個小節。子美當然是杜甫稱自己，杜甫字子美嘛，他時常在詩裡邊提到自己，如「杜陵有布衣，老大意轉拙」，對不對？這就是寫他自己嘛！「少陵野老吞聲哭，春日潛行曲江曲。」〈哀江頭〉記得嗎？「少陵野老」也是寫自己。詩裡邊說他自己，把他的字、號說出來，這個「子美」當然也是指自己。那「客」，因為他是離開家鄉，流落在同谷，所以用「客」這個身分來說自己，好像對著自己說；有那麼一個離開家鄉、離開中原，流落到同谷，這樣偏僻的山裡頭

的一個人，這個人叫做杜子美。「有客有客字子美」，這個寫法滿有趣的，就是第一人稱，是杜甫自己嘛！自己跳出來，自己離開了，把自己當作另外一個人，對著自己在說話：有那麼一個客啊，叫做杜子美的，流落到這個地方。那這個人是什麼樣子？什麼形象？「白頭亂髮垂過耳」，滿頭的白髮而且沒有整理、紊亂的頭髮，又白又亂，而且還又長，長到因爲沒有梳綁，所以垂下來，超過了耳朵。各位會畫畫嗎？把杜甫的形象畫出來，「白頭亂髮垂過耳」，就是糟老頭一個啊！

好，再來「歲拾橡栗隨狙公」，首先，它是從《莊子》裡頭來的，各位看到後面註解引了《莊子・齊物論》說的「狙公賦芧」，有沒有？這個故事各位大概很熟悉。「狙公」是什麼？養猴子的人。賦是給的意思，就是專門負責養猴子的一個老頭。他要給猴子吃芧，芧就是橡栗，這個字唸ㄒㄩ丶。各位不要寫別字。以前很多人，會把它寫成「芋」，很像吧！這個「芋」閩南語叫做「芋頭」，兩個字不一樣的。這橡栗就是橡樹的果實，很堅硬，有一點像栗子的味道，是猴子最喜歡吃的。「狙公賦芧」，狙公要餵猴子吃橡栗，就對猴子說：「朝三暮四」，對不對？早上給你們吃三升的芧，晚餐的時候給四升。結果「眾狙皆怒」，猴子都很生氣。狙公就說改「朝四暮三」，早上給你吃四升，晚餐給你吃三升。「眾狙皆悅」，很高興。典故就是「朝三暮四」嘛！現在好像有人用錯這個典故。把「朝三暮四」等同於「朝秦暮楚」，但這個是兩回事喔耶！「朝秦暮楚」是像搖擺的牆頭草一樣，對不對？早上跟一個人晚上跟另外一個人。那「朝三暮四」，其實莊子的意思是說，數量是相等的，一天都吃七升嘛！不就是前面吃得多，跟後面吃得多的問題？好，這是題外話，現在杜甫用了這個典故「歲拾橡栗隨狙公」，我跟著那養猴子的人去撿拾著橡栗，相當於採摘野菜來吃，因爲沒東西吃啊！

然後「天寒日暮山谷裡」，十一月了，寒冷的冬天，在日暮的時候，仍然在山谷裡頭，辛苦的跟著養猴子的人去撿橡栗。「中原無書歸不得」。中原，當然指的是家鄉啦！杜甫是河南人，家鄉沒有消息，戰亂還沒平定，回也回不去。「手腳凍皴皮肉死」，「皴」，是龜裂的意思，皮膚受傷了，受

凍了，裂開來叫「皴」。這個凍啊，皮膚都裂開了，那皮跟肉，好像都死了一樣，非常粗糙。你看這六句一個小節，其實每一個句子，都帶出了一個內容。然後後邊的每一章，再給它一一的呼應。接著先給一個結論：「嗚呼一歌兮歌已哀，悲風為我從天來。」用「嗚呼」帶出感嘆，我先唱這第一首歌，第一首歌唱完，就已經夠悲哀了。這悲哀到什麼程度呢？「悲風為我從天來」，悲涼的風啊！都從天邊為我吹過來。也就是天都為他悲哀，為他感傷了，「悲風為我從天來」。

這個〈同谷七歌〉，每一首，都是一歌、二歌、三歌。不曉得有沒有跟各位講過，我在大三的時候，在課堂上讀杜詩，汪中老師講到這一篇，就說：回去每一個人寫一篇七歌。那個時候才二十來歲啊！讀了老杜的詩，就在想：自己哪有那麼多悲哀的事情？所以拼命在挖自己以前悲哀的事情。一歌已哀、二歌怎麼樣？這是為文造情啦！我現在是忘記當初寫了什麼？各位有興趣也回家寫一寫。不過各位的生活經驗大概有一點困難，是幸福美滿的人生，沒有那麼多悲哀的事情。

好，這是第一章，作一個綱領。然後下邊第二章，「長鑱長鑱白木柄，我生託子以為命，」第三句那個「黃精」，要改一下，用另外一個版本「黃獨」，「黃獨無苗山雪盛，短衣數挽不掩脛。此時與子空歸來，男呻女吟四壁靜」，第一個小節。「嗚呼二歌兮歌始放，鄰里為我色惆悵」，下邊浦起龍說：「二歌，家計也，申拾橡栗。」，指家裡的生計，這是經濟問題、生活問題。申是什麼？就是延伸，第一章不是「歲拾橡栗隨狙公」嗎？然後在第二章把這句「拾橡栗」鋪展出來，寫得更生動、更細膩。這是「申拾橡栗」。所以第二章就是從第一章「歲拾橡栗隨狙公」來的，造成了一個結構上的呼應。

「長鑱長鑱白木柄」，鑱是一種農具，用鐵做的。我不會畫，大概是長長的，比鋤頭要窄。有沒有看過這種東西？鋤頭各位一定看過，鋤頭形狀是大片的，但是鑱比較窄，也比較長，稍微尖一點，當然有一個柄，也是鑿地用的。挖東西時，如果面積不大，通常鑱比鋤頭好用，鋤頭挖的面積比較大嘛。現在杜甫就扛著這工具，它的柄是白色木頭做的。而「長鑱長鑱白木

柄」，跟第一章「有客有客字子美」句型很相似啊，第一章是杜甫對著自己說，現在第二章是對他手上拿著的工具說。然後「我生託子以爲命」，我的生活，就依賴你了啊！那個工具好像楊倫說的：「叫得親切。」有沒有？這個話說得還滿有趣，好像杜甫跟拿著的那把農具說：「長鑱長鑱白木柄，我生託子以爲命」，叫的好親切，我家生活就靠著你了啊！我的命就交給啦！

　　下邊，「黃獨無苗山雪盛，短衣數挽不掩脛」，他拿那長鑱做什麼？原來是去挖黃獨。黃獨，各位可以看到下邊的註解，就是土芋，相當於我們現在說的芋頭啦。藏在泥土裡頭，是野生的，要用鑱挖出來。在過去，荒年的山裡頭，假如饑荒了，沒東西吃，時常都挖這個來吃。有的版本寫成「黃精」，杜詩裡頭有沒有提到過「黃精」呢？有，各位可以看到註解引杜甫的〈太平寺〉：「三春濕黃精。」另外，〈丈人山〉：「掃除白髮黃精在。」這兩首詩提到黃精。所以前邊有一個資料，說蘇東坡的詩就用了杜甫的黃精來寫詩。因此也有人認爲：〈同谷七歌〉的「黃獨無苗」應該是黃精。但黃精是什麼？黃精是吃了可以延年長生的，可以變神仙的。像剛剛提到的〈太平寺〉說：「三春濕黃精，一食生羽毛。」太平寺有一泓泉水，杜甫就寫那泉水說泉水很滋潤，所以在三春、暮春的時候，灌溉了黃精，使它生長出來。然後說「一食生羽毛」，「生羽毛」是什麼意思？長出翅膀、長出毛，就是可以飛到天上去了，羽化而登仙嘛！就可以變成神仙了。所以黃精的作用是延年長生。杜甫這個時候，沒有那麼奢侈的期待，說要變成神仙，他的目的是什麼？填飽肚子。所以是黃獨，不是黃精。拿著長鑱在深山裡頭挖，結果「山雪盛」，冬天大雪鋪蓋著大地，連苗都沒有，更不用說地底下的黃獨。「黃獨無苗山雲盛」，喔！這裡打成「山雲」，應該是「山雪」，應該是字打錯了。黃精倒不是排版的問題，是版本的問題。這前面不是「天寒日暮山谷裡」嗎？所以「山雪盛」，大雪紛飛，鋪蓋了大地，苗都長不出來，更不要說挖到黃獨，不但挖不到黃獨。自己身上的衣服還「短衣數挽不掩脛」，「數」這要唸ㄕㄨㄛˋ，什麼意思？屢次、好幾次。原來身上的衣服不但單薄，還很短窄。天氣又冷，杜甫就不停地拉衣服。「脛」是什麼？是

小腿。衣服都不稱身，衣不蔽體啦，小腿都露出來，走在山裡的雪地裡頭，手一直拉衣服，但怎麼拉，小腿都蓋不住，這是「短衣數挽不掩脛」。

在山裡邊要挖黃獨，填飽肚子，但拿著長鑱挖不到，「此時與子空歸來，男呻女吟四壁靜」，「子」指什麼？就是長鑱，把它當做是很親切的朋友來說，我跟著你啊，是空手而歸，回到家裡，聽到的是四周靜悄悄的，沒有聲音，只能聽到什麼？男呻女吟的聲音，男呻女吟，剛好是包括兒子、女兒和太太，在那邊呻吟，呻吟什麼意思啊？叫肚子餓。有時候，杜甫這個話說得真的是很白，但是你可以感覺那種感傷，是真的非常強烈的，「男呻女吟四壁靜」，在下邊引了張上若的評語，各位也可以參考一下，他說：「四壁靜，言除呻吟外別無所有別無所聞也。」除了聽到呻吟的聲音，聽不到別的聲音。壁，是房子的牆壁，也就是房子裡四周靜悄悄的，沒有別的聲音，只能聽到呻吟。下邊說：「既曰呻吟，又曰靜，甚可思。」這個就是練字的筆法。呻吟照理說是有聲音的，可是既說呻吟，又說靜，這矛盾啊！但是在矛盾之中，他強調了什麼？強調了呻吟的聲音，所以這裡產生了一個凸顯。四周靜悄悄的，聽起來靜，但一片寂靜裡頭，卻聽到妻子兒女發出的呻吟聲。我們大概都沒有這種生活經驗。可是你體會一下，杜甫這個時候，帶著兩個兒子、兩個女兒，還有一個妻子。有說法是還有一個他的弟弟，後來也跟他一起到成都，所以這個時候，也應該留在他身邊。那一家幾口，離開了家鄉，離開了中原，來到現在的甘肅，當時非常邊區、荒涼的一個山谷裡頭。然後又是冬天，沒有東西吃。連挖野生的黃獨都挖不到，徒手而歸。聽到的是妻子兒女呻吟的聲音，那種感覺，去體會一下。好，下邊，「嗚呼二歌兮歌始放，閭里為我色惆悵」，這是第二首歌，「歌始放」，歌聲開始抒發出來，然後呢？閭里當然是鄰居，鄰居們都知道杜甫的處境，也知道杜甫家男呻女吟，全家人挨餓的情況。可是說實話，那些鄰居們也沒辦法有實質的幫助，可是都為他難過，臉色都為之惆悵。

好，下邊第三章：「有弟有弟在遠方，三人各瘦何人強？生別展轉不相見，胡塵暗天道路長。前飛鴐鵝後鶖鶬，安得送我置汝旁？嗚呼三歌兮歌三發，汝歸何處收兄骨」，是杜甫陳述思念弟弟不得相見的痛苦，所以浦起龍

說「悲諸弟也」，然後申說「中原無書」。這「中原無書」，用了兩章來呼應，這是第三章，下邊第四章也是中原無書發展出來的。這是「中原無書之一」，第四章是「中原無書之二」，結構是相呼應的。杜甫的弟弟有四個，各位可以看到下邊引到蔡夢弼的說法，杜甫有四個弟弟：穎、觀、豐，占。不曉得跟各位說過沒有？杜甫的生母姓崔，大概杜甫兩、三歲的時候過世了。後來他的父親，就另外娶了姓盧的做為續弦。那是杜甫的後母，以現代話來說，這個後母生了四個兒子、一個女兒，所以杜甫有四個弟弟、一個妹妹，那是同父異母的弟弟、妹妹。雖然不是同母，但是杜甫在作品中時常提到，對弟妹們的手足之情是非常強烈的。我們讀過〈月夜憶舍弟〉，就是思念弟弟們的作品。那基本上，杜甫跟弟妹們成長以後，很少相聚在一起，尤其大亂之後。只有杜占跟隨杜甫到了四川，有什麼證明呢？各位可以看到同樣是蔡夢弼說的：「劍外有〈占歸草堂〉」。劍外就是四川，杜甫在成都有一個草堂，後來有一段時間，杜甫離開了成都，短暫的離開，他的弟弟回到了成都草堂。從杜甫寫的這一首詩可以看出，杜占確實跟著杜甫，後來到了成都。所以這裡的「有弟有弟在遠方」，這個弟應該指的是另外三個弟弟，杜穎、杜觀、杜豐，都流落在遙遠的地方。那「三人各瘦何人強」，這個句子，你從字面讀，當然也很簡單啦！戰亂嘛，杜甫想像弟弟的生活，顯然也不是很好，大概也都是瘦瘦乾乾的，哪一個比較強壯呢？「何人強」，沒有一個是強壯的。

　　但是啊杜甫的詩，我們說「無一字無來處」，書卷氣很濃的，像這樣一個很抒情性的作品，他卻暗用了典故。各位，這典故相信各位小時候都讀過，註解下邊《後漢書》的〈趙孝傳〉：「天下亂，人相食。」在古代很可怕的，有時候真的沒飯吃，只好吃人。而趙孝的弟弟趙禮，被一群餓賊抓住了，趙孝就把自己綁起來，跑到賊人那裡說：「我的弟弟趙禮餓了很久，很瘦，沒有我那麼肥壯，不如你就吃我吧！」那個賊人看到這個情境，吃了一驚，就把兩個都放了。所以「三人各瘦何人強」，字面看就是杜甫說三兄弟都瘦，沒有一個強壯的，但是你看趙孝的故事，是有兄弟的關係在裡邊，這典故指的是兄弟，瞭解嗎？所以這個趙禮久餓羸瘦，這個瘦字就是從這裡

來。典故有時可以暗用，就是我解釋這個句子，不從典故，就按著字面解釋，也講得很清楚，也看得明白。但是你假如知道他是用典故，比如這裡用的是趙孝、趙禮兄弟的典故，那你就知道「三人各瘦何人強」原就是從這個典故說的，用得很切。

好，「生別展轉不相見，胡塵暗天道路長」，這個句子很明白，我們活著的時候展轉，就是到處飄零嘛，不得相見，偏偏現在又是胡塵暗天，就是胡人造反，戰亂沒有平息過，道路又那麼漫長，當然更加不得相見。接下來，「前飛鴐鵝後鶖鶬，安得送我置汝旁」，鴐鵝、鶖鶬都是鳥類，不管你會不會查字典，大概一看到偏旁，都知道是鳥類。鴐鵝是類似雁的一種鳥類，所以「前飛鴐鵝」是說前面飛著一群像雁子的鴐鵝，在這裡「雁行」象徵什麼？象徵兄弟，所以鴐鵝這樣一個景色、這種意象，你可以說杜甫在同谷的在山裡邊，看到一群雁正往前面飛，就好像兄弟同行一樣。這個是即目起興，也就是看到一個景色而引發出感觸。或者你說他怎麼有看到鴐鵝在飛？就算沒有，不是實的，是一個虛擬的意象。假如說實的，他真的看到鴐鵝，引起對兄弟的聯想，這叫「興」；假如不是真的看到一群鴐鵝在飛，虛的，那就是「比」。不管怎樣，鴐鵝的意象，都會帶出一個象徵出來，象徵了雁行，象徵了兄弟。而鶖鶬是另外一種鳥，字典告訴我們，牠很像鶴，但比鶴還大，性格貪暴兇殘。前面一群象徵兄弟的雁子在飛，後面來了很兇暴的鳥，那意思就很明白了。兄弟不得相見，是受到很多外力的傷害的，「安得送我置汝旁」，他看到了鶖鶬在飛，我很想像那雁子一樣，飛到你的身邊，偏偏後邊有鶖鶬，怎麼能夠把我送到你的身邊來呢？

下邊說「嗚呼三歌兮歌三發，汝歸何處收兄骨」，「歌三發」就是唱了三遍，唱到第三遍，想到兄弟「汝歸何處收兄骨」，「汝歸」是假設，就算弟弟們回到了故鄉，大概也不知道要到什麼地方收我的屍骨。我們看詩下邊引到浦起龍的說法：「結語又翻進一層，莫說各自漂流也，汝縱得歸故鄉，我究不知何適。」看到沒有？這裡提到翻進一層，意思是說，就算你回到故鄉，我也不曉得會流落到哪裡？不曉得會死在哪裡？也不曉得你要在什麼地方撿我的屍骨。但是這裡有一個關鍵，「縱得」是「就算」，意思是說，何

況你們還不一定回得去。上一次我們讀到〈有懷台州鄭十八司戶〉：「鄭公縱得歸，老病不識路。」就算朝廷赦免你，讓你回家，你又老又病，根本認不得路，回不了家，更何況朝廷沒有赦免你，這是進一層。這裡也一樣，就算你回得了家，我也不曉得流落到那裡了。仍然不得相見。更何況，你也不一定回得了家。這個就是進一層的一種表現。

　　不過補充一下，最後「嗚呼三歌兮歌三發，汝歸何處收兄骨」，讀到這個句子，各位有沒有很熟悉的感覺？對，韓愈不是被貶到潮州嗎？他有一個侄兒，傳說是韓湘子，八仙之一，見到了他。然後韓愈寫給他一首詩，〈左遷至藍關示姪孫湘〉對不對？這一首我們之前有講過：「知汝遠來應有意，好收吾骨瘴江邊。」，那不就是「汝歸何處收兄骨」嗎？不過韓愈是地點講的很明確。你來到這荒煙蔓草，蠻荒之地的廣東來收我的屍骨。所以從這裡可知，韓愈必定從杜甫來的。第一個，韓愈比杜甫晚；第二個，中唐以後的詩人，對老杜的詩大概都很注意的，像元稹、白居易、韓愈這些中唐到晚唐的詩人，當然宋代更不用說啦！這些都可以看出，杜甫對後代的影響性。我們讀詩，有時需要看到某一個句子的意義，或者是某一個句子的句型、所用的詞彙，它的一些淵源、關係，你就會看出，後代的詩人如何吸收前代詩人的詩，然後以這個為基礎把它消化，再創造一個新的句子出來。所以又要叮嚀各位，第一個要背詩，你不背就沒有材料；第二個是不能抄，所以有時候要翻一下，變化一下。因此杜甫說「汝歸何處收兄骨」，就算你回到故鄉，你到哪裡把我這哥哥的屍骨收拾啊？那韓愈就說：「好收吾骨瘴江邊」，雖然是從這裡來，但是意思是有一點變化的。

　　好，我們翻到下邊第四章，「有妹有妹在鍾離，良人早歿諸孤癡。長淮浪高蛟龍怒，十年不見來何時？扁舟欲往箭滿眼，杳杳南國多旌旗」，這「杳杳」兩個字，以現在國語來說，要讀作ㄧㄠˇ。那以上這六句詩，大概是這樣的結構，六句一個段落，一個小節，後面兩句第二個小節，「嗚呼四歌兮歌四奏，林猿為我啼清晝」。前面一首思念遠方的弟弟，這一首是思念妹妹。杜甫有四個弟弟，我們前邊說過了，還有一個妹妹。各位看後邊高步瀛先生引了杜甫另外一首詩〈元日寄韋氏妹〉，這個元日，是正月初一啦，

哪一年的正月初一呢？應該是乾元元年，也就是我們現在讀的〈同谷七歌〉前面那一年。那時長安已經光復了，杜甫也還在長安做左拾遺，他寫一首詩寄給韋氏妹。什麼叫韋氏妹？嫁給姓韋的人家的妹妹。古代的女子，說實話是滿可憐的，嫁出去以後，自己的姓不見了，變成了從夫姓。他妹妹的資料很少，大概這首〈元日寄韋氏妹〉，算是有比較完整的描述。這首呢？一樣是思念嫁給姓韋的這個妹妹。

　　開頭，「有妹有妹在鍾離」，就像前首說「有弟有弟在遠方」，因爲另外三個弟弟，是分離在其他地方。我們好像有讀過他的〈月夜憶舍弟〉，說「有弟皆分散，無家問死生」，對不對？這三個弟弟，顯然是分散在各個地方。但是這個妹妹呢，他講得就很清楚了，地點是在鍾離，然後我們註解裡頭引到了〈寄韋氏妹〉的詩，是說：「近聞韋氏妹，迎在漢鍾離」，有沒有？一樣提到了鍾離這個地方。不過這有一點考證上的小麻煩。因爲古代的地名，每一個時代，可能它的位置是有所不同的。所以你看看，在漢朝時的鍾離，下邊引到的《元和郡縣志》，說是春秋的時候，秦併天下，屬九江郡，所以秦朝的時候，鍾離是屬於九江。然後漢朝呢？就另外設立了一個鍾離縣。到了晉朝，也有一個鍾離郡，位置都在那裡？都在九江。九江在現在的江西省，又叫做潯陽。好，下邊高步瀛先生有個按語，他說：「唐濠州鍾離郡治鍾離縣，今安徽鳳陽縣治。」所以這位置在那裡呢？在安徽了。漢朝、秦朝、晉朝有一個鍾離，都是在九江，也就是今天的江西。唐朝的時候，也有一個鍾離縣，但是在濠州，也就是今天的安徽。所以這考證上有一點麻煩，因爲〈元日寄韋氏妹〉，他強調的是「漢」鍾離，對不對？那換句話說，他的妹妹應該在什麼地方？應該在九江、江西。那這一首是「有妹有妹在鍾離」，按照唐朝的地理來說，那鍾離應該是安徽了，了解嗎？所以這是個值得懷疑的地方啦！但是我們假如按照下邊的「長淮浪高」提到淮水，然後這個《元和志》小字的第三行「濠州鍾離縣，淮水在西南，自壽州流入」，那就在安徽了。所以我想啊，至少以這個〈同谷七歌〉來說，這鍾離應該就是唐朝的鍾離，也就是在濠州，現在的安徽。這太複雜的考證，我就簡單這樣說。

　　好，現在杜甫提到了有一個妹妹嫁給了韋家，是在鍾離這個地方。「良人早歿諸孤癡」，良人，當然指她先生啦！根據〈元日寄韋氏妹〉的詩，她的先生應該是一個官宦世家，做官的，而且看起來官職還不小，「郎伯殊方鎮」嘛！但不能明確，到底做了什麼官？叫什麼名字？總之看起來家世非常顯赫。可是我們從這一首來看，「良人早歿諸孤癡」，顯然她先生很早就過世了，他妹妹是守寡的，而且還有好幾個小孩。癡，在這裡是小的意思，又小又弱叫做癡。所以先生死了，孩子還很小，看起來這個遭遇也是非常淒涼。好，因為提到了鍾離，鍾離邊上有淮水，所以杜甫就想像，在她家鄉附近，那個淮水「浪高蛟龍怒」。杜甫提到水，經常會提到龍。我們前邊讀〈夢李白〉的詩，不也是提到了嗎？這表示環境很惡劣，路途那麼遙遠，交通非常的險惡。「十年不見來何時？」十年雖然可能是個概數，也就是很長久的時間，不過，從這個句子可以看出來，他跟他妹妹，大概分離很長的時間，很久沒有見面了。那麼杜甫寫這一首詩，乾元二年，是四十八歲，你可以想像，他妹妹就算小他十幾歲，古代大概十來歲就嫁人了，所以應該是出嫁之後，杜甫跟妹妹就很長一段時間沒見面了。路途那麼遙遠，交通那麼困難，路上那麼險惡，長久沒有相見了，妳要怎麼來呢？什麼時候會來到我身邊呢？或者說我什麼時候能到妳那兒？我們能夠再相見嗎？下邊再把這個意思，作了更具體的補充，「扁舟欲往箭滿眼，杳杳南國多旌旗」，顯然的，不只是路途遙遠、路途險惡，現在還是一個戰亂的時代。這個「南國」，唐人的習慣，大概長江以南，都可以稱之為「南國」，也就是南方啦！這當然都是唐人以中原為中心的地理觀。那長江以南，畢竟是離開中原了。所以這「南國」，指的也就是他妹妹現在所在的地方。也就是淮水、鍾離這個地方。杜甫說我就算想要坐一艘小船，到南方去見妳，可是「箭滿眼」，箭，當然是弓箭，這個意象很明顯告訴你，現在是到處兵荒馬亂、烽火連天。再來，南國是那麼遙遠的地方，又「多旌旗」，旌旗呼應了這個箭，表示戰爭動亂的情況。所以這六句一個小節，基本上懷念鍾離的妹妹，說好久沒有相見了，想要去見她，但路途遙遠，非常險惡，而且又到處烽火連天，那是不可能的。而他的妹妹，「良人早歿諸孤癡」，又是處境非常淒涼。

　　好，下邊作一個結論，「嗚呼四歌兮歌四奏，林猿為我啼清晝」，大概這是他一個習慣，每一首後邊都是這樣一個結束，從一歌、二歌、三歌都是這樣。當第四首歌唱起來的時候，「林猿為我啼清晝」，那同谷是個山區，當然樹林很多，樹上有很多猿猴，當我這樣的歌四奏，唱了第四遍歌的時候，那樹上的猿猴，就算在這白天，都為我而啼叫。猿猴通常是夜晚啼叫的，杜甫現在說，就算是白天，連猿猴也跟我一樣，為我而悲傷而發出了啼叫的聲音，所以你看後邊的註解：「猿多夜啼，今啼清晝，極言其悲也。」有沒有看到？所以這話都可以給各位參考，假如你寫猿猴夜鳴，當然很普通，可是寫猿猴啼清晝，這淒涼的、悲哀的氣氛就更加強調出來。至於前邊有一個考證，「林猿」，有些版本寫成了「竹林」，那「竹林為我啼清晝」，竹林為什麼會啼呢？一說竹林是一種鳥的名字，這個我想不可靠，所以我們就不多說了。好，這是第四首。

　　下邊第五首，「四山多風溪水急，寒雨颯颯枯樹溼。黃蒿古城雲不開，白狐跳梁黃狐立。我生何為在窮谷？中夜坐起萬感集」，第一個小節，「嗚呼五歌兮歌正長，魂招不來歸故鄉」，第二個小節。假如各位把它記熟了，念慣了，有沒有注意到第五首有一點變？前面四首都是「有客有客」、「長鑱長鑱」、「有弟有弟」、「有妹有妹」，有沒有？這句法都一樣的。但是後面三首改變了。好，這就好像我們作曲，作一個很大篇的交響曲，很多的樂章，但不一定說每一個樂章的節奏都一樣，可能開始產生了一個音節上的變化。這第五首，寫他居住的環境，就是這樣。我們稍微再簡易溫習一下：第一首，浦起龍不是說它是諸歌之總萃嗎？也就是說，我們的第一首，發展出後邊的六首，第一首變成了一個綱目。所以像第二首「長鑱長鑱白木柄」，它是屬於第一首的那一句呢？第三句「歲拾橡栗隨狙公」，對不對？寫生活的艱困。那第三首「有弟有弟在遠方」，還有第四首的「有妹有妹在鍾離」，思念弟妹，實際上就是第一首第五句的「中原無書」。中原無書，大家沒有消息，當然包括了親人的離散，不得相見。至於第五首，那是哪一個地方呢？就是第一首的第四句「天寒日暮山谷裡」，所以在這裡，他把這個淪落、流落在同谷的深山荒谷之中的環境，做了一個描寫。

　　「四山多風溪水急」，它是一個盆地，所以四周有很多山，因為很多山，所以風更加猛烈。同谷有一條溪水，非常的湍急。然後現在是一月，正在下雨，「寒雨颯颯」，颯颯是形容雨聲。冷冷的雨，把枯萎的樹木都沾濕了。還有「黃蒿古城雲不開」，蒿，我們好像講過〈無家別〉裡頭的：「寂寞天寶後，園廬但蒿藜」，有沒有？總的來說「蒿」是什麼？野草。這個長滿了枯黃野草的古城，陰雲密佈，雲沒有散。前邊提到雨，所以是濃雲密布的樣子。然後「白狐跳梁黃狐立」，還有白色的、黃色的狐狸，跑到他家裡，跳到屋樑上面去，還站在他前邊。立，像人一樣站在旁邊。這個當然是實寫，實寫他居住環境惡劣的樣子。不過「跳梁」兩個字，各位看下面註解引到《莊子》：「子獨不見夫狸牲乎？東西跳梁，不避高下。」這狸牲是類似野貓一類的動物，那個狐啊，其實也是野貓一類的動物。所以杜甫是借用《莊子》的話，說這白狐、黃狐好像在東西跳梁一樣。所以我們有一個成語叫什麼？叫「跳梁小丑」，對不對？就是從《莊子》這裡來的。所以這四句，其實內容簡單，話說得很清楚，但是它塑造了深山荒谷的一個景象。有時候寫景，寫得很真實，寫得很深刻，氣氛塑造的非常強烈。所以你看，四山環繞的地方，風很大，水很湍急，雨不停的下，枯黃的樹木都被雨水沾濕了，滿地枯黃的野草。然後天空濃雲密佈，屋子裡頭有狐狸，白的、黃的，在那裡跳來跳去，還站在你旁邊。各位想想，你假如住在這裡，怎麼辦？所以下邊他說「我生何為在窮谷？中夜坐起萬感集」，前面寫景，下面寫情了。我活在這個世界上，怎麼會流落到這樣一個荒山野谷之中呢？這感觸，當然是白天看到的形象，晚上睡不著，半夜起來，萬感交集，不免問自己：我為什麼流落到這個境地？我可能跟各位提過，年輕的時候，那個時候在師大，印象是在趕我的碩士論文。不知道趕到半夜一、兩點，就在我的研究室。師大校園很多野狗，那野狗很聰明，白天看不到蹤影，到了晚上都下了課，十一點以後，就很多野狗跑來，在校園裡亂轉。我時常這時要回家了，來到校園之中，一群野狗就圍著我，拼命的叫啊！此時就變成牠的地盤了。那個時候忽然想到老杜的這個句子：「我生何為在窮谷？」我為何流落到這個樣子？這是有時候會有一種感性的連結，忽然感覺杜甫為什麼流落到那

裡？那我為什麼每天弄到一、兩點才回家？在那個荒涼的校園裡頭，最後兩句，感慨很深。這話都講得很清楚，講得很明白。但是你要體會，在那樣一個深山野谷之中，那個環境之下的感慨。

好，下邊，「嗚呼五歌兮歌正長，魂招不來歸故鄉」他的第五首歌，第五遍的時候，歌聲縈繞，「魂招不來歸故鄉」這當然反用〈招魂〉。〈招魂〉我們好像提過好多次，屈原被流放，他的學生宋玉要招他的魂回來。古有生魂、死魂的說法，魂不一定是死了才離開身體，活的也可以離開，所以宋玉就想要把屈原的生魂招回來，叫招魂。現在杜甫說「魂招不來歸故鄉」，流落到這樣荒山野谷之中，我的魂招不回來，我的魂回不到故鄉來，這個是所謂「天寒日暮山谷裡」，在這樣的一個環境之中生活的心境寫照。

接著第六首，「南有龍兮在山湫，古木巃嵸枝相樛。木葉黃落龍正蟄，蝮蛇東來水上游。我行怪此安敢出？拔劍欲斬且復休」，這是第一小節。「嗚乎六歌兮歌思遲，溪壑為我迴春姿」，第二個小節。當然它的節奏跟「有妹，有妹」、「有弟，有弟」不一樣，而且這一首看起來是有跳出去，不是很寫實的內容。我們先看看這句子，他說在同谷南邊，有個山湫，湫是池，這山裡邊的一個池水，裡頭有一條龍，「南有龍兮在山湫」。山裡頭有池，池中有龍。再寫山湫的環境，「古木巃嵸枝相樛」，池邊有高大的、古老的樹木，巃嵸就是高大的樣子，樛是糾結，我們現在時常寫成了「糾」這個字。古老高大的樹木，枝條糾結在一起。再寫那樹，現在木葉黃落，因為冬天，樹葉枯黃掉落了，然後「龍正蟄」，水池裡頭的龍正在睡覺。先說古人的一個觀念，古人時常認為，在七月秋天以後，龍會潛在水底下睡覺，現在是十一月冬天的時候，這龍當然潛伏在水底下睡覺。而龍正在睡覺的時候，有一條蝮蛇，蝮蛇我們也講過，〈有懷台川鄭十八司戶〉裡頭，「蝮蛇長如樹」，有沒有？就是很長的很粗的蛇。蝮蛇從東邊游過來，看來是一個怪物，「我行怪此安敢出？拔劍欲斬且復休」，「我行」就是我來到這裡，怪是驚訝的意思，看到那種景象很驚訝，我哪裡敢出門，心裡就對蝮蛇很痛恨，想要效法漢高祖，我想拔劍斬那條蛇，可是「且復休」，「且復」就是「又」的意思，我想要拔劍斬蛇，可又停下來就算了，就算了是什麼意思？

很顯然杜甫還是有一點理智，不能不自量力，看起來沒辦法拔劍把蛇砍了，就放棄了，「拔劍欲斬且復休」。

　　這六個句子，正面的意思，我想我們這樣的疏解一下，各位大概看一下，一定懂得它本字的內容。問題是杜甫為什麼寫到這個東西？前面都很寫實，怎麼去挖黃獨，對不對？要充饑，寫他思念弟弟，思念妹妹，寫他住在同谷的荒谷之中。各位想想，這些句子有沒有與地理、現實相關？有，也就是說他是寫實的，先這樣分辨。像前邊「四山多風溪水急」、「黃狐跳梁白狐立」等等，都是寫實，這是「賦」，有什麼就寫什麼，看到黃狐就寫黃狐，看到白狐就寫白狐。可是這一首，你在字面上看到龍、蛇，那真的是有嗎？沒有。所以，這有比興，對不對？這是第一個，我們讀作品，先分辨它到底是賦、還是比興，這是性質，先把它分清楚。假如賦，你就按照字面的解釋去理解它；假如比興呢？那你就要去挖掘了，這龍、蛇到底在說什麼？比喻或者象徵什麼？杜甫寫這些，到底要說的是什麼故事？這個就牽涉到第二層，所謂言外之意，字面以外的意思在說什麼？古人就有一些爭論了，各位看看註解的《九家注》，這是郭知達所編的，一共收集了九個杜詩的註解本子，把它集合在一起。《九家注》引「蘇注」，順便說一下，郭知達還有蘇文都說這是蘇東坡，可是有人作過考證，這叫〈偽蘇注〉，東坡沒有注解過杜詩。有時候名氣太大了也很麻煩，不是自己說的話，不是自己寫的書，人家也會掛你的名字。像宋朝有很多的偽注，其中一個就是〈偽蘇注〉。但不管是不是真的蘇東坡啦，總之是宋人的說法，他說：「六歌一篇為明皇作也。」意思就是說，詩背後有唐明皇這樣一個人物。然後它下邊再進一步說明：唐明皇在至德二年，也就是長安光復以後，從四川回來，住在「南內」，所以說皇帝已經是唐肅宗了，唐明皇就作太上皇。第二年，改元叫做乾元。再來又說，有一個公主，時常往來宮中看唐玄宗。但是有一個太監，叫李輔國，假如各位讀唐史，或者你真的去讀很多杜甫的作品，你會發現這個人物時常出現。他是一個太監，在高力士之後，最主要的太監就是李輔國。但是後來，他輔佐唐肅宗時，離間了唐肅宗跟唐玄宗父子之間的關係，時常在唐肅宗面前警告說要注意喔！這個太上皇，其實他可能還有野心的。

所以唐肅宗跟唐玄宗之間，是有一些矛盾的。因此你看看下邊，乾元之後，再改元就是上元元年，上元二年就把唐玄宗遷到「西內」，更偏僻的一個宮裡頭。各位假如讀〈長恨歌〉，不是有「西宮南內多秋草」、「落葉滿階紅不掃」的句子嗎？就是寫唐玄宗回到皇宮裡頭，楊貴妃死了，晚年荒涼的感受。

　　好，這是所謂的〈偽蘇注〉的說法。按照它這樣說，那一條龍指的是誰？當然是唐玄宗，不過這個說法值得懷疑。第一個要懷疑的是什麼呢？上元二年，唐肅宗把太上皇遷到「西內」，杜甫這首詩寫在什麼時候？乾元二年，當時那個事件還沒有發生。再來，假如龍指的是唐玄宗，那「蝮蛇東來」又象徵了誰？難道象徵了唐肅宗嗎？想要拔劍把牠斬掉？所以這種說法當然是有一些不合理的地方。因此，各位看到後邊王道俊的說法。王道俊的第一個重點，他說這是詠同谷的萬丈潭，杜甫有一首詩，在同谷作的，就寫萬丈潭。所以高步瀛先生也把詩引出來了：「青溪合冥冥，神物有顯晦，龍依積水蟠，窟壓萬丈內。」提到萬丈潭裡頭就有龍。然後下邊又引了《方輿勝覽》：俗傳這同谷縣東南七里，有龍自潭出。所以杜甫第一個寫到了「南有龍兮在山湫」，這樣一個想像，龍這個意象的出現，是有它的地理位置，對不對？因爲同谷南邊有萬丈潭，傳說就有龍。好，但是這個王道俊進一步說：「龍蟄而蝮蛇來遊，或自傷龍蛇之混，初無切指。」杜甫用了這個萬丈潭有龍的傳說，寫了同谷這第六首詩，是「自傷龍蛇之混，初無切指」，龍蛇之混，就是我們現在還有一個成語「龍蛇混雜」，龍跟蛇看起來有一點像，黑黑的、長長的，也是在水裡面出現的。但畢竟本質不同，高下有別。那按照「自傷龍蛇之混」這個說法，顯然杜甫自比爲龍，對不對？有其他的蛇跟他混在一起，杜甫感覺好像雞跟鶴混在一起一樣，看不起這個蛇，想把這蛇斬了。這個是一種說法，所以王道俊說：「古人詩文取象於龍者不一，未嘗專指爲九五之象。」九五之尊就是國君嘛，我們時常習慣看到龍，就比喻爲皇帝。可是他的說法，認爲未必就是指皇帝。這是第二種說法。

　　好，這裡一共有兩個說法，一個是說唐玄宗跟肅宗之間的矛盾，唐玄宗被困住了。第二個說法是杜甫自己感傷龍蛇混雜。好，下邊我們再看浦起龍

的說法：「〈偽蘇注〉以龍喻明皇在南內，《博議》非之，謂詠萬丈潭之龍。」他把兩個說法先列出來。然後說：「牽扯玄、肅父子固爲不倫」，所謂牽扯玄、肅父子，也就是剛剛說的父子之間有矛盾，這看起來是不符合這首詩的含義。不倫的意思，就是不等，也就是這個不可靠。然後說「泛詠龍湫更沒交涉」，「泛詠龍湫」就是寫萬丈潭裡頭的龍，寫景。浦起龍說「更沒交涉」，意思是說更沒有涉入到主題裡邊。所以浦起龍還是認爲裡頭有言外之意，但是他不認同玄、肅父子的矛盾。然後他下邊繼續探討：「七歌總是身世之感，何容無慨世一詩？」看得懂他的意思嗎？他說這七首詩，杜甫要寫的是兩個層面，一個是「身」，一個是「世」，兩層的感慨。「身」是個人遭遇的感慨，其實前邊幾首都是寫「身」的部分，對不對？饑寒交迫、流落荒谷、思念弟妹啦！都是身的部分。那「世」是時代，浦起龍說他要寫的是身世之感，寫了身，難道沒有一首詩寫到時代嗎？換句話說，這第六首應該是屬於時代的感觸。從這個角度，他就說了：「值亂乃作客之由也，不敢斥言王位，故借南湫之龍爲比。」這是說因爲時代動亂，讓杜甫流落在同谷，然後爲什麼時代會動亂？就是國君不振作，所以他下邊說：「故借南湫之龍爲比，龍在山湫，君當厄運也；枝樛龍蟄，干戈森擾也；蝮蛇東來，史孽寇偪也；我安敢出，所以遠避也；欲斬且休，力不能殄也；是皆不得歸之故也。」我這樣唸一遍，也許大家看得出他的意思。

　　我們把浦起龍的話簡單再做一個說明。第一個，杜甫一定有比興，不是詠風景，不是簡單的寫景。但是他的言外之意呢？他不認同所謂玄、肅父子的矛盾，他認爲這是寫時代的動亂，那時代動亂怎麼去寫？你看所謂的「木葉黃落龍正蟄」，那一條龍正在睡覺，不就是皇帝在睡覺嗎？然後「蝮蛇東來水上游」，蝮蛇指什麼？這個時候安祿山已經被殺了喔！繼續作亂的是史思明，這蝮蛇指的是史思明。所以這個國君昏睡、賊寇仍然沒有消滅，杜甫想要斬掉那蛇，可是「力不殄也」，也就是力量不夠，因爲這樣一個時代背景，所以他說第一個流落在山谷中，回不了故鄉。把浦起龍的說法簡括起來，大概是這樣一個涵義。我們說第一首是整篇作品的總萃，這是浦起龍說的，這第二章呼應了哪一句，第三章呼應了哪一句，也都是他說的，那第六

章他認為是呼應了哪一個句子呢？哪一個部分呢？就是「中原無書『歸不得』」這三個字，第一首的第五句。所以第一首的第五句「中原無書」，是用第三章、第四章「有弟有弟」、「有妹有妹」呼應了，但是下邊三個字「歸不得」，用第六章來呼應，回不了故鄉是因為時代還在動亂。然後用寓言的方式，用龍還在睡覺，蛇還在作亂，來寫歸不得的原因，我想這種說法基本上應該可以接受。換句話說，這第六首詩，是用比興的方式寫出來的。好，最後，「嗚呼六歌兮歌思遲，溪壑為我迴春姿」唱到第六首，他說「歌思遲」遲，是慢的意思，有時候唱歌啊，感情要徐緩一些，不能一直都是短促、高亢、激烈的。下邊用一個風景來寫他唱到這第六首歌的心情，「溪壑為我迴春姿」，望向溪邊、山谷，結果呢？感覺為我出現了春天的姿態，也就是說透露出一些春天的訊息。這個也是要特別注意，因為你假如從第一首看到這第六首，前邊五首最後的部分都是充滿著悲傷的，對不對？第一首的「悲風為我從天來」，第二首「閭里為我色惆悵」，第三首「汝歸何處收兄骨」，第四首是「林猿為我嗁清晝」，第五首「魂招不來歸故鄉」，都是充滿了悲傷。所以下邊浦起龍說這第六首：「各首結句多說悲，此獨言溪壑迴春，為厭亂故指望太平也。」按照此說，「迴春姿」，出現一個春天的信息，展現了一種光明的希望，那是因為前邊都是寫時代的動亂，這裡有對唐朝復興的期待，期待春天的來臨、光明的出現。所以，這樣一個結局，跟其他各首有些出入，這當然也是他在第七章聯章裡頭，作了一些變化。大篇的作品尤其是這樣，每一章都類似的結構，我們需要有一些改變，正變交錯，產生一種變化性、活潑性，所以這第六首，顯然有很大的一個改變在裡頭。

好，我們看最後一首，「男兒生不成名身已老，三年飢走荒山道。長安卿相多少年，富貴應須致身早。山中儒生舊相識，但話宿昔傷懷抱」，第一個小節。「嗚呼七歌兮悄終曲，仰望皇天白日速」，這是第二小節。最後一首跟前面兩首，稍微又有一些變化，變化在那裡？在第一句。他全部都是七言的，到了這裡，變成九言的句子，是不是？「男兒生不成名身已老」，算是一個小小的改變，句意很簡單，一個男子漢大丈夫，古代的男子，當然是要有一番事業的，杜甫這個地方，站在現在的角度來說，是有一點大男人主

義。他的〈詠懷二首之一〉說：「人生貴是男」，人生最高貴的就是男子。這個沒辦法，在古代嘛，我們各位女性同胞，千萬不要去對他抗議，因爲那是古代的傳統觀念，男子是要建功立業的，所以要己立立人，己達達人，窮則獨善其身，達則兼善天下。反正要建立一番事業，要有一個偉大的理想。我們談儒家的書，大概觀念就很清楚。所以，你身爲一個男子，要實現你的理想，完成你的事業，當然要及早。不好意思，不說各位，像我這樣，就已經跌停板了，沒什麼機會了啦！所以孔子就說：「四十、五十而無聞焉，斯亦不足畏也矣！」「後生可畏，焉知來者之不如今？」後生很可畏，可是一個後生，混啊混啊到三十歲、四十歲，還沒沒無聞，那也不值得珍貴了。無聞是什麼？我們簡單說，就是沒沒無名。但在孔子儒家的觀念，那個「名」不是那麼簡單，不是我當一個董事長，做一個官，就是有名喔！這個名，是萬世之名，不朽之聖名。完成理想的偉大的抱負實現了，那才有名、有聞，所以諸葛亮不是說「不求聞達於諸侯」，對不對？聞跟達。我們再看屈原的〈離騷〉：「老冉冉其將至兮，恐修名之不立。」慢慢的，年紀越來越老了，老降臨到你身上的時候，你最擔心的是什麼？「修名之不立」，修名是美名。好，這個觀念我想讀古書，大概都很熟悉。我們談古人的作品，這樣的觀念很常見。

　　所以這裡說「男兒生不成名身已老」，修名之不立啊！對不對？我一個男子，到現在還無名無聞，還沒有建立我的事業，完成我的理想，偏偏「老冉冉其將至」，所以說「身已老」。所以下邊說「三年飢走荒山道」，不單單年華老大，生活還非常的潦倒困窮。三年你可以解釋是很多年啦！那如果你要落實去說，下邊引到蔡夢弼的說法：「自丁酉至德二載至乾元二年爲三年。」這也說得通，至德二載、乾元元年、乾元二年共三年，三年這樣的時間，「飢走荒山道」。我們回顧一下杜甫這幾年的生活，大概也就知道，到處奔波流離，尤其是至德再前二年，安史之亂以後，杜甫就到處的飄流，現在來到同谷了。「長安卿相多少年，富貴應須致身早」，再回頭看，長安都城，皇帝身邊那些高官厚祿之輩，現在已紛紛是年青的一輩。在下邊引了蔡夢弼說的「肅宗中興，所用皆後生晚進之人，勳舊如郭子儀尚見齟齬，其他

可知也」，確實，我們從史料看，這話是正確的。當唐肅宗光復了長安之後，他用的是另外一批人物。像郭子儀、李光弼，幫唐肅宗光復長安、洛陽的，其實都遭到唐肅宗的猜忌，都坐冷板凳了。起用的都是所謂的少年之輩。〈秋興八首〉不也是這樣說的嗎？所以這裡「長安卿相多少年」很感慨。富貴的、有機會來完成理想事業的，都是年青一輩，而我老了，所以「富貴應須致身早」，致身就是獻身，把自己貢獻給朝廷，也就是去做官啦！要富貴，應該趁著年少的時候。假如你獨立看，這七個字看起來很俗耶！各位千萬不要把它當作格言，掛在牆壁上，真的很俗氣。但是放在這一首詩來看，這七個字是很有道理的。我們看看這七個字跟上下的關連，你看看「富」，呼應了什麼？前面「三年飢走荒山道」那個「飢」，有沒有？飢不是貧嗎？我是貧，當然就沒有老早的致身，所以我「三年飢走荒山道」。那「貴」呼應了那一個？所謂的「卿相」，然後卿相其實又呼應了前面的「成名」嘛，對不對？卿相不就是實現理想、完成事業的機會嗎？所以就呼應了前面的「成名」。至於「早」，那很明白，不就是前面第一個「身已老」？再來「長安卿相多少年」，不也呼應了「致身早」嗎？所以這七個字不是憑空說出來的，跟前邊三句呼應是很密切的。我們可以作出這樣一個結論：我這樣一個男子要成名，完成我的理想、事業，結果老了，而且又困苦流離那麼多年，被困在這荒山之中，那些富貴的、做到卿相的，一個個都是年青之輩，所以說「富貴應須致身早」。

　　好，下邊跳出來，「山中儒生舊相識，但話宿昔傷懷抱」，杜甫在同谷，還有個認識很多年的朋友，兩個寂寞的人，大概都是潦倒之輩。他們一起聊天的時候，談到過去，也許以前在長安、洛陽，曾經有些共處的經驗，當然也會談到大亂之後的天下大事，甚至談到長安卿相。談到這些，心裡當然更加感傷，「但話宿昔傷懷抱」。那這個「山中儒生舊相識」指的是誰？照浦起龍的說法，說杜甫當時有個舊交，住在同谷。杜甫晚年有一首〈長沙送李十一銜〉：「與子避地西康州。」很顯然的，他認為這李銜，應該也就是跟杜甫在同谷曾經住過一段時間的人。這首詩裡面還說：「洞庭相逢十二秋」，配合起來看，這個材料就更加完整了。杜甫這詩，是在長沙送給李銜

的，所以下邊說「洞庭相逢」，長沙就在洞庭湖邊，然後過了十二年，我們又在長沙的洞庭湖邊相逢。這首詩寫在什麼時候？大曆五年，西元七七○年。往前推十二年，應該就是西元七五九年，也就是乾元二年。再來，「與子避地西康州」，西康州就是同谷。這裡指的是在乾元二年，我跟你一起在同谷，「避地西康州」，過了十二年，到了大曆五年，我們又在洞庭湖邊上的長沙相逢。所以這「山中儒生」，由浦起龍引了杜甫的這一首詩來看，說是指李銜，應該是一個證據。所以「山中儒生舊相識，但話宿昔傷懷抱」，這顯然是杜甫在同谷的舊識之一。其實杜甫來到同谷，是受縣令之邀，所以並不是孤零零一個人的。這一群老朋友，至少好幾個吧！談到過去，想到現在，這個時代又那麼動亂，生活又那麼困難，當然會有他的感傷，好，這是第一個小節。

最後，「嗚呼七歌兮悄終曲，仰望皇天白日速」，到了最後了，唱了第七遍的歌。「悄終曲」就是要結束了。寫一個風景，抬頭看，天上的太陽很快速的往西邊落下去。請問大家，「白日速」有沒有象徵？象徵什麼？時間的消失，表示、呼應了前面那裡？「身已老」。最後又以年華老大，老冉冉將至，做爲一個結束。好，這第七首，假如要呼應到第一首的話，那應該是呼應到第二句「白頭亂髮垂過耳」，身已老，生活又那麼潦倒，當然那就是「白頭亂髮」的形象。

花了不少時間，把這一篇了解一下。這邊給各位一個簡單的補充，因爲這材料很多，我想概要的說一說。杜甫的詩，在思想內容上、感情上，我們一首一首講，各位大概有所體會。至於作品的形式部分，有關格律、鍊字造句、呼應重點這些，當然我們也會提到一些。還有一個部分，杜甫時常有所謂創體。這個體，我們假如按照詩的形式說，時常當作是「體裁」。可是當體裁來講，杜甫的詩並沒有創造出新的體裁。體裁是什麼？古體詩、近體詩、五言古詩、七言古詩，對不對？像近體詩包含絕句、律詩、排律等等。這各種體裁，不是杜甫創造的，但是我們說杜甫有創體，這個體，是指在同一個體裁底下，又創造出一個「體式」。比如說七言古詩，〈同谷七歌〉是七言古詩的體裁，也是杜甫在這個體裁底下，創造出某一類的形式，所以把

它叫做「體式」。「體」在我們過去的文學評論裡頭，時常會用到，含義真的非常複雜，很多層次。有時候可以指一個作品的風格，像蘇東坡的詞，我們叫做「蘇體」，那是指他的詞有著屬於他的風格。現在我們告訴各位，體還有一種叫做「體式」，這個體式是在體裁底下，更低、更下一層的含義，是某一種特殊的風格。那像這一篇〈同谷七歌〉，這是杜甫所創的新體式。假如你翻翻杜甫詩的全集，早年在長安的時候，他也有一篇七言古詩，題目很有趣，叫〈曲江三章，章五句〉，各位大概沒看過這種詩的題目吧！其實你仔細讀這作品，它是聯章的七言古詩，一共有三章，每一章五個句子。然後詩的內容寫什麼？寫「曲江」，所以題目，基本上叫〈曲江〉就是了。不過在題目裡頭，他交代你，我一共有三章，每一章五個句子。各位假如有興趣，把這一篇作品找出來看，像「曲江蕭條秋氣高」什麼的，每一章都是五個七言的句子，這個題目是模仿《詩經》。各位看看《詩經》裡頭，都是聯章的，後來《詩經》的注疏時常都會說，比如〈關雎〉篇第一章：「關關雎鳩，在河之洲。窈窕淑女，君子好逑。」第二章：「參差荇菜，左右流之。窈窕淑女，寤寐求之。」等等，一共有四章。往往古代的注解，在〈關雎〉後邊，給你做一個總結：「關雎四章，章四句。」有幾章？每一章有多少句子？把它做一個總結。杜甫這個題目，顯然是從《詩經》來的。《詩經》的註解裡頭，例如詩經第一篇，篇名其實是後人加的，我們把它叫做〈關雎〉，也是多少章，一章多少句。杜甫就模仿這種註解，變成了一個題目。再來，〈曲江三章，章五句〉的句數是奇數喔！一章五句，這是創體之一。杜甫的創體不少，這個比較容易了解，我們就先舉這個例子。

那第二個比較有名的，影響更大的，是這〈同谷七歌〉。但是，任何藝術上的創作，你要創造，必然先要有沿承，不是憑空冒出來。這古代，註解到這一篇作品的形式的時候，都特別強調，杜甫這一篇是從哪裡來的。各位看後邊引了劉金門說：「仿張衡〈四愁詩〉」，還有「蔡女」，蔡女指誰？蔡琰，蔡文姬。張衡是東漢人，他有一篇作品，叫〈四愁〉，聯章的，四章。這首詩我建議各位，有機會找來看一看，滿有趣的。那我唸一下，它第一首：「我所思兮在太山，欲往從之梁父艱。側身東望涕沾翰。美人贈我金

錯刀，何以報之英瓊瑤。路遠莫致倚逍遙，何爲懷憂心煩勞。」第一首是這樣，第二首一樣，換一個地方：「我所思兮在桂林，欲往從之湘水深。側身南望涕沾襟。美人贈我金琅玕，何以報之雙玉盤。路遠莫致倚惆悵，何爲懷憂心煩怏。」你看句型都一樣的。第三首：「我所思兮在漢陽，欲往從之隴阪長。側身西望涕沾裳。」然後美人贈之什麼？何以報之什麼？第四首：「我所思兮在雁門，」然後美人又送我什麼？我又何以報之什麼？四章，各位看出來沒有？東南西北繞一圈，然後東邊找一個地點，南邊找一個地點，當做代表，每段三句一個小段落，下邊美人送我什麼？我來回報之什麼？好，所以杜甫是從〈四愁〉來的。這是他的沿承，但這沿承是沿襲什麼？假如杜甫說我寫七首，東南西北還不夠，我要在東南西北再寫三個方位，這樣子七個方位，那就太笨了。這沿承是一個精神上的承襲，並不是一個模子的把它翻刻出來的。所以第一首你可以看出來，他說這「一歌兮」怎麼樣，「二歌兮」怎麼樣，對不對？這就是一種變化。張衡是東南西北，杜甫則是從一歌、二歌、三歌、四歌這樣寫下去。然後張衡前面「我所思兮」在哪裡？杜甫呢，前邊你可以看出來，有些句型不一樣，「有客有客」然後是「長鑱長鑱」，還有「有弟有弟」、「有妹有妹」，這個看起來滿像。假如只是沿承，就變成了模仿，你在沿承裡頭作一些改變，就變成了創造。

那這裡又提到還有「蔡女」，蔡琰，蔡文姬，很有名的女作家，也就是蔡邕的女兒。漢朝末年，天下大亂，她被匈奴俘虜到北方，後來還嫁給匈奴的單于，生了兩個兒子。後來因爲曹操跟她的父親蔡邕很熟，曹操比較有力量之後，就派人把蔡文姬贖回來。這對蔡文姬來說，真是滿掙扎的，故國嘛！中原家鄉，當然是心心念念想要回去的。但是她一回來，兒子還是留在胡地，因爲胡人不讓他們回來，妳要離開就一個人回家。一邊是回家，一邊是留在胡地跟兒子在一起，當然，最後她選擇了回到漢朝。然後有所感觸，寫了一篇作品〈胡笳十八拍〉，一共十八章。〈同谷七歌〉也很像〈胡笳十八拍〉，杜甫是七歌，蔡琰是十八拍，十八章。最像的在哪裡？比如說她第一章，劉金門也提到的：「笳一會兮琴一拍。」胡笳，笳是胡人的樂器。「笳一會兮琴一拍」，用胡笳吹奏一支曲子，配合琴演唱出來。「心憒死兮

無人知」，我心死了，沒有人知道。很像杜甫的「嗚呼一歌兮歌正哀，悲風為我從天來」。第一章第一拍這樣結束。第二拍也是前面好幾句，到了最後兩句：「兩拍張弦兮弦欲絕，志摧心摺兮自悲嗟」，這是說第二拍。然後第三拍、第四拍都是這樣結束。杜甫有沒有模仿？當然有。杜甫是什麼？「嗚呼一歌兮」、「嗚呼二歌兮」。蔡琰是什麼？「笳一拍兮」、「笳二拍兮」，非常像。所以從繼承的角度，顯然張衡的〈四愁〉、蔡琰的〈胡笳十八拍〉，都給杜甫提供一個開創的基礎。那也因為杜甫這樣的創體，到了後來有非常多的人模仿杜甫的七歌。

　　之前有給各位稍微提過，尤其宋朝人，像文天祥、鄭思肖。他們兩人的背景差不多，亡國遺民嘛！鄭思肖最有名的故事，就是他畫蘭花是沒有泥土的，叫失根的蘭花。文天祥跟鄭思肖都模仿過〈同谷七歌〉，到了清朝還有人模仿。有些就寫七首，叫七歌。有些像文天祥，只寫六首，就是六歌。但我們就發現，後來的模仿者，不像杜甫的創造力那麼大。文天祥的六歌，說實話那詩很動人，但是形式真的很呆板。我現在唸一下。六首第一首：「有妻有妻出糟糠，自少結髮不下堂」，寫了妻子，然後最後兩句「嗚呼一歌兮歌正長，悲風北來起徬徨」，是不是跟杜甫一樣？然後第二歌，「有妹有妹家流離」，妹妹到處飄零，「良人去後攜諸兒」，先生死了，帶著兒子到處逃難。最後是「嗚呼再歌兮歌孔悲，鶺鴒在原我何為」。第三首，「有女有女婉清揚」、「非為兒女淚淋浪」，下邊「有子有子風骨殊」寫兒子，然後「嗚呼四歌兮歌以吁，燈前老我明月孤」最後結束。第五首：「有妾有妾今何如？大者手將玉蟾蜍」、「嗚呼五歌兮歌郁紆，為爾朔風立斯須」，你看，第一首思念妻子，第二首說他妹妹，第三首說他女兒，第四首說他兒子，第五首說他的妾。文天祥有兩個妾，你不要以為他被砍頭就沒這個豔福。古人妻妾成群，文天祥當過宰相，文相國。然後後面都是「嗚呼一歌」、「嗚呼二歌」、「嗚呼三歌」這樣子結束。最後是「我生我生何不辰」，我真那麼不幸？那麼不辰？再來就是「嗚呼六歌兮勿復道，出門一笑天地老」，我這樣唸一下，各位有興趣，上網去查，很容易找到的資料。我要告訴各位，這七歌、六歌，模仿非常多，但創造力就沒有杜甫來得厲害。

當然，文天祥是因爲他的特殊的背景，那種感情讓你真的讀了也滿動人的。但是從形式上說，他的創造力顯然是有所不足。

　　我的廢話很多，沒想到一個鐘頭就這樣過了，我再說一個張衡的〈四愁〉，我們說杜甫是根據張衡〈四愁〉發展出來，對不對？晉朝的時候，有一個人叫張載，他有一篇叫做〈擬四愁〉。擬就是模仿，你看看他怎麼寫？「我所思兮在南巢，欲往從之巫山高」、「佳人遺我筒中布，何以贈之流黃素」，第一首，像不像張衡啊？完全一樣。我所思兮在哪裡？然後欲往從之又怎樣？佳人送我什麼？我要怎麼回報她？第二首「我所思兮在朔湄，欲往從之白雪霏」、「佳人遺我雲中翮，何以贈之連城璧」。第三首一樣「我所思兮在隴原，欲往從之隔太山」、「佳人遺我雙角端，何以贈之雕玉環」。第四首「我所思兮在營州，欲往從之路阻脩」、「佳人遺我綠綺琴，何以贈之雙南金」。四首完全跟張衡一樣，而且比張衡還偷工減料，因爲張衡中間還有一些句子，他沒有了。我所思兮、欲往從之、佳人遺我、我要怎麼回報她？就這樣。各位假如說用功一點，寫一百首都可以，套一套，就像工廠裡頭，已經做好的模子。所以這就不是一個很好的創造了。

　　也剛剛好啦，時間到了，本來還要講〈劍門〉的，那看起來還要過兩個禮拜。我們還要讓杜甫在同谷困一段時間。好！今天就到這裡。

劍 門

惟天有設險，劍門天下壯。連山抱西南，石角皆北向。兩崖崇墉倚，刻畫城郭狀。一夫怒臨關，百萬未可傍。珠玉走中原，岷峨氣悽愴。三皇五帝前，雞犬各相放。後王尚柔遠，職貢道已喪。至今英雄人，高視見霸王。并吞與割據，極力不相讓。吾將罪真宰，意欲鏟疊嶂。恐此復偶然，臨風默惆悵。

　　各位看到〈劍門〉，題目之下有註解，先交代了地理位置，劍門是進入四川的門戶。後邊引了《大清一統志》的說法：「其山削壁中斷，兩崖相嵌，如門之闢，如劍之植，又名劍門山。」意思是說，山勢非常陡峭，兩座懸崖，互相靠在一起，好像一座門一樣。山的形狀就像一把劍豎立起來的樣子，所以就把它叫做劍門山。杜甫經過這裡，感慨很深的寫下這首詩，同時反映了他對時代的關心，顯現了那時代可能的一些危機。我們把整首詩分成三個段落。先看第一段，杜甫說「惟天有設險，劍門天下壯。連山抱西南，石角皆北向」，這四個句子是第一段的第一個小節。下面「兩崖崇墉倚，刻畫城郭狀。一夫怒臨關，百萬未可傍」，這是第一段的第二個小節。

　　各位注意哦！這一段有兩個小節，一共八個句子。這八個句子首先把劍門的形勢交代出來，作為整個作品的開頭。惟，是想到的意思。這「惟」是豎心旁，就是「思」，是想到我來到這裡，想到老天爺在這地面上，設下了一個險要的地方。杜甫強調，這樣一個險要之處，是老天爺佈置下來的，而這樣一個險要的地方，就是「劍門天下壯」。險要之處，整個天下當然有

很多地方是，可是他認為劍門是全天下最險要的地方。怎樣的「天下壯」？怎樣的險要呢？下邊就比較更具體的描寫。「連山抱西南，石角皆北向」，「連山」，連綿的山峰。「抱」，環抱。這三個字相信各位很容易瞭解，那麼下面兩個字，更能瞭解。「西南」，不是一個方向、方位嗎？那麼請問大家，「西南」指那裡？假如這是劍門，「連山」，連綿的山峰怎麼抱西南？西是橫向啊！對不對？南應該是直向的，對不對？因此連綿的山峰，它不只是南北走向，還有東西走向唷。所以整個連綿的山峰，把西南包圍起來。而這個西南又是相對於什麼位置而言呢？我們知道，有一個中心點，然後才能建立東、西、南、北的方位。杜甫是從哪一個中心點說這是「西南」？他是從中原啊！中原就是長安，陝西，這一帶地方。換句話說，劍門，這樣連綿的山峰，把中原西南邊的四川整個環抱起來、隔絕開來。這個方位概念要弄清楚，是相對於中原說的。當然，具體指的是現在我們所謂的「四川盆地」。那麼「石角皆北向」，這個石，指的是山上的石頭。山上的石頭用「角」來形容，指的就是山峰，就是一座山最突出的地方，而突出的地方全部都是北向。也就是說，它的山坡往西南邊，北向處一定非常陡峭。想像一座山，面對北邊，它這面對的是什麼？面對著中原。這強調了它的險要：山把整個盆地包圍起來，不單單包圍起來哦，而且你看那山的形狀，是面北的，從中原進來是陡的、筆直的。用戰爭、打仗的概念來說，這種地形叫做「易守難攻」。假如從北面，敵人要從中原攻進來，那沒辦法，因為很陡；假如從西南面，才可以攻上來。這表示，四川從地形上看起來，被山包圍，跟中原隔絕，且北面非常陡峭，很難攻打進來。這是「連山抱西南，石角皆北向」。

好，下邊再補充「兩崖崇墉倚，刻畫城郭狀。一夫怒臨關，百萬未可傍」，「兩崖」，就是指劍門、劍閣。劍閣兩邊的山崖「崇墉」。崇，是高；墉，是牆；倚，是靠。「崇墉」、「高牆」是形容詞，比喻劍門兩邊的山崖，像兩面高牆一樣，靠在一起。但是我們推理一下：假設兩面牆靠在一起，那沒有縫，不會形成一個門的樣子啊。所以「靠」是哪一個地方靠？是上邊靠，瞭解嗎？這是一面牆，斜斜的、很高的，然後上邊靠在一起，這樣

一畫，門的形狀就出來了！兩座山崖就像兩面高牆，它的頂端靠在一起。「兩崖崇墉倚，刻畫城郭狀」，「城郭」，就是城牆。但是這裡有個城嗎？沒有。所以是指城郭就像崇墉一樣，比喻這些山就好像老天爺把它雕琢成一個城堡一樣，「刻畫城郭狀」，刻畫就是雕琢，把山刻畫出來。也就是說，這山不是平的，凹凹凸凸的樣子，就像城牆一樣。那是誰雕琢、刻畫的呢？「惟天有設險」，是老天爺刻畫出來的。經過這樣細部的，更具體地描寫，你可以感覺到，劍閣就像是一個城牆、城門一樣，很高，很堅固。

　　城牆下邊，「一夫怒臨關，百萬未可傍」，「一夫」，一個人，指的是一個軍士，「臨關」，什麼關？就是劍閣這個關口。「怒」，在這裡指非常勇猛的樣子。一個人，這樣勇猛的站在關口，「百萬未可傍」，百萬大軍沒有辦法靠過來。更具體地說，就是沒有辦法攻進這個關口。「百萬未可傍」不是杜甫的發明，各位看到下邊註解引張載的說法：「一人守險，萬夫趑趄。」下邊呢《文選》又引了張孟陽，也就是張載的〈劍閣銘〉，寫作「一人荷戟」。這是版本不同，有異文啦！然後左太沖，就是左思，他的〈蜀都賦〉又說了：「一夫守險，萬夫莫向。」這幾句意思都一樣，文字不太相同而已。我們現在時常用，換成兩句很熟悉的話，叫做「一夫當關，萬夫莫敵」，我沒有考證過「一夫當關，萬夫莫敵」從什麼時候開始，但是一定是從張載、左思，發展出來的。杜甫當然有延承，也有改變，變成了「一夫怒臨關，百萬未可傍」。注意喔！張載也好，左思也好，講的地點是哪裡？就是劍閣，也就是杜甫現在所寫的地方。杜甫前邊先鋪墊了一個基礎，告訴你劍閣險要的面貌，結論「一夫怒臨關，萬夫未可傍」，這是第一段，寫劍閣險要的形勢。

　　第二段，我們先看本子的「珠玉走中原，岷峨氣悽愴。三皇五帝前，雞犬各相放。後王尚柔遠，職貢道已喪」。我先把後面第三段唸一下，「至今英雄人，高視見霸王。并吞與割據，極力不相讓」四個句子，這是一個小節。「吾將罪真宰，意欲鏟疊嶂。恐此復偶然，臨風默惆悵」四個句子，是第二小節，這兩小節是第三段。我為什麼要把第三段先唸一下？各位有沒有注意到，第一段八個句子，分兩小節，各四句，第三段也是。但第二段是六

個句子，「珠玉走中原，岷峨氣悽愴。三皇五帝前，雞犬各相放。後王尙柔遠，職貢道已喪」，是不是不整齊？先請大家看到後邊引了仇兆鰲的說法：「往見舊人手卷有川嶽儲精英，天府興寶藏二句，方接以珠玉走中原云云。」有看到嗎？意思就是，仇兆鰲認爲第二段「珠玉走中原」前邊，還有兩句「川嶽儲精英，天府興寶藏」。假如把這兩句放進來，下面「珠玉走中原，岷峨氣悽愴」，四個句子一個小節，後面四句「三皇五帝前，雞犬各相放。後王尙柔遠，職貢道已喪」，四個句子是第二個小節。高步瀛先生說，浦起龍認爲杜甫是四句轉意，第一段四個句子成一小節，對不對？第二個小節，經四個句子轉意。所以浦起龍也贊成，也支持仇兆鰲補上這兩句。從形式上看，我接受這前面應該還有兩句，這樣段落才整齊，語氣才順暢。不然「珠玉走中原」緊接著前面所謂「一夫怒臨關，百萬未可傍」跳得太快了，要有一個緩衝來連接。

　　問題是，仇兆鰲說「往見舊人手卷」，看到抄本有這兩句，而仇兆鰲對分段很在意，特別講究整齊一個段落結構，所以，他看到這樣一個舊抄本，就把它補進來。我們講過啊！仇兆鰲是清朝康熙年間的人，那是很晚的年代。以杜甫來說，從唐人就開始收杜甫的集子了，當然有些失傳了；五代也有很多人專門收集杜甫的詩；到了宋代，大量的杜甫集子出版，包括校、注。所以杜甫作品的搜集整理，其實非常早就開始。假如說杜甫的原稿真的有這兩句，不要說從唐代，連五代、兩宋、元、明都沒有人談到，仇兆鰲也沒有告訴我們抄本出處。第一，從證據法則來說，證據不夠堅強。第二，這兩句啊，讀起來感覺真的不像杜甫的句子。這說起來就很抽象，古人要判斷一個作品的真偽，就說味道不像，這是現代話。當然了，這個要真的靠一點本事，直接的敏感。假如你把杜甫的詩多讀一些，慢慢嚼出味道來，這是可以感覺到的。我時常會看到有人抄了一首詩，或抄了兩句，說是杜甫的，問我這整首詩到底是什麼？看了老半天，我就覺得不像，後來去檢索，檢索老半天也找不到。所以這確實可以從風格、味道，判斷它的真假，這是第二。再來，因爲我懷疑，所以我去檢索，我發現前邊的「川嶽儲精英」，還有下邊的「興寶藏」，很多的詩、文，都會使用，可以說它們算是「套語」，套

語有時候不是「典故」，是習慣用語。寫某一類的文章，習慣會套上一些詞彙。有些是上給皇帝的表，或者是皇帝下的詔書，或者是詠某一個山的賦。甚至於宋朝的徐鹿卿，賀人生兒子，都會用這些詞彙，這叫「套語」。所以，我想可能有人認為杜甫這兩句一定有脫落，一定少了兩句，就給它補上去。這叫「臆補」，這在古人文集、詩集非常普遍。他的判斷沒錯，可能脫落了兩句，自己私下猜測，補上兩個句子。偏偏這個補的人，學杜甫學得不太像，所以補出來是「套語」。套語是不太有意義的，跟整個作品的味道啦、風格啦，不太相似。這個是很抽象的，就像我沒有辦法跟你說，那味道是酸甜苦辣到什麼程度，一度的甜？還是二度的甜？所以一個結論，這裡邊應該是漏了兩句，仇兆鰲沒有告訴你他的根據是從那裡來的，我們也認為這兩句的風格不像杜甫，所以我們先把它當做是「脫文」或「奪文」，也就是漏掉了某一個字，或漏掉了某一個句子。那到底是什麼？大概是沒辦法還原了，因為杜甫距離我們一千多年，這一千多年沒有人找到另外的材料，看來也沒辦法補進來了。不過，可以感覺到，它這前面漏掉的兩個句子的意思，應該類似前面說的「川嶽儲精英，天府興寶藏。」意思是說，四川是「天府之國」，是物產非常豐盛，本來非常豐富、肥沃的樂土。

下面兩個句子「珠玉走中原，岷峨氣悽愴」，「珠玉」，就是指四川生產的一些寶物吧！這個「走」字杜甫用得非常厲害，看到下邊註解引《韓詩外傳》卷六：「夫珠出於江海，玉出於崑山，無足而至者，猶主君好之也。」這裡不是用「珠」、「玉」嗎？杜甫的「珠玉」就是這裡來的，那「無足而至者」的「珠」、「玉」，沒有腳卻跑過來了。跑到哪裡？跑到中原，跑到朝廷，跑到皇帝的身邊啊。為什麼沒有腳會跑過來？「猶」就是因為，那是因為，「君主好之也」，國君喜歡。國君喜歡就強迫地方徵集、貢獻。剛剛的《韓詩外傳》有沒有一個「走」字？「無足而至者」，沒有「走」字哦！而杜甫用了一個「走」。我們看到，下邊引了魯褒〈錢神論〉這篇文章。魯褒是晉朝人，他寫了〈錢神論〉，題目一看就知道是關於錢的，而且它的內容杜甫一定很熟悉。我們時常說錢叫做「孔方兄」，就是從魯褒來的。「親之如兄，字曰孔方」，魯褒說一般人非常親切地看待錢，就

像兄弟一樣。孔方，是因爲過去的銅錢中間有一個四方形的孔洞，所以叫做「孔方」。〈錢神論〉說：「無翼而飛，無足而走」，我們口袋裡的鈔票就是這樣，沒有長翅膀，也沒有腳，忽然間摸一摸，不見了、被扒手扒走了，無翼而飛，無足而走。好，「珠玉」和「無足而至者」是兩個典故喔，但杜甫把二個典故融在一起，變成「珠玉走中原」。我們真的該羨慕，也應該儘可能去學習老杜如何讀書、用書，把所熟悉的一些材料、感情融合起來。所以，「珠玉走中原」指什麼？指四川有很多的寶物，如珍珠、寶玉，一個一個被朝廷徵集，跑到中原來，貢獻給朝廷了。因爲朝廷的徵斂、搜括，所以「岷峨氣悽愴」。岷，岷山。峨，峨嵋山。岷峨指的就是四川，以四川有名的兩座大山，代表四川這個地方。這個地方「氣悽愴」。悽愴，很容易瞭解，悽涼悲傷嘛！那「氣」從哪裡來呢？指的是什麼氣？不要忽略前面的「岷」跟「峨」，雖然我們說岷、峨就是四川有名的兩座山，代表了四川，但是它畢竟是「山」。所以呢！氣是什麼氣？山氣。指的是山色，氣就是色。所以這「氣」不是隨便說，前面有根據、有所本的。從山色聯想到「山色悽愴」的形容，再引申爲指四川的老百姓悽涼、悲傷。這是兩層意思，不要直接說「氣」就是「民氣」，要先從山來理解「岷峨氣悽愴」。整個感情主題當然是說朝廷在這裡搜括了、徵斂了，老百姓窮於應付了，所以老百姓悲傷、凄涼了。

　　因爲這個現象，所以杜甫進一步評論「三皇五帝前，雞犬各相放，後王尙柔遠，職貢道已喪」，三皇五帝，指的是上古時期，在那樣一個遙遠的時代，「雞犬各相放」。各位也看到後邊先引《老子》的說法：「鄰國相望，雞犬之聲相聞，民至老死不相往來。」這個是《老子》很有名的話，說上古時期啊，非常純樸的時代，聽得到鄰居的狗叫聲，聽得到他養的雞的叫聲，但是人呢？不相往來。下邊又引潘岳的〈西征賦〉說：「渾雞犬而亂放。」放什麼？放就是養的意思。狗啊，雞啊，混雜在一起，隨便拿去放養，即「渾雞犬而亂放」。在上古時期，三皇五帝之前，老百姓看起來非常純樸，生活非常簡單，養雞、養狗，隨便放養，彼此不相往來，指的就是民風純樸、相安無事的一個社會。下面說「後王尙柔遠，職貢道已喪」，後

王，當然是說後代的國君。時代往後邊推，後來的朝廷、國君「尙柔遠」。我們註解好像沒有解釋「柔遠」兩個字，《尙書》裡頭有一句「柔遠能邇」。柔，是懷柔的意思；遠是遠方。中原的朝廷，面對遠方的一些外族，如古代講的四裔，通常用什麼政策呢？用懷柔政策，給他們一些恩惠，安撫、救濟他們。假如，能夠柔遠，則能「邇」。邇就是近，也就是說，能夠把他們拉攏過來，雖然空間還是那麼遙遠，但是他們會心向朝廷。這是過去儒家講究、崇尚的政治手段。用懷柔政策拉攏遠方，產生向心力，所以「後王尙柔遠」。

那這個「柔遠」是正面的意思，還是負面的意思啊？正面啊，對不對？但是看起來，杜甫顯然採取負面的態度使用這個句子。因爲前有「三皇五帝前，雞犬各相放」，在上古時期，各自獨立、各管各的：我在這裡，我就是管我這個地方；你在那邊，你就管你那個地方。對不對？是不相往來的。但是，到了後來呢？採取懷柔政策，把遠方的人拉攏過來，顯然跟三皇五帝前是不一樣了。杜甫認爲，這個是負面性的。這負面性在那裡？下邊說「職貢道已喪」，高步瀛先生不知道怎麼了，這兩句沒有注解出來。職貢，是從《周禮》來的，《周禮》說：「制其職，各以其所能。制其貢，各以其所有。」《周禮》就是紀錄周朝理想中政治制度規劃的書。杜甫的「職」、「貢」就是從這來的，「職」是什麼，譬如朝廷、國君，都是根據每個人的才能，任命他擔任什麼職務。那「貢」是什麼？進貢。這是傳說啦，大禹平定九州後，瞭解一個地方有哪些物產，立定規則，讓九州就按照他們出產的東西，每年要有多少數量貢獻給朝廷。譬如說，這個地方產很多錫，那個地方出產了什麼，那麼就每年進貢多少給朝廷，簡單說就是中央跟地方的財政規劃啦。所以「制其貢，各以其所有」，對不對？

我們再把這兩句說一說「後王尙柔遠，職貢道已喪」，後代的國君崇尙柔遠，對遠方的人，採取一些手段，把他拉攏過來。好聽一些是懷柔，說實話，也就是控制他們。然後呢？應用在《周禮》出現的一些政治制度，譬如說分配某些官職、規定某些地方要進貢的東西。「道已喪」，重點在「道」。道，指的是什麼？應該指的就是「三皇五帝前，雞犬各相放」那樣

一個「道」。各管各的，彼此獨立，逍遙自在，不相往來。這樣的一個「道」，也就是理想，因爲「後王尙柔遠」，這樣職貢的要求，有這樣的規定，所以，「道」，那個理想社會消失了。那後邊四句，杜甫爲什麼要這樣說？因爲，前面說「珠玉走中原」對不對？「岷峨氣悽愴」落實到後邊四句，就是「職貢」啊，掌控啊。四川，原本是天府之國，對不對？有很多寶物哦，很多的物產，那朝廷就要求它要進貢，一定要進貢什麼什麼，進貢多少多少，最後就變成了搜括。搜括的結果，老百姓窮於應付，老百姓最後怎麼樣？當然是困苦不堪，悽涼悲慘，這是第二段。

現在整理一下，第一段，寫劍閣險要的形勢。對不對？在地理上看，它跟中原是分隔的。那中原要進攻、進入到四川，還真是不容易啊。「一夫怒臨關，百萬未可傍」，是從劍閣形勢說。那第二段說什麼？說朝廷徵斂、搜括，喪失了上古時期相安無事的理想社會，讓四川百姓痛苦不堪，「岷峨氣悽愴」。兩段看起來好像沒有辦法連接啊。有沒有？

好，我們先看最後一段「至今英雄人，高視見霸王」，這要唸成「ㄨㄤˋ」，當動詞用。然後「并吞與割據，極力不相讓」，這是第一個小節。「吾將罪眞宰，意欲鏟疊嶂，恐此復偶然，臨風默惆悵」，最後一個小節。「至今英雄人」，一直到現在，還有很多所謂英雄的人，「高視見霸王」。高視，就是眼睛看得很高、遠。引申一下，是什麼意思？野心很大。漢語有時是很麻煩。「高視」有時是很好的詞彙，高瞻遠矚，看得很遠、很高、很深。但換一個角度，就是眼睛抬得很高，看得很遠，目標很偉大，表示什麼？野心很大。這個野心大到什麼程度呢？見霸見王。「霸」跟「王」，分開兩個詞彙。「霸」，稱霸，指下邊所謂的「割據」。割據，佔據一個地方，跟朝廷分裂，佔地爲王，相當於所謂的「諸侯」。我們看春秋戰國吧，春秋有什麼？有五霸。對不對？那些「霸」就是地方諸侯，他佔一個地方，然後跟周朝這個「中央」脫離，半獨立了，這叫「霸」。那麼「王」是什麼意思？「王」是統一天下，擁有整個天下，也就是下邊所謂的「并吞」。「并吞」指什麼？并吞整個天下，也就是把整個天下歸爲己有。「至今英雄人，高視見霸王」，一直到現在，還有很多自認爲英雄的人物，他們野心很

大，大到什麼程度呢？他們期待著，或者他們的目標就是稱霸、稱王。稱霸，就是割據一方，佔地為王，跟朝廷脫離關係。民國初年，不是說軍閥割據嗎？對不對。我是山東的，我就獨立了，我是江蘇的，我就變成一個諸侯了。不是稱霸、割據，那是什麼？稱王，想要并吞天下，擁有這個天下。這個所謂英雄人，他的野心是「并吞與割據」，所以「極力不相讓」，彼此不斷對抗、爭奪，一定要把對方打敗、消滅。戰爭不斷，杜甫來到這裡，最後提出了這個感覺，很顯然，基於兩個原因。第一，四川從地理上看，跟中央隔絕，是所謂「據險」，有天險，才可能讓你割據啊。從靠近的歷史來說，無論幾十年或千百年，如果沒有一個台灣海峽，中華民國有機會維持到一百零三年嗎？古寧頭大戰假如打敗了，老共還要渡海啊。我們有天險，所以能夠苟安於一個小島之上。我時常說，南唐的國君李後主的「四十年家國」，誇口「我們國家有四十年的歷史」，四十年算什麼？在中國歷史上，一個朝代動輒幾百年。但是，在五代的時候就不是這樣了。五代十國，梁、唐、晉、漢、周。那漢幾年？漢才四年。所以，李後主才很自負說我們的江山有四十年歷史。

　　我們跑遠了，回到詩裡。所以要割據，就是要「險」，拿四川地理條件來說，符合了這樣一個要求。有「一夫怒臨關，百萬未可傍」的天險，另外還有一個原因，就是第二，四川百姓有什麼動機，讓他們想要跟朝廷脫離關係、盤據在一方呢？那是因為「珠玉走中原，岷峨氣悽愴」，朝廷搜括，征斂，老百姓忙於應付啊，使得四川的老百姓，很想跟朝廷脫離關係。而且，杜甫腦子裡面，其實是有四川此地的歷史知識的。像割據，以漢朝來說，最有名的就是公孫述。各位讀歷史，公孫述在西漢末年盤據四川，脫離中原，自己建立朝廷稱帝。然後在漢朝流行所謂的「五行之說」。而他自己崇尚秋天，是白色，所以自稱白帝。夔州有一個地方叫白帝城，原本叫魚腹縣，就是公孫述改成白帝城的。那個時候是西漢末年，天下大亂，他乘機盤據四川稱帝，後來光武皇帝劉秀得了天下，就召撫他歸順朝廷，但公孫述不聽，後來兵敗垮了。這叫割據，盤據一個地方，稱王稱雄。

　　那并吞呢？以四川為根據地最後擁有天下的，是誰？劉邦。一開始，

項羽力量比較大，項羽封劉邦為漢中王，叫他到四川。不過，劉邦是個很陰險的人，他表面上接受了，卻「明修棧道，暗渡陳倉」，聽過嗎？最後劉邦出兵跟項羽決戰，項羽被打敗了，劉邦得到天下。這叫并吞。所以，割據也好，并吞也好，從歷史的事實上看，四川都有這個「利」，所以，杜甫在這裡借題發揮，說「并吞與割據，極力不相讓」。

　　讀到尾聲了，我們分成三個段落，每個段落都分成兩個小節，第一段杜甫寫劍門的形勢：那是老天爺設下的險要的之地，「一夫怒臨關，百萬未可傍。」因為這樣險要的地形，很容易引起割據的危險。那第二段寫什麼呢？寫朝廷的徵斂：所謂「珠玉走中原，岷峨氣悽愴」，顯示老百姓不堪朝廷剝削，這是另一個背景。有險要的地形，加上老百姓對朝廷的不滿，就產生了最後一段的結論：從古以來，都是如此啦，有一些自以為英雄的人物，他們的野心很大，想要稱霸，想要稱王。稱霸就是割據，稱王就是統一天下，即并吞。因為想要稱霸、稱王，所以「極力不相讓」。

　　到了最後一小節，杜甫說「吾將罪真宰，意欲鏟疊嶂，恐此復偶然，臨風默惆悵」，寫出他的感慨。他說，我要怪罪真宰，「真宰」就是老天爺，為什麼要提到老天爺？各位看開頭第一句，「惟天有設險」對不對？很顯然的，老天爺在這個地方設下險要之勢，所以讓有野心的人設法割據、并吞。所以「吾欲」，我要怪罪老天爺。「意欲鏟疊嶂」，我想要把眼前險要的疊嶂，就是重重疊疊的高山，把它鏟平，讓這個險要不存在。所以，最後的一小節，顯然是從「惟天有設險」發出的感慨。下邊做一個轉折，說「恐此復偶然，臨風默惆悵」，進一步擔心「復偶然」。這「偶然」兩個字，現在時常在用，確切來說是什麼意思？「我在路上，偶然碰到他」，這是沒有預期、偶而之間發生的，叫偶然。但是，各位看看，「偶」其實等於「偶而」。「然」是「是」的意思。我們現在把「偶」、「然」連在一起，意思就是「偶而」，這個「然」好像失落了，意思不見了。假如照過去來說，從「偶然」兩個字的結構來看，「偶然」是「有時候會是這樣」的意思。所以，「恐此復偶然」，我又擔心這樣的現象，什麼現象？并吞與割據的現象又再度發生。

　　關於這一點，有兩個不同的說法。各位先看後邊註解引了一個「吳曰：『恐此復偶然者，言此山之險或係偶然而成，本無真宰位置其間，則更無從歸罪矣。此所以臨風惆悵也。』」這裡補充一下，高步瀛先生時常引到「吳曰」，他引古人說法，什麼「仇曰」啦，「錢曰」啦，引了很多，都是直指姓氏。但是這個「吳」是誰呢？這個人大有來頭，各位翻到前邊第三頁，陳子昂的詩「蘭若生春夏」，下邊小字提到「吳摯甫」，有沒有？吳摯甫是誰呢？這個值得介紹一下。吳汝綸，摯甫是他的字。吳汝綸是清末人，生卒年應是西元一八四〇年到一九〇三年，也就是滿清末年。他是安徽桐城人，在同治年間中進士，做了官，在現在的河北做了兩個州的知州，就是地方長官。吳汝綸在河北當知州的時候，曾經辦學校講學，還會自己授課喔，高步瀛先生對他非常尊敬。後來高步瀛引吳汝綸的說法時，有時就稱為「吳先生曰」。各位看第六頁，註解引了「吳先生曰：『此言時士不幸見知於武后也。』」有看到嗎？這「吳先生」就是吳摯甫，就是吳汝綸。高先生稱古人雖然尊敬，但也多稱其字、號，不稱先生。為什麼稱吳汝綸為先生？因為高步瀛是吳汝綸的學生。但後來呢，高先生再引他的說法時，就不再說是吳先生啦，就說是吳曰。

　　回到杜甫的詩，高步瀛他引了老師的話。但是，我們檢討一下，這個吳汝綸說：「恐此復偶然者」，什麼東西偶然？什麼時候？什麼東西會發生？「此山之險或係偶然而成。」他說這樣險要的地勢，會造成割據的危險。杜甫呢，很生氣，怪罪老天爺，想要把它鏟除掉，但是，他進一步想這樣險要的地形，可能是偶然而成的，並不一定是老天爺有意在這裡設下來的，對不對？這是吳汝綸的說法。所以，「欲怪真宰」，大概也怪罪不了。這責任看起來好像不是老天爺的，瞭解嗎？但是要說，我覺得沒有仇兆鰲說得好。仇兆鰲說：「從古多因疊嶂憑險，恐此復有其事，故臨風而生恨。」高步瀛沒有引仇兆鰲的話，但是我覺得仇注比較契合杜甫詩意。這個「事」，什麼事？割據的事。所以，一個是說，這個險要是偶然發生的，不能怪罪老天爺；一個是說，我擔心以後，所謂英雄人并吞與割據這樣的事，還是會不停發生，「復有其事」。我們考察一下，杜甫進入四川後不久，軍

閥就不斷作亂。以四川來說，杜甫曾經遭遇過的軍閥之亂，就有好多人，像甚麼段子璋、楊子琳，都是四川或湖南一帶的軍閥。各位不一定要把這些人名記起來啦，不過瞭解一下，們都時常跟朝廷產生脫離，形成割據局面。而杜甫的觀念、意識形態、政治上的想法，是中國傳統的大一統思想。擁兵自重，盤據一方，是違反了所謂大一統這樣的觀念。在這裡，杜甫反對并吞、割據，覺得這些人擁兵自重、據險自守，他本來要怪罪老天爺，揚言把這個險要的地勢鏟平，可是又擔心這樣的情況會不停發生，他無能為力。所以後邊說「臨風默惆悵」，杜甫站在劍閣上頭，風不停吹過來的時候，在心中默默產生惆悵之情。大致上這首詩，我們就這樣的理解。

戲題王宰畫山水圖歌

十日畫一水，五日畫一石。能事不受相促迫，王宰始肯留眞跡。壯哉崑崙方壺圖，掛君高堂之素壁。巴陵洞庭日本東。赤岸水與銀河通，中有雲氣隨飛龍。舟人漁子入浦漵，山木盡亞洪濤風。尤工遠勢古莫比，咫尺應須論萬里。焉得并州快翦刀，翦取吳淞半江水！

　　如果從杜甫的生平來看，杜甫在上元元年只有一首七言古詩，就是二二二頁的這首〈戲題王宰畫山水圖歌〉。這首詩原本沒有明顯的資訊可以判定是哪一年，只知道是杜甫到四川成都後所作的。杜甫在乾元二年二月進入成都，第二年就是上元元年。宋朝有一位梁權道，他曾幫杜詩編年，他就把這首編在上元元年。宋人對杜詩的整理有很大的貢獻，例如高步瀛先生在註釋中會提到：「鶴曰」，鶴，就是黃鶴，黃鶴的父親就是黃希，他們父子兩人曾經對杜詩作完整的編年，貢獻非常大，所以很多人都引用黃鶴的說法。相對來說，梁權道的編年不是很完整，但因爲他的說法比黃鶴早，還是有些地方值得參考。因此在這裡我們姑且依照梁權道的說法，把這首詩編在上元元年，是杜甫剛到成都時所作的一首詩。

　　從題目看，顯然是一首題畫詩，杜甫的題畫詩以前我們也讀過一些，像五言的〈畫鷹〉、七古的〈奉先劉少府新畫山水障歌〉，大家都有印象吧？其實，之後還有不少的七古也是，像〈丹青引贈曹將軍霸〉、〈韋諷錄事宅觀曹將軍畫馬圖〉，所以看出杜甫對於以畫爲題來寫詩是滿有興趣，這點讓人很羨慕。他那時是唐朝的黃金時期，藝術興盛，又多樣，除了文學詩歌，

還有繪畫、書法、音樂、舞蹈等等，杜甫成長在這時期，所以有機會認識很多藝術家。音樂方面雖然我們沒有聽到杜甫唱歌，但看到他詩中常提到聽別人唱歌。舞蹈最有名的是看過公孫大娘的〈劍器〉舞，那是開元三年；五十年後大曆年間到夔州，又看了公孫大娘的弟子李十二娘的〈劍器〉舞，都非常的精采。

好，我們回到這首詩〈戲題王宰畫山水圖歌〉，從題目來看，畫家是王宰，畫的是山水圖，就像曾經讀的〈奉先劉少府新畫山水障歌〉一樣，杜甫是帶著遊戲的心情來題這首詩。這「題」之前有講過，題是有時候把詩直接題在畫上，有些是沒題上去，算是詠畫詩，這首應該是詠畫詩，杜甫沒有直接用筆題上去。王宰在當時是有名的山水畫家，《歷代名畫記》中記錄了王宰這個人：「王宰，蜀中人，多畫蜀山，玲瓏嵌空，巉嵯巧峭。」這是形容他畫山水的樣貌，「玲瓏」就是細緻，而「嵌空」是歪斜、凹下去，山勢高低起伏的樣子，「巉嵯巧峭」是指山勢很險峻的樣子，他的山水畫看起來是有很多樣風格。下面又引胡元任的說法：「予讀《益州畫記》云：『王宰，大曆中，家于蜀川，能畫山水，意出象外，杜甫與宰同時，此歌又居成都時作。』」所以這首應為杜甫居住成都時所作，這是從題目可以知道的創作背景，接下來我們把詩讀一下。

「十日畫一水，五日畫一石。能事不受相促迫，王宰始肯留真跡。壯哉崑崙方壺圖，掛君高堂之素壁」，這是第一段。「巴陵洞庭日本東。赤岸水與銀河通，中有雲氣隨飛龍。舟人漁子入浦漵，山木盡亞洪濤風」，這是第二段，其中「亞」要唸去聲。「尤工遠勢古莫比，咫尺應須論萬里。焉得并州快翦刀，翦取吳淞半江水」，這是最後結尾。

為什麼要先唸一遍呢？因為大家可以注意前兩段，它們的形式結構上很類似，我們先看第二段五個句子：「巴陵洞庭日本東，赤岸水與銀河通，中有雲氣隨飛龍。舟人漁子入浦漵，山木盡亞洪濤風。」一、二、三句押韻，第四句不押，第五句又押；我們往前看第一段六個句子：「十日畫一水，五日畫一石。能事不受相促迫，王宰始肯留真跡。壯哉崑崙方壺圖，掛君高堂之素壁。」前二個五言句實際上是一個句子，因為若組合成一個句

子，字數太多，所以分成二句。押韻上「石」、「迫」、「跡」押韻，第四句不押，第五句「素壁」的「壁」又押。其中石、迫、跡是陌韻，壁是錫韻，大家會認為不同韻，但古體詩在創作上可允許「通韻」，就是聲調相近的韻可以互相通用。像第二段東、通是東韻、龍是冬韻、風又是東韻，結構很特別。

　　接下來我們再來看文字。「十日畫一水，五日畫一石」，從字面來看很簡單，就是說王宰十天畫一條水，五日畫一座石，是這樣嗎？這要了解一下。這邊的句子其實是「互文」，其實是說用了十天、五天來畫山水，不是十天才畫一水，五天才畫一石；而且這十天、五天也是虛數，不是真的十天、五天，意思是說他花了很多時間畫很多水、很多石，表示這是在醞釀，在腦中不斷經營，不是每十天、五天才拿筆畫。藝術創作常常是如此的，要花很多時間精力去累積醞釀，等到成熟時可能就一揮而就。像蘇東坡說：「與可畫竹時，胸中有成竹。」說畫家文與可畫竹子時很快，一下就好，但之前需要很長久的醞釀功夫，才能一蹴而成，所以這十日、五日是虛數，表示花很多時間醞釀。另外水是山水的水，石是代替山，所以這裡就扣到題目中的山水。畫山畫水，需要花時間醞釀，累積很多靈感才能畫出，所以才下了一個結論：「能事不受相促迫，王宰始肯留真跡。」「能事」就是擅長之事，王宰擅長書畫，但他的本事是要不接受別人催促壓迫才願意創作。例如一個畫家、書法家，受人送來金錢，要他明天交出東西，那絕不會是好東西，因為好的作品要醞釀、經營。例如我有一位好朋友篆刻名家蔡雄祥，得過中山文藝獎，很熱心，但我以前最受不了要請他刻一個章，刻了三年、五年還沒好，一問他他就說還早，石頭還放在抽屜。當我讀過老杜這句「能事不受相促迫」，就不催他了，但忽然間打電話來，說作品完成了要送過來。所以藝術創作不受催促壓迫，才能留下真跡。我們在讀這首詩時，常誤會以為「真跡」是真的筆跡，難道王宰還會創作假畫嗎？其實「真」不是真假之真，是真誠的意思，所以「真跡」是指他內心真誠完美的作品，他才願意留下來。

　　最後杜甫補上一筆「壯哉崑崙方壺圖，掛君高堂之素壁」，「素壁」

就是白色的牆壁，顯然杜甫到了王宰家，看到他廳堂上掛了自己畫的畫，杜甫看的是怎樣的畫？是「壯哉崑崙方壺圖」，崑崙山是神話中的仙山，在西邊，大概在現在的甘肅、青海附近。而方壺則是在東邊，傳說中海上有五座仙山，分別是岱輿、員嶠、方壺、瀛洲，蓬萊，方壺就是其中之一。也有人認為台灣是海上仙山之一，所以古人有些文章會稱台灣是瀛洲、蓬萊。崑崙、方壺既然都是仙山，所以從這個角度來說，杜甫到王宰家，看到牆壁上掛著自己的畫，先做第一步介紹，說明畫的內容是西崑崙、東方壺，都是仙境的山。並且對畫驚嘆，讓我們感受到整體的雄壯風格之後，在第二段就更細膩的把畫中內容介紹出來。

　　下邊，第二段「巴陵洞庭日本東。赤岸水與銀河通，中有雲氣隨飛龍。舟人漁子入浦漵，山木盡亞洪濤風」。巴陵在現在湖南省洞庭湖邊上；日本唐朝以前叫倭國，後來改為日本；東就是東邊。杜甫在這裡有一個設計，前面先寫山，下面就寫水，對內陸來說，洞庭湖是很大的湖泊，象徵水；「日本東」就是日本東方的海面，我們從方位來看，巴陵、洞庭湖在西方，日本的海面在東方，前面山是崑崙、方壺，寫東西兩邊的仙境，現在寫水，是人間。所以可以看得出來老杜很講究形式結構，我們寫古體詩，一定要注意這個設計的技巧，段落才分明，層次才清楚，對應才嚴謹。前面仙山，下面人間水；山由西到東，是崑崙到方壺；水由西到東，是巴陵、洞庭到東方日本海面。接下來，「赤岸水與銀河通」，「赤岸」是一個名詞，但是指哪裡？過去很多地方叫「赤岸」，各位可以看後面的註解。《文選》中有枚乘的〈七發〉說：「凌赤岸。」李善的注引《南徐州記》說：「京江，《禹貢》北江，春秋分朔輒有大濤至江乘北，激赤岸，尤更迅猛。」這大概是在揚州一帶。後面《大清一統志》又說：「江蘇江寧府，赤岸山在六合縣東南四十里。」看起來江蘇也有一個地方叫赤岸。如果我們看《山海經》裡面的〈大荒西經〉提到有一條水叫赤水，說西海之外有赤水，所以赤岸很可能是指赤水的岸邊，不一定是指揚州、江蘇。但赤水從哪裡來？《山海經》說從崑崙山流下來的。所以「赤岸水與銀河通」是說赤水岸邊之水，就是赤水，與銀河相通。杜甫在這裡把人間與仙境相接起來，銀河在天上，赤水岸

邊的水是發源於崑崙。崑崙是山、赤水是水，這裡把山與水相連接起來；崑崙是仙山，赤水是人間水，由西至東通過巴陵、洞庭、日本海，最後與銀河相通，又回到仙境，所以山與水、人與仙，在這裡就相連成一個完整的空間結構。

「中有雲氣隨飛龍」，這句寫的很漂亮。「中」指水與山之間，赤水從崑崙發源，往上與銀河相通，所以上下空間、人間與仙境之中，有雲氣隨著飛龍遨翔。山裡面當然有雲一團團的在空中飄動。古人認為：「雲從龍，風從虎。」認為有雲氣的地方就會有飛龍，所以杜甫看到這些雲氣，就想像有飛龍在其中吧。不過我們這裡還是要說明一下，杜甫在這裡所提到的崑崙、方壺，或是洞庭、日本東海、赤水邊，看起來都像是具體地名，但我們讀的時候千萬不要以為是實指，好像王宰畫的真的是崑崙山等等。它只是虛的、一種想像的概念，這好像是仙界之山、那好像是人間之水。我們看下面引的評語也大致說這些是虛的，不是真的畫崑崙、方壺、日本東海、赤水等等。畫的材料當然是具體，有山有水，有團團雲氣在中間飄動；但像龍就是虛的，假如王宰真的畫條龍在飛，那就沒境界了。所以讀詩要分辨虛實，杜甫看到畫中一團團雲氣在飄，就想像龍在飛，但龍絕對沒出現在畫面上。

下邊，「舟人漁子入浦漵」，就開始進入畫細部的內容。「浦漵」就是岸邊、水邊。「舟人漁子」，就是那些漁夫，把船靠在水邊、岸上，為什麼呢？因為「杉木盡亞洪濤風」。舟停在岸邊，岸邊有山，山上有樹。那「洪濤」是什麼？就是大浪，呼應剛剛提到的水。所以整個畫面就是寫山水、寫雲、還有風。風很強、很猛，把水面捲起很大的浪花，這就是「洪濤風」。而且這風不只在水面湧起大浪，還使「山木盡亞」。「亞」是語詞，之前有給各位說過，我們讀《詩經》常讀到一些語詞，與文詞不一樣，文詞是一直流傳的用語，語詞是某一時代流行，過段時間就沒有在用的用語。所以我們讀詩、詞、曲、文章，碰到語詞時會很頭痛，因為距離太遠，不知道它原本的含義。例如我們現在時常說出的口語，過了幾十年後可能就沒人懂。我們現在如果想要知道唐、宋時期的一些語詞，可參考一本書，就是張相的《詩詞曲語辭匯釋》，各位可以去看張相如何解釋這些語詞。張相說

「亞」有縱橫二意，也就是二個角度。縱是上下立面，橫是左右平面，假如從縱的角度說，「亞」是一個東西被壓下或壓低的意思，由上往下，例如白居易的〈晚桃花〉詩：「一樹紅桃亞拂池。」池塘旁有一樹紅桃花壓著、掃著池塘。若從橫的角度說，「亞」是並、傍、靠的意思。例如杜甫曾寫過〈入宅三首〉，講他搬家的事，其中有二句：「花亞欲移竹，鳥窺新捲簾。」杜甫的詩風格很多樣，有些很樸拙笨拙、很白，有些又很雕琢，像這二句就很雕琢。搬到新房子，看到外面的景色，空間很大，有竹有花，花開的很飽滿、很高，而花太靠近竹子了，所以杜甫想要把花跟竹子分開來種，讓竹子長高一些，花更自然生長，在這裡「亞」就是停靠、並在一起的意思。下一句說屋外頭很多鳥，鳥從窗外窺視屋子內部，杜甫把簾子捲起，讓鳥可以飛進來，這是寫人與鳥關係非常親密融洽。張相舉了許多例子，也舉了杜甫這句：「山木盡亞洪濤風」。風勢很強，既捲起江中大浪，吹到山上，把樹木吹到壓下彎了腰。第二段雖然是虛寫崑崙、洞庭，但仔細觀察，裡面還有漁舟、漁夫、雲、風等等。不僅把人境、仙境連在一起，還很細膩的寫寫雲勢、風勢，比第一段複雜多了。

在這裡補充一下，古體詩雖然在聲調上不講究，只要不寫律化句就可以，但有時候，尤其是七言，詩人喜歡使用下三平，不知道之前有沒有說過。例如「赤岸水與銀河通」、「中有雲氣隨飛龍」、「山木盡亞洪濤風」，最後三個字都是平聲。這是七言古體聲調的秘訣，而且下三平時，句中第四個字一定要用仄聲，前面三個字不管，這是七古最標準之聲調。當然不是非這樣不可，但清人在整理古體聲調時，發現仄平平平是最多例子的，唸起來好聽，所以當作一個標準，各位讀其他古體詩或創作時，可以注意一下。

好，下邊，「尤工遠勢古莫比，咫尺應須論萬里。焉得并州快翦刀，翦取吳淞半江水」，這是全詩的結論。「工」就是擅長，「遠勢」是廣大遙遠的意思。表示王宰畫山水，有著廣闊、遙遠的感覺。也就是說王宰擅長繪出宏遠的意境，自古以來的畫家都比不上。「咫尺應須論萬里」，咫尺是短距離，意思是說他的畫面雖然很小，卻有萬里開闊之勢的境界。他的畫面很

小，本以為是很大之畫面，以為是整面牆，歷史博物館曾經展出張大千的〈長江萬里圖〉，繞著三面牆，從長江口發展開始，那就是大畫面。但很顯然王宰的畫不是這樣。我們可以看後面註解引《南史‧齊武帝諸子傳》說：「竟陵王子良，子良子昭胄，昭胄子賁能書善畫，於扇上圖山水，咫尺之內便覺萬里為遙。」這是說蕭賁擅長畫畫，尤其是在扇面上畫山水，扇子不大，但卻有著江山萬里的意境。總而言之，就是杜甫稱讚王宰雖然畫面不大，卻局勢開闊，有萬里之勢。

最後二句：「焉得并州快翦刀，翦取吳淞半江水。」這是為全詩作一總結。「焉得」是疑問句，是說我從哪裡找得到呢？「并州」是地名，在現在的山西、太原。大家請看後面註解引《續漢書‧郡國志》說：「太原郡屬并州，唐屬河東道。」《唐六典》又說：「河東道入貢之下又舉太原鋼鐵。則當時并州翦刀之利可知也。」因為太原進獻給朝廷的貢品中有鋼鐵，做剪刀很銳利。所以詩詞中如果提到并州剪刀，就是指十分銳利的剪刀。像南宋詞人姜夔的〈長亭怨慢〉：「算空有并刀，難剪離愁千縷。」「并刀」就是并州剪刀，就算我手上有銳利的并州剪刀，也很難把心中的千縷離愁剪斷。另外像北宋的周邦彥〈少年遊〉：「并刀如水，吳鹽勝雪，纖指破新橙」，也是指并州剪刀很銳利，很輕巧的柳橙切開。這裡可以看出詞與詩味道不同，是很纏綿的韻味。好，回到這首詩「焉得并州快翦刀，翦取吳淞半江水」，就是杜甫說：「我從哪裡找到一把像并州剪刀那麼銳利的刀子，把吳淞半江水剪下帶回去呢？」那麼吳淞在哪裡呢？吳淞在長江下游、上海附近，大概就是現在的吳淞江、黃浦江一帶。在這邊出現問題了，為什麼杜甫要用剪刀剪下一片吳淞風景帶回家？跟王宰的畫有何關係？我們可以看這個句子下邊楊倫的解釋：「末帶戲意。」這就是重點，呼應了題目的「戲」字。杜甫帶著遊戲口吻來說：「你的畫實在太好，我無法全部把畫帶走，只好拿剪刀剪下一段帶回家。」但為何用吳淞江水？王宰畫中也沒出現吳淞這條江，杜甫為什麼要剪下這段江水呢？其實地名只是虛指，正是杜甫透過遊戲幽默的語氣，稱讚王宰的圖畫讓人愛不釋手。

明朝有一位邵寶，他寫了一本《杜詩集註》，在註解到這句時，他引用

一個典故，說索靖看到名畫家顧愷之的畫，顧愷之聽過吧？東晉很有名的畫家。他就對顧說：「恨不帶并州快剪刀，剪淞江半幅綾紋歸去。」「綾紋」就是畫布，意思是說索靖很喜愛顧愷之的畫，恨不得用剪刀剪下畫布帶回家。假如這故事是真的，這太棒了，不就與杜甫「剪取吳淞半江水」一樣嗎？但是喔，當我們看古人註杜詩，千萬要小心有陷阱。因為宋人十分迷信杜詩，認為杜甫詩「無一字無來歷」。每一句都一定有出處，但有時候找不到典故出處啊，那怎麼辦？他們就會偽造故事。「剪取吳淞半江水」是什麼典？找不到？就偽造故事，宋人這個習氣很嚴重。又例如像杜甫在〈奉贈韋左丞丈二十二韻〉中說「王翰願卜鄰」，說大詩人王翰想跟我杜甫作鄰居。王翰是誰啊？就是「葡萄美酒夜光杯」的作者。宋人看到這裡，就偽造一個故事說有一個人叫杜華，十分喜歡王翰的詩，想要找機會與他作鄰居，然後說杜甫是其實反用這個典故。這也太巧，但其實根本沒這故事，是宋人杜撰的，不可靠。

清代的仇兆鰲提出了一個說法，認為杜甫二、三十歲時，曾經遊歷吳、越，就是現在的江蘇、浙江一帶，吳淞剛好在江蘇。所以杜甫看見王宰的畫，勾起了年輕時遊吳、越的經驗，眼前的山水就像當年在吳、越看到的山水一樣，所以才想把它剪一段帶回去，好像把年輕時的記憶帶回來一樣。如果我們要落實的來解釋「吳淞」，一定要說出個道理，那麼仇氏的說法可以參考，杜甫藉由過去的回憶來稱讚王宰的畫，不然「剪取吳淞半江水」是有點難理解的。總而言之，最後兩句是杜甫帶著遊戲性質稱讚王宰，說對王宰的畫愛不釋手，恨不得剪一段帶回去。

還有一點時間，我想補充一首李賀的詩〈羅浮山人與葛篇〉，這也是一首七言古詩，只有八句，其中最後兩句：「欲剪湘中一尺天，吳娥莫道吳刀澀」。古人對一些詩人會起個綽號，如杜甫稱「詩聖」、李白稱「詩仙」、王維稱「詩佛」，李賀詩的風格鬼氣險森，有些不通、拮据、拗口，所以大家稱他為「詩鬼」。我們先看題目，〈羅浮山人與葛篇〉，看得懂嗎？羅浮山在廣東，羅浮山人大概就是位隱居在羅浮山上的老人家。「與」當動詞用，給予的意思。「葛」是一種布的材料，大概就是羅浮山老人編織了一匹

葛布，把它送給李賀，李賀就寫下這首詩。

　　前六句：「依依宜織江雨空，雨中六月蘭台風。博羅老仙時出洞，千歲石床啼鬼工。蛇毒濃凝洞堂濕，江魚不食銜沙立。」這裡大概描寫了織布的時間，應該是六月的季節，天氣很熱，還下著雨、吹著風，一定很悶熱吧？這是寫在羅浮山織布很辛苦。接下來，「蛇毒濃凝洞堂濕，江魚不食銜沙立」，寫外面天氣酷熱，熱到山中的蛇都藏在洞中，不願出來；因為江水太燙，連魚兒都含沙跳起來。到這邊就暗示了這匹布，給人印象應該是清涼、清爽的，所以結尾說：「欲剪湘中一尺天，吳娥莫道吳刀澀。」「湘中天」是比喻那塊布碧綠清涼，像天空一樣。我就想用剪刀把這塊葛布剪下來，做衣裳避暑，那由誰去剪？我叫吳娥婢女去剪。但是千萬不要埋怨那剪刀很鈍，無法剪下這塊布喔！各位可以理解，這裡其實是虛擬想像的，吳娥無法剪布不是因為剪刀太鈍，而是因為布太漂亮，捨不得剪，所以才把剪刀鈍當成藉口。所以全篇重頭到尾都是在強調這布很清涼。為什麼我要補充這兩句呢？各位看看這兩句像不像杜甫的「焉得并州快翦刀，翦取吳淞半江水」？杜甫是「吳淞江水」，而李賀是「湘中一尺天」；杜甫是「并州快翦刀」，而李賀則改為「吳刀澀」。兩者字面意象不相同，但意義一樣。李賀是模仿杜甫的意思再加以改造，但不是照抄。所以希望大家多讀詩，是要去吸收前人的意思後再加以創造、變化，不是要大家去抄那些用語或意象。

杜鵑行

君不見昔日蜀天子，化作杜鵑似老烏！寄巢生子不自啄，群鳥至今與哺雛。雖同君臣有舊禮，骨肉滿眼身羇孤。業工竄伏深樹裏，四月五月偏號呼。其聲哀痛口流血，所訴何事常區區。爾豈摧殘始發憤，羞帶羽翮傷形愚。蒼天變化誰料得？萬事反覆何所無。萬事反覆何所無，豈憶當殿群臣趨？

　　我們上一次讀到〈戲題王宰畫山水圖歌〉，這一首題畫詩，宋朝梁權道編在上元元年，也是一般認為杜甫來到成都的第一年。杜甫抵達成都第一年應該是乾元二年，不過當時是十二月。第二年就是上元，又因為這首詩是成都作的，所以我們把它當作來到成都的第一首詩來讀。各位一定會注意到，這首詩前邊，二二一頁，是〈杜鵑行〉，那我們為什麼不先講〈杜鵑行〉呢？基本上，一般的編年把〈杜鵑行〉編在上元二年。換句話說，比〈戲題王宰畫山水圖歌〉晚，是第二年。為什麼把它編在上元二年？這個要整個從作品的背景、主題觀察，暫時先不說。

　　我們先看題目，〈杜鵑行〉是詠物詩，詠的是杜鵑。不過要特別強調，杜鵑有兩種，一個是杜鵑花，一個是杜鵑鳥，杜甫這一首詩，寫的應該是杜鵑鳥。杜甫滿熟悉、喜歡這個題材，翻翻杜甫全集，有些本子在成都時期會有另外一首〈杜鵑行〉。宋朝的一本詩歌總集叫《文苑英華》，「總集」就是把很多的作家很多的作品收集在一起的一部集子。那這個《文苑英華》裡頭，收了另外一首杜甫的〈杜鵑行〉，一樣是七言古詩。不過很多編輯杜詩的人都把《文苑英華》所收的那一首〈杜鵑行〉當做集外詩。「集外

詩」是什麼？是杜甫詩集經過考訂、判斷，認為應該不是杜甫作的，就沒有收在本集裡；但是，看到詩題是杜甫作的，內容又應該不是杜甫的，那要把它編在哪裡？就會把它放在集外詩。所以，集外詩是掛名為杜甫，但著作、版權上是有一點懷疑的。事實上，《文苑英華》收到剛剛說的那一首時，下邊有註解說「一作」，也就是作者有另外的資料，認為是誰作的呢？是司空曙，唐朝的另外一位詩人。各位不要怪我跑野馬，我時常藉機會提供有關的文獻知識作參考。這「一作」，時常指出現了不同的資料、不同的說法，有另外一個版本。我們讀詩也時常在某一個字下邊看到「一作」，那「一作」什麼？表示有「異文」，有不同的版本，不同的版本就有不同的文字啦！「一作」，有些指的是文字不同，有些指的是作者不同，這裡的「一作」指的是「作者的名字有不同的記載」。我們先做這樣的結論：在成都時期杜甫寫的杜鵑詩應該只有現在我們要讀的這一首，《文苑英華》所收的另外一首可能是司空曙的，不是杜甫的。但是呢，我們往後邊看，後來杜甫離開成都到了雲安，那是在現在的重慶附近，又寫了一首五言古詩的〈杜鵑〉。那不是集外詩喔，可以肯定是杜甫所作的，不過高步瀛先生的本子沒有收那一首，各位有興趣不妨去檢索一下。我們一直在講杜甫，我提了許多《唐宋詩舉要》裡頭沒有收的資料，很建議各位有興趣的話去買一本杜甫全集或者去圖書館借一本。因為高步瀛先生所收的杜甫詩才一百多首，很多資料高先生都沒收錄，不然我講了老半天，大家也不知道是在說什麼。

　　在雲安所寫的五言古詩還滿長的，我稍微說一下。前面四句很有趣，他說「東川無杜鵑」，這很白話吧？東川沒有杜鵑，「西川有杜鵑」，下邊「涪萬無杜鵑」，然後「雲安有杜鵑」。假如各位詩寫成這樣，你的老師肯定把你打叉叉，說這什麼東西啊！東川、西川是地名，東川指的是梓州，在成都東邊；西川指的是成都；涪跟萬是兩個縣，涪縣跟萬縣；然後雲安。有的地方有杜鵑，有的地方沒有。跑一下野馬看看這四句詩。我們稍微唸一下，像不像漢朝的樂府詩，〈江南可採蓮〉對不對？「江南可採蓮，蓮葉何田田，魚戲蓮葉間：魚戲蓮葉東，魚戲蓮葉西，魚戲蓮葉南，魚戲蓮葉北。」聽過這首詩吧？所以啊，雖然感覺很好笑，但是杜甫還是很有本的

耶！這首詩主題上複雜，為什麼這個地方有，那個地方沒有？先做個結論：杜甫透過這首詩諷刺某些地方的節度使或軍閥對國君不尊重，是不守臣節的。待會兒我們會進一步說「杜鵑」的象徵。先簡單地說，「杜鵑」其實是一個國君的象徵。所以「有」，代表一個地方的軍閥、擁有實力的人，對朝廷還有基本的尊重。那「無」呢？那就表示心目中沒有朝廷、沒有皇帝。這樣一看，這四句詩意義還滿重大的，不是遊戲筆墨。

好，回到這首〈杜鵑行〉。先說一下杜鵑，剛剛說是一種鳥類，有非常豐富的傳說，大家也可能有聽過。高步瀛先生在《唐宋詩舉要》引了非常豐富的材料，各位看後邊揚雄的《蜀王本紀》，提到一個男子名字叫杜宇，「從天墮止朱提，自立為蜀王，號曰望帝，治汶山下邑郫。」簡單地說，這看起來不是凡人，是天上的某個神仙吧，從天上掉落到人間的四川這裡，然後自封為蜀王，帝號叫望帝，治理的地方是汶山下邊稱作「郫」的地方。好，他做了皇帝，叫望帝，「望帝積百餘歲」，他活到一百多歲。「荊有一人名鼈靈」，荊也就是現在的湖北，這個地方有一個人叫鼈靈，「其尸亡去，荊人求之不得，鼈靈尸至蜀復生，蜀王以為相」，鼈靈死了，但尸體卻不見了，荊人找了老半天都找不到，結果他的屍體在長江上飄啊飄，逆流而上到了四川，居然復活了。復活以後，望帝就請他擔任宰相。當時「玉山出水」，也就是漲了大水，「望帝不能治水」，望帝沒有辦法治理，「使鼈靈決玉山，民得陸處」，於是鼈靈開鑿了玉山，疏通洪水，老百姓就能夠住在陸地上不被水淹沒。「鼈靈治水去後，望帝與其妻通」，望帝的臣子跑去做工，結果望帝卻跟他的老婆私通。這望帝很矛盾，認為自己的品德不好，污辱鼈靈，就「委國授鼈靈而去」，把國家讓給鼈靈，讓鼈靈做國君、做皇帝，自己離開了。望帝離開時，「子鵑鳴」，子鵑就是杜鵑。各位往下看有好多名詞，「子鵑」、「子巂」、「子規」，這些都是杜鵑。望帝離開時，杜鵑鳥鳴叫，所以蜀國人「悲子鵑鳴而思望帝」，聽到子規鳥悲鳴而思念望帝。這個大家可能都聽過，只是沒有像高先生引的這麼詳細。各位再往下看蔡夢弼的箋註，引了《華陽風俗錄》說：「鳥有杜鵑者，其大如鵲而羽烏，聲哀而吻有血。」這個前邊資料沒有提到喔，牠鳴叫時聲音很悲哀，而且因

爲不斷鳴叫，嘴巴吐出了血，故謂「杜鵑啼血」。下邊又引了《成都記》的資料：「時適三月，子規鳥鳴，故蜀人悲子規鳥。」它告訴你，杜鵑鳥鳴叫是什麼時候呢？暮春三月的時候。綜合這些資料大概可以看到，杜鵑是望帝的魂魄的化身，化爲杜鵑以後，暮春三月鳴叫，聲音非常悲哀，而且嘴巴會吐出血出來。

　　還有一個說法指出，杜鵑鳥鳴叫的聲音聽起來像什麼？據說像「不如歸去」。我時常說這個「不如歸去」不曉得要用什麼地方的話來念？國語念「不如歸去」，閩南語念聲音不一樣，用廣東話念聲音也不一樣，但是杜鵑鳥叫的聲音是一樣的。了解嗎？所以很明顯的，這絕對不是真實的杜鵑鳥的叫聲。傳說牠叫的聲音就像「不如歸去」，意思是什麼？望帝死了魂魄化爲杜鵑，又盼望著能夠回到故國，所以「不如歸去」比較好啊！這是意義，不是擬聲，不是真的模擬杜鵑鳥的叫聲，而是透過故事想像杜鵑鳥心裡的感傷，感傷不如歸去。從這個角度發展下來，我們看到詩裡用的「杜鵑」時常顯示什麼感情？思歸的感情。各位應該讀過李白的詩，「蜀國曾聞子規鳥，宣城還見杜鵑花，一叫一回腸一斷，三春三月憶三巴。」李白這首七言絕句，把杜鵑花跟杜鵑鳥混在一起用：我在四川聽到杜鵑鳥的故事，來到宣城看到杜鵑花，到了暮春三月杜鵑鳥不停地叫，叫一聲腸斷了一下，啼血嘛！對不對？那時間是「三春三月」，也就是暮春三月，引起了李白「憶三巴」，三巴就是四川。李白小時候在四川成長。也就是說，他來到宣城看到杜鵑花、聽到杜鵑的叫聲，在暮春三月思念故鄉。這是從「不如歸去」發展出來的杜鵑鳥，在詩裡運用的象徵意義。另外一個更重要的系統，就在杜甫這首詩裡頭。

　　杜甫這首詩，我們不妨看題目下邊《蔡寬夫詩話》引了一首詩，後邊說：「此鮑明遠詩也。」鮑明遠是誰？鮑照，南朝詩人。鮑照有一篇作品，總題叫〈擬行路難〉，一共十九首，這裡引了第七首：「愁思忽而至，跨馬出北門。舉頭四顧望，但見松柏荊棘鬱撙撙」，這是第一個小節，寫他騎馬充滿著愁思，舉頭四望看到茂密的松柏。「中有一鳥名杜鵑，言是古時蜀帝魂。聲聲哀苦鳴不息，羽毛憔悴似人髡。飛走樹間逐蟲蟻，豈意往日天子

尊」，這是第二小節。在松柏荊棘之中，看到一隻杜鵑鳥，傳說這是古時候蜀帝的魂魄；那鳥不停地哀苦鳴叫，牠的羽毛看起來非常憔悴。「髡」就是頭髮掉了。杜鵑鳥在樹林穿梭，追逐蟲蟻，看起來很卑賤，哪裡想得到牠以前是尊貴的天子呢？「念此死生變化非常理，中心惻愴不能言」，這是第三小節。想到這樣的情況，生死變化沒什麼道理可講，引發了內心說不出來的悲傷與痛苦。各位可以看到，這首詩很明顯的跟「思歸」沒有關係，它的內容完全就是從「望帝死了，魂魄化為杜鵑鳥」引發出來，表示這個杜鵑鳥就是曾經是一個國君的一個身分，但是他憔悴了，失去了國君的尊嚴了。待會兒我們讀完杜甫的〈杜鵑行〉，會發現這兩首的文字、辭彙、意義，非常類似。所以蔡寬夫引了這一首詩以後，說鮑明遠的詩「與子美〈杜鵑行〉語意極相類」。「語意」就是它的語言、文字、辭彙等等，還有內容、主題非常相似。因此蔡寬夫就推斷杜甫這首〈杜鵑行〉是「為明皇作」。為什麼「杜鵑鳥」象徵國君？因為牠是望帝嘛，一個尊貴的天子魂魄化身。所以杜甫就運用這個象徵來諷刺唐明皇。好，那我們拉回來看看杜甫這首詩，因為它可能涉及到唐明皇的遭遇。

　　下邊黃叔似，就是黃鶴，引了一個史料：「上元元年七月，李輔國遷上皇。」上元元年也就是唐肅宗的時候，杜甫那個時候四十九歲。天寶十五載，唐明皇禪讓帝位給唐肅宗，經至德元載、至德二載、乾元元年、乾元二年，然後上元元年，到這個時候，肅宗已做了四、五年皇帝，長安此時已經光復了，唐明皇從成都回到長安，唐肅宗尊唐明皇為「太上皇」。但是，有個「太上皇」又有「皇帝」，父子之間時常有矛盾。現實很殘酷，其實古代皇帝殺太子，太子殺皇上，太多了。唐明皇在位四十五年，前邊也死了幾個太子，後來封李亨，也就是後來的唐肅宗為太子。作為所謂指定接班人，李亨非常緊張，小心翼翼，但是那當然的，他心裡面總有期待，也有野心啊！偏偏唐明皇活好久，命那麼長，所以李亨其實是又怕又焦急。安祿山之亂、馬嵬兵變發生，一般認為是唐肅宗背後唆使的，「六軍不發無奈何」，逼唐明皇殺楊國忠、楊貴妃，鼓動百姓要唐明皇把太子留下來，逼得唐明皇把帝位禪讓給李亨。說實話，這也算是政變，不過唐肅宗對唐明皇表面上還是保

持尊敬。後來收復長安，唐肅宗的力量壯大了，勢力穩固了，所以慢慢對唐明皇這個「太上皇」採取隔離、幽禁的態度，又有幾個人在中間教唆挑撥，像這裡提到的太監李輔國。唐肅宗很依賴李輔國，上元元年七月的時候，這個大概也是唐肅宗的旨意啦，讓李輔國「遷上皇」。「遷上皇」下邊應該還有「於西內」三個字，讓唐明皇搬到了西內這個地方。西內各位不要追究到底在哪裡，只要了解是比較偏僻的、比較冷落的地方，各位讀〈長恨歌〉，不是說：「西宮南內多秋草，落葉滿階紅不掃」，對不對？指的就是唐明皇後來住在西內這個「西宮」地方。把唐明皇幽禁、軟禁在西內那偏僻的地方以外，還把唐明皇身邊最信任的、最得力的太監高力士也流放了。《太平廣記》曾經記載李輔國把唐明皇遷到西內的時候，唐明皇騎在馬上，李輔國牽著馬，硬是往西內拉過去，等於脅迫他啦！當時旁邊有很多聽命於李輔國的禁衛軍，高力士很緊張，就擋在馬前，保護著唐明皇。後來唐明皇跟高力士說，假如不是你啊，「阿瞞已為兵死鬼矣」。阿瞞是指唐明皇自己，意思是說「假如不是你高力士保護我，我李隆基差不多就變成兵死鬼了」，「兵死鬼」就是刀下之鬼。高力士對唐明皇忠心耿耿，當然會成為唐肅宗、李輔國的眼中釘，所以就把他流放到巫州。巫州就是巫山，在現在的四川。唐明皇的女兒如仙媛被流放到歸州，玉真公主遷居到玉真觀。太上皇身邊比較親近的人，一個一個被流放，所以說「上皇不懌」，唐明皇心裡邊很不痛快、很不快樂，很快就生了病，不久後就過世了。

　　為什麼要引這個史料？黃鶴認為杜甫的〈杜鵑行〉寫的就是這個歷史事件。待會兒我們把詩讀一下，確實，假如從這個方向去讀，這首詩的主題就很清楚了。我們補充一下，剛剛說的「遷上皇於西內」發生在什麼時候呢？上元元年七月。所以，高步瀛先生把這首詩編在上元元年。〈戲題王宰畫山水圖歌〉也是上元元年，所以把這首詩編在題畫詩的前面，瞭解了嗎？不過，雖然「遷上皇於西內」發生在七月，但消息沒那麼快傳到成都，而且這是宮中的事情耶，而且這又是比較隱密的事件，杜甫不可能像現在的新聞報導一樣，一發生就得到消息，所以，可能要過一段時間才能知曉。還有，杜鵑鳥什麼時候叫？三月，會一直鳴叫到夏天四月、五月，但是這個事件發

生在七月，所以我們可以合理的判斷這應該是第二年春夏之間所寫的詩。還有，我們剛剛說過，杜甫這首詩跟鮑照的詩語意非常類似，你如果進一步懷疑或追究：杜甫寫的是唐明皇啊，那鮑照寫的是哪一個皇帝？這個追究應該算是合理的。不過，鮑照作品總題叫做〈擬行路難〉，〈行路難〉是漢、魏以來傳下來的樂府詩題，基本上寫仕途上的艱困，或是人世間、人生道路的艱難。所以，鮑照這篇作品十九首，都是寫一個人的故事，寫一個事件的內容，沒有具體的落實到具體的對象上面。因此我們判斷，鮑照寫的是「做爲一個國君，也有行路難」，在現實世界裡國君也有他痛苦的一面，並非具體落實到哪個國君。不像杜甫具體寫唐明皇。但是，杜甫的〈杜鵑行〉很明顯是從鮑照的〈擬行路難〉引發出來，因爲裡頭的文字、內容，非常類似，可以說杜甫這首〈杜鵑行〉是鮑照的〈擬行路難〉的擬作，而杜甫把它落實到具體的對象上面，用「杜鵑」來指太上皇唐明皇。

　　我們接下來把這首詩讀一下，「君不見昔日蜀天子，化爲杜鵑似老鳥！寄巢生子不自啄，群鳥至今與哺雛。雖同君臣有舊禮，骨肉滿眼身羈孤」，這是第一個段落。高步瀛先生對這個段落的解釋爲「以上喻其失位」，寫唐明皇失去權位。字面上看，「君不見」我們之前講過，這是樂府詩時常出現的套語，以前蜀國的國君望帝死了以後，化爲杜鵑，然後就像一個老烏鴉一樣，看起來一點高貴尊嚴的樣子都沒有。「寄巢生子不自啄，群鳥至今與哺雛」，所謂「寄巢生子」就是生下小鳥寄養在別的鳥的鳥巢裡頭。杜鵑鳥有一種特性，會把雛鳥生在別的鳥的鳥窩裡頭，自己不餵養，依賴別的鳥餵食，讓小鳥長大，各位可以看後邊註解也有提到。「不自啄」這個「啄」啊，我們時常認爲「鳥在啄東西」，其實啄指的是「鳥食」，這個「食」是動詞喔，鳥吃東西叫做啄。可是「不自啄」呢，假如簡單的說是「鳥在吃東西」，放在這七個字裡邊，解釋得不是那麼順暢，所以這個「食」呢，再引伸變成「餵養」的意思，餵那個小鳥吃。好，「與哺雛」的「哺」同樣是餵養的意思。那「雛」呢？就是前邊「生子」的那個「子」。簡單來說：杜鵑鳥生下鳥，把牠寄養在別的鳥的窩裡頭，不自己去餵養，依賴別的鳥來餵養，一直到現在，其他鳥還在不停餵養著那隻鳥。

　　假如從比興來想喔，杜鵑是望帝的魂魄化身，對不對？指的就是古代的皇帝，過去的皇帝，當然就是指唐明皇，這沒問題。杜鵑鳥生出一個小鳥，那小鳥是誰？就是唐肅宗。那麼餵養那小鳥的其它群鳥，那個群鳥指的是什麼？輔佐唐肅宗的那些臣子們。各位看到後面的註解有兩個說法。第一個高步瀛先生的說法：「群鳥與哺雛者喻佐肅宗中興之臣，皆玄宗所拔擢者。」然後杜甫用這句話來諷刺肅宗曾經蒙受唐玄宗的餘蔭，可是呢，做為兒子，他沒有盡到對父親的孝養。「群鳥」是輔佐唐肅宗的臣子，而那些臣子是唐玄宗提拔的，唐肅宗依賴著當年唐玄宗提拔的臣子輔佐，可是唐肅宗對父親沒有盡到做兒子的責任。這是一個說法。各位看下邊又引了葛常之《韻語陽秋》的另一個說法，他說：「謂以哺雛之鳥譏當時之臣不能奉其君，曾百鳥之不若也。」表示很多鳥都曾經餵養過杜鵑生的小鳥，反諷當時好多臣子不能侍奉他的國君，連百鳥都比不上。各位分辨一下喔，「譏肅宗蒙玄宗之蔭而子職有虧也」，高步瀛認為這句子是在諷刺唐肅宗，《韻語陽秋》則認為是在諷刺當時那些臣子，百鳥能做到的事他們卻做不到，是反諷的手法。兩個說法比較，我個人比較認同高步瀛先生的說法。這首詩的主題不是前面我們提到那首五言古詩的〈杜鵑〉，諷刺大臣沒有做到對國君的尊重、沒有盡到對朝廷的忠心。這首詩主題就是批判唐肅宗對唐明皇的壓迫，對唐明皇沒有盡到孝心。高步瀛是從這個角度來解釋，所以「寄巢生子不自啄，群鳥至今與哺雛」，是杜鵑鳥生下小鳥，依賴好多的鳥餵養，讓小鳥長大，到現在那些鳥還在不斷餵養著這樣的一隻鳥，指唐玄宗生了唐肅宗這個兒子，肅宗依賴著好多當年他提拔的臣子輔佐，到現在那些臣子還在輔佐這唐肅宗。但唐肅宗卻沒有感恩，反而對父親脅迫，不盡孝道，比較合理。

　　好，下邊「雖同君臣有舊禮，骨肉滿眼身羈孤」，那「雖同君臣有舊禮」指的是唐明皇被遷到西內，有時候唐肅宗也會去見唐明皇。有時其他的臣子也會去拜見太上皇，對太上皇還盡到所謂的臣子的禮節。但這個禮節啊只是虛禮而已。所以下邊還說「骨肉滿眼身羈孤」，唐明皇眼前還是有很多的子女親人，但是他是羈孤的。羈孤，孤獨的意思，唐明皇孤獨、寂寞、沒有可依賴的人。這一段寫的就是唐明皇失去了權位。

「業工竄伏深樹裏，四月五月偏號呼。其聲哀痛口流血，所訴何事常區區。爾豈摧殘始發憤，羞帶羽翮傷形愚」，這是第二段。這個「業」是虛字，「已經」叫做「業」，現在有時候還會用到。「工」，擅長的意思。這個「業工」，指的是杜鵑「已經擅長」。擅長什麼？「竄伏深樹裡」，說杜鵑啊已經習慣在濃密的樹林裡頭飛啦，或躲藏起來，總之就是在樹林之中活動。「四月五月偏號呼」，到了四月五月，也就是從暮春三月到夏天，不停啼叫呼號。杜甫寫號呼的聲音是什麼？是哀痛，哀傷痛苦地不停啼叫，所以嘴巴就流了血。那「所訴何事常區區」？你仔細聽，聽牠的哀痛號呼的聲音，牠到底在傾訴什麼事情呢？這一段比較麻煩是「區區」兩個字。「區區」有兩個解釋，有時候是「小也」。有一個成語叫「區區小事」，聽過吧？這是我們很熟悉的一個解釋。另一個是「辛苦」，我們不妨引杜甫〈秋笛〉的兩句詩證明：「區區甘累趼，稍稍息勞筋」，「趼」念ㄐㄧㄢ丷，相當於「繭」。「趼」不是蠶吐的絲，是指腳長了厚繭，長了厚皮。意思就是什麼？走太多路了。所以這是寫杜甫到處漂泊奔波，非常辛苦，奔波得連腳都長出厚皮。可是杜甫甘心。「甘累趼」，累是堆積的意思。「稍稍息勞筋」，稍稍就是稍微，找個機會稍微鬆一口氣。「勞筋」很容易明白吧，假如走得太久、動得太多，筋骨會疲勞嘛，所以稍微休息一下，鬆一口氣。所以「區區」對「稍稍」，那「區區」就是「辛苦」的意思，這是一個解釋。那在這裡指「小」的意思呢？還是「辛苦」的意思？我們要看牠「所訴何事」。杜鵑是唐明皇的象徵，對不對？他失去了地位，所以他的傾訴、呼號，他的鳴叫、哀痛顯然不是「小事」，因此「辛苦」比較合理一些。他時常在號呼、在啼血、在哀鳴，他到底在傾訴什麼事情？時常那樣辛苦地傾訴什麼事情？所以說是「所訴何事常區區」。

好，再來「爾豈摧殘始發憤，羞帶羽翮傷形愚」，「爾」，你，指誰？字面指杜鵑鳥，你難道因為「摧殘」，摧殘可以說是所謂「化爲杜鵑似老鳥」，還有所謂「竄伏深樹裏」，也就是說形體非常憔悴。你是因爲形體受到摧殘，然後始發憤嗎？發憤，我們時常用「發憤圖強」。憤是憤怒，「發憤」就是發洩抒寫他心中的憤怒。「你難道是因爲形體受到摧殘，然後

才透過你的呼號、你的哀鳴，發洩你的憤怒嗎？」這個句子很明顯是一個問句，呼應前面所謂的「偏號呼」、「哀痛」、「所訴」等等，這是字面上的解釋。但很明顯的，杜鵑是唐明皇的比喻，那麼杜甫也認為唐明皇一定受到了摧殘。摧殘表示唐明皇身體衰邁，形體衰弱，已經不像個有威嚴的皇帝樣子。當然我們不能說唐明皇整天像杜鵑鳥一樣在哀鳴、啼血，但是他一定心裡邊也痛苦、悲哀啊，難道是因為你受到這樣的一種憔悴的遭遇，而發洩你的憤怒嗎？

接著，「羞帶羽翩傷形愚」，羞，慚愧的意思。杜鵑鳥前身是望帝，是皇帝，化為杜鵑當然身上就長了羽毛，身上有翅膀，不像人的樣子了，所以「傷形愚」。愚是笨的意思，引申就是醜陋，形容他形體醜陋。你是不是因為化為杜鵑鳥，因為這樣的形體的醜陋而悲傷，因為這悲傷，你就不停呼號、啼叫、傾訴呢？各位聽聽剛剛我的翻譯解釋，各位可能注意到下邊這一句也應該是問句。換句話說，後邊兩句其實都呼應了前邊的「偏號呼」、「哀痛口流血」、「所訴何事」。第三句奠下一個句子，你到底在傾訴什麼呢？下邊用一個反問句提出兩個假設性的答案，難道是因為你受到摧殘所以你開始發憤，透過哀鳴發洩你的憤怒？這是假設性的第一個答案，回答那個所謂的「所訴」。接著又提出第二個假設性的答案，所謂「羞帶羽翩傷形愚」，你難道是因為死了，魂魄化為杜鵑，長了翅膀，形象非常醜而悲傷，因此呼號，因此哀鳴嗎？

我們有時候解詩，像所謂「爾豈摧殘始發憤，羞帶羽翩傷形愚」，字面都很好講，但是假如不了解前後的呼應關係，可能就不知道這是對前邊所謂「所訴何事」提出假設性的兩種答案，而這兩種答案，杜甫又用一個反問句的方式來呈現。為什麼知道他是反問句？因為他說「爾豈」，「豈」就是難道，難道就是一個反問的語氣。除了「爾豈摧殘始發憤」以外，語氣是貫穿下來的，所以這個意思也貫穿到「羞帶羽翩傷形愚」。好，這一段高步瀛說「以上悲其哀鳴」，從哀鳴的角度寫杜鵑鳥，前邊說他失去了地位，下邊寫哀鳴，那哀鳴重點就在他是不停呼號、哀痛、流血。然後杜甫問，到底是為了什麼原因要辛苦地哀鳴。下邊再提出兩個假設性的答案，而這個答案用

反問的方式呈現。像這樣的語氣，這種句型的結構，我們可能不太熟悉，過去在解釋上時常也在這個地方囫圇吞棗，唬弄過去。但是我個人讀作品是比較喜歡龜毛一點啦！所以呢，喜歡把它弄得很完整，講得更合乎邏輯一些。

下邊第三段，「蒼天變化誰料得？萬事反覆何所無。萬事反覆何所無，豈憶當殿群臣趨」。很明顯的，杜甫用悲痛作為一個結論。「蒼天變化誰料得」，我們時常把人間萬事的發生、原因、結果都歸諸於老天爺主宰。但是老天爺主宰的人間萬事變化莫測，天命不可知嘛，所以說「誰料得」。落實到這首詩來看，變化是什麼？本來蜀國的天子，變成了杜鵑鳥，這叫變化，是命運的安排。再落實到杜甫寫的具體事件、對象，唐明皇本來也是一個高貴天子，後來變成了太上皇，再來被軟禁，失去了地位，這也是所謂的變化。這種變化看起來像蒼天冥冥之中的安排，但是老天爺的安排誰能夠猜得出來啊？所以「萬事反覆何所無」，人間所有的事情，「反覆」，也就是變化，怎樣的改變？是這樣變成了那樣，那樣變成了這樣，反反覆覆，有什麼是不會發生的呢？「何所無」，無所不在，沒有任何不可能的，所以說是「萬事反覆何所無」。下邊把這句話重複一次，得出結論，用感慨作為整首詩的結束：「豈憶當殿群臣趨？」以杜鵑來講，當年牠做望帝的時候，坐在寶殿上，好多的臣子來到前邊，向他跪拜磕頭，故「當殿群臣趨」。若回到杜甫所寫的現實事件來說，意思也很清楚：唐明皇失去了權位了，被軟禁了，他難道還在回憶著以前他貴為天子的時候，在宮殿之中好多的臣子來到前邊，那種尊敬、跪拜的情形嗎？用「豈憶」，難道還會回憶嗎？意思就是會。想到當年的那種尊榮、崇高地位，對照到現在悲慘的下場，心裡一定更加傷痛。所以後邊用普遍性的感嘆開頭，「蒼天變化誰料得？萬事反覆何所無」，這個大概變成了定律了，人世之間都是這樣。最後以不堪回憶作結束。

我們把杜甫這首〈杜鵑行〉這樣理解以後，各位假如再往前再讀一下鮑照的詩，蔡寬夫說的所謂「語意極相類」就更明顯了。回到題目下邊，引了鮑照的「中有一鳥名杜鵑，言是古時蜀帝魂」，不就是杜甫的「君不見昔日蜀天子，化為杜鵑似老烏」嗎？然後鮑照說「聲聲哀苦鳴不息」，不就是老杜所謂「四月五月偏號呼，其聲哀痛口流血」，對不對？「羽毛憔悴似人

鬢」，不也就是杜甫「摧殘始發憤，羞帶羽翮傷形愚」嗎？好，下邊「豈意往日天子尊」，不也就是杜甫的最後一句「豈憶當殿群臣趨」嗎？鮑照的「念此死生變化非常理」，不就是杜甫的「蒼天變化誰料得？萬事反覆何所無」，這樣一一對照，看得出杜甫幾乎每個地方都有鮑照詩的影子。所以，杜甫這首詩，創造性並不是很高，因爲模仿的痕跡很明顯。他唯一超越鮑照的是他把望帝的傳說，落實到當時現實中所發生的唐明皇的事件。鮑照這個地方跟杜甫比較就遜色了，因爲鮑照是很虛的，沒有具體的事件。杜甫就用一個現實事件作爲他作品的主題。

　　另外，我想再補充幾個觀念。第一個，這首詩說實話，從藝術創作來說，這個並不是一個高峰。第二個，〈杜鵑行〉的主題是傳統的。杜甫是抱持很傳統的儒家觀念，所謂君君臣臣父父子子的倫理，當國君的就應該像國君，當臣子的就應該像臣子，不然就君不君臣不臣，然後父不父子不子。假如翻翻現在的杜甫詩選本，現在人編的，幾乎都沒有收這一首詩，因爲現在的人，大概並不重視了。什麼君不君臣不臣都是老掉牙了，太古板了，而且可能還認爲很封建之類。所以我們評價一個作品的高下，它的價值，它的地位，或者是論斷一個作者，他的思想，他的意識，要回歸到他所處的時代氛圍裡頭。在過去，像這樣一首詩是被推崇的，因爲表現出杜甫非常強烈的「尊君」思想。雖然他對唐明皇有批判，我們之前有讀過〈自京赴奉先詠懷五百字〉，不就有「鞭撻其夫家，聚歛貢城闕」，什麼「朱門酒肉臭，路有凍死骨」，對不對？〈兵車行〉裡也有批判唐明皇喜好邊功，甚至諷刺唐明皇寵愛楊貴妃等等，他對唐明皇有所批判的。但是，要說君臣倫理的觀念，杜甫對唐明皇其實充滿了尊敬，因爲他是國君。杜甫在唐明皇朝廷裡頭，說實話，沒有任何地位，不就是做了「右衛率府兵曹參軍」，後來升比較高的官像「左拾遺」，再後來「檢校工部員外郎」等等，都是唐肅宗、唐代宗給的官職。我們也敢保證，唐明皇絕對不知道杜甫是哪一根蔥啦，也可能從來沒有見過他，因爲官太小了。但是站在君臣倫理的角度，杜甫對唐明皇還是表現出應有的尊敬、應有的同情，對唐肅宗逼迫太上皇的行爲，他有很強烈的批判。這個就是現在人比較不重視的觀念。

茅屋爲秋風所破歌

八月秋高風怒號，卷我屋上三重茅。茅飛渡江灑江郊，高者挂罥長林梢，下者飄轉沈塘坳。南村群童欺我老無力，忍能對面爲盜賊。公然抱茅入竹去，唇焦口燥呼不得，歸來倚杖自嘆息。俄頃風定雲墨色，秋天漠漠向昏黑。布衾多年冷似鐵，嬌兒惡臥踏裏裂。牀牀屋漏無乾處，雨腳如麻未斷絕。自經喪亂少睡眠，長夜沾濕何由徹？安得廣廈千萬間，大庇天下寒士俱歡顏，風雨不動安如山？嗚呼！何時眼前突兀見此屋？吾廬獨破受凍死亦足。

　　今天我們要講解的是二二四頁〈茅屋爲秋風所破歌〉，保證你們現在所看到的杜甫詩的選本，假如沒有收錄這一首，那個編者肯定是有問題的。相信各位一定也讀過這一首吧？這是杜甫非常典型的、代表性的所謂「社會詩」。表達了杜甫對社會現實的認識，表達了杜甫對廣大人民的同情，表達了杜甫偉大的仁愛的胸懷。假如要喊口號，那是可以喊上幾百個句子。杜甫被冠上「社會詩人」、「人民詩人」等等的帽子，基本上很多都是類似這樣的一首詩。當然我不能因此說詩歌被賦予「反映社會」、「書寫人民」就不好，這首詩肯定是好詩，但是我要強調的是，每一個詩人有他的不同的思想傾向，有時候表現這個，有時候表現那個，然後我們當然都要理解，認識一個歷史人物，要瞭解過去發生的歷史事件，都要還原到當時所處的時代背景。

　　近代有一個很重要的歷史學家，也是一個文學家，甚至是思想家，陳

寅恪，聽過吧？很多人把他的「恪」唸成「ㄎㄜˋ」，沒錯這個字應該唸
「ㄎㄜˋ」，但是他的名字很特別，在這裡要唸成「ㄑㄩㄝˋ」。陳寅恪他曾
經審查過一本書，其實審查的制度不是從現在開始，各位可能聽過，我們假
如唸中國思想史、哲學史，會讀到一本馮友蘭的《中國哲學史》。早年，我
們傳統的學術沒有所謂思想史、哲學史，馮友蘭算是很早就寫出了一本中國
的思想史、哲學史，他模仿西方的學術觀念，整理出我們的思想史、哲學
史，寫了這本書送給陳寅恪審查。陳寅恪寫了一篇審查報告。我整天也在寫
審查報告，但是絕對沒有他那麼偉大。馮友蘭把陳寅恪的審查報告附在著作
裡頭，我們現在還可以看得到。陳寅恪就提到一個觀念，他說啊我們對一個
歷史事件、對一個歷史人物，怎麼去認識它？怎麼去評價它？你就是要有歷
史的同情心。我們現在搞研究的，在「設身處地」、「同情的理解」這方面
的觀念真的很薄弱，時常都是站在「我現在」、「我這個時候」的一個意識
型態出發去下評論。讀古人的一些作品，讀一些古人的文獻或者是看古人的
某一些行為事件，時常都是採取一個批判的角度。最典型的，如果你搞「性
別主義」、「女性主義」的，去看古代的作品，便夠你去批判的了。在古
代，當然性別上男女絕對不平等，然後你說：這個人有現在所謂的「大男人
主義」、「沙文主義」、「沙豬」。其實，古代沒有那個觀念，在過去的意
識型態，就是這樣。所以孔子講「唯女子與小人難養也」就被罵得一塌糊
塗。我們研讀古典作品，你要回到歷史的現場，回到當時的文化意識，回到
那個時代、那個人的身上，去瞭解他為什麼要這樣說，要有一種歷史的同情
心，而不是用現在的尺寸去批判他，便會發現它有它存在的道理。好，我們
先把這首詩的背景說一說。

　　杜甫在乾元二年十二月，到了成都，這個講了很多遍了。剛開始他到
成都住在哪裡？成都西邊有一條水，叫作浣花溪。浣花溪邊有一個廟叫作浣
花寺，杜甫攜家帶眷，剛到成都沒有地方住，就借住在浣花寺。這個在唐朝
其實還滿普遍的，你到一個地方去，當然你可以住旅館，可是有時候住在寺
廟，那個《西廂記》不就發生在普救寺裡頭嗎？上京考試的，走到半途，想
要找個地方讀書，借個廟住一住，在那邊溫習功課，然後快到考試的時候再

上京。杜甫就借住在浣花寺，到了第二年，上元元年春天，也就是西元七六
〇年，他四十九歲的時候，得到幾個好朋友的幫助。當時的成都尹，就是成
都市的市長。唐明皇因爲安史之亂，到了四川成都，後來就把成都升格了，
變成京城之一，所以它的市長叫「尹」。這位成都尹叫裴冕，裴冕當然認得
杜甫，也就給他一些贊助，一些資助。還有杜甫有一個老朋友叫高適，高適
各位一定聽過。高適當時在彭州做刺史，不在成都，但彭州也在四川，他聽
說杜甫來到成都，也寫了詩、寫了信，贊助杜甫。所以杜甫就在這一年的春
天，開始在浣花溪邊，找了一塊地，蓋了一個草堂。這草堂的舊址到現在還
在。假如各位到成都可以去逛一逛，就是浣花草堂，杜甫在四川成都居住的地
方，旁邊就是浣花溪，當然房子跟當年都不一樣了，可是位置應該是差不多。

　　杜甫在成都那幾年，相對的生活算是比較安逸，像他營建成都的浣花
草堂，很多人的贊助他，有好多朋友如何幫助他，他都一一記載。有些人到
他家當面給他錢，有些人是杜甫主動寫信給他，請他們幫助，那些信是用詩
寫的。當他把草堂蓋好了，有一大片的空地，發現這裡要種一些桃花，他就
寫詩給一個朋友，說我這個地方缺少了桃樹，你幫我寄一些過來。然後他要
種一棵楨木樹，又寫一首詩當作信給一個朋友，請他寄過來。總之，他營建
草堂，從買地的錢，到蓋房子的錢，到四周的花草樹木，包括種花的瓷器，
那個花盆，也是跟別人要來的。反正杜甫很老實，一一都有詩記錄下來。這
一批在成都那幾年寫的作品，在草堂時期所寫的詩，很多他是表現在七言絕
句。高步瀛先生的《唐宋詩舉要》收的並不是很多。這個我想，我們在這一
批杜甫的古體講完了，假如我們繼續上課，我計劃花幾個禮拜專門講杜甫的
絕句。我們之前好像講了其他詩人，從李白、王昌齡一直講到李商隱，但是
杜甫的絕句我們跳過去了，其實他的絕句有另外一種味道，很特別。這一首
〈茅屋爲秋風所破歌〉，也就是在浣花草堂這個時期所寫的，時間一樣，在
上元二年，也就是草堂完成的第二年，他五十歲的時候，季節是八月秋天的
時候。

　　再花一點點時間，杜甫在這首詩之前還有一首詩〈楠樹爲風雨所拔
歎〉，下邊就是〈茅屋爲秋風所破歌〉。同樣一首七言古詩，各位文字功夫

很好，把這兩個題目對照一下看，那幾乎是對偶嘛。一個寫樹，一個寫房子，一個是樹被拔掉了，一個是屋子的茅草被吹掉了。所以我們這樣說，杜甫有些詩是「非同題」的連章詩，這滿特別。連章我們講了好多，通常我們講的連章的定義是什麼？同一個題目底下有二首以上所組合的，這叫「聯章」，像〈秋興〉八首，題目叫「秋興」，一共有八首；〈詠懷古跡〉五首，題目叫「詠懷古跡」，一共五首，那是「同題」的聯章。但是有些詩題目不相同，主題思想看起來卻屬於聯章，以我們讀過的來講，像〈三吏〉、〈三別〉。題目一樣不一樣？不一樣。〈新安吏〉、〈石壕吏〉、〈潼關吏〉、〈新婚別〉、〈垂老別〉、〈無家別〉，不一樣啊。但是背景相同、主題相同，結構非常類似。還有他在從秦州到同谷，我們講過他寫了十二首的紀行詩；然後從同谷到成都也寫了十二首的紀行詩。我們選本雖然沒有全收，各選一首，但是你知道十二首各有題目，就像前邊的〈鐵堂峽〉，後面的〈劍門〉，以一個地名、一個地名做為題目，各首詩有題目，這十二首其實是連串下來的，所以基本上也算是聯章。這一類「非同題」的聯章滿有趣的，以前人好像沒有寫過，是杜甫的一個創造。

好，我們回到〈茅屋為秋風所破歌〉。這時杜甫已經到了成都，到成都是在乾元二年的年底，第二年上元元年開始營建浣花草堂，那這裡的茅屋應該就是指成都浣花溪邊所謂草堂的房子。這個草堂完成的時間，一般的說法，就是到了上元二年的春天。上元元年開始籌建，總要花一點時間，所以到了上元二年的春天建造完成。那這一首〈茅屋為秋風所破歌〉，顯然是到了這一年的秋天作。所以一般的編年，把這首詩編在上元二年的秋天。住在草堂裡頭，其實房子蓋好還沒有一年耶，偏偏老天爺對杜甫好像有點作對，在這一年八月的時候，颳起了大風，把他屋子上邊，茅草覆蓋的屋頂吹掉了，所以他寫了這首詩。好，題目背景很簡單，大概是這樣，至於作品的主題，待會兒進一步說。我們先看，把它分成四個段落。

「八月秋高風怒號，卷我屋上三重茅。茅飛渡江灑江郊，高者挂罥長林梢，下者飄轉沈塘坳」，這是第一個段落。各位先注意一下，它有幾個句子？五句。然後每一句都押韻，而且都押平聲韻。我們先假設一下，假如杜

甫整首詩就是這樣寫法，每句七個字，每句押韻，韻都是平聲的，這是什麼體？「柏梁體」。「柏梁體」的特徵，是七言古詩，句句押韻，押平聲韻。不過後段它不是，所以這不算柏梁體。不過它有一點柏梁體的痕跡，第一段句句押韻，押平聲韻。我們先看它的形式好了，下邊第二段，「南村群童欺我老無力，忍能對面爲盜賊。公然抱茅入竹去，脣焦口燥呼不得，歸來倚杖自嘆息」，這是第二段。我想先把形式瞭解一下，因爲這首詩我們一般都很熟了，我相信大家都讀過，可能也背過，但注意一下它的形式。第二段幾個句子？也是五句，也是奇數句，跟第一段一樣。不過，首先它押的是仄聲韻。押「職」韻，入聲，「老無力」、「爲盜賊」、「呼不得」、「自嘆息」，這是「職業」的「職」韻。再來，它不是句句押韻哦，有一個句子沒有押韻。「公然抱茅入竹去」，那個「去」沒有押韻。所以有點變化。同樣是五個句子，換了仄聲韻，可是第三句沒有押韻。一、二、四、五句押韻。好，再來看第三段，「俄頃風定雲墨色，秋天漠漠向昏黑。布衾多年冷似鐵，嬌兒惡臥踏裏裂。牀牀屋漏無乾處，雨腳如麻未斷絕。自經喪亂少睡眠，長夜沾濕何由徹」，第三個段落，數一下，一共幾句？八句。第一段五句、第二段五句、下面第三段八句。然後各位再注意一下，第三段，「俄頃風定雲墨色」、「秋天漠漠向昏黑」也是「職」韻。可是下邊，「布衾多年冷似鐵」這「鐵」，換韻了，換成「屑」韻。「冷似鐵」、「踏裏裂」都有押韻。下邊「牀牀屋漏無乾處」一句沒有押韻。「雨腳如麻未斷絕」也是「屑」韻。「長夜沾濕何由徹？」「徹」也是「屑」韻。所以第三段八句，有二個句子沒有押韻。而這八個句子裡頭有二個韻，「職」跟「屑」。有些人爲了兩個句子「俄頃風定雲墨色，秋天漠漠向昏黑。」是「職」韻，所以把這二句歸到第二段裡頭，但是從文義上說，應該換一個段落。除了文義上這「俄頃」這兩句應該屬於第三段以外，還有另外一個理由。各位看到第四段，「安得廣廈千萬間，大庇天下寒士俱歡顏，風雨不動安如山？嗚呼！何時眼前突兀見此屋？吾廬獨破受凍死亦足」，這是第四段。你假如把「嗚呼」當作是一個獨立句，它就是六個句子。假如「嗚呼」這兩個字我們不把它獨立出來，那當然是五個句子。所以第一段五句，第二段五句，第三段八

句，第四段又五句。然後第四段很顯然押韻有沒有換韻？有！「千萬間」、「俱歡顏」、「安如山」，三個連續的句子押了平聲韻。然後後邊的「屋」跟「足」換成入聲韻。所以「安得廣廈千萬間」這三個句子是「刪」韻，十五刪。房屋的「屋」跟「足」都是入聲，「屋」是「屋」韻，「足」是「沃」韻，但一屋跟二沃是通的，所以這是第二個韻。因此，從押韻的形式看，第三段有換韻。第四段也有換韻。雖然第三段的「職」韻跟第二段的「職」重複了，但是假如我們把它歸到第三段，它押二個韻，然後第四段也是二個韻。第一段一個韻，第二段一個韻，第一段五句一韻，第二段五句一韻。所以也還算很整齊。

　　還有一點我們講過，但是給各位再補充強調一下。七言古體假如是平腳的句子，時常用什麼聲調？有沒有印象？七言句，七個字假如它最後一個字是平聲，通常用什麼聲調？下三平！下三平就是五六七字都是平聲，第四字要仄聲，那前邊無所謂啦。所以你看看，「卷我屋上三重茅」，上四仄，下三平。下面的「高者挂罥長林梢，下者飄轉沈塘坳。」後邊是仄聲的，那就不穩了。到了第四段，「安得廣廈千萬間」，這個當然不是。可是下邊，「大庇天下寒士俱歡顏，風雨不動安如山？」這是「仄仄平仄平仄平平平，平仄仄仄平平平」。我們再強調一下，作七言古體，假如說平聲的、平腳的，時常用這種下三平。這個是一個秘技，清朝人很講究，這當然是歸納出唐人、宋人的作品發現時常用這種聲調。而且確實這種聲調聽起來很動聽。可是特別注意，第四個字一定要是仄聲。假如第四個字是平的話，平平平平，那聲調就躺下去了。清朝的趙執信，也就是趙秋谷，就說這樣連四個平聲是「啞調」，聲音啞掉了。好，花了比較多的時間給各位溫習一下、分析一下這個聲調的結構。現在回到作品的內容。

　　「八月秋高風怒號，卷我屋上三重茅」，話說得其實很直接，也很白。到了八月，「秋高」是秋意很濃的意思。我們一看到秋，又看到這個「高」，時常會聯想到一個詞，「秋高氣爽」，但是杜甫顯然不是寫氣爽。這天氣不是讓你們很爽快的。所以「高」是濃，秋意很濃的時候。在秋意很濃的季節，然後風怒吼，颳起了強風。這風一颳啊，結果，「卷我屋上三重

茅」。「屋上」就是屋頂，很顯然杜甫這房子不是用瓦做頂的，當然更不像我們現在鋼筋水泥的啦，是用茅草做屋頂的。「三重茅」，你要說三，具體的數量也可以，那多的意思也可以，用好幾層茅草覆蓋的屋頂。因爲風怒吼，強風一吹，把我屋上的好幾層的茅草捲走了，這「卷」當然就是通有手字旁的「捲」，動詞。各位看這兩句，其實就清楚交待了〈茅屋爲秋風所破歌〉的題目。我們做詩，第一個要扣題目，要把題目交待完成，那怎麼交待？有很多很多方法，有些時候可能在中間，有些時候可能在最後，有些可能是把題目內容分散在各個段落各個點。我們以前也講過很多作品，說這裡點題目，那裡扣題目，不一定完全一致，沒有一定的標準。那杜甫的這首詩特別厲害的，其實他兩個句子就把題目講完了。「八月秋高風怒號，卷我屋上三重茅」，那不是把題目「茅屋爲秋風所破」交待完了嗎！假如你這樣寫，又沒有其他的本事，那這首詩兩句就交卷了。當然杜甫是要藉題發揮啦，所以扣題是必要的，是一定要完成的，不扣題就漏題嘛，那作品就沒有完成。但是把題目交待清楚了，我們可以藉題發揮，就看我們詩人內心有多少可以發揮的份量了。

　　這首詩除了主題待會兒我們進一步說以外，就以描寫的比例來講就了不起。你看下邊三句。下邊三句就從那個「卷」的角度一層一層的描寫，把屋上的三重茅捲掉了，捲掉了怎樣？「茅飛渡江灑江郊，高者挂罥長林梢，下者飄轉沈塘坳」，三個句子就寫那個「卷」，進一步的把它鋪陳出來。怎麼鋪陳？我們透過三個角度來看。各位聽我的課也大概聽了一段時間，我這樣指出方向了，現在各位試試看，看哪三個角度？你把那個關鍵字抓出來。第一句重點是「灑」字。第二句是什麼？「高」字！下邊當然就是「下」了。這風一吹，屋頂上好幾重的茅被捲走了，這個「茅飛渡江」，「渡江」的「江」就是杜甫家旁邊的那條溪水，你看那風多猛啊，把那個茅一捲飛過了江水。我到過杜甫草堂，那個「江」不是很大，不是像長江、黃河那麼大，也當然沒有我們淡水河大，可是十幾米總有，就把它捲過去，飛過了那個江面。「灑江郊」，風一捲渡過了江就灑掉了下來。所以這是一個平面的角度，寫茅草被風一吹，過了江，灑落下來，這個是平面，飄灑的樣子。飄

灑以後有兩個結果，一個是高者，一飛一灑，有些落下來的時候落到高的位置。高的位置是怎樣呢？「挂罥長林梢」。這個「罥」本來是名詞，我們註解好像有吧！「罥，掛也」。罥其實本來是名詞，它是網子的意思。你看它從「网」部嘛，就是羅啊、網啊一類的，所以本來是指網，引申變成了糾結。網的樣子不是糾結在一起嗎？這裡說是掛，李善的註其實還不是很準確，應該是指糾纏在一起。茅草被風一吹渡過了江面灑下來，有些是灑在比較高的位置，那個位置是什麼地方？「長林梢」的「長」唸「ㄔㄤˊ」，不要唸「ㄓㄤˇ」哦。「長」就是高的意思，在很高的樹梢上面，掛在那裡，糾結在那個地方。然後，另外一個角度，飄過來灑落的時候，落到了下邊，落到下邊是怎樣？「飄轉沈塘坳」，在那邊飄，在那邊打轉。風一吹，在飄，風一吹落在地面還在打轉，打轉以後呢？「沈塘坳」，沉在池塘裡頭。「坳」是地比較下陷的地方叫作坳。《莊子》裡邊不是有坳堂嗎？各位看註解引用《莊子‧逍遙遊》的說法：「覆杯水於坳堂之上，則芥為之舟」。「坳堂」是廳堂裡凹陷的一個地面。莊子說，下了雨，一片小小的芥草落到了廳堂前面凹陷積水的地方，好像一艘船在大湖大洋那邊飄一樣。所以「坳」指的是凹陷的地面，相對於那個「垤」而說的。「垤」是地面凸起來的地方。所以「坳」跟「垤」就是指高跟低這樣不同的地面。各位看過這個詞吧？「蟻垤」，就是指螞蟻作窩，凸出來的一個小土堆。抱歉我喜歡跑野馬，藉機會補充一點這樣的辭彙。那現在杜甫用的「塘坳」不是這個「堂」哦，是池塘。江水對面，隔江地上有一片池塘。茅草被風一捲，被風一吹，飄，然後落下來，在地面打轉，最後沉在那個池塘裡頭。

我相信不必我解釋，這幾句話各位看得懂，但是我為什麼花時間給各位解釋呢？提供各位一個寫作的方向。我們講過寫詩有很多很多的筆法，在詩話裡頭也常會說這個是什麼筆法，那個是什麼筆法之類的，像我們說過的「頓挫」啦、「對面著筆」等等。「寫」也是一個筆法，這個「寫」當作筆法說很容易，這個「寫」就是我們現在的「描寫」，你要寫一個事物、一個事情，假如要寫得非常的細膩，通常都要從各種角度、各種層面來去很具體的把它描寫出來，讓我們讀者看得很清楚那個畫面，這三句說實話，是可以

學的。茅草被飛一吹，被風捲了，那個「捲」字你要怎麼去寫它呢？一個平面的飛飄灑下來，然後高的掛在樹上，下面的沉在池塘，這個就是「寫」，從三個角度來具體描寫。尤其是古體詩大篇的作品，你寫事物通常都要用這樣的一個「寫」。把東西具體的、細膩的鋪陳出來。我給各位看過很多作品吧！有些朋友現在開始喜歡寫古體，有的時候也寫得篇很長，但是比較讓我頭痛的時常是，這個結構是散漫的、跳躍的。跳躍並不是不能，跳躍也是一種手法啦，但是要有線索，一開始假如你沒有那種筆力，最好不要先從跳躍去練習，先把角度、段落弄清楚。這裡要寫什麼部分，那裡要寫什麼部分，把段落分清楚。像杜甫這裡就很整齊，就寫那個「灑」字。茅被風一吹，變什麼樣子，集中描寫，三個角度來去呈現。好，這是第一段。

　　下邊第二段，「南村群童欺我老無力，忍能對面為盜賊。公然抱茅入竹去，唇焦口燥呼不得，歸來倚杖自嘆息」，就從「茅屋為秋風所破」再引申出另外一個層次的描寫。屋上的茅被捲走了，「南村」，南邊的村落，那一群小孩子「欺我老無力」，欺負我年紀老了，杜甫在上元二年是五十歲，現在看五十歲我們真的好羨慕，至少我很羨慕，還很年輕。但是在那個年代，五十歲是老人家、老頭子了，不但老，而且沒有力氣。因為看到我這樣年老力衰，所以南村群童「忍能對面為盜賊」，忍心當著我的面就做強盜、做小偷。怎樣的「為盜賊」？「公然抱茅入竹去」，「公然」就是很大方的樣子，沒有躲躲藏藏的，在我前面，就把落在地面上的茅草抱了，「入竹去」，朝向竹林裡邊跑走了。第一個，南村群童「公然抱茅入竹去」，抱了茅草要回自己家，大概要穿過一片竹林，再來跑進竹林以後，杜甫看都看不到，更不要說追了。但杜甫很不甘心啊，畢竟是自己家裡的屋頂，然後「唇焦口燥呼不得」，這句話把自己寫得很窩囊，那情境可以畫漫畫的。提到這個，也是好幾年前，台灣有一個漫畫家叫魚夫，他畫過很流行的、銷路很好的漫畫。有一次有一個出版社要出唐代詩人的漫畫，就找我跟他合作，我提供一些作品，一些解釋，一些文稿。然後他根據那些文稿把漫畫畫出來。我就寫杜甫，他把杜甫畫得真的我感覺是好可憐、好憔悴的一個老頭子，當然那個書沒什麼銷路，我就說這幾句，其實可以當作漫畫的一個題材。各位想

像，杜甫在這裡，隔著一道浣花溪，對面村子那一群小孩子就好像強盜、小偷一樣，公然的把那些茅草抱進竹林裡頭去了。杜甫在這裡「脣焦口燥呼不得」，「呼」是喊，要制止他們，可是為什麼「呼不得」呢？「脣焦口燥」，沒有力氣了，嘴巴都乾掉了，喊不出聲音出來了。「脣焦口燥呼不得」那種形象各位想像一下，杜甫大概踮起了兩隻腳，用手攏在嘴邊的樣子，嘴巴張得老大，聲音發不出來。

　　這「脣焦口燥」各位也可以看到下邊註解引了《韓詩外傳》說：「乾喉焦脣，仰天而歎。」各位假如對照杜甫的詩，「焦脣」當然就是杜甫詩裡的「脣焦」。「仰天而歎」那個「歎」，就是杜甫下邊的「歸來倚杖自嘆息」，再一次的證明宋朝人說的，杜甫的詩無一字無來處。我們常說「口乾舌燥」，但還不知道出處在哪裡咧，老杜寫這句話他腦子是有來處的，但是腦子裡面假如只是《韓詩外傳》，那也只有「焦脣」、只有「歎」，那「口燥」又從哪裡來？原來你看到下邊曹子建〈善哉行〉的詩：「來日大難，口燥脣乾」，「口燥」兩個字原來從這裡來，那麼普通的字眼，用了《韓詩外傳》，用了曹子建的詩。所以仇兆鰲《杜詩詳注》在這裡特別告訴我們說這個修辭方法：「參用之。」他先引《韓詩外傳》，就像高先生一樣，再引曹子建的詩，他當然沒有像我那麼囉嗦啦，引完了以後，他就說杜甫在這裡「參用之」。「參用」是什麼意思？某兩個字從《韓詩外傳》來，某兩個字從曹子建〈善哉行〉詩來。這裡抓兩個，那裡抓兩個，拼湊在一起，變成了「脣焦口燥」。這個是杜甫的特色，因為杜甫「讀書破萬卷」，我們講過。所以他時常會有這樣的寫作習慣，時常他用的字、詞都有一些來源、依據。當然，如果你沒有背《韓詩外傳》，沒有把曹子建的詩背起來，便不知道他的出處，也沒什麼關係，因為這四個字很明白了。「脣焦口燥」就是嘴巴乾了，所以就「呼不得」，聲音都叫不出來。叫不出來無可奈何了，所以「歸來倚杖自嘆息」，他就拿著拐杖回到家。「倚杖」就是靠在手杖上邊沒有力氣了，喊了老半天費盡了力氣，然後倚杖，靠著手杖，然後不停的嘆氣。

　　這第二段寫南村群童公然抱茅這樣子一個情況，杜甫寫這一段當然跟後面大有關係，什麼關係我們還沒講到，暫時先不說，先這樣強調一下。我

們先說第一個層次，杜甫是用一種誇張性的，有一點帶著自我戲謔的一種口氣來寫這樣一個事件，他透過一種戲謔的方式，把自己寫得所謂「老無力」、「唇焦口燥」，回到家裡拿著拐杖在嘆氣，那種是帶著一種自己感覺很鬱卒的、很無可奈何的樣子，也有一種用現代話來說就是帶著漫畫式的「自我解嘲」的一種描寫方式。

好，下邊第三段：「俄頃風定雲墨色，秋天漠漠向昏黑。布衾多年冷似鐵，嬌兒惡臥踏裏裂。牀牀屋漏無乾處，雨腳如麻未斷絕。自經喪亂少睡眠，長夜沾濕何由徹」。從敍事的脈絡說，這第三段是緊接前邊「歸來」的嘆氣。「俄頃」，過了不久。「風定雲墨色」，你看這個風不是呼應第一段的風嗎！前面的風，是「風怒號」，風不停的，而且非常大聲的在那邊吹。而在這裡風停了。「雲墨色」，天上的雲轉為黑黑的顏色，風是停了，可是天氣又再一次的改變了，「雲墨色」。然後「秋天漠漠向昏黑」，「秋天」兩個字保證大家都看得懂，但是相信很多人可能都解錯，「秋天」怎麼解？或許你以為「秋天」就像春天、就像夏天，秋季的意思嘛！你若把「秋天」當作一個季節名詞說，這樣解釋就錯了。這季節的意思只在前面的「秋」字，「秋」就是秋季，那個「天」呢？天空。「秋天」，就是秋季的天空。為什麼一定要這麼說？因為下邊的「漠漠向昏黑」就是形容那個「天」，而不是形容「秋天」。「漠漠」，廣大的意思，一片廣大的天空。「向」是接近。「昏黑」就是昏沈、黑暗了。「漠漠向昏黑」，這五個字都是形容那個秋季的天空。為什麼天空會接近「昏黑」？一方面是「雲墨色」，天上雲黑了；再來當然也表示時間也到了黃昏的時候。不但是黃昏，而且要變天了，天上的雲變黑了，廣大的天空一片昏黑。

我們看到「雲墨色」，然後看到天空昏黑，大概很容易就想到下邊的天氣要變了。前面是風停了，下邊是要下雨囉！但是你看杜甫的敍述到這裡就跳躍了。他沒有馬上連接就下雨。先墊下兩句：「布衾多年冷似鐵，嬌兒惡臥踏裏裂。」「布衾」，是家裡使用的被子，「衾」是被子，是布做的被子，不是錦被、繡被等等，是很普通的、很粗的那種被子。那個被子蓋了很多年。「冷似鐵」，這個大概是棉被。棉被各位知道，你蓋了很久以後，會

變得非常硬，那個纖維就已經老化了，硬梆梆的。天又是陰冷的天氣，碰到的時候，感覺像一塊鐵板一樣，這就是「布衾多年冷似鐵」。再來下一句：「嬌兒惡臥踏裏裂」。「嬌兒」就是他小孩啦，家裡的小孩。杜甫最大的兒子宗文是他在三十九歲生的。那現在五十歲。這個虛數算起來是十二歲的樣子。那宗武比他更晚了，先姊姊再來是宗武。三十九、四十、四十一、四十二，大概宗武是杜甫四十二歲時出生的，那現在他五十歲，估算宗武大概八歲的樣子。這個小孩子的睡相如何呢？各位一定帶過小孩，你假如跟他睡一張床，那才幾歲的小孩最討厭他怎樣？第一個，尿床。第二個就是睡相不好，滾來滾去。「惡臥」就是睡相不好，兩隻腳蹬啊蹬，最後把又硬又冷的被子踢破了。「踏」是踢的意思。「裏」，被裏，被子裏邊的部分踢破了，這就是「嬌兒惡臥踏裏裂」。下邊，「牀牀屋漏無乾處，雨腳如麻未斷絕」，「牀牀」有另一個版本，各位看《九家注》說「牀頭」。「牀頭」、「牀牀」都講得通，不過各位判斷一下「牀牀」好還是「牀頭」好？牀牀。牀牀是每一張牀，牀頭是只有一張牀的一個部分。那杜甫為什麼說是「無乾處」？就是屋頂被吹破了，下雨，那顯然雨不止是落在一個地方，所以家裡每一張牀，因為茅屋被吹破了，屋頂漏了，所以「無乾處」，沒有一個乾燥的地方。「雨腳如麻未斷絕」，這個句子比較複雜。我先告訴各位的是，他從「風定」開始就是要寫風停了要下雨，但是雨落了好幾句才出現。風停了，雲變色了，然後天空昏黑了，還沒有寫到雨。再來寫他家裡蓋的被子又冷又硬，再寫他小孩睡相不好，被子都踢破了，都還沒有寫到雨。到了下邊，「牀牀屋漏無乾處」，看起來有雨，但是還沒有直接把雨說出來。「屋漏」是說屋頂的茅草被吹破了，露出一個洞出來，漏不是漏雨瞭解吧！漏只是破了一個洞，所以破一個洞還沒有寫到雨。「無乾處」，那看起來碰到雨了。但是也沒有直接把雨說出來，只是沒有乾而已。沒有乾燥的地方而已。所以雨到了哪裡？到了這個地方，「雨腳如麻未斷絕」，雨才出來。

　　這首詩真的可以做為一個很典型的教案。前面那個「卷我屋上三重茅」那個「卷」，下邊緊接著三個角度好清楚的把它一個一個的舖陳出來、描寫出來。這是很整齊的來呼應那個「卷」，而下邊要寫風停了、雨下了，

結果那個雨等了好半天，等了好幾句才點出來，這是跳躍。插進風雨，中間插了好多的句子，這又是另外一個述寫的方式。但是句子本身那七個字要怎麼解釋？「雨腳如麻未斷絕」我特別強調要注意一下。這七個字看起來很容易，重點是那個「麻」，「雨腳如麻未斷絕」，我不敢說是百分之百，但相信大部分的解釋一定是說那個「麻」是形容那個「雨腳」。「麻」怎麼形容雨腳呢？像麻線一樣，大概你們以前讀，大概就這樣讀嘛，翻譯也是這樣翻譯。像麻線一樣，那個雨像長了腳，長長的細細的，像麻線一樣，沒有停止下來。各位看到後邊註解，引到了《齊民要術》。它是古代的生活百科全書。中國傳統裡頭不要以為只是詩、詞、文章、歌賦之類的東西，其實實際生活的文獻也不少。《齊民要術》是後魏的時候，有一個人叫賈思勰所編的。我們說生活百科全書是什麼意思呢？就是日常生活你要注意的一些事情。譬如你要買馬，要「相馬」，去看這個馬值不值得買，看牠的眼睛，看牠腳什麼的；譬如你要種什麼植物，某一種植物在什麼季節最合適種，種在什麼地方，種的時候要注意什麼……等等，就是生活百科全書啦。

　　《齊民要術》這裡提到種胡麻，這個斷句要稍為留意一下，胡麻，「種欲截雨腳」，這個「種」唸「ㄓㄨㄥˋ」，動詞，種植的意思。假如這樣子連下來你可能誤以為是胡麻種。這是交待你要種胡麻的時候的一些注意的事項，要種植的時候「欲截」，「欲」是必要、必須的意思，就是要把雨腳給它阻斷。胡麻是一種植物，假如你翻翻《齊民要術》，這本書很長啦，它告訴你各種植物什麼時候種最好、什麼時候要收、怎麼挑選種子之類，我們就先不管了，又不是要下田耕種。那我們就注意到這一句，種胡麻要注意的事項，就是要把雨腳隔絕了。把雨腳隔絕什麼意思呢？應該是說要把胡麻種在相對比較高的位置，那個雨從天上落下來，比方說這一塊地方，像教室這樣，天上落下來當然每個地方都會落下雨，可是他說雨腳指的是雨落下來，然後像一雙腳，漫延過來的地方，所以用「腳」形容雨，這個雨水落下來然後匯集在一起漫延過來的地方。更明白的說，那個「腳」不是形容雨落下來一條一條的線的樣子像腳，那個「腳」指的是雨落下來在地面上然後漫延的這樣子的一個動作。像長了一雙腳這樣漫延過來。假如你在這裡種胡

麻，那怎樣不讓那個雨水漫延過來呢？當然你要種在比較高的位置，然後在這裡可能弄個溝之類，雨就不會浸到這裡來，所以「種欲截雨腳」。說得好像我可以到農業大學去教書了，其實這都是老祖宗告訴我們的。這還不夠喔，這個句子下邊其實還有註解，說：「若不，緣濕而不生」。註解進一步強調，假如你種胡麻沒有把雨腳阻絕掉、隔斷掉，「緣濕而不生」。「緣」是「因為」，因為這塊地被雨水浸濕了，泡在水裡邊，所以植物就不生長了，各位可以回家買一塊地來試驗一下。

　　好，我們根據這個來看，所謂「雨腳如麻未斷絕」，所以那個「斷絕」指的是斷絕雨腳，沒有阻隔，沒有隔絕它，不是指那個雨不停的落。再來那個「麻」呢，也不是形容雨像那個麻線一樣一條一條的。是指種胡麻的時候，所以這個句子其實省略一個字，那個「種」字，那這樣你把這七個字翻一下，「雨腳如麻未斷絕」，就好像種胡麻的時候，沒有把那個雨腳隔絕開來，所以「緣濕」，就濕了，呼應了前邊的「無乾處」。「無乾處」就是到處都是濕的。為什麼會濕？那是因為種胡麻沒有把雨腳隔絕開來，到處就濕淋淋一片。相信很多人可能沒有注意到《齊民要術》這樣一個文獻，貪圖方便，就說那個「麻」是麻線，是形容下雨時，雨細細長長的樣子。

　　好，下邊，「自經喪亂少睡眠，長夜沾濕何由徹」，杜甫在回憶過去經歷了喪亂，「喪亂」當然指的就是天下的動亂。以杜甫詩來說，就是安祿山之亂，天寶十四載國家遭遇到這樣的動亂以後，我心裡邊當然是憂愁啊。杜甫的個性各位知道，憂國憂民，「窮年憂黎元，嘆息腸內熱」嘛。內心憂愁、焦慮，本來就很少睡得好，「少睡眠」就是少眠，少眠不是少睡，而是睡不好。本來就已經時常睡不好覺，那更何況現在屋頂漏了，到處都是濕淋淋一片，然後被子又被小孩踢破了。所以「長夜沾濕何由徹」，沾濕也是從前一句「雨腳如麻未斷絕」來的。漫漫的夜晚，屋子裡頭到處都被水沾濕了。「何由徹」，請問這個「徹」是指什麼？什麼東西「徹」？「徹」是透的意思，七個字裡頭這徹是指哪一個地方？是指長夜。「徹」就是透，透就是過。穿徹、穿過，也就是這樣漫長的夜晚，我本來就是睡不好覺的人，偏偏又是到處濕淋淋的，這漫漫長夜什麼時候才能把它捱過？換句話說，什麼

時候才天亮啊？好，這是第三段。

　　本來題目是「風」，到了這第三段，風停了，風定，轉到哪裡？轉到下雨。然後風跟雨之間有關係，關係在哪裡？風把屋頂的茅吹掉了，風定以後開始下雨，下雨後呢？「牀牀屋漏無乾處，長夜沾濕何由徹」？這夜晚看來是很難捱過了，「屋漏偏逢連夜雨」嘛！這是寫他個人的經驗、個人的遭遇，那下邊最後一段。這一段大家都很熟，一提到杜甫的偉大，一定會提到這一段的內容。

　　他說「安得廣廈千萬間，大庇天下寒士俱歡顏，風雨不動安如山？嗚呼！何時眼前突兀見此屋？吾廬獨破受凍死亦足」，這是第四段。「安得」是怎麼能夠，這是一個期待的語氣。我怎麼能夠擁有千萬間的廣廈，怎麼能夠出現這樣的千萬間的廣廈。「廣廈」就是大廈。要那麼多房子幹嘛？杜甫貪心竟然要千萬間！他說「大庇天下寒士俱歡顏」，原來是能夠廣大的庇護天下。「寒士」就是貧寒的人。讓天下貧寒的人都能夠住在廣廈之中，每個人都能夠歡顏。「顏」我們講了好幾次，就是臉嘛。「歡顏」就是能夠展露出歡樂的容顏，大家都能夠稱心、滿意、快樂，「大庇天下寒士俱歡顏」。「風雨不動安如山」，然後就算颱風，就算下雨，也能夠不動，「不動」就是安穩，住在屋子裡頭安安穩穩的，那就像山一樣的不動，這當然我們可以這樣說。杜甫「窮年憂黎元」嘛，而且我們前邊講的幾首什麼像〈自京赴奉先詠懷五百字〉之類的，都一再強調過，杜甫時常是以己推人，用自己的遭遇想到別人的不幸，通常推崇杜甫往往就是用這樣一個概念來去說的。

　　所以各位也可以看到下邊的評語，趙彥材的說法：「安得廣廈五句，公之用心有一夫不獲，若己推而納諸溝中。」看到這幾句話嗎？這話當然是引用孟子的話。孟子曾經說聖人有四種，聽過吧！像伊尹是聖之任者也；伯夷呢？聖之清者也；柳下惠呢？聖之和者；但是這都是聖人的一部分，他們都是聖人，但是只做到「任」、「清」，或者「和」，那能夠擁有所有聖人人格的人是誰？是孔子，孔子是「聖之時者也」，所以他是集大成，這是孟子的話。我們不講孟子，只看伊尹是「聖之任者也」，聖人的一種。「任」是什麼意思？孟子也說伊尹講的話：「何事非君？何使非民？」哪一個國君

我不能夠去為他服務？哪一個百姓我不能去照顧他們？對他來說不管什麼樣的皇帝，不管怎樣的百姓，都把他放在自己身上來去做為自己的責任，來去奉獻、來去照顧，這是聖人，但只是聖人的一種。像伯夷呢？另外一種，跟他相反，聖之清者也。你看像周朝周文王統一了天下，結果他不願意出來了，他餓死在首陽山中，這是另外一種。總之聖人都有各種不同的面貌，不同的人格呈現。

好，我們來看看趙彥材說的：「安得廣廈五句，公之用心有一夫不獲，若己推而納諸溝中。」這是引用孟子的話，因為伊尹是「聖之任者」，天下有匹夫匹婦，假如有某一個人「不披堯舜之澤者」，沒有蒙受到像堯舜這樣國君的恩澤的，「若己推而納諸溝中」，就好像我伊尹的責任，是我把他推到一個水溝裡邊，把他拋棄掉了。趙彥材用孟子說的「聖之任者也」，一種聖人的人格來推崇杜甫這幾句。杜甫就想到，我茅屋為秋風所破，然後呢，「牀牀屋漏無乾處」，然後「長夜沾濕何由徹」，我遭遇到這樣一個不幸，那天下有更多跟我一樣貧寒的、不幸的人，所以就有一個浪漫的希望，希望能夠「廣廈千萬間」，讓天下貧寒的人都能夠蒙受到這樣的照顧，雖然颶風，雖然下雨，「不動安如山」，就像山一樣的穩固不用風雨的侵擾。這個我相信大家都很熟悉，而且也很容易瞭解。

現在我們要回到第二段，「南村群童欺我老無力，忍能對面為盜賊。」各位假如獨立的看第二段，你很容易認為杜甫對南村群童真的是很生氣，罵他盜賊，那南村群童抱著他的吹過來的茅屋頂躲到林子裡邊，杜甫還很捨不得，唇焦口燥的來去呼喊。你讀到了「大庇天下寒士俱歡顏」，這「寒士」事實上是包括了那些南村群童在裡頭，所以我們不要狹義化，不要把那個「寒士」說是貧寒的讀書人，他是指所有貧寒的人，南村群童當然也包括在裡邊。至於杜甫說他像強盜一樣，像小偷一樣，杜甫口燥唇乾的來去呼喊，那是戲劇化的表現。你往下面看，「歸來倚杖自嘆息」，喊了老半天然後回到屋子裡頭，靠著手杖不停的嘆息，不停的嘆氣，你現在弄清楚了，嘆氣不是說那個小孩真是夠壞了，我怎麼這麼老，怎麼這麼沒有力氣，沒有辦法把小孩追回來，是這種嘆氣的內容嗎？不是！從這裡他就想到了所有貧

寒的人都一樣的痛苦。這樣的南村群童的表現，觸動了他想到所有天下的寒士，你要把它這樣連接起來。所以呢，這「天下寒士」包括了第二段的南村群童，所以這裡面有杜甫自己，有其他的貧寒的人在裡邊，杜甫就期待著所謂「廣廈千萬間，大庇天下寒士俱歡顏」。

講到這裡我就想到，我們政府不是要蓋合宜住宅、社會宅嗎？「合宜住宅」不曉得那是什麼意思，假如把合宜住宅叫做「歡顏居」，這是從杜甫來的，不是更好嗎？現在我們看到的，不要說是政府蓋的，一般建商蓋的案子，命名都沒有創意巧思、缺乏深度。我妹妹的小孩他在美國，有一次，回到台灣來，他看到每一棟樓，每一個社區的名字，他說好像到了聯合國一樣，什麼「西雅圖」、「佛羅倫斯」、「蒙地卡羅」，都是一個一個社區的名字，好像到了美國、到了歐洲一樣，我覺得真是建商夠沒創意的。假如我有錢蓋房子，我就叫「歡顏居」，這個多好。這個事讓我想到以前師大教修辭學的黃慶萱老師。我是聽同學說他上課的時候舉了一些例子，他說假如你要開一個服裝店你要用什麼招牌？各位大老闆，你要開服裝店你要用什麼招牌？用「雲想」，多好，很漂亮。假如你開美容店，用什麼？「花想」，「雲想衣裳花想容」嘛！不要說什麼美容店，那都很俗氣，「花想」多文雅。假如我們社會都會這樣用的話，我們文化水準會提昇一些。一個一個社區叫「歡顏居」，這很好的名稱，但我要去先上網註冊一下「智慧財產權」。

好，下邊，「嗚呼！何時眼前突兀見此屋？吾廬獨破受凍死亦足」，這「嗚呼」當然是嘆氣的聲音，起初這樣的一個期待，能夠「廣廈千萬間」，能夠「大庇天下寒士」，這嘆了一口氣，什麼意思？看起來杜甫也知道只是想像而已，這是浪漫的期待而已，所以下邊說了「何時眼前突兀見此屋」，什麼時候眼前突然冒出來，看到那麼多千萬間房，廣廈就出現在眼前。假如能夠這樣，「吾廬獨破受凍死亦足」，我的房子就算破掉了，就算像我現在的遭遇，「牀牀屋漏無乾處」，那我就算這樣子貧困而死，我也甘心。「吾廬獨破受凍死亦足」！當然這裡邊也許你會說很不合理，一期待千萬間廣廈出現，盡庇天下寒士，那你杜甫也可以挑一間住進去啊！我們做詩

有時候不是這樣的功利實際的思考邏輯。他重點就在，我可以自己不享受，我可以自己沒有這樣子的一個福氣，但是我期待的是所有其他人都能夠得到歡顏，都能夠得到一個庇護嘛，應該從這角度去理解啦。

　　好，這樣讀完了，我們再回到剛剛引到的趙彥材的說法，下邊引了白居易的〈新製綾襖成感而有詠〉，這個詩題目很容易瞭解，就是白居易新做了一件新衣服，綾襖是看起來很漂亮很溫暖的一件衣服，然後他很有感觸，寫了一首長詩，中間有兩句，「我有布裘長萬丈，與君都蓋洛陽城」，其實這個「我有」，我查了一下他集子的原句，應該「我有」是「爭得」。就像杜甫所謂「安得」一樣，哪裡能夠。白居易做了一件新衣服，非常溫暖的一件衣裳，可以想到好多好多其他的人，「耳裡如聞饑凍聲」，但他時常聽到別人挨餓受凍的聲音，所以說「爭得大裘長萬丈？與君都蓋洛陽城」，文字有點小小差別。我怎麼能夠擁有一件好大的裘，也就是好大的一件衣服啦，這衣服多大？萬丈之長，然後「與君都蓋洛陽城」，整個洛陽城就用這一件大袍子把它全部蓋起來，像不像杜甫的意思？當然像啊！杜甫說希望能有「廣廈千萬間」；那白居易是希望有那麼一個長萬丈的衣服。其實他不只這首，另外還有一首五言古詩，叫〈新製布裘〉，看起來白居易整天做衣服喔！前邊是綾襖，這個是布的。但是意思一樣。「安得萬里裘，蓋裹周四垠」，這是布做的一件裘、大衣，也是想到好多人是貧寒的，穿不暖的，所以他期待「萬里裘」。前面七言的是「長萬丈」，這個更恐怖了，「萬里」，「蓋裹周四垠」，把所有的東西都用那件衣服把它蓋滿了。我先請問，你讀了那一首七言，這一首五言，讀杜甫，意思一樣不一樣？當然一樣，只是材料不同而已；用心一樣不一樣？一樣。杜甫要「大庇天下寒士俱歡顏」；白居易也一樣啊，把所有受寒的人，都用一件大衣把他全部蓋起來。所以我們可以肯定白居易一定是模仿杜甫的，絕對沒有人能否定，而且從文學史的角度，時常說白居易是社會詩人，社會詩人就是描寫現實社會的痛苦、同情百姓、反應時代，這是社會寫實嘛，這個所有文學史都這樣講的。他這種思想，這種詩的內涵，基本上當然也是從杜甫來的，這都沒有問題。

　　現在問題有兩個了，一個是什麼呢？你看趙彥材的說法，他說白居易

這首詩：「蓋亦有志衣被天下者」，就是剛剛我們說的，能夠來去照顧所有天下的人。「然近乎戲語，豈有萬丈之裘乎？若公指杜甫言千萬間之廣廈，則其言信而有徵。」弄清楚問題了沒有？所以趙彥材的批評不是從他內容說，不是從作品的思想性說，是從材料說。材料，杜甫說「廣廈千萬間」，這「信而有徵」，是可以相信的，可以接受的。爲什麼可以接受？因爲確實廣廈是可以千萬間，房子一棟一棟的嘛，台北市你看那個不是廣廈千萬間嗎？只是杜甫沒有而已，廣廈可以千萬間，但是那個裘安得萬丈、萬里啊？有這種衣服啊？我們講典故「姜家大被」，有沒有聽過？有吧！五兄弟嘛，姓姜的，難分難捨，五個兄弟要睡在一起蓋一床大被，一個好大的被子，晚上睡在一張床上，不曉得怎麼結婚，反正五兄弟睡在一起，「姜家大被」，那也才蓋五個人啊。那這裡的「萬丈裘」、「萬里裘」，這是誇張的寫法，所以這個趙彥材才說「近乎戲語」。這語氣上、感覺上，是帶著遊戲意味。從修辭學的角度，你當然也可以說有一種誇張的修辭法，李白的「白髮三千丈」，也可以啊，誇張的形容嘛！但是一旦帶著誇張的形容的時候，給我們讀者的感覺就不夠踏實。假如你把這樣的兩個語氣，「千萬間廣廈」跟「萬丈裘」、「萬里裘」做一個比較，你會體會到這裡邊語氣上的一種真實感有差別。語氣的真實感有差別會連帶影響你對作品的內涵的一種感動。開玩笑的說嘛，感動的力量就沒有那麼樣的強烈了。假如你去翻古代的評語，把杜甫跟白居易這兩首詩做比較，有人說杜甫比較優，有些說白居易比較優，有些說差不多。反正各種說法，古人八卦很多，你不要以爲現在才有，反正那種不停的爭論，認爲說哪一個比較好，哪一個比較怎麼樣，我們不計較這些，不討論這些，雖然材料很多。我們不否定白居易跟杜甫是同樣的用心，雖然他是從杜甫來的，我們也肯定白居易的社會性、同情心，但是從語氣上說，白居易畢竟是帶著一種不真實的、誇張的、遊戲的一種筆墨，所以他的感動的力量就沒有像杜甫那麼的強烈。

　　提到這個，我再給各位講一個也算有趣的事情。大陸從一九六六到一九七六年，發生文化大革命。那段時間有一本學術著作，郭沫若的《李白與杜甫》。郭本是新文學運動的提倡者，但在不同政治立場的人，對他有不同

的評價。我為什麼要提到這個呢？這很有趣，照理說杜甫當然從宋代以後就一直的、不停的被大家捧得很高，當然捧他的理由、動機因為每個時代不同，各有不同的角度。有些人推崇他的儒家思想，有些人推崇他的藝術的表現……等等，到了民國初年以後，慢慢的因為我們文學的思潮走向社會寫實，講究表現社會性，呈現人民的聲音，所以杜甫又被冠上很多的帽子：「社會詩人」、「人民詩人」，然後老共是講究無產階級革命的，是講究同情百姓的，所以老共的左派的文學理論、文學思想者對杜甫也非常推崇。但是很特別，到了這個時期，郭沫若的《李白與杜甫》把杜甫貶得非常嚴重，聽得懂我的意思嗎？以前把李白批得很重耶，因為李白畢竟是比較浪漫的詩人，關懷人民、社會這樣的寫實性比較少的，結果郭沫若評價中李白傾向比杜甫要好，把杜甫貶得很厲害，說杜甫代表是地主階級，把各種帽子都戴在他身上，那其中舉了一個例子就是〈茅屋為秋風所破歌〉。他說你看這首詩，雖然杜甫充滿了同情心，是人民的聲音。但你看看杜甫住的房子，屋上的茅是三重耶，真是很難想像的一個評論。好了，他還算一重大概是五六寸，三重就變成一尺多那麼厚，住在那個房子裡邊比住在瓦屋底下暖和，冬暖夏涼。好了，不幸屋頂被吹走了，那個南邊村子的小孩子比他窮得要死，結果把它抱走了，說杜甫罵他們盜賊，然後下面杜甫當然說我期待千萬間廣廈，能夠盡庇天下寒士。你看看杜甫心裡面想的是什麼，是他的階級意識，因為他是「寒士」，「士」是讀書人、是知識分子。所以就算他同情貧苦的人，同情的也只是知識階層、士大夫階級，不是無產階級那個廣大的人民。

　　我舉了這個郭沫若的例子，說起來滿可憐的，文人在政治環境之下有時候真的必須要說一些匪夷所思的話，他對於這首詩的「茅屋」、「三重茅」、「盜賊」、「寒士」我們都解釋過了。為什麼這樣講？因為他要打倒偶像，因為杜甫的偶像地位太高了，文化大革命最基本的就是打倒偶像，它才不管你階級不階級，是非不是非，最主要是因為你是偶像就把你打倒。杜甫偶像的地位太崇高了，必須要把他拉下來。我們說實話還滿幸福的，雖然在白色恐怖年代也不太敢說心裡面真正的話，但是你至少可以選擇不說話，在那個文革時期就不是了。

冬狩行

君不見東川節度兵馬雄，校獵亦似觀成功！夜發猛士三千人，清晨合圍步驟同。禽獸已斃十七八，殺聲落日迴蒼穹。幕前生致九青兕，駝駝䯶岌垂玄熊。東西南北百里間，髣髴蹴踏寒山空。有鳥名鶡鴟，力不能高飛逐走蓬。肉味不足登鼎俎，何為見羈虞羅中？春蒐冬狩侯得同，使君五馬一馬驄。況今攝行大將權，號令頗有前賢風。飄然時危一老翁，十年厭見旌旗紅。喜君士卒甚整肅，為我迴彎擒西戎。草中狐兔盡何益？天子不在咸陽宮。朝廷雖無幽王禍，得不哀痛塵再蒙？嗚呼！得不哀痛塵再蒙！

　　上一次讀了〈茅屋為秋風所破歌〉，那下邊一首是二二五頁的〈冬狩行〉。這首詩比較複雜一點，先從題目說好了。什麼叫作冬狩？狩唸「ㄕㄡ、」，去聲，不唸「ㄕㄡˇ」。那各位翻到註解引到《左傳・隱公五年》，這幾句話說：「春蒐夏苗，秋獮冬狩，皆於農隙，以講事也。」有沒有？這裡提到四個季節，春夏秋冬，也提到了四個專有名詞，所謂的「蒐」、「苗」、「獮」，「獮」唸ㄒㄧㄢˇ，然後冬「狩」。這蒐、苗、獮、狩，其實指的都是打獵。簡單的說，是分別在春夏秋冬四個季節舉行打獵的活動。四個季節，有四種打獵的活動，有不同的名稱。稍微再補充說明一下。為什麼叫蒐？為什麼叫苗之類的。根據《左傳》的註解，蒐是搜索、尋找的意思。搜索什麼呢？搜索獵物。然後搜索什麼獵物？不孕的。動物春天的時候開始發情，開始要生小孩，肚子鼓得很厲害。檢查一下，假如不孕的，生

不出小孩的，就把牠抓了；假如說懷胎的，那就放掉。這叫「春蒐」。至於苗，看起來是植物，為什麼跟打獵有關呢？原來是防範那些野生的動物，侵犯植物的生長，所以也要從事打獵的活動。那獮呢？獮是殺的意思。為什麼秋天的打獵叫作「獮」？我們好像講過，秋天在五行裡邊，是「商」氣，是跟殺有關的。秋風一吹，萬物凋零，充滿了殺氣。配合這樣的一個季節，從事打獵的活動。下邊所謂的狩是怎樣呢？是因為到了冬天，所有的植物都收成了，動物假如要生下第二胎、第三胎的也已經生了，所以就是大肆的圍捕、打獵。簡單的說就是這樣的概念。現在杜甫的題目是「冬狩行」，顯然是看到一個冬天的打獵的活動，寫下了這首詩。特別要說明的是，這樣一個打獵，在古代，譬如先秦時代，通常是天子所舉辦的活動。我們時常看到史書裡邊說，天子就是國君，時常會辦圍狩的活動，率領一大堆的軍隊，舉辦大型的打獵活動。所以照理說，在古代，應該是天子才舉辦的這樣一個活動。但是杜甫這首詩中，顯然舉辦者不是國君。各位看到題目下邊，引到了魯季欽的說法，魯季欽是魯訔，訔唸作「一ㄣ´」，宋朝人。他說：「時梓州刺史章彝兼侍御史留守東川。」先告訴我們一個人章彝，然後下面引到了蔡夢弼的說法，也是宋朝人：「章彝大閱東川，甫以此詩諷其多殺，仍勉其攘夷狄以安王室也。」所以這首詩顯然關係到一個人，這個人物就是章彝。我們假如要瞭解杜甫生平，這個章彝大概也是特別需要注意到的一個人物。

　　我想先花一小段的時間把杜甫在成都以及梓州的活動，給各位具體的介紹一下。這個跟杜甫的生平，一般人沒有注意，我們稍微做一個解釋，但是沒辦法講得太詳細，一個比較重要的關鍵點給各位說一說。各位看到乾元二年，西元七五九年，下邊是上元元年，西元七六〇年，然後上元二年，西元七六一年，然後寶應元年，西元七六二年，再來廣德元年，是西元七六三年，廣德二年，七六四年，永泰元年，七六五年，大曆元年，七六六年。這幾年，我們稍微基本的瞭解，在乾元二年的十二月，杜甫經過劍門，然後進入到成都，然後什麼時候離開四川呢？就是大曆元年。好，乾元二年的冬天，杜甫四十八歲的年底，進入了成都，然後上元元年、上元二年、寶應元年，基本上這三年，籠統的講，他主要活動的地方在哪裡？在成都。在上元

二年的年底，一般認爲是十二月，杜甫有一個非常重要的，也是交情非常好的一個人，叫嚴武，在上元二年十二月，被派到成都做東川節度使，他的兼職很多，除了做這個官，還有做成都尹。這個尹我們講過，理論上，京城首都的市長叫作尹，所以有京兆尹，原本是指長安，但是唐朝後來有很多的都城，成都也算都城之一，當時叫南京，爲什麼呢？因爲唐玄宗曾經避難來到這裡過。嚴武除了做成都尹，還做劍南節度使。這裡說的這幾個地方：成都、劍南，還有東川。各位如果有地圖，可以稍稍的比對一下。

　　所謂劍南是劍南道。之前好像提過，唐朝地方行政單位，最大的單位叫什麼？叫作「道」，道下邊就有「州」等等的次級單位。那劍南道的範圍在哪裡呢？我們大概畫一下，上一次我們說到杜甫從同谷進入到劍門，同谷往下，會經過龍門閣、劍閣，有沒有？劍閣右邊有一條江水，這條江水叫什麼江？嘉陵江。對不對？劍南道的範圍是嘉陵江以西，一直到左邊成都、蜀州，以及新津、眉州等等，這一大塊的範圍就是所謂的劍南道。嘉陵江以東，也就是右邊的地方，其實它不是劍南道，它已經是山南西道。唐初分天下爲十道，但是後來行政區域畫分得越來越細，道越來越多。是山南西道，這個山指的是終南山，終南山下邊，當然往東就是山南東道。所以你看，像我們比較熟悉，說是四川的地方，你往下看，嘉陵江下邊有所謂重慶、渝州，往東邊有夔州。我們現在習慣把這一大片地區，都是說是四川，但是事實上，在杜甫的那個時代，沒有所謂四川這樣一個地名，這個川指的是劍南道。

　　好，嘉陵江以西叫劍南道。從嘉陵江往左邊看又有一條江水，叫作涪江，從北往南流，那涪江以西，包括很大的一個地方，包括成都，這裡叫作西川；涪江以東，有一個地名叫作綿州，還有梓州，了解嗎？這個叫作東川，都屬於劍南道。所以這裡以涪江爲分界分爲西川跟東川。這個劃分，什麼時候開始？各位翻到我們書上註解第一行，引了《舊唐書·地理志》說：「劍南東川節度使治梓州，管梓、綿、普、陵、遂、合、瀘、渝等州」。然後《唐會要》說：「上元二年二月，分爲兩川。」所以分爲西川跟東川兩個節度使是上元二年。然後寶應元年、廣德元年，到了廣德二年正月的時候，

又把它合為一道。所以東西川的劃分，上元二年開始，時間很短，只有幾年，到廣德二年正月又把它合在一起，不分東川、西川。

　　回到剛剛的嚴武，嚴武在上元二年的十二月，他被派為東川節度使，然後又兼成都尹，又兼劍南道，整個劍南道的節度使。雖然有東川、西川，事實上嚴武管轄的範圍包含了東川、西川整個劍南道在裡頭。這個節度使，在當時來說，是地方上最高的一個長官，而嚴武跟杜甫的交情，是在杜甫逃出長安來到鳳翔，做所謂左拾遺的時候開始。至德二載，他就在鳳翔唐肅宗的朝廷中，跟嚴武來往得非常密切。嚴武年紀比杜甫要小，但是兩人交情非常好，嚴武官運比杜甫要亨通得多了，所以他來到成都，杜甫那時也剛好在成都，所以嚴武就邀請杜甫入幕，做他的幕僚。古代很多的文人，時常有這樣的一個遭遇。你有文采，但是得不到朝廷的賞識，或者是你沒有考上進士，但若有幕主賞識你，就會把你邀請進入他的幕府之中，做他的幕僚，掌管文書或幫他代筆，甚至幫他策劃一些事情，這是一個幕僚的工作。通常幕主跟幕僚之間一定有很好的交情，幕主對幕僚時常是非常的賞識，才有這樣的機緣。這是上元二年。好，到了下面一年，寶應元年，這一年的四月，唐玄宗和唐肅宗先後去世，兩者去世的時間距離很短。然後就唐代宗繼位，所以一般都把寶應歸入唐代宗那個時代。當代宗即位以後，朝廷就徵召嚴武回朝，回到長安，他本來主要的工作是做充陵橋道使，就是營建皇帝的陵墓，管工程。但不要以為這好像很輕鬆、很不要緊的工作，這是幫皇帝建造陵墓，其實是對他非常器重。甚至於還有一個傳說，嚴武入朝以後，這個任務完成了，很可能會拜相，所以他就離開了成都，杜甫曾經從成都一直相送，送了好幾十里。成都北邊有一個地方叫綿陽、綿州，距離很遠，這老朋友要離開了，要回到長安了，依依不捨，一直相送，送到綿州那個地方。綿州有個大驛站，叫奉濟驛，杜甫在這裡跟嚴武分手。再繼續送下去，杜甫也要到長安去了，所以在這裡分手。

　　可是，我們講過劍門詩，其實當時唐朝軍閥是非常的跋扈，擁有兵權，時常對朝廷不是很忠心，嚴武是很屬害的人物，鎮壓得住。可是當嚴武離開成都之後，馬上就有人造反了。當時有一個人叫徐知道，做成都兵馬使

的官，就起兵造反。這個時候杜甫在哪裡？在綿州，他本來想要回到成都，可是發生了兵亂，迫不得已他就暫時到了梓州，所以寶應元年，他避難到梓州。當時梓州的節度使，就是剛剛題目下我們所謂的章彝。章彝當時就做東川節度使，是嚴武的部將，以前跟著嚴武。嚴武因為對杜甫非常器重，非常友好，可能是因為這個關係，所以杜甫來到梓州，章彝也很熱情的招待他。所以，從寶應元年一直到更重要的廣德元年，幾乎廣德元年這一整年，杜甫都是以梓州為中心，跟隨著章彝活動，偶爾會離開到附近的地方，但是主要的活動是在梓州。我們假如翻翻杜甫的全集，在這一年，他送給章彝的詩非常多，跟他一起登山，一起到寺廟裡頭遊玩，參加幕府裡頭的一些宴會等等。到了廣德元年年底的時候，杜甫打算要離開劍南。他打算順著嘉陵江往東邊，進入長江往東邊到湖北，到江南這一帶地區。杜甫有這樣一個計劃、打算，可是到了第二年，廣德二年的時候，我們可以看到，嚴武又被朝廷派回四川，他沒有做到宰相，他曾經做到京兆尹，可是那個官，大概時間都不長。所以廣德二年，這個嚴武又再度的被朝廷下令擔任所謂的成都尹。而這個時候，剛剛提到的，本來劍南道分為東川、西川，對不對？廣德二年正月合為一道。所以當他做成都尹，當然也做劍南節度使，同時就管轄了整個劍南這一地區。杜甫聽說嚴武回來了，嚴武也寫信邀請他，再次的來到他幕府中，因此杜甫放棄了歸隱的打算，離開劍南到湖北的計劃，他接受了嚴武的邀請，再一次的回到成都。這是廣德二年，仍然進入幕府中。嚴武對杜甫其實還滿優厚的，上表朝廷給杜甫一個官銜，叫檢校工部員外郎。所以我們時常說到杜甫，都稱他為杜工部，就是這個時候，嚴武向朝廷要的一個官職。假如你讀古代的官職銜，真的很討厭，不要說工部是什麼意思啦，你看他做工部員外郎，工部是尚書省六部之一，是中央官職，理論上杜甫應該到長安去，但這是虛銜。虛銜的意思就是一個銜頭，並沒有實際的職務。他實際的職務是什麼？是節度參謀，劍南道節度使的參謀，這是他做的工作。所以我們看杜甫這時期的詩，事實上可以看到他在幕府中工作的一些敘述。

　　好，這是廣德二年。再下來，永泰元年，杜甫五十四歲，正月初三，杜甫辭去了嚴武幕府的工作，回到浣花溪草堂之中。研究杜甫生平之人，時

常有很多的討論，嚴武對杜甫那麼好，而且給杜甫那麼大的榮耀，這個工部員外郎，在杜甫的一生官職裡頭是最高的，那為什麼他要辭幕呢？當然很多揣測，像我們現在一樣吧，你看看電視新聞，一大堆的八卦。大致上說，杜甫一方面感覺年紀大了，二方面，他跟嚴武的幕府中其他的幕友，好像意見不是很合。他們大概都是年紀比較輕的，杜甫這個時候已經五十四歲了，在那些年輕人的心目中，你就是靠嚴武嘛，所以對杜甫大概也不是很禮貌，杜甫詩裡面有〈少年行〉，這首詩大概就是提這樣的經驗吧。總之，正月三號，他辭去幕府，然後回到浣花草堂，大概就真的打算歸隱了。但是也很不巧，到四月的時候，嚴武死了，就在劍南節度使任上去世了。因此，當嚴武一死，成都一帶又亂成一團，有人作亂，所以杜甫也就在大概五月的時候，離開成都，順江而下。各位如果看唐代地圖，順著長江往下邊走，有所謂戎州，還有瀘州、渝州，渝州就是現在的重慶。然後再往東，就有所謂的忠州，還有雲安。在永泰元年五月，杜甫離開成都後，沿著長江一直往東，經過這些地方，然後在這一年年底到了雲安，在這裡待了幾個月。再下一年，大曆元年，這時他就到了夔州，以下當然是夔州以後的活動了，我們暫時這樣的介紹。

現在我們回到這首〈冬狩行〉。你看題目下邊引的話說，當時「梓州刺史章彝兼侍御史留守東川」。梓州是一個州，所以它有一個最高的長官，主管就叫刺史，然後它的官銜侍御史，侍御史也是一個虛銜。唐朝的中央有所謂臺、省，省有尚書省、中書省、門下省三省，有沒有印象？這個臺是御史臺，我們講〈醉時歌〉：「諸公滾滾登臺省」，對不對？這個臺就是御史臺。御史臺下邊有三個單位，有臺院、殿院、察院，臺院的長官就叫侍御史。可是御史臺是中央的衙門，那章彝現在真正的工作是什麼？梓州刺史，對不對？所以「侍御史」為虛銜，給他戴的一個頭銜而已。然後，他除了做梓州刺史，還留守東川。「留守」二個字，各位不要把它當動詞看，它是一個官名。下面一首〈桃竹杖引贈章留後〉，我們要講這首時會再提到，留守其實就是留後。這個在早期的時候，像劉邦得到天下，建都於長安，但那時天下還沒有完全平定，他時常要離開都城，要帶兵出征，那就叫呂后，劉邦

的太太，也是很厲害的女子，叫她留守關中，留守在這個都城之中。在這時，這個留守，還不是正式的官名，就是主人，譬如皇帝離開了，派一個得力、信任的人留在這個地方，負責監察。可是慢慢的到了唐朝的時候，最開始是很多的重要的地方，譬如說京城，或者是一個比較大的重要城市，就有所謂留守或者叫作留後這樣的官職。這個官職主要是在這裡訓練兵馬，然後還監察一些官僚，管理下邊的官吏。所以現在說章彝做所謂的東川留後，或者東川留守，其實就是指他兼了東川節度使，然後帶著這樣一個職掌去防範外患，訓練軍隊，還監察一些底下的官僚，這樣的工作。那為什麼要提到章彝這個人呢？因為〈冬狩行〉，是描寫章彝做東川節度使的時候，所舉辦的冬天打獵的活動。

這個章彝，給各位講個八卦好了。剛剛說過，嚴武不是在廣德二年的時候，又回到了成都嗎？有一個傳說，某次嚴武把章彝還有杜甫叫到他的幕府中，打算把這二個人殺了。為了這個，從宋代以下大家爭論不休，到底嚴武是不是有打算要殺了杜甫？根據筆記，有一次杜甫喝醉酒，登上几案，就是爬上嚴武的辦公桌，對嚴武說：「嚴挺之乃有此兒？」嚴挺之是嚴武的父親，這句話是說：「沒想到嚴挺之有你這種兒子！」說實話，這個真的很不禮貌，嚴武是他的長官，而且古人對著兒子直接叫對方父親的名字，那是大不敬的。所以，這個傳說很多，一種說法，嚴武很生氣，結果杜甫一看嚴武生氣就說：「我乃杜審言孫子。」意思是你不要生氣，我也叫我爺爺的名字，我是杜審言的孫子，然後大家給他唬弄一下就算了，這是一種說法。還有一個說法更誇張了，說嚴武很生氣，懷恨在心，沒有當下發作，有一次就把章彝跟杜甫召到幕府中，想要把二個人殺了。結果他拿著劍要出門，要去殺他們二個的時候，《新唐書》記載說「冠鉤於簾三」，頭上戴著的帽子，被那個簾子勾住了，拿下來，又再出去，又勾了，勾了好幾次，然後他旁邊的人趕緊跑到內堂之中，把嚴武的母親叫出來，才制止了嚴武，所以他媽媽救了杜甫的命。嚴武雖然把杜甫放了，但最後還是把章彝給殺了，大概嚴武的媽媽不救章彝吧。那好了，杜甫當然沒有被嚴武殺了，這個傳說看起來也不可靠。那章彝是不是被嚴武殺了呢？其實並不然，我們發現後來章彝是回

到朝廷中，杜甫還有詩送給他。所以小說真是很八卦，不可靠，而《新唐書》把這一個小說的資料列入杜甫的傳記，變成了正史的記錄，那也是看起來沒有經過考證的。當然，透過這個行為，各位也可以感覺到一個問題，章彝是嚴武的部將，不管嚴武有沒有真的殺他，畢竟有點蛛絲馬跡，顯示兩個人不太對頭，對不對？這並不完全空穴來風，原因是什麼？是章彝非常跋扈。杜甫在梓州，廣德元年這一年當中，章彝對他非常好。但是杜甫，我們在詩裡邊可以看到，其實相當謹慎，非常的小心，他有兩句詩：「常恐性坦率，失身為杯酒。」他說時常擔心自己個性很坦率，為了喝酒，可能會把命都丟了。所以這話可以看出來，其實章彝的個性大概也是滿粗暴的。再來，剛剛講過圍獵，理論上是天子的行為。而章彝在這個時候，舉辦了那麼大的打獵的活動，在杜甫來說，其實覺得不恰當，逾越了臣子應該有的，君臣之間的一個分際。

再一點，廣德元年吐蕃作亂入寇。這個我們把背景也先說一下，各位請看後邊二二七頁註解引了《舊唐書·代宗紀》，說了什麼？書上說：「寶應二年秋七月，改元廣德」，也就是廣德元年的七月。「是月，吐蕃大寇河隴，盜有隴右之地。」河隴就是現在的甘肅。吐蕃主要是在我們現在所謂西藏這一帶，勢力擴張得很厲害。從四川的西部來到了西北部，甚至於侵犯到現在的甘肅這一帶，佔有了這個地方，這是七月的時候。到了九月，更攻打到涇州，而且當時的刺史高暉還投降了，為吐蕃作嚮導。到了十月，也就是廣德元年十月，他就帶著吐蕃進犯京師，唐代宗就駕幸陝州，離開了京城到陝州，陝州在長安附近。好，吐蕃入京師，所以長安又再次的淪陷，皇帝到了陝州。後來這個吐蕃是被郭子儀所打敗。然後在這一年的十二月，吐蕃就放棄了長安，唐代宗才回到京城之中，雖然這個時間很短，十月的時候，長安再次的淪陷，唐代宗逃出了長安，到十二月，京城光復了。這個時候，吐蕃還立了一個偽帝，是唐朝的一個宗室，立他為皇帝。所以，我們簡單看就可以知道，這個時候唐朝的國運已經是崩壞到極點了，長安淪陷不止一次，安祿山之亂從天寶十五載六月，一直到至德二載才光復回來，一共兩年。這次是兩個月，但一樣的，天下顯然是動盪不安的。這個時候，章彝在東川從

事圍獵的活動。補充一下，剛剛說吐蕃攻佔京師的時候，其實朝廷曾經徵召天下兵馬來解救，但是大家都按兵不動，而這個時候，章彞為什麼有冬狩這樣一個活動？所以杜甫這首詩，看得出來，顯然是對他有所諷刺，所以我們把章彞的背景說一說，把杜甫到梓州的背景說一說，瞭解到當他冬狩的時候，吐蕃入寇，京師淪陷，這樣的時代背景掌握一下。那整首詩的主題大概就很清楚了。

好，我有時滿後悔的，常覺得花一個鐘頭講得雜七雜八的東西，好像對各位沒有什麼用處。我時常會上完課會有點掙扎，因為又怕講不清楚，又覺得這個地方應該要給各位提供一下，然後就可能提供了，又不完整，又語焉不詳。假如直接講作品，那這些大概就比較沒什麼要緊，只要我給各位一個結論就好了。還好是我知道各位對我很寬容，而且大概我們也不趕進度，所以容許花一點時間。

好，我們直接讀作品了，七言古詩。「君不見東川節度兵馬雄，校獵亦似觀成功！夜發猛士三千人，清晨合圍步驟同」，這是第一個段落。「禽獸已斃十七八，殺聲落日迴蒼穹。幕前生致九青兕，駞駝嵒峇垂玄熊」，這邊兒要唸「ㄙˋ」。駞駝就是我們習慣的那個「駱駝」二個字。嵒，上聲，峇，二聲。「駞駝嵒峇垂玄熊。東西南北百里間，髣髴蹴踏寒山空」，「髣髴」就是雙人旁的那個「彷彿」。「有鳥名鸜鵒」，「鸜」要唸成二聲，「鵒」是四聲。「有鳥名鸜鵒，力不能高飛逐走蓬。肉味不足登鼎俎，何為見羈虞羅中」，這是第二段。第一段四個句子，第二段十個句子。

再來，「春蒐冬狩侯得同，使君五馬一馬驄」，使這要唸「ㄕˋ」，不唸「ㄕˇ」哦。使君就是刺史。「使君五馬一馬驄。況今攝行大將權，號令頗有前賢風」，第三個段落，四個句子。「飄然時危一老翁，十年厭見旌旗紅。喜君士卒甚整肅，為我迴彎擒西戎。草中狐兔盡何益？天子不在咸陽宮。朝廷雖無幽王禍，得不哀痛塵再蒙？嗚呼！得不哀痛塵再蒙」，這是第四個段落，這個段落也是十個句子。所以基本上他的設計還滿整齊。四句，十句，四句，十句。不過兩個十句的段落裡頭，有一些長短，譬如說，第二段有一個五言句：「有鳥名鸜鵒」，佔了其中一個句子。後面一段的十句裡頭，「嗚呼」兩個

字，把它當成一句，所以總共也是十句。這樣段落清楚了嗎？

　　我們以前一再的說，七言的平聲的句子，時常有下三平，像這裡的第二句，「觀成功」，然後下邊的「迥蒼穹」，都是下三平。還有什麼「蹴踏寒山空」，都是下三平。那下三平，第四字都是仄聲的。不過這裡有一些下三平，像所謂的「駝駝崲㟹垂玄熊」，第四個字是平聲；還有「何爲見羈虞羅中？」，「羈虞羅中」四個字都是平聲，第三個字是仄聲。假如以趙秋谷的說法，這叫「啞調」。你七言下三個字是連續三平，第四個字也用平聲，變成仄仄仄平平平平，這個話當然不好聽，意思是說這樣聲調反而不中聽了。當然古體詩本來是自由的，你要怎麼寫都可以，我們歸納起來，確實假如說第四個字是仄聲，下邊連著平平平，很好聽。但是假如第四個字也是平，平平平平，那聲調就像平躺下去了，沒有抑揚起伏。杜甫在這裡，並不像前邊幾首，我們以前分析的那樣整齊。這個部分以後我們不說了，舉一些例子就是了。

　　好，第一段寫些什麼？寫章彝在狩獵的時候，軍容的壯盛。「君不見」，開頭帶著樂府的調子，「東川節度兵馬雄」，當然是指章彝的部隊。「校獵亦似觀成功」，「校獵」，各位看到註解第三行，引了《漢書・司馬相如傳》顏師古的注：「校獵者以木相貫穿爲闌校，遮止禽獸而獵取之。」所以這個校指的是「闌校」，就是柵欄的意思，圍了一個柵欄，把野獸困在裡邊。這個說法很多，我們就從略了，先依據這個來講。校獵就是章彝帶著雄壯的兵馬，把一片大地方，譬如一個山頭，圍起來在那邊打獵。這樣的軍容壯盛，感覺上就像「觀成功」。成功二個字，現在所有人都曾經用過，完成了一件事叫成功。但是在古代這成功指的是什麼事情完成了呢？是軍功。完成了軍功，也就是打仗打勝了，把敵人打敗了，就叫做成功。過去宮庭裡頭，譬如祭祀之類大的典禮活動，時常會演奏曲子，而且會跳舞，有歌有舞。舞時常分爲二個，一個叫文舞，一個叫武舞。文舞曲子的名稱叫昭德舞；武舞的名稱就做成功舞。所以成功兩個字不是那麼寬泛的意思，是具體的一個內容。武舞就表示打仗成功了所跳的舞。所以你看，東川節度使章彝的部隊軍容壯盛，現在把一座山圍起來打獵，我觀察的感覺，就好像可以看到他把敵人打敗，獲得

成功了。這很顯然「觀成功」三個字已經埋下一個伏筆，把敵人打敗了，埋下了後面段落的伏筆。主題在這裡已經稍微暗示了出來。

好，下面仍然還是從軍容壯盛說。「夜發猛士三千人，清晨合圍步驟同」，夜晚的時候，勇猛的軍隊就已經開拔了，三千當然是概數，很多的軍隊。連夜出發到了天亮的時候，就把整個山頭合圍了，也就是所謂的校獵。「步驟同」的翻譯，就是步伐非常整齊。什麼人的步伐？就是那三千人軍隊的步伐。所以顯然他們不是烏合之眾，是訓練有素的喔，連打獵，隊伍都非常整齊。所以這顯示出什麼？軍容的壯盛，也就是「兵馬雄」。

下邊第二段，就寫打獵的內容。「禽獸已斃十七八」，這句子看起來很普通。「十七八」，先問一下，十個七個八個嗎？不是，是十分之七、十分之八，這有時候會誤會。看看註解引了張衡的〈西京賦〉：「白日未及移其晷，已獮其什七八。」這兩句也是寫打獵。天上的太陽還高掛著沒有移動，晷是日影，也就是天還沒有黑，太陽還沒有下山，你看打獵的結果是什麼？「獮」剛剛說了，是殺，殺了多少野獸？「什七八」。「什」，這裡是有人字旁，其實與「十」是通的。所以我們強調過老杜「無一字無來處」，「十七八」這三個字，它也是有出處的，而且張衡就是寫打獵。所以下邊就寫打獵的結果、收穫。山裡的禽獸已經打了十分之七、十分之八，都被殺死了。「殺聲落日迴蒼穹」，各位看二二六頁引到了蔡夢弼說的：「蒼天以仁為主，而為之變其色，蓋傷殺氣之盛也。」這是解釋所謂「殺聲落日迴蒼穹」。按照蔡夢弼的解釋，是說老天爺看到殺戮得太悽慘了，天是以仁心為主，不忍心看到這個結果，所以為之變色。但是下邊括號裡頭，高步瀛先生引了仇兆鰲的說法，仇兆鰲又引了金聖嘆的說法。「仇注引金氏」，金氏的金是誰啊？金聖嘆。各位知道，他也是怪人一個，清朝初年山東曲阜人，傳說他出生的時候，孔廟裡頭，孔子的塑像嘆了一口氣，所以他名字叫聖嘆。他批了六才子書，聽過吧？像是《莊子》，也批了杜詩，還有《西廂記》等等的，都把它合在一起，稱為六才子書。好，這裡引了金聖嘆對這句的說法，他說這是暗用「魯陽揮戈返日」的典故。這是《淮南子》裡頭記載的一個故事，有一個人叫魯陽，他跟韓國打仗，打得難分難解，天上太陽快要落

下去了，他還不甘心。通常太陽下山了，天黑了，那還能分勝負嗎？明日再戰，先回營再說。但是他不甘心，他把手上的戈去挑那個太陽，這個太陽就倒退了。太陽本來要往西邊落，一挑，又倒回來，太陽爲之退三舍。三舍，舍是一個單位，古代行軍三十里叫作舍。他把戈一揮，太陽倒退了總共九十里。所以你看，太陽快下山，你趕緊拿手上的什麼東西挑一下，他就倒退了。這樣每天這樣挑，可以長生不老，太陽永遠不下山了，這就是「魯陽揮戈」。另外我們常說「退避三舍」這個成語，「三舍」也是從這裡來。

　　好，金聖嘆說這裡用的是這個典故。我們檢查一下，「殺生落日迴蒼穹」，哪一個解釋比較好？其實金聖嘆的解釋比較好，爲什麼呢？因爲他解釋到這個句子裡頭的「迴」字，蔡夢弼說了老半天，說天爲之而悽慘變色，但沒有解釋到那個「迴」字，假如按照金聖嘆的說法，殺聲之中就是捕獵，殺聲震天時，太陽本來要下山，但是這些捕獵的士卒們，不願意這麼快的結束打獵活動。就像魯陽揮戈，讓落日再從天上倒退回去。所以這跟老天爺仁不仁心無關，是指那些圍獵的士卒，還不甘心那麼快結束狩獵，讓時間再延長一些。「殺聲落日迴蒼穹」，殺聲之中，讓太陽從天上倒退回去。一開頭先總寫，禽獸已經被殺了十分之七八，但這樣一個圍獵活動，他們還不想結束。下邊再細說，那這樣一個打獵，有什麼收穫呢？「幕前生致九青兕」，「兕」就犀牛，各位可以看到後邊的註解說，犀牛是一個角，顏色是青的，重千斤，很重吧！「幕前」是帳幕前邊，帳幕裡頭坐的是誰？當然就是章彝，他坐在軍帳之中，驗收到底有什麼收穫？軍士們一個個獻上獵物。有些獻上什麼？「生致」就是活抓，把九條青色的犀牛，那麼重、那麼大的一個獵物，活著獻給主將。再來，「駝駝𡽪岌垂玄熊」，「駝駝」就是我們現在習慣寫的駱駝兩個字，「𡽪岌」是很高的樣子。不曉得各位看過駱駝沒有？電視裡頭，電影裡頭一大堆，是不是長得很高大？用「𡽪岌」兩個字來形容高大的駱駝。「玄熊」，玄是黑，玄熊就是黑熊。垂是垂下來掛的意思，這個句子的造句法，各位注意一下，兩種動物，駱駝跟玄熊，怎麼連接在一起？用個「垂」連接在一起，那怎麼連接呢？想像一下，顯然是高大的駱駝上邊放了黑色的熊，熊掛在駱駝上頭。所以那個駱駝活著載著黑熊回來，黑

熊當然被殺死了，所以垂，表示掛著垂下來。這畫面真的很像看電影，你看一隻一隻重千斤的青色犀牛獻過來，再來一群駱駝，背上載著已經被殺死的黑熊，那熊掛在駱駝的背上。然後「東西南北百里間，髬髵蹴踏寒山空」，在東西南北方圓一百里這樣的範圍中，「蹴踏」就是踐踏，也就是軍士們爲了捕獵，把這所有的地方都踩過了，因此「寒山空」。「空」是指山裡邊的獵物全部都空了，被掃掉、消滅，被抓了。你看，從「禽獸已斃十七八」總寫，下邊用青兕也就是犀牛、駱駝、黑熊細寫，下邊再總寫，東西南北，百里之間，被這個捕殺得全部空盪盪的，一點獵物都沒有了。我們一般人寫到這裡就差不多了吧？你看下邊杜甫很厲害，又跳出來。

「有鳥名鸜鵒，力不能高飛逐走蓬。肉味不足登鼎俎，何爲見羈虞羅中」，假如以筆法說，就是另起一波。就像水波，前面一個高峰落下來，再一個高峰，如水波餘波盪漾的感覺。在特寫一個動物，句法上，忽然間，改成一開頭五言的句子。有一種鳥叫鸜鵒，各位當然不熟悉，我也不知道是什麼，但是註解告訴我們，牠就像八哥，八哥聽過吧？你要養牠時，把牠舌頭稍微修剪一下，牠可以學人語。「力不能高飛逐走蓬」，有一種鳥叫作鸜鵒，像八哥，力氣很微弱，沒辦法飛得很高，跟著那個走蓬一起飛跑。蓬是野草，走蓬當然是指野草在地上亂滾亂飛。野草爲什麼會飛滾？一方面現在是冬天，草本來是枯的；二方面更重要是什麼？前面的「蹴踏寒山」。這山被軍隊們踐踏了，到處的搜捕，所以你想想那個草啊，一定也是滿地亂滾，所以會出現所謂「走蓬」。好，地面上，山裡頭，草在飛滾了，但怎麼樣也不會很高吧？鸜鵒這麼一隻小鳥，力氣很小，沒辦法跟著草的滾動躲藏起來。這是寫牠力不能飛，沒辦法跟著草堆滾而躲藏起來。再來，「肉味不足登鼎俎」，鳥的肉大概很少，沒辦法放到大鼎子裡去煮。鼎，各位比較熟悉，古代煮大量食物要用鼎。「俎」也是容器，大概是鍋子一類的。也就是說，這種鳥沒多少肉，不值得去吃的，幹嘛要把牠捕抓呢？「何爲見羈虞羅中」，那麼微小的鳥，沒有力氣躲藏、飛走，肉又不夠多的這種鳥，「何爲」，是爲何，爲什麼。「見羈」，被抓了、被困了。「虞羅」，高步瀛先生說在前邊陳子昂的詩裡頭有註解，我想時間不多，就簡單說一下，虞、羅

都是官職的名稱，《周禮》裡頭有，叫作虞氏、羅氏，在古代很多官職的名稱都講什麼氏，其實就表示他的職掌。虞氏和羅氏，就是專門捕鳥的官。像虞氏，根據註解說，他捕鳥時，先在原野之中插一面旗子，這旗子叫虞旗，做為一個標誌。羅氏也一樣，然後張著網來搜捕鳥類，所以虞羅兩個字原來的意思指的是捕鳥的官職，後來引申，變成捕鳥的器具，像網就可以叫做虞羅。總之這一句意思就是，這麼小的鳥，沒多少肉，沒多少力氣，又飛不高、躲不掉，為什麼也被困在羅網之中，被捕抓了。以上這十個句子、第二段，就寫他們捕獵的收穫，描寫得非常細膩。

　　好，到第三段，「春蒐多狩侯得同，使君五馬一馬驄。況今攝行大將權，號令頗有前賢風」，「春蒐多狩」，我們剛剛說了，就是四季打獵的活動，是天子的活動、儀式。但是，「侯得同」，「侯」從字面看是指諸侯，實際上就是指章彝，他現在做節度使，東川留守，所以也算是諸侯。「侯得同」是說，你雖然不是天子，可是你現在捕獵的活動，是可以像天子一樣。這話是褒還是貶？應該是貶。表面上說你跟天子一樣了不起，但是古代那種尊卑君臣的觀念，很顯然是有貶責的意味。「使君五馬一馬驄」，「使君」就是刺史，或者是太守。從漢朝以來，稱刺史或者太守，往往用「五馬」來代稱。所以我們書上也引了很有名的樂府詩〈陌上桑〉：「使君從南來，五馬立踟躕」，對不對？「五馬」就是指使君，指太守。為什麼呢？本來古人是「乘駟馬車」，駟馬車就是四匹馬拉的車子，但漢朝的時候，太守出巡時增一馬，車子是用五匹馬拉的，所以大概四匹馬左右並列，中間四匹馬，前頭有一匹馬帶著。現在是我們沒有這個官了，但古人時常用「五馬」，因為古人時常有太守這個官，就常用這個詞彙。所以現在使君就是指章彝，因為他做梓州刺史的官，因此說「使君五馬」。可是下邊又說「一馬驄」，五馬以外，還多了一匹馬，所以總共是六匹馬。這多的一匹馬怎麼來的？各位看到引了《後漢書·桓典傳》，說桓典做侍御史的官，「執政無所回避」，這時大家都非常害怕他，因為侍御史就是監察百官的，所以當政的人做了壞事都沒有辦法逃掉。桓典做侍御史時，「常乘驄馬，京師畏憚」，他時常騎著一匹驄馬，長安的人都很害怕他，所以有一個諺語：「行行且止，避驄馬御

史。」你假如在路上走，千萬要小心，隨時注意躲一躲桓典，桓典時常乘的是驄。所以，回到杜甫這個句子「使君五馬一馬驄」，意思是什麼？是指他的官，他的官一方面是梓州刺史，所以是五馬。還有一個官侍御史，跟桓典的官是一樣的。桓典騎驄馬，所以再加一匹「一馬驄」。好，他有那麼一個崇高的官職，又是刺史，又是侍御史，「況今攝行大將權」，何況他現在又執掌了一個大將之權。爲什麼是大將之權？因爲他做東川留守，剛剛講過留守是練兵守境，所以他除了行政上官職是刺史的官，是侍御史，同時他又是留守。然後「號令頗有前賢風」，指揮軍隊，有以前那種能征善戰的大將的風範。所以從這四句字面看，稱讚他的官坐得很高，權力很大；稱讚他的指揮顯然是有大將的風範，所以看起來是對章彝的一種稱讚。但是我們說過，「侯得同」，其實稱讚之中帶著一些諷刺的味道，一種批判的意味。

　　下邊第四段做一個結論，「飄然時危一老翁，十年厭見旌旗紅」，這個章法，各位盡量的多去體會一下。前面三個段落那麼多的文字，都寫章彝和打獵，這一段一開頭，落到什麼人身上？杜甫自己身上，這跳得真的很快。飄然，當然是到處流浪，好比「飄飄何所似，天地一沙鷗」。我這樣一個到處飄零的老頭子，而且又是在這樣危難的時代。「十年厭見旌旗紅」，「旌旗」當然代表軍隊、戰爭。爲什麼要用「紅」字呢？因爲唐朝自從天寶九載開始，大將的旗子是紅色的，各位可以自己看後邊的註解，有補充這樣的史料。至於「十年」是取整數，從天寶十四載十一月安祿山之亂爆發，一直到現在廣德元年，大概是九年，取整數十年。這個呼應了前邊的所謂的吐蕃入寇。這個到處戰爭動亂的年代，差不多有十年之久。我這樣一個到處飄零的老頭子，已經看厭，也看怕了，這樣旌旗飄揚的景象。然後，「喜君士卒甚整肅」，這一句呼應前邊的「兵馬雄」。看，你的士卒真是兵馬雄壯，訓練有素，「清晨合圍步驟同」，這樣一句把前邊做個結束。但是下邊轉出來，「爲我迴轡擒西戎」，訓練得那麼好，那麼雄壯的軍隊，我希望你爲我把馬轉過來，去把西戎擒獲，把他們打敗。西戎，剛剛背景說了，吐蕃。所以你不要去殺野獸，應該去殺敵人。各位聽過賈誼吧？他就曾在上給漢文帝的一封書裡頭說，現在的軍隊是「不獮猛敵而獵禽獸」，訓練老半天的軍隊

不去打敵人，去殺野獸，跟杜甫這裡非常類似。訓練得那麼好，那麼會打獵的軍隊，「為我迴彎擒西戎」，希望你調轉馬頭去打敵人。「草中狐兔盡何益？天子不在咸陽宮」，草叢裡那些狐狸、兔子，殺光了有什麼用啊？現在皇帝不在咸陽宮，咸陽就是長安。皇帝現在不在宮中，現在唐代宗已經逃到了陝州。「朝廷雖無幽王禍，得不哀痛塵再蒙」，現在我們這個朝廷，也就是我們這個國家，雖然不像是周幽王那個時候，犬戎犯境。周幽王的故事各位知道吧？烽火戲諸侯。為了博褒姒一笑，戲弄了諸侯，最後犬戎這個外族，侵犯了周朝，結果鎬京失守，周室東遷。現在杜甫說，我們唐朝雖然不像周幽王那個時代，有犬戎之禍，但是很類似，吐番也攻進來了，天子不在咸陽宮，雖然嚴重性不像那個犬戎之禍而已。所以，「得不哀痛塵再蒙？」面對這樣一個時代，這種遭遇，我們能夠不哀痛皇帝再度的蒙塵嗎？「塵再蒙」就是再度的蒙塵，蒙塵是什麼？指皇帝逃出了京城，京城被敵人攻陷了。為什麼說「再」呢？因為在前幾年，天寶十五載，長安就淪陷過一次，現在又再一次的淪陷，這叫「塵再蒙」。當時的唐玄宗跑到了成都，現在的唐代宗逃到了陝州。再一次的蒙塵，面對這樣的一個遭遇，你不感到哀痛，不因此要把敵人消滅掉嗎？所以下面說「嗚呼！得不哀痛塵再蒙！」，再補一句做個咏嘆。這種重覆同樣句型的句子，前邊我們讀到〈杜鵑行〉有過，這是種加強，透過咏嘆加強語氣的一個作用。

桃竹杖引贈章留後

江心蟠石生桃竹，蒼波噴浸尺度足。斬根削皮如紫玉，江妃水仙惜不得。梓潼使君開一束，滿堂賓客皆嘆息。憐我老病贈兩莖，出入爪甲鏗有聲。老夫復欲東南征，乘濤鼓枻白帝城。路幽必為鬼神奪，拔劍或與蛟龍爭。重為告曰：杖兮杖兮！爾之生也甚正直，慎勿見水蹴躍學變化為龍。使我不得爾之扶持，滅跡於君山湖上之青峰。噫！風塵澒洞兮豺虎咬人，忽失雙杖兮吾將曷從？

上次介紹完〈冬狩行〉，這堂課我們往下看二二七頁這一首〈桃竹杖引贈章留後〉。這首寫作時間跟前一首應該一樣，都是廣德元年。這個時候，杜甫是在梓州，對不對？在講〈冬狩行〉的時候，我們背景給各位說過了，所以這個章留後，當然也就是前邊一首的梓州刺史章彝。所以這兩首詩所牽涉到的人物，對象是一樣的，時間、地點也相同。

題目裡頭的「桃竹杖引」，這個「引」作為一個詩的標題，相信大家也看過，對不對？它基本上就顯示了這首詩呢，是屬於樂府的一個性質。樂府詩基本上剛開始的時候是配合音樂，把它演奏出來，可以唱的，了解嗎？當然啦，漢朝的樂府到了唐朝之後，基本上曲調已經失傳了，但是這樣的一個形式還是保留了下來。而且我們也講過，唐朝有所謂「新樂府」，對不對？也就是說它雖然看起來是樂府這樣子一個性質，但是呢，是「即事名篇」，像杜甫的所謂的〈哀江頭〉、〈麗人行〉啊，甚至〈三吏〉、〈三別〉之類，基本上都是根據我現在要寫的一個題材，然後另外給他設定一個新的題

目。那所以這「桃竹杖引」應該歸類上也算是「新樂府」。透個一個「引」字，可以看出它是樂府的。

　　然後「桃竹杖」呢？當然是一個題目，是杜甫這首詩要描寫的一個對象。桃竹先不說吧，那個「杖」各位看得懂吧？就是手杖嘛，走路的時候，拿在手上扶持身體的一個東西，所以是用桃竹做的一根手杖，杜甫就詠嘆這樣一個東西。所以假如從內容上分類，這應該也算是一首「詠物詩」，對不對？「詠」桃竹杖的「物」這樣一個東西的詩。不過各位大概知道，我們好像也講過，古人詠物的作品非常多，但不能只是說那個物是長成什麼樣子？什麼顏色？也就是不能只寫物的外形啦，還要透過那個物表達出你內心要呈現的一個主題、一個感情出來。也就是要有寄託，對不對？像我們讀過杜甫的畫鷹、詠馬的詩啊，基本上也都是這樣一個方向。

　　好，我們先看第一個「桃竹杖」，桃竹是一種植物。在我們題目下邊，各位可以看到介紹了有關桃竹的一些材料，像一開頭《爾雅》裡頭說：「桃竹四寸有節」，所以它是一棵樹，那個節非常的密，距離四寸就有一個節。節是什麼意思？有點像竹子一樣，瞭解嗎？通常一種植物，它的枝幹上節很多，往往就表示什麼？比較堅固。再來，各位看下面說桃枝的顏色，它的皮是赤色，也就是紅色，可以剝下來編成蓆子。再來往下各位看到，桃枝，就是桃竹，在分類上是竹子的一個品類，然後可以為杖。好，關於桃竹，我想這些材料已經很豐富了，雖然現在我們也不能確定，沒有辦法拿出一個實物給各位看。但可以想像一下，像竹子一樣，節非常的多，皮是紅色的，皮剝下來可以做蓆子，那個枝呢，可以拿來做手杖。好，這是物。

　　杜甫寫這首詩要贈給章留後，送給章彞，有什麼意義呢？要表達什麼一個主題呢？各位看到同樣在下邊，引到了清朝朱鶴齡的說法，他說這首詩啊，是借著這桃竹杖，來規勸章彞，所以是有言外之意的。至於規勸的內容是什麼呢？當然要透過整首詩才能夠更具體的瞭解。現在朱鶴齡只告訴我們說，「踴躍為龍戒之，又以忽失雙杖危之」。「踴躍為龍」、「忽失雙杖」，這些都是杜甫詩裡邊的一個內容，他說這個隱隱約約的一個主旨，透過杜甫這樣一些句子，你可以看得到，可以體會得出來。好，因為他只是兩

句話，我們把整首詩讀完，規勸的用意，也就是杜甫要說的主題大概就更加明顯了。

這首詩分段上來說，應該分成三個段落，第一段，「江心蟠石生桃竹，蒼波噴浸尺度足。斬根削皮如紫玉，江妃水仙惜不得。梓潼使君開一束，滿堂賓客皆歎息」，我講過，「使」這裡應該唸「ㄕˋ」，這是第一個段落。下邊看到小字，告訴我們這些桃竹杖所珍貴的地方。下邊，「憐我老病贈兩莖，出入爪甲鏗有聲。老夫復欲東南征，乘濤鼓枻白帝城。路幽必為鬼神奪，拔劍或與蛟龍爭」，同樣六個句子，是第二個段落。這是表示杜甫得到了桃竹杖，非常喜愛。下邊第三段，它的句型改變囉，「重為告曰：杖兮杖兮！爾之生也甚正直，慎勿見水踴躍學變化為龍。使我不得爾之扶持，滅跡於君山湖上之青峰。噫！風塵澒洞兮豺虎咬人，忽失雙杖兮吾將曷從」，這是第三個段落。這個就是對章彝規勸的內容。

先從它的型式來去看，分成三個段落，前面兩段很整齊，六個句子，對不對？而且呢，一個段落一個韻，先用仄聲，下邊用平聲。而第三段句型變化就非常明顯了，有四個字的「杖兮杖兮」，有十一個字的「慎勿見水踴躍學變化為龍」，還有一個字的「噫」，是感嘆詞。課堂講的七古，大概也有十多首吧，還沒有看過這樣子的句型，是不是？各位比較熟悉的，有這種長長短短變化的句型是誰的詩？李白，對不對？什麼〈蜀道難〉、〈將進酒〉啦，大概我們都讀過，比較熟悉。所以各位看到，這首詩下邊的小字，最後一行引到楊倫的說法：「長短句公集中僅見。」這些有長長短短的句型的作品，在杜甫的集子裡頭是「僅見」，不是說唯一啦，是說很少看到。確實，假如各位把整部杜甫的集子翻一翻，像這樣的詩非常少，這個也就關係到作家個人的個性、才性問題。假如你把杜甫跟李白做一個比較，我們時常說李白是詩仙、杜甫是詩聖，仙就是飄逸的感覺，所以變化比較多一點；詩聖看起來就比較樸素一點，比較嚴肅一點吧。所以他不太習慣寫這樣長短變化的句子。這是從型式上，先給各位做一個初步的認識。

下邊把這首詩再仔細的瞭解一下，「江心蟠石生桃竹」，這是寫出了桃竹這樣一種植物生長的地方，它是長在什麼地方？在「江心」，在一條江水

的當中，是水中長出來的，它不是長在山上、長在岸上。而且這個江心之中，還有蟠石，「蟠」是糾結的意思。也就是說，河流當中有好多好多的石頭，那石塊大大小小的，堆疊在那裡，糾結在一起，在這樣一條江水裡頭，這樣一個石塊堆裡頭，長出了桃竹。一方面是告訴你桃竹生長的環境，但杜甫為什麼要強調這一點？各位想想看，一種植物在一塊一塊的石塊裡頭冒出來、長出來，顯然這個植物非常堅韌，瞭解嗎？假如長在普通軟軟的肥沃泥土上，像草、稻米，大概就沒有堅韌的感覺了，說它能夠在惡劣的環境裡頭抽出芽，長成了枝幹，顯然這個桃竹非常堅韌。

　　好，下邊再來，「蒼波噴浸尺度足」，「蒼波」就是碧綠的水波，因為它長在江心，那碧綠的水波噴灑、浸潤在上邊。「蒼波噴浸」是呼應前邊的江心，同樣寫桃竹生長的環境，是泡在水裡頭，這是要告訴我們什麼意思呢？顯然它是非常的滋潤的。你想假如長在沙漠或者旱地裡頭，這個植物會枯的，它是泡在水裡邊，水非常的滋潤。所以這兩句裡頭，大概有十一個字吧，是寫生長的環境。透過蟠石，顯示了桃竹質地是非常堅韌的，透過水不斷的噴灑、不斷的浸泡，它的感覺非常的滋潤。再來看「尺度足」，是說它長出來的高度剛剛好。「尺度」就是高度、長度嘛。那剛剛好是指什麼情況剛剛好？指拿來做手杖，這樣的尺寸剛剛好。

　　好，接下來就寫拿來做手杖了。「斬根削皮如紫玉」，把它的根砍斷，把它的皮剝開，然後看到裡頭的顏色「如紫玉」，皮是紅的，顯然裡頭的肉也是紅色的。那「玉」又再次的強調皮剝開以後，像玉一樣的溫潤。把根斬斷、把皮剝開，露出來的那個內心，像紅色的玉一樣的鮮艷又滋潤。好，因為那麼美，質地那麼好，對不對？那麼滋潤，顏色又那麼漂亮，所以「江妃水仙惜不得」，先概略的說，江妃也好，水仙也好，都是水神。至於出處，各位可以看到下邊的註解引了《列仙傳》的記載：「江妃二女出遊於江、漢之湄。」對不對？很多人去考證，江妃到底是什麼人？是誰的女兒？其實沒有關係，重點在她是神話裡的水中女神。然後下邊的「水仙」，其實「水仙」也應該在旁邊用個私名號，江妃是一個水神，水仙是另外一個水神。水仙不是我們習慣的水仙花，各位看到註解引了《楚辭》裡頭說「舞馮夷」，

有沒有？馮要唸「ㄆㄧㄥˊ」哦，然後王逸的註說「馮夷，水仙人」，所以水仙就是馮夷，就是水中的仙人。寫出兩個水中的仙人，江妃是女性，馮夷是男性。然後說不管江妃也好，水仙也好，「惜不得」。「惜不得」這話，三個字很容易了解，但是它其實有兩層意思，兩個層次。第一個表示什麼？這個桃竹長在水中，水裡邊的江妃、水仙這兩個水神，對它非常珍惜，對不對？在祂們的範圍裡頭有那麼珍貴的東西，這是「惜」。可是又說「惜不得」，這是什麼意思？最後還是被人家把根斬了，把它拿走了，所以說「惜不得」。這樣一個意思，一方面是說桃竹非常珍貴，連水神都珍惜；二方面是說連水神都捨不得，那麼珍貴的東西，現在被斬下來，拿來做為手杖了。所以這是表示什麼？表示這個桃竹杖，那是得來不易啊！

　　那是誰得到這桃竹杖呢？下邊扣到了主人了，它說「梓潼使君開一束，滿堂賓客皆歡息」，「梓」就是梓州，至於「潼」，各位看註解引到黃鶴的說法：「梓州為梓潼郡。」因為它東靠著梓林，西邊靠著潼水。所以梓州就是梓潼，就是指章彝做使君的地方。換句話說，「梓潼使君」就是指章彝。說這章彝「開一束」，很顯然的，是有人在江水中把桃竹砍下來，削了皮做了手杖，獻給章彝，獻的時候還不只一支，是一束，裡頭有一大把。當有人獻給章彝這一束桃竹杖以後，「滿堂賓客皆歡息」，整個廳堂裡頭剛好有很多人圍觀，看到打開來那一根一根的桃竹杖在眼前，皆歡息、感歎。歡息不是悲歎的事情哦，是那麼漂亮、那麼珍貴的桃竹杖出現在眼前，而為之歡息。

　　因為我知道各位現在很喜歡作古體詩，所以就奉勸大家，這樣的敘述手法，真的要體會一下。它的主題，整段來說其實在哪裡？就是「滿堂賓客皆歡息」。桃竹杖很珍貴，大家看到了，包括杜甫也看到了，都非常歡息，但是你看前邊做了好多鋪陳，寫它長在水中，長在石塊裡頭，那麼堅韌、那麼滋潤。這還不打緊，更進一步說，水中的仙人都捨不得，結果還是有人把它斬根削皮，做了手杖，都是這樣先做了很多鋪陳，最後點出了桃竹杖是非常珍貴的東西，因此「滿堂賓客皆歎息」。

　　好，第二段，「憐我老病贈兩莖，出入爪甲鏗有聲。老夫復欲東南征，

乘濤鼓枻白帝城。路幽必爲鬼神奪，拔劍或與蛟龍爭」，前面說滿堂賓客，當然很多人，杜甫只是其中之一。可是到了第二段單寫自己，你看賓主之間，他如何的轉換。他先要寫到自己身上，「憐我老病贈兩莖」，看起來章彝對杜甫非常的愛護喔，他可憐我現在年紀老，身體又衰弱，怕我走路摔跤，所以「贈兩莖」，送給我兩根桃竹杖。一送是兩根哦，平常我們看人家走路拿手杖都是拿一根嘛，但他是送兩根。前一陣子我看到了 E-Mail，好像哪一個骨科醫生發明了一種手杖，很長，可以左右兩隻手抓著，走路的時候這樣往前走，有看過嗎？看起來好像對脊椎骨、走路姿勢啊，更健康一些吧？或許就是這樣的概念吧？所以送他兩根，左右手各拿一根走路，可以扶持得更好。「憐我老病贈兩莖」，下面多了一個描寫，「出入爪甲鏗有聲」，那我就拿在手上啊，走路的時候進進出出，「爪甲鏗有聲」，爪甲是什麼爪甲？是竹杖的爪甲。顯然他把這個竹杖想像成一個動物的腳爪，像貓、狗的腳掌不是有爪嗎？有指甲嗎？就接觸著地面，因爲竹杖是很堅硬的，拿著竹杖敲在地上走路的時候，鏗鏗然的發出了聲音，「出入爪甲鏗有聲」，再次的強調竹杖堅硬的一面。

　　好，下邊「老夫復欲東南征，乘濤鼓枻白帝城」，跳開來說了。說我現在又打算往東南邊出發，離開梓州往東南而去。「乘濤鼓枻白帝城」，枻是槳，我們的修辭學時常用部份來表示全體，其實鼓枻就是坐船、開船。乘著波濤，坐著船往白帝城那個地方而去。還有印象嗎？我們之前有畫過一個概略的地圖。梓州是東川對不對？就是我們現在四川的西部。以涪江爲界線，西邊一點包括成都等地方，稱爲西川；涪江東邊的綿州、梓州，就是東川。這裡要補充一下，杜甫在廣德元年來到梓州，其實是依附在章彝的幕中，章彝對他也算不錯，照顧得很好，杜甫跟他也有很多的來往，但杜甫覺得畢竟是作客在這個地方，所以他打算離開。他本來要在這一年，也就是廣德元年年底，順著嘉陵江到長江，然後往東南而去，經過白帝城，到了湖南、湖北這一帶地方。這些他都有詩。他有一首詩說，〈將適吳楚留別章使君留後兼幕府諸公〉，「使」這唸「ㄕˋ」，就章彝嘛。因爲這一段時間的背景，我們前面大概也講了好幾次，大概一看題目就能了解，主要是「將適吳楚」，

我將要離開梓州，離開這個地方，「適」是往，我要往哪裡去呢？到吳楚。楚是現在的湖北。當然從四川順著長江出峽，到湖北。那吳呢？那是到了江東了，江蘇這一帶地方。當然這一路上必然也會經過白帝城，出峽嘛，對不對？題目寫得很清楚，我打算離開，要到哪裡去。然後寫這首詩是「留別」，「留別」給各位說過，我是離開的人，寫一首詩，送給還留在那個地方的人，送的對象是誰？章彝，還有幕府諸公。因為章彝是節度使，有幕府，幕府裡頭有很多幕僚，杜甫跟他們也有很多來往。我們引這一首詩的一個題目，來證明所謂的「老夫復欲東南征，乘濤鼓枻白帝城」，確實他是打算要離開的。不過各位知道，後來他離開沒有？沒有。為什麼呢？到了第二年，嚴武又回到四川，然後杜甫受到嚴武的邀請，回到了成都，做嚴武的幕僚。那是到了第二年。當然後來嚴武死了以後，他還是離開了。但是是離開成都，不是離開梓州。

　　上一次好像花了一點時間，把這樣的背景給各位說過。有時候，我很喜歡考證古人的生平、交遊等等。像杜甫我花了很多時間。我時常想到一個問題，假如說杜甫寫了這首詩以後，後邊沒有了，那你一定會以為杜甫這時就離開四川到白帝城了，因為要出峽一定是從梓州出發。我過去就有這樣子的誤解，很多人說杜甫從成都出發到白帝、雲安，可是以前我看到這個題目時，就覺得不對，明明這是在梓州寫的，為什麼都說是從成都出發呢？因為後面還有一段，這裡只是打算離開，沒有成行。好，這是生平問題。但是杜甫現在，也不知道以後確定的發展，只是有這個打算，所以先寫了這首〈桃竹杖引贈章留後〉，也是說出這樣一個打算：我要往東南而去，要坐著船乘風破浪到白帝城，離開的時候，當然帶著章彝送我的這兩根手杖。

　　接下來是他的想像了，「路幽必為鬼神奪，拔劍或與蛟龍爭」，先提這兩句詩說一下，字面看起來也很簡單。我坐著船，一路之上，可能會到一個比較偏僻幽靜的地方，「必為鬼神奪」，有些鬼神啊、蛟龍啊，看到我身上這樣的寶物，一定會想辦法把它搶過來，但我杜甫很愛惜這桃竹杖啊，有鬼神來搶我，我可能就拔出劍跟祂們抗爭，蛟龍爭鬥一番，來保護桃竹杖。這樣的寫法，基本上是很誇張的，去強調這桃竹杖是非常珍貴的，而我杜甫是

非常珍惜的。它珍貴到鬼神、蛟龍都要搶它，而我杜甫的珍惜，是不惜拔出劍來跟牠們對抗。但是注意一下哦，其實這裡邊有個典故的。這讀老杜麻煩的就在這裡，他真是無一字無來處。當然你唬弄一下，就不要說這個典故了，好像也講得通，但最好還是把它的出處講一下，而且這兩個故事還滿有趣的。各位看到小字註解，《博物志》裡頭說：「澹臺子羽渡河。」有一個人渡河。「齎千金之璧」，璧是什麼？就是寶玉。圓形的叫做璧，很珍貴的。「河伯欲之」，水裡邊那個河伯，也是水神，想要得到這個璧。「至陽侯波起，兩蛟挾船」，到了一個叫陽侯的地方，那是河伯啊，當然可以興風作浪，把波濤掀起來。然後呢，水裡邊就有兩隻蛟龍，夾著那艘船。而子羽顯然是很愛惜手上的璧，所以「左操璧，右操劍，擊蛟皆死。」這情節很像武俠小說吧？左手拿著璧，右手拿著劍，把船兩邊的那兩條蛟龍殺死了。「既渡，三投璧於河伯，河伯躍而歸之，子羽毀璧而去。」這很戲劇性，渡過河了，然後呢？這個澹臺子羽，幾次把璧丟給河伯，河伯呢？反而跳起來還他，然後這澹臺子羽就毀璧而去了。你看，他到底是愛惜還是不愛惜啊？顯然他是很愛惜，但也可以捨得，只是他不願意被搶奪，所以這看起來很有俠客的味道。河伯用威脅的方法，他反而抗爭。所以各位看看杜甫這裡的「拔劍或與蛟龍爭」，蛟龍就是從這裡來的。那杜甫呢，說的是手上拿著桃竹杖，但是這個故事原來的典故是手上拿著一塊璧。

　　好，再往下看第二條故事，《呂氏春秋》的「荊有次非者」。在荊國，有一個名叫次非的人。「得寶劍於干遂」，得到一把寶劍。「還反涉江」，要搭船渡江回去的時候，「至於中流」，到了河流的中間，「有兩蛟夾繞其船，於是赴江刺蛟殺之，而復上船，舟中之人皆得活。」這個故事寫的是蛟龍要得寶劍，對不對？而次非也是跟蛟龍爭鬥，然後把蛟龍殺了。這必然是杜甫這兩句的出處，但是他做了變化，做了更細緻的鋪陳。第一個是「路幽」，對不對？這兩個故事沒有「路幽」，杜甫想像我離開梓州，要往白帝、吳楚，那路上一定有非常幽僻危險的地方，來到那樣一個地方，可能有鬼神會來搶奪，然後「拔劍或與蛟龍爭」，當然就是用剛剛說的《博物志》、《呂氏春秋》的典故。好，這是第二段。寫出了杜甫對這個桃竹杖非

常喜歡，深加愛護的心理。

　　下邊，第三段。「重爲告曰：杖兮杖兮！爾之生也甚正直，……」一直到結束，是第三個段落。「重爲告曰」，重，當然是再一次，引申就是鄭重且不停的告訴、叮嚀。叮嚀誰呢？從字面看，是對著桃竹杖不斷的說。所以下邊「杖兮杖兮」，你看這顯然是當面說話的口氣，呼喚這個桃竹杖，跟它說什麼？「爾之生也甚正直，慎勿見水踴躍學變化爲龍」，你長出來的樣子是非常正直的，那個竹杖看起來是很正、很直的，很堅硬、堅挺的喔，所以很正直。可是「慎勿見水踴躍學變化爲龍」，慎是叮嚀、勸告的意思，小心，你千萬不要什麼呢？看到了水你就想要變化，變成了一條龍。在水裡邊波濤洶湧的地方，時常是龍出現的場所。現在杜甫產生一個聯想，當我坐著船，乘濤鼓枻的時候，桃竹杖看到波濤洶湧的水，可能想要躍進水中，變化爲一條龍。「杖」變成「龍」，以杜甫的構思來說，至少有二個基礎。一個是水，因爲水中時常有龍；第二個呢，桃竹杖的形狀長長的，龍當然也是長條型的，但是畢竟杖是杖，龍是龍，所以他用一個所謂「踴躍學變」來把它從杖轉化爲龍，你不要看到有水波濤洶湧，就想要跳進去騰躍變化，把你正直的竹杖，變成了非常纏繞、矯健的龍了。所以這是他的一個構思、聯想，這個聯想不是胡思亂想，是有形象的基礎，由水跟杖的形狀產生出來的，但是杜甫爲什麼要做這樣的叮嚀？各位要知道，在中國的傳統觀念裡頭，龍是什麼？龍是天子。所以這是叮嚀：你不要踴躍變化學爲龍，你本來很正直的，不要產生野心，想當上皇帝。好，這是第二層。

　　第三個是杜甫不可能那麼秀逗，對著手杖說：「你不要變成龍哦，你不要想當皇帝哦！」對不對？所以他真正的言外之意要說誰？說章彝。因爲章彝那個時代，唐朝所有掌握軍權的，都是軍閥，基本上都有野心。由於那時唐朝中央已經沒有多大的控制力，章彝的行爲又時常很跋扈，所以我們註解裡頭引用浦起龍說的「章似有不臣心跡」，「不臣」就是不守臣節。用簡單的話來說，就是想要謀反、當皇帝，所以杜甫不斷的警告，不斷的跟手杖說，你本來很正直的，你千萬不要有野心，想要變化成爲一條龍，這顯然是對著章彝說的。所以下邊再進一步說，「使我不得爾之扶持，滅跡於君山湖

上之青峰」，這兩句是倒裝，你要先看「滅跡於君山湖上之青峰」，這是指手杖的字面說，你「踴躍學變化爲龍」，變爲龍以後呢？最後你「滅跡」了，「滅跡」就是消失了，消失在哪裡？「君山」是洞庭湖裡的一座山，指你就消失在洞庭湖裡君山碧綠的山峰上邊。這消失是什麼意思？從言外之意說，當你章彝有野心，想要不臣，想要叛變，其實你最後就會被消滅掉。「滅跡」是消失。消失並不是說他看不到了，而是被消滅了，警告他這樣的是危險的，一定最後被剿滅掉。好，往上看，你假如消失了，「使我不得爾之扶持」，所以要倒裝，你章彝消失、被剿滅，就讓我得不到你的扶持了。各位看看，這扶持有沒有雙關？有，一方面指手杖，杜甫是依賴手杖在走路啊，那桃竹杖變化爲龍消失了，便得不到扶持。但是他又透過一個寄託，桃竹杖要變化爲龍，就是指章彝想要叛變的話，最後會被消滅，當你被消滅，我也得不到你的扶持了。因爲杜甫在梓州這一年，基本上章彝給了他很多的依靠，所以你看看這裡邊，有一個詠物而寄託，然後去諷刺章彝的呈現方式。

　　最後，「噫！」當然是感嘆詞啦，「風塵澒洞兮豺虎咬人，忽失雙杖兮吾將曷從？」「風塵」就是世亂，就是不太平的時代。「澒洞」講過也讀過，對不對？〈自京赴奉先縣詠懷五百字〉裡頭就有，「澒洞」是彌漫廣大的意思。「風塵澒洞兮」就是現在的時代，到處彌漫著動亂。然後「豺虎咬人」，「豺虎」當然指的是一些叛賊啦，一些強盜啦，是動亂的時代，而且還是一個盜賊縱橫的時代。假如我失去了這雙桃竹杖，「吾將曷從？」「曷」是「何」的意思，我到底要依賴誰呢？「忽失雙杖兮吾將曷從？」其實就是從前邊所謂「使我不得爾之扶持，滅跡於君山湖上之青峰」，再做一個小結論，再補充。至於所謂的「風塵澒洞兮豺虎咬人」是插進來的，把時代背景再做一個補充。這個動亂的時代，到處盜賊縱橫傷害人，我杜甫是要有一個依賴的，所以很害怕失去了雙杖，當然也就是指很害怕失去你章彝這樣的保護。假如說忽然失去了，我不曉得要依賴誰？所以這首詩基本上來說，可以看到他對章使君的一種擔心、一種叮嚀，也可以說是一種愛護。

　　了解這個以後，我們回到剛剛朱鶴齡說的：「以踴躍爲龍戒之，又以忽

失雙杖危之。」現在各位大概看得懂這兩句話的意思了，對不對？「踴躍為龍戒之」就是所謂的「慎勿見水踴躍學變化為龍」，也就是勸章彝不要有不臣之心，警告他、勸戒他，然後「忽失雙杖危之」，那也不就是「滅跡於君山湖上之青峰」？還有下邊「忽失雙杖兮吾將曷從」？意思就是，你章彝假如說有叛逆之心，最後會被消滅，這是非常危險的，而用這個來「危之」。所以把整首詩讀完了，朱鶴齡這樣的提示，應該是合理的，可以提供我們一個閱讀的切入點。

好，這首詩比較短，我們大概花一個鐘頭把它解釋完，我們休息一下，待會兒就讀各位很熟悉的〈丹青引贈曹將軍霸〉。

丹青引贈曹將軍霸

將軍魏武之子孫，於今為庶為清門。英雄割據雖已矣，文采風流今尚存。學書初學衛夫人，但恨無過王右軍。丹青不知老將至，富貴於我如浮雲。開元之中嘗引見，承恩數上南薰殿。凌煙功臣少顏色，將軍下筆開生面。良相頭上進賢冠，猛士腰間大羽箭。褒公鄂公毛髮動，英姿颯爽來酣戰。先帝天馬玉花驄，畫工如山貌不同。是日牽來赤墀下，迥立閶闔生長風。詔謂將軍拂絹素，意匠慘澹經營中。斯須九重真龍出，一洗萬古凡馬空。玉花卻在御榻上，榻上庭前屹相向。至尊含笑催賜金，圉人太僕皆惆悵。弟子韓幹早入室，亦能畫馬窮殊相。幹惟畫肉不畫骨，忍使驊騮氣凋喪。將軍善畫蓋有神，必逢佳士亦寫真。即今漂泊干戈際，屢貌尋常行路人。途窮反遭俗眼白，世上未有如公貧。但看古來盛名下，終日坎壈纏其身。

　　我們下邊翻到二二九頁，〈丹青引贈曹將軍霸〉。同樣的，你看跟前邊一首一樣，〈桃竹杖引〉、〈丹青引〉那其實都是樂府，這樂府的標題當然不是只有一個「引」字，對不對？口字旁的「吟」也可以，那麼「歌」、「行」、「調」、「曲」也可以。各位以前讀的〈長恨歌〉、〈琵琶行〉，就是這一類啦。以後不說了，反正基本的解釋是這樣。那好，所以這題目是什麼？是〈丹青引〉。那下邊五個字「贈曹將軍霸」，是題目下邊的〈序〉，或者是題下的「注」。各位也可以看到題目下邊解釋，「贈曹將軍

霸五字，本亦作注。」對不對？有時侯，這個書寫的方式，假如說「注」的話，這五個字呢，字體應該小一些，那表示是一個註解。因爲假如沒有這個注，只有〈丹青引〉這三個字，這看起來是泛論的，就是杜甫這首詩在詠畫而已。「丹青」是什麼？畫嘛。爲什麼是畫？因爲丹青就是紅色、綠色，就是畫畫的顏色嘛，對不對？有時侯呢，有些人會用「金碧」，聽過吧！也是畫畫的顏料。補充一下，那「朱墨」呢？也是顏色啊，但是是指書本，對不對？古人寫字當然要用墨，然後時常會給它點啊、改啊、批啊，用紅色，各位中學時候，老師幫你改的作文就是這樣。你用墨，就是毛筆寫，字是黑的，然後上邊一大堆紅色的東西。「朱墨」就是指寫文章或者是刻書。「丹鉛」呢？也一樣，指的是書，對不對？「鉛」，就是墨。上次讀到我的詩，有沒有？「鉛槧」是什麼？也是文章。不過這個「槧」呢，是指版。因爲過去的書都用雕版。用木頭做的一塊版，上邊刻字嘛，或者寫字嘛。「鉛」呢，就是墨，所以「鉛槧」呢，類似、相當於我們現在的紙筆。所以這兩個不一樣哦，「丹青」是畫；「丹鉛」是書。所以假如只是〈丹青引〉，看起來泛題，題目很空泛。就是詠畫嘛！

現在呢，我們看到下邊有一個小注，這首詩是送給一個人，這個人是曹霸。曹霸爲什麼稱他爲將軍？因爲他曾經做到左武衛將軍。這個曹霸的背景，各位看到引了《歷代名畫記》，說曹霸是魏代曹髦之後，曹髦是什麼人呢？翻到註解引了《三國志・魏書武帝紀》，魏武帝是誰啊？曹操，下邊再引一個資料，「高貴鄉公髦，字彥士，文帝孫東海定王霖子也。」我不曉得各位看懂這幾句話沒有？所以第一點，他告訴你，魏武就是曹操。因爲杜甫一開頭就說「魏武之子孫」嘛。然後呢，曹霸是曹髦的後代。前邊不是說「魏曹髦之後」嗎？對不對？曹髦的後代。那曹髦又是誰呢？是文帝孫曹霖的兒子。我知道各位不大熟悉這樣子的一個敍述。我們假如把它列一個表，曹霸，曹操的後代。他的第一代祖先就是魏武帝曹操。再來，曹操的兒子，就是文帝曹丕。那再來呢，有一代不知道，然後曹丕的孫子是曹霖，曹霖的兒子是曹髦。是不是這樣？按照這樣子一個記載，我們把這種叫世系表，一代一代把它列下來。臺灣很多家族有家譜耶，族譜有時候就是說第一代什麼

某某公啦，然後子什麼人……一代一代的把它敍述下來，但是你假如列一個表更清楚，有時候你不大清楚這一代叫什麼名字，那就空格。所以曹髦是曹操的直系後代。你看，曹操的兒子，曹操的孫子，曹操的曾孫，曹操的玄孫。所以曹操是曹髦的高祖。對不對？那都還是三國時候，那曹髦之後好幾代不知道，到了唐朝，他的後代就是曹霸。好，這是他的背景、他的家世，那這個曹霸呢，在唐朝的時候是名畫家，所以《歷代名畫記》裡頭介紹、記載了他。然後各位可以看到下邊說，他在開元中已經很有名氣了，到天寶末的時候呢，皇帝時常還下詔，叫他「寫」，就是「畫」的意思，「畫御馬及功臣」，唐玄宗下詔吩咐他畫畫，畫的材料，「御馬」，皇帝騎的馬，還有功臣。杜甫啊，其實基本上這首詩前邊的部分，呈現曹霸在畫上邊的一個表現，就是從御馬還有功臣兩個角度來去寫，這首詩相信大家讀過，這是很有名的詩嘛。忘了說，這首詩寫在什麼時候呢？廣德二年，前邊是廣德元年杜甫在梓州，剛也說過第二年，廣德二年，嚴武回到了成都，邀請杜甫做他的幕僚，所以杜甫又回到了成都。所以，這首詩是在成都寫的，時間應該是廣德二年。

　　好，把整個作品的段落說一下，從第一段，「將軍魏武之子孫」一直到所謂「丹青不知老將至，富貴於我如浮雲」，這是第一個段落。下邊，「開元之中嘗引見」，一直到「英姿颯爽來酣戰」，這是第二個段落。翻到下邊「先帝天馬玉花驄」，一直到「一洗萬古凡馬空」，這是第三個段落。然後下邊，「玉花卻在御榻上」，然後呢，大概隔個三、四行吧，「幹惟畫肉不畫骨，忍使驊騮氣凋喪」，有沒有？這是第四個段落。後邊，「將軍善畫蓋有神」，一直到最後「終日坎壈纏其身」，這是第五個段落。所以分成五段。每一段呢，很整齊，都是八個句子，然後每一段換韻，所以每一段一個韻，這個相對前邊那個〈桃竹杖引贈章留後〉，顯然又是這個杜甫的本事，很整齊的一個形式。

　　好，第一段先介紹曹霸這個人，從他的家世，還有書畫的本領來說，「將軍魏武之子孫，於今爲庶爲清門。英雄割據雖已矣，文采風流今尚存」，這第一段的第一個小節，寫他家世。說你這個曹霸，所謂左武衛將軍

啊，是魏武帝之子孫，魏武帝曹操的後代，「子孫」不是兒子、孫子哦，指的是「後代」。所以他家世很顯赫耶，是皇帝曹操的後代耶，而且我們剛剛說了，那是很直接的，就這樣子，一代一代下來的，假如在三國時候，那曹霸的身分顯然是非常高貴的，可是呢，現在已經「為庶為清門」，現在到了你這一代，你這個人，那「庶」是平民百姓，不是貴族了，更不要說是皇室了，是一個平民百姓，庶民啦。那「清門」呢，是說清寒之家。所以身分是平民百姓，家裡環境看起來也非常清貧，「於今為庶為清門」。好，「英雄割據雖已矣」，呼應第一句「魏武」，曹操的故事、背景各位一定很熟悉，曹操是一個英雄，而且他在那個時代，割據一方，對不對？跟群雄爭霸，那是一個英雄。「割據」是什麼意思？就是在整個天下佔有一方的勢力，所以說群雄割據嘛。以曹操那個時代來說，魏國啊，蜀國啊，吳國啊，三國鼎立嘛，所以他至少三分天下有其一啊，那是一個英雄啊！他割據、雄霸一方的事業，到現在雖然已經過去，可是呢，「文采風流今尚存」，「文采」指誰的文采？曹操。我們看《三國演義》，他真的被醜化了，戲台上曹操更可憐，大白臉一個，其實曹操還真有文采耶，三國時期，他也算是寫了不少詩：「對酒當歌，人生幾何？譬如朝露，去日苦多。」這首詩好不好？寫得真的很好耶，這是「文采風流」。曹操的英雄割據在政治上吧，在軍事上吧，那個作為已經消失了，已經不見了，可是他的文采，那種「風流」呢？「今尚存」，到現在還在耶。還在什麼地方看得到？在他的子孫曹霸身上看到。所以你看這四句，一開頭，將軍是魏武的子孫，追溯他的祖先，然後「今尚存」又扣到了曹霸身上。還有各位可以看到方東樹說：「起勢飄忽，似從天外來。」一開頭，「將軍魏武之子孫」這好像是天外飛來，本來寫曹霸，怎麼跑到了魏武身上？跑得太遠，好像是跑到天外去了。然後「第三句宕勢」，第三句是什麼？「英雄割據雖已矣」，跳開了。次句合，第四句又扣回來，「文采風流今尚存」。這個就是如何的「入題」，假如一開頭你就說，你這個曹霸，你這個將軍，你畫得非常好，怎樣怎樣……那這個起法太平滑了，他先跳到了幾百年前三國時代，然後呢第三句，「英雄割據雖已矣」，「英雄割據」，他的事業不見了、消失了，這是宕開一層，然後第四

句又扣到了曹霸身上。好，你看到了浦起龍的說法「起四句兩層抑揚」，這四個句子有二次的「抑揚」，我們說一下，「抑揚」就是起伏啦，「將軍魏武之子孫」，這是「揚」，家世顯赫啊，對不對？假如以一個波浪來說，這是波浪很高的地方，然後「於今爲庶爲清門」，是不是跌下來啊？那麼樣顯赫的家世，曹操耶，但是到了曹霸，「爲庶爲清門」，普通百姓，貧寒之家。然後「英雄割據雖已矣」，曹操的「英雄割據」那樣的事業已經消失了，那也是「抑」。可是「文采風流今尚存」，他的「文采風流」到現在還有、還保留下來，這是「揚」。比對末段的飄泊窮途，他的文采卻尚存。「揚」、「抑」、「抑」、「揚」，這個都是鍊意的方法，這樣感覺上真的寫得跌宕起伏啊，都還沒有進入到正題哦，他就已經給你來了這樣子的起伏變化的氣勢，所以你讀的時候你會感覺這整首詩啊，一定是非常的豐富，非常的曲折。

　　好，「文采風流今尚存」，所以下邊就寫文采風流，寫他的書畫。他說：「學書初學衛夫人，但恨無過王右軍。丹青不知老將至，富貴於我如浮雲。」我們說過，題目叫〈丹青引〉，題材是什麼？畫，對不對？但是他在說畫之前，進入主題之前還用一個「襯筆」，用什麼來陪襯？用「書」。說曹霸也曾經學過書，「學書」就是「寫字」啦，他剛剛開始學，是學誰的字呢？衛夫人。衛夫人，假如各位有練過字，應該都知道、都聽過，是一個女子，但是非常有名，她是王羲之的老師，地位夠高了吧？王羲之是「書聖」耶，結果她是王羲之的老師。各位看到《法書要錄》這裡邊引了好多好多的材料，我們簡單說一下，一個記載，蔡邕，也就是蔡伯喈，漢朝人，「受於神人而傳之崔瑗及女文姬」，所以他第一代祖師啊，就是蔡邕，而且蔡邕寫字是從哪裡學來的？神仙傳給他的，然後他學會了以後，然後傳給一個崔瑗，還有他的女兒蔡文姬。好，「文姬傳之鍾繇」，鍾繇，各位一定聽過，也是非常有名的書法家。這文姬是女性耶，蔡文姬從他爸爸那裡學來的，傳給鍾繇。那鍾繇呢，傳給衛夫人，衛夫人再傳給王羲之。這個看起來都是赫赫有名的大書家啦。那衛夫人的背景，各位看到下邊說，她的名字叫鑠，字什麼，什麼人的女兒，這些各位有興趣自己看一看。所以「學書初學衛夫

人」，假如你瞭解衛夫人的背景，那是東晉時候的人耶，對不對？那曹霸會直接跟衛夫人學嗎？不會，衛夫人沒活那麼久，所以指的是什麼？學衛夫人那個書體，就像你現在說我寫字學顏真卿、學柳公權，那是學他的風格，學他的體。曹霸一開始也曾經學過字，學的是衛夫人的書體。

　　好，「但恨無過王右軍」，但是自己感覺很遺憾，他書法沒有辦法超越王羲之。剛說到王羲之也是衛夫人傳的，而且是親授的。曹霸學她的是感覺，自己遺憾沒有辦法超過王羲之。這是先用寫書，先做一個陪襯，竟然「但恨無過王右軍」，所以顯然他後來就放棄了。他就從事什麼呢？畫畫。「丹青不知老將至，富貴於我如浮雲。」「丹青」就是扣到題目〈丹青引〉，這是寫曹霸後來呢，全力沉潛在繪畫上邊，他畫畫啊，畫到「不知老將至」，不知道年華的老去，這是樂此不疲啦。然後他也把世俗的富貴當著天上的浮雲一樣，一點都不在乎，一點都不追求，「富貴於我如浮雲」。各位想想看這兩句話除了「丹青」以外，「不知老將至，富貴於我如浮雲。」各位讀過《論語》沒有？這不是《論語》裡頭的句子嗎？所以各位看到下邊小字，楊倫說：「用經入妙。」這話要補充解釋一下，「用經」是指用經書裡頭的語言、文字。我們書上只引了「富貴於我如浮雲」，但沒有引「不知老將至」。《論語·述而篇》裡頭，不是有一個人問孔子的弟子嗎？問他：「孔子到底是怎樣一個人啊？」學生無法回答，有沒有印象？結果呢，學生跟老師報告，孔子就跟他說，你要跟他講啊，他這個人呢，是所謂「其為人也，發憤忘食，樂以忘憂，不知老之將至也。」聽過吧！把它背一下，「不知老之將至也」，不就是老杜這裡的「不知老將至」嗎？這差一個字而已，有沒有？然後「富貴於我如浮雲」，我們書上註解引了也是〈述而篇〉：「不義而富且貴，於我如浮雲。」那個「富貴」兩個字，「於我如浮雲」這五個字，全部都是引用《論語》的。這是用經文。

　　中國經書當然很多啦，像《詩》、《書》、《易》、《禮》、《樂》，這都是所謂經文嘛。過去宋朝，有這麼一個作詩的意見，說經書文字呢太呆板、太樸素，它不是一個文學語言。因為這些什麼《書經》、《詩經》、《論語》、《孟子》啊等等，古人背得滾瓜爛熟了，你把它直接的，一點都

不改哦，就好像照抄貼在你的詩裡頭，太呆板了，而且沒有文學味道，所以曾經有那麼一種意見，詩要避免直接用經文，在宋朝流行這樣一種說法，但是杜甫反其道而行，「不知老將至，富貴於我如浮雲。」幾乎就是原來《論語》裡頭的文字，但是楊倫說：「用經入妙。」重點是在他的「妙」啊，雖然是《論語》的，雖然他背得滾瓜爛熟，雖然他不是文學語言，但是用到這裡很巧妙。怎麼巧妙？各位要看到一個訣竅，就是在這十四個字，十二個字都是《論語》的字，另外兩個字呢？「丹青」，不是《論語》的，但是把「丹青」套到這裡邊來，第一個，扣了題目；第二個，表示怎樣？表示曹霸繪畫，那真是樂此不疲，「不知老之將至」，他沉潛在這樣藝術的領域裡頭，沉潛在創作之中，他忘了自己的年齡了。然後也因為他沉潛在繪畫裡邊、丹青之中，在一個藝術的世界裡頭，所以呢，「富貴於我如浮雲」。世俗上所謂榮華富貴、名利、財富，這些全部對他來說，都不計較、都不在乎。所以假如沒有用「丹青」這兩個字套在上邊，這十二個字，說實話，也確實沒什麼味道啦！但是因為有這兩個字扣題，再來呈現了曹霸對繪畫的一種專注、一種熱情、一種喜愛，他就完全沉浸在這樣一個藝術創作的世界裡頭了，這樣反而妙了，反而用得好了。高步瀛先生下邊就說：「前人有謂作詩戒用經語，恐其陳腐也，此二句令人忘其為用經者，全在筆妙。」當然，「筆妙」是什麼樣的妙法？剛剛我們從這角度給各位解釋一下，所以所有的藝術創作，當然文學寫作也一樣，沒有一定的法則，沒有說一定要這樣，一定不可那樣，這看你怎麼去運用，怎麼去呈現。好，這是第一段。兩個小節，前面寫家世，下邊寫他在繪畫上這樣子的一個興趣、努力、一種樂此不疲的精神。

　　下邊第二段，「開元之中嘗引見，承恩數上南薰殿。」假如以反切來講的話，數是「色角切」，唸「ㄕㄨㄛˋ」，好幾次、屢次的意思。「承恩數上南薰殿。凌煙功臣少顏色，將軍下筆開生面。良相頭上進賢冠，猛士腰間大羽箭。褒公鄂公毛髮動，英姿颯爽來酣戰」，「開元之中」，唐玄宗的時候，「嘗引見」，時常被皇帝接見，他也好幾次蒙受皇帝的恩寵，召見他到南薰殿那個地方。「南薰殿」，各位可以看到我們高步瀛先生有時候材料堆

得很多，《唐六典》興慶宮其實是唐玄宗還做太子的時候住的宮殿，不在北邊，是在長安的東南邊，那後來他當了皇帝以後，這個做太子住的地方，就變成了一個宮殿，就叫興慶宮，然後興慶宮裡頭有一個殿，叫南薰殿，有沒有？所以「承恩數上南薰殿」。這個南薰殿是唐玄宗做太子時候曾經住過的，所以他有時候不是很正式的召見一些人，比較輕鬆的聚會，時常在興慶宮。好像給各位說過，興慶宮有個樓叫花萼樓，有沒有？那是唐玄宗跟他幾個兄弟，時常在那邊飲酒宴會，所以叫花萼相輝之樓。所以「承恩數上南薰殿」，他就好幾次蒙受了皇帝的恩寵，被唐玄宗在南薰殿這個地方召見。

好，我們回到題目，雖然看起來是寫詠畫，丹青嘛，寫畫，不過它下邊有一個小的題目，一個附注，贈曹將軍霸，所以我們要特別注意一下，他整首詩呢，其實是把曹霸，把他跟畫結合在一起。所以「人」跟「畫」是兩條脈絡，兩條線索，這個大概整個作品的結構要從這裡建立出來，所以可以看到第一個段落，寫曹霸的家世嘛，有沒有？說他是魏武帝之子孫，對不對？然後呢，下邊四個句子呢，寫他學書，然後沉迷在繪畫當中，對不對？「丹青不知老將至，富貴於我如浮雲。」一開頭，很明顯的，「人」跟「畫」，兩個線索呢，就已經先建立出來了，然後寫「人」的時候，他追溯到魏武，追溯到曹操，用魏武來陪襯曹霸，然後寫他在繪畫上的成就的時候呢，用什麼來襯托？用學書、用書法來襯托。這裡要注意，這個叫「主從」，或者叫「賓主」。「賓」是陪的、是襯托的，然後「主」呢，當然是主要要描寫的對象。所以呢，你看寫「人」，用曹操來陪襯他，對不對？這叫「賓」，要落實到曹霸這個人，寫他沉迷丹青、繪畫，然後用書法來陪襯那個繪畫。整首詩這樣，然後下邊第二首〈韋諷錄事宅觀曹將軍畫馬圖〉也是寫曹霸的，都要先這樣來建立那樣一個結構關係，所謂的「賓主」，或者說所謂的「主從」。

下邊進入到主題，寫他繪畫的成就了，當唐玄宗開元年間，時常召見曹霸，曹霸蒙受皇帝的恩寵，好幾次到了南薰殿這個地方。為什麼召見他？下邊「凌煙功臣少顏色，將軍下筆開生面」，「凌煙」，凌煙閣，也是一個宮殿，各位看到註解的《新唐書・太宗紀》，唐太宗的時候，「貞觀十七年二

月戊申，圖功臣於凌煙閣。」有沒有？看到這資料吧？貞觀十七年，唐太宗把一些功臣的畫像畫在凌煙閣上邊，這些功臣事實上就是幫助唐太宗打天下的那些英雄。唐太宗李世民其實他是輔佐他的父親李淵，對不對？李淵本是隋朝的太原留守，本來是隋朝的臣子耶，在太原這個地方。但是他很有野心，而且也看到隋朝末年的時候天下大亂，很有機會，再加他有個兒子，李世民。李世民當然是雄才大略了，幫著李淵打天下。因爲隋朝末年大亂，群雄並起，所以李世民幫著李淵打天下，剿平了各路英雄，就有點像三國末年一樣。所以李世民當他做了皇帝以後，懷念那些幫著他當年打天下的那些功臣，就在凌煙閣畫了他們的畫像。好，假如看到這個資料，往下看那個功臣有多少人呢？那你看看從司徒趙國公無忌，就是長孫無忌啦，二十四個人，有沒有？再往下看，「閻立本，貞觀十七年詔畫凌煙閣功臣二十四人圖。」所以凌煙閣上的功臣畫像是唐太宗貞觀十七年，閻立本所畫的。是不是？那爲什麼會落到曹霸的身上呢？曹霸是開元年間的，所以這裡說「凌煙功臣少顏色」。回到詩裡邊，「少顏色」是什麼意思？「顏色」，「顏」就是臉，意思說那個畫太久了，一個一個功臣的畫像，那個臉色啊，都模糊了、黯淡了，所以說，「少顏色」。到了開元年間，唐玄宗的時候呢，就叫曹霸把這些功臣畫像再重新的畫一遍，所以說「將軍下筆開生面」。因此你就知道爲什麼「承恩數上南薰殿」？爲什麼「開元之中嘗引見」？原來唐玄宗交待曹霸重新把凌煙閣功臣的畫像重新畫好。下面就寫他畫出來的結果，「下筆開生面」，曹霸下筆畫出這畫像，「開生面」，我們現在好像變成一個成語，「別開生面」，聽過這成語吧？但是各位注意哦，這個引到了趙彥材的注說：「蓋因《左氏》，」《左氏》就是《左傳》。「狄人歸先軫之元，面如生也。」看到吧！這個背景很複雜啦，簡單說，狄人當然是胡人，對不對？那先軫呢？當時春秋時候晉國的人，晉國的一個大將，他跟北狄打仗，結果呢？被殺死了，他的屍首當然留在狄人手中，後來晉國又再跟北狄打仗，把敵人打敗了，打敗了以後呢，這個狄人呢，就歸先軫之元，「元」是什麼？「元」就是「首」，就是「頭」。已經被殺了，頭都砍下來了，把腦袋送回來，結果呢？所謂的「面如生也」，就看到那個臉啊，還活生生的，栩栩如

生的樣子，叫做「面如生」，也就是所謂「生面」。這典故瞭解了吧？那你回頭再看，「將軍下筆開生面」，本來閻立本畫得凌煙功臣，少顏色啦，臉色黯淡啦，沒有光采啦，結果曹霸重新把他畫了以後呢，每一個功臣的畫像，那個臉色栩栩如生，「將軍下筆開生面」。所以一定要從《左傳》這個典故來看，才知道所謂「開生面」是什麼意思。這個是形容畫得栩栩如生啦，這些功臣好像活過來一樣。

好，下邊具體的找了兩個例子做描寫。「良相頭上進賢冠，猛士腰間大羽箭。」那些功臣，當然有些是文官、有些是武將。那文官叫良相，看到曹霸畫的那個良相、文臣，頭上戴了進賢冠。「進賢冠」後邊註解也有，指得就是文儒者之服，就是文官戴得帽子。那下邊「猛士腰間大羽箭」，猛將，你看曹霸畫得畫像，那個猛將腰上還插著所謂「大羽箭」。「大羽箭」當然又有典故，各位看到《酉陽雜俎》說唐太宗「好用四羽大笴長箭，嘗一射洞門闔。」那個箭看起來很威猛哦，一箭射出去啊，「洞」，是「穿」的意思。可以把一個門扇呢，穿一個洞，射進去。所以這個都是告訴你，曹霸畫的畫像，文臣武將他的裝飾，頭上戴著帽子，腰上插著箭，栩栩如生的樣子。

下邊杜甫再從二十四個功臣裡頭挑出兩個再進一步的細寫，「褒公鄂公毛髮動」，這都是凌煙二十四功臣裡頭的人物。翻到註解引了《舊唐書》裡頭〈尉遲敬德傳〉有沒有？後來他封為鄂國公，所以「褒公鄂公」，「鄂公」指的是尉遲敬德，凌煙功臣之一。然後下邊引了〈段志玄傳〉，他說是封為褒國公，有沒有？所以褒公指誰？段志玄。下邊有個按語，引了《唐會要》這一本書，他說凌煙閣的功臣，尉遲敬德排第七個，段志玄呢，排第十個。所以可以證明褒公、鄂公，也就是段志玄還有尉遲敬德，都是凌煙二十四功臣之中的人物。那杜甫這首詩要說「將軍下筆開生面」，他挑兩個人物來作為代表，大概這兩個人物啊，他畫得最為生動。何況假如要把二十四個人物一個個寫了，那好像開清單一樣，那就太囉嗦了，所以舉兩個，段志玄還有尉遲敬德，褒公、鄂公。你看看他畫出來，「毛髮動」，一個「動」字，那是非常生動的感覺。它是一幅畫像，可是你看到他的畫，好像他們兩

個在打仗的時候，頭上的頭髮飄起來的樣子。「英姿颯爽來酣戰」，「英姿」當然是形容威武的樣子。這兩個武將正在酣戰，從這個描寫，各位也可以揣測得出來，這凌煙功臣的畫像，不是像一張一張的照片一樣，畫他的臉、畫他的身體，不是這樣，還有動態感，對不對？畫當年他們在跟群雄爭鬥，在廝殺的時候，戰場上的一個動作。所以「毛髮動」，「英姿颯爽來酣戰」，是有動態感在裡頭。而這樣的動態感也顯示了那曹霸的畫，畫得絕對非常的生動。所以說「開生面」，看起來栩栩如生，非常的生動。好，這是一個段落，寫畫、寫人、凌煙功臣。

　　下邊，另外一個段落，應該是第三段，「先帝天馬玉花驄，畫工如山貌不同。是日牽來赤墀下，迴立閶闔生長風。詔謂將軍拂絹素，意匠慘澹經營中。斯須九重真龍出，一洗萬古凡馬空」，先看到這裡哦。看內容、文字，各位一定看得出來，這是寫他畫了什麼？畫了馬，對不對？從畫馬說，「先帝天馬玉花驄」，「先帝」指哪一個皇帝？唐玄宗，因為這是廣德二年所寫的，在成都所寫的，這時候唐玄宗已經去世了，所以用「先帝」來稱他。說唐玄宗這先帝以前曾經有一匹天馬，這個馬有名字哦，叫做「玉花驄」，古代的皇帝，當然有很多的馬，每一匹馬都各有名稱，各位看到引了一個筆記《明皇雜錄》說：「上所乘馬」，「上」就是唐玄宗，他所騎乘的馬有「玉花驄」、有「照夜白」，這些都是馬的名字，然後呢，「封泰山回，令陳閎圖之。」「封」是封禪，古代的皇帝時常呢，會到一些名山大川，做所謂「封禪」。「封禪」是什麼意思呢？就是祭拜天地山川，那時常祭拜的地方，所謂五嶽，五嶽聽過吧？泰山是東嶽嘛，像秦始皇就曾經到泰山封禪過，那當然啦，其他的山，後代的皇帝像漢武帝啦、唐玄宗，也曾經去封禪過。這裡所謂的封泰山，應該指的就是到東嶽泰山祭拜天地。祭拜天地的時候，他騎了馬，就是所謂的「玉花驄」啦，所謂的「照夜白」啦，那回來以後呢，「令陳閎圖之」，陳閎是另外一個畫工，唐玄宗就叫這個畫工，把兩匹馬畫下來。

　　好，我們回到詩，現在只提到「玉花驄」。他說那個先帝唐玄宗，他有一匹天馬，叫做「玉花驄」的。「畫工如山貌不同」，這「貌」唸「ㄇㄛ

ㄟ」，好像講過哦。各位翻到二○五頁〈奉先劉少府新畫山水障歌〉，有沒有？然後翻到「小兒心孔開，貌得山僧及童子。」有沒有？這是「貌」，它的反切，莫角切。為什麼唸要唸「ㄇㄛˋ」？因為它是動詞。畫人、畫馬、畫物的畫的動作就叫「貌」。前邊〈奉先劉少府新畫山水障歌〉，說劉少府二個兒子嘛，對不對？其中一個兒子呢，「貌得山僧及童子」，畫出山僧，山裡的僧人還有小孩。現在回到曹霸這首詩，「畫工如山貌不同」，「如山」就是很多，我們現在還形容人很多叫什麼？人山人海嘛。對不對？唐玄宗宮裡頭，當然有很多的畫家，然後唐玄宗讓這些畫家畫他所乘坐的玉馬，雖然那麼多的畫家，可是每一個畫家畫出來的結果呢，都不相同。不相同是什麼意思？就是畫得不像，沒有把那個馬的精神、精采的地方畫出來，那是哪一些畫家，我們現在也沒有辦法考證，但是剛剛唸的一個資料，不是說「令陳閎圖之」嗎？對不對？那這當然是如山的畫工裡邊其中之一。很顯然，唐玄宗雖然叫那麼多的畫家畫他的玉馬，可是看起來並不滿意，畫得並不像，所以下邊說，「是日牽來赤墀下，迴立閶闔生長風。」那一天，唐玄宗就叫人把那個「玉花驄」牽過來，站在赤墀下邊，「墀」是臺階上面的平台。假設這是臺階，這是房子，然後上了臺階，時常有一個平台。我們現在也有很多房子是這樣吧？對不對？上了臺階以後，還沒有進到大門，有一個平臺嘛，這叫墀。「赤墀」呢？因為是皇宮，所以呢，那個顏色是紅色的。所以那一天，唐玄宗叫人把「玉花驄」牽過來，站在臺階上邊的平地上。然後啊，他說「迴立閶闔生長風」，「迴立」就是聳立。什麼東西聳立？一匹馬。那匹馬站在這裡，「閶闔」以前讀過，〈樂遊園歌〉讀過，「閶闔」本來指的是「天門」，天上的宮殿大門，可是時常拿來指「宮門」。因為人間帝王就像天上的天帝一樣嘛。所以這個大門、宮門是哪個宮門？當然就是指赤墀旁邊的那個宮門。馬站在這裡，挺立在那個地方，然後旁邊那個宮門「生長風」。「生長風」，說實話很難翻譯，但是你從那三個字可以理解一下，那匹馬的那種姿態、馬的那個精神，站在這裡，靠在門邊，好像一陣一陣風啊，就這樣飄散開來，牠不動哦，迴立哦，那是一股一股的風就發散開來了，這叫「生長風」。所以這一個句子，「迴立閶闔生長風」，先請問大

家，他是寫真馬還是畫的馬？寫真的馬。這個馬看起來非常的有精神哦，對不對？站在那裡，一陣一陣的風，就這樣飄散開來。再請問，他這首詩要寫的是畫馬，還是真馬？畫馬。所以又用真馬來襯那個畫馬。先墊下一筆，寫那真馬精神煥發，非常英武的樣子。

好，下邊，「詔謂將軍拂絹素，意匠慘澹經營中。斯須九重真龍出，一洗萬古凡馬空。」「詔謂」，皇帝下詔，命令。「將軍拂絹素」，「素」啊，也是布。大概各位知道哦，生絲叫做「素」。它的顏色是白色的，所以引申「素」事實上就是白的意思。總之它是一匹用絲做的布料。「絹」呢，也是布，所以「絹素」就是指畫布。皇帝下詔，命令曹霸「將軍拂絹素」。「拂」是把畫布張開。大概呢，把畫布擦拭一下，意思就是叫曹霸畫畫。「詔謂將軍拂絹素」，命令曹霸畫畫。畫什麼？當然畫「玉花驄」。前邊畫家畫的，皇帝並不滿意啊，所以叫曹霸重新畫一次。下邊，「意匠慘澹經營中」，寫曹霸畫畫的時候的一種構思、一種動作。上一次，我們讀到〈戲題王宰畫山水圖歌〉有沒有？什麼「十日畫一水，五日畫一石」對不對？也是「意匠慘澹經營中」。「意」是內心的、腦子裡邊的那種情意思考。「匠」呢，是指那個技巧。細分「意」跟「匠」兩個層次。心中的思考，心中的情意叫做「意」；筆下的技巧叫做「匠」。那「慘澹」，「慘澹」兩個字，我們現在看起來，好像很負面的話。但是事實上就是說，他整個人啊，就落入到構思當中，那整個人啊、臉啊，看起來好像非常的沉寂。假如說你跟別人聊天精神很好，手舞足蹈的樣子，那就不叫「慘澹」。「慘澹」就是很安靜，外面的世界好像都沒有感覺。然後「經營」呢？是佈置的意思。畫家大概通常都要佈置，那麼畫面怎麼安排，牠的頭跟身體比例要怎樣，這些都是所謂經營、佈置。所以這七個字是寫曹霸受到命令以後，他畫的時候的過程。他心中情意，跟筆下的功夫技巧，都不斷的在構思，不斷的在商量，然後來去設計那個畫面。

下邊，「斯須九重真龍出，一洗萬古凡馬空」，「斯須」，是過了不久。「九重」，指的是皇宮。這唐玄宗這皇帝裡頭啊，那個「真龍出」，時常用龍來形容馬，龍馬，所以「真龍」，所以真正的馬出現了，被畫出來

了。畫出來以後啊，「一洗萬古凡馬空」，這是杜甫很有名的句子。他畫出來那匹馬，就把從古以來所有平凡的馬匹啊，都把他洗掉了，空掉了。洗掉是什麼意思？就是指消失了，也就是相對黯然失色啦！「一洗萬古凡馬空」，他這一個「九重真龍出」，他畫出來的這一幅畫，把從古以來所有的庸俗的、平凡的馬匹啊，都全部掃光了，都黯然失色了。當然這所謂「凡馬」，兩層意思，第一個是直接從前邊的所謂「畫工如山貌不同」發展下來，指的是以前那些其他畫家，所畫的馬相對失色。他們看起來，畫出來的都是凡馬啦。都沒有把「玉花驄」那匹真龍、馬的真正精神表現出來。這是直接扣所謂「畫工如山貌不同」。你再引申一下，那個「凡馬」就不是一個特定的對象，他畫出這一幅畫，把所有的從古以來所有的馬都比下去了，變成非常庸俗、非常平凡的馬匹了。所以「一洗萬古凡馬空」。這是第三段，寫畫馬。先寫真馬，再寫到曹霸受命畫出那匹馬。

但是寫畫馬還不只這裡哦，下面一段再做進一步描寫。「玉花卻在御榻上，榻上庭前屹相向。至尊含笑催賜金，圉人太僕皆惆悵」，我們先讀到這裡，下邊還有四句。「玉花卻在御榻上」，「玉花」就是「玉花驄」，對不對？那天，皇帝叫人把牠牽到臺階上邊，平臺上的那匹馬，可是「卻在御榻上」，現在那匹馬反而出現在哪裡？出現在御榻上邊。「榻」就是床。這個古代所謂「床」，有時候也是所謂「案」啦，有點像我們現在的桌子這樣，這個都叫「御榻」。那匹馬卻反而出現在御榻上邊，那這馬是真馬？假馬？是畫的馬。畫的馬出現在桌子上，然後「榻上庭前屹相向」。御榻上邊所畫的這一幅畫的馬，跟庭前、前邊的「赤墀下」那匹真的馬，兩匹馬屹相向。「屹」，也是矗立的意思。這是畫的馬，在御榻上邊；這是真的馬，在赤墀下邊。這匹馬畫出來以後呢，御榻上邊畫的馬，跟丹墀上邊的那匹真的馬，互相的相對，用一個「屹」字，好像是牠站在這裡瞪著對方，這匹馬也是站在這裡瞪著對方，互相的屹立在那裡，叫做「屹相向」。這個句子真的寫得很精彩，本來是一幅畫，假的嘛，但是杜甫寫得真的非常生動，畫的馬可以站在那裡，對著真的馬互相的凝視一樣，「玉花卻在御榻上，榻上庭前屹相向。」其實高步瀛先生收杜甫的詠畫詩、題畫詩，收了不少。後面還有，前

面我們也讀了好多首。剛剛我們讀過的〈奉先劉少府新畫山水障歌〉，一開頭怎麼寫？「堂上不合生楓樹，怪底江山起煙霧？」對不對？廳堂上邊不應該長出楓樹出來啊，也不應該出現一片的煙霧啊，看起來是不是真的？栩栩如生的樣子，但是他是寫什麼？寫畫。畫掛在廳堂上邊，讓我們誤以為，感覺到廳堂上長出了楓樹，有江、有山、有一片煙霧，都是以假作真，看到畫以為是真的。這裡也一樣，「玉花卻在御榻上」，那畫的馬出現在御榻上邊了，而且站在這裡還瞪著那匹真的馬，互相的站在那裡，好像對屹在那裡一樣。所以下邊說，「至尊含笑催賜金，圉人太僕皆惆悵。」這皇帝一看曹霸畫出來的這匹馬，就非常高興。所謂「一洗萬古凡馬空」嘛，對不對？過去的畫工呢，「如山貌不同」啊，都不能夠符合皇帝的一種期待，所以「含笑催賜金」，非常高興，催促來賞賜他黃金。古代皇帝獎賞通常就賜金啦，「含笑催賜金」，表示皇帝高興，給他獎賞，然後「圉人太僕皆惆悵」，「圉人」也好、「太僕」也好，簡單講，指的就是養馬的人。那個「玉花驄」、「照夜白」，這些皇帝的御馬，當然是這些「圉人」、「太僕」所飼養的啦。現在看到曹霸畫的這幅畫「皆惆悵」，「惆悵」就是悵然若失的感覺。所以我們看到下邊引的一個評語，這申鳧盟的話：「訝其畫之似真耳，非訝賜金也。」這個強調一下，怕大家誤會了以為那些養馬的人看皇帝很高興，賞賜了曹霸很多的黃金，他們嫉妒，所以非常驚訝，不是這個意思。驚訝是驚訝什麼？驚訝這一幅畫，畫裡頭的馬跟庭前丹墀上的那匹馬，到底哪一匹是真的？養了好多年，結果分不清楚到底哪一匹是真的？所以悵然若失。「圉人太僕皆惆悵」，並不是嫉妒皇帝賞賜了曹霸黃金，而是那些養馬的人都分辨不出，到底哪一匹是真，哪一匹是假。很驚訝畫出來的馬竟然那麼逼真。所以這四句，是從前邊曹霸畫那匹「玉花驄」，然後發展出來，寫他畫得非常逼真，「一洗萬古凡馬空」，然後寫皇帝的高興、賞賜。

　　下邊這一段，還有四句哦，「弟子韓幹早入室，亦能畫馬窮殊相。幹惟畫肉不畫骨，忍使驊騮氣凋喪」，韓幹，說不定比曹霸來說，各位可能還更熟悉一點，對不對？他也是唐朝有名的畫家，而且是畫馬的專家，我們故宮有好幾幅韓幹畫的馬，他是曹霸的學生，所以下邊說，「弟子韓幹早入

室」，「入室」，當然是引用《論語》的啦，「登堂入室」，知道嗎？他很早的時候就跟著曹霸學畫，拜曹霸爲師，入室爲弟子。所以杜甫說，「亦能畫馬窮殊相」，他也能夠畫馬，而且能夠把那個馬的特殊的形象充分的表達出來。看起來這韓幹，這裡是有稱讚他哦，他是曹霸的弟子，他也能夠畫馬，而且能夠「窮殊相」。但是下邊，「幹惟畫肉不畫骨，忍使驊騮氣凋喪。」「惟」，只是。那韓幹畫馬的時候，只是什麼？畫肉不畫骨，所以指的就是韓幹畫的馬，這裡看韓幹畫的馬是畫牠的外貌啦、皮相啦，沒有把骨，馬內在的那種剛硬精神表現出來。所以下邊說「忍使驊騮氣凋喪」，這是一個反問句。你怎麼忍心讓那個驊騮，也就是指那種所謂良馬、千里馬喪失了牠的英氣呢？「忍使驊騮氣凋喪」。從這四句來看，杜甫顯然對韓幹是有褒有貶，說他是曹霸的弟子，然後也能夠畫馬，能夠「窮殊相」。但是呢，貶得也很厲害，畫牠的肉沒有畫牠的骨，也就是只畫牠的外貌，沒有畫牠內在的精神，讓那個驊騮、那個千里馬的精神喪失了。

好，這樣解釋，就文字看，應該可以理解，但是這裡可能要補充一個觀念，因爲歷來研究杜甫的人，時常會產生一個爭論，爭論就是說，杜甫對韓幹到底是如這兩句那樣的褒貶、降低他的成就嗎？杜甫有一篇文章，叫做〈畫馬贊〉。我們讀老杜，不要以爲杜甫只會寫詩哦，他其實文章還留了好幾十篇耶，有賦啊、有表啊、有狀啊、還有什麼「贊」。「贊」是一種文體，「贊」是頌贊的意思。過去的文章的體裁很多種，我們比較熟悉的就是詩嘛，詞嘛，其實還有很多，碑啊、銘啊、頌啊、贊啊、表啊、狀啊等等。杜甫有一篇〈畫馬贊〉，文章不長，但是他主要寫哪一個畫家？就是寫韓幹，整篇文章我當然不引了，只看前邊的兩句，他說：「韓幹畫馬，筆端有神。」看到這兩句，再讀〈丹青引〉這兩句，麻煩大了，一個是「忍使驊騮氣凋喪」，看起來沒有神耶，是畫肉不畫骨嘛，偏偏〈畫馬贊〉對韓幹推崇得很，「韓幹畫馬，筆端有神。」所以從古以來討論杜甫的人，時常掙扎在這個地方，這到底怎麼解釋？有些人說了，因爲看到〈丹青引〉說韓幹也是一個宮廷畫家，然後畫的呢，是唐玄宗天廄裡頭，也就是皇宮裡頭養的那些馬，都不是戰場上的馬匹，當然養得肥肥的，瞭解嗎？就像你家裡養的那個

哈巴狗一樣哦，肥肥的。那你要畫那個，當然就要畫肉啦，而且連骨都看不到，對不對？所以沒有精神，這是一種說法。但是這「筆端有神」啊，仍然還是看出來韓幹畫的馬，是有他內在的精神，不會是「驊騮氣凋喪」。所以這些問題哦，給各位一個最簡單的答案，我們寫文章，有時候有一種寫法，叫做「尊體」，這個「體」，指的是「主體」。以這兩篇文章來說，〈丹青引〉主體是曹霸，那〈畫馬贊〉主體是誰？韓幹。所以當他寫曹霸，為了推崇曹霸，不惜貶低韓幹。這叫「抑賓襯主」。把剛剛說的「賓主」，把那個陪襯的人壓抑下來，把那個主體推崇出來，這叫「抑賓」，然後把要寫的主要的對象，反襯推托、推崇出來，這是寫文章時常用的一個手法，我們可能覺得不習慣，覺得杜甫好像是見人說人話，見鬼說鬼話，騎牆派的樣子，你一定會有這樣的質疑，但是事實上寫文章有時候會運用這樣的一種方式，所以就不要把它當真啦！他是藉著貶抑韓幹推崇曹霸，過去因為這個地方，時常有很多不同的解釋，爭論非常多，我想其實都沒有辦法徹底的解決問題，我們用一種文章的寫法把它解決，所以我們只能說韓幹在這裡很倒楣，杜甫是藉著壓著他，把曹霸推崇出來。

　　來，到最後一段，「將軍善畫蓋有神，必逢佳士亦寫真」，這個「必」字有兩個版本，另外一個本子呢，寫成「偶」，「偶」應該比「必」要好，我們選擇「偶」，「偶逢佳士亦寫真。即今漂泊干戈際，屢貌尋常行路人。途窮反遭俗眼白，世上未有如公貧。但看古來盛名下，終日坎壈纏其身」，這是最後一段，做一個結束。「將軍善畫蓋有神」，很明顯用這一句，把前邊做一個總結。前邊不是寫他畫那個「玉花驄」，畫得多精彩，前邊寫他畫凌煙功臣，畫得也是所謂「別開生面」。所以用一個「蓋有神」作一個總束。「蓋有神」，用「神」來形容畫畫，它是有典故的。請大家看到引了《晉書·文苑傳》，這個故事大概各位聽過，顧愷之，晉朝有名的畫家，說他每次畫一個人，畫完以後啊，時常是好幾年都不幫他點眼睛，身體、四肢都畫好了，就是沒有點眼睛，人家就問他什麼原因？他就說：「四體妍蚩，本無關於妙處；傳神寫照，正在阿堵中。」聽過吧！人家問他，你為什麼畫了人，形體都畫好了，就少了眼睛，你為什麼不把它畫出來？結果他就說

了，那個畫一個人啊，「四體」就是他四肢，也就代表他整個身體，那個身
體的漂亮或者不漂亮，也就畫得好或不好，「本無關少於妙處」，「關少」
啊，就是少的意思，畫他的形體，畫得好或者不好，跟整個畫的妙處，也就
是精彩處，是沒有什麼關聯的。他說「傳神寫照」，真正要把一個人的精
神，把他完整的呈現出來，「正在阿堵中」。「阿堵」兩個字，顧愷之是晉
朝人，是當時的口語，「阿堵」是指稱詞，就是這個、那個的意思。各位有
聽過「阿堵物」吧，「阿堵物」，我們現在指什麼？錢。其實「阿堵物」為
什麼指錢，是有典故的。《世說新語》裡頭有個王衍，這故事還滿有趣，說
王衍的妻子很喜歡錢，到處搜括錢，那王衍很生氣，他妻子不太相信他丈夫
不愛錢，就想要考驗他一下。有一天，王衍在床上睡覺，他妻子就叫她婢
女，把那個床的四周佈滿了錢，他一下了床就踩到錢，王衍就很生氣，他又
不願用腳踩那個錢，覺得那個錢太髒了，結果就把妻子叫來說，「舉卻阿堵
物」。「舉卻」就是拿掉，一般人要叫人把它拿走，就說：「把錢拿走
吧！」他連「錢」這個字都不想說，只說：「舉卻阿堵物」，就是把那個東
西拿走！所以「阿堵物」後來就變成錢的典故了。但「阿堵」本來不一定指
錢哦！在顧愷之這個典故裡頭，「傳神寫照，正在阿堵中」，這個「阿堵」
是什麼？眼睛，對不對？「四體妍蚩」，你畫他的身體好壞，那沒關係，真
正要把人的精神表現在那一雙眼睛上邊，所以畫完了，還沒有到時候，他就
不點那個眼睛。所以「將軍善畫蓋有神」，這「神」從那裡來？「神」，就
是「傳神寫照」，他能夠把畫中的題材，就是那馬、那個人啊，精神把它呈
現出來，「蓋有神」。所以這個畫，扣前邊的人跟馬，做一個總結，畫都是
充滿了精神。

　　「偶逢佳士亦寫真」，偶然的時候，碰到「佳士」，很好的人物，譬如
說品德很高啊、譬如說風格很美啊、才華很好啊、讓他欣賞的人物，「佳
士」，他也會幫他「寫真」。「寫真」，我們現在還在用，好像日本人也在
用。「寫真」，就是指把一個人的形象畫出來。要注意到的是，前邊他有沒
有畫人啊？有。畫的是什麼？畫的是凌煙功臣，對不對？褒公、鄂公，開國
英雄。現在畫的人呢？低層哦，是「佳士」，對不對？那顯然沒有什麼豐功

偉業的啦，只是他欣賞的，看起來不錯的人物。再來，前邊畫的凌煙功臣，是誰叫他畫的？皇帝叫他畫的，那「偶逢佳士」呢，顯然不是皇帝的命令了，懂不懂？連畫畫的動機、背景，也跌了一層了。

　好，下邊，「即今漂泊干戈際，屢貌尋常行路人」，到了現在，天寶大亂以後，因為戰亂，他到處飄泊，杜甫這首詩寫在成都，對不對？那表示曹霸也是飄泊到成都，在這樣戰亂的年代，在他到處飄泊的時候，然後「屢貌尋常行路人」，他時常也幫那些普普通通、路上碰到的人畫畫。「尋常」，普通的人，也幫他畫畫。看到那個，讓我們聯想到，你假如在公園或者捷運站，有沒有時常看到那個畫家，對不對？擺一個畫架，你在旁邊，他就幫你畫，你給他一百塊、五十塊的對不對？所以在路邊看到所謂街頭畫家，不要看不起哦，說不定就是曹霸之類的人，「屢貌尋常行路人」，所以你看看哦，他的遭遇，就從那個畫的對象、人來說，是一層一層往下跌啊，本來是畫開國元勳耶、凌煙功臣耶，然後呢，即使是普通的人，也要是他欣賞的、主動一點的。可是到了最後，那看起來是有點乞討的味道了，在路上碰到，人家願意，你就幫他畫一下。那問題在哪裡？關鍵的地方，「飄泊干戈際」，時代動亂了，在這樣一個兵荒馬亂，到處戰亂的時代，再好的才華，過去曾經再輝煌的經歷，都沒有用了，就流落了、飄泊了、淪落了，這是杜甫寫曹霸。你看看，因為這個時代的動亂，他的遭遇這樣一層一層的往下掉。

　下邊，「途窮反遭俗眼白，世上未有如公貧。」「尋常行路人」，就是窮途末路了，不單單他畫的對象是尋常行路人，而且幫他畫完了，人家還給他白眼看，很像我們在公園、捷運站看到的，你給他一百塊，他幫你畫，你看了不滿意，瞪他一眼，大概是這樣一個遭遇吧？「途窮反遭俗眼白」。「俗眼白」就是世俗的人給你瞪白眼啦，這個當然也是阮籍的典故，阮籍會什麼？青白眼嘛。欣賞的，他的眼睛、瞳孔是黑的；看到不喜歡的人，他的眼睛就變成白的了，翻成白眼瞪你。「途窮反遭俗眼白，世上未有如公貧」，現在這世界上啊，沒有一個人像你那樣的貧賤。各位注意一下，這個「貧」，看起來很普通的字哦，但放到這裡，跟前邊有沒有一個對應？你看

看前面有一個很明顯的字，「至尊含笑催賜金」，有沒有？那畫了所謂「玉花驄」，皇帝高興，賞賜他一大堆黃金耶。現在呢？一貧如洗了，靠幫路上的普通人畫畫來維生，沒有一個人像你這麼窮的樣子了，「世上未有如公貧」。

所以後邊做一個感慨的結論：「但看古來盛名下，終日坎壈纏其身」，所以啊，你看一看，從古以來，「盛名」就是大名，很大名氣的人，像曹霸不是大名嗎？可是他現實遭遇是什麼呢？「終日坎壈纏其身」，「坎壈」，相當於「坎坷」，我們好像也講過哦。路不平，叫做坎坷，有時候會寫成車字旁的「轗軻」，有沒有？寫成車字旁是什麼？車子走在顛簸不平的道路上，叫轗軻。假如是這個「坎坷」，就是路不平；這個「轗軻」，是車子走在不平的路上，都是指不順利的意思啦。從古以來，有盛名的、名氣很大的，最後呢，整天就是這樣子的不順，糾纏著他這個人，「終日坎壈纏其身」，當然最後是把它擴大說，所有有盛名的人，看起來都難逃這樣的一個命運，「坎壈纏其身」，所以一方面同情曹霸，二來當然也為古來盛名的人抱不平，發出了感嘆。

所以各位看看這整首詩，丹青當然是題材之一，寫畫，寫曹霸畫的人、畫的馬等等，但是我們要強調，真正的寫的對象、主題是什麼？還是曹霸這個人，對不對？所以開始寫他的家世，那真是非常的顯赫啊，然後寫他開元年間的時候蒙受皇帝的恩澤，然後到了飄泊干戈際，那樣的潦倒、窮途。其實整個來說假如以畫跟人，哪一個是主？還是人，還是寫曹霸這個人。不過寫曹霸這個人，他圍繞在他的畫上邊去寫。那至於畫的內容我們剛剛說了，有什麼人啊、所謂馬啊……等等。他在寫他的遭遇、過去的風光、現在的落魄。從一個畫人的角度，一層一層的往下跌，說實話是非常的層次分明。

韋諷錄事宅觀曹將軍畫馬圖

國初已來畫鞍馬，神妙獨數江都王。將軍得名三十載，人間又見真乘黃。曾貌先帝照夜白，龍池十日飛霹靂。內府殷紅瑪瑙盤，婕妤傳詔才人索。盤賜將軍拜舞歸，輕紈細綺相追飛。貴戚權門得筆迹，始覺屏障生光輝。昔日太宗拳毛騧，近時郭家師子花。今之畫圖有二馬，復令識者久歎嗟。此皆騎戰一敵萬，縞素漠漠開風沙。其餘七匹亦殊絕，迥若寒空動煙雪。霜蹄蹴踏長楸間，馬官廝養森成列。可憐九馬爭神駿，顧視清高氣深穩。借問苦心愛者誰？後有韋諷前支遁。憶昔巡幸新豐宮，翠華拂天來向東。騰驤磊落三萬匹，皆與此圖筋骨同。自從獻寶朝河宗，無復射蛟江水中。君不見金粟堆前松柏裏，龍媒去盡鳥呼風！

　　高步瀛先生對老杜有關畫的詩，好像興趣還滿濃的，所以各位看到下邊一首，二三三頁的〈韋諷錄事宅觀曹將軍畫馬圖〉，一樣的跟畫有關的題材，而且也是跟曹霸有關，曹將軍就是曹霸。這個作品的時間應該跟前一首一樣，也是廣德二年，杜甫在成都的時候所寫的。各位看到題目下邊高先生引了《文苑英華》的資料，《文苑英華》引這首詩〈觀曹將軍畫馬圖〉，圖下邊有「歌」，變成了〈觀曹將軍畫馬圖歌〉。宋朝人黃鶴的本子呢，那圖下邊是有個「引」。不管是「歌」也好，「引」也好，其實都跟前面的〈丹青引〉的「引」是一樣，也就暗示了這首詩性質上算是樂府。這裡除了寫曹將軍曹霸，寫他的畫，而且還有另外一個人物，韋諷錄事宅，各位看到下邊，提到了韋諷曾經做過閬州從事。閬州在哪裡？我們之前有概略畫過地

圖，東川有梓州，還有印象吧？閬州其實也是東川，在梓州附近。但是我們
說過，這首詩是杜甫在成都所寫的。成都是屬於東川還西川？西川。所以在
題目下邊「諷之居在成都」。你要注意，古人註解有時候很縝密的，他做官
在東川，在閬州，可是他的住家是在成都。而杜甫這首說韋諷錄事宅，是在
他的成都家裡頭，所以這首詩應該是在成都所寫的。至於「錄事」，是一個
官名，看到後邊引了《唐六典》的說法：「上州錄事參軍事一人，從七品
上。」所以這裡所謂「錄事」，是「錄事參軍」的省稱。那根據剛剛我們說
的，他是哪一個州的錄事參軍？是閬州的錄事參軍。杜甫詩集裡頭有關韋諷
的詩，還有其他幾首，看起來兩個人應該是有一些交情。以這首詩說，顯然
就在廣德二年，杜甫回到成都的時候，就在韋諷家裡頭觀曹將軍畫馬，這個
「觀」字千萬注意，不是說看曹霸在畫，「觀」指的是「賞」的意思，觀
賞、欣賞，意思就是說，這幅畫是韋諷家裡所藏的畫，杜甫到他家裡去觀
賞、欣賞曹霸這幅畫，寫下這首詩。

　　曹霸畫馬有名啊，現在杜甫在韋諷家看到了曹霸畫的畫，到底是哪一幅
呢？有人考證，是〈九馬圖〉，畫的是九匹馬。而且這幅〈九馬圖〉，各位
看到我們題目下邊引了朱鶴齡的話，曹將軍〈九馬圖〉後來藏在長安的薛紹
彭家，這個時候已經是宋朝的時候了，蘇東坡還為這幅畫寫了一個「贊」。
「贊」，我們之前講過，就是畫贊。你現在翻翻東坡的集子，還有這篇文章
〈九馬圖贊〉，裡頭就提到曹霸作畫，然後杜甫寫詩，現在蘇東坡又寫出一
個「贊」來。根據剛剛說的這些材料，整理一下，作一個結論：廣德二年，
杜甫再次的回到成都，有一天來到韋諷家裡頭，韋諷做的是閬州錄事參軍的
官，他們兩個有交情，韋諷家裡藏了一幅曹霸畫的〈九馬圖〉，然後杜甫觀
賞這幅畫，寫了這首詩。這樣瞭解吧？這樣說，前面一首〈丹青引〉也是有
關曹霸，但是你把兩首做一個主題的比較，兩者差別在哪裡？前面〈丹青引
贈曹將軍霸〉，它的主題事實上是在曹霸這個人，雖然也寫他畫的成就、畫
的藝術，但主題是在畫家。這一首主題在哪裡？是在畫，而且真正說的是什
麼畫？〈九馬圖〉，兩者題材上是有一些差別。這首詩沒有〈丹青引〉那麼
有名，所以一般人大概就不太讀它。但是這首詩也不要忽略，其實杜甫設計

的結構，我覺得比前面一首〈丹青引〉要精彩。他真的很厲害，我們看他怎麼寫這幅畫？

　　好，下邊「國初已來畫鞍馬，神妙獨數江都王。將軍得名三十載，人間又見真乘黃」，四個句子，第一段，先做一個引子。「國初」，這國是哪一個國？當然是唐朝，也就是從我們唐朝開國以來，擅長畫鞍馬的，是哪一個畫家呢？「神妙」，畫得神妙的，「獨數江都王」。我們唐朝開國以來，擅長畫馬的，畫得最神妙的，那要算江都王。看到後面註解，告訴你江都王是誰？「江都王緒，霍王元軌之子，太宗皇帝猶子也。」有沒有看到？問一個很簡單的問題，江都王姓什麼？姓李。我曾經問過學生，學生說姓王啊，江都王緒嘛，不是姓王嗎？江都王是他的封號。那你怎麼知道他姓李？因為他是唐朝的王，皇室的後代，唐朝皇室姓李嘛，是霍王元軌的兒子，太宗李世民的猶子，「猶子」是什麼？侄兒、侄子。所以呢，問一些常識，請問霍王是唐太宗的什麼人？兄弟，對不對？所以他的兒子是唐太宗的侄兒嘛，被封為江都王，名字叫李緒。所以你看到下面《歷代名畫記》介紹他：「鞍馬擅名。」有沒有？他畫馬是有名的，雖然是皇家後代，看起來也有才華。那下邊的材料，我們就不說了。我們唐朝以來，畫馬畫得最有名的就是江都王李緒，那這首詩要寫誰？寫曹霸，跑出一個江都王李緒出來，所以各位看到下邊仇兆鰲說：「首敘曹將軍，以江都王作陪。」這江都王，假如說用戲台上來講的話，那就是跑龍套的陪襯人物，出來一下，後面就沒有再提到他，雖然一開頭好像推得很高，「神妙獨數江都王」，可是透過江都王做一個陪襯。各位看過戲吧，戲台上時常有很多跑龍套的，一群宮女、一群太監，引出後面的小姐或者皇帝出來，那上來以後，就沒他們的事兒了，那主角才真的出場了，這叫跑龍套，用他做陪襯，帶出主角來。

　　好，下邊，「將軍得名三十載，人間又見真乘黃。」將軍曹霸，曹霸得名三十載。曹霸的時間比江都王後一點，先從江都王帶出曹霸，然後說曹霸得名聲已經有三十年，在這三十年當中，你看到曹霸畫的畫，「又見真乘黃」。「乘黃」，各位再看註解，引到董逌的《廣川畫跋》，有沒有？「乘黃狀如狐，背有角。」這是很特別的一種動物，形狀像狐狸，背上還有一個

角。詩裡說「人間又見真乘黃」，看起來曹霸好像畫的是這種動物，其實不是。其實他用「乘黃」來指馬，所以《廣川畫跋》裡頭說：「霸所畫馬未嘗如此，特論其神駿耳。」所以，用「乘黃」兩個字就是指神駿的馬匹啦，不要從「乘黃」兩個字，然後說像狐狸背上有角，他的畫不是畫這種動物，是用「乘黃」來指神駿的馬。好，「曹霸得名三十年」，曹霸得名這個年代裡頭，我們人間又看到了真正神駿的馬匹了，「人間又見真乘黃」，這是第一段。做個開頭用江都王做陪襯，帶出主角曹霸來。

下邊還有喔，你看看引到了「方曰」，就是方東樹的說法。「起本是敘題，卻用人襯起，此法常用乃定法。」我想這些章法、筆法的結構，還是有機會就給各位補充一下。「起本是敘題」，這話是什麼意思？就是第一句，「畫鞍馬」，這題目不是曹將軍畫馬嗎？所以「畫馬」是本體，一開頭，杜甫也是扣到了題目裡頭的「畫馬」，但是呢，結果用所謂人襯起，說「畫馬」，就是題目的「畫馬」，假如你只有從題目這樣發展下來，那就寫「畫馬」了嘛，瞭解嗎？結果呢，他提到「畫馬」，卻跳開了說「神妙獨數江都王」，這個用畫家來陪襯寫出來，所以啊，這四句真是大有文章，兩個地方的襯托，用畫家來襯那個畫馬，襯托這個作品，這是第一個。第二個襯托是什麼？寫畫家的時候又用江都王來襯托曹霸，下邊才進入到本題，所謂「畫馬」。

「曾貌先帝照夜白」，又是一個「貌」，這個字出現好幾次了。「曾貌先帝照夜白，龍池十日飛霹靂。內府殷紅瑪瑙盤，婕妤傳詔才人索。盤賜將軍拜舞歸，輕紈細綺相追飛。貴戚權門得筆迹，始覺屏障生光輝」，第二段寫曹將軍畫馬。好，那這裡「畫馬」了。「照夜白」上次講過對不對？唐玄宗不是有什麼「玉花驄」和「照夜白」嗎？他曾經畫唐玄宗先帝的玉馬「照夜白」，但畫完成了以後，「龍池十日飛霹靂」，學一下這種筆法，真正是驚天地、動鬼神。畫完了以後，「龍池十日飛霹靂」，「龍池」，各位再看到《唐六典》的說法：「興慶宮在皇城之東南」，然後就是唐玄宗「龍潛舊宅也」。以前好像給各位看過長安圖吧？有沒有？概念地畫一下，長安城北方是大明宮，對不對？下邊是皇城，然後旁邊圍繞著一塊、一塊的，就是一

個、一個的坊，有沒有？然後在皇城的東南方，我不記得是第幾格啦，有一個宮，就叫興慶宮。這裡說興慶宮是唐玄宗「龍潛舊宅也」，有沒有？「龍潛」是什麼意思？就是還沒有當皇帝之前，這個武則天之後又有個韋后作亂嘛，那時的唐玄宗，當時還沒有做皇帝，幫著他的父親李旦剿平了韋后之亂，然後他的父親就被推為皇帝，叫做唐睿宗嘛，而唐玄宗那個時候就住在這個地方，因為他不是皇帝，所以當時當然不叫興慶宮。等他做了皇帝後，那這地方就改建成宮殿了。上一次我們讀所謂南薰殿等等，都是指這裡。這裡還有一個資料很有意思，「初上居此第，其里名協聖諱。」說唐玄宗還沒有做皇帝，住在這裡的時候，那個里就是坊啦，這坊名呢，剛好跟唐玄宗的名諱有一樣的地方。為什麼？因為這坊本來的名字叫隆慶坊，跟唐玄宗的名諱哪邊相同？唐玄宗不是叫李隆基嗎？所以他就認為住在這裡是很好的徵兆。果然過了不久他就當了皇帝了。好，這個反正現在不是也流行什麼造神嗎？對不對？古代造神比現在厲害多了。你看看下邊的一些神話，它說：「所居宅之東有舊井」，屋子東邊有一口井。「忽涌為小池」，忽然冒出來變成一個小池塘。「周袤纔數尺」，大小才數尺，對不對？「常有雲氣」，可是已經有很多雲氣了。「或見黃龍出其中」，然後還有黃龍出沒其中。「至景龍中潛復出水」，到了景龍年間的時候，那個水湧得更多啦。「其沼浸廣，時即連合為一」，就是水越湧越多，慢慢的變成了一個很大片。「未半歲而里中人悉移居，遂鴻洞為龍池焉。」這太厲害了，水越冒越多，整個坊裡都冒水了，泡在水裡頭，所以呢有大半人都搬走了。搬走了以後，那水就變成了一個池，那個池就叫什麼？就叫「龍池」。用現在科學一點的角度說，一定是李隆基故意的，挖了一個地下水，強迫鄰居全部搬走，佔了那塊地方了。所以說了老半天，就是說「龍池」在興慶宮啦！「曾貌先帝照夜白，龍池十日飛霹靂」，他曾經幫唐玄宗畫了那個玉馬「照夜白」，畫完了以後，龍池，唐玄宗舊宅裡頭那塊池塘，有十天飛霹靂。霹靂就是雷電，雷電交加，那真的驚天地、動鬼神。強調什麼？強調畫，真是非常生動，連龍池這個地方，十天都在雷電交加。

　　我知道你們很用功，所以建議大家先把前邊幾首的詠畫詩、題畫詩，把

它們稍微再溫習一下，譬如說〈奉先劉少府新畫山水障歌〉，譬如說〈戲題王宰畫山水圖歌〉，這幾首把它讀一讀，因為這一首的後邊呢，有些辭彙彼此都有關係。

好，回到第二個段落，「曾貌先帝照夜白，龍池十日飛霹靂。內府殷紅瑪瑙盤，婕妤傳詔才人索。盤賜將軍拜舞歸，輕紈細綺相追飛。貴戚權門得筆迹，始覺屏障生光輝」。曹霸把照夜白畫得非常生動，所以下面就寫唐玄宗給曹霸的賞賜，就像前面〈丹青引〉，他把馬畫完了以後「至尊含笑催賜金」，有沒有印象？有哦！所以下邊說，「內府殷紅瑪瑙盤」，殷這要唸「一ㄢ」，「內府」是皇宮裡邊收藏的，「殷紅」是深紅，「瑪瑙」是我們現在還用的一個詞彙對不對？寶石之類的，這個「瑪瑙盤」，用瑪瑙做的，深紅色的盤子，當然是非常珍貴的、有價值的一個東西啦，所以「婕妤傳詔才人索」，婕妤也好，才人也好，這個是皇宮裡邊這個女官的名字，這個好像給各位講過，其實古代皇宮裡邊好多的女子，從皇后到嬪到妃啊，到什麼才人、婕妤啊等等，這些其實都是官職的名稱，各位假如有興趣，你看到後邊引的《唐六典》有說：「內官六儀六人，正二品。」又引了《周官》的說法，高步瀛先生的解釋有時候非常的嚕嗦，告訴你這個官職的源流。然後看到下邊又引《新唐書・百官志》的說法：「唐因隋制，婕妤九人，正三品，開元中，玄宗又置六儀。」然後又引了《六典》裡邊：「才人七人，正四品。」的說法。簡單來說，它是官職，而且有品階的，婕妤品階比較高，正三品；然後才人呢，是正四品。好，「婕妤傳詔才人索」，「傳詔」就是傳達皇帝的命令，婕妤傳達皇帝的命令，傳達什麼？顯然就是「內府殷紅瑪瑙盤」，皇帝要內府呢，把這樣一個珍貴的寶物拿出來，然後「才人索」，派一個才人來去拿過來，拿過來當然就賞賜給曹霸。所以下邊說「盤賜將軍拜舞歸」，就把那瑪瑙盤賜給了曹霸，這曹將軍，「拜舞」啊，是時常出現的一個詞彙，臣子看到國君要跪拜，那麼跪拜的時候，不是直挺挺的這樣跪下去，還有很大的動作，像舞蹈一樣，所以叫「拜舞」。假如你看京戲，時常可以看到這樣子的一個動作，總之「拜舞」呢，就是顯示了曹霸得到了皇帝的賞賜，跪拜謝恩，然後捧著那個寶物回去了。「盤賜將軍拜舞歸」，這個

「歸」，指的是曹霸就從宮裡邊回家了。

下邊「輕紈細綺相追飛」，先獨立看這七個字，「紈」也好，「綺」也好，都是布料，紈是白色的，綺是有顏色的，用「輕」跟「細」來去形容這個「紈」跟「綺」，就是說這個布料是非常漂亮、精緻的。「相追飛」，說「輕紈細綺」這個布料就跟著這個曹霸在飛、在跑，各位看到這樣子的句子，這樣的一個解釋，你會不會覺得很突兀啊？「盤賜將軍拜舞歸」，曹霸捧著那個瑪瑙盤跪拜了、謝了皇恩，然後回家，結果那個布，「輕紈細綺」追著他跑，這怎麼來的？原來是倒裝句。下邊我們看，說是「貴戚權門得筆迹，始覺屏障生光輝。」「貴戚權門」，那些富貴的人家，有權勢的人家，要能夠得到曹霸畫的真迹，然後才能感覺自己家裡頭那個屏風、幛幕才增加光彩，有這兩句的解釋，你就知道不止皇帝喜歡曹霸畫的馬，原來「貴戚權門」，這些富貴權勢之家也喜歡，喜歡怎麼辦？說「輕紈細綺相追飛」，原來這些「貴戚權門」啊，派了人在宮門外邊等候，看到曹霸出來回家，他們捧著那些布料追著曹霸，追到他家，很顯然就是要請曹霸畫畫。所以這樣解釋你才知道「輕紈細綺相追飛」是倒裝句，是因為「貴戚權門」期待得到曹霸的筆迹，所以捧著那些畫布，追著曹霸跑到他家裡去。好，這是第二個段落，寫曹霸畫了照夜白，寫皇帝高興，賞賜了他瑪瑙盤，寫那些「貴戚權門」都很熱烈的想要得到曹霸所畫的馬。

再問一個問題，這首詩說觀曹將軍畫馬圖，是觀賞曹霸畫的馬，對不對？畫的馬是什麼樣的一個圖呢？我們前邊講過，是〈九馬圖〉，有沒有？那第二個段落，固然寫了曹霸畫馬，畫的是照夜白，牠在不在九馬裡邊呢？不在。這是這首詩裡邊，特別要注意的，它在結構上有很多非常精緻的設計。我們先從一個角度說，寫曹霸畫馬，然後他怎麼呈現那個馬的內容呢？先寫一匹馬，照夜白，但是這個是陪筆，是襯筆，襯托的，是一個引子，並不是主題，主題在下邊「九馬」，用照夜白引出來。好，這九匹馬，你又會發現杜甫怎麼去把牠帶出來的呢？我們看第三個段落。

「昔日太宗拳毛騧，近時郭家師子花。今之畫圖有二馬，復令識者久歎嗟。此皆騎戰一敵萬，縞素漠漠開風沙」。這是第三個段落。「騎戰」請各

位倒過來，改成「戰騎」。他一開始寫出了兩匹馬，一匹是過去唐太宗所乘坐的所謂拳毛騧。唐太宗的陵墓叫昭陵，昭陵前邊有六匹石頭雕刻的馬匹，相信大家聽過，叫什麼？「昭陵六駿」，對不對？這六匹馬是當年唐太宗征戰天下所乘坐的馬匹，當唐太宗過世葬在昭陵時，就用石頭雕刻那六匹馬，拳毛騧就是其中之一，好像是第五個，後面資料都有，太多了，我們就不囉嗦。好，再來另外一個，「近時郭家師子花」，「近時」是最近，這「郭家」是哪一個？郭子儀，對不對？郭子儀幫忙平定了安祿山之亂，光復了長安，光復了洛陽，後來唐代宗曾經把他的馬賜給郭子儀，這匹馬就叫「師子花」。所以下邊說「今之畫圖有二馬」，現在我觀賞的這幅畫，畫裡頭就有這兩匹馬，唐太宗的拳毛騧，郭子儀的師子花。現在觀賞看到這兩匹馬，「復令識者久歎嗟」，那看到這樣的畫得這兩匹馬，又讓觀賞的人不停稱讚，嗟歎不已。那下邊再說，「此皆戰騎一敵萬」，這些馬都是戰場上殺敵的馬匹，騎要唸「ㄐ一ˋ」，是戰場上征戰乘坐的馬匹，都能夠以一敵萬，非常的驍勇。「縞素漠漠開風沙」，「縞素」，也就是畫布。「開」，應該指的是把那個畫布打開。當畫布一打開啊，就感覺畫面上湧出了漠漠的風沙。「風沙」呼應了「戰騎」，指戰場上那種風沙飄揚的樣子，當然這是以假作真啦。把畫布一打開，看到畫的那兩匹馬，就好像看到當年這兩匹馬在戰場上廝殺的樣子，所以感覺到畫布上湧出了所謂「漠漠風沙」。

　　他看了圖畫，幾匹馬？九匹。但是呢，一開始他先寫出兩匹馬：拳毛騧、師子花，然後用幾句來去形容，看到畫面的景象，那還剩下七匹呢？所以後邊再說：「其餘七匹亦殊絕，迥若寒空動煙雪。霜蹄蹴踏長楸間，馬官廝養森成列。可憐九馬爭神駿，顧視清高氣深穩。借問苦心愛者誰？後有韋諷前支遁」，這是第四個段落。九匹馬，前面寫了兩匹，後邊七匹，他把牠們再做一個總括描寫，合在一起九匹了。兩匹馬獨立的寫，然後七匹馬總括的說。這「其餘七匹」，剩下的七匹馬，「亦殊絕」，看到畫圖上他畫的另外七匹馬也殊絕啊，也十分的特殊啊，怎樣的特殊呢？「迥若寒空動煙雪」，「迥」，有兩個意思，前邊〈丹青引〉，「迥立閶闔生長風」，有沒有？大概各位還有一點印象，「迥」是聳立、高的意思，聳立在那裡很突出

的感覺。那這裡的「迥」呢？是「遠」的意思，這是指這七匹馬，遠遠的看過去，是怎樣呢？「寒空動煙雪」，「寒空」很顯然是畫面的背景，寒冷的天空，這個「動」是指那七匹馬飛跑的動作，那七匹馬在寒冷的天空下，飛跑的時候，感覺像什麼？「動煙雪」，像一陣煙、像一場雪飄動，這就是「迥若寒空動煙雪」。我們現在當然沒有像蘇東坡那麼好運，看到這九馬的圖畫，但是透過杜甫的描寫，各位應該也有一種感受，看個畫面，這九匹馬，前邊什麼師子花、拳毛騧啦，很顯然是在畫面的前邊對不對？比較突出的、特寫的，那後邊七匹呢，大概是比較遠的，所以用一個「迥」來去形容它。這兩匹馬所謂「一敵萬」，「縞素漠漠開風沙」嘛，你可以感覺牠在戰場上廝殺的時候的那種動態感，而其他的七匹馬看起來是比較遠，個體、型體比較小，然後動作呢，是在飛跑。在天空底下感覺像煙、像雪一樣在飄、在滾動，「迥若寒空動煙雪」，這種畫面，很顯然地是有前邊、有後邊、有一種立體的感覺，我這樣形容，不曉得各位能不能腦子裡面出現畫面那個配置的樣子。

　　好，下邊，「霜蹄蹴踏長楸間，馬官廝養森成列。」「霜蹄」也就是指馬蹄，這是從《莊子》裡邊來的，說那些馬的腳「蹴踏長楸間」。「楸」是樹，古代路邊種的路樹，時常就是這個楸樹，因為路很長、很直，那個楸樹呢，種成二排，所以時常就說是「長楸」。就像我們現在臺灣街道上看的行道樹，遠遠一看，排成一列，長長的樣子，所以除了前邊寫出七匹馬，飛快奔跑的樣子，而且下邊再給你補充，它有個背景，跑在哪裡？在哪裡跑？是在一條路上，兩邊有楸樹的長長的道路上。然後「馬官廝養森成列」，不只有馬，而且還有養馬的官，「廝養」也是哺育，各位看到下面引到了《史記》的註解說：「析薪為廝，炊烹為養。」有沒有看到？「廝」、「養」，這兩個字，我們看古代的文獻，看小說之類，時常看到的詞彙，假如具體分析，兩者什麼差別？砍柴的，準備燒火用木材的人叫做「廝」，負責煮東西的人叫做「養」，總之這些都是指養馬的人，「馬官廝養森成列」，很顯然畫面上還有一群人哦，這是養馬的那些官，非常多，排成一列。這是把其他七匹馬，再用一個總寫的方式把牠交待了出來，然後還帶出養馬的一群人。

　　下邊，「可憐九馬爭神駿，顧視清高氣深穩。借問苦心愛者誰？後有韋諷前支遁」，「可憐」，是可愛的意思，好像也給各位說過，「憐」有很多種意義，看上下文可以做判斷，在這裡指「可愛」，就是值得喜歡。他說這「九馬爭神駿」，真讓人覺得可愛，所以前邊二馬，然後七馬，然後下邊再用九馬把它再作一個總結，看到這圖畫上這九匹馬，真讓人覺得可愛，覺得喜歡。為什麼呢？因為「爭神駿」，一個一個互相的在爭神駿。用「神」、用「駿」來去形容馬，這也是一個時常出現的描寫，怎樣看到牠神駿呢？「顧視清高氣深穩」，「顧」也好、「視」也好，都是看的意思，不過這個「顧」、這個「視」，這個看，是誰在看誰？應該是指九匹馬，你看著我，我看著你，互相看。「清高」，指的是牠的精神煥發的樣子。然後「氣深穩」，氣勢很深很穩，這個就顯示了這些馬不只是姿態好，牠的質性也很好，有神駿的感覺，然後很清高、很深穩，就是很穩重、很深沉啦。各位想想看，假如你養狗，狗的姿態有很多，馬，我們現在很少接觸了。狗，各位大概比較熟悉的動物，有些狗，說實話，那真是跳來跳去，對不對？跑來跑去，那絕對不能用所謂的「顧視清高氣深穩」去形容，有些狗不一樣哦，一群狗在跑，牠在旁邊，還一直盯著你，站在那裡一動都不動，這個叫做「氣深穩」。所以這顯示了，馬的內在的精神，不是很浮躁的、膚淺的，而是很深沉的，用這兩句，再把這九匹馬做個總結。

　　再來，「借問苦心愛者誰？後有韋諷前支遁」，「借問」是樂府詩裡頭時常有的一個詞彙，「借問」，就是「因此問」啦！因此啊，我要問一下，「苦心愛者誰」？到底是誰很苦心的，很喜歡這樣的馬匹呢？他說「後有韋諷前支遁」，這個就要提到另外一個題材了，改從人的角度說。人的角度啊，當然還要從前面說起，前面提到曹霸，有沒有？「國初已來畫鞍馬」，一開頭，「神妙獨數江都王」，這是寫畫馬的人，主角是誰？曹霸。但是他用一個陪襯，用誰陪襯？江都王李緒，對不對？用李緒帶出作品的主角曹霸，我們講過，這也是「賓主」哦，用李緒陪襯曹霸。好，再來，賞馬的人，欣賞馬匹的人，「苦心愛者誰？後有韋諷前支遁。」先寫兩個人，主角是誰？這首詩說韋諷還是支遁？韋諷。因為杜甫是在韋諷家裡看到他家藏的

〈九馬圖〉，對不對？所以主角是韋諷，然後用誰引出韋諷、陪襯這個韋諷的呢？支遁。支遁我們講過，各位翻到前邊二〇四頁〈天育驃騎歌〉的註解裡頭，引到了《世說新語》的說法：「支道林常養數匹馬，或言道人畜馬不韻。支曰：『貧道重其神駿。』」支遁是誰？就是支道林。支道林是一個和尚，那是六朝時候的人，一個和尚養了好幾匹馬，有人說你這個學佛的人啊，養馬看起來不適合吧？結果支道林說，我養馬是因為喜歡牠的神駿。所以「苦心愛者誰」，看起來支道林也是賞馬、愛馬的，韋諷當然也是賞馬、愛馬的人，所以用支道林襯韋諷。為什麼要提到這裡？為什麼要提到韋諷？因為題目有什麼？韋諷錄事宅。有沒有？我們好像給各位說過，題目有的，作品一定不能有所遺漏，一定要交待、要呼應，不然呢，就是「漏題」。所以你看看引了浦起龍的說法：「帶韋諷不漏。」有沒有？「後有韋諷前支遁」，把韋諷帶出來。「不漏」是什麼意思？沒有漏題，題目交待得很完整，這些都是我們作詩的時候，要特別注意的地方，不然你寫得淋漓盡致，寫了那麼多馬，結果題目的韋諷沒有交待，所以這裡一定要把韋諷帶出來。可是韋諷畢竟不是畫馬的人啊，不像曹霸，所以他換一個從賞馬的人的角度說。當然這賞馬你再細分，支遁是真的，養的是真馬；而韋諷呢，是欣賞馬匹，然後收藏了曹霸畫的馬，這看起來跟曹霸畫的馬，好像並不是同一個層面的東西，但是畢竟杜甫是在韋諷家裡欣賞曹霸這幅畫，所以要把主人帶出來。

　　還有一點，支遁是六朝時候的人；韋諷是唐朝人，當然支遁應該在前，韋諷在後，是不是？可是我們詩裡邊「後有韋諷前支遁」很顯然，照理說應該是前有支遁後韋諷，是不是？那為什麼要寫成這樣？當然很簡單，押韻。假如諷字再放到句尾就不押韻了，所以變成一個倒裝了，時間順序的倒裝，這也是各位可以學的技巧。萬一你這兩個人物按照時間先後，按照順序排不押韻，你把他倒一下。好，這是第四段，把九馬交待完了，順便帶出賞馬的人。

　　下邊最後一段，「憶昔巡幸新豐宮，翠華拂天來向東。騰驤磊落三萬匹，皆與此圖筋骨同。自從獻寶朝河宗，無復射蛟江水中。君不見金粟堆前

松柏裏，龍媒去盡鳥呼風」，最後一段八句，再跳出一層意思作結束。「憶昔」，想到以前，想了什麼呢？「巡幸新豐宮」，新豐宮其實就是華清宮，各位看後邊高步瀛先生的學問太大了，引到很多材料，我想我們不要花太多時間，簡單給各位一個結論：新豐宮就是華清宮。華清宮在驪山山上，當然各位也知道，唐玄宗從天寶三載，得到了楊貴妃以後，幾乎每年冬天都要到華清宮去過冬，所以他時常巡幸華清宮。現在杜甫就提到以前唐玄宗還在世的時候，巡幸華清宮這件往事。好，「翠華拂天來向東」，「翠華」是把翠鳥的羽毛掛在旗子上頭，作為裝飾，這是表示天子的旗子。皇帝出巡，那一定是前呼後擁，旌旗蔽天，所以「拂天」，旗子很多、很高，撐著天空，插過天空，浩浩蕩蕩的來「向東」。隊伍從京城出發，華清宮在驪山，在長安東南，所以是往東邊巡幸而來。當巡幸的時候，他說：「騰驤磊落三萬匹，皆與此圖筋骨同。」「騰驤」，是馬奔馳的樣子。「磊落」，是眾多的樣子。皇帝巡幸，旌旗蔽天，「翠華拂天」嘛！同時跟隨的馬匹也很多，三萬匹馬在路上奔馳，那麼眾多的馬匹。這個我們補充一下，唐玄宗每年到華清宮，不一定每次都跟著三萬匹馬，這個實在太耗費了。但是《唐書》裡頭告訴我們，有一個養馬的人，王毛仲，這王毛仲啊，伺候唐玄宗養馬，說有一次皇帝「東封」，唐玄宗「東封」，「封」我們好像講過，指的是「封禪」，對不對？東封到哪裡去？到泰山。當皇帝到泰山封禪的時候呢，王毛仲曾經帶著好幾萬匹的馬，跟著皇帝到泰山。這些馬啊，他還按照色彩來分配，不同的顏色各為一隊喔，譬如說白色的馬一個隊伍，黑色的馬一個隊伍，黃色的馬一個隊伍。遠遠看過去，就好像是錦繡一樣，各位可以想像那個隊伍，真的很壯觀。從這裡你可以看到，古代的皇帝，說實話假如在現代，老早下台了，多麼的誇張，多麼的奢靡。所以這裡的「騰驤磊落三萬匹」，未必是東巡華清宮，也可能指的是像東封泰山這樣的一個背景，但不管是哪一個，但是最後一個句子，「皆與此圖筋骨同」。那好幾萬匹馬，都跟現在眼前看到的這九匹馬筋骨是相同的。各位真的要學一學杜甫這樣配置的方法，你看從「照夜白」，一匹馬帶出九匹馬出來，然後再寫三萬匹，對不對？這三萬匹已經超出眼前看到的這幅圖畫哦，瞭解嗎？杜甫事實上也沒

有看到這三萬匹馬，唐玄宗東巡的時候，他也沒有看到，但是他把史料裡頭傳說中的唐玄宗東巡三萬匹馬，怎麼跟現在眼前看到的這九匹馬結合在一起呢？怎麼連接起來呢？「筋骨同」。這是真馬哦，真馬的筋骨就跟眼前看到的這九匹馬的筋骨是相同的，他把史書上的三萬匹馬跟眼前的九匹馬，用這三個字結合在一起，就那麼簡單三個字「筋骨同」，這個就是比興。杜甫厲害就在這個地方，他的筆真的很矯健，想像很多，材料跨得很遠，但是他有本事把它結合在一起，把它拉回來。

　　好，下邊，「自從獻寶朝河宗，無復射蛟江水中。君不見金粟堆前松柏裏，龍媒去盡鳥呼風」，「獻寶朝河宗」，各位看到註解裡邊引了《穆天子傳》，《穆天子傳》是古代流傳下來、傳說的一個記載，穆天子是周穆王，他曾經到處巡幸，當然最有名的、我們熟悉的，他曾經到西邊去看過誰？西王母。到瑤池看西王母，駕著所謂八駿馬，對不對？但是他到處巡幸，不止是到瑤池見西王母，這裡是寫他見了河宗。河宗是誰？就是河伯、水神啦。這材料很多，而且很囉嗦，出處在這裡，給各位這樣強調一下。然後「獻寶朝河宗」，這是倒裝句，應該是河宗朝見穆天子而獻寶。所以「朝」是河伯，也就是河宗朝見穆天子，「獻寶」是河宗獻寶給穆天子，各位假如有興趣，你把這些文字看一看。好，這個自從「獻寶朝河宗」，你當然可以說，它呼應了前邊的「巡幸新豐宮」，指唐玄宗到處巡幸，這呼應起來應該沒有問題。用穆天子的巡幸，指唐玄宗的巡幸。可是他的意思還不止如此。根據《穆天子傳》，這高步瀛先生沒有引進來，說穆天子呢，當河宗朝見了他，獻了寶以後，在這一天，穆天子上升，上升是什麼意思？回到天上去了。

　　這個跑一下野馬，我一直感覺我們地球過去很多傳說中的人物都是外星人，各位相不相信？太多傳說，太多故事是如此。講一個「鼎湖」的故事，鼎湖聽過沒有？黃帝的故事，黃帝嘛，我們相同的祖先，有一次他來到荊山這個地方，荊山應該是在河北。在荊山弄了好大一個鼎，下邊加了很多柴火，在燒那個鼎，那鼎當然就有煙冒出來，過了不久，就有一條龍從天上飛過來，飛過來以後，龍的尾巴垂下來，黃帝呢，就攀著那個龍的尾巴上去了，然後飛走，就消失了。各位用現在外太空的知識來想想看，這是什麼意

思啊？像不像是外星人的太空船啊？黃帝顯然是外太空人過來統治地球的，然後他要回去了，燒那個鼎、冒著煙，一定是打個電報，傳個消息，然後外太空、外星人就派一艘船過來，它就垂下一個升降器之類的，攀著那個上去，飛走了。這樣應該很合理吧？所以「鼎湖龍升」就變成一個典故，什麼典故呢？就是皇帝死了，這個皇帝不是指三皇五帝的黃帝，是指國君死了，這是「鼎湖」的典故。吳梅村的〈圓圓曲〉，第一個句子就是這樣啊，「鼎湖當日棄人間」，對不對？指的是崇禎皇帝死了。所以現在我們說河宗朝見穆天子，獻了寶之後，此日上升，事實上指的是什麼？唐玄宗也死了、去世了。

　　下邊，「無復射蛟江水中」，「射蛟」又是用到典故，這典故是漢武帝的故事。《漢書・武帝紀》裡頭說：「元封五年冬行南巡狩，自尋陽浮江，親射蛟江中獲之。」漢武帝巡幸南方，到了潯陽江中，親自射那個蛟龍。所以「射蛟」仍然是指巡幸。這兩句假如結合起來說，指唐玄宗「獻寶朝河宗」，他像穆天子一樣死了。死了以後呢，「無復射蛟江水中」，他也沒有辦法到處巡幸了。所以當年所謂的「騰驤磊落三萬匹」這些場景，當然再也看不到了。因此下邊做了一個結論：「君不見金粟堆前松柏裏，龍媒去盡鳥呼風！」「君不見」當然是樂府的語調啦，你沒有看到嗎？「金粟堆前」，指的是唐玄宗的陵墓，後邊也有史料，唐玄宗的父親是唐睿宗，唐睿宗的陵墓叫做橋陵。唐玄宗晚年時曾經祭拜過他父親的橋陵，就看到陵墓前邊的金粟山，他覺得這風水不錯，景象很好，就跟左右的人說：「千秋萬歲之後，我要葬在那個地方。」後來唐玄宗死了，就葬在金粟山。他的陵墓叫做什麼？叫做泰陵。皇帝的墳墓都有一個名字哦，像唐太宗的昭陵、漢武帝的茂陵之類的，唐玄宗的陵墓就叫泰陵。那陵墓前邊，通常都會種了很多松、很多柏，他說你看看，唐玄宗的金粟堆前，金粟山上，那個泰陵前邊、松柏裡邊，「龍媒去盡鳥呼風」。「龍媒」是什麼？「龍媒」就是馬。漢朝的〈郊祀歌〉說，「天馬徠，龍之媒」，就是用龍來去呼喚那個馬。「龍媒去盡」就是指「無復射蛟江水中」，就是指當年巡幸所謂「騰驤磊落三萬匹」，這些馬全部都不見了、都消失了，現在只聽到什麼？看到什麼？只有松柏裡

邊，鳥不停在風中呼號的聲音。「龍媒去盡鳥呼風」。所以哦，前邊你看，從一匹馬到二匹馬、七匹馬、九匹馬、三萬匹馬，到最後龍媒去盡，一匹都沒有留了，全部不見了。

這一篇作品文字大致上我們介紹完了，我真的還是要叮嚀或者強調一下「詩要背」，不然的話，講了老半天，可能各位課堂上感覺好像有一點懂，但是那個感覺還沒有到裡邊，那你假如把它背了以後，譬如我剛剛說的結構，你多背幾次，你就真的可以感覺它的結構是怎麼安排，甚至於它的畫面怎麼佈置，你都可以感覺得出來。當然對各位有點勉強啦，盡可能，而且很多人跟我講，我有背啊，背了三天背好了，過了兩天又忘記了，這沒關係，忘了再背就是了，反正興趣所在嘛。

整個作品的結構，各位看詩後面那麼一大段小字，好多人的說法，都是在講結構，有沒有？包括沈德潛的、方東樹的，包括那個《唐宋詩醇》，包括楊倫的、張廉卿的，還有最後高步瀛的按引，都是在講整個作品的結構。那基本上這個作品，兩個層次，剛剛講了，一個是馬，一個是人。就馬來說，「主」在哪裡？九匹馬、〈九馬圖〉嘛，但是他用一個「照夜白」，一匹馬，先帶出來。那九馬呢？他第一個，不是一匹馬、一匹馬的寫，那成了寫帳簿了，對不對？然後呢，也不是九匹馬整體的寫，他是用兩匹馬再帶出七匹馬，最後用所謂「可憐九馬爭神駿」，做一個總結，這個是「主」的部分。照夜白是「賓」的部分、「陪」的部分。後邊「騰驤磊落三萬匹」，這又是「賓」，又是「陪」的部分。然後，「龍媒去盡鳥呼風」，把前面所有的全部掃光了，一匹不留了。這是寫「馬」。

寫人呢？剛說了，畫馬的人，從江都王帶出主要的曹霸，曹霸是「賓」也是「主」。然後還有賞馬的人，支遁然後韋諷，支遁是「賓」、韋諷是「主」。還有另外一批人物，各位看到，前面有唐玄宗，「曾貌先帝照夜白」，對不對？下邊是「太宗拳毛騧」、「郭家師子花」，唐太宗、郭子儀，然後又再寫到誰？「憶昔巡幸新豐宮」，有沒有？又寫唐玄宗。但你看，唐玄宗、唐太宗、郭子儀、唐玄宗，請問「主」在哪裡？唐玄宗。唐太宗、郭子儀是陪的，襯托唐玄宗。所以這比較特別哦，唐玄宗是「主」。我

們一再的講，「賓」就是陪的嘛、襯的嘛，「主」是主要的。

比較特別的是，前邊唐玄宗出現過一次，後邊又出現一次，這個很重要。「曾貌先帝照夜白」，第一次出現了唐玄宗，是盛世時候的唐玄宗，是盛唐，國力強大的時代。翻到下邊，「憶昔巡幸新豐宮」，這還是「盛」，對不對？但是到後邊，「自從獻寶朝河宗，無復射蛟江水中」，唐玄宗死了。然後「金粟堆前松柏裏，龍媒去盡鳥呼風」，不單單唐玄宗死了，所有的馬都消失了。是不是？同樣唐玄宗這裏邊有盛有衰。而這樣一個盛衰，從馬的盛，你看看，照夜白啊，對不對？三萬匹啊，到最後一匹不留，馬的盛衰顯示了時代的盛衰。他用馬跟皇帝，還在或者消失來暗示一個時代盛衰的感慨。所以這雖然是賞馬的作品，看起來是觀畫，但是杜甫仍然把時代的盛衰、感嘆融入其中，把它變成了一個非常重要的背景。

所以，過去很多人注意到這一點，像清朝有一個人叫張潛，他的號叫做上若，張上若，他就提到說杜甫「詠一物」，杜甫假如要描寫一個東西，「詠一物，必帶時事」。像詠一幅畫啊，詠馬啊，都時常會把時事帶進來。也就是說，他不只是純粹的欣賞那個馬、欣賞那個畫，他在觀賞之餘，會把時代的一種盛衰、時代的一個變化、一種感慨把它帶進來。所以，他說因為這樣，杜甫的詩才能夠淋漓頓挫啦，就是寫得非常的深刻、非常的痛快、非常的豐富。然後張上若進一步說，「今人」，現在的人，作詩時常怎麼做呢？他說，現代的人作詩啊，時常是「就事填寫」。「就事填寫」譬如說，現在出一個題目〈詠馬〉，你就寫馬，找一些有關馬的典故啊，馬的詞彙啊，把它填進去就是了，這叫「就事填寫」。所以他說：「今人興味索然」，所以就感覺呢，興味索然。張上若，是清朝人，他說「今人」，現在人，就是清朝時候的人，但是我發現不止清朝人，我們現在的很多人也是這樣寫，就是看到一個題目，〈詠畫〉、〈賞馬〉就把有關的事好像填空一樣，找一些詞彙、典故把它填上去就是了，有時候也寫得很精緻，但是興味索然。為什麼興味索然？因為沒有感慨吧！這一點可以提供我們寫作的時候的一個方向，確實詩啊，不是寫作業，詩還是真的要發出心裏邊真正的一個深刻的感受，沉痛的一種體會，那個才會動人。像你看一般人，假如寫〈九

馬圖〉，大概就是把那個畫面寫一寫，那杜甫竟然會想到唐玄宗那個盛世，然後落到了最後「龍媒去盡鳥呼風」，那個衰亂的蕭瑟的時代，這個是把整個時代的一種感受放在題目裡頭發射出來了。

　　好，我想給各位做這些補充，除了它結構上，這個非常靈活而且變化的一種技術以外，這個詠物主題「必帶時事」的部分，也是值得我們去注意的。

古柏行

孔明廟前有老柏，柯如青銅根如石。霜皮溜雨四十圍，黛色
參天二千尺。君臣已與時際會，樹木猶為人愛惜。雲來氣接
巫峽長，月出寒通雪山白。憶昨路遶錦亭東，先主武侯同閟
宮。崔嵬枝幹郊原古，窈窕丹青戶牖空。落落盤踞雖得地，
冥冥孤高多烈風。扶持自是神明力，正直原因造化功。大廈
如傾要梁棟，萬牛迴首丘山重。不露文章世已驚，未辭翦伐
誰能送？苦心豈免容螻蟻？香葉終經宿鸞鳳。志士幽人莫怨
嗟，古來材大難為用。

　　我們今天要來看二三六頁的〈古柏行〉，題目看起來，就很簡單，就是
古老的柏樹嘛！那是什麼地方的柏樹？原來啊！一開頭說「孔明廟前有老
柏」，很顯然，是孔明廟前的柏樹，但是，我們應該讀過，他的一首〈蜀
相〉詩，有沒有？「丞相祠堂何處尋？錦官城外柏森森。」對不對？那也是
孔明廟前的柏樹喔！但這首詩，是寫成都的孔明廟前的柏樹呢？還是其他
的？第一，各位看到，詩裡的「憶昨路遶錦亭東，先主武侯同閟宮」，看到
沒有？錦亭是在什麼地方？就是錦城，在詩裡提到了錦亭，提到了武侯的
廟，但他用什麼代替？「憶昨」，回憶，很顯然，這首不是指成都孔明廟那
森森的柏樹。因為劉備也好、諸葛亮也好，他們都在四川待了很久，「三分
天下有其一」嘛！所以到了唐朝，四川很多地方，都有劉備或諸葛亮的祠堂
廟宇。成都之外，最重要的，就是夔州了，因為夔州就是白帝，各位讀《三
國志》就知道了，劉備被陸遜打敗，退回四川，在白帝託孤，然後死在白帝

城。所以，夔州有劉備的廟，也有諸葛亮的廟，而諸葛亮的廟前也有柏樹，各位看到題目下邊引到的杜甫〈夔州十絕句〉說：「武侯祠堂不可忘，中有松柏參天長。」題目叫做〈夔州十絕句〉，提到有松柏參天長，所以可證明，夔州有孔明的祠堂，祠堂前也有柏樹。好！所以這是一首在夔州、大曆元年所寫的，孔明祠堂前邊的柏樹。

我們先理解一下，這首詩段落很整齊，共有三段，每段各有八個句子，每一段換一個韻。第一段，「孔明廟前有老柏，柯如青銅根如石。霜皮溜雨四十圍，黛色參天二千尺。君臣已與時際會，樹木猶爲人愛惜。雲來氣接巫峽長，月出寒通雪山白」，這是第一段，押仄聲韻，第一個句子，一看就很清楚、很明白，孔明廟前有一棵老柏樹，「柯如青銅根如石。霜皮溜雨四十圍，黛色參天二千尺」，大家看到下邊方東樹的說法：「起四句，以敘爲寫，首句敘，二、三、四句便是寫。」因爲各位的程度，越來越好，所以這些小字，重要的，我都要給各位補充，利用一下。首句敘，「敘」就是敘述，「孔明廟前有老柏」，那是所有文學作品，所有的文字最基本的吧！就是把人、事、時、地說清楚。但下邊三句呢？就是「寫」。「寫」，假如用我們現在的文學術語，就是描寫啦！「描寫」，就是把你要說的那個東西、那個事、那個物、或者那個人，用比較細膩的手法，把它呈現出來，並不只是說那個地方有什麼東西那麼簡單。「描寫」，這三句在描寫什麼呢？就是描寫那柏樹。我們先把文字的意思，了解一下，「柯如青銅根如石」，「柯」，就是它的枝幹；「如」，兩個「如」是比喻喔！那枝條像青銅，「青」，很顯然是寫它的顏色，枝條是青色的，「銅」是一種金屬，對不對？用銅來形容深色的枝條，給人有甚麼感覺？堅硬的感覺。「根如石」，根像石頭一樣，什麼感覺？也是堅硬。用金屬、石頭，來指枝條是堅硬的、根也是堅硬的，感覺好像用東西去敲，會有「鏗、鏗」的聲響，若用腳去踢，可能腳指會斷掉了。

再來，「霜皮溜雨四十圍，黛色參天二千尺」，「皮」，當然是指樹皮啦，「霜」，有兩種解釋，一個是呼應前面的說法，枝條是青色的，而霜皮是白色的，蒼老高大的樹啊，有時候，樹皮會變成白色的。另外一種說法，

是說它是經霜的樹，經過霜雪浸潤過的樹皮。前面寫「柯」、寫「根」、再寫「皮」，那個樹皮，不管是經霜的樹皮，還是蒼白的樹皮，都表示時間經過了很久。「溜雨」，雨水打過來，就在樹皮、樹幹上溜下來。「四十圍」，寫它的樹幹直徑寬大的樣子。「黛」，青色，黛色是什麼東西的顏色？樹葉嘛！墨綠色的樹葉，「參天」，很高，可能碰到天空。綠色的樹葉，碰到了天空，有多高？「二千尺」，前面寫它的大，下邊寫它的高，暫且把爭論擺一邊，先告訴你，這兩句如果只是描寫孔明廟前有一棵老柏，那太簡單了。下邊開始寫老柏，而且是一層一層的寫喔！從很多的角度，寫它的枝幹、它的根、葉子、顏色、它的質感，還有它的高。

「霜皮溜雨四十圍，黛色參天二千尺」，各位看看下邊在討論什麼？都在討論這兩句。高步瀛先生真了不起，引用的資料太多了，但是，有時用這本書也很累。這個問題是宋朝的《夢溪筆談》提出來的，他說「四十圍乃是徑七尺」，有沒有？徑是直徑，直徑七尺，高是二千尺，他說：「無乃太長乎？」假若他的算術是對的話，比例上太細、太長了，差距太大，所以這也是寫文章人的毛病。下邊又引了《靖康緗素雜記》裏頭的「古制以圍三徑一」來說明。「圍」是圓周，徑是直徑，圓周是直徑的三倍，叫圍三徑一，了解嗎？當然圓周是大於直徑啦！不管啦！總之，他在那裏算了老半天，數字也不準確啦，像《靖康緗素雜記》說，它的圍應該有一百二十尺，我們直徑是四十尺。前邊《夢溪筆談》裡說的只有七尺，這是不對的。那爭論的焦點在哪裡？是用尺寸來去看，杜甫這兩句是不是一個毛病？樹是不是太細長了？有些人說太細長了，有人說算錯了，直徑是四十尺，都是從尺寸去做一個爭論，以上是第一種說法。

各位看到後邊《學林》的說法，它又從另一個角度說了，《學林》它引到了杜甫的〈潼關吏〉，假使要從尺寸上來講，這首詩我們讀過，「大城鐵不如，小城萬丈餘。」看到沒？假如要從尺寸上來講，這世界上，哪有萬丈高的城呢？所以這不能從數字講，姑且把它當作一個形容，一個誇飾的寫法，高大的意思。下邊再引一個《詩經》：「崧高維嶽，峻極于天。」「峻極于天」是什麼意思啊？說山很高，碰到了天空，哪有那麼高的山，真的碰

得了天空，所以，這也是 一個形容，誇大的寫法，這是第二種說法。

　　再來第三種說法，引自隋《均州圖經》的說法，南陽那邊有一顆柏樹，剛好大四十圍；那二千尺呢？則是引用「巴郡有柏樹大可十圍，高兩千尺餘。」所以杜甫是用柏樹的典故，南陽這個地方剛好有柏樹四十圍；巴郡那個地方有柏樹剛好二千尺，他就用這個典故。這是第三種說法。但後邊朱鶴齡說，這些都不是真的，這些都是鄙說。我們再看看高步瀛的結論，他說：「長孺徒爲大言。」長孺就是朱鶴齡，他也認爲古人的算術算錯了。唉！我們不說了。直接看到最後結論，「不云十圍百圍千尺萬尺，而實指之曰四十圍二千尺，則不得泛然以『小城萬丈』及『峻極於天』例之。存中所言數雖不合，不當如王氏、朱氏之言，認爲假象，斥其不應以尺寸推尋也。」高步瀛的意思，知道嗎？他說，假如是用十圍、百圍、千尺及萬尺，這是虛數，不是實數；但杜甫不是，他是用四十圍二千尺，看起來是實際測量過喔！所以，他認爲雖然過去的人算術算錯了，但是這應該還是實數，這是第四種說法。

　　現在，我們引用一個說法，宋代有一位范溫，他有一本詩話，叫《詩眼》，這本詩話，原本已失傳了，但後來有一些引錄，他說我們文章的作法，譬如說詩歌有很多種的寫作方法，其中有兩種寫作方式，是可以形成「警策」的效果的。所謂「警策」，就是怎樣在文章、詩歌作品中，形成最精采、最吸引人的效果，他說有兩種語言的形態，第一是「形似語」，第二是「激昂語」。范溫告訴我們說，文章要達到「警策」的效果，這兩種寫作方法是最爲有效的、最關鍵的。我們就按他的說法，進一步的解釋。

　　第一種是「形似語」。形似語是甚麼呢？就好像是「燈取影，鏡取形。」這是個比喻啦。「燈取影」，是說點一盞燈，就可以將燈所照的東西影子，落到地上來。「鏡取形」，把一個東西擺在鏡子前面，那東西的形狀，就會很清楚的出現。他舉了一些例子，像是《詩經》裡面的兩句：「馬鳴蕭蕭，旌旆悠悠。」他說，這就是「形似語」。古人的詩話裡，常會提出一個觀念、一種說法，但通常都是「言簡意賅」，通常告訴你一個術語，再給你一個比喻，然後舉一個例子，我們後人，有時候要理解時，還要動一下

腦筋，再做一些分析解釋，才能搞得清楚。像《詩經》的「馬鳴蕭蕭，旆旌悠悠」。我們不要管整首詩，我們來看，這兩個句子是要寫什麼？很顯然，「蕭蕭」是形容馬鳴叫的聲音，杜甫〈兵車行〉不是也用了這個嗎？「蕭蕭」是擬聲詞，模擬馬鳴叫的聲音，而「旆旌」是旗子，「悠悠」是表示旗子在空中飄揚的樣子。所以用「悠悠」形容「旆旌」，用「蕭蕭」來形容「馬鳴」，他把這類的語言叫做「形似語」。其實，用我們現在比較習慣的話來講，這個「形似語」，就是「形容」嘛！對不對？用「蕭蕭」這樣的聲音，來模擬、來呈現馬鳴叫的聲音；用「悠悠」這樣的形狀，來呈現、形容旗子飄揚的樣子，其實就是「形似語」。然後，他提到杜甫的這首〈古柏行〉，「柯如青銅根如石」，這個他也說是「形似語」。當然它的內容，跟兩句《詩經》不一樣，很明顯的，兩個「如」字，用「銅」來比喻古柏的枝幹，用「石頭」來形容、比喻樹的根，表示樹根堅硬的感覺，且還帶著青銅的顏色，他把這類當作「形似語」。說實話，這是把一個實際的東西，運用一些形容詞，把它描繪、比喻出來，所以，我們時常眼前可以感應到馬鳴叫的聲音，旗子飄揚的樣子，那棵古柏的樹根，是那樣的堅硬，那枝條像青銅一樣青翠，所以將一個實物，實際的東西，運用一些「修辭」的方法，把它形容出來。

　　第二種是「激昂語」。「激昂語」是甚麼呢？他同樣也引用《詩經》的句子：「周餘黎民，靡有孑遺。」簡單翻譯一下：「周朝留下來的百姓，沒有一個剩下來。」這表示周朝滅亡了，了解嗎？「靡」是沒有百姓留下，各位一想，這兩句話實不實，不實，對不對？就算周朝亡掉了，難道所有百姓都死光，都被殺死了嗎？不可能嘛！根據他所引用的例子，可見「激昂語」是誇大的，是不真實的。但是，為什麼都把它叫做「激昂」呢？激昂啊！就是面對周朝的滅亡，詩人是痛苦的，於是透過這樣誇大的敘述，來呈現非常激昂的、憤慨的、或者是非常悲痛的情緒，這樣的聲音就叫做「激昂語」。同樣的，他提了〈古柏行〉，「霜皮溜雨四十圍，黛色參天二千尺。」他說這是屬於「激昂語」。「激昂」兩個字，你可能會誤以為是慷慨激昂的樣子，情緒很波動，其實，我們轉換一下，它就是一種誇大，用修辭

學的說法，就是一種「誇飾」寫出來的東西，並不是真實的。透過這樣的敘述，把你要說的一個物、或者一件事，表達得非常淋漓盡致，這叫「誇飾」，范溫把它叫做「激昂」，所以假如我們根據范溫的說法，很顯然，這兩句，是杜甫真的用尺去量，樹幹的圓周四十圍、樹的高度二千尺嗎？不是嘛！這兩句，只是一個誇大的形容而已！

　　回到整首詩，「孔明廟前有老柏」，這是敘述，對不對？他告訴你什麼地點、有什麼東西，這七個字很清楚、明白，很直接的說。下邊「柯如青銅根如石。霜皮溜雨四十圍，黛色參天二千尺」，我們不是談到下面方東樹的話語嗎？這是描寫。假若根據范溫的說法，又會有不同的角度，「柯如青銅根如石」是個形容，用「銅」比喻那個「枝」，用個「石」比喻那個「根」，確實他給你的感覺是那個「枝」、那個「根」是那麼的堅硬。但接下來的兩句話是誇大的，當然，他要寫的，是指柏樹很高大，他用「二千尺」、用「四十圍」，當然都不是實際的數字，是用「誇飾」的方式寫作出來的。我想，我們就根據范溫的說法，把這兩句，當作不是用尺量、去計算的，這不是實際的數字。

　　「君臣已與時際會，樹木猶為人愛惜。雲來氣接巫峽長，月出寒通雪山白。」我們先來看後面兩句，「雲來氣接巫峽長，月出寒通雪山白」，假如他說，這兩句同樣是寫，而且，同樣是很誇大的一個形容，「雲來氣接巫峽長」，柏樹在哪裡？在夔州，因為很高，所以當一陣雲飄過來。「氣」是什麼？「氣」指樹的氣，要注意，有人以為是雲氣，他描寫的對象，焦點是柏樹，是寫那柏樹長在上面，長得很高，有那樣一股氣，當一陣雲飄過來時，它的氣就可以連接到遙遠的巫峽這個地方了。夔州在哪裡？我們地圖已經畫了很多次了，中間是四川，長江穿過去，經過夔州、巫峽，巫峽是三峽之一，對不對？在夔州的東邊，因柏樹很高，一陣雲飄過來，柏樹的氣，就可以連接到遙遠的東方，巫峽那個地方了。「月出寒通雪山白」，假如我們說的「氣」，指的是柏樹的氣，那「寒」呢？當然是指柏樹的「寒」了，為什麼可以用「寒」來描述柏樹呢？因為柏樹很高，所謂的「高處不勝寒」嘛！當月亮出來，柏樹的寒氣能通到雪山。雪山是一個山的名字，其實指的就是

岷山。四川有峨眉山、岷山這些地名，相信大家都很熟悉，那岷山在哪裡呢？在成都西邊的地方，是一個很高的山，因爲終年積雪，所以又叫雪山。杜甫有一首〈野望〉，提過「西山白雪三重樹」，這是在西方的方位，柏樹在哪裡？在夔州。很顯然的，他用「東」跟「西」，很遙遠的位置，來寫柏樹，因爲高，所以，它有一種氣勢，當陣雲飄過來時，它的氣勢可以連接到遙遠的巫峽；因爲很高，它有一種寒意。當月亮從西方出來時，它的寒氣可以通到西邊遙遠的雪山那個地方。

這個手法，杜甫其實不只一次用過喔，他有一首七言律詩，題目叫〈白帝城最高樓〉，高步瀛先生並沒有收集這首詩，但我覺得，很值得跟各位補充，參考一下。〈白帝城最高樓〉是一首七律，「扶桑西枝對斷石，弱水東影隨長流」，這很顯然的，杜甫在州嘛！白帝城是一個山城，在夔州，地勢很高，所以李白的詩句有「朝辭白帝彩雲間，千里江陵一日還」，順著江水往東，那速度非常的快，然後，杜甫不僅在地勢高的地方，而且還登上最高的城門，先不管別的，他這兩句在寫什麼？他仍然在強調，白帝城這個位置很高！要怎樣強調、怎樣描述它的高呢？「扶桑西枝對斷石」，扶桑在哪裡？在東方，東方傳說有一棵樹，太陽從東邊出來，扶桑日出嘛！所以，日本說自己是扶桑，是太陽升起來的地方。他說，當我登到最高的白帝城時，我感覺，扶桑往西的那樹枝對著「斷石」，斷石就是斷崖，也就是白帝城所在位置，扶桑很遙遠喔！想像那個樹枝，可以伸展到白帝城的山崖上面。「弱水東影隨長流」，弱水是《山海經》裡的記載的，神話裡的一條水。在哪裡呢？在西邊。「東影」是水的影子，就是弱水的水往東流的影子。「長流」指長江，水跟著長江的水，一直流到了白帝城這個地方。現在做個結論，他在寫什麼？他寫很高的白帝城，同樣的用東邊、用西邊，兩個非常遙遠的距離，可以看到東邊的、遙遠的扶桑樹枝，通到山崖；可以看到西邊的弱水，一直流到了白帝城的下邊，爲什麼杜甫可以看到所謂的「扶桑西枝對斷石、弱水東影隨長流」？因爲，他站得很高的位置，視野就很遠，所以能看到扶桑的枝頭，可看到弱水的影子。跟這兩句很類似吧？不過，這兩句的氣勢沒有這首七言律詩大。所謂「雲來氣接巫峽長」，所謂的「月出寒通雪

山白」，一樣是寫東西兩邊，一樣寫柏樹很高、好，這樣說。各位想想，這兩句在章法上，他是順著什麼句子來的？應該是順著「霜皮溜雨四十圍，黛色參天二千尺」這兩句來的，對不對？已經描寫了那棵樹很大、很高，下邊再用兩句「方位」的東西，這樣的角度，來再度的描寫。

我們回到「君臣已與時際會，樹木猶爲人愛惜」，各位想想，這是不是形容？是不是描寫？不是喔，這是議論。所謂「君」，指的當然是劉備；「臣」是指諸葛亮。因爲是孔明廟前的古柏，所以提諸葛亮，也提劉備；他回顧過去的歷史，在三國時期，建安末年的時候，那諸葛亮與劉備已經跟時代際會了。「際」與「會」是同義詞，「際會」是同義的字所形成的一個詞彙，「際」就是「會」。那「際會」是什麼？是遭遇。劉備與諸葛亮在那個年代，他們跟那個時代，有一個遭遇，有一個際會。話沒講得很透、很明白，其實是表示什麼？表示君臣二人同心嘛！對不對？我們讀《三國志》、《三國演義》，大家都知道，劉備三顧茅廬，然後諸葛亮感激涕零，鞠躬盡瘁，兩人攜手合作，建立了一番功業，這叫「與時際會」，所謂「時勢造英雄」啦！在那個時代裡頭，創造了一個輝煌的歷史，然後，也因爲國君與臣子能互相交心，所以「樹木猶爲人愛惜」。現在孔明廟前的老柏，已經過了幾百年後，仍被當地的人所珍惜、所愛護。「樹木猶爲人愛惜」的意思就是：因爲有這樣偉大的歷史人物的背景，所以，樹木也被後代的人所珍惜。我們看看，下邊引了《詩經》的文字：「蔽芾甘棠，勿翦勿伐，召伯所茇。」有沒有看到？這是《詩經·召南》裡的篇名，就叫做〈甘棠〉，後來變成了一個很有名的典故了。這三個句子，我們稍作解釋一下，「甘棠」是一種植物，「蔽芾」，「芾」是指枝葉很細小的樣子，「蔽芾」是說凋敝的、很細小的，這樣一株甘棠樹，看起來是很不起眼的，不是漂亮的樹喔！但是不要把它砍掉，爲什麼呢？「召伯所茇」，「召伯」是周朝的一個大臣，「茇」是草舍，《詩經》因爲時代比較遙遠，有時候，語言比較古老，我們現在很多字，不熟悉它的意思，所以，要依賴過去的一些「箋註」。「茇」，《毛傳》說就是「草舍」，在這裡「舍」當動詞，是停留的意思。也就是說，在這棵甘棠樹下的草叢裡，當年召伯曾經停留在這裡。「草舍」

各位可不要解釋為「茅屋」喔！是指在草叢裡停留。那為什麼要停留在那裡？簡單說，原來啊！他在這裡聽訟，解決紛爭。這召伯很勤政愛民，他來到這甘棠樹下，就坐在那草堆裡頭，聽老百姓的訴訟，解決老百姓的紛爭啦！所以，雖然他已經死了，這甘棠還在，也已經凋敝了，但是「勿翦勿伐」，為了紀念這樣一個賢人，所以不忍心把那棵樹木砍掉。剛說的「甘棠」，變成了一個典故，古人常用這個詞彙，來表示「遺愛」。譬如，古代的地方官，一個縣令，在這個地方做了幾年的地方官，要離開，要調職了，有一個算是不成文的規定啦，當地的老百姓要合送他一把「萬民傘」，給他送行。為什麼要送「萬民傘」呢？表示「庇護」的意思，同時，還時常送一塊匾，匾額上寫了什麼呢？寫著「甘棠遺愛」，這是過去常用的典故。

當然，這裡的人物不是召伯，是劉備和諸葛亮，在那個時代裡頭，他們創造了歷史，值得尊重，所以，樹木也為人愛惜。因此我們再思考一下，「柯如青銅根如石，霜皮溜雨四十圍，黛色參天二千尺」，指樹木的高大，對不對？「雲來氣接巫峽長，月出寒通雪山白」，是不是也是描寫樹木？然後「君臣已與時際會，樹木猶為人愛惜」，這也是寫樹木喔！議論扣到了劉備和諸葛亮，這兩個歷史人物。所以，產生了這個問題，大家看到下面的方東樹就指出：「劉須溪、王漁洋」劉須溪是宋朝人，王漁洋是清朝人。「改而倒之，不知公用筆之妙矣。」是說「君臣已與時際會，樹木猶為人愛惜」有的人，是把它倒過來，放在「雲來氣接巫峽長，月出寒通雪山白」兩句下面，了解這個意思嗎？看起來，那樣內容比較集中喔！前面寫「霜皮溜雨四十圍，黛色參天二千尺」，中間插了兩句，「君臣已與時際會，樹木猶為人愛惜」，然後，又回到樹木的描寫，看起來是跳躍的；假如把「雲來氣接巫峽長，月出寒通雪山白」兩句，放在「黛色參天二千尺」的下邊，比較順暢。了解這個問題嗎？但宋本以下，都是現在這樣的形式，跳掉了。再來，各位看到，「樹木猶為人愛惜」下邊引了高步瀛的說法：「寫古柏形狀下插此二語，神氣動宕，若移『雲來』二句下，則成庸筆。」所以，文學藝術，創作問題，真的是麻煩，按照內容的整齊性來說，「雲來氣接巫峽長，月出寒通雪山白」兩句應該放在，「君臣已與時際會，樹木猶為人愛惜」兩句的

前面，看起來比較完整。但是，假如那樣的整齊，反而是很平凡的。各位看吧，自己是要講得清楚明白、段落整齊好呢？還是要跌宕跳躍的好呢？這常常扯到，風格的問題。不管怎樣，這是第一個段落，寫杜甫在夔州，看到孔明廟前的古柏。

下邊，第二個段落，也是八個句子，「憶昨路遶錦亭東，先主武侯同閟宮。崔嵬枝幹郊原古，窈窕丹青戶牖空」，四句一個小節，下面「落落盤踞雖得地，冥冥孤高多烈風。扶持自是神明力，正直原因造化功」，也是四句一個小節。當然這裡換了韻，前面是仄聲，這裡換成平聲韻。前面四句好講，用一個「憶」，把時間帶到了過去，我們詩裡頭，時常用這個方法喔！常用「憶」代表過去，回想過去；應該是指他過去在成都的那段時間，「路遶錦亭東」，有一次，他跑出去遊玩，遶了路，遶到了錦亭東。錦亭這個「亭」，有一些版本，寫成了錦「城」，這也是有些爭論。首先，我們知道，成都有一條溪水，這溪水就叫「錦江」，為什麼叫錦江呢？有一個故事，說那水很乾淨，可以拿來濯錦。假如織好了錦，錦是很鮮豔的布料喔！織好後拿到錦江洗，會更漂亮喔！這條水又叫「濯錦江」。錦江在成都旁邊，所以成都有一個代稱就叫「錦城」。杜甫住在成都，我們時常說，他的草堂，叫「浣花草堂」。浣花溪，有沒有？浣花溪就是錦江的一個支流。在這裡是「錦亭」好呢？還是「錦城」好呢？我們其實要注意一點，杜甫在錦江這裡，也有一個草堂，它其實是一個莊園。大家翻到後邊朱鶴齡的註解：「嚴武有〈寄題杜二錦江野亭詩〉，故曰『錦亭』。」有沒有？在錦江邊，是有一個亭子，就叫「錦亭」，看起來錦亭、浣花草堂大概是在同一個範圍吧！但有一個重點，成都也有孔明的祠堂，有孔明廟，廟在什麼位置？是在成都的西邊，而杜甫的「浣花草堂」，又在更西邊，把這三個位置畫出來，各位想想看，假使杜甫遶了路，到孔明的廟喔！那孔明的廟，是在成都的東邊還是西邊？假如杜甫寫「錦城東」，那就錯了，因為廟是在成都的西邊；假如說是遶到「錦亭東」，也就是在「浣花草堂」的東邊，了解嗎？所以，這應該是「錦亭」，不是「錦城」。這樣說很囉唆，但我要強調一點，詩雖然是文學語言，但有時啊，是寫得很真實的，尤其是杜甫，對那個地方熟得

很，若真要寫以成都爲中心的話，他就不會說「錦城東」，一定會說「錦城西」，因這裡是要押韻，所以他說「錦亭東」。

好，回到過去，想到以前遶路到了孔明廟。「先主武侯同閟宮」，「閟宮」其實就是「祠廟」，也就是說，來到了祭拜諸葛亮、祭拜劉備的那個祠堂啦！那個成都的祠堂，是在同一個位置，但夔州的不一樣喔！夔州是分開的，雖然這兩個地方都有兩個人的廟，但兩個不同，成都是合在一起的。兩個人，雖然名義上是君臣，但祭祀他們的祠堂，是在同一個位置。「崔嵬枝幹郊原古，窈窕丹青戶牖空」，「崔嵬」，高大的樣子，有時候，可以形容山很高大的樣子，叫「崔嵬」，這裡很顯然，是形容成都諸葛亮廟前面的那棵柏樹非常高大。上次我們不是講過嗎？杜甫的〈蜀相〉，講什麼「丞相祠堂何處尋？錦官城外柏森森」，是柏樹，而且「森森」喔！表示很茂盛、很高大。「崔嵬」，是成都的柏樹，枝幹很高大。「郊原古」，因爲成都是一個平原，這個古字，不只是形容那個平原歷史悠久，也告訴你，那樹木有很高大的枝幹，也有長久的歷史、存在很久的喔！「窈窕」也是形容詞，是深遠的樣子，「窈窕」可以形容很多的東西，有很多的含義啊！像「窈窕淑女」，是《詩經》裡大家都熟悉的，這裡用深遠形容什麼啊？形容「同閟宮」。去參觀那個柏樹，順便瞻仰那個祠堂，看到那個祠堂，非常深邃的樣子。然後呢，廟裡有許多的畫，「丹青」就是畫，然後呢，「戶牖空」，靜悄悄的，那窗子、那門，「空」，表示很乾淨，沒有很多人走動。這兩句，應該說這四句，從回憶，帶出了他當年在成都，瞻仰諸葛亮、劉備的祠廟，看到了廟前面的古柏，那柏樹非常的高大，就在那成都平原之中，有那麼長遠的歷史。那個祠廟非常的深邃，看到了丹青、看到了窗戶、看到了門。這顯示了，這成都的諸葛亮的祠堂、劉備的廟，是有很長遠的歷史，而且非常寂靜、肅穆的感覺。基本上，這四句是容易了解的。

下邊，「落落盤踞雖得地，冥冥孤高多烈風。扶持自是神明力，正直原因造化功」，這〈古柏行〉有很多版本，處理上還滿囉嗦的，譬如這四句，很顯然的，也是在寫柏樹，但是，他寫哪裡的柏樹？假如把這四個句子，跟前面四句，放在同一位置，順著讀下文，前面是「憶昨路遶錦亭東」，看起

來順理成章的，是在寫成都的柏樹，這句應該繼續在寫成都的柏樹，對不對？但是有兩個問題，第一，我們發現，它跟前面的描寫，有點不大一樣，第二，假如仍然在寫成都柏樹的話，就跳掉了，沒有回扣到夔州的柏樹上面。所以，看到下邊的小字，浦起龍引用了朱鶴齡的說法：「四句成都，四句本地。」八個句子分成兩個小節，前面四句寫成都柏樹；後面四句，又回到了夔州的柏樹，分兩個角度去寫。我們比較接受這樣的說法，所以這四句，又回到夔州的柏樹，回到「孔明廟前有老柏」。另一方面，假如一直在寫成都，回不來夔州，二方面它的內容，對柏樹的描寫不太一樣。回到那四句，「落落」，也是高大的樣子，「盤」，樹根盤在泥土中，「踞」，當然也是樹站在泥土中，「落落」，是形容樹的高大，「盤踞」是形容樹長在那個地方，根盤在那裡，可是「冥冥孤高多烈風」，「冥冥」應該指天空，「孤高」呢？當然應是形容這樹很孤獨、很高大；又孤獨、又高大，這種樹最擔心的是什麼啊？風嘛！大風一吹，可能就倒了。我們前幾個月，不是那個什麼金城武樹倒了嗎？好像是台東的，是不是？反正就是形容柏樹很高很大啦！「冥冥孤高多烈風」，成都柏樹長在哪裡？在「郊原」，就是平原啦！但現在說這樹「孤高多烈風」，大部分的人認為這是說夔州的柏樹。因為夔州地勢很高，是個山區，樹不是長在平原上的喔！是地勢很高的地方，樹又高大、地又高，所以呢，更怕風的摧殘。從這裡我們看到，杜甫所寫的地理位置跟成都的不同，這是寫夔州的柏樹。

　　前面已經說了，夔州有一棵又高又大的柏樹，它為什麼能保存下來？下面補充說明。「扶持自是神明力，正直原因造化功」，原來啊！那棵樹能保持下來，那是因為神明的力量，是鬼神的扶持。長得很正、很直，沒有歪倒，長得挺立。為什麼那麼挺立？是因為「造化」。「造化」就是天地，原來是有神明扶持，讓長在很高位置的那棵樹，能夠存活下來。這跟成都的不同喔！再來，這四句，雖然看起來是寫柏樹挺立，對不對？感受風的摧殘，仍然屹立不搖，但更重要的是，後邊所謂的「神明力」、「造化功」，原來天地神明，都在保護這樣的樹，讓它不倒，讓它長久的保持下來，這是第二段，在寫兩地的柏樹。另外，補充一個章法，各位回頭看「月出寒通雪山

白」，下邊引用楊倫的說法：「此句恰引起下段」，也就是「憶昨路遶錦亭東」。什麼會引起這段呢？我們剛說了，雪山在成都的西邊，對不對？所以雖然「雲來氣接巫峽長，月出寒通雪山白」是誇大寫柏樹的高大，但是，藉由提到雪山，把空間拉到了西邊的成都；下面「路遶錦亭東」，就把空間扣到了回憶中的成都那個地方。所以他的回憶，是有個脈絡的，透過雪山這個樣子的一個提示，來扣到成都上邊去。

　　最後一段，「大廈如傾要梁棟，萬牛迴首丘山重。不露文章世已驚，未辭翦伐誰能送？苦心豈免容螻蟻？香葉終經宿鸞鳳。志士幽人莫怨嗟，古來材大難為用」。這一段，是用敘述的方式，而且，有議論在裡邊，但是，你看到它裡頭使用的意象，譬如大廈、梁棟、螻蟻、鸞鳳等這些詞彙，其實，都是有「比」在裡邊的。我們講過，「賦、比、興」，「比」，字面一層意思，但字面之外，另外一個意思，我們從這個角度去讀，「大廈如傾要梁棟」，一個大廈，如要傾倒的話，則要樑棟支撐，對不對？請問大廈有沒有「比喻」？比喻朝堂、比喻朝廷；那樑棟比喻什麼？比喻人才。回憶我們講過的〈自京赴奉先縣詠懷五百字〉，不是有「當今廊廟具，構廈豈云缺」嗎？還有印象吧？現在翻譯一下，現在建構、建築那麼一個大廈，那樣一個廊、一個廟，都是要材料，這些材料，現在會缺少嗎？廊、廟、廈，都是指朝廷，建構廊廟廈是什麼？組織朝廷嘛！建構廊廟，要找材料，組織朝廷要人才，假如說我們這些朝廷傾倒了，要滅亡了，需要人才去支撐它，了解嗎？古柏，柏樹就是很好的木材啊！不也就是很好的人才嗎？「萬牛迴首丘山重」，在寫夔州的柏樹，真的是夠高大了，夠沉重了，「重」，指木材的高大，木材的分量這樣重，像一座山那樣的重，不只像山那樣的重喔！他還用「萬牛迴首」，你要把木柴砍下來，要運送，要有多少的牛來拉它呀？萬牛，這當然是很誇大的形容，用萬牛來拉這高大的、像山一樣的木頭。「回首」，是指牛，大家假使在鄉下就知道，牛在拉東西，假使東西很重，拉不動時，就會不停的回頭看，那牛啊！拉不動，不停的回頭來看。說了老半天，簡單講，夔州這個柏樹分量重，而木材表示人才，現在木材分量重，當然是指人才的才華很高嘛！那大廈如傾，需要木材，需要人才，要萬頭牛都

拉不動的那樣的木材，表示很難把人才挖出來，「萬牛迴首丘山重」。

　　「不露文章世已驚，未辭翦伐誰能送？」文章兩個字，各位一定耳熟能詳，在說文解字裡，「文」就是「錯畫」。「錯」是交錯、交叉，「畫」是線條紋路。「文」，不就是這樣子寫的嗎？不同的線條，交錯在一起。引申成漂亮線條交錯的東西。「章」按過去的解釋，也都是指文彩，所以，有時「章」也可寫成彰化的「彰」，這「彡」也是文彩的意思，相當於紋路。這首詩是寫柏樹，所以，不管是「文」也好，「章」也好，都是指柏樹的紋路。一個樹木，只要把它的皮剝開來，可以看到裡面的紋理。各位應該看過，把大的樹木皮剝開，裡面是有花紋的喔！各位看到下邊引到中山王〈文木賦〉的說法：「既剝既刊，見其文章。」這是杜甫的出處，篇名就叫〈文木賦〉，剝、刊就是把樹幹的樹皮剖開來，然後「見其文章」，文章就是指樹紋。現在「不露文章」，是樹皮包著還沒剖開來，「世已驚」，當世的人、所有的人，都非常驚嘆，就是讚嘆的意思，有沒有「比」啊？假如這個柏樹，木材指的是人才，那麼文章，是指它內在的才華嘛！對不對？如經世的韜略啊，治國的本事啊！內在的部分，還沒有露出來啊！可是世上的人，都已經非常的驚嘆，都知道它是一個很好的人才。

　　「未辭翦伐誰能送」，「辭」，推辭、拒絕的意思，那麼高大的一個柏樹，它不拒絕被砍伐下來，「翦伐」，就是剛剛我們讀的「蔽芾甘棠」裡的「勿剪勿伐」，假如有人，要把它砍下來，它沒有拒絕，可是，砍下來誰能送？那麼沉重的、高大的木材，有誰能把它運送到朝廷中來，為國家所用呢？「苦心豈免容螻蟻？」，「苦心」，當然是指柏樹的心，樹的心，這棵高大古老的樹木，會長一些螻蟻、昆蟲會在那兒做窩，「豈免容螻蟻」。當然，假如這是「比」，螻蟻指的是那些小人，柏樹是很堅貞的，是有苦心的，可是，難免會有一些小人會有所毀謗。「香葉終經宿鸞鳳」，「香葉」指柏樹的葉子，芳香的葉子，曾經有鳳凰在那住過，「終經」，曾經，這是有典故的。我們知道杜甫無一字無來處，你不要以為它是隨便說的。各位看註解引了謝承的《後漢書》說：「方儲遭母憂，種松柏，鸞棲其上。」方儲那個人啊，母親死了，他種了一棵柏樹，結果，鸞鳳棲在上面做窩，為什

麼？特別強調一下，大家知道鳳住在哪裡啊？住在梧桐嘛！杜甫要說的不是住梧桐，是住在柏樹上，要有根據，要有出處的。我們都知道，鳳鳥是祥瑞的鳥，雖然，難免有小人傷害毀謗，但是，柏樹有鳳凰親近，有鳳鳥住在那上面過。

我們大致上把字面解釋完了，這些都是有比喻的，寫的對象、材料，集中在那個廟前的老柏上，每一句，都在寫那個柏樹。可是，寫柏樹的同時，關涉到人才的問題，說大廈將要傾倒，需要棟樑人才，對不對？寫那柏樹，非常沉重、高大，萬牛拉不動。柏樹代表人才，表示那人才怎麼樣？是才華非常高、非常大的。柏樹「不露文章」，有非常美麗的紋彩，但它不外露。雖然不外露，但是大家對它還是非常的讚嘆。「未辭剪伐誰能送」，它不拒絕被砍下來，被人家用，但就算被砍下來，誰能把它送出去？「萬牛迴首丘山重」啊！再補充一下，柏樹表示它願意被用，被砍下來喔！也就是人才願意出山，願意奉獻於朝廷喔！但是有沒有人能用他呢？「未辭剪伐誰能送」。他有苦心，有堅貞的心，雖然難免有一些小人的毀謗、傷害，但是鳳凰曾在上面住過，鳳凰是瑞鳥，表示他是國家的祥瑞。

下面，一個總結啦！「志士幽人莫怨嗟，古來材大難為用」，這兩句很有名喔！「志士」是有志氣的人，所謂有志氣，就是面對時代的危難、國家將要傾亡，在這樣動亂、危險的時代，有心、有志氣，想要拯救這時代的人，叫「志士」。「幽人」是什麼？是沒有被重用的人，在過去，時常有這樣的事啊！譬如說，有才華，沒有被朝廷重用，隱居在山林中、在江湖之中的人，沒有被朝廷重用的人叫「幽人」，有沒有？所以「志士」與「幽人」之間，是有不同層次的用意喔！簡單說，有心想用事，要拯救時代、國家危難的人，叫「志士」，可是「志士」偏偏不遇啊！沒有得到朝廷的恩遇，沒有得到朝廷的重用，這是「幽人」，所以，「志士幽人」是有心而為，卻沒有那樣的機會。有一個版本，把「志士幽人」那個「幽」字，寫成「人」字旁的「仁」，「志士仁人」，這是錯的，為什麼錯？因為「志士」就等於「仁人」，沒有這樣的落差，若是志士幽人的話，是有心但無力，有那樣的期待，但沒有那樣的希望；想要用事，但不被朝廷所重用，只好隱遁在江湖

之中、山林裡面。「志士幽人莫怨嗟」你是志士，但不得意，沒被重用，千萬不要悲傷、不要感嘆，爲什麼？因爲「古來材大難爲用」。從古以來，材大難爲用，假如從脈絡結構說，這「材」是木材啊！材大指的是什麼？所謂的「萬牛迴首丘山重」，所謂的「未辭翦伐誰能送」，對不對？很重啊！運不了啊！但這「材」又等於這個「才」，對不對？一個志士幽人，才華是很大的，但你不被重用也不要怨恨，因爲「材大難爲用」。所以這個「材」在這是雙關的。

　好！現在我們來看看，「材大難爲用」，請看趙汸引用了漢朝王充《論衡》的〈效力篇〉有一個滿有趣的說法：「或伐薪於山，輕小之木，合能束之，至於大木十圍以上，引之不能動，推之不能移，則委之於山林，收所束之小木而已。」先看這兩行，看得懂嗎？有些人到山上去砍材，假如那些輕輕小小的木頭，就把它綁起來，就帶走。有些假如是大的，十圍以上大的樹，拉也拉不動，推也推不動，那只好丟在山林裡邊了；砍材的都是收小木材而已，這是容易了解的喔！「由斯以論，知能之大者其猶十圍以上木也。」從這裡可以了解，一個有本事的人，就像十圍以上的大木頭，這樣的大木頭，這樣的一個好人才，「人力不能舉薦，其猶薪者不能推引也」，沒辦法推薦給朝廷，就好像砍材的人對大木頭，拉也拉不走、推也推不動。「孔子周流無所留止，非聖才不明，道大難行人不能用也。故夫孔子山中巨木之類也。」最後，落到孔子身上，孔子周遊列國啊！到最後卻沒有一個國家可以重用他，爲什麼沒有一個國家可以重用他呢？並不是他的聖德不明，才華不彰顯啊！不是才氣不夠，才華不大啦！而是「道大難行」。他的道理太偉大了，反而很難實現，所以當時的國君，不能重用他啊！所以回到前邊，孔子就是屬於山中大木這類的。「《論衡》之言如此，公所謂材大難爲用，豈不出於此乎？」趙汸說啊，杜甫「材大難爲用」，是從《論衡》裡頭來的。最後感嘆所謂「材大難爲用」，偉大的才能，很難被世俗所認同的，就像孔子一樣。

　杜甫這個「材」一方面扣上題目裡的古柏，對不對？二方面扣上，孔明這樣偉大的人才。可是孔明前面說了，「君臣已與時際會」，有沒有？以

遇、不遇來說，孔明是遇？還是不遇？孔明是遇了，對不對？所以，杜甫在詩裡頭，常提到孔明，尤其到了四川以後，出現好多次，我現在歸納起來，他當然是讚嘆、是羨慕，甚至有些忌妒，孔明這樣得到了劉備三顧茅廬的賞識，劉備說「如魚得水」嘛！杜甫當然自己也希望，像孔明一樣，有這樣的國君，可以重用、賞識他，偏偏沒有這樣的機會。所以，在最後一段，雖然，樹是孔明廟前的古柏，雖然說，所謂木材等於人才，人才也等於孔明，可是，畢竟孔明是被用的，不是「材大難爲用」。

　　所以，現在我們先看一點，在「材大難爲用」的下邊，看浦起龍的「末段因詠古柏顯出自負氣概，暗與君臣際會反對」，看到嗎？「反對」兩個字，大家可能會看不懂什麼意思，就是後面「古來材大難爲用」，跟前面「君臣已與時際會」，諸葛亮與劉備，那樣的君臣際會，跟這樣的時代成爲一個「反對」，「反對」並不是我們現在所說的「反對」的意思，而是說前邊他們「遇」了，諸葛亮碰到劉備是「遇」了，下邊「不遇」，所以相反，叫「反對」。好，既然相反，顯然，這裡的「材大難爲用」，固然是諸葛亮的才華很大，是個人才，但像這樣的人才，就遭遇來說，不是寫諸葛亮，而是寫「志士幽人」，是寫杜甫的那個時代，才氣很大、志氣很高，然後國家很亂，想要拯救國家時代的人，結果沒有受到朝廷的重用，所以，從諸葛亮那個時代的際遇，寫到杜甫這個時代的人。當然，下邊很清楚了，他呼籲的人，當然包括了老杜自己本人。這當然有點酸啦！可是，杜甫常常就是這樣，這個酸，你們當然要吞一吞啦！古代的文人，常常都有這樣的問題，何況，杜甫這個人，是有心於用世的人，也碰到了這樣的問題，你們要砍伐可以呀！我願意出來啊！可是，有誰能夠提拔他，重用他呢？

荊南兵馬使太常卿趙公大食刀歌

太常樓船聲嗷嘈，問兵刮寇趨下牢。牧出令奔飛百艘，猛蛟突獸紛騰逃。白帝寒城駐錦袍，玄冬示我胡國刀。壯士短衣頭虎毛，憑軒拔鞘天為高，翻風轉日木怒號。冰翼雲澹傷哀猱，鐫錯碧罌鸊鵜膏。鋩鍔已瑩虛秋濤，鬼物撇捩辭坑壕。蒼水使者捫赤縧，龍伯國人罷釣鼇。芮公回首顏色勞，分閫救世用賢豪。趙公玉立高歌起，攬環結佩相終始。萬歲持之護天子，得君亂絲與君理。蜀江如線如針水，荊岑彈丸心未已。賊臣惡子休干紀，魑魅魍魎徒為耳。妖腰亂領敢欣喜？用之不高亦不庳，不似長劍須天倚。吁嗟光祿英雄弭，大食寶刀聊可比。丹青宛轉麒麟裏，光芒六合無泥滓。

　　請大家翻到二三九頁，今天講這首七言古詩〈荊南兵馬使太常卿趙公大食刀歌〉。從題目來看重點在哪裡呢？當然在「大食刀」，這很顯然是詠物的作品。不過呢，他詠的物啊，是一把比較特別的刀，是「大食」的刀。「大食」在哪裡？各位看到註解引了《舊唐書·西戎傳》，這裡說本來有一個波斯，波斯就是現在的伊朗，另外有一個「胡人糾合亡命，遂割據波斯西境，自立為王」的國家，這個國家就是「大食國」，其實就是現在的阿拉伯。又說「其國兵刃勁利，其俗勇於戰鬥」，可看出他們的風俗大概是很會打戰，而兵器也很銳利。我們要強調一下，以現在的觀念來說，唐朝是非常國際化的喔，所以胡人到唐朝、到長安啦非常的多，外國的事物當然也很多傳至中國，「大食刀」也是在這背景之下出現的。所以這首詩是詠刀、是詠

物。不過杜甫整首詩裡頭的「大食」並不是重點，重點是在那個「刀」，還有刀的主人。

　　這個主人是誰呢？是一位荊南兵馬使太常卿趙公，這個人的頭銜很多，我們只要抓一個重點，很顯然，他是一位姓趙的先生，這個是刀的主人，至於這個趙先生叫什麼名字，反而不太清楚，沒有明白的交代。古人稱呼一個人，時常介紹他的官職，所以這個官是做什麼職務呢？是荊南兵馬使太常卿，從字面看，有兩個官銜，一個是兵馬使、一個是太常卿。先看所謂荊南兵馬使，註解第一行引到了《舊唐書·地理志》，這裡告訴我們說有一位荊南節度使。節度使我們提過好多次，要有一個觀念，節度使它的機構、單位是一個軍事的機構、單位，相當於我們現在所謂的軍區。那以荊南節度使來講，各位看到下邊說它治江陵府，江陵府是它的主要的行政中心。所謂治，類似我們的縣治啦！像新北市的縣治就是板橋……等等。荊南節度使有一個主要的行政中心，是在哪裡呢？是在江陵府。江陵又是什麼地方？江陵就是荊州。荊州聽過吧？也就是現在的湖北啦。雖然它的治是在江陵，可是它的管轄地區有下邊的歸州、夔州、峽州、忠州、萬州、澧州、還有朗州，所以我們說它不是相當於一般的地方行政單位，而是一個軍區。這些其實在概念上都屬現在我們所謂的四川。

　　為什麼要強調這點呢？因為杜甫這首詩並非是來到江陵所作。雖然他後來離開了夔州，曾經在江陵待過差不多半年的時間，但是這首詩是在大曆元年，他還在夔州的時候所作的。所以他遇到了那所謂的趙先生，是在哪裡遇到的？是在夔州。這是補充的第一點。

　　第二個，這個姓趙的先生是荊南兵馬使，所以各位看看下邊：「天下兵馬元帥下有前軍兵馬使、中軍兵馬使、後軍兵馬使」，這些都是兵馬使。當然我們也不能確定這位趙先生到底是前的、中的或是後的兵馬使，不過他是節度使底下的一個部將。但另外一個問題來囉，這位荊南兵馬使，他的節度使是誰呢？各位看到註解引了《九家注》說：「芮公，荊南節度使。」荊南節度使是誰？然後下邊告訴我們《舊唐書·衛伯玉傳》記載了衛伯玉「廣德元年拜江陵尹，充荊南節度觀察等使」，有沒有？所以當時的荊南節度使是

衛伯玉，換句話說，趙卿是荊南兵馬使，也就是衛伯玉的部將。

　　至於後面還有一個官職叫「太常卿」，我們再回到前邊題目下邊，註解告訴我們說有一個官叫「太常寺卿一人，正三品，掌禮樂郊廟社稷之事」，告訴我們太常卿這個官職的品階及其職掌。我們一般人可能都有一個疑惑，他是荊南節度使衛伯玉底下的部將，做兵馬使的官，可是他又是太常寺卿，掌管的是禮樂郊廟等事。顯然這太常卿應該是中央的官吏，不是地方上的軍事機構的職務。所以啊，這個太常卿是他的兼官，兼任的官職。古人的一些傳記材料很麻煩，唐朝有一種制度，其實不只唐朝，古代很多都有這種制度；某一個人在一個地方上做什麼官，但是他會帶一個中央的官銜，中央機構的頭銜。就像是杜甫啊！杜甫做所謂的工部員外郎，工部在哪裡？在中央啊，尚書省六部之一，但是杜甫做這個官他並不是在長安做，他也沒有真的做工部事務。他是在成都做嚴武之幕僚，所謂節度使參謀，所以工部員外郎只是個兼官。以現在概念來說，這是虛銜，並不是真正職務，這是把趙卿做幾個官的部分的介紹。做一個結論，他是荊南節度使衛伯玉的部下，他做的是兵馬使的官，然後帶著所謂太常卿這樣的虛銜。而這個荊南節度使，管轄的範圍是包括夔州。那杜甫呢，就在大曆元年，在夔州的時候遇到了這個趙先生，杜甫看到了他手上擁有的大食刀，所以寫下了這首詩。當然我們還有一個問題，這個趙卿在荊南節度使衛伯玉手下做官，他的行政中樞是在江陵，那為什麼會到夔州？這個問題杜甫在後面的詩裡，敘述了一些內容。各位可以參考題目下邊，原來啊在永泰元年的時候，有一個人叫做崔旰，起兵造反，然後很多地方的節度使擁有兵馬，就一起來討伐他，其中之一就是衛伯玉。所以很顯然，這個趙卿是衛伯玉派他到夔州，來幫助平定崔旰之亂，因此杜甫有機會跟他見面。這崔旰之亂太複雜了，就不給各位多說了。總之，到了安史之亂以後，到處軍閥作亂，一個軍閥作亂，另外一些軍閥就來討伐他，其實討伐他，也不一定是為了朝廷，有時候是狗咬狗啦，反正天下大亂了。以上我們把這首詩背景、題目認識一下。

　　現在我們回到這首詩：「太常樓船聲嗷嘈，問兵刮寇趨下牢。牧出令奔飛百艘，猛蛟突獸紛騰逃」，這是第一個段落。再來「白帝寒城駐錦袍，玄

冬示我胡國刀。壯士短衣頭虎毛，憑軒拔鞘天爲高，翻風轉日木怒號，冰翼雲澹傷哀猱。鐫錯碧罍鸔鵜膏，鈝鍔已瑩虛秋濤。鬼物撇捩辭坑壕，蒼水使者捫赤絛，龍伯國人罷釣鼇」，這是第二個段落。第一段四個句子，第二段十一個句子。再來第三段：「芮公回首顏色勞，分闔救世用賢豪，趙公玉立高歌起，攬環結佩相終始。萬歲持之護天子，得君亂絲與君理。蜀江如線如針水，荊岑彈丸心未已。賊臣惡子休干紀，魑魅魍魎徒爲耳。妖腰亂領敢欣喜？用之不高亦不庳，不似長劍須天倚」，庳在這要唸上聲，這是第三段，十三個句子。最後「吁嗟光祿英雄弭，大食寶刀聊可比。丹青宛轉麒麟裏，光芒六合無泥滓」，這第四段，四個句子。

　　各位可能會奇怪我爲什麼要將這首詩這樣念一遍。我的聲調並不好聽喔！但是我要讓各位體會一下，這首詩押韻有沒有特別啊？特別在哪裡？句句押韻對不對？各位知道我們講過「柏梁體」，七言古詩，每一句都押韻，押的是平聲韻，這叫做柏梁體。但是這一首算不算柏梁體呢？不算。爲什麼？因爲它有換韻，到了後邊換了一個仄聲韻，這個當然不是柏梁體，而且形式上也比較特殊。

　　講到這裡啊，我們還是要花一點時間，回頭看上一次我們讀的〈古柏行〉。這一首體裁是什麼？當然是七言古詩。它的段落也很整齊，每一段八個句子，我們回憶一下喔，每一個段落八個句子，然後第一段押仄聲韻，第二段押平聲韻，第三段再押仄聲韻，這個當然是很標準的換韻的古體詩，可是各位要注意一下，它有很多特殊的地方，看它「霜皮溜雨四十圍，黛色參天二千尺」，是不是對偶？對偶。再來「君臣已與時際會，樹木猶爲人愛惜」，是不是對偶？對偶。再來「雲來氣接巫峽長，月出寒通雪山白」，對偶。第二段一樣，「憶昨路遶錦亭東，先主武侯同閟宮」，開始沒有對。「崔嵬枝幹郊原古，窈窕丹青戶牖空」，對偶。「落落盤踞雖得地，冥冥孤高多烈風」，這個勉強算對偶啦！「雖得地」、「多烈風」，對得不是很工整。「扶持自是神明力，正直原因造化功」，對的工不工整啊？很工整。然後再來第三段，一開頭兩句「大廈如傾要梁棟，萬牛迴首丘山重」，沒有對。可是「不露文章世已驚，未辭翦伐誰能送？」，對不對？對偶喔！「苦

心豈免容螻蟻？香葉終經宿鸞鳳」，對得很工啊！所以第一個，他是有換韻、仄韻、平韻、仄韻，再來他的句子雖然對偶，很多地方不是律句，聲調上不是七言近體的平仄格律，像這兩首詩，我們只能說，都是杜甫的創體，並不是你一定要這樣做，但是杜甫創造了一個新的形式出來。從這個角度看，有沒有發現七言古詩真的比較自由，很大的彈性，容許你在形式上有很多的發揮創造的地方。好，這是形式上看。

　　我們回到〈大食刀歌〉這一首，一開頭四個句子。「太常樓船聲嗷嘈」，太常就是趙卿，樓船我們讀過，對不對？我們講〈秋興〉八首其七，裡頭不是有「昆明池水漢時功，武帝旌旗在眼中」就有提到樓船，有沒有印象？反正這樓船，用現在來說就是戰船啦！這個太常卿，就是趙卿，他受衛伯玉之命，率領了一支艦隊，那軍隊呢，就在船上行走，杜甫形容那聲音嗷嘈，非常的喧鬧。「問兵刮寇趨下牢」，問是責問的意思，兵在這裡指的是戰亂，為什麼要帶著樓船？原來是要責問這個亂世，也就是我們剛剛所說的崔旰之亂。「刮寇」的刮，是削的意思，削寇也就是平定、消滅這亂賊。這「問兵刮寇」，是補充說明了趙卿帶著一批艦隊來到這裡的原因。那「下牢」當然是一個地名，地點在哪裡呢？簡單說一下，左邊是四川，右邊是江陵，就是湖北，中間貫穿著長江。荊州在江陵這邊，夔州差不多在中間，下牢應該就在峽口，三峽的邊上，也就是在夔州的境內了。好，為了平定亂世，趙卿帶著一支軍隊來到了下牢，也就是表示來到了夔州。下邊「牧出令奔飛百艘」，牧是指州牧，指州裡頭最高的長官。令當然就是縣令。他帶著一支艦隊來到這裡，要來平定戰亂，所以這一帶地區的州牧，還有那些縣令，駕著好多船跑出來，飛快的來迎接他，這表示當地的地方官迎接他的到來。下邊「猛蛟突獸紛騰逃」，用蛟、用獸是比喻叛亂的盜賊，猛用來形容蛟、形容盜賊；我們很容易了解就是指是兇猛的盜賊嘛。那「突」呢？《說文解字》說，突就是犬，一隻狗從從牠的洞裡頭跑出來。所以啊，從這裡看這個突，用來去形容獸，就是指那個盜賊突然間跑出來，乍然而起之意。所以這四個字，其實就是指盜賊啦！那些兇猛的、飄忽不定的，像狗從洞裡跑出來這樣的盜寇，就「紛騰逃」，紛紛的全部逃散了。這四句，先做一個引

子，告訴你為什麼這個趙卿會來到夔州的原因，「問兵刮寇」嘛！然後寫他來的時候，當地的地方官紛紛的出來迎接，而那些叛賊，那些什麼像猛蛟、像突獸的，全部逃散了。

下邊第二段，「白帝寒城駐錦袍，玄冬示我胡國刀。壯士短衣頭虎毛，憑軒拔鞘天為高」，下邊的標點，建議你修改一下哦！「憑軒拔鞘天為高」，逗號，對不對？然後下邊「翻風轉日木怒號」，這應該也是逗號，這樣段落上比較清楚一點。「冰翼雲澹傷哀猱」，句號。然後下邊這個「鑴錯碧罌蕚鶇膏」，逗號。然後「鋩鍔已瑩虛秋濤」，句號。「鬼物撇捩辭坑壕」，逗號。然後呢「蒼水使者捫赤絛」，逗號，然後「龍伯國人罷釣鼇」，句號。這個標點當然是後來的人編的，這是「台印本」標點的啦！但是我們從文意看，按照這樣標比較合理一些。

好，我們看「白帝寒城駐錦袍」，白帝就是夔州，顯然杜甫是在冬天，大曆元年冬天在夔州、在白帝城見到這個趙卿的。那趙卿就在這個時候呢，「駐錦袍」。錦袍當然是指他身上穿的那個衣服，這個在修辭學上有一種修辭的方法叫做借代，聽過這修辭嗎?譬如說你要指某一個人，不一定要寫那個人、寫他的身體，可以從別的角度來去指稱他，最簡單的一個例子啦，譬如金釵，金釵本來是什麼？是女子頭上插的首飾，但是金釵可以是什麼？指美人哪，了解嗎？這就是一個借代手法。所以錦袍是那個趙卿身上穿的袍子。但是「駐錦袍」，事實上是指趙卿這個人。在白帝城的冬天來到這，駐守在這。然後「玄冬示我胡國刀」，在冬天的時候給我看他擁有的一把刀子，那刀子是大食刀，是胡國胡地的刀子，所以他用「胡國刀」扣上那「大食」兩個字。下邊你看看這個小字，說：「方曰：『二句敘點。』」時常看到「方曰」，方曰是指誰？是指方東樹，清朝人，他有一本書《昭昧詹言》。這本書當然也是分析作品的一本書，但是呢，這本書有一特點，他時常把那作品裡頭的筆法，做了很多很多非常細膩的分析，高步瀛先生時常引用他的話，所以「方曰」，指的就是《昭昧詹言》裡頭的意見。像這裡的「逆捲起」啦、「敘點」啦、「以下寫」啦等等，都是一個一個的筆法。有些時候我們稍微提一下哦！讓各位看看這首詩，它是用什麼筆法來表達的。

像這兩句，他說「敘點」。敘是敘述，點是點明。點明就是說透過這兩句，把背景說清楚。杜甫為什麼會遇到趙卿？杜甫為什麼會寫這首〈大食刀歌〉？背景要說清楚啊。他用兩個句子交代，原來是所謂「白帝寒城駐錦袍，玄冬示我胡國刀」。在這冬天，這個趙卿來到了夔州，出示他擁有的這把刀子，所以這是「點」哦！把背景先說出來，但因為他是用敘述的方式來說那個背景，所以叫做「敘點」。

　　下邊，「壯士短衣頭虎毛」，那方東樹說什麼？「以下寫」。寫，給各位講過，是什麼？描寫。這詩歌精彩的重點是在「寫」不在「點」。點，用於交代事件的背景，只要一兩句話，就能夠說清楚。不是「示我胡國刀」了嗎？接下來就是把要詠歎的、要描寫的這個東西，一層一層的、多方面地描寫出來。這以下的句子，就把這一段全部都寫到了，各位可以看杜甫怎麼來描寫這一把胡國刀。下邊先看到「壯士短衣頭虎毛」，壯士啊，就是指那個舞刀的人，各位先看到註解引了《莊子・說劍》的文字：「太子曰：『吾所見劍士，皆蓬頭突鬢，垂冠曼胡之纓，短後之衣。』」這壯士就是指劍士。換言之，這個趙卿要給杜甫看他擁有的那把刀，並不是說自己拿出來喔，把它拔出來給杜甫看而已。而是由一個帳下的壯士舞那個刀，來秀給杜甫看。那先把這個舞刀的壯士，做一個描寫。「壯士短衣頭虎毛」，短衣不就是剛才《莊子・說劍》裡頭的「短後之衣」嗎？有沒有？「短後之衣」是什麼？雖然現在是冬天，可是他是個壯士，穿著短後之衣，也就是短衣。我們現在的毛衣夾克，大衣披在身上，所以我們不是壯士，假如你現在看到一個穿短袖的，那身體一定很健壯了啦！然後「頭虎毛」。下邊引了朱鶴齡的註：「首蒙虎皮也。」穿的是短衣，頭上呢，戴了一頂帽子，那帽子是用老虎皮做成的帽子，那個打扮你看看形象就出來了嘛。先寫壯士，做了一層描寫穿著衣服，戴著帽子。然後「憑軒拔鞘天為高」。軒是走廊，就在一個走廊上，「拔鞘」，把刀拔出來。這刀一拔出來「天為高」。那「天為高」是什麼？那天忽然間好像跟地面距離得好遙遠。這表示什麼？表示那刀一拔出來光芒四射，劍氣好像把天推至更高更遙遠。這個都是描寫。

　　再來，「翻風轉日木怒號」。這個顯然是寫那個壯士在舞刀的時候，能

夠翻風，風捲起來，不單單風旋轉、捲起來，連太陽都轉動了！「翻風轉日」，固然寫刀，同時也是寫那個舞啦！舞刀時候風好像在那邊迴旋，太陽好像在那邊轉動，這是從形狀上來去描寫，舞刀的聲勢之大，風啦、太陽啦都跟著在轉。然後呢「木怒號」，這是從聲音上寫，當他舞刀的時候，四周的樹木都發出怒吼之聲。看到這個最好是想想你以前讀過看過的武俠小說，那劍一拔出來，刀拔出一舞的時候，天旋地轉的樣子，整個天地都為之而動盪不安的感覺，「翻風轉日木怒號」。

下邊「冰翼雲澹傷哀猱」。這個冰翼，各位看到下邊的朱鶴齡引了《酉陽雜俎》，他說：「王天運征勃律還」有一個王天運，發兵征討勃律這樣一個小國家，回來的時候，「忽大風四起，雪光如翼」。很明顯，「冰翼」這個詞當然是從這裡出來。這個翼字很特別，所以朱鶴齡說：「冰翼恐亦此義。言劍器飄忽如冰翼而雪淡。翼即飛意。」這翼，本來是名詞，翅膀的意思。但是在這裡把它轉化為動詞，指的是冰雪在空中飛舞的樣子。所以翼變成飛，是動詞。那這個「雲澹」，朱鶴齡說「劍器飄忽如冰翼而雪淡」，他是解釋成雪淡，它是什麼辭彙，形容詞對不對？冰翼是一個名詞，而翼把它轉品為動詞，給各位有講過，中國詞彙裡，四個字，時常兩兩對偶。山高水遠、雲淡風輕、桃紅柳綠，這不是兩兩對偶嗎？所以假如一個名詞，一個動詞，下邊那麼也應該也是一個名詞，然後再來一個動詞，瞭解嗎？所以這個「澹」也應該當動詞，假如是動詞的話，它是什麼意思？是「動」的意思，是流動之意。冰翼雲澹，壯士拿著那一把刀，在舞動的時候，天上的冰雪在飛，天上的雲在流動，跟前邊翻風轉日，風在迴旋、太陽在迴轉都是從形的角度說。再來下邊「傷哀猱」，猱是猴子，這裡應該是倒裝句「哀猱傷」。又好像聽到悲哀的猿猴在傷心鳴叫的聲音。「巴東三峽巫峽長，猿鳴三聲淚沾裳」，大家讀過吧？猿猴的叫聲時常是怎樣？哀鳴的，是令人感覺到傷心的。所以這裡仍然從「聲音」去描寫，「傷哀猱」是「哀猱傷」的倒裝句。悲哀的猿猴傷心地鳴叫。

「翻風轉日木怒號，冰翼雲澹傷哀猱」這兩句，其實都是描寫壯士舞動那個刀子的樣子，從它的形跟聲兩個層次來去描寫。風在迴旋，太陽在轉

動，冰雪紛飛，然後雲層流動，這是形。又聽到了是什麼？木怒號，樹木發出怒吼之聲，聽到了什麼？傷哀猱，聽到悲哀的猿猴傷心的鳴叫的聲音，這都是「寫」。這寫啊，我們知道，描寫，尤其是寫古體詩，「寫」這樣的一個層次，是要著力的地方。這個「寫」啊，一方面你要抓到焦點，要寫什麼東西嘛，對象是什麼嘛，像杜甫這一首，它描寫的是刀嘛！對不對？焦點把它抓出來。再來你要用很多材料去寫。那材料可能有兩層，一層呢，就是四周的現場材料啊，譬如風在怒吼、譬如說風的迴旋。風啊、日啊、木啊，這一些都是眼前的景，現成的材料。還有一個呢？典故。冰翼雲澹，冰翼它就是用了《酉陽雜俎》裡頭的記載。所以要抓對焦點，針對那個對象做一些描寫。那描寫要運用材料，材料有些現成的、當下的材料，有些是書卷的、典故的材料，但是這樣不夠，還要加上什麼？想像力。剛剛說的材料是學問，想像力就是才氣啦！有些時候你看某個人很是佩服他，佩服他什麼？他想像力就是那麼豐富。有些讀了老半天好像味如嚼蠟，什麼意思？古人說就好像拿著一支蠟燭在嘴巴裡嚼啊嚼的，嚼不出味道來，那就是才氣不夠。所以必須用一些想像力。那後面都是這樣哦！我們先把這兩句，當重點先這樣子的提示一下。

好，下邊，「鐫錯碧罍鸊鵜膏，鋩鍔已瑩虛秋濤」。「鐫」是刻的意思。「錯」是「磨」的意思。這個刀也好，劍也好，過一段時間就要把它磨一磨，不然它就會生鏽、就會鈍掉，所以各位看下邊引了《西京雜記》說：「漢高帝」，指的是漢高祖。漢高祖不是在起義的時候，帶著一群人嘛，在路上碰到一條白蛇，漢高祖拔劍斬了那條蛇，就開始造反。過了好多年，最後把項羽平定，統一天下了，那把劍竟然還在喔。所以《西京雜記》說：「斬白蛇劍十二年一磨瑩。」當時有一個制度，每過了十二年，就要把劍拿出來磨一磨，然後「刃上常若雪霜，開匣拔鞘，輒有風氣，光彩射人。」這是開國的一把寶劍，所以要珍惜，十二年要磨一次，現在用這典故。「鐫錯」，這把刀把它磨了，用什麼來磨啊？碧罍鸊鵜膏。罍，簡單說就是一個瓶子，細細長長的瓶子，裡頭裝著膏，那裝的是什麼膏？下邊說鸊鵜膏，鸊鵜本來是鳥，一種水鳥。古人說啊，把這個鸊鵜熬煮，製成膏。這個膏拿來

做什麼？拿來磨劍。可以把那個劍啊、刀啊，磨得很光亮，而且帶有毒性。所以用鸚鵒膏磨過的刀劍傷了人，那個人會中毒而死。所以打仗的時候，當然砍殺敵人就很有效果。這個是寫那個刀，經常被磨，然後用什麼磨？用鸚鵒膏來去磨。因爲常常磨它，所以「鋩鍔已瑩虛秋濤」。鋩，我們習慣的是那個沒有金字旁的「芒」，指鋒芒。鍔呢，是刃口，一把刀最尖、最銳利的那個部份。所以鋩鍔，就指劍鋩跟刀口，「已瑩」就是剛剛《西京雜記》裡頭提到的「磨瑩」，磨得非常光亮，用鸚鵒膏磨過，不論是它的刀口還是鋒芒，都非常的光亮，光亮到什麼樣子？「虛秋濤」。濤指的是波濤，就是水。秋濤是秋天的水。秋天的水表示什麼特色？因爲秋天的顏色屬白色，素秋嘛，這個大家都知道，秋濤就是白色的水。所以很光、很白、很亮。那「虛」呢？，虛是「失」的意思，指白色的水都看不到了。磨好的刀放在水邊，看不到那白色的水。這表示刀比白色的水還要亮，叫做「虛秋濤」。

　　下邊「鬼物撝捩辭坑壖，蒼水使者捫赤條，龍伯國人罷釣鼇」，看那杜甫是怎麼想像的。下邊就寫那刀的作用，把刀拿出來去殺那鬼物，那些鬼怪啦！妖魔啦！這些鬼物全都「撝捩」。撝，是拗的意思；捩，是折的意思，用拗、用折，去指那個鬼物，顯然就是說，刀一砍下去，那些鬼物，大概不是被砍斷了筋骨，就是傷了手腳，受到很大的重傷。因此所謂的「辭坑壖」，本來是一個個躲在坑洞裡頭的鬼物，因爲受到這些的傷害，紛紛從坑壖裡頭逃出來。因爲他要「問兵刮寇」，對不對？所以杜甫用「鬼物」來指那些叛逆的盜賊，這還是描寫的比較現實喔！「蒼水使者捫赤條」，這有講過喔！蒼水使者，各位看註解引《搜神記》說，秦國的時候有一個人晚上渡河，看到有一個人長得很高，大概有一丈高，「手橫刀而立」，手拿著一把刀，站在那裡，叱問他到底是什麼人啊？對方說：「吾蒼水使者也。」蒼水使者從這裡來的，對不對？杜甫爲什麼要把蒼水使者用到這一首詩裡頭來？重點在哪裡？橫刀而立。拿著一把刀，站在那裡。現在說這個本來橫刀而立的蒼水使者「捫赤條」。捫是抓的意思。但條是甚麼？我們看一把刀，它的刀柄下邊不是時常有繩帶做裝飾用嗎？條就是用絲編的繩帶，赤條就是紅色的絲線。這個動作各位想想看，一個蒼水使者，橫刀而立，現在杜甫是說

「捫赤條」，他用一隻手把那個赤條抓住，不曉得各位能不能理解，這個動作表示什麼意思？表示蒼水使者不敢橫刀，他把刀藏起來了，這是用比較，當趙卿的大食刀現出以後，本來橫刀而立的蒼水使者，趕緊用手抓住赤條，把刀藏起來，不敢橫刀而立了。

　　再來「龍伯國人罷釣鼇」，龍伯國人又是一個神話裡頭的人物喔！各位看下邊引到的資料，《列子・湯問》說：「龍伯之國，有大人」，這個人有多大啊？「舉足不盈數步而暨五山之所」，抬起腳，沒有走幾步路，就把中國五大山岳都踩下去了；「一釣而連六鼇」，他在海裡面釣鼇，鼇是在海裡面的大龜，那個大龜很難釣，「一釣而連六鼇，合負而趣，歸其國」，然後把那六個大鼇背在身上，回到他國家裡邊去。然後下邊又引到另一個資料，說那個龍伯國「人長三十丈，生萬八千歲而死」，所以大概又是一個外星人。反正古代很多神話，是你難以想像的東西，所以讀古書也很有趣。現在杜甫用到這個故事。釣鼇，李白有一個故事各位聽過嗎？這個是李白很有名的故事，李白說，自己的志向是什麼？他說要用天上彩虹做釣線，用天上月亮做釣鉤，然後釣什麼東西？釣海上的大鼇，這就是李白，杜甫不會講這麼大的話，個性不一樣。李白就是很會講大話，你看彩虹做釣線，天上月亮做釣鉤，這月亮當然是下弦月或者是上弦月，像鉤子一樣，然後釣海裡的大鼇。所以很多人認為李白說這樣子的一個故事，說他自己的願望，就是象徵這李白的個性。現在說「龍伯國人罷釣鼇」，看那個龍伯國人，長三十丈，他一釣就釣六鼇，現在罷釣鼇，不釣鼇了，是什麼意思？不必釣鼇了，為什麼不必？因為有這把刀，就可把他的鼇砍下來啊！所以這兩句，各位看到下面引了仇兆鰲的註，仇兆鰲的註解是比較平穩，他說這是描寫舞刀的瑩利。那後邊又引了方東樹的說法：「蒼水二句起棱。」棱，是什麼東西？像一個平面，有一條凸出來的線條，這叫做棱，像我們看到前面有一座山，沿著山高低起伏的那條線，我們把它叫做棱線。所以起棱是一個「比」法。當你做一個描寫，在描寫過程當中，有幾個地方，譬如這兩句凸出來，凸出來就是很引人注目啦！也就是表示特別精彩之處。怎麼能夠引人注目？怎麼能夠特別精彩？重要一點在於加倍去寫。加倍寫法，更加用力來去描寫，你看看這

一段都是在寫胡國刀，前邊先說那個壯士舞刀，頭上戴著帽子，身上穿著衣服，然後寫「天為高」，已經不錯了，想像力已經很豐富了，刀一舞，天都掀動了，不是「翻風轉日」、「冰翼雲濬」嗎？聲音、形狀都有了。然後說「虛秋濤」，光彩都把那個白色的秋水比下去了。然後說「鬼物撇捩辭坑壕」，那個妖魔鬼怪都受傷，一個一個跑掉了，都在寫。瞭解嗎？可是還是在平面上寫。那這兩句著力的描寫，用兩個典故，富以奇特的想像。那橫刀而立的「蒼水使者捫赤條」，把刀按住了，不敢拿出來，然後本來一釣六鼇的那個龍伯國人，都不用釣了，他用這把刀，一下子就把鼇殺死。這個叫「起棱」，就是著力的描寫。

　　下邊看到第三段，「芮公回首顏色勞，分闒救世用賢豪」，然後「趙公玉立高歌起，攬環結佩相終始」，一直到「不似長劍須天倚」，這是第三個段落。剛剛講過，這一首詩兩個韻，雖然句句押韻，但是有換韻。一般來說，一個韻的結束，也就是一個段落的結束；換一個韻，也就是另一個段落的開始。在這第三段「芮公回首顏色勞，分闒救世用賢豪」，仍然是前邊的四豪韻，可是為什麼把它放到第三段落？所以浦起龍看到這個也滿煩惱，他說這首詩分兩韻，那芮公這兩句呢，韻是跟前邊一個段落連在一起的。但就意思來講，芮公這兩句是帶出第三段，所以應屬第三段部分。簡單一個結論，就是杜甫在這裡押韻跟意義並不是一致的關係。那我們現在分段不是從聲音結構來去分析，而是從內容意義來做分析，以「意」為主，所以這兩句還是應該放在第三段。

　　好，另外一個問題，這個芮公，古人稱某某公，有很多種可能，有時候是從他爵位來說，公、侯、伯、子、男嘛，對不對？那麼我們說，這個趙卿，他的長官就是荊南節度使衛伯玉，所以這理論上，芮公應該指衛伯玉，這邏輯很容易理解吧？但是你要知道哦！杜甫的詩，古人是研究得很透徹的。所以各位看後邊註解，《九家注》不是寫了：「芮公，荊南節度使」嗎？下邊清朝朱鶴齡的注，他說唐朝只有豆盧欽望、豆盧寬曾經封為芮公，而且他的時代不在大曆年間。那《舊唐書》引了衛伯玉的傳，又說他在廣德元年拜江陵尹，然後充荊南節度觀察等使。大曆年間他還在做荊南節度使。

到了大曆初年的時候「丁母憂」，母親死了，古人遇到父母過世啊，稱為「丁憂」，都要請假的，所以朝廷派了一個王昂來代替他，讓他回家守喪。但是「衛伯玉諷將吏留己」，你看看衛伯玉也不是好東西，本來母親死了，要守喪在家的，朝廷派王昂來代理他的工作，他卻派部下上奏朝廷，把自己留下來，朝廷無可奈何，只好恢復他的節度使。這是大曆元年初至大曆元年底的事情。到了第二年六月的時候，衛伯玉被封為陽城郡王。我剛剛從廣德元年這樣讀下來，他做江陵尹、荊南節度觀察等使，讀到大曆二年六月封陽城郡王，有沒有提到封為芮公？沒有。所以朱鶴齡說：「或由芮公晉封陽城王，史不詳耳。」封為王，爵位更高，公當然是在王下邊。所以朱鶴齡懷疑，他應該是先封為芮公，到大曆二年六月再封他做陽城郡王。可是史書啊，大概這個地方有所漏失，沒有明白記載。了解這意思吧！假如按照這樣說，芮公，還是應該是荊南節度使。明朝有一本書叫《杜臆》，這個《杜臆》啊，作者是王嗣奭，他當然也注意到，史書裡邊這個衛伯玉，沒記載被封為芮公，所以他懷疑這個芮公應該是「衛公」的錯字，芮公就是衛伯玉，所以這個「公」不是指爵位，是指他的姓氏。《杜臆》為什麼這樣懷疑？做此校勘？就是因為史書沒有衛伯玉明確封為芮公的材料，那看起來這個《杜臆》的說法好像可以被接受。

　　各位翻到下邊一首，二四二頁的〈王兵馬使二角鷹〉，前邊是〈荊南兵馬使〉，這是王兵馬使，這兩個兵馬使都是衛伯玉的部將，被衛伯玉派至夔州，來去平定崔旰之亂的。好，〈王兵馬使二角鷹〉這首詩有「荊南芮公得將軍」，看到沒有？又出現芮公。假如〈趙公大食刀歌〉裡頭的芮公是衛公的錯字，以校勘學上就應該注意。但這一個地方錯了，下邊又出現同樣錯誤，那就不太可能，懂嗎？所以從這裡看，《杜臆》的懷疑是合理的，因為史書沒明確記載。可是杜甫兩首詩都同樣提到芮公，那就不可能兩首詩都錯。因此我們還是認為芮公指的還是衛伯玉，不會是錯字問題，應該是史書缺少、漏失了他被封為芮公的記載。朱鶴齡的說法是可被接受，總之芮公就是指衛伯玉，趙卿的主帥。

　　「芮公回首顏色勞，分閫救世用賢豪」，回首，就是回過頭去望，他在

哪裡回頭望？因爲他做荊南節度使，他的治所在江陵，而亂事在四川，然後趙卿駕著樓船、帶著軍隊，「問兵刮寇趨下牢」，來到這裡。所以他是從荊南、從江陵，回頭望這個地方。回頭望表示什麼？表示關切，關心亂事平定了沒有？關心趙卿帶著一批軍隊戰績如何？所以回頭望。那「顏色勞」呢？顏色是臉色，顏就是臉，這個我們應該了解，這樣的顏色爲什麼說「勞」呢？應該是說心勞，心裡很掛念，呈現於臉色上頭，因爲心勞而現於臉色之中，叫做顏色勞，字面上省略了心勞這個部分。勞，絕對不是直接形容臉色，勞是形容心。他在這裡不斷的回頭，臉色看得出來心裡很掛慮。

然後「分閫救世用賢豪」，閫是統兵的職務，也就是帶領軍隊出征的重要職位的職務。衛伯玉關心這個四川的動亂，所以把分派一個人率領軍隊，來拯救這個地方。怎樣的分閫救世用賢豪？他是用非常賢能的豪傑，來擔任這樣一個救世的重責大任。第三段開頭這裡說用賢豪，所以下邊就寫賢豪，就好像第二段開頭說「玄冬示我胡國刀」，所以下邊就寫刀。那這是物、這是人，所以第二段跟第三段各有所重。第三段偏重在寫人、寫賢豪，這賢豪是誰？當然就是趙公。題目就是趙卿嘛！所以下邊說「趙公玉立高歌起，攬環結佩相終始。萬歲持之護天子，得君亂絲與君理。蜀江如線如針水，荊岑彈丸心未已。賊臣惡子休干紀，魑魅魍魎徒爲耳。妖腰亂領敢欣喜？用之不高亦不庳，不似長劍須天倚」，就是寫賢豪。有一個重點各位要注意，當他寫人時候，有沒有脫離這個刀？沒有。重點雖在寫人，但是仍然還是兼寫那把刀，就像前邊第二段，重點是在寫刀，但是也在寫人。例如前邊「白帝寒城駐錦袍」，就寫趙公啊！「玄冬示我胡國刀。」，然後給我看他擁有的那把刀，然後派他帳下壯士來去舞刀，所以還是寫人跟刀。物跟人，不是那麼涇渭分明，全寫刀或全部寫人的。尤其在寫人的時候，扣那個刀，扣的更多。

好，先看「趙公玉立高歌起」，這個趙卿，各位看到註解引到的《昭明文選》桓子元〈薦譙元彥表〉的文字：「而能抗節玉立。」「玉立」兩個字就是從這裡來的。時間不多，我們簡單說做一個結論。玉立表示什麼？表示很堅貞的意思，玉，本來就是潔白、堅貞的象徵，所以玉立，指趙卿志向的

堅貞、操守的堅貞，受命擔任職務到四川平亂。那他是堅貞之士嘛，受命之後就「高歌起」，高歌起表示一種昂揚的志氣。如何表現出他的昂揚？除了高歌以外，「攬環結佩相終始」。他寫人，是怎麼扣到刀？環是什麼東西？刀環嘛，對不對？攬環是什麼？就是把那個刀環抓在手上。結佩，這個佩字，我們現在都把它當作動詞用了，所以下邊朱鶴齡註解也說佩是服的意思，就是佩掛在身上。但是這個佩各位注意哦！它是從人、從凡、從巾。從人、從凡、從巾，是會意字，《說文解字》說，這個佩是什麼呢？是指佩在身上之物。把某個東西佩掛在身上。那個東西就叫「佩」，所以它應該是一個名詞，掛在身上的東西叫做「佩」。一般人身上，尤其女子，會掛一條巾，叫做「佩巾」，聽過嗎？但是巾是其中一部份而已。掛在身上的東西不只有巾，還有像刀、劍這些利器，了解嗎？這些都叫做佩，但現在都當成動詞用了。為什麼要花力氣這樣說？一樣的道理，「攬環結佩」，環是什麼？是名詞。佩呢，也應該是名詞。不然攬是動詞、結是動詞、佩也是動詞，杜甫造句，絕對不會這樣造。所以「攬環」把那個刀環，握在手上，「結佩」簡單說，是說把那個刀像佩一樣綁在身上，結就是綁。相終始，是互相終始的意思，什麼跟什麼互相終始？指人跟刀一直在一起。趙公受到了芮公任命，他很堅貞，志氣昂揚高歌而起，把那把刀掛在身上，然後人跟刀相終始。

　　好，「萬歲持之護天子」，我們一看到萬歲就馬上想到皇帝，但是在這裡萬歲不是指皇帝，萬歲就是萬年，萬年就是長久，就是呼應前面「相終始」，不管多長久的時間，我都持之。「之」是代名詞，指刀。不管多長久的時間，這個趙公都拿著這一把刀，保護著天子。然後「得君亂絲與君理」，這兩個君都是指國君，用典故。各位看下面註解有兩個故事，《御覽職官部》引謝承《後漢書》說，一人叫方儲，他做了郎中的官，漢章帝非常嘉許他的才華，「以繁亂絲付儲使理」，就是把糾纏在一起的、亂七八糟的絲線，拿給那個方儲來處理。方儲怎麼治理？就是「儲拔佩刀三斷之」，他拿著一把刀，把一團亂的絲全部砍斷了，然後告訴皇帝說：「反經任勢，臨事宜然。」凡是碰到危險困難的事情，就是那麼決斷，一下就把它斬斷就對

了。下面也引到《北齊書·文宣帝》的傳，也說北齊高祖想要看他的幾個兒子的「意識」，意識就是指聰明才智，然後「各使治亂絲」，各給了一團一團的亂絲，要他們處理。假如說你乖乖的，然後慢慢的，一條線、一條線的，把它抽出來，把它順起來，那不曉得要弄到多久啊？結果那個文宣帝「抽刀斬之」，告訴高祖說「亂者須斬」。遇到紛亂的，把它斬斷就是了，結果他父親認爲，這才是對的。所以這個故事，各位知道哦，凡是亂絲，就是要斬，所以「得君亂絲與君理」。得君，得到皇帝交代的任務，譬如說麻煩的事，像一團亂絲，它們很簡單，可以幫國君把它清理乾淨。「得君亂絲與君理」，要請問這裡邊有沒有刀？有。哪一個地方看出有刀子？「理」，對不對？「得君亂絲與君理」，所以剛剛前面這個典故裡頭不是也說方儲「以繁亂絲付儲使理」嗎？所以「理」用什麼「理」？用刀來去理，把它斬斷、把它切乾淨。

好，「蜀江如線如針水，荊岑彈丸心未已」，蜀江指四川的江水，尤其經過三峽，三峽山很高、地勢很窄，你假如用鳥瞰，那就像一條線。如針水，一根針，你把針放入水裡頭挑起來，那個水滴落就叫針水，所以蜀地那條江，就是長江，像一根線，然後那個水又像什麼？像針上邊滴落的水，都是指很細、很小。那荊岑又是用王粲〈登樓賦〉的句子：「蔽荊山之高岑。」「岑」，是山，那直接說荊山可不可以啊？當然可以，但是王粲〈登樓賦〉說「蔽荊山之高岑」，用高岑來形容荊山，杜甫就用荊岑。再往下看「荊岑彈丸」，彈丸，當然各位可能看過這個成語，下邊註解不是有說「此彈丸之地」嗎？但是彈丸是什麼意思啊，而且我聽過有些人把彈念成「ㄊㄢˊ」，這個彈就是弓，是名詞。但是呢那個弓不是拿來射箭的弓，是射丸的弓。丸是圓圓的球，不是一隻箭哦！把「丸」彈射出去，然後擊殺獵物，所以弓的弦是用竹皮做的，比較厚、比較寬；丸是用鐵做的，拉住以後，彈射出來。那個丸的面積有多大啊？一個彈丸射出去能夠有多遠啊？所以不論是彈丸或彈丸之地，都是用來形容很狹小的地方。「蜀江如線如針水」，是指四川從趙卿的眼裡面看，那也不過是小小的一個地方，「荊岑彈丸心未已」。江像一條線，江水像針孔裡頭滴的水。然後荊城，就是江陵這地方，

看起來也不過是小小的彈丸之地，所以「心未已」。延伸一下，未已，「已」是「止」的意思，心未已就是心不停。心不停是什麼意思，就算這裡再亂、這裡再鬧，對趙卿來說他也是不在乎，不以為意，「心未已」。為什麼這些地方亂事，趙公不太在乎，無所謂呢？下邊再進一步做了描寫。「賊臣惡子休干紀，魑魅魍魎徒為耳」，這兩個句子很容易。賊臣惡子，當然指的是亂臣賊子。紀是綱紀，干紀是違反朝綱、違反法紀。就是趙卿警告亂臣賊子不要造反啦。「魑魅魍魎徒為耳」，魑魅指妖魔鬼怪，這些妖魔鬼怪再作惡也是徒然、也是白費力氣的，徒為就是白費力氣。為什麼警告他們「休干紀」？為什麼說你們就算作亂也不過是白費力氣？

　　我們看下面說：「妖腰亂領敢欣喜？用之不高亦不庳，不似長劍須天倚」。腰就是我們身上的腰，領是什麼？脖子。杜甫用「妖」跟所謂的「亂」來去形容腰跟領。假如說跟前面相呼應的話，「亂」呼應哪裡？賊臣惡子。「妖」呼應了前面的魑魅魍魎，但這裡是互文，不管是賊臣惡子也好，不管是魑魅魍魎也好，你們這些人的脖子，這些人的腰，「敢欣喜」？這是一個反問句，你們好像一作亂就很高興，但你敢這樣作亂作怪嗎？杜甫為什麼這樣問呢？「用之不高亦不庳」，用之指什麼？刀，用這一把刀來斬這些亂臣賊子，斬這些所謂的魑魅魍魎，斬這些所謂的妖腰亂領，「不高亦不庳」。庳就是下，不高不下是什麼意思？砍得剛剛好，你的腰一百公分，一砍下去就是一百公分，你的脖子一百六十公分，一砍下去就是一百六十公分，這叫「不高亦不庳」。這是表示那個刀銳利，殺得很準，所以亂臣賊子，所謂的魑魅魍魎，你不要想干犯綱紀，想作亂作怪，不要以為那樣作亂就很高興，你看看用這一把刀吧！一下就命中你，準確的把你脖子砍斷了，把你的腰斬斷。

　　然後「不似長劍須天倚」，這個引用了宋玉的文章，各位看註解引了《大言賦》說：「長劍耿耿倚天外」。有讀過金庸的小說《倚天屠龍記》嗎？小說裡不是有一把倚天劍，就是從《大言賦》裡面來的。「長劍耿耿倚天外」，耿耿是明亮的意思，明亮的一把長劍靠在天邊，劍是可以撐到天空，所以叫倚天劍，可以想想那個劍有多長。但是杜甫說「不似長劍須天

倚」，不似就是不像，不像《大言賦》裡頭說的那「耿耿長劍倚天外」，為什麼不像？各位注意到宋玉這句的篇名叫什麼？叫《大言賦》，大言就是誇大之言、不實在的話，說大話這叫大言。所以杜甫用《大言賦》裡說大話的那把長劍，來跟現在趙公手上的這一把寶刀做一個比較。這個刀很實用，砍殺那亂臣賊子、妖魔鬼怪，不高不下，一下子就能命中要害。宋玉說了老半天，那麼長的寶劍，可以靠至天邊，那是假的、說大話的，「不似長劍須天倚」。好，這第三段全部都是從人的角度去寫，但是剛剛分析過，好多地方，都不斷的扣到那個刀上面去。

　　下邊最後第四段：「吁嗟光祿英雄弴，大食寶刀聊可比。丹青宛轉麒麟裏，光芒六合無泥滓」。這個光祿很麻煩，又是一個問題，各位翻到註解引《唐六典》說：「光祿寺卿一人，從三品，掌邦國酒醴膳羞之事。」從這材料上面看，各位想一下，剛剛這個趙卿的兼官是什麼？是太常卿，那這裡提到另外一個官，光祿卿。所以有些人說光祿寺卿也是趙卿的兼官。但這不合理，各位看太常卿跟光祿寺卿，一個是正三品，一個是從三品，官階不同，而且沒有一個人帶兩個虛銜的，所以光祿是指另外一個人。另外有一個人，他的官職是光祿寺卿，但不知道他的名字。這個人有一把「弴」，「弴」是一種弓的名字。弓跟弴有什麼不同？一般的弓是有「繳」，繳這裡唸「ㄓㄨㄛˊ」不念「ㄐㄧㄠˇ」。繳是什麼呢？是纏弓的繩子。有些弓有繩子纏在旁邊當成裝飾，這叫「緣」；假如沒有這個繩子纏繞的弓，就叫「弴」。所以說「無緣謂之弴，有緣謂之繳」。所以弴也就是弓的一種，只是旁邊沒有繩子纏繞裝飾。好，「吁嗟光祿英雄弴」，杜甫提到另外一個人，說有一個光祿寺卿，他也是一個英雄人物喔，他手上有一把弴，然後與大食寶刀「聊可比」，它也是一個英雄所用之弓啊！跟趙卿手上的大食寶刀可以互相媲美。這是用襯托的手法來寫大食寶刀，用另外一個人手上的弓，來去跟它襯托。

　　「丹青宛轉麒麟裏，光芒六合無泥滓」，丹青就是圖畫。上次我們有講到丹青，〈丹青引贈曹將軍霸〉不是有「凌煙功臣少顏色」，有印象嗎？古代國君時常會幫功臣畫像，不過這裡指的是漢朝不是唐朝。各位看看註解，《漢書·趙充國傳》說：「充國以功德與霍光等列，畫未央宮。」把趙充國

的畫像，畫在未央宮。《漢書・蘇武傳》也說：「甘露三年，單于始入朝，上思股肱之美，乃圖畫其人於麒麟閣，凡十一人。」所以不管是未央宮也好，不管是麒麟閣也好，都曾經有皇帝把功臣的畫像，畫在這些宮殿上面。所以這裡說「丹青宛轉麒麟裏」，麒麟就是麒麟閣，這是推崇趙卿，說將來他會建功立業，有一天皇帝會把他的畫像，就像漢朝一樣，把他畫在麒麟閣。宛轉，是形容很細膩的樣子，畫像畫的栩栩如生，掛在麒麟閣裡頭。表示他建了功，得到朝廷的褒揚，把他的畫像掛在麒麟閣裡邊。

　　「光芒六合無泥滓」，六合，各位大概知道，上下東西南北六個方位就叫做六合。無泥滓，泥是泥巴，滓呢？是骯髒的東西，無泥滓就表示什麼？乾乾淨淨的，整個宇宙都乾乾淨淨，表示戰亂全都平定了。亂臣賊子，魑魅魍魎全部都被掃平了。那這光芒呢？各位想想看，第一個，光芒是名詞，但是在這裡當動詞用；假如把它當動詞用，「光芒六合無泥滓」，非常簡單的翻譯，光芒怎麼翻譯？照耀的意思，照耀到上下四方，乾乾淨淨，沒有任何的骯髒，沒有任何的灰塵泥土。但什麼東西照耀？是刀，刀的光芒，照耀著宇宙，讓天地間都無泥滓。但是刀的光芒為什麼會那麼光亮？為什麼會有那樣的功效呢？那是因為刀的主人，拿著這把刀來平亂的關係，因此會「光芒六合無泥滓」。杜甫最後把人跟刀結合在一起，做一個完整的結論。

王兵馬使二角鷹

悲臺蕭颯石巃嵷，哀壑杈枒浩呼汹。中有萬里之長江，迴風
滔日孤光動。角鷹翻倒壯士臂，將軍玉帳軒翠氣。二鷹猛腦
絛徐墜，目如愁胡視天地。杉雞竹兔不自惜，溪虎野羊俱辟
易。韝上鋒棱十二翮，將軍勇銳與之敵。將軍樹勳起安西，
崑崙虞泉入馬蹄。白羽曾肉三狡兔，勇決豈不與之齊？荆南
芮公得將軍，亦如角鷹下翔雲。惡鳥飛飛啄金屋，安得爾輩
開其群？驅出六合梟鸞分。

　　按照進度，我們繼續要介紹的作品呢！應該是〈王兵馬使二角鷹〉，
在二二四頁。其實這一首跟前面一篇〈荆南兵馬使太常卿趙公大食刀歌〉，
是同一個背景，內容也有很多相關性。不過上一期我們時間的關係，讀不到
這一篇，所以我們講這一篇的時候，建議大家不斷的回憶一下，我們上一期
講的最後一首詩。

　　把題目了解一下，〈王兵馬使二角鷹〉這個使要唸成「ㄕˋ」，這個
「使」有兩種讀音，包括我們現在的國語都是，一個是上聲，一個是去聲，
對不對？但是我們的口語，時常這個字，都把它念成上聲了。那這個上聲跟
去聲差別在哪裡呢？其實界限很模糊，大致上說，像「役」，役使、派遣這
類的，這樣的一個意義，通常我們就念成上聲；念去聲啊，比較特別，往往
指的是朝廷派遣的一個官吏。用現在來說，譬如說我們政府派遣一個人到某
個地方做外交官，我們把他叫什麼？叫「大使ㄕˇ」、「公使ㄕˇ」，但是
事實上正確的讀法應該念成「大使ㄕˋ」、「公使ㄕˋ」，可是假如你跟別

人說，某一個「大使ㄕˋ」，人家聽起來怪怪的，所以這是古今讀音的問題，習慣問題啦！舉個例子，像《論語・子路》篇有一個句子，各位大概曾經讀過，比較熟悉，這四個字「使於四方」，這應該怎麼念？「使ㄕˋ於四方」，使要念去聲。還有呢，像這個《史記・孔子世家》，「吳使使問仲尼」，「使使」這兩個字連在一起，這要怎麼讀？意思是吳國派遣一個使者，到了魯國來請問孔子。「吳使ㄕˇ使ㄕˋ」，前面的「使」是派遣、差遣，這個是一個動詞，後面的「使」指朝廷派出去的人，有一個差使、一個這樣工作的人。所以要唸成「吳使ㄕˇ使ㄕˋ問仲尼」。

好！那很多的地方官，我們一再讀到的像「節度使」，有沒有？我們習慣都唸成「節度使ㄕˋ」，事實上正確的說，我們應該唸成「節度使ㄕˋ」，什麼「觀察使ㄕˋ」，這都要唸成去聲。那這題目裡頭的兵馬使，它也是朝廷派到一個地方的官吏，所以要唸成「兵馬使ㄕˋ」。在前邊一篇，各位翻到〈荊南兵馬使太常卿趙公大食刀歌〉，各位可以看到荊南，指的就是荊南節度使，上一次有講到過，對不對？然後呢這個〈荊南兵馬使太常卿趙公大食刀歌〉題目下邊引《新唐書・百官志》的文字說：「天下兵馬元帥下有前軍兵馬使、中軍兵馬使、後軍兵馬使。」所以這「天下兵馬元帥」，也就是一個地方的節度使，在這裡來說，就是指衛伯玉的部下，那就有：前軍、中軍、後軍，有三個兵馬使。了解嗎？

前邊一篇的〈大食刀歌〉是一位姓趙的先生，做了荊南兵馬使的官。但現在我們讀到的是〈王兵馬使〉，所以他應該是跟前面一篇趙太常卿同樣的是做兵馬使的官，那至於這兩個人到底是「前軍兵馬使、中軍兵馬使、後軍兵馬使」的哪一個？不太清楚，總之他們是同僚，都是衛伯玉荊南節度使的部下。

那前面一篇我們有講到過，這位趙先生來到了夔州，是為了要來平定崔旰之亂，對不對？這時候是大曆元年，杜甫在夔州遇到了他，他拿出大食刀給杜甫看，是不是？那現在我們讀到的這一篇，顯然這王兵馬使也是為了平定崔旰之亂，一樣的也是來到夔州，在這同樣的時間，跟杜甫相見。背景大致上是這樣。然後呢，這個王兵馬使他有二角鷹，角鷹簡單說就是一種

鳥，是一種打獵的鷹。各位也可以看到題目的下邊引了《埤雅》的說法：
「鷂，次赤也，鷹鷂二年之色也，頂有毛角微起，今通謂之角鷹。」鷂要唸
「ㄅ一ㄢˋ」，是鳥羽毛的一種顏色。鷹或者是鷂，都是很兇猛的鳥。不管
是鷹也好，不管是鷂也好，長大兩年、兩歲了，牠的毛色就叫做鷂，所以說
「鷂，次赤也」。其實這跟這一首詩沒有關係啦！但是下邊說「頂有毛角微
起」，所以這角鷹並不是說牠真正長了一隻角，而是牠的額頭上有毛翹起
來，看起來像長出一隻角來一樣，所以通稱為角鷹。各位千萬不要望文生
義，以為有一種鷹是長角的，這個角其實是毛翹起來的樣子。大家可能看過
這一類的鳥，或者看國畫裡頭畫的那個鳥，額頭上有毛翹起來，像角的樣
子。那這個角鷹是非常兇猛的，是獵鷹。現在，這王兵馬使，他養了兩隻這
種角鷹，那杜甫就以這個作為題材，寫下這一首詩。題目大致上先給各位這
樣理解一下，所以這一首詩，跟上面一首，背景差不多，也當然是詠物的，
前邊是詠刀，這裡是詠鷹。而內容基本上差不多，筆法上也有很多類似的地
方。

　　我們具體的分析一下，先把作品做一個段落的分解。「悲臺蕭颯石壠
嵷，哀壑权枒浩呼洶。中有萬里之長江，迴風滔日孤光動」，四個句子，是
第一段。再來，「角鷹翻倒壯士臂，將軍玉帳軒翠氣。二鷹猛腦條徐墜，目
如愁胡視天地」，先在這裡頓一下，一個小節哦！「杉雞竹兔不自惜，溪虎
野羊俱辟易。韝上鋒棱十二翮，將軍勇銳與之敵」，第二個小節，這是第二
段。分成四句、四句兩個小節，一共八個句子。然後第三段：「將軍樹勳起
安西，崑崙虞泉入馬蹄。白羽曾肉三狻猊，勇決豈不與之齊」，一個小節。
「荊南芮公得將軍，亦如角鷹下翔雲。惡鳥飛飛啄金屋，安得爾輩開其群？
驅出六合梟鸞分」，第二個小節。第三段分上下兩節，不過前面一節，四個
句子，後面一節呢？各位看到五個句子，也是一個「畸零句」的現象。

　　先從第一段說起，剛剛唸過的，「悲臺蕭颯石壠嵷，哀壑权枒浩呼洶。
中有萬里之長江，迴風滔日孤光動」，先簡單的那種感覺去理解。各位讀到
這四句，你會覺得他在寫什麼？寫景色嘛！對不對？這個景色它是什麼作
用？我們先看這四個句子它是怎麼呈現的？我們讀詩，時常很容易的把焦

點、注意力，集中在哪幾個地方？第一個在它寫什麼感情，因為感情最動人嘛。假如你簡單的念一首詩，最吸引你的、最讓你有感覺的，通常是寫情的部分。第二個可能是寫事件、敘事的部分，因為事件可能講某一個人哪，講某一個東西啦！講得很清楚，讓你容易掌握到。而我們比較容易忽略的是寫景的部分，我不曉得各位的讀詩經驗，跟我一不一樣，我們時常看到詩裡邊，詩難免寫景對不對？寫詩一定要寫景，但是我們會把這個寫景「浮光掠影」，就唬弄的帶過去。這個就是寫山、那個就是寫水嘛！你會覺得這是很普通的東西，但是真正一個好的作品，真正要把景寫的非常好，其實一個詩人那支筆啊！就像畫家的畫筆一樣，能夠把那個景非常有層次的，一個層次、一個層次，一個角度、一個角度，把它渲染出來，它的效果在哪裡？最好的效果是讓你讀到他寫的景，你眼前就好像看到一幅畫，或者你就親臨其地，那個景色很具體的就出現在你眼前。這四句詩，我們剛剛已經讀了兩遍，基本上我們可能就覺得，它就是寫山嘛！寫水嘛！那你就要把它分析一下，我們不要唬弄的帶過去。反正我們時間長的很，我們就把它具體的掌握一下，杜甫是怎樣來呈現他要描寫的一個景色。

　　第一個角度怎麼掌握？先掌握它的實字，這是很具體的一個東西，實字通常是名詞，古代的文法不像我們現在分得很細，什麼名詞、動詞啦、副詞啦、形容詞等等……。其實古代的分類，只有虛字跟實字兩大類，實字就是我們現代的名詞，名詞以外的動詞、副詞、形容詞，基本上都歸到所謂虛字這一大類，我們練習對偶，基本上也是這樣的方式。那這四個句子它的實字是哪一些？很明顯這個「臺」嘛！那這臺是什麼？應該是很高的地方，不一定是建築喔，總之很高的地方叫做「臺」。再來呢，「石」對不對？再來呢，「壑」，哀壑的壑。再來呢！應該是長江對不對？一條江水，再來呢！風、日、光。你先抓這幾個實景，你把它感覺一下，有一個高臺、有一個山谷、有一條江水、有風、有太陽、還有光，是不是慢慢感覺得出來，幾個很具體的景色浮現在眼前？當然啦！假如杜甫只是把幾個實字、幾個名詞堆上去，那沒意義，所以第二步是什麼？他要渲染這個景色。渲染，我們好像講過好多次了。就像一個畫家畫一座山，他是先塗一層墨，再塗一層墨，一層

一層的把那個山形勾勒出來，讓你感覺很厚實、很沉重，假如只畫一座山的輪廓，那個山的感覺就不明顯了，這就叫「渲染」。「渲染」通常就用一些形容詞，或者一些動詞，來把那個景物一層一層的鋪陳出來，讓它更具體、更厚重，讓你感覺更豐富。那讓我們來看他是怎麼形容那個臺，「悲臺」對不對？怎麼形容壑？「哀壑」。那個「悲」跟「哀」，基本上是互文，互文講過吧！悲跟哀是連在一起的。一個讓你感覺「悲、哀」的高臺，一個讓你感覺「悲、哀」的山谷，不過悲也好、哀也好，不一定是我們現在所謂很悲傷、很痛苦的情緒。一種蕭瑟的氣氛也可用悲哀來形容；或者是一種淒厲的聲音，比如風的聲音，風吹動發出淒厲的鳴叫聲，這個也可用悲哀來去形容。

總之我們強調一下，這裡的悲哀絕對不是類似我們現在所謂的情緒的悲哀，不是跟快樂相反的意思，這應該是指一種蕭颯的氣氛，說那個「臺」、那個「壑」，帶著一種蕭颯。那個蕭颯呢！根據下邊又有所謂的「長江」、又有所謂的「迴風滔日」，應該是風不停的在吹，吹在臺上，吹在山谷裡頭，發出淒厲的聲音，所以讓人感覺到氣氛很蕭颯，所以「悲臺」下邊又進一步說「蕭颯」。至於下邊的「哀壑杈枒」，杈枒原始的意思，是樹木分叉的地方叫杈枒。杈枒這兩個字，各位大概看過也認識，但是在這裡我認為它不是指樹木，因為「哀壑杈枒」從句法看，這「杈枒」應該形容「壑」，所以指的是那個山谷的山石嶙峋的樣子。嶙峋兩字認得吧？這個壑就是山谷，山谷有很多石頭，石頭起伏不平、參差不齊、嵯峨的樣子，這叫「杈枒」。所以杜甫用形容樹木的分叉的樣子，來去形容山谷嶙峋的感覺。

好，再來悲臺上頭蕭颯的氣氛，然後是「石巃嵷」，「巃嵷」字面上是高大的、高聳的樣子，有時候來形容樹木。我們講過〈同谷七歌〉，裡面有「古木巃嵷枝相樛」，有印象嗎？各位回去把它翻一翻，那是形容樹木高大，很聳高的樣子。但是這裡呢！也是同樣拿來形容石頭。所以在高臺上邊，還有很多很多嵯峨的、很高的石頭，聳立在那一個地方。然後下邊「哀壑杈枒浩呼洶」，蕭颯的山谷裡頭，石頭是嶙峋的、不平的。然後「浩呼洶」，「浩」是廣大的樣子，「呼」當然是呼嘯，「洶」是洶湧。說了老半

天，大家有看出來嗎？「浩呼洶」這三個字，不是形容詞就是動詞。那「浩呼洶」它的主詞是什麼？主詞其實都是從第三句那個長江來的。江水奔流浩浩無窮，然後風在山谷江上呼嘯，所以浩也好，呼也好，洶也好，是寫山谷裡頭那個江水的浩大、風的迴盪。我這張嘴巴沒有像杜甫的筆那麼厲害喔！我講了老半天不曉得各位能不能眼前比較具體的感覺一下。他要寫的景色，總之有一個很高的臺，有很深的山谷，然後石頭很高、聳立在那裏，山谷的石頭也是嵯嵯峨峨的、嶙峋的、杈枒的，風在那邊吹，水在那邊流，感覺上很浩大、聲音很響亮、水很洶湧。

那第三句容易啦，「中有萬里之長江」，扣到了這兩崖之間山谷之中，萬里奔流的長江之水，我們書上把長江畫上私名號，這應該也可以，為什麼呢？因為在夔州，夔州就是在長江邊上，所以「臺」在山崖上，山谷中有一條長江之水。好，再來「迴風滔日孤光動」，一樣的「迴」也好、「滔」也好、「動」也好，都是動詞，都是渲染。風在這裡迴旋，浪花洶湧好像要遮蓋、淹沒了天上的太陽。「孤光動」，光應該是水中的光，那水裡邊為什麼有光？為什麼又說那個光是孤光？一定是天上的太陽照到了江水之中，江水不停的流，所以水裡邊的光不斷的在那邊浮動。這樣的解釋希望能讓各位眼前出現了那一幅圖畫。

現在第二層問題來了，我們看那杜甫寫這樣的景色，他為什麼要寫這個？他為什麼要寫這個「臺」，要寫這樣的一個江山？各位看到下邊引黃白山的說法，黃白山是清朝人，名字叫黃生，號白山。他說：「起便為角鷹作勢，見江山黯淡，日色慘悽，皆若助其肅殺之氣也。」這條資料比較簡單。這個評語給我們做了解釋，杜甫為什麼要描寫這個景色？是為角鷹作勢，主角是那個角鷹，但是先把那個角鷹出現的背景寫出來，為那個角鷹的出場先塑造了一種氣勢。你假如在戲台上看演戲，時常哦，主角還沒出來，前邊一大堆龍套先跑出來了，先造成了一種氣勢，然後主角才出來，這叫「作勢」，先形成一個氣勢。下邊「江山黯淡，日色慘悽，皆若助其肅殺之氣」，為什麼要強調肅殺？因為角鷹是一個獵鷹，獵鷹就帶著一種殺氣，我們讀過杜甫的五言律詩〈畫鷹〉，不是說「素練風霜起，蒼鷹畫作殊」嗎？

白色的畫布湧起了一股風霜之氣嘛！這個就是顯示角鷹牠帶著一股殺氣，這樣的一種氣氛。這是黃生把這四個句子為什麼要出現？為麼要這樣寫？先給我們做了一個解釋。下邊那個吳曰，應該是高步瀛先生的老師吳汝綸，他說：「先寫題之神理，凌空攝影之筆。」題目是〈王兵馬使二角鷹〉，但是呢杜甫不先把題目寫出來，先寫他的神理。「神理」簡單的說就是精神，先把它題目的精神呈現出來，然後下邊說「凌空攝影之筆」。凌空攝影，各位千萬不要想到是現在的科技，好像有高空攝影，然後照出前邊的山啊、谷啊、水啊。先說什麼叫做「攝」，攝就是抓。「影」是相對「身」來說，有身才有影。譬如在燈光或太陽底下，你站在那裡，或者放一個東西在那裡，是不是會有影子出現？所以影是相對身來說的。那這個題目〈王兵馬使二角鷹〉，哪個是身？身就是具體的對象，可是這四個句子各位看到有角鷹嗎？有王兵馬使嗎？沒有。那個身沒有出現，出現的是什麼？是它的影子，所以所謂的「攝影」是不直接寫那個題材，而從側面把那個題材的精神啦！氣勢啦！……等等，先做一層的鋪寫，也因為沒有寫到那個身，沒有直接寫到那個題材，所以說是「凌空」。「凌空」是超出那個具體的題材，更高一層、更上面的抓它的神理、它的氣勢，這叫「凌空攝影」。所以這四句花了很多力氣，我們剛剛是先把那個景色做了比較細膩的分析，但是千萬注意！它的背後、它的裏頭有沒有角鷹？有沒有王兵馬使？有，只是沒有具體的把它寫出來。

　　假如一篇作品，尤其是古體詩，一開頭你先抓它的這個影，先從它的背後，它題材的另外一面，來抓它的精神、它的氣勢，其實整個作品的張力啊，就非常的大。我們一般沒有這樣的才力，要寫這〈王兵馬使二角鷹〉，你一定就說王兵馬使是怎樣怎樣的人，對不對？他養了角鷹，怎樣怎樣厲害，一開頭就這樣寫啊！一下子就進入題材上面去。要先把它壓下來，先抓它背後的氣勢，這樣整個作品的精神就更加壯麗。所以杜甫寫那個蕭瑟的氣氛啦！不管是那個高臺也好、哀壑也好、長江的洶湧也好，其實都提供了角鷹出場的一個背景。我們這一段先這樣的理解。

　　下邊第二段就寫角鷹了，「角鷹翻倒壯士臂，將軍玉帳軒翠氣。二鷹猛

腦條徐墜，目如愁胡視天地」，這個很直接就把角鷹帶出來了。「翻倒壯士臂」，下邊還有一句「韝上鋒棱十二翮」，什麼意思呢？這個角鷹通常呢，是把牠放到手臂上的。我看過一個紀錄片，影片中阿拉伯人打獵的時候，時常帶著獵鷹，你就可以看到獵鷹就站在手臂上，那手臂當然就要用皮套把它套起來，因為牠的爪子很尖銳，所以「角鷹翻倒壯士臂」。角鷹出場了！「翻倒」，牠不是站在上頭喔，牠是倒過來，倒掛在那個手臂上，至於那個手臂是誰的？壯士的手臂。壯士是誰？應該是王兵馬使的手下。他是一個將軍欸，就算是他養的獵鷹，也不一定是站在他自己的手臂上，是他的部下帶著角鷹出來的，就好像我們讀前邊一篇，〈荊南兵馬使太常卿趙公大食刀歌〉，你看看這個「玄冬示我胡國刀」，還有「壯士短衣頭虎毛」，有沒有看到？趙卿要給杜甫看他收藏的大食刀，不是趙卿自己拿出來喔，是由壯士舞刀來展現的。同樣的，王兵馬使要給杜甫看他養的那個角鷹，角鷹是倒掛在部將，一個壯士的手臂上。

好！下邊「將軍玉帳軒翠氣」，玉帳就是軍帳。我們講李商隱時講過，「玉帳牙旗得上游」，這個是根據八卦五行的說法啦，一個將軍要設置軍帳，要設在太乙這個方位。我們先不管細節，總之玉帳指的就是軍帳。誰的軍帳？當然是王兵馬使這個將軍的軍帳。所以有一種註解說前面的悲臺，那個「臺」應該是王將軍他軍隊紮營的地方，我想這個解釋也合理，杜甫就在這軍營裡頭，在那臺子上頭看到這個角鷹。然後「將軍玉帳軒翠氣」，軒翠氣，這三個字有點麻煩，各位不妨先看註解，它引了《文選・甘泉賦》的說法：「颺翠氣之宛延」，看到了吧！然後下邊李善的註說：「言宮觀之高，故紅采翠氣流離宛延在其側而曳颺之。」註解引了這〈甘泉賦〉是「颺翠氣」，但杜甫說是「軒翠氣」，是不是？為什麼說它解釋上有點麻煩？因為這個軒哦，是車子前邊比較高的位子，叫做「軒」。那因為它比較輕，所以相對於「軒」來說還有一個字叫做「輊」，是車子後邊比較重的地方。古代車子不像我們現在是平的喔！是有曲度、弧度的，所以軒在前比較高、比較輕，輊在後比較低、比較重。我們現有一個成語叫「軒輊」，指的就是輕重的意思啦！假如這個字是軒的話，軒是一個名詞，指車子前面的高處，那你

要把它衍申，我們現在還有一個名詞叫作「軒昂」，有沒有？就是很高的意思，假如說這裡的軒是「軒昂」的意思，那跟剛剛我們看到的〈甘泉賦〉裡「颺」的意思就一樣的了，了解嗎？我們先解決這個軒字，當作軒昂，因為高，所以揚起來。

　　下邊還有一個問題是那個翠氣。〈甘泉賦〉說翠氣，沒錯翠氣是有出處，但是這翠氣放到杜甫詩裡邊，翠氣是什麼東西？什麼是翠氣揚起來？有人解釋說這是鷹的毛色，鷹羽碧綠的顏色。所以「將軍玉帳軒翠氣」，是說王將軍軍營前邊，角鷹翠色的羽毛揚起來、飄起來。這樣解釋大致上可以說得通啦！但是還有一個更簡單的方法，有一個版本「軒翠氣」是寫成了「軒昂氣」，杜詩有很多的異文、不同的文字，因為從宋代流傳下來各種版本，文字有很多差異。假如用「軒昂氣」，「將軍玉帳軒昂氣」，這解釋上就不必像我們剛剛那麼麻煩了，因為軒就是軒昂，對不對？那個翠氣的翠也沒有了，所以也不必扣到所謂鷹的毛色上面。那假如用軒昂氣，指的是高臺之上，王將軍的軍營裡頭，一種軒昂的氣勢出現在這地方。軒昂一方面可以說那臺子很高，一方面可以說軍容很壯盛，當然一方面也可以說王將軍本人氣宇軒昂的那個樣子，這都可以講得通，所以兩種版本，兩種不同的解釋方向喔！那給各位參考。

　　好，下邊「二鷹猛腦絛徐墜」，二鷹當然是題目的二角鷹，這沒問題，也就是現在翻倒在壯士臂上的那兩隻角鷹。然後呢，「絛徐墜」這也沒問題。絛是什麼？是繩子。通常那個鷹啊，用繩子把腳綁起來。之前我們讀的〈畫鷹〉裡頭不是有「絛鏇光堪摘」嗎？就是老鷹腳下畫了一個繩子嘛！「絛徐墜」是說綁牠的繩子慢慢的掉下來，也就是繩子脫下來，表示什麼？表示那個鷹開始要飛了，所以這五個字簡單，可以講得通。那「猛腦」兩個字也是麻煩欸！各位看到下邊註解《九家注》裡頭引了張綽的詩：「霜鶻猛轉腦，狡兔避空谷。」看到張綽的這兩句詩，以各位的程度很容易解釋出來吧！鶻是鳥，很兇猛的鳥。霜鶻當然是白色羽毛的鶻鳥。「猛轉腦」，猛然的轉過了頭，所以下邊說「狡兔避空谷」，兔子紛紛的躲起來、藏起來了。那請問「霜鶻猛轉腦」，「猛」是什麼詞性？用現在的文法來說是副詞，形

容那個轉。而轉呢？是動詞，猛然的、忽然的轉過了頭。那杜甫在這裡假如用了這一句詩，猛腦有沒有動詞？沒有，猛然的頭這個句子是不通的喔！猛然轉過了頭，通了對不對？所以這個句子除非有錯字，不然的話它不應該省略了一個動詞，省略了什麼？動詞的「轉」，不然這「猛腦」兩個字沒辦法解釋。你不能說很兇猛的腦，沒有這樣的說法，了解了嗎？假如是這樣，這句字有點不通，雖然杜甫是詩聖，我們還是要批評一下。因為你作詩可以省掉形容詞，可以省掉副詞，但不能省掉動詞。假如各位作詩說猛腦，一定把它打叉叉的，轉腦可以，點頭可以，但猛腦不通，懂了嗎？但詩聖嘛！也只好這樣了，我們就認為它是省略了動詞，除非我們找到不同的版本，有不同的文字。「二鷹猛腦絛徐墜」，倒掛在手臂的那兩隻角鷹，猛然的轉過了頭，然後腳上綁著的繩子，慢慢的掉下來，表示牠要飛了。

　　下邊「目如愁胡視天地」，「目」，當然是牠的眼睛，愁胡也講過，我們講過〈畫鷹〉：「側目似愁胡」，因為那個獵鷹啊，牠的眼睛、那個額頭會皺起來，皺起來的樣子好像是在發愁、在瞋視，就好像胡人皺起眉毛的樣子一樣，所以時常用愁胡去形容鷹的眼睛。這兩隻角鷹的眼睛、額頭皺起來，然後呢，眼睛轉動「視天地」。各位想想看，一定是抬頭看天，低頭看地。前面說「絛徐墜」，那腳上的繩子脫下來了，因為眼睛在轉動，看上邊、看下邊，正在尋找獵物，打算去獵殺的樣子，所以「目如愁胡視天地」。

　　好，我們看到前邊第二段第一小節四個句子，很顯然的是寫角鷹，重點是落到角鷹的地方。接下來第二小節「杉雞竹兔不自惜，溪虎野羊俱辟易。韝上鋒棱十二翮，將軍勇銳與之敵」，很明顯的，這個角鷹飛起來了，對不對？去捕殺那個獵物了。「杉雞竹兔」，雞跟兔每個同學都知道，「杉雞竹兔」大概是比較陌生的詞彙，不過還是雞跟兔。各位看下邊註釋很簡單，那個雞呢，時常棲息在杉樹底下，所以叫「杉雞」；那「竹」兔呢？因為牠時常在竹林裡頭吃竹子，反正就是雞跟兔，這是比較小型的動物。角鷹飛起來了，那就是牠的獵物啊！他要用「不自惜」這三個字，很容易讓我們誤會喔！以為那個兔子、那個雞不愛惜自己，哪一個生命不會愛惜自己的啊！所

謂不自惜是說牠沒辦法自惜，也就是無從逃避，怎麼躲都躲不掉，怎麼逃也逃不開，無從愛惜自己。換句話說雞也好，兔也好，牠們一下就被那個角鷹掠殺了。這是比較小的動物。

　　下邊「溪虎野羊」，是比較大的動物，「虎」說是溪虎，溪虎有典故。各位看到下邊註解說：「宜都山多虎穴，在深溪回谷中」，所以就是指溪邊的老虎啦！不一定指宜都那個地方。我們多講一句，這裡有異文，「溪虎」有些版本寫成了「孩虎」，那「孩虎」是什麼東西呢？孩虎應該是指乳虎、小老虎，不然孩虎不曉得什麼意思？但是我想不要用這個版本。各位看下面「野羊」，野對溪不是對得很工整嗎？那假如改成「孩虎」，那反而對偶不工整了。而且為什麼要寫小老虎？乳虎、大老虎一樣，都是角鷹可以把它獵殺的。那野羊呢？下面註解也有啦！我就不細說，其實就是山羊。這註解說，有些山羊塊頭很大，「重千斤」，很重欸！是大型動物。那「溪虎野羊」看到了角鷹飛起來「俱辟易」，全部躲起來了。說躲起來，這是簡單的解釋，各位還是看看我們註解吧！《史記‧項羽本紀》寫楚霸王打仗的時候，「項王瞋目叱之，赤泉侯人馬俱驚，辟易數里」，看到這話了嗎？〈項羽本紀〉不曉得各位是否有讀過？我建議啊，《史紀》很厚，要全部讀完也有點困難，但是幾篇是一定要讀的。像〈項羽本紀〉要讀，太史公的文筆真的很漂亮。這裡寫楚霸王已經身陷重圍，結果呢，「瞋目叱之」，瞪大眼睛大聲一喝，結果有一個劉邦的屬下，「赤泉侯人馬俱驚，辟易數里」，「辟易」用這兩個字。《史記正義》註解說：「言人馬俱驚，開張易舊處。」古書有時候真的很麻煩，越解釋越複雜，什麼叫「開張易舊處」？古代打仗兩軍對抗，項羽被困了，四周都是劉邦的部將，項羽大喝一聲，結果那「赤泉侯人馬俱驚」，往後退散掉了，散掉了叫做「開張」。本來軍隊是圍在項羽身邊的，卻張開了、拉開了、跑掉了，所以散掉、打開了就叫開張。那「易舊處」呢？軍隊再聚在一起的時候，已經不是原來的那個位子。總之杜甫用了《史紀》「辟易」這兩個字。譬喻這羊也好、虎也好，比較大型的動物，力量比較強壯的，那才逃得掉啊！就像碰到項羽一樣，全部躲起來、散開逃掉了，等到再出現十，已經不是牠們原來的位置了。

　　好，下邊「韝上鋒棱十二翮，將軍勇銳與之敵」。韝，就是剛剛說的，用皮作的，套在袖子上的皮套，讓鷹站在上頭，呼應了前邊的所謂「角鷹翻倒壯士臂」，角鷹站在那壯士臂上。「鋒棱十二翮」，翮是什麼？翮是鳥的羽毛、羽毛大概就是像畫這個樣子，中間那個部分就是牠的莖，看過羽毛吧？沒有的話，回家找一隻雞、一隻鳥，拔一拔看看，中間有一根白白的、管狀的，有沒有？那旁邊是毛散開來了嘛，中間比較硬的羽莖叫做翮。十二翮，原來像角鷹比較兇猛的鳥，左右兩邊的翅膀各有六片，非常強勁的羽毛。所以用翮代表羽毛，十二是左右各六，指的是翅膀上主要的羽毛。鳥能夠飛起來，能夠俯衝，鼓動翅膀，就是靠這十二個羽毛的震動。了解這十二翮，中間的那個「鋒棱」當然就可以理解。鋒是高，像刀啊、劍啊，尖端很銳利的地方叫做鋒。棱是什麼？比方說一塊木頭。我不會畫立體的樣子，一塊木頭邊邊的那條線叫做棱，就像我們桌子吧，這個部份尖尖的一條線叫做棱，所以我們時常看到一個山，突出來的，尖尖的一條線，叫做棱線。鋒是尖的，棱呢也是尖尖的，總之就是用這個形狀來去形容它的羽毛非常銳利，像刀、劍之鋒，像一個棱角，「韝上鋒棱十二翮」。

　　從這個所謂「二鷹猛腦條徐墜，目如愁胡視天地，杉雞竹兔不自惜，溪虎野羊俱辟易，韝上鋒棱十二翮」，這些其實就是寫將軍的角鷹，非常兇猛、非常厲害。要寫這角鷹的勇銳，這一整段當然也集中在角鷹去寫，但是你看到最後一句，「將軍勇銳與之敵」，這一段主角是誰？角鷹，但是他用王將軍，用這個角鷹的主人來去襯托。說王將軍的勇銳，跟那個角鷹的勇銳，是可媲美的，使兩個可以互比，相差不多的，「將軍勇銳與之敵」。各位回憶一下我們講的上一篇〈荊南兵馬使太常卿趙公大食刀歌〉，當他寫刀的時候，有沒有帶出人出來？有。寫人的時候，一定帶到了那個刀，人刀雙寫。這一篇手法上類似，所以這一個段落基本上焦點是在角鷹，但是他不忘記那個主人王將軍，故「將軍勇銳與之敵」，把王將軍帶出來陪襯。

　　好，下邊第三段，「將軍樹勳起安西，崑崙虞泉入馬蹄。白羽層肉三狡猏，勇決豈不與之齊」，這是第三段的第一小節。帶到哪裡去了？進入到王將軍，人的身上，所以他用了回溯的方式，「將軍樹勳起安西」。這王將軍

的出身、過去的背景,是在哪裡建立的功勳呢?在安西。唐朝有很多的都護府,尤其是在邊境,當然其中就有一個安西都護府,就在邊塞。那些都護府以現在來說,應該就在新疆這一帶地方的西邊,所以叫安西嘛!這王將軍他的出身,他的生平,我們不清楚,甚至他的名字都有很多爭議啦!所以我們只有依賴杜甫這樣的敘述,透過這樣的敘述,我們知道他曾經在邊塞、在安西這地方打過仗,建立了功勳,故「將軍樹勳起安西」。因為在安西那個地方打仗,所以「崑崙虞泉入馬蹄」。崑崙講過,崑崙山對不對!傳說中的神仙西王母,就住在崑崙山西邊的瑤池,所以也是所謂的仙山。那虞泉事實上就是「虞淵」,因為唐朝人時常要避這個「淵」字,為什麼要避?因為唐高祖就叫李淵,所以要避諱用「淵」字。我們之前讀李商隱的詩:「紫泉宮殿鎖煙霞」,也是用「泉」來代替「淵」。那虞淵也是傳說中的一個地方,傳說太陽早上的時候「日出於扶桑」,從東邊扶桑升起來,然後黃昏「日落於虞淵」,從西邊虞淵那個地方落下去,就是日落之地。還有一個說法,虞淵那個地方有一個池叫做咸池,不知道大家有沒有聽過?咸池是日浴之地,古人真的很浪漫,想像太陽從東邊昇起,黃昏的時候從西邊落下,然後到咸池那一個地方去泡澡了!睡一個晚上,第二天再從東邊升起來,很享受哦!好,這個崑崙也好,虞淵也好,都是最西邊的地方,都是傳說的地點,但是呼應了安西,都是指最西邊之地。「將軍樹勳起安西」,杜甫想像那個崑崙山、那個虞淵「入馬蹄」,王將軍都曾經騎著馬去過那個地方,現在王將軍在哪裡?在夔州,現在的四川,那是調回中原了。這都是要講王將軍他的出身,他也是縱橫天下的一個人物,早年就曾經在邊塞打過仗、立過功,跑過好遠的地方啊!

　　接著下邊「白羽曾肉三狻猊」,「白羽」就是白羽箭,用白色的羽毛做裝飾的箭就叫白羽箭,簡稱白羽,所以不是白色的羽毛喔!「狻猊」,就是現在我們所說的獅子。唐朝人寫「獅子」也會寫成「師子」,所以有些學生就說老師,唐朝的「師子」是這樣寫的,所以老師就像獅子一樣兇。我們現在都把牠加犬字旁了啦,「狻猊」就是現在獅子的另外一個稱呼,也是西域的野獸。下邊「曾肉三狻猊」,「肉」哪個人不認識這個字?一定都認識,

但是肉在這裡是怎麼用法？各位看註解引了朱鶴齡的說法：「肉狻猊言得而肉之也。」「得」是得什麼？得到那個狻猊、那個獅子，對不對？那「肉之也」呢？我們先不管它是什麼意思，各位想想看朱鶴齡在這裡解釋、這樣的翻譯，這個肉當什麼詞？當動詞。可是問題是，當動詞是什麼意思呢？吃。吃什麼？吃肉，得而食之也就是吃肉。為什麼特別要這樣一層、一層的說？解釋到這裡，請問是誰吃肉？杜甫說「白羽曾肉三狻猊」，是王將軍獵殺了三隻獅子，然後把這三隻獅子的肉割下來，拿去燒烤吃掉嗎？主詞是王將軍嗎？不是，那是什麼？是白羽箭。他曾經用白羽箭射中了那三隻獅子，就好像那個箭，吃到了獅子的肉一樣。所以這裡特別的一個是，「肉」當動詞用。

　　漢語啊有一個特別的地方，大概詞性都會轉換，對不對？這個比較容易了解，名詞可以轉換為動詞喔。轉為動詞的話，肉就是吃肉這沒問題。第二個就是我們詩的語言最麻煩的問題是什麼？時常某一個詞，像主詞省掉了，假如你七個字連在一起「白羽曾肉三狻猊」，各位想想看，那個肉的主詞是什麼？是白羽，就是那個箭。箭曾經射中三隻獅子，好像箭吃了那個獅子的肉一樣，當然表示王將軍很勇敢、很勇猛，到了安西去建功，甚至到了非常遙遠的西邊，射殺了三隻獅子，所以說「勇決豈不與之齊」。勇決是誰？王將軍哦！王將軍的勇決，那個勇敢、那個果斷，豈不就跟牠一樣嗎？這邊特別注意一下，前面一行「將軍勇銳與之敵」，看到了吧！剛剛讀過了，現在是「勇決豈不與之齊」，這下面三個字「與之齊」，「與之敵」文字都差不多，我們要仔細分辨的是那個「之」。之是代名詞，兩個代名詞，同樣一個「之」，指的是一個東西嗎？前面的「將軍勇銳與之敵」，的「之」指的是甚麼？是角鷹，對不對？下邊「勇決豈不與之齊」，那個「之」也是角鷹，所以這上下兩句互相的呼應。但是前面一段它的主題寫的是什麼？角鷹。那下邊一段它的主題是什麼？將軍。所以很顯然的當他寫角鷹的時候，說「將軍勇銳與之敵」，把王將軍拿出來陪襯那個角鷹。那下邊主題是王將軍的時候，說「勇決豈不與之齊」，拿角鷹來陪襯王將軍。

　　各位開始喜歡寫古體詩，建議喔，注意一下這樣的一種造句法，我們寫

近體詩不可能這樣寫的啦！這樣寫的話，老師一定把你打叉叉的！這樣寫顯得好像一首詩沒有幾個字，就重複得那麼厲害，但是我們古體詩有時候會是這樣的，造成一種氣勢，有這樣的呼應。這個重複，我們數一下好了，這首詩將軍出現了幾次？「將軍玉帳軒翠氣」，有沒有？再來「將軍勇銳與之敵」對不對？再下邊「將軍樹勳起安西」，然後再來「荊南芮公得將軍」，才幾句啊，將軍就出現了四次了，就看你怎麼用啦！古體詩在這地方反而給你一個很大的自由度。好，這前邊四句主題是王將軍，最後拿角鷹來去陪襯。

　　下邊，「荊南芮公得將軍，亦如角鷹下翔雲」，「荊南芮公」，前邊一篇不是「芮公回首顏色勞」，還有印象吧？指的就是荊南節度使衛伯玉，所以「荊南芮公得將軍」，很顯然王兵馬使也是衛伯玉的部將，說衛伯玉得到了這個王將軍，那你看「亦如角鷹下翔雲」，好像是得到那角鷹從天上飛下來，很明顯又把王將軍比做角鷹。好，我們先把這講完，「惡鳥飛飛啄金屋」，「惡鳥」指兇惡的鳥，也就是最後一句「梟鸞分」的那個梟。梟是鴟梟，指貓頭鷹這類的惡鳥。「惡鳥飛飛啄金屋」，表示那個惡鳥縱橫，「啄金屋」，金屋顯然是華麗的房子，像漢武帝不是打造了金屋，寵愛了陳阿嬌嗎？就是指皇宮，非常貴重的地方。所以「惡鳥飛飛啄金屋」啊，很顯然指的就是說那些叛逆的亂賊臣子，或者是侵犯邊境的外寇，這群惡鳥擾亂了太平。「安得爾輩開其群，驅逐六合梟鸞分。」怎麼能夠讓你們對這些惡鳥「開其群」？開在這裡指的是驅逐的意思，怎麼樣才能把那些惡鳥群給驅散，驅趕到六合之外。六合，前面一篇好像也有，「光芒六合無泥滓」對不對？上下四方叫做六合，把那些惡鳥驅趕、離開這個宇宙，離開這個世界，然後把鴟梟一類的惡鳥，與鸞，也就是鳳凰一類的瑞鳥區別開來，保護牠們，也就是讓天下能夠得到太平啦！

　　這個意思寫得很清楚，但現在我們要注意的是「荊南芮公得將軍」，衛伯玉是什麼身分？王將軍的主人。所以注意喔！這個地方特別要強調，杜甫這個題目是〈王兵馬使二角鷹〉，在題目裡頭出現了兩個角色，一個角鷹，一個王兵馬使、王將軍，而王將軍是角鷹的主人對不對？但是在題目之外，

帶出了另外一個人物，那是主人的主人衛伯玉，「衛伯玉、王將軍、角鷹」，到最後把他們三個合在一起，在哪裡合？「安得爾輩開其群」，爾輩是你們這一群，指誰？衛伯玉、王將軍和角鷹。當然角鷹是鳥啊！獵鳥而已啊。事實上又用角鷹來陪襯王將軍，所以說，「荊南芮公得將軍，亦如角鷹下翔雲」。我們從虛實的觀念，說前邊寫了很多角鷹對不對，是實的還是虛的？實的喔！那角鷹是真的有，真的出現！可是到了最後一行「亦如角鷹下翔雲」，這角鷹是虛的還是實的？是虛的。為什麼是虛的？比喻，用角鷹比喻王將軍，所以當衛伯玉得到了王將軍，好像也擁有了王將軍所有的角鷹一樣，所以下邊就期待他們能夠合作，把惡鳥驅逐，讓天下得到太平。

　　我們竟然把這篇講完了，當然有些地方可能講的不清楚，假如有問題可以提出來討論一下。接著我們要講〈縛雞行〉，還有後邊〈君不見簡蘇徯〉，兩首都比較短，也許〈觀公孫大娘弟子舞劍器行〉這一首可能會帶出一些討論，這一首大概要花一點力氣，也算杜甫非常有名的作品。

縛雞行

小奴縛雞向市賣，雞被縛急相喧爭。家中厭雞食蟲蟻，不知雞賣還遭烹。蟲雞於人何厚薄？我叱奴人解其縛。雞蟲得失無了時，注目寒江倚山閣。

　　這首詩，篇幅很短，雖然是七言古詩，只有八個句子，算是短古。古體詩因為不限篇幅大小，所以字數也好，句數也好，都沒有一定的限制。不過習慣上我們都會寫到十幾句，二十幾句，像杜甫甚至一百句，兩百句都有。像這首八個句子、九個句子或者十個句子，這都算是。我們習慣上把它叫做短古，篇幅大的就叫長古。

　　這首〈縛雞行〉河洛話我不會念，這是我覺得滿遺憾的，因為河洛話很多跟中古語言很密切。像這個「縛」字，河洛話怎麼唸？pak8，是不是？所以，我們國語怎麼唸？唸「ㄈㄨˊ」啊！真是相差十萬八千里。這個「縛」是輕唇音，然而 pak8 是重唇音。有音韻學者做研究，說：「古無輕唇音」，對不對？像這類音在古代都唸重唇音，所以唸成 pak8 那是聲母，可以理解。但是它的韻母，「ㄨ」嘛，是合口，對不對？而現在河洛話是唸成 pak8，開口。所以這字，在韻書裡頭，是放在「藥」韻，吃藥的「藥」，入聲。它這入聲字，我們也可以理解。但是各位看看杜甫這一首八個句子，分成兩個小節，後邊一個小節「蟲雞於人何厚薄？吾叱奴人解其縛。雞蟲得失無了時，注目寒江倚山閣」，這四個句子押了三個韻腳，「薄」跟「閣」是鐸韻，開口，「縛」是藥韻，合口，在古代都唸 ak。你們用河洛話唸唸看「薄」跟「縛」跟「閣」，三個音分別是 ok、ak、oh，對

嗎？所以呢，三個字都是入聲，唸起來就知道是押韻的。以前我讀到這首詩，我怎麼唸實在是很難押韻啊！國語「何厚薄」的「薄」、「吾叱奴人解其縛」的「縛」怎麼押嗎？我就把那個「解其縛」唸做「解其ㄅㄛˊ」，但是國語並沒有這樣的讀法。好吧！這是「音韻」的問題，語音的變化，真的是隨著時間改變非常大。所以各位會用河洛話來讀書，其實對讀我們的古典作品是很有幫助的。不過是要用讀音，不是語音。那語音的話，像「藥」這個字，我還問過我妹夫語音怎麼唸，他唸的就是語音，像「藥房」叫「ioh8 pang5」，但是唸古詩的時候就要用讀音不是語音。好！還是講作品吧！講聲調、聲韻，我沒有你們厲害。

　　本首詩題目下邊引了黃叔似的話，高步瀛先生時常引用。這個也給各位說過吧！黃叔似就是黃鶴，宋朝人。他把杜甫的詩做了編年。在很早的時候，宋朝開始開始整理杜甫的詩，這首是作於哪一年啊？那首是作於哪一年啊？是在什麼地方作的啊？大家開始把杜詩按照生平，編出順序。因為黃鶴的時代很早，假如之後學者的編年沒有太大出入，所以基本上大家都尊重他的說法。像這一首他就把它編在大曆元年，而且告訴我們說在西閣所作，為什麼定位在西閣呢？因為這首詩後面說「注目寒江倚山閣」。這個「山閣」啊，就是杜甫詩裡頭，提到曾經住過的一個地方「西閣」。補充一下好了。杜甫在大曆元年的春天到了夔州，對不對？跟各位講過的哦！他剛剛到夔州，沒有自己的房子，借住在他自己說的「山中客堂」，山裡面的客堂。杜甫詩裡面有這樣的題目「客堂」，那很顯然是借住的、客居的一個地方，這是春天來到夔州的第一個住宅。到了同年秋天，他就搬到西閣。到第二年，大曆二年的春天，再搬家，搬到哪兒呢？搬到赤甲。赤甲是一座山。它的房子就在這個山邊，這是大曆二年的春天。杜甫就算在夔州，搬家也搬了好多次，在赤甲住了半年後，到了秋天他又再搬家，搬到哪兒呢？搬到東屯。我是期待大家透過高步瀛先生選的這些杜甫詩，開始接觸一下杜甫比較多的作品，雖然他絕對不是完整的。

　　假如根據我這樣子的介紹，各位就大致上可以有一個感覺。我們講了好多次，杜甫在大曆元年的春天三月來到夔州，大曆三年正月，離開夔州出

峽，對不對？在夔州只有一年十個月。但是這一年十個月，他寫的詩非常的多，像我們剛剛說的這些地點，你翻翻他的集子，時常都可以看得到。但是假如你沒有一個輪廓，一看到這地點，看到赤甲，看到東屯，或是山中客堂啦等等，你不曉得到底是哪一個位置，或者是說什麼時間，住什麼地方。所以給各位一個很簡單的脈絡。因為跟題目有關，給各位再作補充。杜甫這一年十個月在夔州，相對的說，生活算是比較安定，物資也比較不那麼匱乏。吃得飽，穿得暖。這個之前，他東奔西跑，衣食不足，我們講得很多了，像〈同谷七歌〉說「黃獨無苗山雪盛」，對不對？冬天扛了長鑱到山上去挖黃獨吃，你看那多可憐啊！

　　那在夔州這一段時間，當時夔州都督叫柏茂琳。他是嚴武的部將。我們曾經講過嚴武跟杜甫的關係非常密切，因為柏茂琳是嚴武的部將，所以杜甫在成都的時候跟他就認識了。後來永泰元年的時候嚴武去世，杜甫離開成都，再來到夔州，那柏茂琳對他非常照顧。根據資料告訴我們，柏茂琳曾經給他四十畝的果園，一百頃的稻田。那個稻田是公田、政府的，這果園應該也是政府的。就讓杜甫來負責管理這公家財產，有點像現在 BOT 的味道。所以杜甫這一年多這一段時間，你可以看到他生活還過得不錯，像大地主一樣，有很多手下。在他詩裡提到的，像有一個行官叫「張望」，是幫著杜甫管理這些稻田、果園的，所以杜甫時常帶著他去巡視農田收成，杜甫還在旁觀察農民割稻等等。這些很細微的生活細節，他都有紀錄。他還有幾個僕人，反正我們不受時間限制，我再告訴各位，看看杜甫是怎麼過日子的。他有一名僕人叫信行，根據杜甫的描寫，他應該是夔州這個地方的原住民，因為夔州是山區啊！有一天，杜甫家裡的接水竹管斷掉了，所以沒水。他家的用水是用竹子做成很長的竹管，從山中的水源接到家裡。所以，信行一大早就沿著竹子做的水管進行檢查、修補，回來的時候已經傍晚天黑了，他的臉都曬得黑通通的。杜甫很同情他，也很感激他，特別寫了一首詩送給他。我不曉得他看不看得懂？反正是一首很長的詩。還有一位，杜甫詩裡稱他為「獠奴」，大家應該更清楚了，一定是當地的原住民。這個人叫「阿段」，這「阿段」應該是女的，是杜家的女傭人，杜甫也曾經寫詩給她。所以啊！

一位詩人最後沒事幹，就寫詩給他們，也不曉得他們看得懂看不懂。

剛剛說這些東西，跟這首詩的題目有關係的。你看題目叫〈縛雞行〉，顯然杜甫家裡養了雞，對不對？有果園、有稻田，那是公家的，但是他家一定也有些空地吧！還養雞呢！說到養雞，杜甫還有一個題目很有趣，叫〈催宗文樹雞柵〉。假如要考試的話，考一下各位，宗文是誰啊？杜甫的長子。很厲害哦！杜甫的兒子你們都認得。大兒子叫宗文，小兒子呢？叫宗武。宗武的小名叫熊兒，宗文的小名叫驥子。家裡養了雞，雞會亂跑，杜甫呢就催促他的大兒子宗文「樹雞柵」，圍個籬笆，把那些雞關在一個地方養起來。杜甫為什麼要養雞？雞肉除了營養以外，他還說，傳聞可以治風疾、風濕之類的疾病，所以詩裡說：「癒風傳烏骨」，看得懂吧！「烏骨」是什麼？就是烏骨雞嘛！我們台灣吃補，不就是吃烏骨雞嗎？傳說烏骨雞對治療風疾、風濕病之類的最有效，所以他家裡養了一群雞，這就是「癒風傳烏骨」。好吧！不多說了，我們就進入這個作品。

「小奴縛雞向市賣，雞被縛急相喧爭」，現在你看看！把雞綁起來了，對不對？「縛」，就是綁的意思啊！杜甫為了這個事件作了一首詩，詩很白，講得很清楚。好，第一個小節，「小奴縛雞向市賣，雞被縛急相喧爭。家中厭雞食蟲蟻，不知雞賣還遭烹」，下邊第二小節，「蟲雞於人何厚薄？吾叱奴人解其縛，雞蟲得失無了時，注目寒江倚山閣」，我相信這八個句子，五十六個字，同學一看大概都懂得什麼意思，沒有深難的詞彙吧！你看第一個句子，「小奴縛雞向市賣」，「小奴」，就是家裡的奴僕啊，對不對？杜甫看到那些奴僕，把家裡的雞綁起來，要拿到市場去賣，發現「雞被縛急相喧爭」。杜甫再仔細看，那些雞被綁，「縛急」，這個要補充一下。「急」不是很快的意思，應該是緊的意思。大概是用繩子綁，綁得太緊了，雞會掙扎，掙扎的時候就「相喧爭」。掙扎一方面會發出聲音，叫「喧」。咯咯的叫嘛！「爭」是什麼呢？就是不停的掙扎啊！「爭」相當於有手字旁的「掙」，「相喧爭」就是不停的發出聲音，不停的掙扎。好！那杜甫看，養得好好的雞啊，為什麼把它綁起來？要把它賣掉呢？而且綁得那麼緊，看起來那群雞好可憐啊！對不對？不斷的吵，不斷的在掙扎。

　　所以他就問了到底是什麼原因？大概家人就告訴他啦：「家中厭雞食蟲蟻」。為什麼要把雞綁起來賣掉？因為家裡的人很討厭那個雞去吃蟲、吃螞蟻。各位沒有養過雞，大概也看過雞吃東西吧！那雞的腦袋從來不停的啊！在地面上一直啄啄啄。那地面有螞蟻，它就吃螞蟻啊！有蟲就吃蟲啊！「家中厭雞食蟲蟻」，家中看到雞這種行為很討厭、很厭惡，表示什麼？非常同情那些螞蟻啊！同情那些蟲啊！覺得那個雞太殘暴了。看看，杜甫的家人很有仁愛之心啊！然後呢？杜甫又進一步想，好嘛！為了解救那個螞蟻，為了解救那隻蟲，把雞綁了，把牠賣了，但是可要知道哦！「不知雞賣還遭烹」。你把雞綁了，把牠賣到市場去，人家買回家做什麼啊？還不是把牠宰了、吃了嘛！「不知雞賣還遭烹」。這四個句子，各位看看有沒有？除了剛才我說的，縛急了，這個可能要稍微解釋一下，把這個「爭」，也要解釋一下。文字很通啊！很白啊！事件也很清楚啊！但是這個道理有一點讓我們陌生一點啦。家裡養了雞，雞在吃蟲，家人很同情那個蟲，要把雞綁了把牠賣掉。那杜甫進一步想，好嘛！你同情那個螞蟻，雞被賣了，還不是被宰了嗎？還不是被殺了嗎？解釋到這裡，理解到他寫到這個地方的時候，你要知道哦，這首詩已經不是事件的問題了，是一個哲理的問題了，對不對？

　　所以下邊你看看：「蟲雞於人何厚薄」，雞跟蟲對人來講，哪個關係比較深厚？或者比較淺薄呢？意思就是，對我們人來說，雞也好，蟲也好，都值得去同情、去重視啊！那是因為雞把蟲吃了，你同情那個蟲，就把雞賣了。雞被殺了，你到底真的是帶著仁愛、帶著同情的心嗎？好！所以杜甫從這一層講，他說「吾叱奴人解其縛」，我就喝止家裡那些奴僕，不要再綁雞了，把牠放開，「吾叱奴人解其縛」。那些雞得救了，得救以後，各位想想看，下邊的事情是怎麼的發展。那個螞蟻、蟲就遭殃了，對不對？所以這個就變成一個難解的習題了。因此他後面說「雞蟲得失無了時」，雞和蟲哪一個是得？那一個是失？「無了時」。「無了時」，不能說是沒有結束的一天，而是說永遠沒有辦法解決的一天，沒有辦法解決，救了雞，害了蟲，要救蟲，就害雞。可是偏偏雞跟蟲，對人來說，沒有所謂「厚」、「薄」啊！那我該怎麼辦呢？因為這個難題，是永遠得不到解答的。「雞蟲得失無了

時」。

　　針對這樣沒有辦法解答的難題，在這首詩裡，杜甫用什麼辦法做結束？「注目寒江倚山閣」。這是一個倒裝句喔！我就靠在山邊的閣上，就是剛才說的西閣，也就是他住的房子。西閣看起來是一個樓，至少兩層樓吧！他就靠在那個樓閣，倚在那個欄杆上，然後「注目寒江」，眼睛往前看，看著眼前長江之水，看到水不停地往前流的樣子。「雞蟲得失無了時」，這樣一個難解的習題，永遠沒辦法解決的問題，最後杜甫用一個風景做結束，望向江邊，看到寒江不停地流做一個結束。你要解釋、翻譯，大概也就是這樣。重點是在過去的詩話裡頭，不停的針對這首詩結束的方法，「注目寒江倚山閣」，給他一個非常大的肯定。

　　我們先從書本引用的材料說。各位先看到《九家注》，引了趙次公的說法：「一篇之妙在乎落句。」他說一篇作品最妙，也就是最精彩、最要緊的，就是在它結束的地方。那以杜甫這一首來說，他的落句、結束的地方，「注目寒江倚山閣」為什麼是妙呢？他下邊先把那個詩意做了解釋。他說：「蓋雞之所以得者蟲之所以失，人之所以得者雞之所以失。」反正是「雞蟲得失」嘛！「人之得失如雞蟲又且相仍，何時而已乎？」這當然他又引伸啦，人跟人之間，哪一個得，哪一個失，其實也跟雞和蟲哪一個得哪一個失一樣，永遠都沒有一個一定的答案，也沒有結束的時候。所以我們現在有一個成語就叫「雞蟲得失」，聽過這個成語沒有？「雞蟲得失」就是人生之間有得有失。你得了，他失了，到底是哪一個真的得到，哪一個真的受害？很難說。這就叫「雞蟲得失」。

　　好！接下來，「注目寒江倚山閣，則所思深矣。」古代的人的評語，說實話，真是要有一點禪宗的妙悟才行。你看他講了半天，才跟你說這個句子「寒江倚山閣，則所思深矣」，到底深在哪裡？他沒跟你說，這個要一位老和尚拿一根棍子在腦袋敲一下，讓你頓悟一下。我想假如是最簡單的解釋吧！最普通的一個解決方法。你看「注目寒江」對不對？在那山邊樓上，看到江水不停的流，那不就是「無了時」嗎？對不對？這無窮無盡的長江之水，就像雞蟲的得或者失的永遠沒辦法解決的一樣，沒有辦法得到一個結束

的時間，這就是「雞蟲得失無了時」。

　　好！假如說，過去時常把這樣一個方法，叫「以景結情」。我們剛剛談到了趙次公，沒有直接告訴你們「以景結情」。「以景結情」是什麼一個結構呢？基本上一篇作品，不管它有多少句子，前邊都是在寫感情或者是在寫事件，敘事或抒情，到了最後結尾的地方，用一個景做結束。就像杜甫這首詩，你看「小奴縛雞向市賣」一直到「雞蟲得失無了時」，都是說事情啊！事情講得好清楚、好明白啊！要講道理啊！對不對？也說出了他對雞蟲不曉得如何取捨，兩難的一種困境嘛！說事件，或者說情感，或者說理吧！到最後「注目寒江倚山閣」，用一個景做了結束。古人認為這樣的結構，就能夠把整篇情也好、事也好、理也好，作了一個不盡之意。綿綿不盡的情感、綿綿不絕的事件，或者是娓娓道來的一大堆道理，用一個景作結束，就包含了不盡之意。這怎麼去比喻呢？其實早期我們看比較老式的電影，是常有這種說法喔！我講作品很喜歡用電影作比喻。譬如說一部兩個鐘頭的電影吧！它大概演了一個鐘頭又五十九分鐘纏綿不已的愛，或者悲歡離合的故事等等。把那個事件、那個感情說了一大堆，然後結束了。你看那導演怎麼處理那個鏡頭？把鏡頭拉遠，那銀幕上就是一片蒼茫的天空，或者一片無窮的大地，或是綿綿不絕的一條道路。鏡頭越拉越遠、越拉越遠，變成一個空的鏡頭，有沒有？整個鏡頭畫面就是一個景色。從結構說就是「以景結情」嘛！我這樣說不曉得各位有沒有觸動以前看電影的回憶？現在電影不太這樣子了。以前好多電影都是這樣耶，就把鏡頭拉遠，然後銀幕就是一片蒼茫。不會看電影的人，時常看到鏡頭拉遠了知道要結束了，就站起來要離開了。他不知道其實導演就是要用慢慢拉、慢慢拉所呈現出來的畫面，讓你在那邊有不盡之意，這樣慢慢地在心裡咀嚼、在心裡邊反覆地去感嘆。其實那個鏡頭是有作用的。這樣比較了解了沒有？所以，我們不要做沒有水準的觀眾，不要看到這樣，就走人了，反正故事結束了嘛！都離開了，其實他是給你一種詠嘆！

　　當「雞蟲得失無了時」的時候，杜甫望向那一條江水，江水無窮，其實就是一個拉得很遠的畫面，很大的這個景色，就把那種「無了時」的感

覺，具體地透過景色呈現出來。好，我們就先這樣理解。這就叫「以景結情」。趙次公這裡所說：「一篇之妙在乎落句」，按照他說的解釋的話，應該就是「以景結情」的方法。接著趙次公下邊引了黃山谷的詩，認爲這是學杜甫的。

　　再看下邊另外一則資料，《步里客談》說：「古人作詩斷句，輒旁入他意，最爲警策。」看到嗎？作詩斷句，也就是一首詩最後結束的地方叫「斷句」。當一首詩要結束的時候，時常不順著前邊句子的內容發展下來，「旁入他意」，跳到別的地方做結束，這也是最精彩的地方。也引了杜甫這一首詩，還有黃庭堅的〈水仙花詩〉。好！我今天給各位補充一些材料，我們等於補讀一下，黃庭堅的兩首詩，還有洪邁的一條資料。各位先看看《九家注》引的黃庭堅的詩〈書酺池寺書堂〉，這是黃庭堅的一首絕句。根據編年，這首詩應該是在宋哲宗元祐四年到八年，黃庭堅那個時候是在朝廷修史書，算是中央政府的官，但是不得志。他跟蘇東坡關係很密切。所以你可以看到那一段時間兩個人牢騷很多，雖然都在中央做官。你看看黃庭堅這首詩，他說：「小黠大癡螳捕蟬，有餘不足夔憐蚿。退食歸來北窗夢，一江風月趁漁船。」你怎麼去理解這首詩的內容，也怎麼看出所謂「一篇之妙在乎落句」，而且他怎樣跟杜甫的這首「縛雞行」是呼應的？宋人的詩啊！比老杜還可怕，因爲他書卷更多。你看前邊兩句用了典故。不過第一個典故相信各位大概看過、聽過，就是「螳螂捕蟬，黃雀在後」。

　　《韓詩外傳》曾說，楚莊王將要討伐晉國，而且對他朝中的臣子說「敢諫者死，無赦」。在古代，尤其是春秋戰國，很多人要勸勸國君，都會講一大堆故事，用寓言的方式，有點像莊子的味道。孫叔敖也是楚國的臣子。孫叔敖各位一定聽過，斬兩頭蛇的嘛，對不對？那孫叔敖就說：「假如說一個兒子，擔心被鞭打而不敢勸諫他的父親，就不是孝子；恐懼被殺害而不敢勸諫國君，就不是忠臣。」於是他就到楚莊王那裡去勸諫。勸諫不是直接說的，而是用一個比喻。他說：「我園子裡有一顆榆樹，上面有一隻蟬。蟬正在張開翅膀，在那邊叫得很響亮。想要喝露水，卻不知道有隻螳螂在後邊。」我們現在寫成「螳螂」，過去則是寫成「蟷蠰」螳字右邊寫成唐朝的

唐，反正都是擬聲字。「曲其頸欲攫而食之也」，這句形容得很漂亮喔！螳螂彎著脖子，想啄蟬來吃。當螳螂想要捕那個蟬的時候呢，不知道黃雀正在後面，「舉其頭欲啄而食之也」。所以這些文章，各位要寫詩也要模仿一下。你看！螳螂要捕蟬是「曲其頸欲啄而食之」，對不對？然後，黃雀要捕螳螂呢？「舉其頭」，把脖子仰起來，要「啄而食之」，而當黃雀要吃那個螳螂，「不知童挾彈丸在下」，有個童子拿著彈弓在下邊「迎而欲彈之」，對著黃雀，想要用彈弓來射殺它。「童子方欲彈黃雀，不知前有深坑，後有窟也」。你我為什麼把一個很熟悉的典故，特別補充出來給大家說呢？因為這才完整！「螳螂捕蟬，黃雀在後」還不止此，黃雀後邊還有童子，童子後面還有深坑跟一個洞窟。所以「此皆言前之利，而不顧後之害者也」。也就是說，只記得前邊有什麼利益，沒有考慮到後邊可能有什麼危險。「非獨昆蟲，眾庶若此也」，不是蟲這樣喔！人也是這樣。不只一般人這樣喔！「人主亦然」，國君也是這樣。所以，「君今知貪彼之土，而勤其士卒，所謂知前之利，而不顧後害者也」。你看我們要做說客，就要這樣子說。講了老半天，才扣到他要勸諫的主題了。所以，「臣敢愛死而不以告哉？」我敢這樣子愛惜我的生命而不向你勸告嗎？結果，楚莊王就不討伐晉國了。

　　好！講了老半天這就是所謂「小點大癡螳捕蟬」。黃山谷的「螳」就寫成唐朝的「螗」，這個句子怎麼翻譯？有典故、有書卷，這些典故從哪來？宋人，尤其是江西詩派，黃山谷的這一類的詩，那個句子很拗口、不順暢。我們先這樣說好了。「點」，它是什麼？聰明，對不對？小聰明。「癡」呢？癡呆嘛！笨蛋嘛！好，這個小點大癡是形容什麼。下邊的螗或蟬嘛！這樣理解可以吧！好，第二步，請問「小點」形容的是什麼？螗還是蟬？「大癡」形容的是螗還是蟬？因為中間有個動詞「捕」，有沒有？「捕」是螗捕蟬，所以應該是「大癡」的螳螂要補「小點」的蟬，這樣子句子看起來很不順哦！因為本來「小點」是形容那個蟬，結果那個蟬跑到句子最後的部分，倒裝了。大癡的螗要捕小點的蟬。為什麼說蟬是「小點」？因為它以為很聰明，要喝露水啊！那為什麼螳螂是「大癡」呢？它要捕那個蟬的時候，他可能沒有想到黃雀在後邊，那更呆了！了解嗎？所以「大癡」的

蜣螂要捕「小點」的蟬。好！先把字面這樣解釋。

下邊「有餘不足夔憐蚿」。這是《莊子·秋水》裡頭的，我把它原文先引一下，這篇很長，我只有引幾句：「夔憐蚿，蚿憐蛇，蛇憐風，風憐目，目憐心。」《莊子》雖是哲學的書，文字也真的很漂亮。不過解釋上有點難。這個「憐」應該是「愛」或是「慕」的意思，愛慕。「夔憐蚿」，「夔」，傳說中是只有一隻腳的野獸，很大，但是只有一隻腳。「蚿」是什麼？「蚿」是一種昆蟲，台灣很多，就是馬陸。聽過「馬陸」嗎？只有一寸多長，很多環，很多腳，知道嗎？我有一段時間住在花園新城，有一年好恐怖哦！那種東西不停地從泥土裡邊冒出來。爬得整個牆壁都是。我用殺蟲劑噴，然後掉下來，用掃把掃了好幾個畚箕，把牠裝在塑膠袋裡丟掉，第二天又爬滿了牆壁。反正那個東西很會爬，腳很多。「夔憐蚿」，只有一隻腳的夔，非常羨慕那個蚿好多腳。好，「蚿憐蛇」好多腳的蚿，結果羨慕什麼？羨慕那個蛇，一隻腳都沒有。那蛇呢？「蛇憐風」。蛇羨慕什麼？蛇羨慕那個風。為什麼？莊子原文裡頭說啊，蛇說我不用腳，用脊髓往前就可爬得很快，但是比不上風。風是沒有形的，一捲就從南海就飛到北海去了，對不對？那風羨慕什麼？羨慕眼睛。風雖然沒有形，但有速度啊！我們看氣象報告，不是說風速多少里，但眼睛不需要啊！一張開就可以看得好遠！眼睛是用光速的。好，那眼睛，就是目羨慕什麼？羨慕「心」。「心」更厲害了。眼睛還掛在額頭上、掛在臉上對不對？心裡是看不見的。像我們現在眼睛看的，就是看到牆壁吧！你視線再好，頂多幾十公尺、幾百公尺，那心呢？你一閃個念頭，就跑到海南島去了，跑到外太空去了。這是莊子說的，現在我們看黃山谷怎麼用。「有餘不足夔憐蚿」，他沒有用那多，只用兩個「夔」跟「蚿」。用同樣的方法分析來看，「有餘」、「不足」一定是形容「夔」和「蚿」，對不對？「有餘」形容什麼？「蚿」，因為很多腳啊！不足呢？「夔」。句法跟前邊一樣喔！「大癡」的「蜣」要捕「小點」的「蟬」，「不足」的「夔」羨慕「有餘」的「蚿」。

黃庭堅用了兩個典故，《韓詩外傳》與《莊子》的，沒頭沒腦跑出這兩句，要說什麼？說的是人生你以為自己很聰明，其實大呆瓜一個，對不

對？你或者是很遺憾自己不足、不夠，只是一隻腳吧！但是那個有一萬隻腳的蚿，它也羨慕別的。用兩組故事，說人生有得有失，不要一定以爲這就是聰明，這個就是有利益。那爲什麼拋出這兩句話出來？下面說「退食歸來北窗夢」。「退食」就是下班。古人時常用「退食」兩個字表示下班，從辦公室回家吃飯嘛！剛才說黃山谷那時候在京師做官，負責修史。下班回家在北窗下睡覺。「北窗夢」也是用典故喔！陶淵明曾經說，在夏天的時候很悠閒，臥在北牕下睡覺。「輕風颯至，自謂羲皇上人」，這個典故各位大概聽過，「北窗夢」就是從陶淵明來。黃山谷說，我下了班回家，吃頓飯、睡覺，就像陶淵明一樣在北窗下高臥。但是陶淵明高臥的時候，「自謂羲皇上人」。「羲皇上人」是上古時代的古人，就是逍遙自在的人。那黃山谷不是啊！在北窗下睡覺作夢吧！想到的、夢到的，就是前邊兩句，所謂「小黠大癡螗捕蟬」、「有餘不足夔憐蚿」，想的就是人生就是那麼困難。什麼是聰明？什麼是笨？什麼是夠？什麼是不足？這是翻用了陶淵明「北窗夢」的典故。陶淵明北窗下高臥的夢「逍遙自在」、「羲皇上人」，但是黃山谷的夢顯然並不是很舒暢的。好！面對這一個困境，什麼是得，什麼是失，什麼是多，什麼是少，顯然也是沒有辦法解決的。結果你看最後一句是什麼？「一江風月趁漁船」。顯然他離開了房子，來到外頭，天已經黑了，看到江水間一艘漁船趁著月光往前前進。「一江風月趁漁船」是什麼情況？不就是「以景結情」嗎？

　　前面說理說老半天，那個理說不清楚，最後用一個風景把它結束。就像杜甫說「雞蟲得失無了時」，說不清楚了！沒辦法啦！於是「注目寒江倚山閣」。所以《九家注》引趙次公說：「黃魯直深達詩旨。」黃山谷深切體會杜甫這樣的寫作的作法，模仿他、效法他。黃山谷的詩號稱江西詩派。江西詩派有一祖三宗的說法，那個祖宗是誰？就是杜甫。所以基本上他們是學杜甫的。

　　在這首詩後邊的註解中，還引了《步里客談》的說法：「古人作詩斷句，輒旁入他意，最爲警策」，有沒有看到？也一樣引了老杜的詩，最後他說：「黃魯直作的〈水仙花詩〉亦用此體」，有沒有？那黃庭堅的〈水仙花

詩〉我把它簡單補充一下。這是黃庭堅的一位朋友叫王充道，送了五十枝水仙花給他，他非常高興就寫了這首作品。這是一首古體，不要以為是近體詩。我們把這首詩稍微解釋一下，因為這首詩也值得各位欣賞的。水仙各位應該都看過，過年時還可能買一大盆，是很普通的一種花朵。但是黃庭堅怎麼來描寫這水仙花呢？他說：「凌波仙子生塵襪，水上輕盈步微月。是誰招此斷腸魂，種作寒花寄愁絕」，先讀到這裡。相關的典故各位可能都很熟悉。曹子建有〈洛神賦〉，有印象嗎？他用「凌波微步」、「羅襪生塵」形容洛神在水面上行走的樣子，對不對？所以「凌波仙子生塵襪」，很顯然是用了〈洛神賦〉的典故，寫美人。下邊「水上輕盈步微月」，因為「凌波」，所以水上輕盈。「步」當動詞，「步微月」是什麼？〈洛神賦〉裡邊沒有，但是可以想像，黃山谷覺得那個洛神在「凌波微步」的時候，是在月光底下，所以這兩句仍然可以寫人喔！寫仙子。好，「是誰招此斷腸魂」，是哪個人把這個「斷腸魂」招過來的？請問大家，「斷腸魂」指的是誰的魂？斷腸就是傷心，當然是洛神的魂啊！曹子建寫洛神，當然是有傷心的，是誰把那個洛神、那個宓妃、那個斷腸的魂招過來的？招過來做什麼？「種作寒花寄愁絕」。就是他的「斷腸魂」種出了寒冷的花，把十分悲愁的感情寄託在花上邊去，「種作寒花寄愁絕」。那大家注意到沒有？這個地方用「種」，有花，是寫花還是寫人呢？當然是寫花。

　　我剛剛花了好多力氣，主要是告訴你什麼？黃山谷是怎麼樣寫水仙花？用什麼材料，什麼想像力寫水仙花？他把水仙花想成為洛神的魂，對不對？而那個洛神的魂是「斷腸魂」，把那個「斷腸魂」移植過來，變成了「水仙花」，所以水仙花也讓人愁絕了，充滿了那個悲傷愁緒。所以我真的很建議大家作詩要有想像力。你假如寫花就直接寫水仙是怎麼一個樣子，白色的花朵、黃色的花蕊，種在盆子上邊，這樣子的詩，看不出精彩的地方。但是想像力要有合理的想像為基礎，那黃山谷為什麼可以想像「洛神」變成了水仙花？基礎是什麼？因為花就是美人？這很熟爛不必說。更重要的是什麼？為什麼不把它想成為牡丹花？把它想像為楊貴妃或者其他人呢？因為洛神是在水邊的，「凌波微步」嘛！而水仙花呢？也是種在水裡面，所以那個

「水」、那個「凌波」，是兩者最大的關鍵基礎。這樣各位理解嗎？好，前邊四句話要結束了。黃山谷基本上只用一個想像力想把花跟人作了一個比附。所以他是用比的方式。

　　下邊各位看看，「含香體素欲傾城，山礬是弟梅是兄」，這個語言的風格真的差很多欸！「含香體素欲傾城」，「含香」是從它的香氣說，「體素」是從它的顏色說。體就是身體，身體是白的，也就是說水仙花含著香氣，它的顏色潔白。「欲傾城」，「傾城」當然用了李延年「北方有佳人，絕世而獨立，一顧傾人城，再顧傾人國」的典故，同樣用美人來寫花。「花傾城」，也就是對人產生一種魅力。好，下邊「山礬是弟梅是兄」，他把那個水仙找出一些親戚出來，說「山礬」是它弟弟，梅是它的哥哥。「山礬」是什麼？簡單來說，基本上它類似梔子花，不過不是同一種植物。梔子各位聽過嗎？我的國語不是很好，這唸「ㄓ」吧？，梔子的花是帶著微黃的顏色，很香，那「山礬」的花、果子也是黃色的，它的葉子跟梔子花的葉子形狀也很像，更重要的是山礬的葉子可以作染料。山礬原來的名字叫鄭花，為什麼叫鄭花？因為它太香了。古人有一種說法，花香氣太濃是小人香，像梅花那種淡淡的香就叫君子香。聽過這種說法吧！那小人香為什麼叫鄭花？因為就相當於《詩經》裡頭的「鄭衛之音」嘛！《詩經》裡有十五國風，對不對？其中有鄭風、有衛風，那鄭衛之風啊，都是男女之間戀愛之類的詩歌，所以往往用來指比較低俗的、太濃豔的，所以叫鄭花。好，黃山谷曾經想要來寫這個花，但是又嫌它鄭花的名字不好，他就自告奮勇說我幫它改名字吧！就把它改為山礬。礬是明礬，明礬是可以作染料的，因為山礬的葉子也可以作染布匹的染料。好吧！反正這花很香，山礬是黃山谷給它取的名子。宋朝人哪，真是很會賣弄學問，常常把我們熟悉的事物改名字，認為這個名字不好聽，很俗，就把它改了。

　　那現在「山礬是弟梅是兄」用香氣來跟水仙作比較。看起來他的香氣跟山礬跟梅花是兄弟之間，這好像幫它們拉了一些親戚出來。風格上跟前邊很不一樣，對不對？前邊很文雅，文字優美。這「山礬是弟梅是兄」看起來是很樸素的語言。不管怎樣，這強調了它是非常香的。「坐對真成被花

惱」，我看著那個花，然後被花煩惱了。煩惱不是討厭，是愛得要死而造成了煩惱，將來我們講杜甫的絕句。杜甫有一篇七言的聯章，裡面有一具：「江上被花惱不徹」，他沿著浣花溪去尋花，就被花煩惱的受不了了，於是寫了七首詩。黃山谷面對著前邊的花，被花弄得煩惱了，他怎麼處理呢？「出門一笑大江橫」。他離開了那個房間，離開了那個花，來到門口，看到前面一條大江，「出門一笑大江橫」。像不像剛剛說的「以景結情」。被花煩惱的受不了，拋下離開，面對一片蒼茫的江水。好，所以很多人都說黃山谷學杜甫，像這一類都是所謂「以景結情」，所謂「作詩斷句輒旁入他意」。

　　下邊再給各位補充一條我們書上所沒有的。洪邁的《容齋隨筆》引了杜甫的〈縛雞行〉這一篇，下邊說了：「此詩自是一段好議論」。「好議論」就是他討論出一個非常深刻而且難解的人生論題嘛！「至結句之妙，非他人所能跂及也」。一樣強調了這首詩的最後一句它的妙處、高妙的地方，別人是比不上的。好，現在重點來了。洪邁說他有一個朋友叫李德遠的，曾經寫了一首詩〈東西船行〉，他說完全模擬杜甫的意思寫出來，唸出來給洪邁聽。我們先把詩讀一下。這首詩很簡單，「東船得風帆席高，千里瞬息輕鴻毛。西船見笑苦遲鈍，汗流撐折百張篙。明日風翻波浪異，西笑東船却如此。東西相笑無已時，我但行藏任天理。」就寫兩艘船，一個是東邊的船，一個是西邊的船，遭遇不同。他說東邊的船因為得到風，帆高張高揚，然後呢？很快就到千里之外了，就像一片羽毛一樣飛過去了，而西邊方位的船「見笑苦遲鈍」。「見笑」就是被笑、被譏笑。為什麼被笑？因為很遲鈍。「汗流撐折百張篙」，汗流滿面，努力划船、划槳，甚至「篙」，撐船的竹竿子都折斷了。所以一個是快得很，一個是慢得很，對不對？一個像鴻毛一樣那麼瞬息千里，一個呢？是「汗流撐折」，都折斷了好多撐船的竹竿。這對比吧？好，「明日風翻波浪異」，到了第二天風向不一樣了啊！東邊的，走得很難、很艱困了，西邊的變快了。所以「西笑東船却如此」西邊的船笑東邊的船，就像昨天東邊的船笑西邊的船一樣。下面說「東西相笑無已時」。這東邊的、西邊的互相譏笑，沒有結束的一天，不就像杜甫的「雞蟲

得詩無了時」一樣嗎？重點來了喔！洪邁這個朋友李德遠說「我但行藏任天理」，一個結束。東西相笑沒有結束的一天，而我怎麼辦呢？「行藏」。「行藏」是說我往前走或者我停下來，也就是我在人生路上，該走也好，該停也好，該露面也好，該躲起來也好，就是「出處」啦！「行藏」，你有時候可以說「出處」，「出」就是出來，譬如作官、為人群服務、為社會貢獻啦！「處」呢？就是隱居、不作官、把自己隱藏起來啦！「任天理」，任由老天爺的安排，不強出頭，不勉強。

　　先不說後面那些話，我們讀到這裡，李德遠的詩算不算好詩？應該也算，對不對？他先用東西兩邊的船遭遇的不同，彼此譏笑，然後譏笑得沒完沒了，因為說實話，現實世界，那一個地方，那一艘船，那一個方位，一定是永遠一帆風順的啊？或者永遠遭遇到波浪，遭到艱困的呢？所以換句話說，我們人生，你該出來，該隱藏，該做或者不做，你的行為「任天理」嘛！隨便老天爺的安排。這樣說，李德遠的詩，其實還算不錯。但是他說這是模仿杜甫的〈縛雞行〉，最後一句的「我但行藏任天理」，「是時德遠誦至三遍」，他對著洪邁朗誦了三遍，很得意哦！但洪邁潑他冷水了。他說：「語意絕工，幾於得奪胎法，只恐行藏任理與注目寒江之句，似不可同日語」，這最後一句與杜甫的「注目寒江之句，似不可同日語」。這兩個看起來不像耶！李德遠當然也是行家啦！聽了以為他是「知言」，所以想辦法要把它改了，結果「終不能滿意也」，還是改不好。說了這個故事，我想問大家，為什麼洪邁說這兩首作品最後一句「不可同日語」？因為「我但行藏任天理」是說「理」，對不對？不是「以景結情」。

　　當然啦！我們不能要求所有作品最後都要「注目寒江倚山閣」、「出門一笑大江橫」，不一定要寫風景，不一定要這樣。可是你假如認為說，我是學老杜這樣的句法、章法，這樣的結構，你最後不像，「我但行藏任天理」，還是用說理的方式做結束。所以洪邁說他「語意絕工」，還是很好哇！還是很精彩啊！可是這兩句呢？「不可同日語」。兩個還是不一樣。過去的詩話，要說詩話大概從宋人以後就很發達，都不停地檢討過去的作品或者當代的作品，然後提出一些理論，提出一些比較，一些評價。其實有時候

對我們閱讀也好，或是寫作也好，都有很好的一個參考。好！我不一定給各位講得很透徹啦！這是提供一些意見，假如是有一些困難或一些不了解、甚至於不同想法，各位也可以跟我討論。

君不見簡蘇徯

君不見道邊廢棄池！君不見前者摧折桐！百年死樹中琴瑟；一斛舊水藏蛟龍。丈夫蓋棺事始定，君今幸未成老翁。何恨憔悴在山中？深山窮谷不可處，霹靂魍魎兼狂風。

　　我們剩下的杜甫古體詩六首作品，有兩首是五言古詩，四首是七言古詩。那我們也說過，我們把五七言都合併來介紹，然後按照高步瀛先生所收作品的時代先後來講。上一次我們講完了〈縛雞行〉，還有印象吧？〈縛雞行〉講完了以後呢，接下來是二四四頁的這一首〈君不見簡蘇徯〉，我們把題目介紹了一下。第一個呢我們看中間那個「簡」字，簡本來的意思是什麼，就木簡嘛，古代早期沒有紙，寫字是寫在木簡上或是竹簡上，對不對？引申變成紙，紙再引申，比如說你寫信，是寫在紙上邊的，所以就變成了一個動詞，寫信的意思。但是古人啊，有時候你要寄一個東西、寄一個文件給朋友，不一定是書信，可能是寫一首詩、一篇文章寄給對方。所以在這裡，一個本義一直引申下來，其實「簡」呢在這裡就是寄的意思。杜甫寄了一個東西給蘇徯，他寄的是什麼？就是這一首詩，這首詩他給它訂了一個題目，叫做〈君不見〉，所以啊整個詩的題目應該就〈君不見〉，杜甫寫了這一篇〈君不見〉，把它寄給一個人，這個人叫蘇徯。

　　這個題目又很特別，〈君不見〉假如翻譯起來，就是一個反問句：「你沒有看到嗎」？語氣上很顯然是一個反問的語氣，而這三個字在我們詩裡頭時常出現，怎樣的作品中時常出現這三個字呢？往往是樂府性質的作品。像各位很熟悉的，李白的〈將進酒〉，對不對？「君不見黃河之水天上

來，奔流到海不復回。君不見高堂明鏡悲白髮，朝如青絲暮成雪」，用「君不見」，放到作品的文字當中，其實不只這一首啦，好多作品都有這三個字，杜甫〈兵車行〉不也是這樣嗎？對不對？「君不見」、「君不聞」之類的。所以這三個字基本上這是一個套語，就是習慣的一些詞彙，習慣的一些句子，然後在什麼作品中，什麼性質作品中時常用這個套語？樂府性質的作品。像杜甫的〈兵車行〉啦、李白的〈將進酒〉啦，這些都是樂府，習慣用這個語氣放到作品當中，所以我們當然也可以說，杜甫這一首詩應該是一個樂府，然後他用君不見作為這個作品的一個套語。

好，另外剛剛講了這三個字在語氣上是一個反問句，「你沒有看到嗎？」看到什麼，當然省略掉了，對不對？李白說的是「黃河之水」、是「高堂明鏡」，杜甫的〈兵車行〉又是另外一個不同的內容，當然這些都是被省略。以這首詩來講，就是下邊的「道邊廢棄池」、「前者摧折桐」。再來，這樣一個套語，反問的語氣，其實這些材料啊是作為證明之用，你沒有看到這樣這樣現象嗎？沒有看到這種情況嗎？他的目的是什麼，目的是做為一個證明，證明一個內容、主題。那杜甫這首詩他要證明什麼？就關係到整個作品的主題了。好吧，我想就先簡單說一下喔。他是告訴你，你看看那個廢棄的池塘裏頭會有蛟龍出現，他告訴你那個被摧殘的、枯萎的樹木，可以拿來製作一個樂器，製作一張琴發出聲音。意思就是說廢棄的池水、枯折的樹木，都有他的作用，都能夠產生出一種力量，這個就是這個作品的主題。那為什麼要把這樣主題寫成一首詩，寄給蘇徯，這個又關係到蘇徯這個人了。這個蘇徯，他排行第四，所以杜甫其他的作品中有時候會稱呼他蘇四徯，這個我們講過吧？唐朝人有習慣，用排行來去稱呼一個人，像杜甫排行第二，所以叫杜二。李白，是排行第十一，所以叫李十一白。蘇徯是蘇四徯，杜甫詩裡頭啊，寄給他的詩非常多。就我們題目下邊引到的一些材料，首先告訴你這首詩寫在大曆元年，這些年號不曉得各位還記不記得？還記得吧？我們讀老杜，假如要完整的了解他，他的生平經歷一定要掌握，杜甫經歷的朝代、皇帝很多，那年號不停的換啊，最好是把它背起來。我們不考試，所以不要求你們背，不過你要熟悉、要容易掌握，最好把它背起來。

　　大曆是唐代宗年號，大曆元年是西元的七六六年，這個時候杜甫在夔州。夔州在長江邊上，其實是非常偏僻的、荒涼的一個地方，所以為什麼訂這首詩寫在大曆元年？因為這首詩裡頭，各位看詩裡的「深山窮谷」，寫出了這樣的一個地理環境，跟夔州很像，所以朱鶴齡、仇兆鰲就把它訂在大曆元年。就在這同一年，杜甫還有其他送給蘇傒的詩，同樣的在題目下邊小字，各位可以看到高步瀛的按語，說這一年又有〈贈蘇四傒〉，又有〈別蘇傒赴湖南幕〉，都在同一年寫的。〈贈蘇四傒〉裏頭提到「君今下維揚」，維揚在哪裡，在江蘇的揚州，對不對？所以蘇傒在這一年打算到揚州，杜甫寫這一首詩贈送給他，說你現在打算去揚州，同樣啊在這一年，你看下面的題目是〈送蘇傒赴湖南幕〉，這個維揚他沒有去了，到哪裡？到湖南去了，也是同一年。了解嗎？從哪裡出發？都在夔州，因為杜甫這時候在夔州，蘇傒也在夔州，本來打算到揚州，結果又到湖南。好，到了大曆四年，杜甫呢又有另外一首詩〈暮冬送蘇四郎傒兵曹適桂州〉，這首詩我們書上沒有引，題目也很長，我想我們就簡單說。這個時候杜甫說蘇傒做了兵曹，然後要到桂州，桂州在哪裡？在廣西，就是現在的桂林。說起來還滿複雜的，把相關的詩匯集起來，我們先掌握一個重點，杜甫寫了這些詩寄給送給蘇傒，看起來都有送別的味道。大曆元年他本來要去揚州，後來又到了湖南。好，到了大曆四年，他到了桂州，那個時候蘇傒做了一個兵曹的官。

　　為什麼要花這種力氣來給各位介紹一個這樣的背景？我們要觀察蘇傒這個人，第一個是蘇傒跟杜甫的關係，在題目下邊小字，高步瀛先生說杜甫〈別蘇傒赴湖南幕〉詩裡邊，有「故人有遊子」這樣一個句子，有沒有？還有「提攜愧老夫」。「故人」就是老朋友，他說有那麼一個人是我老朋友的兒子，這個小孩啊，杜甫用「遊子」來稱呼他，遊子就是到處漂泊、到處流浪的人，這是我老朋友的小孩，可是到處流浪，為什麼流浪？顯然是得不到他應有的位置。他長大了，不是十來歲的小孩，但他的才華得不到賞識，找不到一個能夠安頓的地方，所以到處漂泊。所以你看到揚州啊、到湖南啊，那顯然就是因為到處漂泊、到處流浪，想要得到別人的肯定。所以下邊杜甫說「提攜愧老夫」，提攜就是提拔嘛，他是我老朋友的小孩，他得不到他安

頓的地方，我理論上應該提拔他、幫助他的，但是很慚愧，我沒有這個能力。所以從這邊得到一個結論，蘇徯顯然是杜甫的晚輩，對不對？而且呢，是杜甫老朋友的小孩。

那這個「故人」，蘇徯的父親到底是誰？在過去就有爭論，各位看到題目下邊，朱長孺，就是清朝的朱鶴齡。朱鶴齡有一個說法，蘇徯的父親就是蘇源明，蘇源明的名字叫作蘇預，後來改名叫做源明。蘇源明，各位還有印象吧？我們曾經介紹鄭虔，鄭虔曾經做過廣文館的博士，對不對？我們讀過他的〈醉時歌〉啊！廣文館是一個比較大的機構，鄭虔在那邊做博士的官。那廣文館的主管是誰呢？叫做司業，比方一下喔，大概是一個大學校長，廣文館博士呢大概是大學裡頭的一個教授。那當時做廣文館司業是誰？就是蘇源明。所以杜甫跟蘇源明、跟鄭虔都有一番交情。其實更早之前，杜甫在二十幾歲喔，到山東、河北這一帶遊歷的時候，蘇源明也曾經跟他一起去打獵，看起來交情非常好，所以杜甫稱他為故人，絕對沒有問題。然後，假如他有一個小孩，就變成了漂泊不定，得不到安頓的一個人，那杜甫當然也會感到慚愧。

可是仇兆鰲有一個不同的看法，他告訴我們，這蘇源明死在哪一年？各位看到註解說廣德二年，有沒有？廣德二年是西元的七六四年，蘇源明假如死在這一年，而大曆元年，西元七六六年，還不到三年，對不對？仇兆鰲從中國傳統的禮俗上面，認為父喪還沒有三年，這個蘇徯做為兒子，不可能到處奔波，到別的地方求官，他應該在守喪，要留在家裡邊，從這個角度他否定了朱鶴齡的說法。我想仇兆鰲這樣子的否定，雖然很間接啦，但是也未嘗不合理喔。所以，現在的研究者都不認為蘇徯是蘇源明的兒子，至於他父親是誰？杜甫所謂故人是何許人？現在大概還沒有辦法得到一個答案。好，根據這些這些背景，我們可以得出一個結論，這首詩的主題，顯然是同情，也是鼓勵蘇徯，杜甫一個老朋友的兒子，杜甫肯定他有才華，但是呢偏偏得不到一個知己，得不到一個安頓，只能到處流浪，所以杜甫寫了這首詩寄給對方，希望他能夠得到一個鼓勵、一個肯定。

好，我們把題目、背景這樣子的理解一下。下邊呢我們就來讀他的文

字，這文字篇幅很短，可以分成兩個段落。前邊四句「君不見道邊廢棄池！君不見前者摧折桐！百年死樹中琴瑟，一斛舊水藏蛟龍」，這是第一段。各位大概很熟悉，他顯然是有比興的，對不對？比是什麼？用 A 來比喻 B 嘛！興是什麼？透過 A 引起了 B 吧。所以，那個廢棄池也好，摧折桐也好，其實都是比興的材料。他說：「你沒有看到嗎？路邊有廢棄的池塘。你又沒有看到嗎？那棵被摧殘、折斷的梧桐樹」。「前者」是以前，「前者摧折」，也就是以前被摧殘過、折斷的梧桐樹。這話語氣內容顯然不完整吧？所以呢要連接下邊「百年死樹中琴瑟」，跟前邊有沒有呼應？呼應哪一個？呼應第二句的「摧折桐」，那至於所謂「藏蛟龍」當然呼應第一句的「廢棄池」。所以在結構上，這四句是非常縝密，非常整齊的，第三句呼應第二句，第四句呼應第一句。所以假如你把這樣的一個呼應結構了解了，甚至於你讀起來，應該說「君不見道邊廢棄池」，然後「一斛舊水藏蛟龍」，對不對？再來「君不見前者摧折桐，百年死樹中琴瑟」，這樣意思更完整。李白的〈將進酒〉不是這樣嗎？「君不見黃河之水天上來」，他下邊補了一句「奔流到海不復回」，這樣語氣才完整啊！「君不見高堂明鏡悲白髮，朝如青絲暮成雪」，對不對？所以這裡杜甫有跳躍，詩的語言本來就不一定那麼整齊那麼順暢，跳躍也是習慣性的，所以我們理解的時候，要把它還原到原來的位置，這個比較容易掌握到他的意思。

　　好，你沒有看到路邊這個廢棄的池塘嗎？看到它什麼？不只是那個池塘，而是「一斛舊水藏蛟龍」。斛，是容量，大概是十斗吧，就是指那個池塘。池塘因為廢棄了，所以那裡頭的水是以前的水，舊水。可是呢藏著蛟龍，蛟龍在傳統的觀念裡頭那是很神聖的耶，很有力量的耶！這樣一個廢棄的、小小的容量的水，竟然可以藏著一條蛟龍。這個水跟龍的關係，其實各位可能很熟悉，有一個典故，是周瑜說的話。周瑜各位很熟，三國人物，他曾經在《三國志》裡頭說過兩句話，他說：「蛟龍得雲雨，非池中物。」意思就是說在池塘裡頭有一條蛟龍，一旦雲湧起來了，雨下來了，得到了雲雨，牠就非池中物，不會再困在這個池塘裡，能一飛沖天、展現了牠的力量，所以這裡所謂「一斛舊水藏蛟龍」，話其實還沒有講完，假如這個蛟龍

只是藏在那個水裏頭，沒有作用、沒有意義，但是他告訴你「非池中物」，一旦牠有機會，對不對？得到雲，得到雨的幫助，就可以施展開來。這是第一個，看到了道邊的廢池，想到裏邊可以藏蛟龍，然後蛟龍可以一飛沖天，展現了牠的神力。

好，再來「君不見前者催折桐，百年死樹中琴瑟」，你看到以前被摧殘的、枯死的那個梧桐樹，雖然時間經過百年之久，看起來是已經死掉的樹木，可是那個樹幹「中琴瑟」。「中」當在這裡當動詞用，所以要唸去聲，假如形容詞、副詞「中間」，那就是平聲。那當動詞，意思很多，在這裡其實它的意思就是「合」，合是什麼意思？就是「符合」。雖然是百年、看起來已經死掉的樹木，但是呢你假如把它樹幹當做材料，做成了一把琴，做成了一個瑟，它就可以發出美妙的樂聲出來。這個當然典故很多，就我們書上引到的，你看看註解引枚乘的〈七發〉說：「龍門之桐，高百尺而無枝，其根半死半生。」龍門有一株梧桐樹，很高，沒有枝葉，然後呢它的根看起來不死不活的樣子。後邊又引了庾信的一篇文章〈擬連珠〉說：「龍門死樹，尚抱咸池之曲。」龍門就是前面說那個龍門的梧桐樹，咸池是傳說黃帝所製作的一個樂曲，所以它雖然是死的樹，可是呢還抱〈咸池〉之曲，抱是什麼意思？也一樣是符合的意思，它能夠表現出黃帝所製作的音樂聲音。各位可以想像喔，〈咸池〉這個曲子呢當然是非常的高妙、非常神聖的一個樂曲。這個「死樹」也好，「百年」也好，「中琴瑟」也好，其實以上我們讀到的材料，都可以看到它的出處。好，從這裡看，杜甫又舉出了另外一個證明，證明什麼？你不要看枯萎的樹，它一旦有機會，它可以表現出非常好的一個曲子來。就像前邊，不要看到廢棄的池塘，以為池裡沒什麼，但是藏著蛟龍，牠也可以發揮牠的神力。這是第一段。

這一段啊，題目是寫這首詩，贈送給蘇徯，各位有沒有感覺，根據你過去閱讀的經驗，這有點沒頭沒尾，對不對？忽然冒出來，看看那個池塘，看看那個樹，我本來很有發展的。所以這首詩它有一個最大的特色：來無影去無蹤。看起來功力很深厚啊，各位看看武俠小說裡邊的高手吧，大概就是這樣，出拳出手，你看不到他的手在動、腳在動，他手腳就飛過來了。這個

作品比較大的特色喔，其實內容並不困難，只是它的結構，它的風格比較特別一些。

好，「丈夫蓋棺事始定，君今幸未成老翁。何恨憔悴在山中？深山窮谷不可處，霹靂魍魎兼狂風」，這是第二段。「丈夫蓋棺事始定」，這七個字不難解釋，「蓋棺」我們講過，〈奉先詠懷〉裏頭有「蓋棺事則已，此志常覬豁」。蓋棺就是人死了，放在棺材裡邊，棺材板都釘起來了，叫做蓋棺。一個大丈夫，等到死了，等到棺材板都蓋起來了，「事始定」。這事是什麼呢？就是他一輩子的事業。「蓋棺」，一直到死了，他的事業才結束，才會得到一個最後的評價。換句話說，假如還活著，一口氣還在，他的未來還是不能確定的，也當然也不能被限定。所以下面說「君今幸未成老翁」，顯然呢語氣有加深一層的意思。通常是很老了才死了嘛，何況你還沒有變成老頭子啊！換句話說，你還是前途無限啦！還充滿了各種發展的機會，各種可能性。所以「君今幸未成老翁，何恨憔悴在山中」，這個段落五個句子，這個句子是多出來的，通常我們的句子都是偶數句，對不對？四個句子、八個句子這樣喔，這五個句子有一個畸零句，講過畸零句吧？就是不整齊的句子，以我們詩的語言來說，二四六八，很整齊吧？那這個小段落是五個句子，一定有畸零句在裡頭，哪一個句子呢？第三句「何恨憔悴在山中」。

你看「丈夫蓋棺事始定」，一個人死了，他的事業才能得到確定的位置，那何況你還沒有成老翁，對不對？然後下邊「何恨憔悴在山中」，再加一句補充。這一句滿複雜的，「憔悴在山中」，指哪裡？夔州，對不對？因為杜甫也好，蘇徯也好，現在就在山中，就在夔州的山區裡邊，照理說，在山中憔悴應該是恨的，應該是會埋怨的，會感到不幸的，對不對？但是他現在做了一個翻案，「何恨憔悴在山中」，就算憔悴在山中，又有什麼痛苦呢？又有什麼遺憾呢？這是加強語氣，總之三個句子都要完成一個理念，這個理念是什麼？蘇徯未來是充滿了希望，不會被侷限的。第一個，他還沒有死，對不對？第二個，他還沒有老。第三個，就算在山中憔悴，只是目前的情況，未來還無可限量，又有什麼遺憾呢？有什麼感到痛苦呢？杜甫一層一層一層，加強了這樣一個理念。

　　好，下邊「深山窮谷不可處，霹靂魍魎兼狂風」，各位不妨看到「何恨憔悴在山中」，這個引了吳汝綸的評語說「單一句勁厲」，補充一下，單一句指的是「何恨」這個句子，單一句是孤零零的句子，放到這裡感覺到特別的有力量。然後下邊：「以下再掉轉」，這些評語都關係到我們時常提到的筆法，「掉轉」就是一個筆法的術語。其實很多的術語，雖然字面不同，但是它的意義有些是相通的，這個「掉轉」有一點類似我們說的「頓挫」。你看像前邊的三句有沒有頓挫？沒有。「丈夫蓋棺事始定」，對不對？然後「君今幸未成老翁」，你還沒有死，也還沒有老，對不對？都是順著說的。然後這「何恨憔悴在山中」，所以你困在深山裡頭也不必恨啦，也沒有什麼遺憾啦。這三個句子都是順著說。可是，下邊「深山窮谷不可處」，「深山窮谷」不就是前邊一句裏頭的「山中」嗎？那前面說你在深山裡頭，沒有什麼遺憾啦！不必感到痛苦啦！可是這裡說「不可處」，這深山裡頭是不可以留下來的，意思跟前邊有沒有相反？有。所以這個是「掉轉」，也就是轉折。轉就是轉折，跟之前不是順的下來。前面說不必恨、不必遺憾，下面說不可以留，「深山窮谷不可處」，這個在語氣上就產生了一個頓挫。

　　好，既然不可處，下面又順著說「霹靂魍魎兼狂風」，補充為什麼不可處的原因。這深山窮谷不可以留下來的，為什麼不能留下來？「霹靂魍魎兼狂風」，你看看深山裡頭，霹靂是雷霆，魍魎是鬼怪，還有狂風，顯然是非常險惡的地方。這字面的出處不一定要找到，但是我們下面浦起龍的評語說：「暗用〈招魂〉」，有沒有？〈招魂〉各位大概知道吧？《楚辭》篇目之一嘛，傳說是宋玉因為屈原被放逐，還沒有死，但是魂魄已經散失了，所以呢宋玉寫這一篇賦來去招他的魂。現在我們所謂招魂是人死了才招的，過去呢是可以招生魂的。假如說在很惡劣的環境、處境中，往往魂魄會跑掉，魂飛魄散嘛，所以要把它招回來。宋玉就招屈原的魂，那招的時候呢，他的這篇文章，就形容了外邊環境非常的惡劣。宋玉沒有用「霹靂」、「魍魎」、「狂風」，但是意思差不多，都是那樣惡劣的環境，所以要把屈原的魂從惡劣的環境招回來，現在杜甫說「深山窮谷不可處」，也是充滿了「霹靂」、「魍魎」、「狂風」的一個惡劣環境，所以這個地方啊「不可處」，

不能留下來。

　　我們先處理這樣的語氣的變化，從這個所謂「蓋棺事始定」、「幸未成老翁」，然後「何恨憔悴在山中」，這個是順著說的，但是前面說何恨，不必遺憾。下面說這個地方不可留下來，因為「霹靂魍魎兼狂風」，這是一個很大的轉折，最後的結論是什麼？當然這深山裏頭是不可處的。這個「深山窮谷不可處」指哪裡？夔州。因為蘇徯就在這裡，杜甫肯定他未來無可限量，但是呢你在夔州，顯然是「霹靂魍魎兼狂風」這樣一個不可處的地方，所以言外之意鼓勵他離開這裡，那也就是剛剛我們說的背景，比如說他到揚州、到湖南，這些這些都是往外去求他的發展，你才能夠真正的像那個池塘裏的蛟龍，一飛沖天；你才能夠真的像那個看起來枯死的梧桐，發出符合黃帝咸池之樂的聲音，也就是可以得到一個很好的發展的機會。

　　好，所以整個作品的主題，其實是肯定了蘇徯的才華，但是也感傷他的不得意，然後鼓勵他能夠求取發展的一個機會。整個作品的內容其實滿普通，不過它的表現比較特殊一點，不那麼整齊。下邊「吳曰」，吳曰我們講過，高步瀛先生的老師吳摯甫，也就是吳汝綸。好，這個吳先生說：「首尾橫絕，來去無端，所謂入不言兮出不辭者也。」看得懂這幾句話嗎？首尾就是開頭跟結束，橫絕是什麼？就是很有力量的樣子。像你寫字，假如軟綿綿的喔，看起來好像拖個老鼠的尾巴一樣，對不對？但是橫絕就是來得很快，來得很有力量，結束得也很有力量。這一首顯然有這個風格，那來去無端，來的沒頭沒腦，結束的也就突然間結束。各位想想，假如我們一般鼓勵蘇徯離開，「霹靂魍魎兼狂風」，對不對？後面一定說你要到哪裡去啊？要離開這裡啊等等，但是他不說了，講到這裡就斷掉了、結束了，所以這個顯然是比較特殊的一個風格表現。好，這首詩我們就這樣結束。

寫　懷 二首錄一

夜深坐南軒，明月照我膝。驚風翻河漢，梁棟已出日。羣生各一宿，飛動自儔匹。吾亦驅其兒，營營為私實。天寒行旅稀；歲暮日月疾。榮名忽中人，世亂如蟣蝨。古者三皇前，滿腹志願畢。胡為有結繩？陷此膠與漆。禍首燧人氏；屬階董狐筆。君看燈燭張，轉使飛蛾密。放神八極外，俯仰俱蕭瑟。終契如往還，得匪合仙術。

　　我們進入到杜甫的五言古詩，各位請翻到七十八頁的〈寫懷〉。前一篇〈君不見簡蘇徯〉是大曆元年，這一篇呢？是大曆二年的冬天所寫的。這是聯章，一共兩首，但是高步瀛先生只收錄了其中的第二首，第一首沒有放進來。

　　這個題目很寬啦，寫懷。寫是「抒寫」，對不對？懷呢？是「胸」，我們常說胸懷嘛！胸懷表示什麼？表示心，表示意，或者是表示情。胸啊懷啊都是指心，心啊當然有意有情，而杜甫這一首是抒情之作，不過他的情呢偏向議的部分，沒有寫比較軟綿綿的感情，而是充滿了議論，說理性很強的一首詩。不過這首詩其實內容上很不像杜甫的詩，我們看完了以後你會發現，跟杜甫的一貫理念不太一樣，然後語言的風格也是比較詰屈聱牙一點，所以一般的選本都沒有選這首詩。一方面不是杜甫的代表作，二方面閱讀起來好像也沒有什麼味道，說理性很強，而且話也說得不是很清楚，所以假如我們不是為了要完整介紹完高先生所收的杜甫古體，我個人也不太會選這首詩來講。不過既然選了，我們就勉強的把它理解一下。

　　好，我們先看第一段，「夜深坐南軒，明月照我膝。驚風翻河漢，梁棟已出日。羣生各一宿，飛動自儔匹。吾亦驅其兒，營營爲私實」，這是第一段。第一段很清楚，相對後面來講比較明白。顯然在某一天的深夜，「坐南軒」，杜甫坐在一個地方，面向南邊的軒廊。軒啊，我們好像介紹過，我不太會畫，只能做一個類似的描述。房子前面有一個比較正式的一個廳堂吧，對不對？外邊有一個像是走廊的附屬建築，走廊上有屋頂，然後還有一個一個的窗子，這叫做軒，我們有時候會說軒廊，了解吧？有時候你可以在比較古老的建築看到這樣的一個形式。那杜甫某一天可能睡不著覺，深夜的時候坐在向南的軒廊上。因爲深夜，所以下邊說「明月照我膝」，月光就照在我的膝蓋上，明月呼應了前面所謂的夜深，「照我膝」，呼應什麼？前面的「坐南軒」那個「坐」字，假如躺著，就不一定照在膝蓋了，坐在那裏，月亮大概就從窗口照進來，就照在膝蓋上了。

　　好，「驚風翻河漢」，驚風就是大風，河漢，天上的銀河，講過吧？銀河有時候又叫銀漢，河漢就是銀河啦，銀河在天上，「驚風翻河漢」，就是說在天空，然後呢大風在那邊飛舞，用「翻」字去寫風動的樣子。然後，「梁棟已出日」，這一坐啊可能坐了很久，從夜深、半夜坐到天亮，「梁棟已出日」，太陽升起來，陽光照在了屋樑上，照進了房子裡邊，這敘述很細膩喔，對不對？時間的順序很清楚，那空間感也很明白。好，因爲天亮了，下面說「羣生各一宿，飛動自儔匹」，「羣生」是各種生物，天亮了，杜甫仔細聽聽外邊、看看外面，各種的生物經過一個晚上的休息，然後呢「飛動自儔匹」，「飛動」你假如不講究，就是指「羣生」嘛，各種生物，有些飛、有些動，對不對？就是「飛動」。不過，那個《淮南子》裏頭有一個句子，這個句子可能各位有些陌生，叫做「蠉飛蝡動」。「蠉」這要唸成「ㄒㄩㄢ」，蠉是什麼？是蚊子幼蟲。這個蝡呢？其實也是蟲，指小蟲子，所以杜甫的「飛動」，不是從這裡來了嘛，對不對？現在你不必細分啦，不管是蚊子的幼蟲還是其他的蟲啦，總之就是各種的生物，經過一個晚上的休息，現在天亮，太陽出來啦，一個個呢飛起來了，一個個動起來了。「飛動自儔匹」。「儔匹」啊，就是一群一群的意思。儔就是蟲陪伴著蟲。伴侶叫匹，

所以呢就是一群一群的，或是各自相伴著的，有些飛起來，有些開始爬動。這是寫生物喔，一個晚上養精蓄銳了，休息夠了，天一亮就開始活動。然後，「吾亦驅其兒，營營為私實」，我老杜呢也一樣，天亮了，把小孩叫起來，吩咐他、驅使他。「營營」是辛苦的意思，辛苦的「為私實」，「實」啊註解說是財，所以「私實」就是個人的收穫，杜甫這個時候有兩個兒子，天一亮叫他們起來、起床，趕著他們，做什麼？「營營為私實」，叫他們去澆水、種菜啦，叫他們去餵雞、餵鴨啦之類的，就是為了「私實」，為個人的收穫去奔忙辛苦。

　　這是第一段，半夜睡不著覺，然後大概他腦子裡邊有很多的思考，所謂的寫懷，是寫心裡邊的懷，這些想法念頭沒有在這個地方直接說，他用一個敘事的手法，寫天亮了以後，各種生物都非常匆忙的來去謀求、追逐一些利益收穫。那些飛的、爬的，都是這樣一群一群的活動，然後連杜甫自己不也是這樣子嗎？小孩睡得很香很甜，把他趕起來，叫他去做一些勞動，得到一些收穫。杜甫在〈寫懷〉這一篇的第一首，前邊有兩個句子：「勞生共乾坤，何處異風俗」，「勞生」是什麼？就是為了你的生活、為了你的生存來奔波忙碌。「共乾坤」，在這樣一個同樣的天地之間，這是所有的生命，包含杜甫的一個共感，一個普遍命題，所有的生物大概都是這樣，為了生存忙碌奔波。「何處異風俗」，杜甫也是到處漂泊的人，在很多地方都待過啊，他說哪一個地方「異風俗」，那一個地方的風俗、習慣會跟這個地方不同呢？我想這個道理我們大概都清楚，你活在這個世界上不就是這樣嗎？可能勞生的方法不同。在古代大概一大早趕著牛去耕田，對不對？去澆水、去種菜。那現在呢？大概開著汽車，騎著摩托車到處奔波，都一樣，都是為了什麼？為了生存。這裡也不一樣嗎？天一亮，飛的爬的動起來了，然後杜甫自己也把小孩趕起來去奔波、去辛苦，為的就是私實，為了謀求一些利益。好，這是第一段。

　　下邊第二段，「天寒行旅稀，歲暮日月疾。榮名忽中人，世亂如蟣虱。古者三皇前，滿腹志願畢。胡為有結繩？陷此膠與漆。禍首燧人氏，厲階董狐筆。君看燈燭張，轉使飛蛾密」，這很顯然地進入到議論的部分，當

然前面兩句還是很舒緩，寫季節、寫景色，「天寒」就是歲暮，一年將盡，所以編年把這一首編在大曆二年的冬天。寒冷的季節「行旅稀」，在路上走的人很稀少，那「歲暮日月疾」，日月就是時間，一年將盡了，時間也匆匆忙忙的即將消失了，先把季節的背景寫出來，那下邊仍然回歸到作品的主題。

　　「榮名忽中人，世亂如蟣蝨」，整個段落的概念基本上先在這裡建立出來：杜甫要從兩條脈絡去寫世間的人的追逐、奔忙。所追求的東西，一個就是名，一個就是利。我這樣說好像在講道一樣，我們世上的人大概都是這樣，不是求名，就是逐利嘛，對不對？好，前邊第一段，杜甫已經帶出一個脈絡，「吾亦驅其兒，營營為私實」，杜甫追求的是什麼？利嘛，對不對？你養雞啊，還不是為了利？你種菜啊，還不是為了利？這是偏向物質上的收穫。那第二條脈絡呢？就是「榮名忽中人，世亂如蟣蝨」，概念來說，名呢是偏向精神層面、心靈的一個層面，「榮名」是光榮的名譽，好的名聲。「中人」，中這念去聲喔，「中」是什麼？比如說你射箭吧，射中了目標，我們就會說「中」吧，對不對？你買獎券，中了一個頭獎吧，那也叫「中」嘛！所以「中人」是什麼？就是那個很好的名聲，時常會進入到你的內心，讓你有需求、讓你追逐。這樣一個名聲，所有人大概都是期待的，都是有需求的。然後下邊再補一個句子「世亂如蟣蝨」，「世亂」當然又放眼到整個時代面貌裏頭，大曆二年嘛，還是亂世，在這個亂世裏頭，大家還在追求那個很好的名聲，那你所追求的榮名，像什麼？像「蟣蝨」，蟣跟蝨是同一類的東西，蝨是什麼？跳蚤嘛，對不對？也就是小昆蟲。而蝨的幼蟲叫做蟣。換句話說，就是很微小的東西，在這樣一個亂世裏頭，你追逐這樣一個名聲，其實就像追逐一個很小很小、像蟣蝨一樣的東西。這話講得不完整，大概是說，假如你是在太平盛世，你追求好的名聲，可能可以得到很好的一個收穫，很有價值的一個目標；但是在亂世之中，你追求這些的名聲，比如說你打了一場勝仗，把一個敵人消滅了。比如說你占領一塊土地，有收穫，但是這些都是像蟣蝨，很微小、微不足道的。所以「榮名忽中人，世亂如蟣蝨」，大家還在追求，還在很癡迷的來去追逐這些榮名，但是在這個亂世之

中，你追求的東西是微不足道的，像蟪虻一樣的小。

　　下邊，「古者三皇前，滿腹志願畢」，「三皇」，相信各位聽過喔，三皇五帝啦什麼的，但是三皇哪三皇，很多種說法，根據《史記》的說法，三皇是天皇、地皇、人皇的合稱。但不管哪一個，總之是上古時代，最原始的社會裏頭的那些帝王。那些三皇之前時代的人，「滿腹志願畢」，這個當然用了典故，各位看到我們小字引了《莊子》說：「偃鼠飲河，不過滿腹」，看到吧？這個偃鼠是什麼東西呢？你一看字面會認為牠是一個老鼠，對不對？沒錯，偃鼠有時候指的就是老鼠。這老鼠時常會鑽洞，會打洞，躲在陰暗的地方，其實啊就是後來我們所謂的田鼠。聽過田鼠吧？這是一種說法，指的是真正的老鼠。但是有另外一個動物，也叫偃鼠，牠體積很大，像牛一樣，跟老鼠完全不同囉！但是形狀像老鼠。牠有一個嗜好，時常「偃飲」，偃是什麼？就是躺著，肚子朝上仰臥著。講到這個，我想到以前陪著兒子看卡通，那個 Snoopy，各位有看過嗎？牠時常曬太陽，仰躺起來，肚子鼓鼓的。那偃鼠牠喜歡在河裡頭這樣仰臥，背靠著水面，然後喝水。好，《莊子》說偃鼠這樣一種動物在河裡邊喝水，「不過滿腹」，你喝得再多，也不過就是把一個肚子喝飽了而已。換句話說，沒有太多的追求，只要喝飽就可以了。「滿腹志願畢」，那是上古時代，在非常淳樸的社會裏頭，我們通常看到像這樣的一個現象，你對照後來人類越文明越發達以後，你一只把肚子喝飽了就滿足嗎？就像你賺錢一樣啊，你賺一百萬想一千萬，一千萬想一億，永遠沒有滿足嘛！但是上古時代就是那麼簡單，「滿腹志願畢」，這個呢又回到「利」的角度來去說。

　　下邊，「胡為有結繩？陷此膠與漆」，這是用一個質問的語氣，「胡為」，為什麼？為什麼發展到後來的時候有「結繩」，結繩相信各位都聽過，古代是結繩而治嘛，沒有文字，但是可以把繩子綁出大的小的結出來，你怕忘記事情，就綁一個結，標誌了發生什麼事；或者你要記得什麼事，就用這樣子來去表示你對事情處理的情況。換個角度說，假如沒有結繩，事情發生就發生啦，忘記就忘記了，沒什麼了不起啊。現在家裡養的這些寵物，貓啊狗啊，說不定有記憶喔！你跟牠約好了說要做什麼事情，搞不好牠都記

得，但是更早以前的動物，還沒被馴養的，可能就沒有記憶了。發生就發生，忘記就忘記，沒什麼了不起。所以這表示什麼？就是「文明開始」。結繩是文明的開始，這從哪一個角度說的？例如你跟人約好了，你不能失約，不能黃牛，要講究信用啦，所以這個又是從「名」的角度來說。我們講過「利」呢是物質的層面，那「名」呢就是精神的層面。物質的層面像是吃飽了、有更多的享受；精神的層面，就是講信用啦、追求更高的一個人生的價值、更高的一個社會地位，這些都是「名」的部分。好，「胡爲有結繩？陷此膠與漆」，爲什麼後來有結繩這樣的行爲，讓人陷入到膠或者漆這樣的一個困境裡頭。膠也好，漆也好，都是黏性的東西，這黏性的東西就是對人要求一種制約，講話要守信用，承諾要實現不能忘記，這些就是所謂的膠與漆。當然你可以說這是文明啊，這是人類的進步啊，但是你因此受到了困擾嘛。

　　所以下邊再進一步做結論，「禍首燧人氏，厲階董狐筆」，燧人氏相信各位聽過，對不對？這也是人類很大的一個發明喔，鑽木取火，所以我們人才有熟食，不然就茹毛飲血，大概天天吃沙西米了。用火是人類很大的進步，就是文明的開始，所以燧人氏他發明了鑽木取火，照理說對人類有一個最大的貢獻，但是杜甫說燧人氏是「禍首」，是禍害的開始，好，這個又是從「利」，物質的角度來說。好，「厲階董狐筆」，董狐各位一定聽過吧？以前讀〈正氣歌〉，文天祥不是說「在齊太史簡，在晉董狐筆」，對不對？他是春秋時晉國的史官，中國的文化說實話發展得很快、很早，宮廷裏頭時常會有史官紀錄一個國家的大事情，董狐的故事各位聽過吧？好像是晉靈公吧，很討厭他的朝中的一個大臣叫做趙盾，想要把趙盾給殺了，趙盾地位很高，大概是當朝宰相之類的，他得到這個消息後就逃走，逃了以後呢，他有一個家屬叫趙穿，找一個機會把晉靈公給殺了。皇帝要殺趙盾，趙穿卻把國君給殺了。好，當時的史官董狐就記錄下來，說：「趙盾弒其君」，說趙盾把國君殺了。這個「弒」是春秋筆法，以下殺上叫作「弒」，等於說你造反嘛！趙盾很不甘心，就說：「國君要殺我，我逃走了。殺他的不是我，是另外一個人趙穿啊。」結果董狐說：「你逃走，沒有逃出國境；國君被殺了以

後你回來，也沒有去討伐趙穿。用現在話來說，很顯然的你們有勾結嘛！陰謀叛變嘛！所以我就記錄：『趙盾弒其君』」。孔子知道了以後，說這個董狐「古之良史也，書法不隱」。各位看到後邊註解，這個良史是指很好的史官，爲什麼肯定他良好呢？因爲「書法不隱」。書法各位不要想是我們拿著毛筆寫字，書法其實就是「筆法」。法是條例，筆法指什麼筆法？是寫史書的筆法。你是史官，你要負責記錄這個國家所發生的一些事件，當你要記錄的時候，你當然要用文字把它記載下來，而那些文字都有一個一個的筆法在。比如像這一句話，「趙盾弒其君」，它的重點在哪裡？就在這個「弒」上面，這是很重的一個罪，那孔子說他面對那樣大的威脅、壓力，趙盾掌握大權啊，結果董狐按照真實的情況把它紀錄下來，所以說「書法不隱」，沒有隱藏，沒有避諱。這是古代很講究的一種史書的紀錄方法，當然這些都是記錄在《春秋》裡，可是很多時候我們不太清楚它的來龍去脈，它的背景，就像「趙盾弒其君」只是一句話而已，所以後來就有所謂三傳嘛，聽過嗎？有《左傳》、《穀梁傳》、《公羊傳》。我不曉得各位了不了解，《左傳》通常是把《春秋》裏頭的一句話、一個事件，把它的背景、來龍去脈紀錄得非常詳細。而那個《公羊傳》最重要的是什麼呢？就是來挖掘這個《春秋》裡頭的一些紀錄，某一些字它有什麼意義，就把它的筆法、它的意義顯現出來，像「趙盾弒其君」，《公羊傳》就把這話它的意義、褒貶，是稱讚一個人，或者批判譴責某一個人，把它的內在意義彰顯出來。

　　好像跑得太遠了，現在我們回來說「厲階董狐筆」。剛剛講了很多，各位想想看，做爲一個史官，董狐這樣一個史官的筆法好不好？值不值得稱讚？當然值得。這也是從「名」的角度來去說的，人的好壞優劣、品德的高下、行爲的正當或者惡劣，也就是屬於「名」的部分。按照我們習慣的價值觀來講，董狐當然值得肯定，文天祥〈正氣歌〉裡頭不就舉他做爲一個例子嗎？「天地有正氣」的代表之一啊！但是這裡杜甫怎麼說？「厲階」，厲是惡的意思，作惡的台階叫做厲階，也就是作惡的開始，也就是跟前邊所謂的禍首意思差不多。所以你看看燧人氏發明了鑽木取火，讓人類的物質文明達有了一個很好的開展基礎。像董狐筆那樣良好的史書筆法，這樣充滿正氣的

一個作為，杜甫卻認為說是禍首，是屬階、作惡的開始。

　　好，再來下邊，「君看燈燭張，轉使飛蛾密」，他說你看看你點了燈，燃起蠟燭，有光亮了，結果呢？「轉使飛蛾密」，反而使飛蛾越來越多，當然從生物的習慣來講，各位知道飛蛾有一個習慣，會追逐那個光。所以有燈有燭才會飛過來靠近，但是靠近的結果是什麼？自取滅亡啊，對不對？牠就被那個燈火、燭光燒死了。那這兩句做為一個比喻來講，什麼意義？其實把兩個部分做了一個小結論，用燈燭代表了文明，代表了我們一般人所追求的名或者利，然後當你有這樣的一個目標，我們一般人就像這飛蛾一樣，不斷的追逐它、不斷的靠近、不斷的求取，最後是自取滅亡，受到了傷害。所以燈燭是代表名跟利，代表的是文明，代表的是人所追求的一個目標。

　　好，我們費了力氣，把這幾句講完。現在我們要轉向一個方向，我們所熟悉的杜甫，就各位過去讀的杜甫，有沒有看過這樣的說法，絕對沒有吧？我們知道啊，做為一個儒家的信徒，做為一個儒家的追求者、支持者，杜甫絕對相信人類的文明是最重要的，甚至於你去隱居，這個追求個人的逍遙自在，杜甫都反對，對不對？「非無江海志，瀟灑送日月」，但是「生逢堯舜君，不忍便永訣」，還記得吧？〈奉先詠懷〉各位背過的喔！杜甫雖然在〈醉時歌〉裡頭也曾經把孔子跟盜跖，春秋時候很有名的大強盜，把他們放到一起，但那是一個憤慨、激憤的話。杜甫代表的、表現的是一個儒家的思想，所以燧人氏、董狐筆，這樣的人物這樣的成就是我們應該追求的一個標竿啊！但是杜甫在這首詩裡頭竟然從負面角度來去加以批判。所以各位不妨看看下邊的小字說：「議論奇警，小儒咋舌」，看到沒有？古代的評語也滿有趣的，他說這種議論實在很特殊耶，讓人驚訝，你假如是一個讀書讀得不太通的小儒喔，聽到這個話可能會瞠目結舌，不知所措，不知道杜甫為什麼要這樣說？

　　我想我們可以理解一下，這首詩是大曆二年，杜甫晚年的作品。杜甫死在哪一年？大曆五年，對不對？所以已經到了他人生最後的階段了，他經歷了很多很多的人間歷練，經歷了很多很多跟平常所信仰、所追求的那種價

值不太相同的一些事件。所以大概是杜甫對世事有更深的一種閱歷以後，沒有那麼浪漫，他反而理解到人其實越簡單越好。儒家所謂的三不朽，在這個時候他大概可能是比較不太追求，不太堅持。所以我們看到小字說「此公晚年見道之言，其閱歷人世之變故深矣」。「見道之言」，這個道是什麼道？顯然不是儒家之道，是老莊之道，老莊之道講究的是什麼？講究的是一切平等，講究的是你生活越簡單越好，才能夠做到所謂的逍遙，《莊子》裏頭有兩句話，也許可以爲這首詩做一個註解：「聖人不死，大盜不止」，不曉得各位有上老莊的課沒有？王邦雄老師有沒有講到這兩句話？有喔。這個絕對不是儒家人說的話，是道家才說的話。聖人，我們最高典範耶，但是他說假如聖人一直存在，那麼大盜就永遠沒有消失的一天，所以聖人變成了大盜的一個助長者。這什麼意思呢？原來就是因爲聖人求的是外在事功，求名求利啊，當然這名跟利不一定是個人的，也許是大名大利，我要追求萬世不朽的名聲，要爲社會謀福利，這很偉大喔，對不對？大概你們小時候，老師一定是教你們這樣做吧，把它當作是人生的最偉大的目標，這都是聖人在做的。可是當你爲了追求，不管是小名小利，還是這大名大利，爲個人還是爲世界，就像剛剛我們說的，那是文明，它就讓你失去了你個人的逍遙，讓你放不下。放不下的結果是什麼？你就可能用很多手段來完成那樣的一個目標，這就是所謂的大盜，這盜不是簡單的說搶人家錢財，而是你用不正當的手段來達到你的目的，因爲你有看起來很偉大、很光明的目標在前邊，所以掩飾了你一些不正當的行爲。從這個角度看，杜甫這一首詩，他可能就是感歎人不能活得逍遙，不能放下。

　　所以到了最後一個小段落，「放神八極外，俯仰俱蕭瑟。終契如往還，得匪合仙術」，八極就是上下四方，整個空間、整個宇宙啦，我現在往外看，看到整個宇宙，不管是抬起頭看還是低下頭看，「俱蕭瑟」，都是一片蕭瑟、一片荒涼的，也就是一片悲苦的。所以說「終契如往還，得匪合仙術」，這「終契」兩個字，我先說一個結論：「終」就是死，「契」就是生，「終契」就是生死。我印象以前提到《詩經》裏頭有一句話：「死生契闊，與子成說。執子之手，與子偕老」，這個「死生契闊」，契就是合，闊

就是離，所以契是呼應那個「生」，闊因爲是離所以呼應那個「死」，了解嗎？人死了就分開，活著就合在一起啊。現在杜甫換了一個字，「終契」，「契」就是「合」嘛，就是生嘛；「終」呢就是結束了，那當然指的是死啊，對不對？所以「終契」就是死生。「終契如往還」，一個人在這個世界上，活著或者死了就像什麼？往返，往指的是離開，返是回來，所以一個人活著，就像回到他應有的世界；死了，就像離開一樣，把生死看做一個人的來來去去。假如你了解到這樣的一個境界，體認到生死的道理，「得匪合仙術」，這個「匪」，相當於這個「非」，「得匪」，難道不是嗎？不是什麼？「合仙術」，符合了仙家的道理，仙就是神仙，就是逍遙、自在，就是沒有牽掛，我們一個人時常就是執著在那個死跟生，不能夠放下，不能夠把它看做就像一個人來來去去一樣。假如能夠了解這個道理，體認到所謂生死就像往返一樣，那難道不是符合了神仙逍遙自在的道理嗎？「得匪合仙術」。

所以這種思想其實就是道家《莊子》的思想，《莊子》有〈齊物論〉，這齊物是什麼？就是把所有的事情都看做一樣，死了像活著一樣，活著像死了一樣，這個叫做「齊物」嘛，放下、不在乎、沒差別。我們爲什麼要求名逐利，就是因爲放不下的關係，做不到這一點的關係，所以最後的結論也符合了前面的內容。其實這首詩說實話講得很吃力，好像給各位講哲學一樣，而且不符合我的味道，因爲我們所熟悉的杜甫，說實話應該是慷慨激昂的，應該是悲壯沉痛的，這個大概是他有一段時間，對本身有一種看破的意思，一種觀念。

觀公孫大娘弟子舞劍器行 并序

　　大曆二年十月十九日，夔州府別駕元持宅見臨潁李十二娘舞劍器，壯其蔚跂，問其所師，曰：「余，公孫大娘弟子也。」開元三載，余尚童稚，記於郾城觀公孫氏舞〈劍器〉〈渾脫〉，瀏灕頓挫，獨出冠時。自高頭宜春梨園二伎坊內人洎外供奉曉是舞者，聖文神武皇帝初，公孫一人而已。玉貌錦衣，況余白首。今茲弟子，亦匪盛顏。既辨其由來，知波瀾莫二。撫事慷慨，聊爲劍器行。昔者吳人張旭善草書書帖，數嘗於鄴縣見公孫大娘舞西河〈劍器〉，自此草書長進，豪蕩感激，即公孫可知矣。

　　昔有佳人公孫氏，一舞劍器動四方。觀者如山色沮喪，天地為之久低昂。㸌如羿射九日落，矯如羣帝驂龍翔。來如雷霆收震怒，罷如江海凝清光。絳脣珠袖兩寂寞，晚有弟子傳芬芳。臨潁美人在白帝，妙舞此曲神揚揚。與余問答既有以，感時撫事增惋傷。先帝侍女八千人，公孫劍器初第一。五十年間似反掌，風塵澒洞昏王室。梨園弟子散如煙，女樂餘姿映寒日。金粟堆南木已拱，瞿塘石城草蕭瑟。玳筵急管曲復終，樂極哀來月東出。老夫不知其所往，繭足荒山轉愁疾。

　　請各位翻到二四五頁〈觀公孫大娘弟子舞劍器行〉，大概我們剩下的幾首作品，這一首是最有詩的味道，而且也真的代表了杜甫一貫的內容與風格。這首詩前邊附了一篇很長的序文。我之前曾講過，詩有題目、有本文，當然有時候詩也會附一個序。序可能是兩個字、五個字、七個字，但是有時候也會是一篇較長的文字。例如各位比較熟悉的像白居易〈琵琶行〉，前面

就有很長的一段序。我時常看到很多人讀詩，題目不讀，看到序大概也以爲沒有關係，其實這些都不能忽略，序基本上來說是對題目的補充，提供了更多的詩的背景內容資料。所以當我們讀一首詩，看見它有序的時候，千萬不要忽視它，它是幫助我們理解詩的本文很重要的一個線索。序通常是用散文書寫，因此它的語言跟詩的語言不同，詩有它特殊的語言，譬如說倒裝啦、省略啦，這是我們讀詩時經常碰到的習慣句法。散文通常不太會出現這樣的句法，因爲這樣子看起來不是很完整的文字。可是杜甫詩的序時常會出現這樣的句法，所以古人，尤其宋人在註解杜甫詩時，常覺得杜甫的文章好像不太通順，我們在宋代的詩話裡，時常可以看到這樣一個議論。後來往往形成兩種說法，一個是把杜甫跟韓愈做比較，韓愈是古文八大家之一，他提倡古文運動，「文起八代之衰」嘛！文章寫得非常好。但韓愈寫詩是「以文爲詩」，用寫文章的方法來去寫詩，所以韓愈的詩很難讀，感覺跟我們習慣的詩不太一樣。杜甫剛好相反，杜甫的散文是用詩的語言來表達，所以他有很多省略的、不太完整的句子。另外一個說法是把杜甫和曾鞏做比較，曾鞏，就是曾子固，也是唐宋八大家之一，散文、古文寫得非常好，但有人曾批評曾鞏的詩很難讀得下去，就像杜甫的文章很難讀得下去一樣。這些都顯示詩跟文有不同的語言，杜甫詩的序，尤其是長篇的序就有這個現象。他有一首詩叫做〈課伐木〉，不仔細說囉，內容大概就是杜甫在夔州，叫他的夫人去砍木頭，也有很長的一篇序，序裡有些句子就是以詩的語言來書寫，很難解釋，讓後來註解杜甫的人十分頭痛。回到這篇序來看，這篇還算好讀，而且我們非讀不可，因爲它幫助我們提供作品的背景資料，雖然有些句子比較麻煩，我們也盡量地把它破解。

　　首先來看這篇的題目，〈觀公孫大娘弟子舞劍器行〉，因爲序會提到題目的背景，所以我們先只說那個「行」，「行」是什麼？「行」就是樂府詩的一種，像〈琵琶行〉、〈兵車行〉、〈麗人行〉，都代表了它的性質是帶有樂府詩的風格。我們之前說過，樂府其實跟古體沒差，跟近體也沒有差，因爲兩者是不同的層次。無論是近體詩也好，古體詩也好，那是屬於體裁意義的層次。「行」則是性質的層次，是什麼性質？樂府就是可以配合音

樂，把它唱出來的。

　　「大曆二年十月十九日」，杜甫有時候會在題目或序，把年月日記得很清楚。例如之前講過的〈北征〉，一開頭說：「皇帝二載秋，閏八月初吉」，還有印象嗎？就告訴你至德二載閏八月初一這一天。這篇也是一樣，在大曆二年十月十九日這一天，這個時候杜甫是五十六歲，在夔州。「夔州府別駕元持宅，見臨潁李十二娘舞劍器，壯其蔚跂。問其所師，曰：『余，公孫大娘弟子也。』」這是序文的第一個段落。前邊年月日沒有問題，「夔州府別駕元持宅」，元持當然是一個人的名字，若我們稍微考證一下，有一些版本這個「持」寫成了「特」，字型很像吧，過去也有一些爭論。但其實在唐人裡頭只有元持，沒有元特。為什麼可以肯定是元持呢？這背景滿特別的，元持有兩個哥哥，一個是元擢，還有一個叫元挹，都是唐肅宗時候的人，唐肅宗時期有一個太監叫李輔國，唐肅宗很喜歡他，就把元擢的女兒許配給他，這兩個弟弟也跟著雞犬升天。一直到唐代宗即位以後，開始肅清受前朝寵信的太監們，元擢兄弟們當然也遭殃，元持最後就被貶到夔州，做夔州的別駕。那為什麼可以知道他不叫元特？因為這三個兄弟的名字都是手字旁，假如是元特，顯然就不是同一個兄弟。這是中國取名字的一個習慣，假如名字是三個字，中間是同一個字，不然的話就是同一偏旁。像《紅樓夢》就是這樣，賈政是文字輩，賈寶玉是玉字輩。至於別駕是什麼？註解上有，我想直接看就很清楚啦，不用特別解釋了。

　　好，杜甫是大曆元年來到夔州，這時候認識了元持，大曆二年十月十九日這一天，元持家裡頭有一場歌舞的表演，這個表演者是誰？是臨潁的李十二娘，臨潁在現在的安徽，在唐朝屬於河南道，這是指她的籍貫。她叫李十二娘，沒有名字，排行第十二。她在元持家裡頭表演什麼？「舞劍器」，〈劍器〉是一種舞蹈，這個到目前為止，還有很多的考證與爭論。我想我們對音樂舞蹈不是那麼專業，沒辦法很細的去討論，所以我們用一個比較多人接受的普遍共識來說明。

　　首先我們要知道，唐朝時期的藝術是非常發達的，各種藝術都有，詩歌就不必說了，書法、繪畫、歌、舞等等都非常蓬勃。就以舞蹈來說，各位

可以翻到後邊仇兆鰲引段安節《樂府雜錄》的文字，有一類舞蹈叫做健舞，有看到嗎？有各種的舞曲，什麼〈棱大〉、〈阿連〉、〈柘枝〉、〈劍器〉、〈胡旋〉、〈胡騰〉等等，還有一類叫做軟曲。健舞有時候又叫做武舞，軟曲又叫做文舞。從這些分類的名稱，各位大概就可以想像到健舞一定是非常的剛健，陽剛氣息很重，曲子比較快，動作很大的一個舞蹈類別。軟舞或者是文舞，顧名思義大概比較婀娜、溫婉。假如在傳統的舞臺上看的表演，大部分都是文舞，袖子很長，身段很婀娜，曲子很委婉。好，所以第一個觀念〈劍器〉是屬於健舞，是武舞。然後各位再看到後面張爾公的文字，張爾公是張自烈，明朝人，他有一本書叫做《正字通》，裡面就記載了這個資料，常被人引用來討論劍器是什麼。他說：「劍器，古武舞之曲名，其舞用女伎雄妝空手而舞。」這話講得很清楚，它是屬於武舞、健舞，然後表演者是女性，而且雄妝，穿著男子的衣服，空手而舞，手上沒有拿東西的跳。這個資料他說是《文獻通考》記載的，《文獻通考》是元朝馬端臨編的一本書。所以從這裡看，至少元朝時候是這樣的說法，就推翻了我們望文生義的一個錯誤，以為看到「劍器」一定是舞劍，手上一定有一把劍或一雙劍。有沒有舞蹈是舞劍的呢？當然有。可是這個〈劍器〉是一個樂曲的名稱，它不是手上拿著一把劍。這個爭論很大，一直到現在還有很多人找一些新的材料想要推翻馬端臨的說法。像清朝有個桂馥，他記載了在甘肅有一種舞蹈，也是女性，也是穿著男子的衣服，但是手上拿著帛，兩邊綁著東西來表演，人家告訴他這就是〈劍器〉舞，所以他認為〈劍器〉不是空手而舞，而是拿著一個布匹在舞。那桂馥是清朝人，顯然時代在後面。也有人在四川看到一個畫像磚，磚上面有舞蹈的畫，是一個妝扮很威武的歌伎，手上拿著東西在跳舞，拿著什麼呢？有人就認為是劍，表示了這〈劍器〉是有劍的。像這些我想都是後出的資料，很可能到了後來演變，所以有了道具在手上，但是根據元朝、明朝的記載，她應該是空手而舞的，但是不要以為這是輕軟的舞蹈，她表現的可是很慷慨激昂，舞蹈的動作非常的陽剛。

　　好，杜甫這一天在元持家裡看到李十二娘表演了〈劍器〉舞，杜甫先用一句話來稱讚她：「壯其蔚跂。」蔚跂兩個字，草木很茂盛叫做蔚，跂是

突出的意思，有時候我們會寫成這個「歧」，歧是分歧的意思。但是當你寫成這個足字旁的時候，原本是指像我們手指或腳趾多了一隻的意思，後來就引申爲突出的意思，所以蔚跂兩個字合起來講，就是她的舞姿非常的綿密，動作很複雜啦、綿綿不絕啦，但又充滿了跳躍感，像是突然跳出來這樣的感受。綿密而突出的舞姿，讓杜甫感覺非常的雄壯。下面說「問其所師」，杜甫對她非常佩服，所以問她是從哪裡學來的啊？那她就回答說：「余，公孫大娘弟子也。」，她說我是公孫大娘的徒弟，這一個回答讓杜甫充滿了回憶了，所以引出下面一段。

　　「開元三載，余尚童稚，記於郾城觀公孫氏舞劍器、渾脫」，「舞劍器」下邊要頓一下，不然會把四個字連在一起。「瀏灕頓挫，獨出冠時。自高頭宜春梨園二伎坊內人洎外供奉曉是舞者。聖文神武皇帝初，公孫一人而已。」這是第二段的第一個小結。「開元三載」，這四個字很簡單，但是在過去也有很多討論，各位看到後面注釋引了「蔡曰」，蔡是蔡夢弼，宋朝人，他有一本《草堂詩箋》，是註解杜甫詩的作品。其中就有說：「開元三載一作五載」，三、五字型也很像，可能是版本的不同。但他進一步說：「時甫纔三歲，當作十二載。」他懷疑杜甫的記憶力，開元三載杜甫才三歲耶，怎麼會記得？所以他認爲這個三載應該是十二載，不是三，是一二，刊刻時把十誤刻成一。校勘古籍時常有這樣的問題，叫做「脫落」。但蔡夢弼這段話有兩個問題，第一個問題是高步瀛先生提出來的，他說三載時，杜甫是四歲，因爲在開元之前還有一年，叫做先天，我們講生平時候講過，杜甫是生在先天元年一歲，然後第二年，開元元年二歲，所以開元三年應該是四歲。這裡岔出去補充一點，我之前有特別強調過，開元的年號要用年，一直到天寶十三載才用「載」。你說年跟載意思一樣啊？但這是朝廷正式的頒布。開元從元年一直到二十九年，都是年；天寶第一、第二年用年，到了第三年，朝廷下詔，改「年」爲「載」，所以後來像至德也是載，對不對？到了乾元才又改爲年。杜甫這裡可能是失誤啦，開元三載應該是開元三年。再回到原文，不管是三載也好，或者是五載也好，杜甫是四歲或六歲，他現在五十多歲，還記得小時候的事情嗎？我們可以看錢謙益的說法。錢謙益說杜

甫有一首〈壯游〉詩，是他晚年在夔州回憶從小到老的經歷。所以讀杜甫詩，一開始通常都先講〈壯游〉，把杜甫的一生貫串起來，會更容易了解他的生命與創作歷程。這首詩有兩句話：「七齡思即壯，開口詠鳳凰」，看到沒有？杜甫七歲的時候，他的創作力就很豐富了，第一首詩寫什麼？是寫詠鳳凰的詩。我之前好像有跟各位講過，李白和杜甫不僅是一對好朋友，兩個人也剛好各有一個象徵的圖騰，李白的圖騰是大鵬鳥，杜甫是鳳凰。大鵬從《莊子・逍遙遊》來：「北冥有魚，其名為鯤。鯤之大，不知其幾千里也。化而為鳥，其名為鵬。鵬之背，不知其幾千里也。……鵬之徙於南冥也，水擊三千里，摶扶搖而上者九萬里。」你看氣勢多大，多逍遙？李白的性格跟大鵬很像，甚至他臨終的時候還寫了一篇〈大鵬賦〉。杜甫開口的第一首詩就是寫鳳凰，鳳凰是瑞鳥，相傳鳳凰一出天下太平，代表時代的興盛，所以杜甫的一生志業就是要變成鳳凰啊，恢復太平盛世，嚮往著這樣子的一個時代。我想兩人沒有那麼故意啦，但就是很巧，兩者剛好是代表不同的風格，不同的人生。

　　跑遠了，回到原文。錢謙益引了「七齡思即壯」，七歲就可以寫詩，所以六歲記得看過表演，並不為過。至於蔡夢弼十二載的說法，我們不接受，因為開元十二年杜甫已經十三歲了，是半成人了，不是「余尚童稚」。至於是開元三年還是開元五年，其實差別不大。錢謙益堅持是開元五年，因為開元五年到大曆二年，也就是西元七一七年到七六七年，剛好五十一年。杜甫詩裡又說「五十年間似反掌」，他回憶當年看公孫大娘的表演到現在五十年了，所以錢謙益認為開元五年比較符合五十年這樣的一個時間差距，但如果開元三年距大曆二年共五十三年的時間，取一個大約的成數說是五十年也沒有什麼問題啦。總之那個時候杜甫非常小。

　　「余尚童稚，記於郾城」杜甫說我那時候非常年幼，記得在郾城，郾城就是在現在的河南，「觀公孫氏」，就是李十二娘的師父公孫大娘，「舞劍器、渾脫」，看過她〈劍器〉與〈渾脫〉兩場的表演，〈劍器〉剛剛講過了。〈渾脫〉我們可以看後面的註釋引了胡三省註《通鑑》的說法：「長孫無忌以烏羊帽為渾脫氈帽。」烏羊是黑色的羊，把它的毛做成了帽子，這叫

做渾脫氈帽，這是先告訴我們，這帽子是黑色羊毛做的。後來呢，就這個帽子變成舞蹈的一個道具。所以下面一行說：「并州清源縣呂元泰上疏言」，上了一個奏章給皇帝，「比見都邑坊市相率爲渾脫，駿馬胡服，名爲蘇莫遮，非雅樂也。」就是說在街道上、坊市裡頭，很多人喜歡表演跳舞，跳的就是所謂的渾脫舞。「駿馬胡服」，騎著馬，穿著胡人的衣服，它的曲子就叫做蘇莫遮。各位讀過詞選有一個詞牌就叫做〈蘇莫遮〉，對不對？范仲淹的「碧雲天，黃葉地」，不就是〈蘇莫遮〉嗎？所以這個樂曲到了宋朝，演變爲一個詞牌的曲子。這是有關渾脫的記載，但是我們還可以進一步說，第一個它也是武舞，第二個它是隊舞，它的表演通常是一隊人馬。曾有資料記載得很清楚，渾脫舞的舞者頭上都戴著烏氈帽，第一個人先把帽子丟得很高，後面的人接來戴，然後把自己的帽子丟上去，這樣一個接一個的輪流表演，這叫渾脫。這讓我們想到像俄國人的舞蹈之類，大概是這樣的舞蹈。好，杜甫在開元三年，四歲的時候，看過公孫大娘表演這兩個舞蹈。他在下面又做了一個形容，「瀏灕頓挫。」「瀏」是水很清澈的樣子，《詩經·溱洧》有一個句子說：「瀏其清矣」，所以瀏跟清是同一個意思，說水很清澈。「灕」有時候假借爲「麗」，所以瀏灕其實就是「清麗」。形容一個舞蹈清麗，可以想像那個舞蹈的氣氛，一定是非常的順暢、美妙，沒有一點雜質，像水一樣清澈流動的樣子。下面又說「頓挫」，頓挫我們講過很多次，有沒有印象？就是波浪的起伏、高下，那樣一種動盪、曲折的感覺，這跟前邊的瀏灕是相反的姿態喔！很清麗、順暢的，但同時又很起伏跌宕，說明公孫大娘可以把兩種相反的風格同時表現在一個舞蹈當中。

「獨出冠時」，公孫大娘的表現非常突出，超越了那個時代所有的表演者，怎樣可以看出她「獨出冠時」？「自高頭宜春梨園二伎坊內人洎外供奉曉是舞者。聖文神武皇帝初，公孫一人而已」，高頭就是上頭，指皇帝身邊。也因爲在宮中、在皇帝身邊，所以有時候又叫做「內人」，內人不是太太喔，是相對宮外的人來說。唐朝皇宮裡，尤其唐玄宗的時代，歌伎很多，有些是屬於梨園，有些是屬於宜春，這些都是歌伎集中的地方，在那邊學習，然後有需要的時候就被呼喚到皇帝身邊表演。我們可以看註解引了《教

坊記》的記載：「西京長安右教坊在光宅坊，左教坊在延正坊」、「右多善歌，左多工舞」，比較擅於唱歌的大部分在右教坊，比較擅長跳舞的大部分在左教坊，然後在宜春院的叫做內人，也叫做前頭人。我想資料太多了，各位自己有興趣讀一讀。總之就是泛指皇宮裡那些表演歌舞的人，唐朝的時候，宮中的宮女，包括皇后、妃嬪、才人、歌伎等等，有多少人？〈長恨歌〉說「三千寵愛在一身」，皇帝身邊有三千個人，就覺得太恐怖、太嚇人了，杜甫這首詩說八千人，事實上唐書裡頭記載最多的時候有四萬人耶！多嚇人啊！這還是宮內的喔，叫做內供奉。還有「洎外供奉」，「洎」相當於「及」，「外供奉」是指宮廷以外的歌伎。唐朝的歌伎分很多類，宮中的叫宮伎，軍營中的叫營伎，市井中的、一般百姓的叫做市伎。「外供奉」就是市伎，她的身分不是宮廷中的歌伎，是宮廷外的，但是為什麼要叫「供奉」？供奉就是伺候皇帝，有時候皇帝也會把她們叫進宮中表演。簡單來說，就是從皇帝身邊宜春梨園二伎坊內的人，還有包括宮廷外頭的歌伎。「曉是舞者」，能夠了解，能夠表演這樣一個〈劍器〉舞的，「聖文神武皇帝初，公孫一人而已」，「聖文神武皇帝」指的是誰？唐玄宗。唐玄宗為什麼叫做「聖文神武」呢？各位看到〈唐玄宗本紀〉的說法，它說「開元二十七年二月己巳」這一天，「加尊號為開元聖文神武皇帝」。尊號是什麼意思？就是臣子為了奉承，大家聯合上一個表說請皇帝加一個尊號，事實上都是事先擬好的。開元二十七年，大臣們請玄宗加了一個尊號。各位知道唐玄宗活著時，是不知道要他叫玄宗的，玄宗的稱呼是他死了以後，後面的皇帝追封的。他活著的時候臣下只能叫他皇上，可是這個叫皇上太單薄了，所以會加上尊號來稱呼。高步瀛先生說從這一年開始，到天寶十二載，大臣一共上了四次尊號，其中都有「聖文神武」四個字。各位假如把《唐書》或《資治通鑑》翻一翻，就會發現天寶元年又加了一個尊號稱為「開元天寶聖文神武皇帝」；天寶四載又加了一個尊號，稱為「開元天寶聖文神武應道皇帝」。天寶十二載，第四次加尊號的時候，叫做「開元天地大寶聖文神武孝德證道皇帝」十六個字。唐玄宗四次加尊號都有「聖文神武」，所以杜甫就用「聖文神武」來代指唐玄宗。他說從唐玄宗即位開始，能夠表演〈劍器〉

的，只有公孫大娘一個人，而且沒有人超過。他五十多歲的時候看到李十二娘的表演，然後回憶起五十多年前在郾城公孫大娘的表演，這個脈絡要弄清楚，才能知道他的感慨。

基本上杜甫的序是用散文寫的，但時常用詩的語言，換句話說，有些句子讀起來感覺好像不太通的樣子，例如下邊第四行開始：「玉貌錦衣，況余白首。今茲弟子，亦匪盛顏。既辨其由來，知波瀾莫二。撫事慷慨，聊為劍器行。」這是第三個段落。開頭兩句，「玉貌錦衣，況余白首」，下邊小字各位看到申鳧盟說的話，他說這個序太剝落。申鳧盟是誰呢？就是清朝人申涵光。剝落是什麼意思呢？就是說不完整，用現在的話來說就是零落、破碎的句子。為什麼他會有這樣的一個評語呢？簡單說，他認為「玉貌錦衣」與「況余白首」這兩個句子是沒有辦法連接在一起的。高步瀛先生也說這個地方大概是有「脫誤」，脫是缺字，誤是錯字，所以可能不是錯了一兩個字，大概就是掉了一些字，所以才會有所謂的剝落。高先生又說：「諸家就況余二字委曲解釋，終屬牽強。」諸家就是各種註解，各種註解都認為這個地方大概有錯，或者有漏，所以都想盡辦法為它解釋，但是高先生認為這些解釋是不管原來的意思，勉強給他改一些字，或者勉強提出一個說法，應該都不是杜甫原來的意思。在各種解釋裡頭，高先生提出了李健人的說法，他說李健人懷疑「況余」這兩個字應該是「晚餘」兩個字的錯誤，高先生認為「似近之」，認為這個說法大概是比較接近杜甫原來的意思。

好，我們這時來檢討一下。第一個問題是各種說法哪一個是比較正確的？或者是不是一定有錯的。我們從這兩個方向來去加以解釋一下。李健人把「況余」認為是「晚餘」兩個字的錯誤，假如從校勘學來說，這是「形訛」，因為字型看起來比較接近，所以形成的錯誤，如果是因為聲音很接近所形成的錯誤，就稱為「音訛」。假如用晚餘去解釋，晚是晚年，指誰的晚年？應該是公孫大娘。從前面「玉貌錦衣」看起，玉貌是美麗的容顏，錦衣是指她穿的衣服非常華麗，而這個衣服應該是舞衣，也就是跳〈劍器〉時所穿的衣服。要注意，這四個字可以分兩個層次去說，從人說，是美麗的容顏；從衣說，是美麗舞衣，這都是指誰？應該都是指公孫大娘。假如按照李

健人的說法，況余是晚餘，那麼就是說當年我看到她表演的時候，有美麗的容貌，穿漂亮的舞衣，現在她老了，只剩下滿頭的白髮，看起來似乎可以通，但我們能不能接受這樣的解釋呢？我們要注意一點，杜甫看到公孫大娘表演是在什麼時候？開元三載或者開元五載吧，也就是他四歲或者六歲的時候。杜甫現在寫這首詩是在什麼時候？大曆二年，五十多年，杜甫看表演時，公孫大娘至少也十幾二十歲吧，假設她二十歲，現在五十多年了，以唐朝人的平均年齡來看，公孫大娘還在不在？可能早就不在了。而且我們看杜甫的詩說「絳脣珠袖兩寂寞」，「絳脣」是紅色的嘴唇，是從人的角度來說，舞者一定打扮、化妝，嘴巴塗得很紅。珠袖是從衣服說，綴著珠子的華麗舞衣。「絳脣珠袖」剛好呼應了序的「玉貌錦衣」。「兩寂寞」，兩就是指這個人也好，或她跳的舞也好。寂寞，不是說很孤單叫做寂寞，寂寞指的是已經消失不見。換句話說，公孫大娘在這個句子的敘述中已經不在了，人消失了，舞也看不到了，所以所謂晚餘顯然不合理，不是事實。所以高步瀛先生雖然認為諸家說法中李健人的說法他比較接受，但是我們可能要推翻。

　　我再舉一個例子，仇兆鰲把「況」認為是「恍」，「余」就是「於」，「恍於白首」。恍是什麼？恍惚的意思，對不對？前一句說當年公孫大娘的人與舞多麼美妙，然後跳接到杜甫身上，恍惚之間我已經滿頭白髮了。了解嗎？但是這個恍、況也沒有依據。我們做校勘很講究，要有版本的依據，杜甫的版本很多，一般流行的就是「況余」，假如你看到 A 或者 B 或者 C 其他的版本寫成了「恍於」，有這個依據，我們還稍微可以解釋，不然就叫做「臆改」。臆改就是完全按照你的猜想把它改變，沒有依據的。在沒有必要的情況之下，盡量不要採取「臆改」來討論詩。到這裡各位大概可以聽出來，我還是認為「況余白首」沒有錯。那該怎麼解釋呢？其實這應該是深一層的寫法。這八個字關鍵點在哪裡？最顯示它的感情的字眼是什麼？是這個「況」字，況是何況的意思，我們現在還在用。本來是這樣子，我們再加上一個原因，「何況怎麼樣」，它的內容就可以比原來的意思再深一層。例如我們之前講過的〈北征〉，各位翻到五十五頁。「夜深經戰場，寒月照白骨。潼關百萬師，往者散何卒。遂令半秦民，殘害為異物。況我墮

胡塵，及歸盡華髮」，有沒有看到？我們那時怎麼解釋這幾句的？杜甫要回家，從鳳翔要到鄜州去，半夜的時候經過當年潼關之戰所在的地方。「寒月照白骨」，戰場上死的人很多啊，淒涼的月光照在白骨上，引起了感觸。「潼關百萬師，往者散何卒」，當年哥舒翰率領的軍隊，在潼關之戰被打敗了，「遂令半秦民，殘害爲異物」，讓關中一半的百姓被殺害，變成了別的東西，也就是變成鬼啦。我們可以想想看，當杜甫說到這裡的時候，他一定充滿了悲傷，經過當年潼關失守的戰場，想起關中百姓被殺害的歷史，觸動了詩人的同情與悲痛。「況我墮胡塵」，何況我現在淪陷在長安，跟家人分離了，對不對？雖然能「及歸」，可以回家去探視我的妻子兒女，可是我已經滿頭白髮了。這樣的翻譯了解嗎？前面「遂令半秦民，殘害爲異物」，作者已經預設了這樣一個悲傷的情感，再加上個人的遭遇，我淪陷過，我千辛萬苦要回家時，已經滿頭白髮了，這是加上一個條件，於是你可以理解，我悲傷的感情，就更加深了。先以前面讓他傷心的事件做一個基礎，再加上另外一個原因讓那個傷心的感情更加深沉，就叫做深一層。關鍵字在哪裡？就在「況」字，「更何況如此」啊！所以「況我墮胡塵，及歸盡華髮。」內容雖然不同，但句型跟「況余白首」是一樣的。就是說更何況我現在已經滿頭白髮了。回到公孫大娘這一篇，「玉貌錦衣，況余白首」，當年在我很小的時候，開元三載吧，我見到了公孫大娘是玉貌錦衣，那麼美麗的容顏，那麼漂亮的舞衣、舞蹈，然後中間省略了，省略了什麼？公孫大娘現在已經不在了，「絳脣珠袖兩寂寞」的悲傷，更何況，我從四歲的小孩轉瞬之間已是滿頭白髮，這更讓我悲傷。所以這是寫他經過那麼長的時間，對照公孫大娘的消失，引發、觸動了他更深的一個悲哀的感情。而且這個況字，也帶到下面「今茲弟子，亦匪盛顏。」何況現在她的弟子，也就是李十二娘，也不是盛顏。換句話說，李十二娘也老了啦，公孫大娘當然更不在了。這個句子，我們花了比較多的時間說明，各位可以掌握一下這樣一個特殊的句式，深一層的方法，其實要做詩，這個字眼可以掌握一下。

　　「既辨其由來，知波瀾莫二。撫事慷慨，聊爲劍器行」，「辨」是了解、明白的意思，所謂的「由來」，就是他前邊不是問李十二娘她的師承

嗎？那李十二娘告訴杜甫說「余，公孫大娘弟子也」，這樣一個問答，讓杜甫了解到李十二娘這樣一個的舞蹈是從公孫大娘那邊來的。我現在跟她問答以後，既然瞭解了她的師承所在，她的源流在哪裡，「知波瀾莫二」，波瀾從字面上說就是波浪，對不對？但我們時常說一件事情就像一條河流一樣，有上游、下游，「波瀾莫二」也就是說河流的波浪是前有所承。用簡單的話來說，波瀾就是脈絡，脈絡沒有不一樣。這是呼應了前面的問答，進一步強調李十二娘是師承公孫大娘，他幼年的時候看過公孫大娘的表演，現在晚年再看到她弟子的表演，發現兩個表演完全一樣。「撫事慷慨，聊爲劍器行」，「撫」是動詞，摸的意思，可是這個事爲什麼可以用「撫」這樣一個動詞來形容？這個「撫」其實不是用手去抓的，而是用腦袋去想的，所以這個撫相當於「思」的意思。他看過了那個師徒二人的表演，也知道李十二娘是師承公孫大娘，兩代之間又經過了五十年的歲月，讓他想到很多的事情，叫做「撫事」。「慷慨」是激動的心情，在杜甫觀賞完，跟李十二娘對話以後，想到了許多的東西，心情跟著激動起來，在這樣的背景與情緒下，讓杜甫寫下了這篇〈劍器行〉。讀到這裡，基本上他的序已經完成了。我們講過詩有題目，作品跟題目要有呼應關係，但是題目下有時候有序，序事實上跟作品也應該有關聯，我們把這首詩講完後，各位回到序文看，從所謂「大曆二年十月十九日」一直到這裡所謂「撫事慷慨，聊爲劍器行」，其實兩者的呼應是非常明確完整的。理論上這個序應該到這邊就結束了，但是後邊還有幾句話，我們先把這幾句了解。

　　「昔者吳人張旭善草書書帖，數常於鄴縣見公孫大娘舞西河劍器，自此草書長進，豪蕩感激，即公孫可知矣。」先把文字了解一下，這裡說出了一個故事，這故事是唐朝時候非常有名的書法家張旭，聽過嗎？他是江蘇蘇州人，杜甫說他很擅長於寫草書，他有一個經驗，「數常於鄴縣見公孫大娘舞西河劍器」，「數」是好幾次，張旭好幾次在鄴縣見過公孫大娘表演西河劍器，西河是一個地點，我們知道曲子或曲調的名稱有時會展現它的地域性，例如在涼洲、甘州等地發展出的曲調，形成一個曲子後，就會把地名當成曲子的名稱。所以在這裡指的是以西河這個地方伴奏〈劍器〉舞蹈時用的

曲調，後來就變成曲調的名稱，所以叫西河劍器。當然這些音樂與舞蹈我們現在都已經看不到、聽不到了。根據資料，〈劍器〉這個舞蹈有很多不同的曲調來去伴奏，其中有一個就叫做西河。張旭在好幾次看到公孫大娘以西河曲調伴奏的〈劍器〉舞表演後，「自此草書長進」，從此以後他寫的書法就更加進步了，怎樣的進步？「豪蕩感激」，豪蕩是豪放、生動。感激是說風格非常的激昂，很能夠觸動觀賞者的內心。書法雖然不像舞蹈會動，不像音樂有聲音，但是你看著草書飛舞的樣子，心中也會跟著澎湃起來。這是寫張旭看了公孫大娘的表演，草書進步的情況。杜甫下邊做了一個結論，「即公孫可知矣」，這個「即」是連接詞，如果要翻譯，不妨解釋為「則」，則也是連接詞，那麼的意思。你看張旭看到公孫大娘的表演，影響到他的書法。張旭的書法風格是豪邁感激，那麼公孫大娘的舞蹈你大概也可以了解是豪邁感激的。

　　這裡邊有幾個問題補充一下，各位看註解引了《樂府雜錄》的記載說：「開元中有公孫大娘善舞劍器，僧懷素見之，草書遂長，蓋準其頓挫之勢也。」跟剛剛我們說的差不多，但是主人翁變成懷素了。兩者都是草書的專家，所以一般認為這個事件應該是張旭的事情，不過在過去的記載裡頭時常會混淆，變成了懷素。各位要了解藝術是相通的，寫字、畫畫、舞蹈、音樂、作詩，大概都差不多，假如要培養你的小孩變成一個藝術家，假設將來要讓他變成偉大的詩人吧，但他還看不懂得字，那從小就讓他聽莫扎特、貝多芬之類的，培養一些藝術細胞起來，將來還是有幫助的。這是講張旭受到公孫大娘舞技的影響，問題是杜甫的詩本身這個段落沒有呼應，前面他都有呼應，這個段落後面卻落掉了，沒有呼應。所以剛剛提到的申涵光就認為張旭這一段是多出來的。我們剛剛也講，題也好、序也好，跟詩本身都要有呼應關係，以前我們講作品都一再強調這個呼應了題目的什麼地方，可是這段歧出了怎麼辦？申涵光又說「確有致」，有致是什麼意思？就是有另外一種姿態，另外一種味道，雖然多的、不符合一般的寫作的要求，但是呢產生了另外一種味道。我們不能就說杜甫這一段無關，就把它刪掉，畢竟他講到了公孫大娘，講到了張旭，兩者的確是有一些明顯的關係，而且他也透過張旭

的草書長進，再一次的強調了公孫大娘的表演確實是有很高的造詣。

好，下邊我們讀他的作品，這個可以分成四個段落：「昔有佳人公孫氏，一舞劍器動四方。觀者如山色沮喪，天地爲之久低昂」，這是第一段第一個小節。下邊「㸌如羿射九日落，矯如群帝驂龍翔。來如雷霆收震怒，罷如江海凝清光」，第一段的第二個小節，一共八個句子。下邊第二段：「絳脣珠袖兩寂寞，晚有弟子傳芬芳。臨潁美人在白帝，妙舞此曲神揚揚。與余問答既有以，感時撫事增惋傷」，第二段共六個句子。下邊「先帝侍女八千人，公孫劍器初第一。五十年間似反掌，風塵澒洞昏王室。梨園弟子散如煙，女樂餘姿映寒日」，第三段，六個句子。「金粟堆南木已拱，瞿塘石城草蕭瑟。玳筵急管曲復終，樂極哀來月東出。老夫不知其所往，足繭荒山轉愁疾」，第四個段落，也是六個句子。

好，第一段是回憶的內容，「昔」是以前，以前什麼時候？我們暫定是開元三載，杜甫四歲的時候。他說以前開元年間，有個美麗的佳人公孫大娘表演〈劍器〉，一表演就驚動了四方，四方就是到處。我們前面說過，唐朝宮中有所謂的教坊，對不對？內教坊就是宮中歌舞樂隊所在的地方，專門表演給皇帝看的。可是宮廷以外也有很多民間藝人，她們有時候奉詔到宮中表演，也可以到處去表演，就像我們看很多戲班子，有時在這裡跑碼頭，有時到那裡演出。公孫大娘應該是屬於所謂的外教坊，所以杜甫小時候才會在鄄城看到，而不是在宮裡。那張旭是在那裡看的？在鄴城看的。所以這是說公孫大娘到處表演，她一表演就驚動了四方，所到之處大概都得到很多掌聲。「觀者如山色沮喪」，杜甫說我看到了那場表演，觀眾非常多，堆得像山一樣高，或許就像我們現在說的「人山人海」吧！每一個人看完了表演以後「色沮喪」，沮喪用現在話來說是沒有精神，但這裡不是這樣解釋，而是說看完以後，整個人失神落魄的樣子，神本來在你的身上，但看完表演以後，魂魄好像被吸引走、離開你身體了，所以說「色沮喪」。「天地爲之久低昂」，前面是從觀者的角度來說，接著是從自然世界來講，當公孫大娘表演完了以後，天好像塌落下來，地好像是掀起來了，簡單來說就是「驚天動地」啦，這當然是很誇張的形容。這四個句子是總起，先把公孫大娘精湛的

藝術用非常誇張的筆墨交代出來。這是第一個小節。

第二個小節四個句子，開頭分別是「㸌如」、「矯如」、「來如」、「罷如」，所以有人把這四句叫做「四如」句，是杜甫對於〈劍器〉非常精彩的一個描寫，描寫什麼？描寫她舞蹈的動作。像火焰的光芒一樣非常閃亮，叫做「㸌」。「羿射九日落」的典故我相信每一個人都知道，堯的時候天上不是有十個太陽嗎？農作物被燒焦，老百姓也受不了。有一個后羿出來，把其中九個太陽射落下來。所以「羿射九日落」是補充說明那個「㸌」這個字，「如」是樣子，指公孫大娘表演〈劍器〉時候的樣子，他分四個層次、四個角度來寫公孫大娘的舞姿。過去因為看到了「㸌」字，所以有些人就把它解釋為公孫大娘拿著一把劍，「㸌」是劍光閃爍的樣子。但之前我們已講過〈劍器〉是空手而舞的，我們重點是在下邊那個「落」字上。意思是說公孫大娘表演的時候會翻身騰躍，翻落下來的時候啊，身上華麗的衣服非常閃亮，而她從上面翻下來的時候非常快速，就像當年后羿射太陽時，太陽墜落下來的樣子。我們之前講過，〈劍器〉雖然是沒有拿著一把劍，但是屬於健舞，所以她動作很大，而且呢非常的激烈，不是文舞、軟舞，隨著音樂的旋律舞著長長的袖子、婀娜的身段，而是非常剛毅的、會翻滾的、動作很大的。

第二個「矯如群帝驂龍翔」，矯是高舉的樣子，這顯然是一種特技表演的樣子。跳起來在半空中啊，會這樣子慢慢的滑動過去，這就是「矯如」。像什麼樣子？就像是「群帝驂龍翔」。帝現在習慣是指國君、皇帝，但古代的神仙也常用帝來稱呼，「群帝」就是指很多的神仙。「驂」在這裡當動詞用，駕的意思，在神話中，神仙要出遊不是騎馬坐車喔，而是駕著龍，對不對？所以當公孫大娘表演到一個動作，跳躍起來在半空滑行的時候，就像神仙們駕著龍在天空翱翔一樣。這兩個動作完全是相反的，一個是從半空飛落下來，一個是在半空慢慢的滑行。

下邊，「來如雷霆收震怒」，來是說她從遠方飛過來的時候，就像天上的雷發起了震怒，我們知道震怒是形容雷的聲音，在這是指她的姿勢非常的快速，像雷霆發怒的時候一樣，很快就出現了。我們時常用雷形容快，例

如「迅雷不及掩耳」。當她從某一個點來到面前時，就像打雷一樣非常的快速。但「收」是什麼意思？是說當她快到你面前的時候，她又停止了，收就是收斂的意思。她從遠方跳過來，一下子跳到觀眾的前邊，速度很快，就像迅雷不及掩耳一樣，可是呢中間有個收字，這就是奇妙的地方，很快速的來到前邊，但是她又能夠馬上停止下來。我們跑步時有時跑得很快，但是要你停的時候，大概會煞不住腳。或者像芭蕾舞旋轉的很快，但到了節奏要停下來的時候，你停不住可能就跌倒了，但是公孫大娘可以收放自如啦。

再來，「罷如江海凝清光」，「罷」是指她停止，舞蹈結束了，像什麼呢？「江海凝清光」。江也好，海也好，都有波浪，而且根據前面的敘述，動作是很大的、速度是很快的，就像江海波濤洶湧的樣子。但現在結束時，又不是一停就所有感覺都沒有，好像消失了一樣。你可以感覺她的動作還有那個氣在，在那裡迴盪不已，所以稱爲「凝清光」，就是那個波浪的動盪感停止了，可是還有清光浮現出來，光芒還在盪漾的。可以想見她的動作一定很大，速度一定很快，但是又能夠收放自如，停止的時候，還是有一種餘波盪漾的感覺。四個句子從四個角度寫她的舞蹈的動作。好，這是杜甫當年四歲，最多六歲，回憶中公孫大娘的舞姿。我不曉得各位最小的記憶是哪一年？我曾經問過我的小孩，我說你記得你最小的時候是什麼？他說忘記了，各位還記不記得？我想六歲可能有印象，但有沒有像杜甫記得那麼清楚？當然我們事後解釋，這個是他記憶中的內容，但那麼小不可能記得那麼清楚，形容的那麼恰當，可能有後來長大後的補充。不過從這邊可以看出來，杜甫在很小的時候就接觸過這些藝術。唐朝，尤其是杜甫成長的時代，也就盛唐的時候，確實各種藝術都非常的發達，像剛剛說的張旭、懷素的草書啦，對不對？還有我們講過杜甫寫過很多很多的那個畫家，當然也包括舞蹈，杜甫還寫過音樂，像這些都可以看出來，這些都給他很多的營養，成爲他寫作的養分。好，這是第一段，寫他的回憶。

第二段「絳脣珠袖兩寂寞，晚有弟子傳芬芳。臨潁美人在白帝，妙舞此曲神揚揚。與余問答既有以，感時撫事增惋傷」，「絳脣珠袖」剛剛說過了，絳脣是指公孫大娘鮮紅的嘴脣，珠袖是指鑲著珠子的舞衣。寂寞是指消

失，人消失了，她的表演當然也消失了。可是「晚有弟子傳芬芳」，「晚」
不是晚年，是後來、以後，她有弟子繼承、傳揚了她的芬芳，芬芳原本是形
容香氣，這裡借用成形容她美麗、神妙的舞蹈，也就是說她後來有弟子繼承
了她的舞姿。這個弟子是誰？就是序裡所提到的李十二娘，對不對？「臨穎
美人在白帝」，臨穎是李十二娘的籍貫，這臨穎人李十二娘現在在白帝，白
帝在什麼地方？在夔州，也就是序裡夔州別駕元持家裡。現在我在白帝城看
到了李十二娘的表演。「妙舞此曲神揚揚」，她很巧妙的把〈劍器〉這樣一
個舞蹈而表演出來。「神揚揚」，簡單說是形容了她妙的地方，他用妙形容
李十二娘的表演，怎樣的妙？因為她是公孫的弟子，她又傳承了那麼美麗的
舞姿，可以想見，李十二娘的表演就是像第一段回憶中形容的那個公孫大娘
的舞蹈一樣，什麼「爥如羿射九日落」等等，當然是如此，可是杜甫在這裡
只用「神揚揚」來去概括。所以下邊浦起龍說：「舞之妙已就公孫詳寫，此
只以神揚揚三字括之，虛實互用之法」，看得懂嗎？他寫公孫大娘寫得很詳
細，寫李十二娘很省略；寫公孫大娘因為詳細，所以非常真實，寫李十二娘
呢不單單寫的簡略，而且是虛的。虛是什麼意思？就是不具體。假如各位還
記得以前上國文課寫作文，有些老師真的很認真，會告訴你哪裡好、哪裡不
好，把你的優劣點很具體的寫出來；那有些老師呢往往就是四個字的評語，
還有沒有印象？像什麼「文情並茂」，很好的評語啊，但是你看了以後還是
看不懂，到底我的文哪一個地方好？情哪一個地方精彩？這就是虛。實是具
體的，虛是抽象的，「神揚揚」，可以體會是很好的評語，但是到底怎樣的
揚揚，她的精神怎樣的光彩？他有沒有必要再一次的「爥如」、「矯如」這
樣具體寫出？當然沒有必要，所以這個叫做虛實互省之妙。前面實了、詳細
了，後面就簡單、抽象一些。我們寫文章要這樣寫，作詩當然更是這樣子，
不然太重複了。

　　杜甫在夔州看到李十二娘的表演。然後「與余問答既有以」，這個顯
然是序所提到的「問其所師」。她表演完了，我跟她有一番問答，知道她是
公孫大娘的弟子。「既有以」，「以」是原委的意思，我們有些字時常用，
概念的知道它是什麼，但沒辦法很明確的知道它是什麼意思，像這個「以」

就是如此。譬如有一個詞「所以」，大家都很熟悉，但拆開來問以是什麼意思？可能答不出來。「以」就是原委，你舉了很多的理由，接下來要做一個結論，就會說：「所以」。因為那些那些理由，所以下面如何如何。那麼杜甫這裡的「以」是原委，是什麼原委？因為她是公孫大娘的弟子，喚起了杜甫幼年的回憶。所以「感時撫事增惋傷」，感嘆這個時代，五十年間的變化，「撫事」剛剛也講過，對不對？想到了這幾十年來許多的事情。所以用一個與李十二娘的一番對話，因為她是公孫大娘的弟子，喚起了杜甫這五十年的時光、個人的經歷等種種的事情，因為這種種的事情，呼喚回憶，增加了他的感傷。接下來就是杜甫的「感時撫事」。我們先概論的說，從開元三載，到現在大曆二年，中間經過了天寶十四載安史之亂，安史之亂發生以後，唐朝很顯然的由盛而衰，而這樣時代的盛衰變化當然是杜甫最關心的，所以透過這一個觸動，杜甫就把情感帶入到時代的興衰變化裡。

　　接下來是第三段，一共六個句子。「先帝侍女八千人，公孫劍器初第一。五十年間似反掌，風塵澒洞昏王室。梨園弟子散如煙，女樂餘姿映寒日」。「先帝」當然是指唐玄宗，因為現在已經是唐代宗，隔了兩代。他說當年唐玄宗在位的時候，侍女八千人，前面已經講過，唐朝的宮中女子最高人數是四萬人，這個八千人大概只是杜甫列舉某一個部分而已，最主要的還是指教坊裡頭的舞伎、歌伎。「公孫劍器初第一」，「初」是開始，也就是說其中公孫大娘的〈劍器〉舞蹈，從開始就是表現的最好，是第一名。「五十年間似反掌」，開元三載到這個時候，一共是五十一年，五十年之間這個歲月就像翻掌一樣。把手掌翻過來多容易啊，表示說很快速的，五十年就這樣消失了。在這五十年當中，「風塵澒洞昏王室」，「風塵」就是戰亂，我們讀過〈詠懷古跡〉「支離東北風塵際」，還有〈奉先詠懷〉最後的「憂端齊終南，澒洞不可掇」都有這些詞，還有沒有印象？風塵就是戰亂，「澒洞」是眾多、瀰漫的意思。換句話說，這四個字就告訴你這五十年之間戰亂是不停的，因為戰亂很多，到處瀰漫，所以「昏王室」。王室是指朝廷，王室因連續的戰亂失去它的光彩，所以昏暗了。因為昏王室、因為戰亂不停，所以「梨園子弟散如煙」，梨園之前講過，是宮中的樂隊。唐玄宗還主持這

個梨園，親自教導，那些演唱家、表演者都變成他的弟子。當年的梨園子弟
們，像煙一樣的到處飄散。確實當時的動亂對那些人來說，打擊非常大，以
杜甫詩來講，像這個臨潁美人李十二娘現在來到哪裡？來到夔州，還有像各
位一定很熟悉的李龜年，杜甫的〈江南逢李龜年〉：「正是江南好風景，落
花時節又逢君。」這詩寫在什麼時候？再往後兩年，杜甫到了潭州，也就是
長沙這個地方遇到他的。李龜年在開元時是梨園中第一把交椅，最有名的音
樂家、歌唱家，結果他流落在潭州。這個就是「散如煙」，本來在皇宮裡的
人，卻到處飄散，因為風塵澒洞、王室昏暗的關係。

　　好，下邊「女樂餘姿映寒日」，「女樂」指誰？指的是公孫大娘，千
萬要注意，這裡不是指李十二娘。那麼「餘姿」，也就是留下來的那些舞姿
是指誰？這裡才是指李十二娘，所以公孫大娘留下來什麼？留下了〈劍器〉
的舞蹈。留在哪裡？留在李十二娘身上。也就是說，只有這寒冷的日光，映
照在那個師承於公孫大娘的李十二娘舞姿上。這裡有幾個角度可以再加以說
明，第一個為什是寒日，因為表演是在十月十九日，冬天的季節，太陽當然
是陰暗的。第二個序文告訴你，李十二娘是在元持家中的表演。而且杜甫觀
賞的時間應該是在下午，陰冷的陽光照在李十二娘的舞姿上頭，而李十二娘
的舞姿還保留了公孫大娘的那種姿態，所以「女樂餘姿映寒日」。我們還可
以再補充一下，寒固然是落實冬天的季節，寒冷的陽光，但是這樣一個氣
氛，也塑造了非常蕭瑟、比較悲哀的感覺，這當然也呼應了杜甫感受到時代
的面貌，是陰暗、淒涼的。而就在這樣的陰暗淒涼的氣氛當中，杜甫觀賞了
李十二娘的表演，所以這個句子真的很精彩，古代的這個表演不一定是在晚
上，而且也不是密閉的房間裡，我們說過這個〈劍器〉舞大概動作很大，空
間也很大，可能就在他的庭院或廳堂裡，是一個很大的空間，陽光照進來，
李十二娘就在那樣一個氣氛當中在表演。這是第三段。從公孫大娘帶到了李
十二娘，然後這中間五十年的歲月就這樣過去，唐朝由盛而衰了，當年宮中
的教坊，梨園子弟一個個像煙一樣消失了，只剩下李十二娘在夔州，杜甫在
這個地方看到她，正在陰暗的陽光下在跳舞。

　　接下來是第四段，「金粟堆南木已拱，瞿塘石城草蕭瑟。玳筵急管曲

復終，樂極哀來月東出。老大不知其所往，繭足荒山轉愁疾」，六個句子。「金粟堆」我們之前講畫馬詩的時候有提到，這邊就不再提。簡單來說就是唐玄宗陵墓所在的地方，在長安的東北方，奉先的附近。奉先就是唐睿宗，唐玄宗父親陵墓所在的地方，叫橋陵，對不對？有一次唐玄宗去祭拜的時候，看到前方金粟山的山勢像龍一樣，就跟旁邊的臣子說，我死了以後就葬在這種地方。所以唐玄宗的陵墓叫泰陵，泰國的泰，跟橋陵比肩。「木已拱」，「拱」是什麼？兩手合抱叫做拱，古代行禮不就叫做拱手嗎？樹木要兩隻手抱在一起才抱得住，就表示很粗大，唐玄宗逝世是寶應元年，到這個時候已過了六年，墳墓前邊的樹木都長大了。「瞿塘石城草蕭瑟」，瞿塘是瞿塘峽，三峽之一。石城是夔州附近的一個地方，因為它的山石頭很多，所以就叫做石城，瞿塘也好，石城也好，在此指的就是夔州，以這首詩來講，夔州指誰？當然是杜甫。所以「金粟堆南木已拱」指唐玄宗死了很長一段時間，然後「瞿塘石城草蕭瑟」，而我老杜呢？現在流落在夔州這個地方，現在是冬天，草也枯萎、蕭瑟了，所以前一句指皇帝，後一句指自己，空間跳躍很大，人物也不停的在轉換。「草蕭瑟」跟前面所謂「寒日」，意象上又有呼應，寒日淒涼、陽光淡薄、草木蕭瑟，一片枯萎的景像，都暗示了時代蕭瑟、淒涼的一面。

　　下邊「玳筵急管曲復終」，玳是玳瑁，一種大海龜，牠背上的殼比烏龜要漂亮華麗，所以時常用這個龜殼做為裝飾之用。筵是筵席，用玳形容筵，可以說是這場宴會是非常華麗、盛大的宴會。漢語有的時候用名詞轉換為形容詞，玳筵是其中之一，玳瑁本來是名詞，可是因為牠非常美麗，可以表現華麗高貴的樣子，所以用玳來形容筵的華麗。哪裡的宴會？杜甫今天所參加的夔州別駕元持家的宴會。急管是指急促的管弦之聲，也就是非常熱鬧的音樂。「曲復終」，這個曲子又結束了。復是又的意思，但為什麼說又？有沒有呼應？呼應什麼？這裡是呼應第一次看到公孫大娘的表演。杜甫當年看公孫大娘表演，看到她舞蹈結束，曲子結束；現在五十多年了，我在元持家的宴會中看李十二娘的表演，最後曲子又結束了。杜甫的呼應很明顯，而且很精彩，時時把那個公孫大娘帶出來。好，「樂極哀來月東出」，本來參

加宴會，看到這樣精彩的表演是非常快樂的，可是結束以後呢？悲哀的情緒從心底湧上來。樂極生悲、樂極哀來這個話很普通啦，但這裡要怎麼把它具體解釋？樂是因為看到李十二娘的表演，感到興奮快樂；結束時卻悲哀湧上來，這並不是說杜甫捨不得表演的結束，而是透過李十二娘的表演，觸動他五十年間世事變化的感傷，所以悲哀的情緒湧上心頭了。當表演結束，產生悲哀的情緒以後，「月東出」，月亮從東邊升起來了。所以可以呼應前面我們說「女樂餘姿映寒日」一定是下午的時候，現在結束時才會是夜晚。

　　好，曲終人散，大家各自要回家了，結果杜甫說：「老夫不知其所往，繭足荒山轉愁疾」，要離開的時候，杜甫卻說我不知道我要到哪裡去？繭這裡當形容詞，也就是長滿了繭的雙腳。為什麼要用繭來形容腳？因為這幾年來杜甫到處奔波，大概從安祿山之亂爆發以後，他就帶著妻子兒女逃到了鄜州，然後杜甫又淪陷在長安，再逃到了鳳翔，然後又帶著全家到了秦州，到了同谷，再到成都，最後沿著長江到了夔州。這大概是杜甫十多年來的經歷，我們可以翻翻地圖，這個路線非常的長。奔波到一雙腳都長出了繭，當然就是在說因為時代的動亂，所以我杜甫一直奔波不得安居。現在參加了一場宴會，直到月亮升起，宴會結束了，而我那一雙疲累的腳卻還在荒山裡到處走動。夔州是一個山區，他走出來也不曉得要到哪裡去，只能在荒山裡不斷走動。「轉愁疾」這三個字歷來的解釋很多，最主要是在「疾」字。疾在這裡是厲害、嚴重的意思。形容什麼嚴重？形容那個愁。我越走，我的愁緒就越來越厲害。「老夫不知其所往，繭足荒山轉愁疾」，宴會結束該離開了，結果我不曉得該到哪裡去，只好在荒山裡頭亂轉，越轉我心中的愁緒就越來越厲害。這樣一個結束，與我們之前說的〈樂遊園歌〉有沒有相似？各位看一九八頁〈樂遊園歌〉的最後兩句：「此身飲罷無歸處，獨立蒼茫自咏詩。」那個時候杜甫住在長安城南邊，樂遊園在長安城的東南角，怎麼樣都找得到回家的路吧？但他參加完楊長史的宴會，結束時卻說「無歸處」，我找不到回去的地方。結果他不走了，就孤獨的站在蒼茫天地之間，寫下這首詩。這兩句韻味很像，背景也差不多，都是參加一場宴會，然後情緒低落、悲哀了。雖然兩者動作不一樣，一個是站在蒼茫天地之間，一個是

在荒山裡亂走，但是都找不到回家的路，一個是「不知其所往」，一個是「無歸處」。這個都要從詩的情味上去體會，都是指心靈得不到安頓的意思，所以「獨立蒼茫」，所以「繭足荒山」。當然〈樂遊園歌〉時代背景不同，那時安祿山之亂還沒有發生，所以他表現的是對時代的一種未來的憂慮，然後這一首公孫大娘表現的是什麼？是看見時代已經由盛轉衰的感慨。

這邊還有一個重點，請大家看到後面王嗣奭的小字。王嗣奭我們講過，他的書叫做《杜臆》，對不對？他說：「此詩見劍器而傷往事，所謂撫事慷慨也。」這意思我們大概講過了喔。「故詠李氏卻思公孫，詠公孫卻思先帝，全是為開元、天寶五十年治亂興衰而發」，他看到李十二娘的表演感傷往事，所以呢他寫李十二娘就想到五十年前的公孫大娘，寫到公孫大娘就想到了唐玄宗，這我們都講過了，所以全詩都是為了開元、天寶這五十年來治亂興衰而發出的感概。所以這首詩的重點在哪？是寫表演嗎？當然不是，是寫時代的動亂、時代的盛衰。所以王嗣奭接著說：「不然，一舞女耳，何足搖其筆端哉？」不管公孫大娘或李十二娘，都只是一個舞伎，為什麼要寫她們呢？這就有點歧視了，好像杜甫看不起這些表演者，不值得他去寫，我倒認為不然。但是王嗣奭他前面說的，確實是很重要的一個見解。在中國的歷史當中，盛衰興亡非常的普遍，我們詩人、文人又時常對於這個時代有很深的感傷。表達對那個治亂興衰時代的感傷有很多方式，其中很特殊的一點，就是用某一個人物或社會現象，做為盛世的代表。譬如說公孫大娘的舞技是盛世的代表，但當「梨園弟子散如煙」、「女樂餘姿映寒日」，這樣子一個舞蹈沒落、消失了，就象徵了時代的衰落。舉一個自己的經驗來說，我大學時候開始學看戲，時常的就去國軍文藝活動中心，那時買學生票很便宜，戲院裡頭，沒有像我這樣年輕的，都是老頭子。他們還有以前看戲的習慣，喜歡指指點點的講話，那時候我在旁邊覺得很煩、很吵，忍不住就說：「先生啊，看戲就看戲，不要講話。」他回頭看：「你這個小伙子，這個你喜歡看啊？」我說我喜歡啊。他說：「這有什麼好看，當年梅蘭芳在北平的時候，在上海的時候，那才叫好看。」我心裡想：「不好看你跑來幹嘛？」其實他是藉著看這些，觸動了以前的回憶，雖然不是梅蘭芳、程硯秋，但就

好像回到了那個年代，像開元盛世的時代。又譬如說北宋淪陷了，南宋的人就時常寫一些筆記，什麼《夢粱錄》啊、《東京夢華錄》等等。這些書大家有興趣拿來翻一翻，都是寫當年北宋的故都多麼繁華熱鬧，很多表演等等。為什麼寫這個？是對過去盛世的懷念。其實還有很多，像明朝亡了，也有很多這一類的筆記，所以這首詩的心態基本上就是如此，透過公孫大娘〈劍器〉這樣的一個舞蹈，象徵開元的盛世；當「絳脣珠袖兩寂寞」，只有李十二娘在寒日中剩下的一些舞姿，這淒涼零落的感覺就非常明顯，也就象徵了唐朝從開元盛世後來衰落的命運。王嗣奭這種見解，其實是過去人的一個共識，各位不妨讀這首詩的時候，體會一下他所理解的一個角度。

短歌行贈王郎司直

王郎酒酣拔劍斫地歌莫哀，我能拔爾抑塞磊落之奇才。豫章翻風白日動；鯨魚跋浪滄溟開。且脫佩劍休徘徊。西得諸侯棹錦水。欲向何門踞珠履？仲宣樓頭春色深，青眼高歌望吾子。眼中之人吾老矣。

　　上次讀完了〈公孫大娘舞劍器行〉，他的序裡頭不是說「大曆二年十月十九日」嗎？換句話說，這首詩是在夔州寫的，杜甫到夔州是大曆元年的三月，然後大曆三年的正月離開夔州，也就是說，他在夔州整整待了一年十個月。那麼二四八頁的〈短歌行贈王郎司直〉這一首呢？應該是大曆三年正月寫的。說實話，有些內容我應該是講過，但是我講得多詳細，忘記了。我相信各位大概聽過，到底記得多少，也沒有把握，所以我們溫習一下。假如畫一個概略的位置，這是四川，長江流過整個四川，東邊是巫峽，也就是三峽嘛，對不對？好，長江要進入三峽的前端就是夔州，現在是屬於四川的奉節縣，有沒有印象？在過去也叫做白帝。杜甫在大曆三年正月離開夔州，就沿著長江往東邊順流而下，到哪裡呢？到江陵。江陵各位一定知道，我們讀李白的詩「朝辭白帝彩雲間，千里江陵一日還」，對不對？當然他是很誇張啦，說坐船一天就到了。所以杜甫大曆三年正月離開白帝，離開夔州，到了哪裡呢？到了江陵。江陵有一個節度使，叫做魏伯玉，前面幾首七言古詩有提到過他。杜甫就從夔州到了江陵，進入了魏伯玉的幕府之中。這是很簡單的一個背景。我們先講到這裡，等到講到另一個作品的時候，我們再順便把後面的路程順便說一下。

　　好，這首詩我們判斷是在大曆三年作的，換句話說就是來到江陵所作，怎麼肯定他是在江陵作的呢？因為這首詩裡頭提到一個地點，各位看到「仲宣樓頭春色深」，有沒有看到？一般認為，這個仲宣樓就在江陵，江陵的另外一個地名各位可能更熟悉，就是荊州。仲宣是誰？王仲宣，就是王粲，是建安末年的詩人，然後長安、中原大亂，他離開了長安，投奔到荊州，當時這荊州是劉表所在的地方，讀《三國演義》大概知道，那劉表其實不會用人，他也不喜歡王粲，就派王粲到當陽做縣令，荊州地方很大，有好多的縣，當陽是其中的一個縣，大概在荊州的西南邊，那王粲就到了這裡，有一年春天的時候，他登上當陽縣的城樓，寫了一篇非常有名的〈登樓賦〉：「登茲樓以四望兮，聊暇日以銷憂」，有聽過嗎？所以提到王粲，提到他的〈登樓賦〉，當然就會知道是他在當陽所寫的作品，那個樓就是當陽城的城樓。了解吧？可是過去時常會把一個小地名，聯繫到比較大的範圍，所以假如具體說，仲宣樓應該是哪裡的樓？當陽的城樓。但是過去當你說到仲宣樓的時候，其實就是指荊州，就是指江陵。所以這裡提到一個地點，提到了江陵。單純從這七個字看，「仲宣樓頭春色深」，是在這一年的春天，在濃厚的春色的時候到了荊州的仲宣樓。好，到這個樓做什麼？原來是送別。

　　根據整首詩的內容，我們掌握到這個樓是杜甫送王郎離開的地方，時間則是大曆三年的春天。那就牽涉到一個問題，題目裡頭的〈短歌行贈王郎司直〉，王郎是姓王的一位先生，郎相當於先生，不過指的是自己晚輩，比較年輕的人，用郎去稱呼他。王先生叫什麼名字？不知道。下面的司直是他的官名，不要把他當人名。杜甫有另外的一篇作品，各位看到題目下邊引了錢謙益的話：「〈贈友詩〉：『官有王司直』，即其人也。」杜甫有一篇作品叫做〈贈友詩〉，其實這個贈字上邊有一個戲字，〈戲贈友〉，我想考證的東西不要講太多，給各位一個結論，這是在寶應元年，西元七六二年，杜甫還在成都的時候寫的一篇作品，有兩首，其中一首提到「官有王司直」，這司直也是一個官名，所以跟這一首〈短歌行贈王郎司直〉，那麼錢謙益認為是指同一個人，不過那個作品比較早，是寶應元年杜甫還在成都的時候所

寫的。那首詩說實話還滿有趣的，不過我們選本沒有收。那詩裡提到王先生，他騎馬陷在泥淖裡頭，摔了一跤，然後臉都黑掉了，這是開玩笑的一首詩啦，不過也可以看出來這個王先生看起來是很跋扈、動作很輕率的一個人，跟這首詩提到的一些動作內容看起來也滿類似的。

好，不管這首也好，〈贈友詩〉也好，都提到了官名「司直」，但是沒有提到他的名字，所以名字他叫什麼，不太清楚。那首是寶應元年在成都寫的，現在過了好幾年，大曆三年了，杜甫來到江陵，而這個王先生也剛好在江陵，於是他大概要離開，杜甫就在仲宣樓，也就是荊州這個地方給他送行，寫了一首詩送給他。這是題目背景。再來，題目上邊還有「短歌行」這三個字，這個各位可能很熟悉了，我們時常提到作品裡頭題目假如有行、歌等字，大概就是樂府性質，對不對？短歌行各位比較熟悉的詩是誰的？曹操的「對酒當歌，人生幾何」，這是曹操很有名的，題目就是〈短歌行〉。各位看看杜甫這首詩，句數也好，字數也好，都不相同，爲什麼都同樣都叫做短歌行呢？所以這個各位要弄清楚，它跟後來的詞曲形式是不一樣的。詞各位也讀過不少了。〈菩薩蠻〉，那是八個句子？前面兩句，一定是七個字、七個字，後面六句，一定是五個字、五個字，甚至於它的聲調、它的押韻等等都有一定的規定。可是，早期的樂府詩，沒有這種限制，爲什麼這個叫〈短歌行〉？那個叫什麼〈將進酒〉之類？其實是從它的聲調說的，這是它的曲子的旋律性質來去判斷的，這個爲什麼這個叫做〈短歌行〉？它的曲子有怎樣的一種特徵？有些人認爲它是聲調非常的短促，我們唱歌，各位大概知道吧？有些聲調拉的很長，對不對？有些節奏很短促，很急促，那麼這不同的性質，我們也只能這樣模糊的了解，畢竟這些曲子都沒有留下來。所以短歌行應該就是聲調非常的急促，急促通常是表現的情緒非常的高昂，所以我們從這樣的一個題目，大概可以判斷這首詩它的內容，它的情緒，也是大概是比較激昂的、急促的聲音。題目與背景先給各位這樣子掌握一下。下邊我們把作品讀一讀，畢竟這個作品比較的短啦，它分成兩個段落。

先看第一段，「王郎酒酣拔劍斫地歌莫哀，我能拔爾抑塞磊落之奇才。豫章翻風白日動；鯨魚跋浪滄溟開。且脫佩劍休徘徊」，第一段五個句

了。下邊，「西得諸侯棹錦水，欲向何門跂珠履？仲宣樓頭春色深，青眼高歌望吾子。眼中之人吾老矣」，第二個段落五個句子，很整齊，對不對？這整齊還不只說句數相同，各位看到前邊押的是平聲韻，後邊一個段落押的是仄聲韻，對不對？換韻了。再來，五個句子奇數句，我們也講了很多次，我們古典詩的習慣是偶數句押韻，但是這兩個段落，五個句子只有四個韻腳，有沒有？這四個韻腳，一二四五押韻，第三句不押，是不是？兩個段落都一樣，所以啊，這種是很特殊的一個形式，我們時常說一個作品有所謂的體，我們時常用這術語來稱呼一個作品，什麼體啊什麼體啊。但是各位要弄清楚，這個體的含義非常非常的多，各位熟悉的體是什麼？體裁，對不對？像我們說五言古詩、七言律詩，就是不同的體裁。還有呢？有一個體叫做「體貌」，體貌就是風格，同樣五言古詩吧，有時候我們會說這是建安體，建安體就是一個風格。還有所謂的「體製」，體製也是從形式說的，像某一種體裁，它有一些規定的格式，這叫體製。像五言律詩，一定是每句五個字，一首八個句子，這就是它形式規定的要求。比較麻煩的是「體格」，通常它是一種形式，但是它不是屬於特定某一個體裁的面目，它是我們詩人、作家創造出來的一種特別面貌，所以我們時常把這種特別創造出來的面貌叫做「創格」。它不一定變成了一種規定，一種規矩，不一定非要跟著它走不可，但是它出現了一個特殊的面貌，而這種特殊面貌是一個作家，個人創造出來的，這種創格杜甫特別多。像我們今天講的〈短歌行贈王郎司直〉這一首，兩個段落，上下句數整齊，上下換韻，然後只有中間第三句不押韻，這個是杜甫創造出來，它是不是變成了一個規矩？不一定，我沒有特別去蒐尋，我不曉得還有沒有人跟他一樣，但是你可以跟著他學，這滿有味道的。

　　杜甫的創格很多，他有一首詩早年在長安曲江作的，書裡沒收，它的題目叫什麼？〈曲江三章章五句〉，看過這種題目沒有？我肯定喔，各位一定沒有看過別的作家寫詩寫出這種題目出來。先把他的意思說一下，他的題目指的是他在曲江寫的詩，曲江我們講過對不對？在長安城。然後它一共三首，所以叫三章。每一首五個句子，叫章五句，這樣聽懂了嗎？各位知道這種題目從哪裡來？是從《詩經》的箋註來的，《詩經》我給各位講過，每一

篇都是聯章，對不對？所以一篇至少是兩章以上。所以我們的箋註家，各位隨便翻翻以前的古代的註解，像朱熹的《詩經集註》之類的，〈關雎〉這一篇，他把每一個字每一句話都解釋完了以後，最後做一個總結，「關雎四章章四句」，為什麼？因為它一共四首，連章的，「關關雎鳩，在河之洲。窈窕淑女，君子好逑。」這第一章，然後「參差荇菜，左右流之。窈窕淑女，寤寐求之。」這第二章。然後還有第三章、第四章。那你看看每一章四個句子，所以「關雎四章章四句」。杜甫就模仿這個，寫了曲江這一篇作品，然後特別每一首都是五個句子，一共三首。這些都是創格。所以我們的古典詩，其實創造的自由度很高，你不要以為說只有五言古詩、七言古詩、五言律詩、七言律詩。尤其是古體詩，因為它沒有特別的嚴格的限制，反而有很大的自由性。可以讓你去創造特殊的形式出來，所以我們先從這裡說，這一篇的形式是杜甫的創格，好，下邊呢，我們把內容讀一下。

「王郎酒酣拔劍斫地歌莫哀，我能拔爾抑塞磊落之奇才」，兩個句子。各位看看幾個字？一句十一個字，對不對？當然啦，說到一個句子裡的字數長短參差最代表性的作家是誰？李白。什麼「君不見黃河之水天上來，奔流到海不復回」，還是「噫吁嚱！危乎高哉！蜀道之難難於上青天」，看起來不像我們習慣的七個字、七個字，五個字、五個字的形式，這個是李白。相對的，杜甫沒有那麼樣的飛揚跋扈，那樣的靈活變化，但是這兩句十一個字也是少見。好，再來，我們看內容。「王郎」就是題目裡的王郎司直，顯然口氣上，是杜甫對著這個王先生說的話，那王先生怎樣？「酒酣拔劍斫地歌莫哀」，注意一下，這裡邊先寫王郎的動作、王郎的形象，喝醉了酒，拔出了一把劍，拿著劍砍那個地，然後還高聲的唱歌，歌聲還充滿了悲哀。想想看這幾個字形容了王郎的形象，顯然是心裡邊充滿了悲憤，借酒消愁，喝醉了拔出劍，前邊大概也沒有仇人，只好砍地板，一邊砍而且一邊高聲唱歌，歌聲還充滿一種悲哀的情緒。這「王郎酒酣拔劍斫地歌莫哀」十一個字裡頭，一層一層的把王郎的形象、動作、聲音等等描寫出來，然後杜甫對著他說，你「莫」，不要，本來他是很悲憤的，情緒很激昂的，但是杜甫勸他說你不要這樣。為什麼莫呢？理由在哪裡呢？杜甫用什麼來勸阻他呢？

下邊　句，「我能拔爾抑塞磊落之奇才」，拔其實就是提拔的意思，把什麼東西拔了。你看看又是幾個形容喔。抑塞、磊落、奇才。抑塞就是碰到了阻礙、遭遇了壓抑，也就是施展不來。那磊落是什麼呢？這個詞我們現在時常在用，比如說胸懷坦蕩、光明磊落，對不對？所以磊落奇才是從正面來形容，來描寫王郎非常了不起的才華。而這樣的奇才呢，被抑塞了、被壓抑了、被阻塞了，得不到發展，而杜甫說我能夠幫你的忙，幫你被壓抑的，被堵塞的，得不到施展的才華把它開發出來，讓它得到發展。所以前邊為什麼說「莫」？因為我能夠「拔爾抑塞磊落之奇才」。你看看喔，這裡邊有頓挫，本來王郎是哀的嘛，對不對？那杜甫說「莫哀」，不要這樣悲哀，不要這樣嫉憤，我能夠幫你。

　　好，下邊就這樣假設，他如何拔他的抑塞磊落之奇才，當他的抑塞磊落之奇才得到發展以後是怎樣的一個情況？看到下邊兩句，「豫章翻風白日動，鯨魚跋浪滄溟開」，豫章，我們下邊註解引了很多資料，不用說得太多，簡單講就是很大的木材，很大的樹木，這叫豫章。豫、章是兩個詞，兩種樹木，因為很類似，長到七年以後才可以分辨出兩種的不同，所以時常把它連在一起用。不管了，總之是很大的樹木。那「翻風」呢，被風舞動。那「白日動」呢？字面上就是太陽在動嘛，可是太陽為什麼會動？一定是這個豫章、這個樹木長得很高，高入雲霄，當它被風舞動的時候呢，感覺太陽也在那邊翻滾，這個「豫章翻風白日動」這裡有因果，因為翻風，所以白日會動；為什麼翻風白日會動？因為那個豫章很高，好像碰到了太陽，所以一舞動，太陽也跟著舞動起來了。這是從高的角度來去形容。

　　下邊，「鯨魚跋浪滄溟開」，鯨魚各位很熟悉了，海洋非常大的一個動物，跋是躍的意思，跳躍，很大的鯨魚跳躍過波浪。「滄溟開」，滄溟就是碧綠的海洋，滄就是青的顏色，溟就是海的意思，所以當那個鯨魚躍過波浪，整片碧綠的海洋就好像打開來一樣，所以這一句是寫海，是往下說的。「豫章翻風白日動」是仰視，這個是俯視。那前邊用豫章形容什麼呢？形容很高。那這鯨魚形容什麼呢？形容很大。能夠把整個海洋打開，想想看這力量有多大？你丟一個石頭肯定沒有這個效果嘛！而且我們先說一下這個形式

喔，這兩句是對偶的句子，有沒有？「翻風」、「跋浪」，「白日動」、「滄溟開」，這滄當然你可以說是大，滄溟是大海，但是它也可以借聲音變成了這個「蒼」，看得懂吧？蒼是什麼顏色？青的顏色，不是跟前邊的白對偶了嗎？這個溟就是海，對上這個日。所以這叫什麼對？借對。用三點水的滄借成綠色的蒼，借聲音相同，來跟白色形成了對偶的關係，叫做「借對」。好，形式很整齊，對偶對得很好，然後角度多變化，高的、下的，仰視、俯視，很高、很大，這些都是景色喔，這景色做什麼用？我們詩裡當然景色是很多的，寫詩幾乎沒有不寫景的啦，但是寫景不是突然的把景色寫出來。有些時候你是實寫，真的看到這樣一個景色，把它描寫出來，實有其物，這個我們可以說是「賦」的手法，對不對？有什麼就寫什麼。賦比興我們講過喔。但是這個杜甫是寫賦嗎？不是。那是什麼？當然是比啦，所以用豫章這樣一個大的樹木，被風一吹，連太陽都能被晃動，用鯨魚跳過波浪，整個大海都可以打開，那樣高、那樣大就是比喻王郎的奇才嘛。而且所謂的「翻風」，所謂的「跋浪」，這樹木為什麼會在風裡面舞動？鯨魚為什麼能躍過海的波浪？當然是有一個力量幫助他，對不對？這個力量是什麼？是杜甫說的「拔爾抑塞磊落之奇才」的那個拔，讓你的力量可以展現出來，那麼高的才華，那麼大的才華，透過我的幫助，你可以展現的這樣一個情況。

　　先不說別的，你不要笑杜甫太自我膨脹，他自己都沒有辦法幫助自己，他說我可以幫你的忙，你那麼偉大的才華，讓你可以像鯨魚一樣，像大的樹木一樣，得到發展，產生非常大的力量。好，從結構上說，這兩句是寫「拔爾抑塞磊落之奇才」他的效果。那還有一句「且脫佩劍休徘徊」，姑且把你身上佩的劍把它放下來，簡單先說一個結論，這個「脫」呼應了前邊的王郎拔劍的那個「拔」字，王郎把劍拔出來，對不對？然後呢砍地，杜甫說「且脫佩劍」，也就是「莫」的意思，你不要那麼悲憤嘛，不要那麼激動嘛，你把劍放下來，然後「休徘徊」。徘徊我跟各位講過，這是一個連綿詞，它有很多類似的詞彙，像各位最熟悉的「徬徨」，徬徨就是不安的樣子，我們現在一直還在用啊，你心裡很徬徨，不就是很不安的樣子嗎？所以所謂的「徘徊」呼應了什麼？呼應了前邊的「哀」字。我勸你把劍放下來，

不要太激動，不要太徬徨不安了。「且脫佩劍休徘徊」。好，這是第一段。

　　第一段總結起來說，顯然杜甫對這樣一個晚輩，這位王先生，杜甫肯定他有非常大的才華，但是這才華碰到了阻礙，得不到發展，他也很激憤、很悲哀，拿起劍砍著地，唱著悲哀的歌聲。杜甫勸他不要悲哀，我能夠幫你的忙，「拔爾抑塞磊落之奇才」，勸他把劍放下來，不要那麼徬徨不安的樣子。好，這個形象跟我剛剛說那個〈戲友詩〉裡的王司直，他是騎著馬陷在泥淖裡頭摔了跤，非常氣憤的樣子，各位有興趣把杜甫的集子翻出來讀一讀，你看出來形象非常類似。當然啦因為杜甫的詩太多了，再來他有些時候也交代的不是很清楚，畢竟他不是寫傳記，只提到一個姓王的先生做了司直的官，而且是寶應元年在成都的時候。至於司直，其實官也還不錯，各位看到題目下邊註解說：「大理寺司直六人，從六品，掌出使推覈」，大理寺當然是一個衙門，這衙門是管理什麼的？管司法的。這司法啊類似我們有一個法院、有一個法官之類的，但是有時候古代的司法官，還要到各個地方去，在歌仔戲很多啊，叫做什麼巡按，對不對？那個巡按到了一個地方，這個地方官很黑啦，很貪啦，冤枉了很多百姓，可能要被砍頭吧，剛好碰到巡按，就跑出來喊冤，巡按就會把案件重新審問、平反，這就是所謂的「掌出使推覈」。出使就是皇帝朝廷派他到某一個地方巡察，推覈就是把一些不明的、或者可疑的案子重新的推問，重新的審查，然後他的官階是從六品，從六品比杜甫的官階還大，所以這看起來還不錯啦，但是，他現在到了江陵，是不是還在做司直的官，不清楚，總之這不明的地方，我們就不必太追究。我們了解的是，杜甫對他是很肯定的，希望能夠提拔他出頭。

　　我們下邊繼續第二個段落，「西得諸侯棹錦水。欲向何門跌珠履？仲宣樓頭春色深，青眼高歌望吾子。眼中之人吾老矣」。「西得諸侯棹錦水」，這個句子我們大概要先做一個倒裝，先把這個「棹錦水」放到前邊，當然這個棹原本是船的槳，不過這裡當動詞用，就是在錦水這個地方划船，錦水是什麼地方？成都。成都有一個錦江，把江改為水好像就陌生了。其實是杜甫為了押韻，就把它改為水。「棹錦水」，就划著船到了錦江，也就是到了成都，成都以江陵說是在西邊，對不對？所以你划著船到了成都，往西

邊就「得諸侯」，「得諸侯」話沒有講的很完整，應該是指得到諸侯的賞
識，當然在古代，比如說在春秋戰國時期，一個地方有勢力的就叫做諸侯，
你常看春秋戰國歷史當然就很熟悉。那這裡應該指的就是地方官，某一個州
的刺史，某一個地方的節度使，這些都可以稱為諸侯，所以這一句事實上應
該是倒裝，是後邊句子先把它提到這一段的開頭，而且是一段想像之詞，推
測的、虛擬的，意思說假如你划著船往西邊而去，到了錦江、成都，就可以
得到諸侯的賞識，這呼應了我們剛剛說的這一個背景，王司直顯然是得不到
人家賞識的，而且他要離開這個江陵。那透過這個句子我們大概也可以落實
一下，他要離開江陵，打算到往哪裡去尋求發展呢？顯然的是想要重回到成
都那個地方，希望能夠得到成都這個地方官的賞識。這個句子雖然是虛擬，
但是句子看起來很肯定，對不對？你往西邊啊，就可以得到賞識。但是下
邊，「欲向何門趿珠履」，「珠履」我們註解引了一個典故，這個典故可能
各位很熟悉，《史記》的〈春申君傳〉說：「其上客皆躡珠履以見趙使。」
春申君，戰國四大公子之一。最近有一個很紅的電視劇叫做《羋月傳》，有
沒有看？裡頭就有春申君啊，那劇情當然是瞎掰的啦，不過春申君是確有其
人，他本來姓黃名歇，後來回到楚國以後被封為春申君，跟齊國的孟嘗君、
趙國的平原君、魏國的信陵君號稱戰國四大公子。這些人啊，都是有權有
勢，還有錢，所以會招攬很多的食客在他的門下。像孟嘗君他門下的食客有
多少人？有三千人。而且還分等第，有上客、下客之類的，孟嘗君很有名，
聽過吧？本來在秦國當人質，後來要逃出來，引申出「雞鳴狗盜」的故事，
這個故事各位都很熟悉，這些都是門客、食客的一些表現。春申君也一樣，
這些人因為有錢又有權，所以這裡說上客「珠履」，鞋子上點綴了很多珍
珠，非常華麗喔！為什麼這樣穿？原來趙國曾經派一個使者去看春申君，想
要誇耀趙國的繁華，所以趙國使者的劍，劍鞘上都用玳瑁來去裝飾，而且點
綴了很多珍珠，看起來很富貴吧？使者耶！但是春申君叫他的食客出來，那
個不用說身上的衣服啦，連鞋子上都裝飾了很多的珍珠，所以「珠履」從這
裡來的。

　　「欲向何門趿珠履」，這個趿字有兩種唸法，一個是「ㄊㄚ」，一個

是「ㄙㄚˋ」，「ㄊㄚ」是什麼意思？踩的意思。假如念「ㄊㄚ」的話，就是穿著珠履的那個鞋子踩在地上。「ㄙㄚˋ」是什麼意思？是你用腳往前伸想要抓探索某個東西的意思。那到底是唸哪一個，從過去的註解來看，我認為要唸「ㄙㄚˋ」，探取的意思。你穿著鞋子往前走，就用腳碰一下，找一下，看看有什麼東西，「欲向何門跂珠履」。這是疑問句喔，「向」意思就是「到」，「門」是諸侯之門，也就是前面的「西得諸侯」，珠履就是春申君的食客，而且是上客，上等的食客。所以這句就是你最後要到哪一個諸侯之門來探取那個珠履呢？

　　我們把兩句串起來講，你划著船，往西邊到了成都，你會得到諸侯的賞識，對不對？這是肯定句，表示這個這個王郎是得到賞識的人。但下面說，「欲向何門跂珠履」，你到底要到哪一個諸侯門下來獲得這樣上客的待遇，可以穿著那個綴著珍珠的鞋子呢？這是一個疑問句，對不對？疑問句是不確定的。換句話說，前面的肯定是值得懷疑的，了解嗎？所以這有沒有頓挫？有，看起來希望很高啊，你可以得到諸侯的賞識啊。可是下邊說你到底會在哪邊得到賞識呢？很明顯的跌下來了，所以語氣上是相反的。頓挫我印象裡頭，大概給各位開始講作品不久，就提到這樣一個句法，在很多很多作品裡頭都會用到，產生跌宕的感受。前邊一個語氣充滿了希望、充滿了肯定，但後邊一個反問句、一個疑問，跌下來了，你未必會得到肯定，你未必會得到諸侯的賞識，所以這是一個頓挫。換句話說，杜甫顯然對王郎要離開荊州到成都去尋求一個出路，是不抱著太大的希望。這一段又跟前面一段產生頓挫，你看看什麼「我能拔爾抑塞磊落之奇才」口氣好大喔，好像打包票一樣，這一段顯然跌下來了。

　　好，「仲宣樓頭春色深」，仲宣樓剛剛講了，就是荊州，就是現在杜甫要送別的地方，在濃濃的春色裡頭給王郎送行，所以我說前面兩句是倒裝，事實上在這裡得到一個證實，一開頭應該是「仲宣樓頭春色深」，然後省略了王郎要離開荊州，要往成都而去，他先把那個要去的方向，去的結果先說出來。好，就在這樣的一個地方，在荊州城樓之上，濃濃春色裡頭我給你送行。然後下面說，「青眼高歌望吾子」前面有一個歌，「王郎酒酣拔劍

斫地歌莫哀」，有沒有？那個歌是王郎唱的歌。這裡的歌呢？是杜甫自己唱的，在送行的時候我高歌，不單單高歌，還「青眼」，各位可能聽過這故事，我們註解也引了，是阮籍的故事。這個阮籍各位知道吧？竹林七賢之一，很放蕩的人物。魏晉時期的人物有些時候比我們現在搞怪的人還多，他的人格行為都跟一般人不太相同。什麼叫做青白眼？大概有些人看不起人，眼睛不直接看著你，會往左邊右邊移動，整個眼睛看起來白白的，這叫「白眼」。假如說很重視你、很尊重你，就盯著你看，那眼睛黑色的瞳孔出現在眼睛裡頭，叫做「青眼」，了解嗎？所以阮籍很會青白眼，我不曉得在座哪一個對著鏡子表演一下？看看你會不會這樣？把整個眼白都掀出來，看不到瞳孔，大概很難，但阮籍有這個本事。所以各位看註解下面引了一個故事：「嵇喜來弔，籍作白眼」，他不喜歡嵇喜這個人，所以他用白眼相向。然後「喜弟康」，喜弟康是誰？是嵇康，嵇康很有名吧？他們兄弟兩個，阮籍不喜歡那個哥哥，喜歡嵇康，這個嵇康帶著酒，帶著琴過來，阮籍非常的高興，「乃見青眼」，眼睛就注視著他，這叫青白眼。所以「青眼高歌望吾子」，現在青眼是誰的青眼？當然是杜甫的青眼，杜甫是看著誰，現出青眼了呢？當然看著王郎，給他送行，用青眼相向，表示對王郎是很尊重的，而且高聲的唱歌。

　　好，青眼講過了，高歌也講過了，古人喝酒的時候喜歡高歌，「對酒當歌，人生幾何」，有沒有？何況現在送行，大概也是唱著歌給他送行。那「吾子」也就是王郎，「望」字呢？望字很簡單，就是唱著歌，用青眼看著王郎。過去的註解裡頭，這個望字還把它引申出兩個不同的意思出來，我就不說了，各位自己看本子，一個說法，望是「希望」，希望你早一點回來，回到江陵，我們能再相見，表示對對方思念的感情，因為送別嘛，總會盼望著對方回來。另一個望是「期望」、「期待」的意思，期望你可以得到你所想要的，所謂的「西得諸侯」，得到一個很好的發展。兩個內容完全不一樣喔，一個是希望你早一點回來，我們能夠重新再見面；一個是希望你離開之後，可以得到一個很好的發展。各位想想你會選擇哪一個？第二個。因為這個作品的主題，就在王郎的遇或不遇，對不對？這是古代一個士人、讀書人

時常面對最重大的人生課題。假如你有才華，但是命運不濟，得不到賞識，這是不遇。假如得到賞識了，讓你的理想得到實現，才華得到發展，這是遇。一開頭說王郎酒酣拔劍斫地，然後歌哀，這很明顯是不遇的感傷；中間的內容也一再從這個內容去發揮，帶著一個欣賞的眼光看著你，高聲的唱歌，盼望你得到一個很好的發展。

　　照理到這裡應該結束了，可是下邊杜甫又再補一句「眼中之人吾老矣」，這補得真好。但是「眼中之人」這四個字也有很多的爭論，我們採取一個結論，眼中之人是說王郎眼睛裡頭看到的人，假如眼是王郎之眼，王郎眼睛看到的人是誰啊？杜甫，對不對？這裡沒有別人，只有兩個人。我「青眼高歌望吾子」，我看著你，高聲的唱歌，希望你得到發展，而你眼睛看到的我呢？我老啦，「眼中之人吾老矣」，顯然啊是一個老人家了，期待著一個年輕的人得到一個很好的發展。然後告訴對方，你眼睛裡頭看到的我這一個人已經老了，也就是時間不多啦，更加強了我希望你早一點得到發展的一個機會，實踐你的理想，所以「眼中之人吾老矣」。好，這是第二段。整個作品其實充滿了感情，但是呢杜甫這個說實話很自我膨脹。前面說的很有信心，後面又跌落下來，用一種無奈的情緒把這個作品做一個結束。

望　岳

南岳配朱鳥，秩禮自百王。欻吸領地靈，鴻洞半炎方。邦家用祀典，在德非馨香。巡狩何寂寥？有虞今則亡。洎吾臨世網，行邁越瀟湘。渴日絕壁出，漾舟清光旁。祝融五峰尊，峰峰次低昂。紫蓋獨不朝，爭長嶪相望。恭聞魏夫人，羣仙夾翺翔。有時五峰氣，散風如飛霜。牽迫限修途，未暇杖崇岡。歸來覬命駕，沐浴休玉堂。三歎問府主，曷以贊我皇？牲璧忍衰俗，神其思降祥。

　　我們老杜的古體只剩下了兩首，一首五古，一首七古。我們先看五古的這首，七十九頁的〈望嶽〉。這首滿有趣的，我們講老杜的古體詩，第一首也是〈望嶽〉，對不對？中國有所謂五嶽的說法，東嶽泰山，北嶽恆山，中嶽嵩山，西嶽華山，南嶽衡山。這五嶽杜甫來過其中三個地方，也就是東嶽泰山、西嶽華山、南嶽衡山。很巧的是，這三座山杜甫來過，但都沒有登上它的頂端，所以寫了三首〈望嶽〉。望是什麼？就是在山下抬頭看，沒有真正的登上山頂。例如泰山，杜甫說：「岱宗夫如何？齊魯青未了」，最後說：「會當凌絕頂，一覽眾山小。」想像我有一天，我會登上它的最高的地方，就像孔子登泰山而小天下一樣，對不對？所以知道杜甫其實沒有登上去。

　　西嶽華山的〈望嶽〉是一首七言律詩，華山在華州，那是乾元元年杜甫被貶到華州做司功參軍，他在赴任的路上經過華山寫下了這一首七律。這第三首〈望嶽〉，望的是什麼嶽呢？是南嶽衡山。衡山在現在的湖南衡陽這

個地方。我們把杜甫的旅程描述一下，大曆三年的正月，杜甫從四川出三峽到了江陵，在江陵盤桓了差不多半年多，杜甫當時已經五十七歲了，想要投靠衛伯玉謀求一個官職，但最後不了了之，他只好離開。離開後他就沿著長江到了岳陽，時間上大概是大曆三年的秋天到冬天之間。我們之前講過〈登岳陽樓〉有沒有印象？「昔聞洞庭水，今上岳陽樓」，岳陽南邊就是洞庭湖。大曆四年的時候，杜甫渡過岳陽南邊的洞庭湖，沿著湘水來到潭州，就是現在的長沙，時間大約是大曆四年三月，他在潭州待的時間不久，就沿著湘水繼續往南到了衡州，衡州就是現在的衡陽。他為什麼要去衡州呢？當時衡州的刺史叫做韋之晉，是杜甫年輕時就認識的一個好朋友，曾經一起到過現在山西一個叫做郇瑕的地方遊玩過。好，杜甫在潭州時，聽說韋之晉做了衡州刺史，想要去投奔他，所以繼續往南走。但當他到衡州時，韋之晉卻被調走了，調到哪裡？調到潭州。杜甫以為他在衡州作官，從潭州過來要投奔他，結果到了以後，發現他卻去他剛剛離開的地方，這真的是莫名其妙吧？杜甫只好再回到潭州。他回到潭州時，可能跟韋之晉有見過面，但不久後韋之晉就過世了。這真的很絕，各位可以幫杜甫算一個命，這個是千古詩人，但也千古命薄啦！

　　韋之晉死了，那杜甫就沒有可以依靠的人了。根據杜甫一些詩的敘述，他當時連田地、房子都沒有，全家就住在船上，時常在江邊擺藥攤賣藥維生。各位假如在市場看到賣藥的人要注意一下，說不定是個大詩人。那杜甫為什麼可以賣藥？因為他從小多病，大概因此懂一點藥理，所謂「三折肱而為良醫」啦！這樣的時間差不多大概一年，到了大曆五年四月，潭州發生了一場兵亂，這叫臧玠之亂。臧玠是一個軍閥，把潭州刺史殺了，杜甫當時是驚弓之鳥，很害怕碰到大難，就趕緊離開了。他沿著湘水來到衡州，當時郴州的刺史姓崔，叫崔偉，是杜甫的舅舅，他就想要到郴州去投靠他的舅舅。郴州在哪？在衡州更南邊，所以杜甫又再往南走，半路上來到耒陽這個地方，被大水困住，困了十多天水才退掉。當時的耒陽縣的縣令姓聶，聽說杜甫困在水中，就坐了一艘船，帶著牛肉、白酒來去慰勞杜甫。傳說說杜甫在當時喝了酒、吃了肉，結果一夕暴卒，死在船上，《新唐書》、《舊唐

書》也都這樣認為。但我們考證過這是虛構的，杜甫確實困在水中，聶縣令也確實送牛肉白酒給他，但是不用擔心，杜甫只是喝醉，沒有死。

後來大水退了，臧玠之亂也被平定了，我們不曉得什麼原因，杜甫不打算到郴州去了，他想回到中原的故鄉，所以又從耒陽回到潭州，時間應該是在大曆五年的夏天。他在潭州待了幾個月後，大概在秋冬之間，坐著船想要往北回到故鄉，沒想到就在這個時候，他病死了，所以杜甫死在什麼時間？大曆五年的秋冬之交。死在什麼地方？是在潭、岳之間，也就是潭州、岳陽中間，洞庭湖中的一艘船上面。他的兒子就把杜甫的遺體暫厝在岳陽，古人把這個叫做「旅殯」，把遺體暫時安放在一個地方。一直到杜甫過世四十三年，時間上到了唐憲宗的元和八年，他的孫子杜嗣業想要把杜甫歸葬到故鄉河南偃師這個地方，才請元稹幫杜甫寫了一個墓誌銘。

這個杜甫去世的考證，不曉得之前給各位講過沒有？好，現在我們回到杜甫這首作品，〈望嶽〉這首詩是講衡山，衡山在衡陽，那是在什麼時候寫的？應該就是在大曆四年三月，杜甫從潭州往衡陽的路上，看到了衡山，寫下了這一首詩。這首詩不好講，主要是因為這首作品的性質有特殊風格的問題。各位要先有一個概念，五嶽在傳統裡是被認為有神靈的，代表了上天的一個形象，所以從舜開始就時常到五嶽去封禪祭祀，這首詩基本上跟這個典故有關。封禪是國家一個祭祀的大典，所以非常的莊重，古代文人有時候會陪著國君去舉行這樣一個大典，就會寫一些詩文出來，這樣的儀式一直到清朝都還有，很多文人都寫過類似的作品。這類作品基本上來說，一定要莊重，而且要有很多典故，載歌載頌的內涵。假如各位活在古代，你才華很高、運氣很好，考上進士做了大官，要陪皇帝玩這個遊戲，就一定要會寫這種的文章。這類應制的作品基本上都不好讀，不過幸好杜甫並不是陪著皇帝去，他是旅途中看到了這個南嶽，觸動這樣的一個背景，所以還是有自己的一些感觸在。只是他這首詩因為牽涉到有關祭祀的典故，比較生硬一些，而且不是我們熟悉的一些材料，所以讀起來就比較困難。各位可以看到最後黃白山說的話，最後他說：「衡以修祀典立意」，衡山的〈望嶽〉這首詩是以祭祀典禮這個角度來去著筆的，所以跟前邊泰山、華山兩首「旨趣各別」。

而這一首他覺得「尤見本領」，假如「文士無其學，儒者無其才，固當獨有千古。」這裡說文士儒者，他是怎麼區分？文士就是文人，擅長的就是寫詩寫文章，所以主要的是要有才華，但是缺少學問；儒者就是一般的讀書人，他可能學問很高，但沒有創作才華的。所以他說杜甫的這一首「獨有千古」，意思就是杜甫才、學兼備，沒有人有辦法寫出像杜甫這樣一個成就出來。

　　好，接下來進入到作品本身。「南嶽配朱鳥，秩禮自百王。欻吸領地靈，鴻洞半炎方。邦家用祀典，在德非馨香。巡狩何寂寥？有虞今則亡」，這是第一個段落。各位聽起來有沒有覺得很詰屈聲牙？所以解釋上比較麻煩。「南嶽配朱鳥」，南嶽是什麼山？就是衡山。朱鳥字面上看，當然是紅色的鳥，為什麼說衡山配上朱紅色的鳥呢？這個我們在講〈同諸公登慈恩寺塔〉曾經提到過，中國傳統上，方位、顏色等等都有互相配合的地方，對不對？其它的先不說，南嶽方位在南方，顏色是什麼？紅色；至於南方配什麼圖騰？就是朱雀。雀是鳥類，因此有時候也可以配鳳凰。所以這一句指的就是衡山是在南方，所以它配上的是紅色的鳥。杜甫為什麼要特別強調這個？因為不管方位啦、顏色啦、圖騰啦、春夏秋冬啦等等，都是成套的，而這一套東西跟祭祀的典禮儀式是有關係的，這些我們現在大概都比較陌生了，但在傳統觀念中這都是一個常識。各位可以看題目下邊引《南嶽記》說：「衡山者，朱陽之靈臺，太虛之寶洞。」「朱陽」是什麼意思？紅色的太陽，也是南方。好，下邊說：「赤帝館其嶺，祝融託其陽」，你看它的字面，赤帝，紅色的；祝融是什麼東西？火神，對不對？火神是什麼顏色？也是紅色的。好，再下邊一句：「以其宿當翼軫，度應機衡，故為名。」解釋這兩句很花工夫，所以用一個概念給各位說明一下，不管是翼、軫、機、衡，都是天上星宿的名稱。這個星宿不只是一顆星，而是很多的星星組成了一個整體，叫做星宿，古人又把它叫做星野，星野是一個範圍。天上一個個的星宿會對應到地面、人間的某一個地區。所以所謂的「宿當翼軫」、「度應機衡」，就是衡山這個地方對應到天上的星宿，是所謂的「翼」或者「軫」，也對應到「璇璣」、「玉衡」。具體的我們不說了，總之就是古人

的想像。所以這個山名為什麼叫做衡山？因為它對應到天上的「衡」，所以叫做衡山。這些都是基本觀念。所以「南嶽配朱鳥」，強調了它基本上是在南方的一個非常有名的山嶽，「配」是對應的意思，對應到紅色的鳥，就是配上朱雀。

　　再來「秩禮自百王」，各位不妨看到註解引了《尚書‧舜典》的話：「柴望秩於山川。」看到嗎？說實話這些句子都很難講，《尚書》本身就是非常古老的文獻，文字當然更讓人陌生啦，所以我們先簡單的把整體介紹一下。在《尚書》的〈舜典〉裡頭有一段記載，說舜在每年的二月的時候，會到泰山去巡狩，然後「柴望秩於山川」。柴就字面來說是木柴，但這裡當動詞用，解釋為「燔柴」。燔柴什麼意思？就是燒木柴。燔柴做什麼？來祭祀上天。燒了柴，煙冒出來會跑到天上去嘛，就用這個來去祭拜。所以我讀到這個就在懷疑，後來我們拜拜為什麼會燒香？大概跟這個有關係，你要祭祀祖先或神明的時候，那個香的煙往上飄，就像燃燒木柴後，那個煙飄到天上，就能召喚神仙了。所以「柴」是一種祭祀的動作，就是燒木柴來祭祀天。那「望」呢？「望」是另外一個祭祀的動作，簡單說就是看，當然不是隨便看，而是很恭敬的用雙眼來去注視、行禮。那為什麼說「秩於山川」？這個秩，就是秩序、等第、高下、先後的概念，那這個等第是指什麼等第呢？是指官制。「秩於山川」就是用「望」這個祭祀動作去看那個山，去看那個河，「望」的時候是有等第的，看什麼山要用什麼等第、先後順序是如何，都是有規定的。譬如朱熹就解釋說：「五嶽的等第比擬為三公」。三公是從周朝開始就有的官職，是太師、太保、太傅，後來變成指朝廷裡最高官階的概念。所以舜二月到了泰山嘛，他就用三公的官階，用牲幣來祭祀它。牲是三牲，幣是錢幣，我們現在祭祀神明祖先也會用雞啊、肉啊、魚啊來拜，不就是三牲嗎？然後燃燒紙錢，就是金紙。其實你看看我們的傳統綿延不絕喔，現在都還有這個儀式。對山川注目、拿牲璧祭祀，古代就叫做「望」。舜在春天祭祀泰山，為什麼是春天到泰山？因為泰山是東方，季節和方位有關。好，那夏天呢？到南邊祭祀衡山，秋天到西邊祭祀華山，冬天到北邊祭祀恆山也都是用這樣的禮節。

　　五嶽是用三公的等第來祭拜，至於其它的山川呢？還有一個是四瀆，四瀆就是四條河流，分別是長江、黃河、淮河、濟水。爲什麼特別指這四條河？在古代這四條河流在中國境內都是發源於一個地方，最後單獨流進海裡，沒有被別的河流合併，別的不說，長江各位知道最後就直接注入了東海，黃河也是一樣，對不對？現在淮河和濟水是被黃河合併了，可是在過去它是單獨的流進了海洋之中。

　　在上古時期被認爲是很特別的河流形狀。那四瀆要用甚麼禮儀去祭祀呢？「等之以諸侯」，也就是階級上比三公要低一些。那至於其它的河流，就用更下一層的階級、階位來去祭祀它們，這樣不同等第、不同官階來去祭祀的禮儀就叫「秩」。

　　所以「秩禮自百王」，各位大概可以理解，這個秩就是從《尙書·舜典》中「柴望秩於山川」中出來。不過杜甫只用「秩」，其實還包含了「柴、望」等內容，南嶽是五嶽之一，當然就是用三公之禮來去祭祀它。「自百王」，百是多的意思，也就是從歷代的國君就開始這樣的一個祭拜，歷代下來綿延不絕。所以這句是先總括的說，南嶽在南方，是五嶽之一，所以歷代君王都用所謂的三公之禮來去祭拜它。

　　下邊，「欻吸領地靈，鴻洞半炎方」，各位看到後面註解，欻吸兩個字解釋爲：「疾也」，疾就是很快的意思，所以「欻」有時候可以寫成「忽」，忽就是忽然、很快的樣子。這是寫南嶽的本事，可以很快速的吸收地靈。就是它可以張開大口，把地面上的靈氣全部吸收進來了。「鴻洞半炎方」，「鴻洞」，「鴻」有些時候寫做「澒」，其實我們講〈奉先詠懷〉的時候曾經讀到這個詞，什麼意思？瀰漫廣大的樣子。所以「鴻洞半炎方」是說那個衡山吸收了地面的靈氣，整個山脈瀰漫了整個南方這個地區，各位有興趣可以看看地圖，確實衡山占地非常廣，跨了好幾個縣，杜甫的「鴻洞半炎方」雖然誇大，但也是說明了衡山很廣大，好像整個南方都被占據了。

　　下邊「邦家用祀典，在德非馨香。巡狩何寂寥？有虞今則亡」，邦家就是國家，呼應前面的百王、歷代的國君，就是每一個國家都用這個祀典祭祀了衡山。怎樣的禮節？就是剛剛說的牲幣之類。可是杜甫就說了「在德非

馨香」,「馨香」字面上看就是香氣,指的是祭祀時的內容像等第、供品等等。可是杜甫進一步提出一個觀念,歷代的國君都在祭祀五嶽,但是它的精神在哪裡?「在德非馨香」是那個國君呈現了一種崇高的品德、精神,表示對山川大地的恭敬,而不是在那個表面的禮節、活動或供品。這話說到現在都有用,我們很多人拜拜,拜到最後都捨本逐末了,拜拜本來是對天地神明的恭敬,但現在講究的是場面多大、多熱鬧,對不對?所以杜甫說祭祀不在表面,精神關鍵是在祭祀者內心的真誠、崇高的敬意。所以下面說「巡狩何寂寥?有虞今則亡」,「巡狩」剛剛講過啊,指舜二月的時候巡狩到泰山。「何」是一個感嘆詞,「寂寥」是落寞的意思。一般人會誤以為「寂寥」指的是現在這樣一個祭祀的活動很少了,字面看不就是這個意思嗎?但我們可以看註解引了浦起龍的說法:「非謂當舉行巡狩」,並不是指感嘆現在巡狩的活動少了,而是「有虞今則亡」。虞就是虞舜,巡狩的開創者,「今則亡」字面上看起來是說像舜這樣的巡狩現在好像消失了,但真正的意思是說像舜這樣崇高的理念、精神已經消失了,這也才呼應前邊「在德非馨香」。所以杜甫要求的是德,不是在馨香。剛剛說歷代君王都有這樣的巡狩、祭祀啊,所以這個活動並沒有少,也沒有消失,但是杜甫感嘆什麼?感嘆那個德不在了,不存在了。以上是第一段,下邊進入第二段。

第二段,「洎吾隘世網,行邁越瀟湘。渴日絕壁出,漾舟清光旁」,四個句子頓一下。「祝融五峰尊,峰峰次低昂。紫蓋獨不朝,爭長嶪相望」,第二個小結。「恭聞魏夫人,羣仙夾翱翔。有時五峰氣,散風如飛霜」,第三個小結。「牽迫限修途,未暇杖崇岡」,第四個小結。我們唸一下,就可以感覺第二段它的語氣跟第一段不一樣,第一段是議論的,而且非常的典重,對不對?第二段則是敘事寫景,文字相對的比較輕鬆一些。「洎吾隘世網」,「洎」相當於這個「及」,及就是等到,因為前文是「秩禮自百王」,從舜開始說起。現在杜甫要拉回到他個人的經驗,所以等到我「隘世網」,「隘」就是困的意思,「世網」各位一定可以理解,就是指世俗的羅網。在現實世界,我們時常被什麼東西困住了,就像一張網把你包起來一樣。所以這五個字假如要翻譯,可以說一直到我現在被現實世界困住了。杜

甫被什麼現實世界困住了？因為他為了生活，在大曆四年的春天，從潭州要去衡州依靠韋之晉，前面有說過對不對？杜甫在往衡州的路上，所以他說我因為被世俗現實生活所困住，所以有這個機會來到衡山。好，「行邁越瀟湘」，如果了解剛剛的背景，這五個字就瞭解了，行邁從《詩經》出來的，就是走在路上，我在路上走，越過瀟水、湘水，來到了湖南的境內，來到衡山這個地方。

下面，「渴日絕壁出，漾舟清光旁」，這前五個字很難念，為什麼？這五個字都是入聲字，聲調實在是很僵硬。那「漾舟清光旁」除了第一個字是去聲，下邊四個平聲，所以前邊好像閉著氣一樣，後邊四個平聲又把它舒展開來。我們不知道是不是杜甫故意設計的，總之它的聲調很特殊。前面五個字用「渴」來形容「日」，後面註解說相當於「渴雨」的「渴」。那是什麼意思？這個「渴」是「渴望」的意思，不要說是嘴巴乾想要喝水喔，雨怎麼會渴呢，對不對？所以渴雨就是很久沒有下雨，盼望著雨水的降落。那渴日怎麼解釋？顯然是天氣一片陰霾，盼望著陽光的出現。盼望了老半天，結果太陽從絕壁，絕壁就是懸崖，太陽在陡峭的山壁裡頭出現了，看起來杜甫的盼望得到實現啦。各位想想為什麼杜甫在這裡盼望太陽的出現？因為衡山是山區，而且峰巒交錯，非常的陰暗。但是你到衡山，就希望能看到衡山的山峰，假如天空陰霾，就看不到了。因此杜甫在路上盼望著陽光的出現，果然不失所望，太陽從峭壁裡頭升出了。因此「漾舟清光旁」，從這裡看他顯然是坐船，來到湘水旁邊，旁邊就是衡山，太陽出來了，水面上一片清光，他的船就在裡面航行。

既然太陽出來了，下邊就寫望的動作，以及他看到衡山的面貌，衡山山峰很多，最有名的有七十二個山峰，其中又有五個山峰特別有名，我們可以看到後面註釋引《植萱錄》說五峰分別是祝融、紫蓋、天柱、密雲、石廩。有沒有？我們先把背景說一下，衡山的山峰很多，祝融又是最高的山峰，我看了一下資料，其實跟臺灣的玉山比起來，祝融好像只有 1300 公尺左右，其實矮的多了，但是在七十二峰裡頭它算很高、很突出的，所以每一個山峰看起來都像蹲在下面朝拜祝融一樣。只有一個紫蓋峰它的走向往東而

去，背對了祝融峰。那麼「祝融五峰尊，峰峰次低昂」，這兩句不就很清楚了嗎？五峰裡祝融最高最尊貴，其他的山峰都比它還要低，一個一個山峰都是像在朝拜它的樣子。「紫蓋獨不朝，爭長嶪相望」，剛剛說只有紫蓋是不朝它的，「爭長嶪相望」，嶪是山，在這裡就是指祝融、紫蓋兩個山峰，彼此好像對望一樣，看起來彼此不服氣，在較量哪一個比較高？比較尊貴？所以它有沒有背景？有。《植萱錄》就是記錄這事情，杜甫把它擬人化了，說祝融峰最高，所以每一個山峰都朝拜它，可是偏偏紫蓋不服氣離開了，還跟它對望較量一下，那一個比較高。這是寫五峰。

「恭聞魏夫人，羣仙夾翱翔」這又是一個故事。各位看後邊《太平御覽》引了〈南嶽魏夫人內傳〉，魏夫人是什麼時候人？是晉朝時人，姓魏，名華存，字賢安，任城人，是司徒魏舒的女兒，嫁給了南陽的劉幼彥，在世八十三年，在晉成帝咸和九年的時候「託形劍化」。託形劍化就是說過世了，但是她死的時候不是人形，而是變成像劍的形狀。「上詣三清」，可能她有修道，道行夠了，所以扶桑大帝封她為紫虛元君，位為南嶽夫人。杜甫大概是聽過這個故事，所以他說「恭聞魏夫人」，指的就是魏華存被封為南嶽夫人的事。「羣仙夾翱翔」，這句是不是也寫望？前面的望是望各種山峰的形狀，這個望是望向山裡，傳說中的魏夫人也出現了，好多神仙簇擁著她，在各個山峰裡邊飛翔穿梭。

好，下邊「有時五峰氣，散風如飛霜」，有時候又看到這五個山峰的雲氣飛散開來，好像霜雪在飛舞的樣子。氣本來是指山間的水氣、雲氣，現在看到的五峰之間的山氣它是怎樣呢？飛散開來，而且好像是霜雪飛舞的樣子，這以上都在寫望，從太陽出現了，就可以看到各個山峰的面貌，所以下邊就接著寫五峰。五峰的姿態有高有低，用擬人化的動作來去寫那個五峰的面貌，然後再用一個傳說中的神仙魏夫人，好像有很多的神仙簇擁著她在山裡頭飛翔，再看到五峰的山氣冒出來，看起來好像霜雪在飛翔一般。

下面「牽迫限修途，未暇杖崇岡」，修是長，修途就是漫長的道路，指的就是杜甫想要到衡州去找韋之晉這一段路途，前邊還有很長的一段路要走。受限於那個未完成的漫長道路，逼迫著杜甫沒有辦法在這裡盡情的流

連。所以才說「未暇杖崇岡」，未暇是沒有時間、來不及，「杖崇岡」，崇岡就是高峰，意思就是杜甫其實沒有登上衡山的最高峰，還在山底下瞭望而已，所以這裡也扣上那個「望」字，指沒有辦法到山頂上，只能仰望著這衡山。杖在這裡當動詞用，我沒有辦法拿著手杖來登上絕頂。

　　杜甫寫了三個〈望嶽〉，我們曾講過泰山的：「會當凌絕頂，一覽眾山小。」他就期待著有一天我會登上泰山的山頂上，像孔子一樣登泰山而小天下，那就表示他登上去了沒？沒有。還在山腳下望向泰山。華山我們選本沒有收，在這裡簡單說一下。後面兩句：「稍待秋風涼冷後，高尋白帝問真源。」等到秋天天氣涼了一些，我想要登上山頂尋訪白帝。爲什麼用白帝？因爲這華山，是西方，象徵的是白色。「真源」不好解釋，簡單來說就是指根本的道理。杜甫到華山是因爲他被貶到華州當司功參軍，赴任途中來到華山這個地方，他在仕途上是有很多的困頓、迷惑，或許杜甫想要找神仙來問一下吧！我爲什麼有這樣子的困厄？爲什麼這樣子的不順利？總之三次的登嶽他都望而沒有登，這次好不容易天放晴了，看到前邊很多的山峰，還有山裡的神仙之類的，但是他迫於漫長的道路，所以沒有時間、機會去登上絕頂。

　　「歸來覷命駕，沐浴休玉堂。三歎問府主，曷以贊我皇？牲璧忍衰俗，神其思降祥」，這是最後一個段落。「歸來覷命駕」，「歸來」不是回到家，而是來到了一個暫時落腳之處，顯然天色晚了，要找一個地方休息，杜甫可能是捨舟登岸來到一個地方。「沐浴休玉堂」，洗了澡，在玉堂這個地方休息，玉堂是很漂亮的詞彙，事實上指的就是嶽神廟，每一個嶽都有山神的廟，那個廟裡頭除了你可以祭拜，也可以休息、借宿，所以杜甫說歸來到哪裡？就是來到嶽神廟，在那裡沐浴休息。所以下邊的時候，「覷命駕」，「覷」是期待、希望的意思，「命駕」就是出發，坐著船啦、騎著馬啊，從一個地方出發叫做「命駕」。這裡是個倒裝，杜甫到了嶽神廟，休息完了，等待著第二天再次的出發。這兩句你要倒裝一下，這樣解釋才清楚。

　　「三歎問府主，曷以贊我皇」，你看杜甫的休息看起來腳是停止了，但他的心還沒有停，他又想到這個時代的混亂，心裡有很深的感嘆，三嘆是

一再的感嘆，他就問府主。府主簡單說就是南嶽的神，所以朱鶴齡說：「府主指嶽神。」為什麼叫做府呢？因為「如仙府洞府之府」，因為山有神，神住在仙府、洞府，所以就叫府主。杜甫因為住在廟裡，心裡對這個時代又有很多的感嘆，所以他就想問南嶽神，問什麼呢？「曷以贊我皇」，曷相當於「何」，贊是襄贊、輔佐的意思，臣子幫助國君，下邊幫助上面，我們就會把它叫做襄贊。杜甫感嘆的問嶽神，時代那麼動盪，戰亂沒有平定，你有什麼辦法幫助國君，讓時代可以太平呢？「曷以贊我皇」。

　　好，「牲璧忍衰俗」，衰相當於「陋」，衰俗就是陋俗。牲璧剛剛說過了是祭祀的供品。這裡應該是一個反問句，杜甫問嶽神：「難道你可以忍受這樣衰俗的祭祀嗎？」這話是什麼意思？重點就在前邊的「在德非馨香」，對不對？「秩禮自百王」，從歷代的國君都用牲璧來祭祀山川，現在祭祀的禮節還沒有消失，但是這是個陋俗，陋俗是什麼？沒有崇高的敬意。杜甫一再從「德」這個觀念發展出來，你這個山神可以忍受這樣的衰俗，沒有敬意，只是用牲璧來去祭祀祢嗎？這個很有諷刺意味喔，表示現在的國君就算來祭祀，那也不是用德，而只是用表面的儀式而已。確實啦，現在很多的祭祀活動到最後都只是具文，徒有形式啦，失去了內在崇高的精神，所以這是一個反問句，反問嶽神你能夠忍受這樣的衰俗，只是用牲璧來祭祀祢嗎？下邊的結尾杜甫又反過來，還是充滿期待來對山神說：「神其思降祥」，期望嶽神還是降下祥瑞，來去幫助唐朝，幫助這個時代。雖然是衰俗，雖然不一定有這樣崇高的敬意，可是還是請祢考慮一下，降下祥瑞來幫助這個國家。所以從這裡看，雖然題材比較特殊，可是精神上還是有著杜甫一貫的精神，他到最後都想到這個時代的動亂，想到這個時代如何的去挽救等等。

　　好，杜甫的〈望嶽〉是內容特殊的一首詩，在高先生的《唐宋詩舉要》中有一首韓愈的詩跟杜甫一樣，也是來到衡山，晚上住在了嶽神廟裡，所以我想剛好藉這個機會補充一下。各位可以翻到第二六三頁，韓愈的〈謁衡嶽廟遂宿嶽寺題門樓〉：「五嶽祭秩皆三公，四方環鎮嵩當中。火維地荒足妖怪，天假神柄專其雄。噴雲泄霧藏半腹，雖有絕頂誰能窮。我來正逢秋

雨節，陰氣晦昧無清風。潛心默禱若有應，豈非正直能感通。須臾靜掃眾峰出，仰見突兀撐青空。紫蓋連延接天柱，石廩騰擲堆祝融。森然魄動下馬拜，松柏一逕趨靈宮。粉牆丹柱動光彩，鬼物圖畫填青紅。升階傴僂薦脯酒，欲以菲薄明其衷。廟令老人識神意，睢盱偵伺能鞠躬。手持杯珓導我擲，云此最吉餘難同。竄逐蠻荒幸不死，衣食纔足甘長終。侯王將相望久絕，神縱欲福難為功。夜投佛寺上高閣，星月掩映雲曈曨。猿鳴鐘動不知曙，杲杲寒日生於東。」

　　衡嶽廟就是衡山山神的廟，來到神廟，所以用一個「謁」字。拜謁完了以後呢，韓愈就住在嶽寺裡，這個嶽寺就是杜甫「沐浴休玉堂」的玉堂。韓愈住了一個晚上，寫了一首詩，還題在門樓上。古人有時到一個地方有了感觸，就會很自由的到處題寫，像現在會有那種「某某到此一遊」之類的，在現代社會一定被罰款。除了補充這首詩的內容，它的形式我也特別提醒一下。它是七言古詩，然後一韻到底，再來它是用平聲的韻腳。假如具有這樣基本條件的作品，我們發現它的聲調會有一些特殊要求，這是從初唐開始慢慢形成，到韓愈時就很成熟了。清朝的王漁洋就歸納出來這樣的體裁有哪些特徵。在聲調上，它的出句，也就是奇數句是二平五仄，第二個字平聲，第五個字仄聲；然後它的對句，第四個字仄聲，五六七平聲，叫做下三平。所以七古、平聲韻、一韻到底的詩，它的特徵就是出句二平五仄，對句四仄下三平。當然古體詩本來是自由的，對不對？沒有什麼聲調的要求，可是後來慢慢有一些作品形成了一套的規矩，這樣的規矩到了韓愈特別的成熟，所以變成了七言古詩後來標準的格式。以前羅尚戎庵先生就特別強調這一點。我們假如寫一首七言古詩，他就會說這聲調不對啦、那聲調不對啦。那時候我是覺得說古體詩哪有什麼聲調不對，他就說你去翻韓愈的詩，我翻完之後果然韓愈有很多作品都是如此，這一首更是代表，當然不是全部符合，可是絕大部分是如此。

　　「五嶽祭秩皆三公」，押平聲韻，秩是仄聲，皆三公是平平平。「四方環鎮嵩當中」，鎮仄聲，嵩當中平平平。「火維地荒足妖怪」這是出句，維平聲，足仄聲，二平五仄。「天假神柄專其雄」，柄仄聲，專其雄三平

聲。好，「噴雲泄霧藏半腹」，雲是平，藏是平，不合；但「雖有絕頂誰能窮」頂是仄，誰能窮三平。「我來正逢秋雨節」，來、秋都是平聲，不合；可是「陰氣晦昧無清風」昧仄，無清風三平。「潛心默禱若有應」，心平、若仄，二平五仄。「豈非正直能感通」，直仄，但感不是平。我想不要每一句這樣子分析了，整首詩只「豈非正直能感通」、「睢盱偵伺能鞠躬」、「石廩騰擲堆祝融」三個不符合四仄下三平的格式，其他都合乎要求，所以聲調讀起來特別好聽。各位假如要做七言古詩，不妨模仿一下這個聲調，這是形式上的問題。再來就內容上來說，雖然背景跟杜甫很像，不過內容、主題不太相同。

　　「五嶽祭秩皆三公，四方環鎮嵩當中。火維地荒足妖怪，天假神柄專其雄。噴雲泄霧藏半腹，雖有絕頂誰能窮」，這是第一段。韓愈要寫的是衡山，但是他先從五嶽說起，從非常大的背景帶入到作品的主題，所以五嶽東西南北中都總括在裡邊，祭秩皆三公，我們剛剛讀了老杜的詩，知道祭拜五嶽典禮的位階都是三公。然後「四方環鎮嵩當中」，中嶽嵩山在五嶽的正中，東西南北圍繞著它，嵩山在河南，東嶽泰山在山東，北嶽恆山在山西，西嶽華山在陝西，南嶽衡山在湖南，所以嵩山剛好在中間。「火維地荒足妖怪」，火維指哪裡？南方。南方屬火，火維就是指南方，開始從五嶽帶入帶入到主題衡山了。南方是非常荒涼、偏僻的一個地方，所以妖怪特別多，足是多的意思。「天假神柄專其雄」，老天爺就給了南嶽神一個權柄，可以「專其雄」。專是專有，其是南方，雄是特出的、超過的。超過什麼？超過那些妖怪。所以這是寫南嶽的嶽神，老天爺給他這樣的一個權力，讓他雄鎮一方。下邊韓愈開始寫南嶽的面貌，「噴雲泄霧藏半腹」，半腹就是半山腰，南方通常來說水氣較多，而且是在山區裡，所以你看到半山腰雲霧噴泄，霧罩著整個山，所以「雖有絕頂誰能窮」。雖然它有一個高峰，可是誰能爬到那個山頂上？這很像杜甫對不對？也是在山下望向那個五嶽，然後說整個山都是雲霧圍繞的樣子。

　　再來是第二段：「我來正逢秋雨節，陰氣晦昧無清風。潛心默禱若有應，豈非正直能感通。須臾靜掃眾峰出，仰見突兀撐青空。紫蓋連延接天

柱，石廩騰擲堆祝融」，因為我們讀了杜甫，所以這首就比較簡單了。一開始韓愈就帶到自己，我來到這裡剛好是秋天下著雨的時候。這裡章法很像杜甫，對不對？先寫衡嶽，然後寫「泊吾隘世網」落到自己，現在韓愈也一樣。因為這樣一個秋天下雨的季節，「陰氣晦昧無清風」，所以陰氣很濃，天色昏暗，也沒有風的吹拂，整個山必然是籠罩在一片陰霾當中。換句話說，衡山的真面貌是看不清楚的。韓愈又不甘心，所以又說了「潛心默禱若有應，豈非正直能感通」，我就真誠的默默祈禱，發現好像有感應喔！怎樣的感應？「豈非正直能感通」。這裡正直不要解釋為我很正直，而是指「神明」。各位看到後邊的註解引《左傳》說：「神，聰明正直而壹者也」，有沒有？所以正直就是指神。我潛心默禱，盼望太陽出來、掃除陰霾，感覺好像真的有回應，難道神真的感應到我的祈禱嗎？「須臾靜掃眾峰出，仰見突兀撐青空」，突兀是高聳、突出的意思。韓愈說果然不久陰霾全被掃淨，一座座高聳、突出的山峰，撐住一片青碧的天空，表示天放晴，太陽出現了，山峰一座一座的看到很清楚，這不就跟杜甫「渴日絕壁出」很相似嗎？但是杜甫沒有禱告，韓愈是有禱告。好，因為看到山峰，所以韓愈開始描寫山峰的形狀。「紫蓋連延接天柱，石廩騰擲堆祝融」，這裡寫了四個峰，名稱我們剛剛都看到過，紫蓋峰最連綿不絕接到天柱峰，騰是起，擲是伏、跌的意思，就是說石廩峰起伏著堆在祝融峰的身邊，這是寫天晴了，觀看各種山峰的形狀。

　　下面第三段：「森然魄動下馬拜，松柏一逕趨靈宮。粉牆丹柱動光彩，鬼物圖畫填青紅」，到此第一個小結。「升階傴僂薦脯酒，欲以菲薄明其衷。廟令老人識神意，睢盱偵伺能鞠躬。手持杯珓導我擲，云此最吉餘難同」，到此第二個小結。「竄逐蠻荒幸不死，衣食纔足甘長終。侯王將相望久絕，神縱欲福難為功」，是最後一個小結。

　　「森然魄動下馬拜」，韓愈跟杜甫不一樣，他是騎著馬到衡山裡，看到這麼多各種形狀的山峰，感到心驚動魄，於是下馬拜謁那些山，拜完後看到一條種滿了松、柏的小徑，他就沿著這條路「趨靈宮」，來到了靈宮，也就是嶽神的廟。嶽廟是什麼樣子？接著韓愈開始寫廟的樣子，「粉牆丹

柱」，白色的牆、紅色的柱子，顏色非常的鮮豔；「動光彩」，動就是浮動的意思，是說顏色鮮豔，光線跟顏色交錯，好像在閃爍一般；「鬼物圖畫填青紅」，牆壁上畫了很多鬼怪，填滿了紅色、青色的顏料。我們在臺灣讀到這兩句，一定很有感覺吧？我們現在廟宇不也是這個樣子嗎？色彩很像，形狀也很像。

下邊「升階傴僂薦脯酒，欲以菲薄明其衷。」我爬著臺階，彎著腰，拿著脯酒來祭祀。薦是貢獻、祭祀，脯是肉乾，大概就是祭品。我拿著祭品祭拜嶽神，為什麼要這樣？「欲以菲薄明其衷」，菲薄就是單薄、簡單的禮物啦，就是說我用簡單的禮物來表示我內心的真誠。然後古代的廟都有管理的人，叫做廟令，現在叫做什麼？廟公。五嶽的廟令都是朝廷的命官，有官階的。嶽神廟的廟令是一個老人，「識神意」，他能夠了解神的意思。「睢盱偵伺能鞠躬」，「睢盱」這裡引了《莊子‧寓言》的說法：「而睢睢，而盱盱，而誰與俱？」郭象解釋說是跋扈的樣子，成玄英說是有威權的樣子，我想這個解釋應該都不太正確。盱字面上是張大了眼睛，應該是說張大了眼睛去看。另外孔穎達在註解《易經》時說睢盱是「喜悅之貌」，向秀則說是「喜說佞媚之貌」，也就是說有著喜悅佞媚之色的小人。假如從這個解釋來看，睢盱顯然不是跋扈、威權躁急，而是某一個人張大了眼睛，帶著一種喜悅的神情，來去諂媚、阿諛韓愈。這是指誰？在詩裡面當然指的是廟令。

這邊我們先簡單補充一下，韓愈在唐德宗貞元十九年，西元八〇三年，那時他在長安做監察御史。當時長安剛好發生饑荒，韓愈就上疏，要求朝廷減免賦稅，這一來就得罪了朝廷那些既得利益者，於是把他貶官到陽山。陽山在哪裡？現在的廣東，是非常荒涼、偏僻的地方。過了兩年，貞元二十一年的正月，西元八〇五年，唐德宗駕崩了，唐順宗即位，年號改為永貞。沒想到唐順宗只在位一年就死了，第二年由唐憲宗即位，又改為貞元。唐憲宗即位後就把韓愈召到江陵做法曹的官。江陵就是荊州，在湖北，所以韓愈為什麼來到衡山？就是從廣東往北方到湖北時經過了衡山，然後晚上借宿在嶽廟，這跟杜甫方向不一樣，杜甫是從長沙往南經過衡山。

回到原文。「廟令老人識神意」廟公了解神的意思，於是他「睢盱偵

何能鞠躬」。他就張大眼睛帶著諂媚、恭敬的一種神色來窺探我。鞠躬表示非常恭敬的意思。「手持杯珓導我擲，云此最吉餘難同」，剛剛說了韓愈雖然被貶官，畢竟還是朝中的官吏嘛，要回到這個江陵去任官，所以廟令對韓愈非常的恭敬。拿著杯珓教導我怎麼來去投擲占卜。那個杯珓就是拜拜時用來占卜的東西，大概跟現在廟裡半月型的那個很像，現在用木頭，古代的時候是用玉或蚌殼。韓愈大概也不懂怎麼用，所以廟令就教他丟，丟出一個結果出來。「云此最吉餘難同」，他就跟韓愈說，這個卦是最好的，上上籤，其他的都比不上。這是謁廟拜神的動作。

　　好，下邊就接著說了：「竄逐蠻荒幸不死，衣食纔足甘長終。侯王將相望久絕，神縱欲福難爲功」，因爲廟令說韓愈占卜的這個卦是最好的，看起來是很有福氣囉？那韓愈就說出他心裡的感受。這邊各位可能要先理解一下，中國古代通常認爲南方是氣候很不好，非常危險的地方。在當時廣東算是蠻荒之地，是很危險的地方。韓愈他說因爲上疏然後要求減稅，被朝廷放逐、貶謫到廣東這個氣候不好、非常危險的地方，幸好我還沒有死去「衣食纔足甘長終」，我現在吃得飽、穿得暖，我甘願就這樣終老一生。因此「侯王將相望久絕，神縱欲福難爲功」，望久絕就是久絕望，比如說像做了宰相啦、大將軍啦，封爲王侯這樣的富貴榮華夢想我老早就不期待了。所以「神縱欲福難爲功」，就算是神仙想要給我一個福氣好運，我想也難期待有祂的功效。「神縱欲福」的福當作動詞，就是給我福報，剛好呼應前邊所謂的「云此最吉」。這是韓愈寫謁廟的內容。

　　再來是最後一段：「夜投佛寺上高閣，星月掩映雲朣朧。猿鳴鐘動不知曙，杲杲寒日生於東」，這呼應了題目裡的「宿」。到了晚上，他投宿到佛寺裡最高的樓上面。睡在哪裡的時候，星星、月亮都被雲遮住，所以半明半暗的樣子，朣朧，各位看到註解說：「朣朧，欲明也。」欲明是還不很明亮的樣子，也就是說星月本來是有光輝的，但因爲有雲掩映的關係，所以半明半暗。「猿鳴鐘動不知曙」，韓愈一直睡到猿猴也叫了，廟裡的鐘聲也響了，但是他還不知道天已經亮了，表示什麼？表示他睡得很安穩，心裡沒有牽掛，一覺到天亮。然後「杲杲寒日生於東」，杲杲是指太陽升起、一片明

亮的樣子。也就是說太陽從東方升起，陽光一片燦爛。

　　我們補充這一首，各位有沒有感覺，這一首跟杜甫的〈望嶽〉風格完全不一樣。雖然兩者題材非常類似，甚至也是住在廟裡，但是杜甫的主題在說時代的動亂，期待嶽神降福給這個時代；韓愈的主題是在寫個人的遭遇與感慨，雖然自己被貶謫，但是無所謂，所以很安寧的睡了一個晚上，這是主題有所不同。再來就風格上說，杜甫的詩比較難讀，比較生硬；但是韓愈這首敘述性很強，情節的發展很清楚，景色也寫得非常透徹，所以兩者之間顯然是有這些很大的差別。因為時間的關係，我們就不再繼續多說了。

追酬故高蜀州人日見寄 并序

　　開文書帙中，檢所遺忘，因得故高常侍適往居在成都時，高任蜀州刺史，人日相憶見寄詩。淚灑行間，讀終篇末。自枉詩已十餘年，莫紀存歿又六七年矣。老病懷舊，生意可知。今海內忘形故人，獨漢中王瑀與昭州敬使君超先在。愛而不見，情見乎辭。大曆五年正月二十一日，卻追酬高公此作，因寄王及敬弟。

自蒙蜀州人日作，不意清詩久零落。今晨散帙眼忽開，迸淚幽吟事如昨。嗚呼壯士多慷慨，合沓高名動寥廓。歎我悽悽求友篇；感君鬱鬱匡時略。錦里春光空爛熳；瑤墀侍臣已冥寞。瀟湘水國傍黿鼉，鄂杜秋天失鵰鶚。東西南北更誰論？白首扁舟病獨存。遙拱北辰纏寇盜，欲傾東海洗乾坤。邊塞西蕃最充斥；衣冠南渡多崩奔。鼓瑟至今悲帝子，曳裾何處覓王門？文章曹植波瀾闊；服食劉安德業尊。長笛誰能亂愁思？昭州詞翰與招魂。

　　各位請翻到二五〇頁，這是高步瀛先生所收杜甫的古體詩最後一首，〈追酬故高蜀州人日見寄〉，之後我想花一點時間把什麼叫做「酬」、「答」、「贈」、「寄」這些概念，給各位比較完整的，當作一個專題來介紹。現在只簡單的給各位說，「酬」，就是答的意思。某一個人寫了一首詩給你，你來回應他，所以叫做酬答。不過這裡杜甫說是「追酬」，他不是當下回應的，是過了好多年以後，然後看到序後邊「高任蜀州刺史」，蜀州是一個地方，在四川，高是高適。高適在做蜀州刺史的時候寫了一首詩給他，

杜甫看到了，寫了這首詩回應他。因為過了好多年，所以叫做追酬。那高適是在什麼時間、什麼背景之下寫這首詩呢？他說是「人日見寄」，人日各位有聽過吧？就是傳統非常重要的一個節日，各位看到在註釋小字引到《荊楚歲時記》的說法：「正月七日為人日。」意思就是說正月七號這一天是所有人共同的生日。這個說法有一點類似基督教的說法，上帝不是說第一天造什麼東西、第二天造什麼東西嗎？對不對？這裡說正月一日天創造了雞，所以是雞日；第二天創造狗，第三天是羊，第四天是豬，第五天是牛，第六天是馬，第七天是人。所以雞日就是所有的雞都是正月一號出生的，所有的狗都是正月二日同一天出生的。這個說法有什麼意思？是說你要預卜今年，比如說雞的命運好不好？假如說正月一號天氣晴朗，那你這一年養雞就非常順利。假如說這一年正月一號下雨了，那雞可能會得雞瘟，那麼就不順利了，這是占卜用的。所以說正月七日，我們今年的七號過了，明年正月七號各位注意一下，假如那天下雨了，那你還是千萬小心一點，因為所有人大概在這一年會遭殃的。這是滿樸素，滿簡單的一個算命方法。但是因為正月七日是人日，所有人共同的生日啊，所以在古代這一天非常重要，過去人日有很多很多的活動。好，這是高適在做蜀州刺史，某一年的人日寫了一首詩寄給杜甫，杜甫後來找到了，然後追酬他。

　　我想先把序說一說。「開文書帙中，檢所遺忘，因得故高常侍適往居在成都時，高任蜀州刺史，人日相憶見寄詩」，這幾句話各位應該看得出來，「文書帙中」，帙原本指書套，你把書放到一個箱子裡頭，或者很多文件放到一個箱子裡頭，這也叫帙。他說某一天我打開了那個文書的帙，用現在話說，就是把裝書的箱子打開了，我查一下，看一看有什麼東西我忘記了、漏掉了。結果因為這樣，得到「故」，故是死了，「高常侍」，常侍是高適作的官，他生涯最後一個官，各位看到註釋，《唐六典》記載著：「門下省左散騎常侍二人，從三品」。左散騎常侍簡稱叫做常侍，這是中央的官。古人時常以官名來稱呼一個人，假如這個人已經死了，就會用他最後一個官職來稱呼他。杜甫用高常侍來去稱呼高適。高適相信各位一定知道，他的年紀比杜甫要大，以西元來說，他出生在西元七〇一年，死在七六五年。

七〇一年什麼時代？武則天的時代。杜甫出生在什麼時候？七一二年，唐玄宗即位的時代，所以高適比杜甫大，而且大了不少，大概十多年。很奇怪的是，我們的選本，把高適的順序放到杜甫後面，有沒有？這個不合理，作者的順序應該要按照他出生的年代來排列的。

　　我想還是需要把高適給各位做一下介紹，他早年的時候，杜甫就跟他熟識了。而且根據杜甫的詩，我們還知道杜甫跟他，還有李白，曾經一起到山東去遊歷，所以杜甫給高適的詩非常非常的多，看起來交情很好。那高適呢，官運比杜甫好的多，當然我們不必給他做完整的生平介紹啦，可是各位要有一個觀念，他是詩人沒錯，但是他事實上也是一個政治人物，他曾經跟隨哥舒翰到西域去，所以高適有很多的邊塞詩。然後呢，也曾經在四川做過成都尹，做過劍南節度使，當然也做過了蜀州的刺史、彭州的刺史。他在四川作官的時候，主要是防範吐蕃的入侵。吐蕃是在現在的西藏，距離四川非常近，所以時常侵擾四川，高適就是在防備他們。但是他的個性，史書上說：「負氣敢言」，就是時常盛氣凌人啦，看不慣的事情，或有什麼意見，就向朝廷說。尤其在唐肅宗時候，當時最有權力的宦官是李輔國，也因此他得罪了李輔國，所以時常被貶官。大致上給各位了解一下高適這個人，跟杜甫交情非常好。好，現在這裡說，他是「高常侍適往居在成都時」，這個句子說實話有點讓人誤會，「往」是以前嘛，「居在成都時」，住在成都的時候。但是那個「居」是指誰，應該是指杜甫，我住在成都的時候，高適呢當時是做蜀州刺史的官，蜀州當然在四川，但是不在成都。在那個時候，「人日相憶見寄」，那一年的正月七號，人日這一天，高適思念杜甫，寄了一首詩給他。現在先給各位說一下，高適給杜甫寫了詩是哪一年的人日呢？應該是上元二年。上元二年是西元七六一年，待會兒我們要讀高適的詩，再給各位仔細說，總之這是一個背景。上元二年杜甫還在成都，高適做蜀州刺史，人日這一天，高適思念杜甫，寫了一首詩給杜甫。

　　好，現在我們要讀的這首詩，後面說大曆五年正月二十一日，有沒有？大曆五年也是杜甫在世最後一年，西元七七〇年。所以杜甫上元二年，七六一年，接到了高適的詩，大概就把它放到箱子裡頭，一擺就擺了好多

年，到今天已經大曆五年了，打開來才看到。看到了以後呢，「淚灑行間，讀終篇末」，杜甫說他流下眼淚，滴落在那個紙上筆墨之間，然後流著淚把整首詩從頭到尾讀了一遍。下邊說：「自枉詩已十餘年，莫紀存歿又六七年矣」，自從高適寄給我這首詩到現在有十多年，假如他寄這首詩是七六一年，現在是七七〇年，算起來也差不多十年了，可是序上說「十餘年」，看起來杜甫的算術不太好，所以算得不夠精確。「莫紀存歿又六七年矣」，「存歿」是偏義複詞，這裡意思就是死了啦，不記得他死了到現在已過了多久，模模糊糊算一下，大概又六、七年了。剛剛說高適死在什麼時候啊？西元七六五年，到七七〇年，算起來也大概六年了，對不對？中國人算時間，是從頭加到尾的，所以應該是六年，那個七字大概也多了。好，這個是背景，大曆五年正月二十一日，杜甫翻以前藏書的箱子，翻到了高適在上元二年寄的一首詩給他，流著眼淚把它讀完了，然後說從他寄詩給我十來年，他死了也差不多有六、七年。「老病懷舊，生意可知」，我現在又老又病，懷念起過去的事情，當然包括老朋友。「生意可知」是典故，各位看到註解引了《世說新語》的說法：「槐樹婆娑，無復生意」，有沒有？所以「生意」，應該包含了前面兩個字「無復」，「無復生意」這樣意思才完整。生意你不要想到那個開店做生意喔，生意就是活著的味道。又老嘛，又病嘛，所以活著也沒什麼意思，更何況又懷念起過去的朋友、過去的事情，所以你就可以了解，我的這種生意是什麼樣子？好，下邊又跳出來，「今海內忘形故人，獨漢中王瑀與昭州敬使君超先在，愛而不見，情見乎辭」，考一下各位，他說現在「故人」，就是老朋友啦。「忘形故人」，就是不拘禮節，不論身分的，也就是非常莫逆的朋友。莫逆的老朋友，只有誰？漢中王瑀，請問一下他姓什麼？姓王嗎？不對。漢中王是他的稱號，叫什麼名字？叫瑀。既然是唐朝的王嘛，所以他姓什麼呢？姓李。這個是習慣啦，各位不要誤會了，叫他王瑀，他應該叫李瑀。這個漢中王其實跟杜甫的交情也非常好，各位看看註解引《新唐書》說：「讓皇帝憲」，李憲是唐玄宗的兄弟，因為他把帝位讓給了唐玄宗，所以叫做讓皇帝，李憲的兒子就是李瑀。唐玄宗後面是唐肅宗，對不對？所以李瑀和唐肅宗是同一輩的，那現在的皇帝是唐代

宗，是唐肅宗的兒子。所以這個李瑀啊，現在來說輩分很高，是現在皇帝的叔叔，然後下邊說：「早有才望，偉儀觀，從帝幸蜀，封漢中王，山南西道防禦使」，當然《唐書》裡邊已經有他的傳，我們就不細說了。現在高步瀛先生做了一個補充，因爲漢中王和杜甫有很大的交情，所以杜甫寫了不少詩給他，他說有〈戲題寄上漢中王〉三首。這是三首五言律詩。下邊，〈翫月呈漢中王〉、〈戲作寄上漢中王〉二首，這個標點有點誤會，應該是〈翫月呈漢中王〉一首，是五言律詩。然後〈戲作寄上漢中王〉二首，這是兩首七言絕句。然後〈奉漢中王手札報韋蕭亡〉，韋、蕭是兩個人，杜甫得到漢中王的一封書信，告訴他韋、蕭兩個人已經死了，這是一首五言排律。我爲什麼這樣囉嗦？就是要告訴各位，這裡邊還漏了一首，這首題目叫作什麼呢？〈奉漢中王手札〉，跟前面那首題目很類似，而且兩個也都是五言排律。所以他一共有幾篇？五篇。

　　那杜甫說，現在「忘形故人」，那些不拘小節的老朋友、非常莫逆的知交，只有漢中王李瑀，還有呢？昭州敬使君超先，這也是杜甫的朋友。你看看高步瀛先生也引了〈湖南送敬十使君適廣陵詩〉，就是指敬超先。他數了老半天，杜甫的交遊很廣耶，朋友當然很多，可是他說現在我五十九歲了，大曆五年，很多都已經不在了，只有兩個莫逆的老朋友還在。讀到這裡，讓我想到這幾年很害怕一件事，就是師大國文系那個助教打電話給我，打來沒有什麼好事，就是說老師告訴你，我們系裡某一個老師又不在了。我時常接到電話以後心裡就在數，以前課堂上教過我的那些老師，慢慢慢慢越來越少了，到現在只剩下兩個。所以杜甫大概也有所感慨，老朋友越來越少了，一個個不在了。好，「愛而不見，情見乎辭」，我非常喜歡他們，感情非常好，可是也很久很久沒有見面了。讀到高適這個老朋友的詩，他已經死了，只剩下兩個所謂莫逆的朋友，當然還有很濃的感情啦，可是也很久沒有見面了，所以我寫這首詩的時候，也連帶提到他們兩個，「情見乎辭」。

　　下邊說，「大曆五年正月二十一日，卻追酬高公此作，因寄王及敬弟」，追酬就是已經過了好多年以後來去酬答他，然後因爲寫這首詩，同時就寄給了王，就是漢中王李瑀，還有這個敬超先。敬超先年紀比杜甫小一

些，那個李琩年紀是跟杜甫一樣，也是出生在西元七二一年。好，這是杜甫的序文，背景大概有一個了解，但是我們讀他詩之前，要先把高適的詩先做一個背景的了解，做一個基礎。所以各位不妨翻到高適的詩，這首詩高先生有把它收進來，在二五五頁的〈人日寄杜二拾遺〉：「人日題詩寄草堂，遙憐故人思故鄉。柳條弄色不忍見，梅花滿枝空斷腸。身在遠藩無所預，心懷百憂復千慮。今年人日空相憶，明年人日知何處。一臥東山三十春，豈知書劍老風塵。龍鐘還忝二千石，愧爾東西南北人。」

　　杜二是大排行，指的就是杜甫。高適的排行是第幾呢？三十五，你不要以為他老爸這麼厲害，有三十五個兒子喔，其實這是大排行，堂兄弟全部算在一起，所以這題目不必說，各位我們剛剛讀了序文就知道了，在人日這一天寄了這首詩給杜甫，那杜甫曾經做過左拾遺的官，所以就用拾遺來稱呼他。不過這首詩寫在哪一年的正月初七呢？哪一年的人日呢？各位看到下邊引的一些材料，上元元年，也就是西元的七六〇年，當時的成都尹，就是成都的市長裴冕，他幫杜甫在成都西邊的浣花溪蓋了棟房子，也就是浣花草堂。杜甫自己的詩〈卜居〉，也提到：「浣花流水水西頭，主人為卜林塘幽」。然後下邊引了黃鶴的年譜，說這一年杜甫經營草堂，然後有〈堂成〉詩，也就是草堂完成的時候，杜甫寫了一首詩：「頻來語燕定新巢」，那燕子飛回來了，就在他的草堂做窩了，所以黃鶴就判斷，大概在上元元年三月初，這個草堂就完成了。好，我們翻到下邊一頁，像魯訔、黃鶴根據這個年譜，所以判斷達夫，也就是高適，寄詩當在上元元年，了解嗎？但請注意喔！因為這首詩開頭的句子說：「人日題詩寄草堂」，我在人日這一天寫了這一首詩寄到草堂、寄給杜甫，那剛剛我們考定草堂是在上元元年的三月完成，但人日是甚麼時候？是正月初七，那麼高適在上元元年的人日就不可能寄這首詩到草堂。所以我們推斷應該是第二年，也就是上元二年的人日寄的，了解嗎？這是很瑣碎考證的東西，但是有時候一些關鍵點還是要掌握一下。

　　好，我們把高適這一首詩讀一下。「人日題詩寄草堂，遙憐故人思故鄉。柳條弄色不忍見，梅花滿枝空斷腸」，這是第一個段落。「身在遠藩無

所預，心懷百憂復千慮。今年人日空相憶，明年人日知何處」，第二個段落。「一臥東山三十春，豈知書劍老風塵。龍鍾還忝二千石，愧爾東西南北人」，第三個段落。一個段落一個韻，從平韻換成仄韻，再回到平韻。

假如你只讀文字，其實看起來第一個小結還滿簡單的，在這一年人日這一天，題了一首詩寄到草堂寄給杜甫，然後我遠遠的同情這一個老朋友思念故鄉的感情。下邊再寫景色，也透過景色寫思鄉之情，「柳條弄色不忍見，梅花滿枝空斷腸」，柳條也好，梅花也好，都是春景，尤其是梅花，是初春的景色，往往象徵冬盡春來，對不對？這都是人日會看到的景色啦。現在我看到的風景「柳條弄色」，「弄色」是什麼意思？呈現了那個碧綠的顏色，但我不忍心看到，因為會觸動我的傷心。「梅花滿枝空斷腸」，梅花開滿了枝頭，也只是徒然的讓人腸斷而已，這樣翻譯，四個句子也不困難。但是問題來了，高適有一個前題，「遙憐故人思故鄉」，我是同情啊，我這老朋友思念故鄉的感情。那高適在這一天寫詩給他，怎麼知道他在思故鄉？怎麼感受到他思鄉之情呢？然後下邊兩句，柳條梅花到底是誰看到的景色？其實啊，這裡有一個很重要的基礎，高適是根據杜甫的一首詩，提出了這樣一個判斷，而這首詩我們講過，一首七言律詩，不曉得各位還記不記得〈和裴迪登蜀州東亭送客逢早梅相憶見寄〉？我們講過，各位回家翻翻筆記之類的，我就不仔細說了。

這首詩說：「東閣官梅動詩興，還如何遜在揚州。此時對雪遙相憶，送客逢春可自由」，裴迪在蘇州東亭這個地方送別，然後看到早梅，寫了一首詩，表示對杜甫思念的感情，所以「此時對雪遙相憶」，這是寫裴迪面對那個雪花，遠遠的思念我杜甫。好，下邊說「幸不折來傷歲暮，若為看去亂鄉愁」，那個裴迪一定有寫詩給杜甫，而且一定有說沒有把梅花折下來寄給他。那杜甫就回應他啦，幸好你沒有把它折下來寄給我，不然我會感傷這歲暮，而且「若為看去亂鄉愁」。假如我看到那個梅花，會引發我撩亂的思鄉感情。杜甫這首詩寫在什麼時候呢？寫在上元元年，西元七六〇年，根據杜甫的生平，上元元年高適作蜀州刺史，就是裴迪送客的這個地方，對不對？然後杜甫也曾經找一個時間到蜀州去看過高適，所以我們可以推斷，杜甫寫

這首給裴迪的詩，一定也給高適看過，而詩裡邊提到看到梅花就會引發我思鄉的撩亂愁緒。因此我們有這些基礎以後，我們看高適的詩大概就有了一個背景的認識。高適說在第二年人日這一天，我遠遠的同情你思念故鄉的情感，所以寫了這首詩寄給你。為什麼他知道杜甫思鄉？因為去年你說了：「若為看去亂鄉愁」，那今年梅花又開啦，你大概看到時又會開始思鄉，所以說：「柳條弄色不忍見，梅花滿枝空斷腸」。當然，前面我們說杜甫給裴迪的詩裡邊，沒有提到柳條，可能只是一個陪襯的材料。

好，下邊，「身在遠藩無所預，心懷百憂復千慮。今年人日空相憶，明年人日知何處」，第二段回到高適本身。他說我回到遠藩，藩當然是屏障的意思，假如你做了某一個地方的官，是要來屏障、保護朝廷的，就像籬笆一樣，這叫藩，所以我們時常說藩屬。那高適現在做蜀州的刺史，而且是在四川，距離朝廷很遠，所以說「遠藩」。「無所預」，預是參預，參預什麼呢？參預朝廷重要的決策，他是地方官嘛，雖然刺史在地方上也算很大，畢竟不是中央的官吏，所以朝廷中很多重要決策他無法參預。更重要的各位要知道，這個時候的背景天下大亂，其實有很多讓人擔心的事件，而高適這個人剛剛講了，又是「負氣敢言」，他就想到我做為一個地方官吏，沒辦法參預朝廷決策，偏偏這個天下又動盪不安，所以我心裡邊懷著「百憂千慮」，有很多很多的憂慮、擔心。好，下邊，「今年人日空相憶，明年人日知何處」，又回到他跟杜甫的關係說，今年的人日這一天，我突然在蜀州思念成都的杜甫，可是不能見面。「空相憶」，徒然彼此思念著對方。「明年人日知何處」，到了明年又是人日的這一天，我也不曉得我會流落到哪裡，我也不曉得你會到什麼地方？「明年人日知何處」。這是第二段，一方面寫自己不得志，沒有辦法參預朝廷的機要，二方面又寫很遺憾，兩個要好朋友只有思念而不得相見，也不能確定未來彼此會流落到什麼地方。

最後一個段落，「一臥東山三十春，豈知書劍老風塵。龍鍾還忝二千石，愧爾東西南北人」。「一臥東山」就是高臥東山，誰的典故？謝安的典故，對不對？我們簡單說一下，謝安字安石，是晉朝人，他很有名望，可是他隱居在東山這個地方，朝廷屢次的徵召他，他都不願意出山。所以有人說

了「安石不出，如蒼生何？」對謝安說你不出山，那天下蒼生該怎麼辦呢？所以這個「一臥東山三十春」就是說你隱居在山中，也就是不出來做官，已經有好多年了。這個指的到底是誰？有些註解說是高適自己，但是我們認為不恰當，因為高適其實出來做官的時間很長，那當然應該指的是杜甫。不過杜甫也有做官啦，只是那個官不大，所以說起來還是指杜甫比較好。就是說你隱居山中，其實也不是很願意的，但是無可奈何，得不到發展的機會，就這樣拖延、浪費了好長歲月。「豈知書劍老風塵」，「書劍」假如從字面說，是項羽的故事。項羽很小的時候，曾經學書，那個書是寫字喔，但是他不喜歡就放棄了。然後又去學劍，可是學了一段時間又不喜歡。他的師傅就問他說你到底要學哪樣？他說，劍是「一人敵」，只能對抗一個人而已，對不對？所以他要學的是萬人敵，因此就學了兵法。不過後來我們「書劍」連用的時候，不太直接用項羽故事的本意，往往書指的是文才，劍則是武才，所以書劍就是說能文能武啦。高適說杜甫你本來就應該是文武全才的，可是「一臥東山」，好久沒有出來做官，「書劍老風塵」，你的才華就這樣荒廢掉了，埋沒在風塵之中，這是寫杜甫。然後再回到自己，「龍鍾還忝二千石」，「龍鍾」是連綿詞，是形容什麼？有各種的說法，我想細節我們就不說，各位翻到後邊註解說：「或言老，或言淚，或訓小人行」，總之就是形容「潦倒笨累」的樣子，我們讀詩時常讀到這兩個字，我印象裡頭各位一定讀過的，對不對？什麼「故園東望路漫漫」，下邊「雙袖龍鍾淚不乾」，那個龍鍾形容什麼？形容眼淚，下邊不是有淚字嗎？淚不停的流，流得一雙袖子都沒有辦法乾了。好，可是在這裡指的是老態，是誰老呢？是高適。他說我現在年紀老了，龍鍾之人了，可是「還忝二千石」，二千石是漢朝的制度，一個刺史他的俸祿就是二千石，所以時常用二千石來指那個刺史的官。忝當然是辱的意思，對不對？他說我現在老了，龍鍾不堪了，還不好意思做了一個刺史的官，相對於杜甫「一臥東山三十春」，他覺得慚愧，這慚愧還包括後邊「愧爾東西南北人」，「爾」很明顯當然指杜甫，「東西南北人」，各位看到下邊引了《禮記‧檀弓》裡頭說的：「孔子曰：『而某也東西南北之人也。』」「東西南北人」是什麼意思？指到處漂泊，一會兒漂泊

到東邊，一會兒漂泊到南邊、西邊、北邊，到處流浪。當然我們知道孔子曾
周遊列國，也真的是東西南北之人，所以這裡是漂泊是指誰？指杜甫。杜甫
有一首詩〈謁文公上方〉，五言的詩，裡面有一句：「甫也南北人」，其實
就是套用孔子的話，南北包含了東西，不過孔子所謂「某也東西南北人」，
是指他到處要行道，要找一個能實現他理想的地方。而杜甫這裡的「甫也南
北人」，是說他被迫於生活到處的飄零，不得安身，所以高適是根據杜甫的
意思說：「愧爾東西南北人」，我老了，還勉強做了一個二千石、一個刺史
的官，你呢？卻「書劍老風塵」，文武之才全部被埋沒了，而且到處飄零，
生活上受到很大的困頓。所以一個「忝」、一個「愧」，顯示雖然看起來現
實比杜甫好一些，可是自己反而覺得很慚愧。好，這是在上元二年，五、六
年前的時候，高適寫了一首寄給杜甫的詩。而杜甫在大曆五年讀到了，讀了
以後他當然要做一個回應，所以寫了這一首七言古詩。

　　整首詩分成兩個很大的段落，各以不同的韻來表示。「自蒙蜀州人日
作，不意清詩久零落。今晨散帙眼忽開，迸淚幽吟事如昨」，第一個小節。
「嗚呼壯士多慷慨，合沓高名動寥廓。歎我悽悽求友篇，感君鬱鬱匡時
略」，第二個小節。「錦里春光空爛熳，瑤墀侍臣已冥莫。瀟湘水國傍黿
鼉，鄠杜秋天失鵰鶚」，第三個小節。這是第一個段落，押的是仄聲韻，入
聲。下邊第二段：「東西南北更誰論，白首扁舟病獨存。遙拱北辰纏寇盜，
欲傾東海洗乾坤。邊塞西蕃最充斥，衣冠南渡多崩奔」，第一個小節。「鼓
瑟至今悲帝子，曳裾何處覓王門。文章曹植波瀾闊，服食劉安德業尊。長笛
誰能亂愁思，昭州詞翰與招魂」，第二個小節。第一段三個小節，每一個小
節四個句子；第二段兩個小節，每一個小節六個句子，其實也滿整齊的。

　　我們先看第一個段落。第一個小節很容易了解，「自蒙蜀州人日作，
不意清詩久零落」，自從我蒙受，也就是接到了你高適當年在蜀州做刺史的
時候，人日那天的作品。沒想到你的詩，「清詩」是清雅、高尚的詩，當然
就是指高適的詩。「久零落」是什麼呢？就是說擺在箱子裡沒有注意到，零
落不是散失的意思，是說被冷落了啦，沒有留意、記不得了。好，「今晨散
帙眼忽開，迸淚幽吟事如昨」，「散」是打開的意思，就像前邊序裡頭說的

「開文書帙」，有沒有？開就是散，散就是開。今天早上我打開那個文書帙，眼睛忽然開了，也就是眼睛一亮，眼睛一亮是什麼？就是看到高適當年寄的那首詩，各位應該也同樣有個經驗吧？有人寄了一封信給你，或者寄了一件什麼東西給你，你擺在抽屜裡好久，有一天整理的時候看到了，想到了，眼睛一亮，「眼忽開」。既然看到了，當然拿來讀啊，讀的時候他說「迸淚幽吟事如昨」，迸是散的意思，眼淚掉落下來，散開來，也就是那個序裡頭的「淚灑行間」。流著眼淚「幽吟」，幽暗的吟誦，不是大聲的唱，是慢慢的、低聲的吟誦，然後勾起了很多很多的前塵往事，那些事情就好像昨日發生的一樣。整首詩裡頭比較明白的是這四句，後面讀起來都有點困難。

　　好，下邊，「嗚呼壯士多慷慨，合沓高名動寥廓。歎我悽悽求友篇，感君鬱鬱匡時略」，「嗚呼」是感嘆詞，「壯士多慷慨」，壯士當然是指高適啦，對不對？說你高適是一個壯士，很多的慷慨。慷慨是什麼？就是內心很激昂，對很多事情感受到不平，這叫慷慨，所以我們時常說「慷慨激昂」。這一句簡單的話就把高適的性格呈現了出來，所以「負氣敢言」，得罪當朝嘛！這是慷慨。「合沓高名動寥廓」，「合沓」換一個字的話，各位看到小字，李善註〈洞簫賦〉說「合沓」爲「重沓」，有沒有？「合沓」就是「重沓」，但是「合沓」看不懂，「重沓」也同樣看不懂。其實「沓」是聚集的意思，我們不是有一個成語叫「紛至沓來」嗎？所以「合沓」也好、「重沓」也好，就是累積了很多。累積很多什麼？「高名」，指高適他的名聲，杜甫有很多送給高適的詩，其中有一個句子叫「美名人不及」。所以所謂「高名」，也就是「美名」，指響亮的名聲。你累積了很多非常好、響亮的名聲，這是「名聲動寥廓」。「寥廓」是天上最高的地方，也就是說你的名聲是驚天動地啦！

　　下邊「歎我悽悽求友篇，感君鬱鬱匡時略」，杜甫感嘆我寫了很多的詩給你，那些都是「求友篇」，「求友篇」是說朋友之間互相回應、互相召喚的那些作品。各位也可以看到下邊提到杜甫有〈寄高使君岑長史〉，岑長史是岑參，〈酬高使君相贈〉、〈高使君自成都回〉等等的作品，其實不只

這些啦，我稍微統計一下，杜甫給高適的詩至少有十多首，所以這是唱和非常多的兩個人，這些都是所謂的「求友篇」。那這些詩裡頭啊，時常表現出自己這樣傷心的感情出來，所以說「悽悽求友篇」。「感君鬱鬱匡時略」，我也很感嘆你非常「鬱鬱」，鬱鬱是施展不開，你那些想要拯救、補救這個時代的一些策略無法施展。各位看註解，「匡時略」下邊的小字說：「適曾經策永王無成」，永王就是李璘，知道吧？李璘不是造反，後來被唐肅宗剿平嗎？其實當時高適曾經寫過一些的建議給李璘，當然主要就是叫他不要有野心。但是李璘野心很大，想要謀反。後來平定李璘之亂的，高適是其中之一。好，再來這下邊還說：「上疏論三城戍」，三城是三個對抗吐蕃的據點，那高適也曾經向朝廷建議，如何來設立一些據點去防禦吐蕃的入寇，這些都是所謂「匡時略」。所以這兩句，一個是我杜甫寫了很多詩給你，是表達了我跟你之間的一個朋友的感情，而你高適，也有很多施展不開，曾經想向朝廷有所建議、如何拯救這個時代的謀略，所以從兩方面說。

我想補充一個觀念，各位看到註解下邊說：「黃本、九家注本，君時兩字互易」，說黃鶴的本子，還有九家注的本子，這兩個都是宋朝的本子，「君時二字互易」，這話不曉得各位聽懂了沒？本來是「感君鬱鬱匡時略」，第二個字是君，第六個字是時，互易是什麼？倒過來，變成了「感時鬱鬱匡君略」，了解嗎？那這樣倒過來講不講得通，當然也講得通，感時就是說你高適感慨這個時代，對不對？有很多施展不開的。那個君是什麼？國君，想要匡助國君的一些謀略。這樣解釋了解嗎？但是我們為什麼不採取這樣的另外版本？各位注意到，這雖然是一個古詩，可是很多地方是對偶句，對偶在內容上有很多類別，當然我們知道最基本條件，像名詞對名詞，動詞對動詞，詞性要相當嘛。但是上一句和下一句之間有些時候，在內容上也有很多可以做分類，其中有一類時常被提到的，叫做「人我對」。人我對是說，一聯裡頭某一個句子寫的是別人，另外一個句子寫的是自己，人跟我互相的對偶，這個例子非常多。杜甫的一首詩，我不知道給各位講過沒有？杜甫有一個朋友姓韓，排行第十四，所以叫韓十四。他要回到江東省親，杜甫要給他送別，就說：「我已無家尋弟妹，君今何處訪庭闈」，這當然是其中

的一聯啦。我們之前說過杜甫有一個妹妹、四個弟弟嘛，他說我現在已經沒有地方可以尋訪我的弟弟妹妹，因為兵亂失散了，而你要去哪裡尋訪你的父母呢？簡單說是這樣解釋，對偶吧？你看看一句我，一句別人，對不對？這叫人我對。這個例子太多了，各位以後讀詩注意一下，會看到相關的、相似的例子。其實這樣除了人我對，還有「時空對」，有沒有聽過？一句時間，一句空間，所以練習對偶，假如你寫不出句子，不妨這樣子分類一下，很容易構思。這句寫我，另外一句寫別人；或者這一句寫空間，下一句寫時間。

　　好，回到「歎我悽悽求友篇，感君鬱鬱匡時略」，想一下，前邊一句我，對不對？下面一句君，不就是人我對嗎？假如變成「感時鬱鬱匡君略」，那就不是人我對了，對不對？所以我想沒有必要這樣改，我們現在的版本應該是比較正確的。

　　好，下邊，「錦里春光空爛熳，瑤墀侍臣已冥莫。瀟湘水國傍黿鼉，鄠杜秋天失鵰鶚」，「錦里」是什麼地方？成都。成都旁邊有一條水叫做錦水，甚至成都城有時候就叫做錦城，對不對？所以是成都。「錦里春光空爛熳」，成都的春天突然間那麼爛熳，也就是那麼燦爛、那麼美好。第一個概念，這裡提到一個地點，成都。那是指誰？應該是杜甫，可是杜甫做這首詩，已經是大曆五年，他在哪裡？在潭州、在長沙，我們講過喔，這怎麼會說到錦里、說到成都呢？各位看到下邊小字說：「入現在」，說這裡開始進入到現在的時間點。這更讓人疑惑了，假如是大曆五年現在的這個時間，怎麼會提到錦里的春光？我的問題各位了解嗎？所以「入現在」關鍵點在哪裡？是指回憶，現在的回憶。那你怎麼知道是現在回憶當年的成都呢？句子裡頭哪一個字，可以讓你得到這樣的一個理解？那個「空」字。所以這個各位做詩，要注意到這樣一個虛字的應用，翻譯成現在的話來說，當年成都浪漫的春天，燦爛的春光已經消失了。既然是已經消失了，所以說這個話的時間點是什麼時間？現在，對不對？「空」是已經，所以說的是現在已經消失的回憶。再來，杜甫為什麼要提到錦里、提到爛熳的春光？因為在上元二年的時候，杜甫還在成都的草堂，而那一年的人日高適寄了一首詩給他，那是過去的一段時間。但是現在回憶起來，都是已經消失的美好時光，「錦里春

光空爛熳」，這是寫杜甫回憶當年在成都，在美麗的春天收到高適的這一首
詩。下邊「瑤墀侍臣已冥寞」，墀就是階，瑤當然可以代換爲玉，所以瑤墀
就是玉階。那玉階是指哪裡？皇宮。高適後來回到朝廷，做了所謂的散騎常
侍，是中央的官，所以這是指高適當年曾經在朝廷，作散騎常侍這樣的一個
侍臣，「已冥莫」。他也已經消失了，也就是他已經逝世了。高適死在哪一
年？永泰元年，西元七六五年，所以這是指高適已經死了。這兩句字面雖然
沒有人我對，但是也是一人一我喔！我當年在成都，在爛熳的春光之中接到
你寄給我的一首詩，現在回想起來，那也已經是空了；而你回到朝廷做了
官，可是你也已經消失不在了。

　　好，「瀟湘水國傍黿鼉」，瀟、湘是兩條水，以現在說是在哪裡？湖
南，但是用這兩條水指的是什麼呢？假設洞庭湖在中間，湘水在湖的南方，
再往南是哪裡？這個地方我們講了好多次喔，就是潭州。所以「瀟湘水國」
是指潭州，也就是杜甫現在流落的這個地方。既然是水國，可以想像一定很
多黿鼉，就是烏龜。所以就是表示他流落在潭州，這樣的瀟湘之地，這樣
「傍黿鼉」的荒涼所在。好，「鄠杜秋天失鵰鶚」，鄠、杜是兩個地名，都
在長安附近，杜就是杜陵，我們講過杜甫的故鄉、籍貫就是在杜陵。鄠距離
長安也不遠，所以用這兩個地點來指長安。在長安，在這個秋日的天空下，
這時候你可能會問說秋天不就是一個季節嗎？爲什麼一定要把它拆開來說是
秋日的天空？因爲對偶。前邊不是說水國嗎？所以下邊的對句，當然是秋日
的天空。「失鵰鶚」，鵰鶚是非常威猛，非常兇的鳥類，秋天是打獵的季
節，鵰啊鶚啊時常會去獵殺其他的禽獸，但現在失去了、看不到了。這樣鵰
鶚是指誰？指高適，說高適已經死了。高適死在什麼地方？就在長安，所以
用「鄠杜」這個地方來指他去世的地方。至於用鵰用鶚去比喻高適，這也符
合了高適所謂「壯士多慷慨」的形象。其實杜甫的詩裡頭，也時常用這樣一
個意象來去形容高適，你看看註解引了杜甫給高適的詩說：「鷹隼出風
塵」，有沒有看到？鷹隼也就是鵰鶚。所以這第三小節，很清楚的是一個指
自己，一個指高適；

　　寫自己回憶當年在燦爛春光下的成都，收到了高適給他的一首詩，然

後現在他流落在潭州，在一個水國、荒涼的處所；至於高適呢？他曾經在朝廷做散騎常侍，但已經不在了。又說高適的才華出眾，有非常猛銳的志氣，就像鵰鶚一樣，但因爲過世也消失了。好，這是第一個段落。

前邊第一個大段落我們講完了，押的是仄聲韻，然後分成三個小節。那下邊第二個大的段落，「東西南北更誰論，白首扁舟病獨存。遙拱北辰纏寇盜，欲傾東海洗乾坤。邊塞西蕃最充斥，衣冠南渡多崩奔」，這是第一個小節，換了一個韻，換成十三元，平聲韻，然後一共六個句子。一開頭他說「東西南北更誰論」，怎麼會提到這一個句子呢？各位可以看到下邊，從遙拱「北」辰，對不對？然後欲傾「東」海、邊塞「西」蕃，最後衣冠「南」渡，也是分成東西南北四個字。大部分解釋這個作品的人都知道，因爲杜甫是和高適的詩，高適的原作裡頭有一個句子是什麼呢？「愧爾東西南北人」，所以杜甫提到東西南北，這個就是唱和、贈答作品的一個特徵。這個我們待會會給各位更詳細、具體的說明。現在因爲我們的目標是先把這首詩介紹完，所以暫時理論的部分，更多的例證我們待會再說。現在我們只要先了解一點，杜甫爲什麼在這裡提到東西南北？是從高適送給他的詩裡頭引發出來的。好，「東西南北更誰論」，這個「誰」是一個虛字，是語詞。語詞是什麼意思？是說話會使用的詞彙，這個意義上有時候很模糊，因爲很多字我們現在還會使用，但是意義未必一樣，像這個「誰」是什麼意思？誰就是「何」。舉一個我們詩裡邊的時常會出現的例子，「誰家」，有沒有？李白不是說：「誰家玉笛暗飛聲，散入春風滿洛城」嗎？這些詩各位都很熟悉的。「誰家」是什麼意思？如果你解釋說「是某一家」，不對喔，這叫望文生義。「誰」就是「何」，「家」是「處」，「誰家」就是「何處」，哪一個地方，理解吧？這例子很多，各位以後讀詩的時候注意一下。所以「東西南北更誰論」，這個「論」在這裡念平聲，「誰論」就是何論，何論什麼意思？翻成現在的白話就是「有什麼好說的」。你說我是東西南北人，指我到處漂泊，一會到東，一會到西，一會到南，一會到北，這樣的一個處境「更誰論」，還有什麼好說的呢？十年前高適的詩裡頭這樣提到，十年之後杜甫想到現在自己的處境，「白首扁舟病獨存」。我現在是淪落到怎樣的程度

呢？滿頭白髮，住在一葉小舟之上，一身的病痛，孤伶伶的活在這個世界上。杜甫寫過這首詩的時候在潭州，現在的長沙。杜甫在長沙是住在一艘船上，他沒有上岸喔，他的家就是那艘船，全家幾口都在那船上，「白首扁舟病獨存」。我到處的漂泊，東西南北更不必說了啦！以現在來講，我滿頭白髮，生了病，住在一葉小舟，孤獨的活在這世界上。

　　好，下邊又出現四個句子講東南西北，先把四句的意思了解一下。「遙拱北辰纏寇盜」，這當然是用典故，這典故我相信各位很熟。《論語》裡頭說：「為政以德。譬如北辰，居其所而眾星拱之」，是不是？北辰本來是天上的星宿，就是北極星，但是北極星有一個特徵，它是定位在那個地方不會移動的，而其它的星宿是繞著它旋轉，好像拱衛著它一樣。所以孔子就用北極星比喻國君，假如是有德之君，你在那個位置上不動，但其它的臣民全部拱衛著你、擁戴著你，這是北辰。杜甫這個句子的北辰當然就是用這個典故，而且就是指國君、朝廷。我們講過〈秋興〉八首，裡面有「每依北斗望京華」，有印象嗎？杜甫在夔州還思念著朝廷，時常依賴北斗星的指示，望向長安，也就是望向朝廷，望向國君所在的地方。雖然我現在流落在長沙，仍然時常望向朝廷所在的地方，就像天下人拱衛著國君一樣。可是呢，這個時代是怎樣的時代？這朝廷是怎樣的朝廷？「纏寇盜」。纏是糾纏，也就是很多的意思，也就不是眾星拱之了，對不對？而是到處造反，到處作亂，表示朝廷失去了他的力量，天下分崩離析，到處兵荒馬亂。所以下邊接著說：「欲傾東海洗乾坤」，面對天下大亂、盜賊充斥，杜甫想要把整個東海的水傾倒出來，把整個乾坤、整個天地洗刷乾淨，「欲傾東海洗乾坤」。

　　這個概念跟老杜另一首詩一樣，這詩叫做〈洗兵馬〉，是七言古詩。兵馬就是軍馬，當然就是指戰亂。杜甫遇到安祿山之亂之後，天下一直動盪不安，到處兵荒馬亂，所以他想要把這個兵馬洗掉，清理乾淨，就是讓戰爭平定下來。怎樣平定呢？他知道這個時代沒有這麼有力量的人，所以他說：「安得壯士挽天河，淨洗甲兵長不用」，壯士就是力量很大的人，天河就是天上的銀河，古人想像天上的銀河就是一條河水，「挽」是把它拉下來的意思。在哪裡能夠找到這樣一個壯士，能夠把天上的銀河拉下來。拉下來做什

麼？用銀河之水來把甲兵洗刷乾淨。「長不用」，永遠不必使用，也就是戰爭就這樣平定下來。雖然意象不一樣，但是跟這個「欲傾東海洗乾坤」用意是相同的，一個是用東海之水，一個是用天河之水，都希望能夠淨洗甲兵，都能夠把乾坤洗刷乾淨。假如呼應前面的一句，「洗乾坤」就是把那個「纏寇盜」洗掉。

　　好，再來「邊塞西蕃最充斥」，「西蕃」就是西邊的吐蕃。吐蕃給各位講過，以現在來說大概就是指西藏這一帶地方，西藏東邊是哪裡？四川。所以當吐蕃、西蕃非常強大的時候，就時常侵擾唐朝的邊境，而侵擾最多的就是四川。勢力再大一點就會往北邊，甚至侵犯到甘肅，當然還有一次進入到長安。所以在杜甫晚年的時候，吐蕃是唐朝最大的一個邊患。「邊塞西蕃最充斥」就講的很明白，以邊塞地區來講，侵擾邊境最厲害的是誰？就是吐蕃。然後又提到另外一件事，「衣冠南渡多崩奔」，「衣冠」就是指士大夫，這裡也是用典故。晉朝的時候因為八王之亂，中原被胡人侵占了，就是所謂的五胡亂華，然後晉室南遷，對不對？晉朝遷都到哪裡？遷都到建業，也就是現在的南京。當時北邊都是胡人的天下，很多士大夫就紛紛往南邊逃。就中國的歷史背景來說，本來政治文化中心是在北方，也就是黃河流域一帶，但是經過好幾次的中原動亂，很多家族就紛紛遷徙，往南邊、往東邊走。所以我們假如追溯祖先的話，大概有很多都是河南、河北、陝西這一帶地方的人。好，當時晉室南遷，衣冠南渡，所以那時候有個一形容，形容那些士大夫過江，如「過江之鯽」。鯽就是鯽魚，就像魚渡過長江一樣，表示什麼？非常多，你可以說他用了晉室南渡的歷史事實，所以「衣冠南渡多崩奔」。但是根據史料，唐朝在安祿山之亂之後，中原也是戰亂不斷，所以很多衣冠大族紛紛南渡，南渡到哪裡？到現在湖南這一帶的地方。這一些史料啊，各位可以自己看到後面的註解，大概就是指這個意思。

　　好，這四個句子分別有北、東、西、南四個方位，呼應了東西南北，不過我們會有一點疑惑，這跟前邊的詩是怎麼樣的一個連接呢？除了四個方位相同以外，原來他有很大的一個變化。我們前邊講過，孔子說：「某也東西南北人」，說我孔子就是東西南北人，沒有說我是山東人，或我是魯國

人，而是到處走動的人。孔子不是周遊列國嗎？所以東西南北這四個方位就孔子而言，是從個人的處境說的，指孔子周遊列國，想要找到一個能夠發展、可以實現他理想的一個地方。各位要有一個概念，春秋戰國時代其實很多人沒有所謂「祖國」這樣的觀念，只要是有才華、有能力的人，往往周遊天下，到處做說客，打動了一個國君，我就可以在那邊做宰相，在那邊發展我的理想。孔子就是這樣啊，可是很不幸，沒有一個國君信任他、相信他，到他不在了，我們才紛紛說這是至聖先師，這是聖人，這是時也命也，這是從個人的處境說。杜甫一開頭也不也是如此嗎？「東西南北更誰論，白首扁舟病獨存」，也是從個人的處境說；高適也說杜甫到處漂泊，杜甫也認為自己到處漂泊，這都不必說啦！我到底是東西南北哪一個地方的？漂泊到哪裡？都不必說了。以現在來說，我是淪落在潭州，對不對？滿頭白髮，獨居於扁舟之上，所以這些是指個人。

可是下邊是一個很大的轉變喔，杜甫說「遙拱北辰纏寇盜，欲傾東海洗乾坤」，然後到西蕃，到南渡，這是什麼？時代的處境，是不是？你讀杜甫的詩，要有這樣子一個體會。我講過好多次，大家歸納出來，杜甫時常是「由己及人」，從自己想到別人；「由家及國」，從個人的家想到天下的命運。這不是吹捧杜甫多偉大，但是基本上杜甫的心態，他的思路時常是這樣，他不會侷限在自己個人命運上。當然他的個人命運很悲慘，令人悲傷、令人同情，但是他時常會跳脫個人的處境，他的視野、思考會想到整個天下。所以當高適說你是東西南北之人，那杜甫也說我現在是「白髮扁舟病獨存」，還是個人喔！可是下邊馬上就想到是我一個人淪落嗎？是我一個人漂泊在東西南北嗎？不只耶！是整個時代都是這樣一個命運，所以天下是寇盜充斥的地方，邊塞也是不安靜的時刻，對不對？所以大家紛紛的逃難。好，這個段落重點在東西南北，但是內容擴大得很厲害。

好，下邊是這一段的第二個小節，「鼓瑟至今悲帝子，曳裾何處覓王門。文章曹植波瀾闊，服食劉安德業尊。長笛誰能亂愁思，昭州詞翰與招魂」，這首詩不好講，就是因為它跳得很厲害，可是跳得很厲害並不表示它沒有脈絡，像這個小節一開頭，「鼓瑟至今悲帝子」，你要理解這個句子，

第一點當然你要想到它的典故，這典故當然是從《楚辭》來的，《楚辭》的〈遠遊〉中有一個句子：「使湘靈鼓瑟兮，令海若舞馮夷」。我們假如寫詩，寫到瑟這樣的題材，時常用什麼典故？湘靈，對不對？就湘靈鼓瑟嘛。湘靈從字面上看是湘水的靈，湘水的靈是什麼？帝子，帝子又是什麼人？你不要說帝子一定是皇帝的兒子，它是指皇帝或國君的子孫，不分性別。這個典故是指哪一個帝子呢？娥皇、女英聽過吧？堯的女兒，兩個是姐妹，嫁給了舜。上一次我們講〈望嶽〉的時候，不是有提到過嗎？舜到處的巡視，後來來到湖南，就死在湖南，葬在蒼梧山那個地方。他兩個妃子娥皇、女英就來奔喪，在湘水的旁邊痛哭。湘水邊上有很多的竹子，她們的眼淚就灑在那竹子上邊，畢竟是堯的女兒，眼淚很珍貴，於是就斑斑點點的留在竹子上邊。這竹子叫做什麼竹？湘妃竹，聽過吧？這故事我大概提一下，相信各位都很熟悉。好，帝子就是娥皇、女英，在湘水邊上鼓瑟，鼓當然是撥、敲的意思，就是演奏那個瑟。下邊是另外一個典故，海若是海神，簡單來說就是海神在跳舞。所以第一個你要知道，這「鼓瑟至今悲帝子」當然是從《楚辭》的句子來。第二個，帝子在哪裡鼓瑟？剛剛不是講舜死在蒼梧嗎？在湖南啊，不就在湘水邊上嗎？所以一般的註解都說，這個句子怎麼會跑出來？原來是呼應了前邊的「瀟湘水國傍黿鼉」。前邊講了東西南北，忽然間跳到這個地方來，跳得很厲害吧？但是跳的時候，它有沒有脈絡？有沒有線索？它有蛛絲馬跡。線索在哪裡？前邊有瀟湘，而「瀟湘水國傍黿鼉」就是指潭州，就是指杜甫現在所在的地方。所以你要理解的話，應該說我現在在瀟湘水邊，在潭州這個地方，「白髮扁舟病獨存」，滿頭白髮，孤獨的流落在這個地方。我就想到當年，娥皇、女英也來到這個地方，那是很令人悲傷的一段歷史，到現在還令人為她們傷心，「鼓瑟至今悲帝子」。這樣脈絡瞭解了嗎？

　　還有，從這一句開始一直到下邊一共四個句子，其實杜甫另外還有連結，它的內容事實上又要扣回他的序裡頭。這首詩序裡有提到一個人是誰？漢中王李瑀，有沒有？李瑀封為漢中王，請問他是不是帝子？是的。所以提到帝子又暗扣到漢中王，扣到他序裡頭要提到的一個人物。各位看下邊一個

句子，「曳裾何處覓王門」，前一句和這一句之間真的很難連在一起，但幸好有一個連接點，一個是「帝子」，一個是「王門」。假如帝子是帝王的子孫，就是王嘛，跟王門是有所呼應的。好，那這一句子又怎麼解釋呢？真的沒什麼太大的意思，各位看註解引了鄒陽的〈獄中上梁孝王書〉，裡頭有「飾固陋之心，則何王之門不可曳長裾乎」這句，所以「曳裾王門」就是從這邊來的。裾就是裙子，各位千萬不要誤會，好像裙子只有女生可以穿。在古代，大家穿的都是很長很長的一件衣服，你看歷史劇吧，大概除了走卒，地位很卑賤的才穿褲子，不然都是穿裙子。曳是拖的意思，這個句子說「飾固陋之心」，就是說假如說把你的固陋，那種很固執、很愚笨的一個心，給裝飾、美化了，那麼哪一個王侯的門第，你不能夠曳裾呢？這裡曳裾指的是門客，當你掩飾了自己愚笨的、固執的樣子，你就可以吃遍天下，穿著非常華貴的衣服，拖著那個裙子在王侯的門下走動，也就是得到那個王侯的欣賞，做他的門客。有時候我們讀詩，因為文化、時代、背景不同，有些概念你不太能夠掌握到，所以我很鼓勵大家去看戲，看古代的小說，像章回小說，甚至包括現在很多的歷史劇，你就可以感覺的到「曳裾王門」是什麼意思。你得到了一個貴族的賞識，做他的門客，你就可以穿著很華麗、很寬大的衣服，拖著裙子在那邊走動。就像孟嘗君有食客三千，還有上一次我們說到春申君黃歇的門下，都可以穿著珠履，用珍珠裝飾的鞋子，對不對？所以後來變成一個典故，指能得到一個貴族的賞識、接納。所以當杜甫說「鼓瑟至今悲帝子」，是想到過去的在湘水邊上，在長沙所發生一個過去的歷史，那個帝子已經不在了，但她的悲哀卻一直持續傳下來。

　　好了，那我杜甫現在還流落在潭州，我也想要得到一個安頓的地方，想要被人賞識，可是「何處覓王門」？這是一個反問句，我在哪裡可以得到人家的賞識呢？當說到這裡的時候，事實上他又回到了「白髮扁舟病獨存」這樣一個悲慨當中，想到自己這樣一個漂泊流浪困頓的身世。但是這裡邊暗示了一點，因為他有一個對象，「王門」。在這裡是什麼王？漢中王。其實杜甫這裡還是有一點干謁的味道，干謁聽過吧？干就是求的意思，你對高貴的人、有勢力的人，你去拜見他、祈求他，這叫干謁。那杜甫這邊說，我在

哪裡能夠曳裾，可以得到賞識，可以做他的門客呢？話沒有說得很直接，也沒有說得很明白，但是干謁的味道是有的，暗示了他希望能夠得到這個李瑀的欣賞。我們前邊講題目、講序的時候，杜甫一共有五篇給漢中王的作品，對不對？其實顯示了他跟李瑀之間是有一些密切的來往。說實話，杜甫實在很可憐，這是大曆五年，春天正月寫的詩，但是他在這一年年底的時候，就去世了，五十九歲。他到了生命最後一個的終點站時，他那種想要得到人家賞識，能夠得到肯定，甚至有安身立命的所在，能夠有所發揮的一個地方，到最後還是沒有放棄掉。「曳裾何處覓王門」，這種想要得到賞識，想要依附的心態還是非常明顯。

　　好，既然提到了帝子，提到了王門，提到了漢中王，所以下邊又說：「文章曹植波瀾闊，服食劉安德業尊」，這兩句很顯然的還是寫漢中王李瑀，而且對他充滿了一種歌頌的味道。為什麼指的是李瑀？因為這邊有兩個人物，一個是曹植，曹子建。曹子建的身分是什麼？帝子，曹操的兒子，而且最後被封為陳思王，也是王門啊，對不對？至於劉安就是淮南王。所以他用曹子建、用劉安來去歌頌漢中王，曹植是用他的文章來說，「文章曹植波瀾闊」，說你漢中王寫的文章就像曹子建一樣波瀾壯闊。波瀾給各位講過喔，文氣起伏高下叫波瀾，也就是寫的作品篇幅很大，淋漓頓挫的樣子，歌頌他文章寫得好。再來「服食劉安德業尊」，這個可能各位比較陌生，可以看到後邊註解引了《古今注・音樂篇》說：「淮南王淮南小山之作也。王服食求仙，徧禮方士」。所以從這裡看，服食是什麼？吃。服也好，食也好，都是指吃。可是這個服食吃的是什麼東西？仙丹、仙方，因為他求仙。好，「德業尊」，在古代你求仙是要高人一等，比我們這些凡夫俗子當然要高得多，他的德業、品德，或是志業，都是比別人要高、要尊的。這些觀念我們現在大概都沒有了，我們現在認為你整天吃藥想要求仙太俗了，但在過去這個是很崇高的，所以很多觀念是會隨時代而有變化的。

　　總之，杜甫用淮南王劉安，用陳思王曹子建，兩人都是帝子、王門，來指漢中王。一個從文章的角度說，一個從德業的角度說，他的文章非常波瀾壯闊，他的德業超出一般人之上。所以前邊「曳裾何處覓王門」，我到底

要依附誰呢？下邊雖然沒有講得很直接，但是很清楚，他就想要依附那個漢中王，這是序裡邊高適以外提到另外兩個人，其中一個就是李瑀漢中王。

好，下邊最後兩句，「長笛誰能亂愁思，昭州詞翰與招魂」，這一句又是一個典故，這個典故相信同學們可能聽過，看到註解引了向子期，向子期就是向秀。向秀有一篇賦叫做〈思舊賦〉，下邊引到他的序說：「余與嵇康、呂安居止接近」，「居止」是什麼？住家，我過去跟嵇康、跟這個呂安住得很近。「其後各以事見法」，不曉得各位看得懂這句子沒有？各是各自，各自指的是誰？嵇康還有呂安，「以事」，因為某一些事件。「見法」，就被定罪、被殺害了。這個時代是什麼時代？魏晉的時候，嵇康不是魏國人嗎？向秀不是晉朝人嗎？那個時代各位知道，人命就像草芥一樣。但他們不是普通人，不是說因為戰亂被殺害的。這些都是文人，有名的士大夫，但是在那樣一個時代裡，仍然時常被朝廷處罰、被殺害了。在過去專制的時代，要殺害你當然可以找很多說法。「以事見法」，什麼事？誰知道？反正找一個罪名就把你殺了。所以這個把背景先這樣瞭解。好，下邊向秀繼續說，「余逝將西邁，經其舊廬，鄰人有吹笛者，發聲寥亮，追思曩昔游宴之好，感音而嘆，故作賦云」，現在他打算離開這裡，往西邊前進，經過以前住的房子，剛好有鄰人在吹笛，聲音非常響亮。在笛聲之中，向秀想到以前跟嵇康也好，跟呂安也好，一起來往、喝酒遊玩的時候，那個美好的過去。所以那個笛聲觸動了他過去的回憶，因此產生了感嘆，寫下了這一篇所謂的〈思舊賦〉，所以這也是典故。假如因為好友不在了，你要寫詩懷念他，會用什麼詞彙？用鄰笛，鄰人笛聲這樣的一個故事，因為那個笛聲觸動你過去跟對方的一個美好的經驗回憶。

好，杜甫用這個故事，「長笛誰能亂愁思」，笛子從哪裡來？不就從向秀這一篇文章來嗎？當你聽到那個鄰笛之聲，「誰能亂愁思」，「誰」我們說過什麼意思？「何」的意思。「誰能」就是何能，怎麼能夠。我聽到那嘹亮的笛聲，怎麼能夠擾亂我發愁的心呢？所以意思就是說笛聲本來是美好的，但是這美好、響亮的笛聲，怎麼不斷干擾我，引發我的愁思呢？杜甫在這句子用這樣一個典故，各位想想他把內容又轉到哪一個地方？向秀的〈思

舊賦〉思的是誰？嵇康、呂安，對不對？杜甫當然在這裡透過笛聲也產生了愁思，而這愁思也是思念一個老朋友，這老朋友是誰？高適。所以回扣到整個作品的主題，因為他在追和高適的詩，而高適現在不在了，死了好幾年，所以用了〈思舊賦〉，用了笛聲，回到了對高適的思念的情感上面去。所以最後做一個結論，「昭州詞翰與招魂」，昭州是地名，在現在廣西，我們前面講過，指的是誰？你看看序文：「昭州敬使君超先」，所以是敬超先，對不對？使君就是刺史，敬超先這個時候在做昭州刺史。古人有一個很習慣的方法，時常是以地稱人，要稱某一個人，不說其名，而是說某一個地方，那這個地方從何而來？有很多喔，可能是他的籍貫，像韓愈韓昌黎、杜甫杜陵、白居易香山，這都是地名，是他的籍貫或隱居的地方。或者是他做官的所在，比如說敬超先是昭州刺史，所以用昭州來指敬超先。你千萬不要當成地名來說，要從人講。

　　「詞翰」，翰是什麼？翰就是筆。所以我們有一個詞叫做「飛翰」，有沒有聽過？飛翰就是搖動那個筆，就是寫字；或者「染翰」，染翰是什麼？拿筆沾那個墨嘛。詞翰就是詞筆，你敬超先有很好的文筆，所以我請你用那很好的文筆，「與招魂」，把魂招回來。誰的魂？高適的魂。招魂當然也是用《楚辭》的典故，《楚辭》有一篇就是〈招魂〉，但是〈招魂〉到底是招誰的魂，有很多種說法，其中一個說宋玉招屈原之魂，對不對？這裡註解提到的，王逸說〈招魂〉是「宋玉之所作也。宋玉憐屈原忠而斥棄，魂魄放佚，故作〈招魂〉」，這是一種說法。可是下邊高先生有另外一個說法，說〈招魂〉是屈原寫的，不是宋玉寫的，屈原寫這篇招誰的魂？招楚懷王的魂。各位大概知道楚懷王被騙到秦國，被幽禁在秦國，後來客死於秦。屈原是楚國人，他很忠心啊，因為思念楚懷王而寫了這一篇文章，來招楚懷王之魂。所以招魂的對象，一個是懷王，一個是屈原；作者一個是宋玉，一個是屈原，兩者不一樣，說法不同。不過一般來說，宋玉的說法比較流行，所以杜甫這裡顯然是用一般的說法，用宋玉比敬超先，用屈原比高適。「昭州詞翰與招魂」，請你敬超先用美好的文筆把高適的魂招回來。好，這個是最後仍然扣回作品的題目，因為高適已經死了，然後序裡頭又提到了敬超先，所

以他在最後兩句沒有漏掉，把這個部分掌握到。題目有的內容，作品要交代；假如有序的話，序等於題目，所以序有的內容，作品也要呼應。這觀念以前好像給各位講過，這首詩當然也不例外。因為這首詩有很複雜的題目，又有那麼長的序文，要把它完全扣住不太容易，但是杜甫都沒有漏掉，這個部分當然是值得我們去留意的。

　　因為我們講了最後一首詩，是杜甫所謂的追酬，十年前高適寄了一首詩給他，不知道什麼原因啦，可能是懶，可能是沒詩興，也許是忘記了，就放到箱子裡頭。十年以後看到了，然後寫了這篇來回答他。現在我們把這個寫作現象當作一個類型，不是「追」字，而是那個「酬」字。這一類的作品假如我們當作一個類型看，我們可以說給對方的，是所謂「寄」或者「贈」；然後呢，另外一面是所謂「酬」或「答」，兩者要分開來。「寄」或者「贈」，某一個人寫了詩送給另一個人，例如某甲贈某乙，對不對？那「酬」或「答」呢，是某乙接到這個作品後，寫詩來回應某甲，所以是一體兩面。好，寄跟贈有時候我們就把它們和在一起，叫「寄贈」。像元朝有一個方回，他有一本書叫《瀛奎律髓》，它把詩分成很多類別，其中有一個類別就叫做「寄贈」，在第四十二卷。它前邊有一個小序：「遠而有寄，面而有贈，有寄贈則有酬答」。「遠而有寄」，假如兩個人有一段距離，你要寫詩，例如某甲要寫詩給某乙，然後把詩寄給對方，這叫做「寄」。然後「面而有贈」，假如當面看到對方，然後有了一個詩意，就當面寫詩給對方，這叫做「贈」。所以以方回來說，他是把兩者分開的，寄有一段距離，贈是當面。可是假如我們實際檢驗，古人有寄某某某，那距離很遠，或者贈某某某，那是當面寫詩給他，有符合這種說法嗎？有，但有時候也沒有必然的區隔，所以乾脆把它合在一起叫做「寄贈」。好，方回繼續說：「有寄贈則有酬答」，某一個人寫了詩給你，不管寄也好、贈也好，你看到了這首詩回應他，這叫做「酬」或「答」，有時候我們也把這兩方面合在一起，變成「寄酬」或者「贈答」，了解吧？因為寄贈酬答太囉嗦了，就用個別一個字來代表。還有有時候你假如要客氣一點，會用「呈」，像呈某某某，這通常是對比較高位的像長輩，就會用「呈」。還有有時候酬答，你也不會用這兩個

字，可以用「和」，了解嗎？我先把這幾個術語概念，給各位說明清楚，總之就是有來有回。

　　再來，我們從它淵源上說，這一類的詩怎麼發展的？傳說啦，西漢的時候蘇武、李陵就有贈答詩。蘇武不是留胡十九年，對不對？李陵後來投降匈奴，兩個人相處在一起過。蘇武後來被送回漢朝，兩個人分手了，彼此相別，就寫詩送給對方，回應對方。所以很多人認為，文學史裡頭很重要的一個事件，就是所謂「蘇李贈答」，也就是五言詩的開端，五言古詩就從蘇李贈答開始的。各位翻翻過去的文學史，或翻翻一些詩歌選本，時常都能看到這些事，這是一種說法。假如這樣的說法是事實，可以看得出來贈答詩的來源很早。不過文學史越早的時期的事件，往往爭論就越多，有些人認為現在留下來的所謂蘇李贈答的詩，不管是蘇武送給李陵，或者是李陵送給蘇武的，都不可信，所以懷疑這個說法。但是我們可以看到六朝的時候，有一類滿特別的作品，叫做「公讌詩」。《昭明文選》也是把詩文分類喔，有一類就叫做「公讌詩」。公讌詩是什麼樣的內容？一群人聚在一起開宴會，這叫做公讌。宴會的主人往往地位很高，像是什麼太子啦，甚至是皇帝，就用這一次的宴會做為一個題目，大家一起做詩。這是一種群體的寫作，你翻翻《昭明文選》，這類詩留下了不少。所以我們認為「公讌詩」可能是所謂寄贈酬答比較早期的淵源，同一個背景，同一個題材，大家一起做詩。甚至於「應制詩」，應制各位聽過吧？皇帝有時候跟很多臣子一起去遊玩或開宴會，皇帝高興寫一首詩叫臣子們和，或者自己不寫叫臣子寫，這叫應制。漢武帝時候有柏梁之宴，柏梁臺的詩就是這樣來的，當然到唐朝的時候已經很多，到乾隆皇帝的時候更多了，反正就是皇帝叫臣子做詩。再發展下來不一定有皇帝，像擊鉢，這個各位最熟悉了，不就是社課嗎？對不對？你們每幾個月有一次例會，出一個題目，大家就根據這個題目，你寫一首、他寫一首，這個都是有點像命題寫作的味道。它這最大的特色就是群體，不是一個人。像我們的社課，每個月一次吧？是三個月一次，假如最後只有社長一個人來，那辦不成了，一定要群體，這是一類詩。好，再來從個體上說，用詩文你來我往就開始所謂的贈答，當然蘇李贈答我們目前不太承認是他們寫

的，但六朝的時候就多得很。這個我建議各位，假如家裡沒有，可以到圖書館，甚至現在網路很方便，檢索一下都可以看到贈某某某這樣的題目或詩，這是從淵源上說。

　　好，再來從形式上說。因為這一類的作品時間脈絡很長，所以慢慢的有了變化，形式上也逐漸有更多更多的要求。一開始最寬的，有贈就有答，有唱就有和，譬如說你收到一個人的作品，你要和他，那麼你和什麼？和那個題目。他寫一首梅花詩送給你，你要回應他，你不能寫荷花喔，寫梅就是梅，題目要相同。再來，更進一步要求「和體」，體裁的體。像六朝之前，體裁差不多都是五言古詩啦，但是到唐人之後體裁就多了，對不對？有古體、有近體等等。今天他寫一首七言絕句，你回應他也是一首七言絕句，他是七律你就七律，他是五古你就五古，這是體裁要相同。然後「和韻」，是更進一步的要求韻目相同。他寫了一個梅花詩，用七言律詩，押的是一東韻，你就用一東韻來回應他，這個韻指的是韻目，用同一個韻目裡頭的字。可是這還不夠嚴格，下邊是押的是什麼韻字，和的也要同樣的韻字，他用一東韻，用了風、東、紅等等，你也同樣用這幾個字來押。當然這還不夠嚴格，最嚴格是什麼？是「次韻」，韻字相同，字序也要相同，他第一個是用紅你就用紅，他第二個用東你就用東，他第三個用風你就用風，反正同樣的字同樣的順序，這叫做「次韻」。我們讀老杜跟高適的詩到什麼程度？和體，兩個都是七言古詩，對不對？可是韻不相同，更不要說次韻了。次韻最盛行什麼時候開始？宋朝。到現代你和別人的詩沒用次韻就不用做了，你沒本事還要和什麼呀？都要次韻，越來越嚴格，這是形式。像剛剛說的擊缽、公讌，擊缽有時候也限韻，對不對？限韻限到什麼程度？像我們社課有限韻，限一東韻或七陽韻，對不對？但沒有到韻字，通常只到韻目。可是假如說贈答這類的詩，現在來講都要次韻。

　　再來，內容上，這一點請各位翻到杜甫這首詩最後一大段的注，引了洪邁的《容齋隨筆》的說法，洪景盧就是洪邁，宋朝人。他說：「古人酬和詩必答其來意，非若今人為次韻所局也。」這是說你要寫一個回應別人寄給你、送給你的詩，就是所謂的酬和詩啦，內容上你要回應他詩裡邊的內容，

就像他問你什麼，說到什麼，你要用相關的內容來去回答他。就好像寫信吧，對不對？接到某一個人寫給你的信啊，那你要回他，當然要根據他的信來去回應他嘛。所以他下邊就舉了一些詩，這些詩他只是摘其中幾句，事實上洪邁這段話很長，也不只這些例子，高步瀛先生有作了一些刪減，這些例子我們待會兒再說。最後他做了一個結論：「皆如鐘磬在簴，叩之則應，往來反復，於是乎有餘味矣。」「鐘磬在簴」，簴是什麼？古代的樂器有鐘、有磬，鐘是金屬，磬是玉石，都要掛在一個架子上邊再來去敲打。簴就是架子兩邊的柱子，所以「鐘磬在簴」，就是把鐘、磬這些樂器掛在架子上，你敲打的時候才會發出聲音，你敲一下，別的地方回應一下，這樣往來反復才有它的味道，就是所謂的「必答其來意」，回應他給你作品中的一些內容。

好，洪邁後邊舉了若干的例子，有高適給杜甫的詩，也有嚴武給杜甫的詩，只有舉出幾句，我想把它補充給各位，但是時間不夠，這些詩我們只能略說一下。你們看像高適給杜甫的詩，第四句「僧飲屢過門」，這個是「僧飯」，吃飯的飯。「僧飲」到底是什麼飲料？是酒還是茶啊？所以是「僧飯屢過門」。還有像杜甫回應的詩，後邊引了仇兆鰲的註說：「此詩逐聯分答，與高詩句句相應。空房客居，見無詩書可計」，不是「計」，是「討」，至少這兩個錯字把它改一改。

我們先把高適〈贈杜二拾遺〉這首先讀一下。這首詩是乾元二年年底，杜甫剛剛到成都的時候，他在成都沒有地方住，就借居在成都邊上一個寺廟，叫做浣花寺。高適當時做彭州的刺史，就寫這首詩寄給杜甫，所以這裡說「贈」，其實按照方回的說法應該是「寄」。彭州在那？在成都的附近，但他們沒有見面，是從彭州寄給在成都的杜甫。我們講過杜甫曾經做過左拾遺，對不對？那是在唐肅宗至德年間，在鳳翔。所以高適仍然用以前他的官名來稱呼杜甫，杜甫排行第二，所以作杜二拾遺。好，我們把詩簡單唸一下：「傳道招提客，詩書自討論。佛香時入院，僧飯屢過門。聽法還應難，尋經剩欲繙。草玄今已畢，此後更何言。」這一首是五言律詩。「傳道」，聽說。「招提」，就是佛寺。我聽說在佛廟裡頭有一個客人，這個人是誰？杜甫嘛！杜甫不就寄居在那個廟裡頭嗎？「詩書自討論」，這「論」

唸「ㄉㄨㄣˊ」，不唸「ㄉㄨㄣˋ」，名詞才念「ㄉㄨㄣˋ」，動詞要唸平聲。聽說杜甫自己還是讀書不倦，時常自己在研究、討論作品。「佛香時入院，僧飯屢過門」，開始寫杜甫這個招提客的生活。廟裡邊會燒香，還有和尚會煮飯，大概會送一些飯給杜甫吃。「聽法還應難，尋經剩欲繙」，「聽法」，當然是廟裡邊會聽一些高僧講法、講道，「難」這裡是「辯難」的意思，這是典故，我不仔細說了。簡單說就是佛經的內容很深奧，所以你聽了佛法，可能時常要辯論，所謂真理越辯越明吧！所以「難」是說某一個人說了一個道理，另一個人就提出一個質疑，然後前者面對這個質疑去回答。所以「難」是質難、質疑，你要跟他辯論、講清楚，就叫做「辯難」。好，「尋經剩欲繙」，過去有些註解說「繙」是指「翻譯」，當然我們知道佛經最原始的是梵文，印度的古文字嘛，對不對？所以玄奘去到西域，不是翻譯了很多佛經嗎？可是這裡邊有一個問題，高適是說杜甫，難道杜甫會翻譯佛經啊？不可能。杜甫連梵文一個字都不認得，怎麼翻譯？所以那個「繙」是指委曲演繹的意思。是說把一個道理不斷的挖掘，不斷的引申發揮，這叫「繙」。所以前邊兩句是說我聽說你住在廟裡頭，還是喜歡讀書，自己切磋研討學問。然後中間四句是指廟裡邊的活動，有佛香入院，有和尚送一些飯給杜甫吃，杜甫也可以聽法，時常還會跟僧人辯論，有時也找了一些經書，然後自己在那邊演繹。最後「草玄今已畢，此後更何言」，「草玄」是用了揚雄的典故，揚雄各位聽過吧？漢朝人。揚雄曾經說經書裡頭最高深、最奧妙的就是《易經》。因為《易經》是很玄妙的東西，所以他想要用《易經》裡的道理寫一本書，這本書叫做《太玄經》。「草玄」就是用了揚雄的故事，說杜甫就像揚雄一樣寫一本《太玄經》，然後「今已畢」，高適說你現在連《太玄經》都寫完了，「此後更何言」，你未來還有什麼著作呢？這是高適給杜甫的。

　　接著往下看杜甫的〈酬高使君相贈〉。杜甫接到這首詩怎麼回應他？其實還滿有趣的，因為高適是道聽塗說，他說「傳道」嘛！是別人跟我說的。事實上杜甫的生活是這樣嗎？現在杜甫告訴這個高適：「古寺僧牢落，空房客寓居。故人供祿米，鄰舍與園蔬。雙樹容聽法，三車肯載書？草玄吾

豈敢，賦或似相如。」我把它唸一遍，各位假如對前邊高適的詩有印象，是不是有回應啊？所以仇兆鰲下邊的小字就是來分析所謂的「必答其來意」，回應他的詩裡邊的一些內容。他說「古寺僧牢落」，「牢落」就是零零落落，沒多少和尚在裡頭，所以房間很空，我就借住在這裡邊。然後你說我「僧飯屢過門」，我就告訴你我是怎麼生活的。「故人供祿米」，故人是老朋友，有人考證過應該是裴冕，當時他做成都尹，就是成都市的市長，跟杜甫有些交情。他知道杜甫來了，就送了一些米給杜甫過生活。古代的俸祿時常是用食物，我們臺灣在民國四十幾年、五十年的時候還是有，那個公教人員的薪水有些還是食物喔！我有的時候就會看到一輛卡車載了米，一家一家的送，這叫「祿米」。朋友分了一些祿米給我，但光吃米還不夠。「鄰舍與園蔬」，旁邊的鄰居時常種了一些菜，也送了一些菜給我。你看高適說「僧飯屢過門」，杜甫告訴他事實不是這樣。順便說一下，當時高適做彭州刺史，還真以為杜甫日子過得很好。杜甫和高適交情非常好，在他二十幾歲的時候就跟高適認識，到了三十幾歲還跟李白一起去遊玩，交情非常長久。杜甫後來所謂的「故人供祿米」大概也中斷掉了，肚子餓得要死。有一次就寫了一首詩給高適，題目是〈因崔五侍御寄高彭州〉，詩中說「百年已過半，秋至轉饑寒」，百年就是五十歲，我杜甫五十多歲了。今年的秋天我越來越感覺冷，肚子感覺越來越餓。「為問彭州牧，何時救急難」，說實話寫這首詩還滿讓人淒涼的，我年過半百啦，秋天又來了，飢寒交迫啊！所以我問問彭州刺史你這位老朋友，什麼時候伸出援手救我一把？話講得真的很白，這個就是「故人供祿米，鄰舍與園蔬」。

　　下邊「雙樹容聽法，三車肯載書」，「雙樹」是娑羅樹，各位假如對佛經有一點認識的話大概知道，這個娑羅樹很有趣，東西南北四面，每一面各有兩株，這兩株還一榮一枯，不曉得怎麼長的，所以叫做雙樹，而那個園子叫做雙樹園，然後世尊，就是釋迦摩尼，就在雙樹之間演法。這個演就是剛剛的演繹，把佛經的道理演繹出來。所以這裡邊當然扣上那個寺廟，「雙樹容聽法」。我住在這裡，和尚在講道，容許我去聽法，容許聽法，不代表容許你可以跟老和尚辯論喔！下邊「三車肯載書」，這是一個反問句。三車

也是一個典故，簡單說就是有一個人有三輛車子，一輛載了經典，一輛自己坐，最後一輛載了一些飲食，還有妓女，他就搭乘這三輛車子到某一個地方去求道。所以杜甫是用這個典故，典故中只有一輛車子載書，現在他說：「三車肯載書」，就是說假如我有三輛車子，三輛車子都能夠讓我載書嗎？這個表示什麼？表示他沒帶多少書。高適不是說「詩書自討論」，然後又說「尋經剩欲翻」嗎？所以杜甫就回應他說沒多少書可以讓我參考，讓我來去發揮啦！最後「草玄吾豈敢，賦或似相如」，高適說「草玄今已畢」，杜甫說我哪裡敢像揚雄一樣寫那個《太玄經》呢？在古代的觀念，經書是最崇高的，其次才是詞賦文章。《太玄經》當然很崇高，所以杜甫說我沒有辦法寫出像經書一樣的高貴的文章，勉強的話，也許我寫的賦像司馬相如一樣。所以杜甫一一的回應，基本上都能夠在一問一答間產生關聯。這些具體的每一句的應答，仇兆鰲都有詳細的解釋，各位不妨參考一下。我想我們就不仔細說了。

　　下邊我想補充兩組是我跟張夢機唱和的詩給各位。各位大概知道我跟張老師關係非常密切。應該是去年吧，中央大學辦了一個紀念張老師的活動出了一本張老師的《夢機集外詩》，邀請我寫了一篇序。各位假如有的話翻一翻、看一看，大概可以看得出來我對張老師的交情，而且也可以看出我對張老師作品的一個認識，這些都是題外話。像我曾經寫了四首絕句給張老師，因爲他出了一本書叫做《藥樓近詩》，就是他把那個時候的作品收集起來。我讀了以後就感覺，作品很明顯的跟以前不一樣，那是他生了病之後，一種風格的轉變，所以我寫了四首詩給他：其一「非唐非宋亦非清，纏疾經年詩格成。華藻玄言兩銷盡，始知筆下是真聲。」；其二「足廢心忙事臥遊，三巴雲峽五湖舟。茫茫禹甸經行了，夢覺依然瀛海頭。」；其三「螢幕能知天下事，一杯釅茗且閒看。老夫亦有澄清志，早歲何曾壁上觀。」；其四「風義平生友與師，昔年語笑助人思，夕陽門巷朋蹤杳，掩卷憑添惘惘悲。」如果各位讀過我前面提到《夢機集外詩》的序，我曾提過張夢機早期的詩是應酬比較多，換句話說詞藻很漂亮，但不是很真實。但是到了他五十歲中風以後，他基本上風格有改變，把那個美麗的詞藻，那些浮言啊，都把

它拋棄掉了。好，第二首呢，讀他的詩滿有趣，他時常提到他過去的遊蹤，尤其是中風之前的那幾年，他時常到大陸去，但是後來他兩隻腿都沒有辦法走，坐在輪椅上，可是詩裡邊時常提到，過去到哪裡玩、到哪裡玩啊，所以我說「足廢心忙」，都是臥遊。下邊就寫他到了哪裡，然後「夢覺依然瀛海頭」，夢醒了以後仍然是在大海邊上，仍然是足不出戶，還是在臺灣這個地方。第三首寫他真的生了病，中風在家，很少出門，時常是看電視，所以你看他的詩，時常提到他看電視。他又喜歡喝茶，所以時常是一邊喝茶，一邊看電視。我就根據這個題材寫了第三首，看電視也可以看到很多天下大事，很多國家新聞。「老夫自有澄清志，早歲何曾壁上觀」，老夫當然指的是張老師啦。真的很可惜，不曉得你們在座有哪一位看過他年輕的時候？年輕的時候那真是帥到底的，又高又大，很英挺，顏崑陽曾說他像情報人員，真的是儀表堂堂！然後他很豪俠，他是眷村出身，他跟我們講得最多年輕時的故事，就是打架。眷村的人時常打架，對不對？尤其他哥哥也是一樣帶著他，兩個人到處拳腳交加的，很豪俠。當然他打架不是流氓啦，時常是心懷不平，所以我說他也是有「澄清志」，哪裡想到會「壁上觀」呢？我自己很得意這個典故喔，壁上觀是什麼典故？項羽的故事，對不對？項羽跟秦國的軍隊打仗，然後其他的諸侯都坐壁上觀。壁是堡壘、軍壘，就是站在自己軍營上面看，看項羽跟別的秦國軍隊打仗，就是袖手旁觀啦。這裡是說張老師年輕的時候可不會是壁上觀的，年輕的時候也是關懷天下，也想要拯救天下，可是現在只能坐在輪椅上看電視新聞。壁上觀是雙關，雙關什麼？雙關電視，電視不就是掛在牆壁上嗎？

　　各位看看張老師的回應的詩，基本上他就是這樣子，我說什麼，他就回應什麼。所以你看他寫他自己的風格，「宋格唐音認最清，廿年詩意血書成」。然後第二首我說他的臥遊啊，對不對？他就也提到他長江、浙江這一帶的遊玩。然後第三首說他喜歡看電視，他就說「一雨盪為天下寒，螢屏閒適夜來看。紅塵萬事紛難了，今日宜歸袖手觀」，我說他早年的時候他「何曾壁上觀」，他說現在紅塵萬事難了，所以乾脆不管了。

　　好，張老師之後也寫了一首詩給我：「貧而好道為原憲，樂以忘憂是

子淵。公德都應沾後進，吾庸不敢仰先賢。」各位看看，他當然對我非常的過譽啦，所以用原憲、用子淵來比。子淵是誰？就是顏回。我也回他一首：〈次韻答夢機〉：「水北山南惠錦篇，宛如煦日照潛淵。微軀差幸可無恙，小德何堪擬大賢？性拙久能甘宿命，身縈早不懇蒼天。但期魚雁頻通問，冷眼從教歲月遷。」然後你看看我用第四句回應他，「小德何堪擬大賢」，有沒有？這個就是有來有回嘛，其它也有來回啦，不過我看到這首詩，我還滿感慨的。「微軀差幸可無恙」，現在不單單有恙，而且有大恙，這個應該是民國九十八還是九十九年寫的，就是張老師過世前一兩年，所以話不能講得太快。因為沒有時間，所以我就不仔細說了，提供各位參考，也請各位指正。

附論：古體詩之格律

　　古體詩沒有所謂格律的問題，因爲它是非律化的作品。近體詩才有所謂格律。我們之前講過律化，律化的作品是近體，非律化的是古體。那律化是什麼？就是經過人爲的設計，運用漢語特殊的聲調，完成最整齊、最美麗的一個形式，達到音樂效果，這樣的過程就叫律化。近體詩雖然有絕句、律詩、排律等不同體裁，但是它一定都是律化的。律化有幾個條件，第一，「篇有定句，句有定字，字有定聲，韻有定限」，然後加上對偶的要求，這些都符合了才叫律化。也因爲是人爲的設計，所以有固定的格式。現在我們談古體詩格律，要從古體詩的角度來看。然後，站在律化的觀念去說，因爲他是非律化的作品，所以一個最基本的觀念是：古體詩非律化，基本上非常自由，大可不必講格律，隨便你寫。像漢朝人，蘇武、李陵，古詩十九首等，那些五言古詩，寫的時候說：這個句子，要怎麼安排平仄？沒有的。那個時候沒有那種觀念，所以我們講古體詩，又要從律化角度去說的時候，一定是在什麼情況之下才形成的觀念？唐朝。近體詩格律成熟以後，他們仍在寫古體詩，李白、杜甫、韓愈、李商隱，很多人都在寫，可是詩已經有律化的觀念了，於是就認爲我寫古體詩當然就要跟近體詩不一樣，所以才形成古體詩格律要怎麼安排這樣一個觀念。怎麼安排呢？因爲古體非律化，他們寫古體就一定要跟近體不一樣，這才叫古體。假如從格律的角度說，古體詩第一個最大的目標是什麼？避律。反而要避免像近體詩一樣的格律，所以近體詩的第一個要求——合律。古體詩相反，避開這個律句。

　　我們就從「篇有定句」說起。近體詩的「篇有定句」很簡單，絕句四個句子，律詩八個句子。排律呢？十二句以上，四句四句的遞增，可以無限的擴大。古體詩有沒有這些要求？沒有，可以寫幾百句，也可以只寫三句。

像上次我們抄了傅玄的〈雜詩〉，「雷隱隱，感妾心。傾耳聽，非車音。」
那是四個句子，還有三個句子的。所以它未必要是偶數句，奇數句也可以。
最少三句，兩句就太少了，好像寫對聯一樣，其它無所謂。

　　至於「句有定字」呢？近體詩當然每一句的字數固定，五言的每句五
個字，七言律詩就每句七個字。而且近體詩一定是齊言的，齊言是什麼？整
首作品不管多少句子，每一句的字數都相等，這叫齊言。古體詩有沒有齊
言？當然有。但古體詩還容許雜言。雜言就是句子長長短短，每句的字數參
差不齊。近體詩沒有雜言，只有古體詩才有。

　　從分類上說，有古體詩、近體詩、五言古詩、七言古詩、絕句、律
詩、排律，那雜言放哪裡？放在七言古詩的部分。所以七言古詩又可分成兩
類，一類全部都是七個字一句，七言；另外一類就是雜言，也是七言古詩。
所以李白的〈蜀道難〉、〈將進酒〉都是長長短短的，《唐詩三百首》或者
高步瀛先生的選本分類，放在哪裡？在七言古詩。

　　有一個例子我時常提，是很典型、很有趣的，陳子昂的〈登幽州臺
歌〉：「前不見古人，後不見來者，念天地之悠悠，獨愴然而涕下。」四個
句子，每句幾個字？前兩句五個字，然後「念天地之悠悠」六個字，「獨愴
然而涕下」六個字。五五六六，沒有任何七個字的句子。歸類上放哪裡？七
言古詩。所以七言古詩未必一定有七個字的句子。現在我們整天看新聞，米
酒不一定有米，辣椒醬沒有辣椒。我們的七言古詩也有這種情況哦，有些是
沒有七個字的句子，但它是七言古詩。雜言，瞭解吧！

　　從「篇有定句」、「句有定字」這兩點來論，因古體詩非律化，所以
多少句都可以，奇數、偶數句都可以。字數則有五言、有七言、有雜言，當
然，也可以三個字、四個字，或六個字，齊言的也可以。至於「字有定聲，
韻有定限」。比較複雜，我們慢慢說。

　　我們談古體詩的平仄，大概先假設大家對近體詩的平仄都很有概念
了，有相對比較的基礎。因為古體詩非律化，假如從最根本說，它是自由
的，隨便怎麼寫都可以，有些人說：「你寫出這些句子平仄不對。」這觀念
是錯的。為什麼？因為古體詩本來就不講平仄。它是天籟，純粹自然，對不

對？就像我們的天籟吟社一樣，寫出來都是最美的聲音。反正隨便，自由。但是因為唐人近體詩興起了，已經有律化的觀念，所以，唐朝人寫近體詩當然遵守格律，講究律化，考慮平仄如何安排等等。但是寫古體詩呢？反而要避免律化，要盡量避開近體詩這種平仄的現象。我們現在讀唐人的詩，《全唐詩》當然很多啦，有幾萬首，但唐人也沒有寫一本書、一篇文章告訴你古體詩的平仄要怎樣安排，倒是清朝以後，很多人除了寫近體詩格律——像王漁洋《律詩定體》，講究怎麼分析，規定近體詩格律怎麼安排外，他們有很多人也寫古體詩的平仄譜。像王漁洋的《古詩平仄論》；像趙秋谷，曾經寫一篇文章《聲調譜》；還有近代學者，很重要的，講格律一定會提到的王力。王力的《漢語詩律學》，除了講近體詩格律外，也花了很多篇幅談古體詩。

　　從唐人實際創作看，經過後人的整理，寫出一個一個所謂古體詩聲調譜。我們可以歸納出幾個重點：第一個最大的重點，就是避律句，這是故意的要跟近體詩不一樣。什麼是律句？就是合乎近體詩平仄的規定嘛。我們講過四種律句：五言的有：仄仄平平仄、仄仄仄平平、平平平仄仄、平平仄仄平。也就是：仄頭仄腳、仄頭平腳、平頭仄腳、平頭平腳。這些都要避免，故意跟它不一樣。

　　要知道，古體詩的產生，四言的像《詩經》；雜言的像《楚辭》以外，漢朝開始出現，最早的是蘇武、李陵贈答詩。我印象裡頭蘇、李的唱和作品，前面兩句說：「攜手上河梁，遊子暮何之。」你看，「平仄仄平平，平仄仄平平。」律化吧？他這是偶然的，當時並沒有什麼律化的觀念，只是偶然符合了。可是唐人寫古體詩，這種律化的句子要盡量避免，也就是「避律句」。但有時候呢，沒辦法完全避開。我們讀古人、唐人的古體詩，有些句子就像李陵、蘇武的詩一樣。假如真沒辦法「避律句」的話，至少要「避律聯」。前面一句是律化的句子，後面一句就避免，這樣，兩個句子看起來就不完全跟近體詩一樣。假如說連律聯都避不了，那就「避黏對」，兩個句子跟兩個句子的組合，要黏，對不對？現在把黏、對避掉。譬如說，前面「平平仄仄平，仄仄仄平平」，兩句都是律化。假如作近體詩，下邊一定是

仄仄平平仄，對不對？但你不要用仄頭，改成平頭，讓它不要有黏對的出現。

講了老半天，就是一句話，不要像近體詩一樣。我們寫詩最難的一開始就是格式、格律，我相信各位剛開始作近體詩、作律詩、絕句，老師改得最多的就是平仄。但是假如寫一首詩，要完全避還真難耶。你一定要對律詩的律句很熟，才可以避掉；你不熟反而用上律句了──是不小心碰到的啦。

張夢機講過一個艾森豪的笑話，很有趣。艾森豪年輕的時候還沒結婚，參加一場宴會，碰到一個女子，他很喜歡，想追她，宴會結束，艾森豪說我送妳回去，那女子說我住的地方你熟嗎？他說我非常熟，結果開車載她，在路上繞了老半天，才送到家，女子就問：你不是說很熟嗎？怎麼繞了老半天呢？他說就是因為我太熟了，快到的時候我就岔出去了，再繞一大圈，在附近打轉啊。所以要很熟才避得了。

這是我們說的第一個大原則：避律句、避律聯、避黏對。

避律句，還有一個訣竅：基本上看下邊三個字，五言也好、七言也好，最後三個字，你假如寫成下三平或下三仄，或仄平仄，或平仄平，這些都可以避掉律句。下三平、下三仄、仄平仄、平仄平，這是清人歸納出來的，確實是這樣。你看下三平、下三仄，不就是近體詩不對的格律嗎？至於仄平仄，也許你說「平平仄平仄」是律句，但那是拗救以後的律句，不是原來的律句，所以仍然不算。不過趙秋谷又說了，假如一個句子，下邊三個字是下三平，可是倒數第四個字也是平聲，譬如說五言的「仄平平平平」，他說這叫「落調」。落調也就是不合格律的句子啦。唐人古體有沒有這種？有的。不過確實聲調不好聽。所以它是從聲調美惡的角度，認為要避免這種最後四個字平聲的句子。下三平是非常標準的古體平仄，但是後面連續四個平聲，反而不好聽了。

這樣理解了嗎？古體詩的平仄，基本上就是自由。假如要寫成下四平這樣的句子，也沒有人說你錯，只是不好聽而已。

比較麻煩的是押韻。當然，講古體的押韻，也是要瞭解近體押韻的規定。我時常把它做一個分類，近體詩的押韻我們叫做「韻格」。韻格的意思

就是它是押韻的規格，既然叫做格，就是規格、規矩，非要這樣不可。可是古體詩非律化，是自由的，沒有硬性的規定。所以古體詩押韻的現象，我把它叫做「韻例」。「韻格」是近體詩押韻的規定，各位一定很熟，第一，用平聲；第二，偶數句最後一個字押韻；第三，要一韻到底；第四呢，第一句可押可不押，若是押韻的話，可用鄰韻來押。對不對？這是規定的，非要這樣不可。古體詩不一定如此。

我們來看古體詩押韻，有哪一些現象你可以去模仿、去參考。什麼叫押韻？把兩個以上相同的韻字，按照規定，放在應有的位置上，這就是押韻的定義。但古體詩沒有一定的押韻規定，只有一點是必要的，要兩個以上的韻字，假如只有一個字，不可能完成押韻，對不對？因為押韻是形成一種相同韻字的呼應關係。既然要呼應，所以至少是兩個字。

談古體詩押韻：第一，要瞭解古體與近體押韻的同與不同；第二，古體押韻的獨特型態；第三、「柏梁體」式的押韻方式。

古體詩押韻有哪一些例子可以學習參考呢？首先，跟近體詩完全一樣，一韻到底。就是整首詩不管多少句，不管押多少韻腳，都在同一個韻裡選擇韻字，這叫一韻到底。但就算跟近體詩一樣，都一韻到底，還是有點差別。第一個差別是，近體詩一定要用平聲押韻。近體詩偶爾有仄聲，那是仄聲韻，非常例外，絕大部分是平聲。那古體詩有沒有用平聲押韻的呢？當然有。但是它也容許用仄聲來押韻，這跟近體詩有很大的不同。

其次，它也跟近體詩一樣，可以用本韻來押。「本韻」是什麼？就是同一個韻目裡頭的韻字，譬如說要押的是一東韻，一東韻裡頭的東、同、紅、風……等等，好像有一百九十四個字，都在同一個韻目裡頭。假如一首詩完全用同樣一個韻目的字去押，這個叫做本韻。近體詩一定要用本韻去押，不然就出韻了。那古體詩有沒有用本韻？有。但是古體詩也未必一定要用本韻。

再者，用「鄰韻」。鄰韻是什麼呢？就是韻目的位置比較接近，聲音也比較類似。譬如說一東跟二冬這兩個韻目。假如用本韻，押的是東韻，就是完全用東韻的韻字，不能用冬天的冬，假如用鄰韻，就可以用冬去襯東方

的東。近體詩可以用鄰韻，但是限定在第一句。這種押韻方法，我們叫「襯韻」。譬如說絕句吧！四個句子，第二句用了東方的東，第四句用了紅，那第一句當然可以用風，一樣東韻的字，這叫用本韻；假如不用這風，用冬天的冬，可不可以？可以。這叫以冬襯東。但是特別強調，近體詩只限定在首句可以用鄰韻。下邊的句子，不管是絕句、律詩、排律，都要用本韻，不能跑到鄰韻去。反過來，假如第一句用了東方的東，第二句用冬天的冬，第四句用祖宗的宗，這是押二冬韻，這叫用東方的東，襯冬天的冬。哪些韻目是所謂鄰韻呢？王力把它分成八類，像東、冬是一類，支、微、齊是一類。

古體詩在一韻到底的情形下，可以用鄰韻來押，但是，它的規定比較寬，不限定於首句，可以用在任何其他的位置上，這個不叫「襯韻」，叫「通韻」。

綜上所述：古體詩用韻跟近體有別，他是可以用仄聲字押韻的。而跟近體詩一樣的是：可以用本韻；可以用鄰韻。但是用鄰韻，近體詩只限定在第一句，而古體詩不限在第一句，可以用在任何句子上。前者叫襯韻，後者叫通韻。

至於鄰韻的類別，哪些韻是鄰韻，可以通？各位手上一定有平水韻吧！《詩韻集成》，在韻書目錄，譬如說一東下邊，往往有小字，「一東，古通冬轉江」，還有一行，「韻略通東江」。什麼叫「古通」？什麼叫「韻略通」？「古通」是依據宋朝一個人叫吳域，字才老，他有一本書叫《通韻》，《通韻》裡把某些韻合併在一起，分為若干類，平水韻參考它的說法，就把一東跟二冬也合併在一起，叫「古通」。轉跟通其實差不多，我們不必講得太細，一東可以跟二冬，二冬可以跟三江合在一起用，這是古通。所謂「韻略」，是清朝有一個人叫邵長蘅，他有一本叫《古今韻略》，也是把某一個韻、某一個韻合成一類。

剛剛提到王力，王力的書也同樣把若干的韻分門別類，合在一起。其實，這些書都採取統計歸納的方法，根據前人作品，譬如杜甫的某一首詩，這個字跟那個字合併在一起使用，它可能一個在一東，一個在二冬，因此歸納出兩韻是相通的。也就是按照實際的創作現象，再歸納出韻部的分合。

　　古代研究聲韻，基本上都採用這樣的方法，譬如《詩經》有沒有押韻？當然有，那《詩經》押的韻腳，用現在話來讀，絕對好多是不押韻的。《詩經》代表先秦時代的語言，你要研究先秦時代的韻部現象，《詩經》絕對是很重要的一個材料。那如何知道哪個字跟哪個字同一韻部，可以押在一起？這不能用《廣韻》來分類，不能用平水韻，更不能用現在的國語判斷。只能用繫聯的方法，根據這一篇作品哪幾個字是押韻的，其中某字又跟另外一首某字押韻，從而證明：兩個韻部是合在一起的。這是統計歸納的方法。

　　基本上，統計歸納的材料可能並不完全相同，統計者判斷的寬、嚴標準，可能也有些出入，所以分類的結果未必完全一樣。這就比近體詩麻煩，近體詩很簡單，一東就是一東，二冬就是二冬，雖然跟《廣韻》也不同，但是已經約定俗成了，所以根據這個韻書就好了。但是作古體詩，若要通韻，沒有一部韻書哦，而且根據《詩韻集成》平水韻下邊的敘述，吳域跟邵長蘅的說法，基本上有些不一樣，跟王力的說法也不同。我奉勸各位，就按照平水韻前邊韻目下的小字，它說古通什麼，或者韻通什麼，你就據此而認定，也可以有一個依據，這個都叫通韻。各位作古體詩，假如用通韻，我建議就依據《詩韻集成》目錄上說的，這樣就可以了。還有一個「古轉」什麼意思？其實通跟轉意思一樣，只是聲音變化稍微差別，像元、寒、刪、先，還有真、文幾個韻，就合在一起，就這樣轉了。各位看過《紅樓夢》，薛寶釵跟林黛玉要聯句，數池塘邊的欄杆，決定要押哪個韻，結果一數，到十三了，林黛玉就說：該死的十三元。爲什麼十三元該死？你看元韻下的字，有原、園、門、盆、村，怎麼押在一起，對不對？這都是十三元啊！你沒背熟還真難分辨呢！

　　第二，我們討論古體詩最獨特的押韻方式，叫做換韻，有些人又把它叫轉韻，意思都一樣。什麼叫「換韻」？一首詩用了兩組以上的韻字來押韻，這叫換韻。比如說前邊幾句先用了一東，後面幾句換成了七陽，用了兩種以上的韻字，這就叫換韻。近體詩可不可以換韻？不行。近體詩一定是一韻到底。古體詩跟近體詩最大的不同，就是容許換韻，而且換韻的情況非常多。假如再做分析，又可以看到它有兩種情形。一種，王力叫做隨意式，很

簡單，想換就換，沒有任何的規定。只要一個條件，每一個韻至少要用兩個韻字以上，不然就沒有完成押韻嘛！兩個句子，可以前面一句押韻，後面一句也押韻。之後換別的韻，再換別的韻，換幾次都無所謂，什麼時候換？用幾個句子換？都無所謂，很自由。而且不一定偶數句才押，奇數句也可以押韻。但是到最後一句一定要押韻。有些詩是奇數句，譬如說整首詩九個句子，或十一個句子，最後一句還是要押韻的。這是隨意式。

　　王力對這很講究，說法很細膩，他發現隨意式裏，有兩種情況比較多，一個叫促起式。就是一首詩，不管多少句，前兩句一個韻部，後邊好多句，換成另外一個韻部；前面兩句獨立的，一二句押一個韻，後邊換另外一個韻，再換的另一個韻，不一定要每句押，可以偶數句才押，隔句才押，這叫促起式。第二種，相反，是促收式。促收式是什麼？就是前邊好多句一個韻，最後兩句的時候，換了一個韻，做為結束。這是在隨意式裏頭有一些講究：促起或者促收。但是再次強調，不一定非要這樣不可，只是有這樣的例子而已。例如：我們讀杜甫「三吏三別」中的〈潼關吏〉，「士卒何草草？築城潼關道」，「草」跟「道」押「皓」韻，後邊呢？「借問潼關吏：修關還備胡」換韻了，這是促起式。

　　比較囉嗦的當然就不是了，叫「講究式」。這講究式，我們說古體詩非律化，很自由，可是一旦講究的時候，就有規定在裏邊了。一個基本觀念，講究式必然是近體詩興起，有律化的觀念後，模仿近體詩律化觀念、律化的格律而寫的古體詩，那就不是想換就換囉。

　　要講究，有哪一些規定呢？通常四個句子換一個韻，假如你不想四個句子換得太快，六個句子換一次、八個句子換一次也可以，也就是相等的句數換一個韻。不過，大部分四句一換。第二個，平仄遞換，這很容易瞭解。前邊四個句子，一個韻，平聲。後邊四個句子，換一個韻，換成仄聲。下邊再換一個韻的時候，又換平聲。再換一個韻，又換仄聲。這樣平仄遞換。第三個，時常用律句。它的平仄反而符合了近體詩平仄的句型，用律句。從這個觀念可以看到，它顯然不是很純粹的古體詩了，血統不純粹，已經混血了，混了什麼？混了近體詩。用律句，有些講究到每一句平仄都合，譬如說

四個句子一組韻，平仄對，黏對也對，這不像一個絕句嗎？然後換一個韻，又是四個句子，又是平仄都對，黏對不失，不是另外一個絕句嗎？一首古體好像把好幾首絕句湊在一起，不過有些是用仄聲的，有些用平聲。盛唐以後，這種古體很多，王力把它叫「新式的古風」，意思是它是摻雜著近體詩格律的一種古體詩，血統不純粹了。

我想再給各位舉例子，李頎的〈古從軍行〉：「白日登山望烽火，黃昏飲馬傍交河。行人刁斗風沙暗，公主琵琶幽怨多。」四個句子，一個韻，平聲韻。它的平仄是合律的。「野雲萬里無城郭，雨雪紛紛連大漠。胡雁哀鳴夜夜飛，胡兒眼淚雙雙落。」四個句子，一個韻，仄聲的，平仄也合律。「聞道玉門猶被遮，應將性命逐輕車。年年戰骨埋荒外，空見蒲桃入漢家。」另外一個韻，平聲的。有沒有？平仄平，這樣的換韻，十二句。平仄對了，甚至還對偶，什麼「胡雁哀鳴夜夜飛，胡兒眼淚雙雙落」，什麼「行人刁斗風沙暗，公主琵琶幽怨多」，這都跟近體詩差不多。

大家再看王維的〈洛陽女兒行〉：「洛陽女兒對門居，纔可容顏十五餘。良人玉勒乘驄馬，侍女金盤膾鯉魚。」也是四個句子換一個韻，而且平仄遞換，再來呢，句子的平仄是合律的。有時會有一種情況是：平仄遞換、但未必句數完全整齊，未必句子的平仄完全合乎格律，像王維〈桃源行〉：「漁舟逐水愛山春，兩岸桃花夾古津。坐看紅樹不知遠，行盡青溪不見人。」這四個句子，一個平聲韻。然後下邊「山口潛行始隈隩，山開曠望旋平陸。遙看一處攢雲樹，近入千家散花竹。樵客初傳漢姓名，居人未改秦衣服。」另一個韻，仄聲，但它是六個句子一組的。緊接著又四個句子，一個平聲韻。這句數不一定整齊，而且平仄有點不合。其實王維的這種情況很多，像〈夷門歌〉，有十二句，前邊用平聲四個句子，後邊四個句子仄聲，再來四個句子平聲，但是句中平仄不盡然完全合律。

還有各位更熟悉的，白居易的〈琵琶行〉、〈長恨歌〉基本上也是這樣，也是換韻，很多地方平仄遞換，但不是那樣絕對的一平一仄換；有很多句子也是律句，雖然並非全部如此。

所以我們可以把這分成兩類：一類是完全符合條件，像剛剛讀到的李

顏〈古從軍行〉、王維的〈洛陽女兒行〉。有些不完全符合，但基本上還是這樣的現象，摻雜很多律句，句數雖然不那麼整齊，但大部份也是同等的句數在遞換。

關於換韻，還有一種我們要補充：譬如說，前面一組韻，偶數句押韻，首句有時可押可不押，但習慣上換韻以後，第二組韻的第一句，奇數句，往往押韻，押跟下邊換的韻同樣的韻部，這叫「墊韻」。習慣上如此。第三組也一樣，到了奇數句的時候，第一句也押韻。

第三種押韻的方式，叫「柏梁體」。談這個，要有一些文學史的基本常識，詩歌從《詩經》、《楚辭》，一直發展到漢朝的古體、樂府，六朝的小樂府、唐人的近體詩……等等，古體詩大致分成五言古詩跟七言古詩，對不對？先秦時代沒有純粹的五言古詩或者七言古詩，像《詩經》大部份是四個字、四個字一句，偶爾有五言的句子，偶爾有七言的句子，甚至六個字的句子，但沒有純粹的五言或者七言，齊言的完整的作品。到了《楚辭》呢，句子比較長，但是也沒有齊言。真正的齊言的古體詩——我們所謂古體詩，五言從什麼時候開始？漢朝。上次說過，蘇武、李陵互相贈答的作品：「攜手上河梁，遊子暮何之。」或者古詩十九首，對不對？那七言呢？秦朝末年有兩個死對頭，寫了兩首七言詩，一個是項羽，楚霸王〈垓下歌〉，「兵困垓下，四面楚歌」，他唱了「力拔山兮氣蓋世。時不利兮騅不逝。騅不逝兮可奈何！虞兮虞兮奈若何！」數一下，一個句子七個字；後來漢高祖劉邦得了天下，回到自己故鄉，唱了一首歌叫做〈大風歌〉，「大風起兮雲飛揚，威加海內兮歸故鄉，安得猛士兮守四方？」一般人認為這是七言的起源，但這七言的起源是帶著兮字的，「力拔山兮……」、「大風起兮……」，帶著兮字啊，是《楚辭》的特色，所以我們把這一類的作品叫做「楚辭體」。

那有沒有純七言的、不帶兮字、整首七個字一句的作品？從「柏梁體」開始。柏梁是一個宮殿——柏梁臺，漢武帝元封三年的時候建造，完成以後，漢武帝就大宴群臣，二千石以上的官來參加，而且限定要會做七言詩，參加這一場宴會的，一共二十五個人。喝酒時，武帝忽然雅興大發，說要做詩，每個人都要寫一句，這叫柏梁聯句。柏梁聯句，它真是沒有詩的味

道，不過有意思的是，因為每一個參加的，都是作出來七個字一句，合乎他的官階、職掌、身分；像漢武帝，第一句當然由他開頭，「日月星辰和四時」，滿有皇帝的氣象耶！他說自己就像上帝一樣，掌管著日月星辰，調和著春夏秋冬的季節。其中有一個京兆尹，首都市長，他的句子說：「外家公主誠難治」。在都城長安，他是京兆尹，首都的市長啊，裏頭住的最多的是什麼？「外家」就是外戚，皇帝的親戚，還有皇帝的女兒，那都是跋扈得很啊！他雖然是京兆尹也不敢管，管不了啊，所以向皇帝喊冤：「外家公主誠難治」。還有一個郭舍人，她的句子滿有趣，郭舍人是皇帝的妃子，她寫：「囓妃女唇甘如飴」，跟皇帝說，你咬一咬我這女孩子的嘴巴，甜得像蜜一樣。這真的不是詩，但是符合他們個別的身分。

　　這是柏梁體，柏梁聯句，詩並不很好，也不是一個人做的，但在文學史上很重要。為什麼？因為它是純粹七言句，不帶兮，不帶楚辭體的開始。後來有些人模仿它，像魏文帝曹丕單獨一人作〈燕歌行〉，八個句子，整齊的七言。當然後來的皇帝，像六朝、唐朝時候的一些皇帝，甚至清朝的乾隆也時常模仿漢武帝，在宮殿宴會群臣，一個人一句，一個人一句地寫詩，寫的就是柏梁聯句。

　　柏梁體的體式如何呢？它有幾個特徵。第一個，純粹七言，絕對沒有五言柏梁體。第二個，句句押韻，每一句都押。我們很多詩是隔句押韻，對不對？但是它句句押韻。第三個，一韻到底。整首詩，同一個韻，沒有換韻。第四個，押的是平聲韻，這四個是基本條件。還有因為柏梁聯句，是漢武帝跟他的臣子一起做的，一共二十五個人，二十五句，奇數句。所以，在仿古的心理下，大部分的柏梁體是奇數句。但是這並非必要條件，不一定二十五，有些九個句子，有些十一個句子等等。而且不一定要聯句，也不一定要一個人做，只要符合，都是柏梁體。這種詩還滿有趣，我曾經模仿寫過。各位也可以參考高步瀛的書，他選柏梁體不多，老杜有一首〈飲中八仙歌〉，就是柏梁體。七個字一句，句句押韻，押平聲韻，不換韻。但我們書上沒有選。

　　各位請翻到元好問的〈松上幽人圖〉，「秋風謖謖松樹枝，仙人骨輕

雲一絲。不飲不食玉雪姿，竹宮月夕頻望祠。竟不下視齋房芝，人間女手乃得之。眼中擾擾昨暮兒，畫圖獨在羲皇時，予懷渺兮幽林思。」九個句子，平聲，句句押韻。我翻了書上收的，標準的柏梁體大概就是這一首。另有一首，各位可以參考蘇東坡的〈書韓幹牧馬圖〉，它也是句句押韻，押平聲韻，一共是二十五個句子，不過第一句，變成八個字，拆成兩個，「南山之下，汧渭之間」，下邊就純粹七言，「想見開元天寶年，八坊分屯隘秦川，……」等等，所以這詩不是很標準，假如第一句是七個字的話，就也是標準的柏梁體。高步瀛先生大概對這體裁不是很欣賞吧，所以沒有收的很多，各位去翻翻唐人、宋人的集子，可以看到其他這樣的詩。不是必要條件，但值得注意的是，柏梁體因為仿古心理的關係，所以跟轉韻的七言古詩不一樣，它是儘量避免律句，若是出現了律句，感覺就不夠古，所以避免律句，甚至最好避免對仗。以上，是柏梁體經常看到的一種現象。

　　最後我們要釐清一個問題：既然說非律化的就是古體詩，那失律的近體詩就沒有照律化來做，為什麼不叫做古體詩呢？因為它的語言格式。首先它的篇有定句沒問題，押韻也沒問題；七言詩，每句七個字，五言詩，每句五個字，也沒問題；所以大部份是合乎律體的條件。在失律的情況下，像李白、崔顥的詩，有些地方對偶就不很完整。所以格律的完成是漸進的過程，其實不從唐朝開始，六朝時候，律化就萌芽了，像梁武帝，還有六朝的詩人，如沈約、何遜的作品，有很多剛才我們說的律句哦！但是他的黏對可能不那麼整齊，偶爾也有所謂出律的情況，所以說這是慢慢地醞釀、慢慢地成熟的一個過程。我們可以這樣說，五言律詩成熟在什麼時候？初唐。像沈佺期、宋之問、杜甫的祖父杜審言、還有蘇味道，這些人基本上就把五言律詩推向成熟的階段。七言律詩的成熟什麼時候開始？杜甫，滿晚的哦。所以杜甫的七言律詩不是很多，跟宋人一比，那差太多了，他才一百五十一首（一說一百五十九首），但他在七言律詩成熟的發展上來說，有很大的貢獻。

　　這些失律的作品，我們是從很多角度去觀察它的風格、語言、型態，發現都偏向近體詩，只是格律尚不成熟而已。所以仍把它歸到近體詩。

　　我想關於古體詩的格律就介紹這些了。

附圖：杜甫行跡簡圖

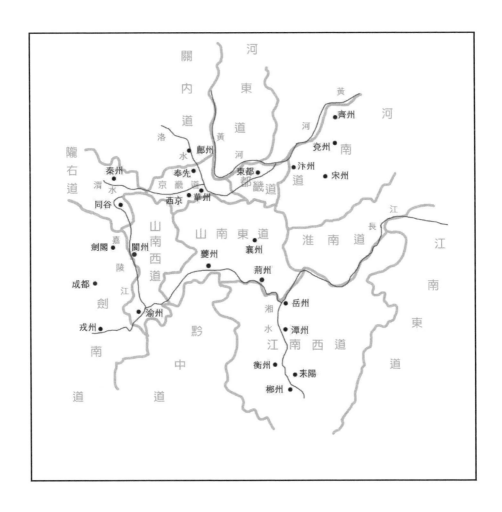

跋

　　「富鈞啊，我覺得文華老哥這本《杜甫古體詩選講》的跋語還是要你來寫。」在某一個午後，我們一群人在文華老師家整理書籍時，仕華老師對我這麼說。「咦！不好吧？老師的書由我寫跋，可能不適合。」我一向認為序跋之文若不是作者親撰，也應由同輩之人或長輩執筆。「我要你寫的原因，是因為整本書編纂的緣由以及書的體例，你是最清楚的，你不講，那誰會清楚呢？而且全書的編輯過程中，經過非常多人的協助，也應該予以記錄彰明吧。」因為在整理編輯的過程中，常常是我居中聯絡，那麼就由我責無旁貸地簡述成書的經過吧。

　　本書其實並非文華老師刻意為之，而是在一個特殊機緣下誕生的。時間要拉回到十年前，在 2011 年 2 月，當時臺北市天籟吟社在歐陽開代社長、姚啟甲副社長兩位先生的主持下開設「天籟讀書會」，邀請文華老師在天籟吟社講授古典詩，地點就在姚先生的三千教育中心。當時老師並沒有想到會一直講授下去，所以依照在學校教授詩選課的習慣，以高步瀛先生編輯的《唐宋詩舉要》為主要教材，講授的範圍也以近體詩為主，並穿插講解社員習作。但老師非常了解，講古典詩不可能只談律、絕等近體，古體是必然需要認識的。然而過去在學校常常囿於授課時間、考試進度等因素，無法談論古體詩，而在天籟吟社授課沒有課程進度的壓力，或許可以試著進行古體詩的分析與討論。所以在近體詩課程即將結束時，老師詢問大家是否有這個興趣學習古體？當場獲得歐陽先生、姚先生與所有同學的支持。於是在 2014 年 2 月，文華老師在結束了近體詩選講後，又繼續在天籟吟社開設了「杜甫的古體詩」課程。這堂課程有二點非常重要的意義：

　　第一，過去對於古體詩，無論是創作技法或章法結構，前人的詩話、

筆記中多半只有部份、片面的解釋，鮮少有整體的分析，以至於我們對於古體往往難以建構出完整的觀念或論述。文華老師則從他最熟悉的杜甫為範例，試圖建構古體詩的章法結構、聲調格律、創作技巧等觀念。

　　第二、雖然課程教材仍是使用里仁書局出版，高步瀛先生的《唐宋詩舉要》為主，但卻不以高先生五七言的分體方式講解每篇作品，而是將高先生的選詩依杜甫生平重新排序。如此從第一篇讀到最後，應當可以充分感受到杜甫一生的遭遇與他內在心境上的轉折。對於平常只接觸近體的我們，老師對古體詩、對杜甫細膩而完整的分析，簡直是開啟一個從未見過的世界。學員們開始希望不僅僅在課堂上聽講，平常也能不斷的翻閱複習，於是由姚啟甲、陳碧霞伉儷起頭，學員們分篇認領，將老師上課的紀錄整理成逐字稿；大家又認為這樣難得的文字，應該要推廣給更多人，讓更多人理解杜詩，於是在製作逐字稿的過程中，不斷有請老師將逐字稿編輯成書的聲音出現。但文華老師卻認為這只是上課講義，所以一直不願意。但當時大家一直勸老師，因為以講論古體詩為主的著作並不多，更何況本書兼論古體創作分析與杜甫詩賞析，實在有其價值，不應如此一般看待。最後老師應允等逐字稿完成後，開始進行編輯，但堅持本書出版時只用講義、選講的書名，這亦看出老師對於學術的堅持與謙遜的態度。

　　但在逐字稿繕打的同時，老師身體卻開始出現狀況，甚至必須到暫停上課專心療養身體的地步。在此期間，姚先生伉儷除接送老師上下課外，亦十分關心老師的就醫情況，便也更堅定老師完成此書的心願。在治療的過程中，老師仍然同時修正著學員的逐字稿，看在我們學生的眼中是何等的不捨！於是學生們自動請纓，由學生們分篇認領，協助老師作初步的修訂，希望能減輕老師的負擔。當時老師還特別定了一個修訂的原則讓大家參考。然而當我們把修訂後的逐字稿拿給老師時，老師並不滿意，仍然還是想要自己修訂。於是學生們又向老師進言：「若是多人刪訂容易造成體例不一，那麼就由一人負責吧！」最後決定由張韶祁負責對大家的修訂稿再加以整理。這樣老師應該可以接受了吧？但老師對整理後的稿件仍然認為應該精益求精，又開始親自調整刪修。當時老師的病情雖已控制住，卻又因坐骨神經痛，坐

十幾分鐘下半身就痠痛不已，根本無法專心修訂稿件。於是大家就勸老師再找一人來協助統一格式，當時學生們中我是最常往來老師家的人，所以就由我負責作第二次的整體修訂。

第二次的修訂大約在 2018 年 5 月結束，當時總想著應該差不多了，但老師仍然對一些小細節不滿意。在天籟上課與醫院回診的中間尋找時間繼續修訂內容。與老師見面時，老師偶爾也會提起最近修訂的狀況，他總是笑著說自己太執著，看到文章不改一下心都不會安。但我們知道這是老師對自己的要求，自己的東西一定要盡善盡美。寫文章如是，老師為人處世何嘗不是？後來病情的反覆卻不允許老師專心修訂，僅能斷斷續續進行。大約是 2020 年 4 月至 5 月時吧，我們在與老師見面時，老師提到終於看得差不多了，大概年底可以出版。當時我們也為此慶幸，還鼓動著老師繼續把之前講授的近體詩選與後來講授的詞選一併整理出版，老師笑著說等古體詩選講出版後再說吧！這花費太多人的心力與時間，不好再麻煩大家一次。豈知古體詩選講尚未出版，老師卻已撒手人寰。難道是上天不欲把詩文秘奧示現於人，而竟讓此事成為遺憾？

老師辭世後，大家還是希望把已完成或接近完成的文稿出版，又向老師家屬提起此事。於是將文華老師電腦中的檔案取出，並由我確認一下收錄內容是否完整。再與仕華老師核對文本、斟酌文意，做了最後的審訂。並由普義南、張韶祁、張富鈞、林宸帆做最後一校，俾便付梓。

茲把修訂體例說明如下：

一、杜甫古體詩選講共收四十五題五十二篇。每篇前面都附有原詩，原詩內容與標點完全依照 2004 年里仁書局《唐宋詩舉要》的版本，以示尊重高先生的原意。但有版本異文的地方，老師也不泥於高說，會在內文加以說明。

二、本書詩作依據杜甫繫年排序，但在書中仍然保留原書頁碼，讓讀者在閱讀時遇到引用原書內容的地方，可以方便尋檢相互參考。

三、刪除與課程或講解作品無關之內容。

四、仍宜留意保持說話之語氣，讓讀者有課堂聽講之感受，而非在閱讀筆記

或文章。

五、本堂課程剛開始時，文華老師將論述古體詩格律的部分摘錄出來，重新彙整為〈附論〉，方便有興趣者閱讀。

六、參考譚其驤教授《中國歷史地圖集》，繪製了〈杜甫形跡簡圖〉，做為附錄。

　　參與本書逐字稿整理者有：余美瑛、李玲玲、林長弘、林素梅、林瑞龍、姚啟甲、姜金火、張秀枝、張家菀、陳文識、陳碧霞、陳麗華、黃允哲、黃言章、楊志堅、甄寶玉、蔡金花。修訂稿者有：李欣錫、林玉玫、林淑貞、徐國能、張富鈞、張韶祁、普義南、黃雅莉、劉奇慧、龔詩堯等人，亦在此列舉其名一併表達感謝之意。雖然經過許多人的努力，但因學養不足，有疏略之處，尚請方家指正。

張富鈞　謹跋
二零二一年四月

國家圖書館出版品預行編目資料

杜甫古體詩選講

陳文華著. – 初版. – 臺北市：臺灣學生，2021.05
冊；公分

ISBN 978-957-15-1856-5 (全套：平裝)

1. （唐）杜甫 2. 唐詩 3. 詩評

851.4415　　　　　　　　　　　　110006651

杜甫古體詩選講（全二冊）

著　作　者　陳文華
出　版　者　臺灣學生書局有限公司
發　行　人　楊雲龍
發　行　所　臺灣學生書局有限公司
地　　　址　臺北市和平東路一段 75 巷 11 號
劃 撥 帳 號　00024668
電　　　話　(02)23928185
傳　　　眞　(02)23928105
E - m a i l　student.book@msa.hinet.net
網　　　址　www.studentbook.com.tw
登記證字號　行政院新聞局局版北市業字第玖捌壹號
定　　　價　新臺幣一〇〇〇元
出 版 日 期　二〇二一年五月初版
I　S　B　N　978-957-15-1856-5